西凉马超

陈玉福 著

作家出版社

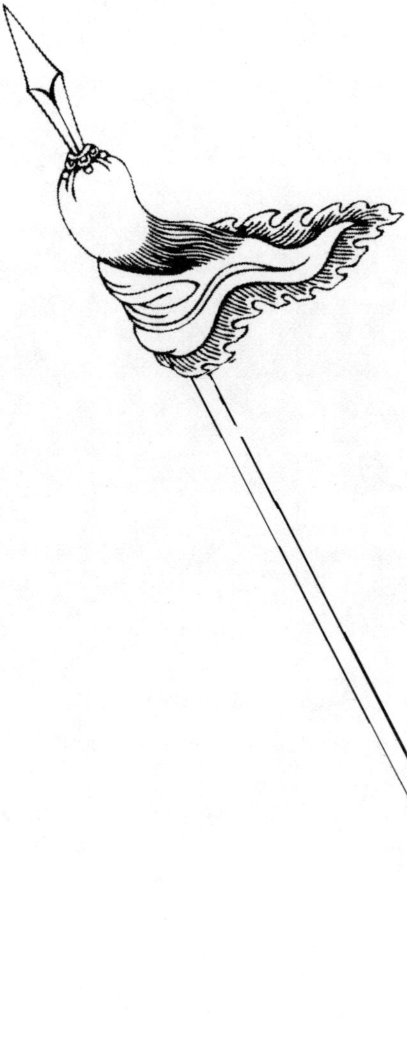

目录

第一卷

西涼馬騰

引子

佛偈有云：万法缘生，皆系缘分！世间万物皆因缘而生，缘聚则物在；缘散则物灭。

人生本是一场又一场的相遇，拼成一件又一件或美或缺的锦绣，凡此种种尽在因缘际会。世间之事概莫能外，譬如男女相处需要缘分，朋友交往需要缘分，共同事业更需要缘分。

马腾本来与西凉毫无关系，可因为其父与西凉太守张鼎的交往，这才促成了马腾与西凉府的缘分，与骊靬县的缘分，还有与骊靬美女阿诺的缘分。有了种种缘之相牵，便也衍生出来许多有趣的故事。先有马腾立足西凉，后有其子马超傲视河西成为西凉之主，才有后来蜀汉的五虎上将之马超，这是后话。

马超师父罗驷说起马超父亲与母亲阿诺相识时，有句关于姻缘的顺口溜："两人力大顶破天，十女耕田少半边；八王在我头上站，千里姻缘一线牵。"那时候，马超虽然只有四五岁，但他似乎听懂了师父顺口溜里的弦外之音，这也符合罗驷的观点。可以这么说，因为缘分，马超父亲在西凉府治下的骊靬县，巧遇了马超的母亲阿诺。这样一来，马腾、马超在西凉拥有了事业，便有了之后一系列异彩纷呈的故事传于后世……

一、有朋自远方来

天水郡，地处秦岭以西，离长安一千余里，亦是民丰物阜之地。河东大族马家作为后汉的开国重臣，追随光武帝建功后戍守西域咽喉，到伏波将军马援时期，居住在天水郡。

诚所谓老子英雄儿好汉，马腾作为伏波将军之后，也是从小学文习武，在父亲的言传身教下，练就了一身的武艺。学成文武艺，卖与帝王家！对于想成就一番功业的马腾来说，偏安一隅毕竟不是理想居处。原该运用祖荫之利，通过马援将军昔日的交情随便找个关系向天子举荐，再不济也能获封一官半职，但眼下的朝廷暗无天日，皇帝昏庸无能，朝政一概任由阉宦为所欲为，随意处置，自己却终日里奢靡无度，流连于后宫的声色犬马，再加上各地的民变不断，使得人心惶惶，社稷江山亦处在风雨飘摇之中。

在这个乱世之秋，如果到天高皇帝远、消息相对闭塞的西凉府那等偏远之地谋求出路，说不定有朝一日尚有英雄用武之地！是东进中原逐鹿，还是西行边界立业？这是一个问题。马腾反复考量后，毅然决定西行。原因是他父亲伏波将军马援在世时，在西冲要塞的凉州有一挚交，多年来一直与马家往来不断，并不曾因马援的离世而有所疏远。此人名叫张鼎，史称“张将军”，正在西凉府太守任上。

此时的中原形势危急，战乱一触即发。一旦点燃战火，必将伤及无辜，哀鸿遍野，有多少百姓要流离失所，又有多少真的猛士敢于正视淋漓的血腥场面？然而，世事的变幻总是不容遐想的。马腾西行的主意已定，便带着仆人安图马不停蹄，向着西凉府飞奔而去。

是日，凉州城内倒也风平浪静，太守张鼎正带着随从在府外散步。因着天气尚好，一行人不由得走远了些，无意中来到了一个浓烟滚滚的高墙深宅外边，随从告诉他这是都护董天伦的府邸。张太守着急地问：这是怎么了？莫不是董都护家发生火灾了？

随从阿莫告诉张鼎：张大人，这浓烟不是前院起的，所以不会是火灾。我估计是董都护家在后院烧什么东西吧？

张鼎点点头说：阿莫言之有理。但董都护家究竟在烧什么东西呢？

正在大家望着浓烟诧异时，却见一只白色的信鸽在都护府上空盘旋。时下养信鸽并不稀奇，但联系到近日盘桓在脑中的一桩疑案，这都护府豢养的鸽子恐怕就不那么寻常了。想到这里，张鼎心头疑窦顿生，皱着眉头继续观察那只信鸽。

那信鸽在府院上空盘旋已久，因烟雾太浓始终无法飞进院内，并不时发出叫声以引起主人的注意……好一只机警的信鸽！张鼎确信这是一只传送机密信函的鸽子。思量间自随从手中接过弓箭，箭去如风，只听“嗖”的一声，那只信鸽在空中翻了一个滚便跌落在墙院外边，身边一名随从眼明手快跑上去捡起了鸽子。

就在此时，董府后院突然冲出几个人来，张鼎几人还未回过神来，只见那随从手上的鸽子已被抢走了。待要上去争夺，那些人一溜烟跑进了董府后门没了踪影。张鼎忙命人去叫门，半天没有回应。

见此情景，张鼎顿时怒了：区区都护府几个家奴竟如此猖狂，都敢从我手中硬抢东西？真是岂有此理！

随从阿莫忙说道：大人且先息怒，让小人去他府上问个清楚，论个明白。

张鼎颔首，几人转身来到董府前门，阿莫上前敲了几下，有董府家仆应声开门。那家仆见是太守大人，赶忙前来行礼，毕恭毕敬地把张鼎引进了前厅。

此时此刻，正在家中的都护董天伦已然接到家仆禀报从后堂笑迎而出，不说多热络但还算礼仪周全……他马上对着张鼎跪拜道：不知太守大人驾到，卑职有失远迎，还望大人恕罪！

张鼎让董天伦起身后并未与他客气，开门见山地说道：董都护快把老夫刚刚射落的鸽子交出来！

董天伦愣住了：大人？大人这是说哪里话，什么鸽子？卑职府上的确是养了一些信鸽，但它们都由家奴专人喂养，现下都全须全尾的，一只都没有走失或受伤的呀！

张鼎料他是在故意装傻充愣，心里忍不住升起怒火：董将军，方才你的后院之中冲出来几个恶奴，把老夫射死的信鸽硬抢了去。你来告诉我，是你觉得老夫眼花？还是说老夫太闲无聊到特意来找董都护将军大人逗闷子？

董天伦眼见张鼎脸色不虞，便继续强装惶恐：哎呀我的太守大人，卑职哪敢猜疑您哪！说着转向管家吩咐道：去！还不快去查，看看是什么人如此大胆把太守大人打下的鸽子给抢走了？

管家点头哈腰连连应道：是是是，老爷稍等片刻，小的这就去查。说着看了董天伦一眼，主仆二人眼神交会间已尽数领会，董天伦略一点头管家便转身走了……

一盏茶的工夫，管家急急忙忙进来回道：老爷、老爷，小的查清楚了。

董天伦急问：快说！是哪个不知死活的东西抢了太守大人的猎物？若查明果真是我府上的刁奴，看我不剁了他的手？

管家一脸无辜地说：老爷息怒！老爷息怒！小的一一查问过了，咱们府上方才并没有人出过后院，不知太守大人何故有此一说？

董天伦佯装生气大声质问：当真仔细查问清楚了？若有虚假瞒报，当心你们的脑袋！

张鼎见他主仆二人一唱一和在他面前演戏，知道董天伦向来油滑，眼下肯定不会轻易就范，便暗暗压下心火道：既然如此，那董将军不妨带老夫去后院一观吧。

董天伦听张鼎这样说，自然知道无法推诿，便带着张鼎走出前厅，穿过东边房屋的走廊，经过一片花园来到了后院。

张鼎仔细地观察后发现，确实有几个出入后门的脚印：请董将军打开后门。

这后门竟然有九道大木门！董天伦只好命人打开第一道大门，门道里的脚印果然清清楚楚。

张鼎脸色一冷，望向董天伦，董天伦神色瞬间显出惊慌，厉声问管家：你不是说没有人走出过后院的大门吗？这又是什么？

管家扑通一声跪倒在地，颤声回道：太守大人明鉴！老爷明鉴！这是小人刚刚让家丁放羊出去时进出的脚印，之前确实没有任何人进出过这道门。

董天伦见管家应付自如，心里暗自庆幸。张鼎怎会不知这就是刚才那几个恶奴抢信鸽时留下的脚印？可现在他们死不认账也不便再查，只好让阿莫再次查看了一遍脚印，然后告辞走出董府大门。

张鼎回到府衙，越想越觉得可疑。若是普通的信函董天伦也不至于如此，肯定是什么见不得人的秘密。这样一来，又让他想起前几天那封离奇出现在太守府公案上的密信，信上只有短短两行字：“龙首山匈奴兵十万乃董氏私兵，务请太守早做防备。罗驷。”难道说那密信上所说的都是实情？这个董天伦真的在龙首山藏了匈奴兵？竟有十万之众！他想干什么？为什么要在龙首山藏这么多的匈奴兵？

现在把这两件事联系起来仔细琢磨一下，张鼎顿时吓出了一身冷汗，不由得起身在房间里来回踱步。

如果他的推测是真的，那此事非同小可，现在整个西凉府的兵权都在董天伦的手里，他要是瞒天过海在龙首山里藏着一支私兵，来一个里应外合，我西凉府岂不是要大难临头了？想到这里，张鼎愈加烦躁，眉头皱出个“川”字来。几番斟酌后心中有了主意：首先，要稳住董天伦，且不可打草惊蛇，不能让他察觉到我张鼎已经知道了西山（龙首山在骊靬县西北方向，当地人多称为西山）的秘密；其次，要尽快摸清龙首山藏有董天伦私兵的底细，不论事情是真是假，宁可信其有；第三，还要知道这支匈奴兵是以什么人为首的。不论什么目的，在西凉府眼皮底下藏有这么多私兵都是不正常的。当务之急是调一支奇兵以防不测。可话虽如此，要做到万无一失，身为太守不能有任何引起董天伦注意的行为，必须有可靠的心腹之人来办这件事，最好是割头换颈的生死兄弟才能放心。但现在，董天伦到处收买人心，满城都是他的党羽，就连骊靬县的卫兵校尉都成了董天伦的亲信。此事若稍有差池，走漏了风声，惹得他狗急跳墙，后果真是不堪设想啊！

张鼎将身边可信之人细细捋了一遍，忽然想到了一个人——骊靬县县令胡川。这胡川是张鼎的得意门生，秉性耿直，而且胡家耕读传家，一门孝子，都是走得正行得端的正人君子。再者，胡家多次受张鼎恩惠，胡川也是一个靠得住的人。可是，眼下该派谁去联系胡川，秘密地将此事办妥呢？

房间里寂静无声，只有案几上的沙漏发出细微的声音。此时，张鼎内心沉重得喘不过气来，正要抬手揉一下鬓角，耳边听到有脚步声慢慢走近。房门被推开，阿莫拱手报：老爷，门外有一个自称是马腾的人求见。

什么？听到这个名字，张鼎略显激动，眼里一下子有了光彩：你说是谁要见我？

阿莫忙重复了一遍：是一个自称马腾的人要见你。

张鼎又问：那人可说了是从哪里来的？

阿莫答道：老爷，那人说是从天水郡来的。

张鼎一听哈哈大笑起来：啊，真是天佑我西凉，我的奇兵到了！

阿莫见老爷这样说，愕然问道：老爷，老爷你说什么奇兵呀？

张鼎顿时来了精神：快请，快快有请！

张鼎有些不敢相信，如果真是故交肃公的公子马腾到了，他一定是我张鼎的一支奇兵啊！想那肃公文韬武略，是何等的骁勇善战，他的儿子定然能够助我一臂之力。

窗外的阳光照进来，感觉整个房间都变得亮堂堂的。张鼎抬起眼就看见一个少年大踏步向他走来，光晕映在他身上看起来格外的高大魁梧。少年走到他面前跪拜在地：叔父大人在上，小侄给你叩头了！

张鼎将他扶起：贤侄不必多礼，快快请起。随即对阿莫说道：快去把贤侄的随从、马匹带到后院安置。今天贤侄来找我的事不能让任何人知道，对谁都不许说！

阿莫点点头：老爷放心，小的明白了。

张鼎这才转过头来仔细打量，见马腾身材魁梧，棱角分明的脸庞，尤其是一双眼睛，深邃而明澈。眉宇间和他父亲颇多神似，浑身散发着朝气与力量，丝毫没有长途跋涉的疲累痕迹。张鼎不禁在心里叫了一声好！

马腾并不惊讶张鼎如此打量，令他不解的是这位叔父为何要对他的到来防范保密。于是问道：叔父，是不是我来此让你为难不便了？

张鼎这才拉着马腾落座：贤侄多虑了，且听我说明缘由。等奉茶的仆人下去这才对马腾说：贤侄啊，你可是我盼来的奇兵。所以，你的到来越少人知道越好。马腾听他一说，心里越发困惑。张鼎于是将事情的来龙去脉娓娓道来，从前些天的密信到今日的都护府信鸽，详细给马腾说了一遍。

马腾听完，也明白了张鼎的用意。马上站起来抱拳：叔父，此事就交给小侄来办吧！小侄定当肝脑涂地，替叔父办成此事。

张鼎闻言大喜：马腾听令！

马腾站起来，毕恭毕敬，双手抱拳道：马腾愿为大人效犬马之劳！

张鼎一字一顿地说：现在，我擢升你为左都护（西凉府武官最高官阶为都护，以右都护为尊），平乱大将军！并授予你便宜行事之权，可调动太守府大小官员，专门探查董氏私兵一案。

马腾马上跪下，双手抱拳：谢太守大人，卑职必将遵令执行！

张鼎扶起马腾：但是贤侄，老夫不得不与你交个底，现下我虽擢升你为西凉府左都护，职权仅在董天伦之下，却暂无一兵一卒与你。那董天伦包藏祸心，在我西凉任都护多年，羽翼已丰，就连我这太守也奈何他不得。此番，若功成你我叔侄方能安然立于这西凉大地，亦可建功立业，也不辜负你前来投奔老夫一场；但若让那董天伦得了势，横竖我这一府太守舍了身家性命去，那必是天不佑我，贤侄便速速离了西凉府自去为好。

叔父何出此言！马腾急道：小侄既来西凉就决意效劳麾下，眼下叔父正是用人之际，我马腾岂能做那只顾自身苟且偷安的小人？必当与叔父共生死，誓与西凉共存亡！

张鼎看马腾一番慷慨之情，欣喜于色，当下就拉着马腾走进密室，二人商讨多时，把秘密探访龙首山董天伦私兵的重任交给了马腾……

二、山不在高，有“龙”则行

董府的后院多了一座小小的坟茔，虽然建得不大，倒也很考究。董天伦站在坟茔前，微微眯着的眼睛里闪烁着狡黠和阴狠的光。他将佩剑狠狠地插在地上：张鼎老贼，欺人太甚！射死我精心驯养的信鸽不说，还到我府上挑衅，是可忍孰不可忍！总有一天我要报了此仇！

董天伦此刻已经不是那副在张鼎面前屈膝逢迎的嘴脸了。

他身后的管家提议说：老爷，炮头已被张鼎射死，我们可以在另外的那几只鸽子中再选一只，万万不能误了老爷的大事呀。

董天伦迟疑片刻：不可，那几只信鸽远不如炮头机警，万一落入张鼎等人的手上如何是好？要是让他知道了我们私藏匈奴兵的秘密，你我都将人头落地。所以，现在你马上派人严密监视太守府的一举一动，如有任何的风吹草动立刻来报，且莫大意。

管家接着说：老爷，昨日有主仆两人从凉州南门而来，直接去了太守府。董天伦一听心里生疑：从南门来？那就是说，是从东面来的？……嗯，这个消息很重要。即刻派人盯住这两个人！记住，要派几个武艺高强的兵士，乔装打扮，不能让太守府的人看出破绽。只要这两个人出了太守府，便立即秘密捉拿！

管家走后，董天伦拔出佩剑，剑光一闪，照得董天伦脸色越发诡异阴寒。

要想彻底掌握西凉府，就必须取张鼎而代之。然而，董天伦的野心远不止于太守之位。这些年他苦心经营，真正的目标是建立西凉国，坐上西凉国国王的宝座。为了达到目的，董天伦招揽收买西凉府各路官员。现在虽然掌控了整个西凉府的兵马，但张鼎任太守多年，尤其是爱民如子的行为深受百姓爱戴，所以在西凉军中也颇有威望。再加上军中那些跟随过张鼎的将士，有不少还在重要位置上，所以若要铲除张鼎，也不是一件易事。

三年前，他在龙首山收服了五万匈奴降兵，没有交到西凉府，而是交由自己的外孙耿鄙伟康管理，到目前为止，加上龙首山收服的土匪和连续招的新兵，共有十万之众。为了掩人耳目，耿鄙伟康在龙首山建造了“龙首宫”，宫里建有龙王堂。耿鄙伟康自称是龙王，手下更有四人武艺高强，称之为东西南北“四虎”，打起了替天行道，劫富济贫的土匪招牌。

西凉府曾多次派兵征讨，带兵的将领就是董天伦。自己剿自己的匪？简直是滑天下之大稽！因此，每回董天伦攻打龙首山的同时，都会恰巧出现一支不明军队准确无误地袭击西凉府的金银库和粮库。几次大战下来，西凉军自然无功而返，反倒劳民伤财，西凉百姓也对官府多有怨言。

更有甚者，龙首山“龙王”乃上天派下来的神仙不能得罪的说法，在西凉府及辖区越传越邪乎，使得官员百姓都谈“龙”色变。对此，张鼎被某些人怂恿还亲自到西凉闻名的道人张神仙那里卜卦问吉。那张神仙自然是董天伦耳目无疑，为了混淆视听，更是把龙首山“龙王”说得上天入地，无所不能。

张鼎也曾以龙首山土匪猖獗，奏报洛阳，请求派兵驰援，无奈朝廷无道、自顾不暇，举国之力尚且耽于各地民变之乱，又哪里来的兵马调派驰援西凉边陲？久而久之，征讨龙首山的计划只好作罢，而这般情形自是董天伦所乐见的。

董天伦默默权衡，在各人自扫门前雪、休管他人瓦上霜的乱世里，以他现在掌握的兵力，加之时局动荡，朝廷鞭长莫及，所以现在称霸西凉当是绝佳时机，自立“西凉国王”仅是一步之遥。但同时，目前天下隐隐有诸侯割据、群雄争霸的趋势，若过早坐上这个“西凉国王”的宝座，有可能成为众矢之的。在时机尚未成熟之时，他不能过于心急。只不过，这两天张鼎的举动让他心里有些不安，倘若张鼎发现了什么蛛丝马迹，那他就不得不提前实施计划了……

董天伦这样想着回到前厅时，管家将一张请柬送到他手上：老爷，张太守请你赴宴。

董天伦愣了一下，感到奇怪：这个时候非年非节的，设宴？可知是为何？

管家笑道：老爷，太守府前来送请柬的人说，张太守把昨日来的那两个人抓起来了，请你过去商量如何处理这两个从洛阳来的奸细。

董天伦一惊：什么？洛阳来的奸细？

管家说道：是的，老爷。现在全城的人都知道太守府抓了两个洛阳来的奸细。

董天伦不解：这张鼎到底唱的是哪出戏？洛阳来人也敢随意定为奸细？难道他知道了什么，这么做是想试探于我？

管家想了想说：依小人看，张鼎并未发现什么。他设宴请你应该是有意向老爷示好，他自知老爷手握兵权，得罪了你对他没有丝毫益处。他怕是因为那只信鸽到都护府搜查的事得罪了你，所以借着那两个奸细的事想向老爷您示好吧。

董天伦听了管家的话，虽有疑惑，却得意地大笑道：嗯！有几分道理。他张鼎别说还不知道我龙首山的秘密，就算是知道了又能奈我何？我还怕他不成？

管家接着说：老爷说的是，依张鼎现在的能力想要与老爷作对，那就是鸡蛋碰石头。他就是知道了老爷的秘密，眼下也是不敢和老爷翻脸的。

董天伦冷笑：就算是鸿门宴我也要去会他一会。备车！去太守府。

管家刚要出去备车又被董天伦叫住：慢着，宴无好宴！你再去找几个武艺高强的将军跟随，有备无患。

管家拱手回道：老爷英明，我这就去准备。

紧接着，董天伦带了两名武艺高强的将军和管家董尔权一行人，威风凛凛地去了太守府。

三、大水冲了龙王庙

这一日正赶上凉州城的集市，四街八巷就像过节一样热闹。府堂外不但有唱贤孝的、踩高跷的、耍把式的、舞龙舞狮的，还有做各种生意的小商小贩……

唱贤孝的瞎仙面前围了不少人。那瞎仙弹着三弦子，声情并茂地唱着：

一山的松柏树一山的花，
花笑松柏树不如它，
有朝一日遭霜杀，
只见松柏不见花。
……

周围一片叫好声，真正是：转轴拨弦三两声，未成曲调先有情！凉州贤孝故事到哪里都颇受大家的欢迎，而这个人称"吴瞎仙"的就是凉州城里最受人们欢迎的人物。他虽然被称"瞎子"，实则眼睛是看得见的，贤孝唱得好，卜卦算命也有一手。张太守喜欢听贤孝弹唱，时常把他招进府中专门为他唱曲解闷。

不是每一个会唱贤孝的瞎子都能叫"瞎仙"！这吴家早前也是诗礼之家，后来家道衰落逐渐淡出仕途，到吴瞎仙这一代更是混迹江湖市井之间，终日以替人写书信、问卜打卦为生，又因为识文断字、喜欢浸淫易经方术，便也是闻名十里八乡的能人，故而人们忽略了他的大名，都称他“瞎仙”。而现在，趁着围观听众的喝彩叫好，吴瞎仙更是把怀里那个三弦子弹得行云流水般欢畅：

……

一嘴的舌头一嘴的牙，

牙笑舌头不如它，

有朝一日人老了，

一嘴的舌头不见牙。

……

董天伦到达太守府的时候，整条街街面上已经人流如潮、热闹非凡，此起彼伏的叫卖声、喝彩声不绝于耳。

董天伦看到这样的场面心下狐疑：张鼎这是搞的什么名堂？怎么有这么多人围着府衙，该不会是有什么阴谋吧？

管家一听赶紧叫随从兵士到前面吆喝开路，然后凑到车前说：老爷不必担心，都是些听曲看热闹的草民。看这情形，张鼎是下足了功夫要讨好拉拢老爷。老爷安心赴宴即可，何况咱们也是有备而来，都护府的人可不是吃素的。老爷，你说是吧？

董天伦冷哼一声：谅他张鼎也不敢把我怎么样！

说着朝管家一招手，管家立刻附耳过去，董天伦压低声音：安排两个手脚利索的悄悄候在太守府外，万一有什么动静，立刻回都护府调兵。

管家诡异地一笑：老爷高明！我这就安排。

董天伦抬眼看向太守府的大门，朱漆大门上方悬着“西凉太守府”的匾额，大门两侧立着两只威风凛凛的石狮子。青砖红瓦的府邸与太阳的光华交相辉映，显得格外有气势。董天伦冷眼看着眼前的景象，一脸的不屑：张鼎，暂且让你多快活几天。

守门的兵士早已通报进去，张鼎亲自迎出府门。

这倒让董天伦感到很是意外，张鼎拱手笑道：董都护，老夫等你多时了。

董天伦正要跪下行礼，张鼎赶忙伸手将他扶住：不必多礼，不必多礼！今日宴请的都是自己人，董都护快随老夫进去吧。

董天伦见张鼎如此客气，心里疑惑，脸上却装得诚惶诚恐：承蒙大人亲自迎接，这让卑职如何当得起啊！

张鼎哈哈一笑：董都护就不要客气了。说着牵了董天伦的手，一同走进内堂。堂内等候的众人见张太守偕了董都护进来，纷纷起身迎接行礼。董天伦带着手下两位亲信将军来赴宴，当着一府众文武面，即使再志得意满也不好太嚣张。于是，董天伦将张鼎让与堂上主位，躬身便拜。

张鼎见董天伦此举，笑吟吟地起身相扶：董将军，你日夜操练兵马、保我西凉府官民，劳苦功高，该是老夫代这一城百姓谢你才是。

董天伦马上跪下拱手：太守大人折杀卑职了，保百姓安享太平是卑职的职责所在，万万不敢居功！

董天伦说着就要叩头，又被张鼎拦住了：董将军快快起来！快快起来！

董天伦站起来，心中暗骂：这老匹夫今日这般礼贤下士，不知又打的什么算盘？且待我试上一试。董天伦落座后左右看了看问道：太守大人，听说洛阳来了两个奸细，他们在哪里？能否让卑职一见呀？

张鼎笑着说：董将军的消息好灵通嘛！我是抓住了两个奸细，他们在耳房里绑着呢，老夫引你去。你是咱西凉府的都护，你再审审，看能不能从他们的嘴里挖出点什么来！

董天伦故作惊疑道：大人怎么肯定来人就一定是奸细呢？何况自洛阳来，别是朝廷来使吧？

张鼎呵呵笑言：董将军有所不知啊。一来此人并无持节文疏，二来看着年纪不大却狂妄至极，在我府门口竟叫喊让本太守亲自迎接，还打伤了守门小厮。你说，本太守该不该将他抓起来细细审问？

董天伦暗道：原来如此！这哪里是什么奸细？看来是人家辱骂了堂堂太守，这张鼎恼羞成怒了啊！却不知是何方神圣竟与我这般投缘？按下心头窃喜抬眼向张鼎说：还有这等事？那卑职是必得去会会那狂徒不可了。

好好好！张鼎连声道：我这就引董将军前去。

董天伦看了一眼侧座的太守府刘主簿，笑着说：太守大人，让刘主簿带我和两位将军去就可以了。

张鼎望了刘主簿一眼：也好。刘主簿，你带董将军他们去，一定让那个小子说出点东西来！董天伦哈哈哈笑着，朝两位将军和管家打了个手势，几个人就跟着刘主簿出了正厅往耳房走去。

耳房里的柱子上绑着马腾和仆人安图，见有人进来，马腾大声叱骂：张鼎老儿，我马腾犯什么法了？你不问青红皂白滥用私刑，还把老子绑在这里？

董天伦一眼看去，柱子上分开绑缚着两名男子，此刻衣衫褴褛披头散发，看不清楚长相，但听声音貌似年龄不大，身上有明显被鞭打的伤痕，遂上前问道：你是何人？来我西凉府可有引荐？听口音并非本地人士。

马腾抬头露出脸来大声斥责道：老子行不更名坐不改姓，马援之子马腾是也！要杀要剐你给老子来个痛快的！

董天伦大吃一惊：什么？马援之子？可是那大名鼎鼎的“伏波将军马援”？

马腾冷哼一声：总算还有没瞎了眼的！

旁边伤痕累累的安图也跟着叫骂起来：你们这帮瞎了眼的杀才，竟敢打了我家少将军，可怜我家老将军早早地战死沙场为国捐躯了，不然看谁敢动他公子一根汗毛？老将军啊，您如果在天有灵，一定要保佑少将军脱离此难啊……安图边骂边号，浑然忘了自己也已经被打得皮开肉绽。

董天伦吃惊之余，望了一眼刘主簿和两位将军，其中一位将军点点头：都护大人，他的的确确是马援将军之子马腾，早年间我曾在马家军效力，见过他父亲马援将军，他和马将军简直一模一样。

董天伦得到确认后，有意结交马腾，走近前抱拳道：哎呀呀，原来是马小将军啊！真是失敬失敬，令尊伏波将军一生武功盖世，在下仰慕已久只无缘得见。今日小将军来我西凉府，真是我等三生有幸啊！西凉府都护董天伦这厢有礼了！

马腾冷笑道：你既知道我的身世来历，就该给我松绑！让我去找那太守张鼎说道说道。

董天伦一步跨到马腾面前亲自动手为其解绑，马腾因被捆绑多时并遭鞭打，甫一解脱带了几分踉跄，董天伦赶忙搀扶，而另一边的安图则更加狼狈。

马腾余怒未消，夺门而出，董天伦示意手下一将军追上前去为其引路，前者径直奔向宴会堂。堂内众人正喝茶听曲儿好不惬意，猛一下被闯进来的年轻人扰了气氛，只见这马腾虽形容落魄，却一身杀气，矗立于堂下怒目而视。有人喝问：大胆！何人如此放肆？

马腾冷笑一声，盯着上座的张鼎怒道：张鼎老匹夫，枉你为这西凉府太守，竟是有眼不识金镶玉，余虽不才，祖上乃是功勋世家，伏波将军上讳马援正是家父。今日遭你如此对待真乃奇耻大辱，便舍了这一身剐也要与你理论三分。堂上诸位且于我做个见证，让我打死这老匹夫以雪今日之耻！说话间就要冲上前去。

众人先是被马腾自报家门惊到愣神，谁不知道那声名显赫的马家是河东望族，祖上追随帝王建立基业颇有威望，直到马援获封伏波将军，家族势力如日中天。无奈正当锦绣生活刚刚开始，马援奉命出征平羌却战死沙场，受先帝陛下追封赐谥号忠肃公，一门俱荣。没想到马援的幼子业已长大成人，如今就像一尊怒目金刚站在堂下，虽衣衫褴褛却难掩英姿挺拔，果然是将门虎子啊。

虽然如此，大家也不能眼睁睁地看着小将军撸袖发狠要向太守行凶，遂急忙纷纷起身相阻，抱胳膊的抱胳膊、拦腰的拦腰，好言好语相劝，这才将马腾安抚下来。

董天伦在一边冷眼旁观，更觉得马腾少年意气，难得又不与张鼎亲近，越发起了结交之心。于是，他看准时机打了一个哈哈：哎呀呀！这可真是大水冲了龙王庙啊！少将军少安毋躁，可否听董某一言？

马腾倨傲地睨了一眼董天伦，不置可否。

董天伦继续道：伏波将军大名如雷贯耳，可叹老天无眼，将军英年早逝，令我等无缘拜会。谁承想今日少将军能来我凉州，自当是奉为上宾的。只是一场误会让少将军受了委屈，着实不该呀！不如请少将军卖董某一个薄面，今日就此作罢，让我等置酒赔罪，如何？

马腾稍作思考，向董天伦抱拳道：既是都护大人调解，小可遵命便是。

董天伦望向张鼎：太守大人以为如何？

此时的张鼎却是一脸尴尬：董将军所言甚是，的确是大水冲了龙王庙，老夫罪在不查，马小将军原谅则个！

马腾草草回礼，显然是对张鼎有了芥蒂，看得董天伦暗喜不已。一番客套后重新落座，女侍们已经端酒肉上案，推杯换盏间马腾与董天伦相谈甚欢，答应了董天伦宴后随其暂住都护府的邀请。

席散兴尽，看着马腾与董天伦二人携手归去的身影，张鼎的嘴角露出了一抹意味深长的浅笑。

四、信任是卧底的基础

西凉府治所设于凉州城，下辖数十个县衙，东接天水郡、西抵葱岭，因其地势独特，山脉前隔、广漠后绕，真正是“通一线于广漠，控五郡之咽喉”。其治下疆域辽阔、人口众多，与中原洛阳相距几千里之遥，并且往来路途多有险阻，消息传递迟滞，因此统管辖地之广及统领职权之大，惹得不少人日思夜想都想当上西凉府的“土皇帝”，譬如董天伦。

不论中原如何乱象丛生，此时的凉州城在张鼎太守的治理下，则是一片安居乐业的气象。当然了，在百姓安居乐业的背后，也有许多不和谐的音符……

清明节第二天，董天伦的都护府上喜气洋洋，莺歌燕舞。董天伦最宠爱的第十三房小妾又为董都护添了位公子，这让年过半百的董天伦喜出望外。想他董天伦已近花甲尚有余力添丁，可见真乃宝刀未老也！如今大权在握，称王西凉更是指日可待，不由得精神抖擞意气风发。董都护高兴之余，便邀请治下所有官员到府上宴饮，以示庆贺。

已近午时，就要开宴了，其他宾客都已就座，只差太守未到。这时候，管家董尔权进来禀报：太守张大人差人来说身体不适，不能亲自前来祝贺老爷的弄璋之喜，但贺礼到了，是一对青玉莲花。众人心下了然，张太守这哪里是病呀，分明是看年纪相近的下臣老来得子而不舒服吧？更有一班无聊者揣摩董天伦心思，便以此作为酒中消遣，博得都护更加愉悦，以期自己有个好前程。

马腾自在董府住下忽忽已有月余，颇得董天伦看重，再加上自己带着使命而来的有意逢迎，现在俨然是董都护的左膀右臂。这一日董天伦喜得贵子志得意满，微醺之际有了借机犒劳三军的意思。于是，将他的亲信众将一一加官，马腾也从牙将晋升为校尉，成为西凉军四校尉之一。

这样一来，在外人看来马腾已然是董都护的股肱之臣了。可是只有马腾自己知道，董天伦虽表面待他亲厚，要论接近核心还差得很远。再加上当初与张鼎的约定迟迟未取得进展，马腾内心焦灼不已，但仍要强自镇定与董天伦周旋，慢慢地寻找突破口。

宴会持续到了晚上，武将们都是豪饮海喝不肯散去。董天伦治军虽严，但难得今日高兴，便未做节制，就连他自己也被众人敬酒到醉意朦胧。马腾因心中有事并无流连酒场，中途悄然离席到外面疏解，竟下意识走到了董府后院，这里平时乃禁地，除了董天伦和他的心腹，别人不得召唤严禁靠近。许是今日府上设宴，家丁们也趁机喝酒去了，平时把守极严的后门口，现在居然一个人都没有。马腾敏锐地感觉到机会来了，暗中观察片刻确信无人后便快速闪进后院。

董府后院马腾从未踏进过，原以为是什么龙潭虎穴，进来之后却一如大多数府邸一样，正常得不能再正常了。奇了，倘若没有隐秘为何将这里列为禁地，还派家丁日夜看守？马腾正百思不得其解时，“扑棱棱”一阵鸟儿扇动翅膀并伴随“咕咕、咕咕”的叫声传来。已接近午夜了，怎么会有鸽子在活动？难道是……马腾赶忙循声过去，目力所及，不远处还真有一只鸽子立于竹笼之上，一边拍打翅膀一边用喙理着翅羽。

马腾怕惊到鸽子，便放轻脚步小心翼翼走上前去，那鸽子看到来人也不惊慌，马腾将它顺利抓在手里一看，果然是人工驯养的信鸽，腿上绑着竹筒，里面的信件一目了然。马腾马上意识到，此地显然不适合久留，于是他急忙从信筒里取下信件藏好，然后小心翼翼地原路返回……

此时此刻，厅堂内酒宴业已到了尾声，好在谁都没有留意他的去向，马腾便佯装酩酊大醉，混在东倒西歪的众人里直到结束。

第二日一大早，马腾去大营操练兵马。作为四校尉之一，董天伦给他拨了四万军丁。当然这四万人都不是西凉兵的精锐，精兵良将掌握在董天伦的绝对亲信手里。不过西凉兵素来强悍，得益于西凉府特殊的地理环境，这里与多个胡族杂居，汉胡通婚频繁，人口结构复杂，因此造就了民风彪悍和相对强健的体魄。马腾自接手校尉以来更加强了操练，同时择优挑选出部分将官每日带队分组演练，使得这支兵马在整个西凉军中慢慢显现出优势来。

马腾站立在校场的凉棚下看着他的兵，难掩胸中的成就感。就在这个时候，家仆安图匆匆而来。马腾意识到可能发生了什么，便迎了上去。安图行礼后压低声音道：少爷，董府中有变。马腾示意安图跟上，转身走向一僻静处才问道：怎么回事？

安图看左右无人方回禀：早间少爷走后不久，董府里开始对昨天晚上进出董府的所有人员进行盘问，董都护亲自督办，说是丢了什么重要的物事，但并没有说是何物，只盘问昨日夜间有谁去过后院。还拷问了一向看守后院的家丁，一个个打得皮开肉绽，死去活来。小的心里不踏实就来找少爷把这个消息告诉你，昨夜里少爷曾在宴上离开过一段时间，我给人家说的是，我们家少爷从来没有离开过……

马腾摆手制止安图，慧黠的双眼给了安图一个眼神，并道：你说得对！你家少爷昨夜里不曾离席，一直都和营里的将领们喝酒来着，最后喝到人事不省，还是你安图背回卧房的吗？

安图略一愣神便回过味来，笑道：正是如此，正是如此。

走吧，既然家仆来报，本少爷哪有得信不回去的道理！马腾遂带着安图回了董府。

此刻的董府仿佛人间地狱，到处是鬼哭狼嚎声……董天伦端坐于院中，一脸的杀气。自炮头死于张鼎之手，驯养的信鸽便再也没有那般机灵，好容易重新遴选出一只与龙首山取得了联系，今早亲自去收取信件，却见鸽子腿上只有空空的信筒，本该装在里面的信件却不翼而飞了，显然已被人窃走。这便由不得让他肝火大盛，虽说如今已将西凉府兵政基本控制在手，离心中的目标更近一步了，但毕竟做的是割地称王的大事，稍有不慎就是万劫不复啊！这又让他怎能不急火攻心？因此，他气愤地大喝道：我让尔等玩忽职守……打！给我往死里打！

马腾进门看到的就是董天伦的气急败坏和一地的哀号惨叫。于是大步上前：大人息怒！末将听家仆来报说府中失了窃，心下忧急赶忙从大营赶回来，大人可有用着末将的地方？马腾定赴汤蹈火、在所不辞！

董天伦虽邀了马腾进府，并委以部分军权，但毕竟交情尚浅有所防备，还未到把一切和盘托出的地步。此时看马腾面上诚恳不似作伪，倒也没有对他生出怀疑，只收敛一二道：马校尉有所不知啊，昨日府上设宴，因着本将军高兴未做节制，这帮酒囊饭袋便玩忽职守起来，后院值夜的卫兵居然喝醉了，导致我府中一宝物遭了贼人之手。你说可气不可气？

宝物？马腾心里冷笑，脸上更加恭顺：既已如此，着人稽查便是，大人切息雷霆之怒，万不可因此伤了身。马腾自追随大人以来，大人对我深情厚谊，正不知如何报效，若大人信得过马腾，不如将此事交由末将来查，大人您看如何？

马腾一番言行不禁打动了董天伦，令董天伦深信不疑。于是，董天伦起身牵了马腾往书房走去，他觉得有必要向马腾交代一二了。

五、最好的报答

是夜，凉州城外四十里的地方，火把通明，两军对垒。董天伦立于阵前，看着对面的张鼎和马腾，气得目眦欲裂，如果这个世上有后悔药，董天伦情愿从来没有碰上过马腾……如果不是自己轻信别人，不把马腾引到自己的身边，就不会遭遇今日的背叛……董天伦这样想着，咬牙切齿道：张鼎，你这老匹夫！你何德何能，觍居太守之位？如今又联合马腾小儿害我至此！

张鼎曾经也是著名的“张将军”，今夜全副武装上战场，多年前的盔甲，配上手中的青龙偃月刀，还有胯下的大青马，显得格外引人注目。他指着董天伦大声呵斥：董天伦，并非谁要害你，实在是你自作孽不可活！你身为西凉府都护，本就权倾大西北，应该上感天子之恩，对下优恤百姓，方不负你守土一方的神圣职责。而你万不该意图自立小朝廷为王，又将臣子人伦置于九霄云外！人心不足蛇吞象啊！目下，你的悖逆行为已被本府查清，你恶贯满盈，罪不容诛！我今天如果不杀你，连老天都难以容忍了！

老天？董天伦哈哈大笑：老天在哪里？如今的朝廷却不知还能苟延残喘多久？皇帝昏聩、宦官当政，只有你这般的迂腐酸儒才时时刻刻想着为汉室死忠。我董某人却偏要搏上一搏，这就叫人不为己天诛地灭！

你这逆贼！张鼎斥道：为人臣者当思匡扶社稷，而你既知朝政痈疥却还要雪上加霜。到如今，死到临头还敢如此嚣张！

董天伦再不与张鼎说话，转而盯向马腾：马腾小儿，速来与董爷爷一战，让尔死于我长槊之下方能解我心头之恨！

马腾也不与其废话，打马上去便与董天伦战在一处：一个是叱咤西凉的一代枭雄，一个是系出名门的少年英雄，两厢里倒也打了个棋逢对手；一个是为称霸西凉势在必得，一个是为维护正义拼尽全力，厮杀间难分伯仲。

两个人很快便交战百来回合，饶是董天伦再骁勇善战也渐露颓势，毕竟马腾少年英豪年富力强，再加上董天伦刚刚不明就里中了埋伏损耗了精力，此时已然强弩之末，枪来槊往间一个破绽被马腾挑于马下，早有捆绑手上前将其缚住押到了张鼎跟前。

董天伦一众亲信看到主将被捉，都没有再战之心，纷纷弃战而降。董天伦知道大势已去，颓然长叹一声，任由张鼎调派兵勇押解回城。余下叛军树倒猢狲散，虽人数远超对方许多，无奈失了主心骨，又得了太守亲口许诺降兵不予追究，一个个皆倒戈相向，没费多少工夫便被马腾收编重整了。

而此时的马腾因大败董天伦，彰显出超群的武艺，再加上张鼎太守的庇护，俨然已成了西凉军新的标杆人物。

张鼎、马腾押回董天伦不敢懈怠，连夜过堂审讯。

西凉府如此大的兵马异动，少不得惊动了西凉所有的官员。深夜的太守府大堂上，闻讯而来的官员依品级坐列两旁，还有官品较低的官员和胆大而又好事的百姓也聚在大堂外旁听。堂下是参与这次叛乱的董天伦一众亲信将领，此刻皆除去盔甲缚了手足跪听发落，而董天伦虽也捆绑但拒不下跪，依然昂首挺立。

张鼎顾不得计较这些细枝末节，宣布开堂问审：兹有西凉府都护董天伦拥兵自重，意图谋反自立为王，现人赃并获拿于堂下，如此罔顾人臣之礼的逆贼依大汉律当判车裂大刑。董天伦，我且问你，你可服判？

董天伦仰天大笑：张鼎老贼，本大将军知你心思，不过是一向看董某不惯，因而罗织这莫须有的罪名故意加害于我。谋反？张鼎老贼，有什么证据你倒拿出来与众人看看。

张鼎向提剑在侧的马腾微点了点头，马腾走到堂下向太守单膝跪禀：太守大人，末将有证物呈上。说话间将两份信函自怀中取出上呈公案。

张鼎自然清楚这就是涉及董天伦谋反的私密信件，他也看过不止一遍，甚至上面的内容都能倒背如流，但当着其他属僚还需要做足全套文章：呀！这果然是董大将军谋反时联络外敌的证据！扫了一眼堂下两侧那些满含探究的面孔，接着道：究竟是何物自当传与各位大人一观，以辨是非。

且不论那些官员传阅信件时的窃窃私语，董天伦甫一看到马腾亲手拿出密函，再也控制不住滔天的怒火：马腾小儿，你这小畜生忘恩负义，枉我信你用你委以重任。当日你初来西凉受张鼎羞辱，是本大将军接你回府奉为上宾，你竟不念一点恩义生了反骨，联合张贼来害我。口口声声说要报答，你就是这么报答我的？啊？你这个小畜生简直狼心狗肺……

这般辱骂让年轻气盛的少年将军再也沉不住气了，还没等董天伦骂完，就被马腾一记窝心脚踹翻在地，众人再看时董天伦已仰面倒在地上，随后一口污血如血雨喷出，刚好染了坐在近畔一文官的袍角，那人嫌恶地瞪了董天伦一眼，嘟囔了一句：晦气！

此刻的董天伦脸色灰败、狼狈不堪，哪里还有当初为一府都护极尽荣盛之时的半丝神采。

马腾站在董天伦上方义正词严地说：你狼子野心、不忠不义，人人得而诛之，我马家世代效忠汉室天子，岂能与你这反贼为伍。若不用良计怎么获取你谋反的证据？你不是说到报答二字吗？令你伏诛就是最好的报答！

众人此时终于弄清楚了事情的来龙去脉，原来那日马腾与太守唱了一出苦肉计，以此取得董天伦对马腾的信任，进而由马腾蛰伏董府方便行事。直到截获密信，那信函之上虽然并未有多确切的内容，但太守将计就计佯装发现龙首山的秘密，故大张旗鼓调兵遣将去攻打。无奈董天伦做贼心虚，慌乱中就上当了。好在有亲信说，张鼎所带兵马不多，故趁夜带了亲信将官出城秘密追杀，却不知太守安插于军中的另一偏将田金泉，联合马腾早已在凉州城外张网以待，这才中了埋伏，更因阵前不敌马腾而沦为阶下囚。唉！真个是机关算尽太聪明，反误了卿卿性命啊！

张鼎看马腾因受谩骂愤而动粗一脚踹倒董天伦，怕将其当场致死而赶紧阻止，董天伦虽已擒获，但他背后还有隐秘未曾交代明白，便继续审道：董天伦，本太守早窥得你有反心，所以与马腾将军商定了计议，用苦肉计取得你的信任后打入董府，以方便获取你谋反的证据。如今铁证如山，容不得你狡赖不认。日前，本太守已向洛阳奏报，天子御笔批示“但有确证可斩杀阵前”。念你我同僚多年，倘若你肯将十万匈奴私兵召出龙首山解散或为朝廷所用，本太守必为你周全一二，你的死罪难免，但要保下家小也并不是办不到。说完示意书吏将笔墨递至董天伦身前。

哈哈哈！董天伦强撑起身：张鼎，你做梦！成王败寇，今日若事成家小跟着我自有荣华锦绣，一旦遭难，他们又怎能独善其身，你要杀便杀，休想诱我上当，来日自有人替我取你项上人头！

继而对着马腾又道：小畜生，你等着吧，很快就会有人来为我报仇雪恨……

还有你们……

董天伦眼神扫过堂上众人，话语里满是怨毒，胆小的竟被吓得面显惧色，身体微微颤抖。

张鼎急忙喝止董天伦的胡言乱语。也就在这个时候，董天伦急速冲向案前，企图用案几伤害张鼎，马腾一跃将张鼎护于身后，反身一剑刺出，那剑锋来势太快董天伦根本来不及避让，便眼睁睁看着对方的利剑刺进了自己胸膛……

一代枭雄董天伦，顷刻间倒地而亡。

六、不入虎穴焉得虎子

企图颠覆西凉府的罪魁祸首董天伦伏法了，消亡在一场步步为营的计谋里。但是，正所谓百足之虫死而不僵，董天伦虽然死了，但其外援还在，这个外援就是龙首山上以“龙王”为首的匈奴兵加土匪的十万之众。卧榻之畔岂容他人酣睡？有这样一股势力的存在，就如同恶虎伺机而动，随时都有可能扑上来撕咬你一口。要想除却这心头大患，对于西凉府来说是一个天大的难题。龙首山虽大不足惧，可惧的是一线天。那一线天是进入龙首山的唯一通道，所以，你无论有多少军队都是枉然，真正是一夫当关，万夫莫开的险阻之地。

还有，龙首山的匪首“龙王”真的是董天伦的外孙耿鄙伟康吗？这事儿到目前为止尚不能确定；董天伦与龙首山联络，除了信鸽传送外肯定还有其他方式，那么凉州城内必然还有他的细作，且为数不少。另外，十万兵马的粮草军饷除了抢劫河西走廊过往商贩外，还有什么渠道？这一切，对于西凉府来说，都是未知之谜。

到目前为止，对龙首山私兵的了解，仅限于手中截获的几封密信，还有就是那份来自骊靬“罗驷”送来的信函。董天伦没有留下关于龙首山的口供就死了，本想从董府管家董尔权嘴里撬出一点实质性的内容，然而这是个极其狡猾的家伙，居然能从看守森严的府衙大牢里脱逃，之后便消失得无影无踪了……

接下来，张鼎和马腾通过董天伦历次征讨龙首山的将士了解董天伦征讨龙首山的秘密，将士们的回答让张鼎和马腾惊讶的同时，感觉匪夷所思。他们确实好几次跟着董天伦去征讨龙首山，然而他们围剿“龙王”及其土匪的过程极其简单。大部队跟着董天伦出发到骊靬县北边的沙漠戈壁滩，就不走了。接下来他们安营扎寨，埋锅造饭。之后整个西凉兵的任务只有一个，那就是找水，水就是“青龙”，谁敢说青龙不是龙王？然后在戈壁滩上大吃二喝……这样的状况少则半个月，多则一两月，等到把所带的粮草消耗得差不多了，董天伦才宣布，我们消灭敌人先头部队的作战任务完成了，消灭了多少多少土匪，缴获了多少多少武器辎重，我们自己损兵折将多少多少多少，就地补充兵员多少多少……

然后是宣布“论功行赏”名单：张三斩杀敌将多少，其过程是什么样子；李四消灭匈奴兵多少，对方如何如何凶悍无比，最后又是如何取得胜利的；王五是如何冒着生命危险到敌营打探消息的，差一点点，就回不来了；赵麻子是怎么带着兄弟们烧毁敌人粮草的，等等。至于匈奴土匪军的老巢在哪里，谁也不知道。再说了，谁敢去打探啊？连敌人的先头部队都如此凶悍，几乎不可战胜，那敌人的老巢一定是铜墙铁壁，固若金汤了！再说，粮草也没有了，你追到敌人的老巢里去，那不是找死吗？所以整个西凉兵从上到下，像演戏一样，操练上那么一阵子，好了，得胜回营了。将士们不打仗还能获得军功，何乐而不为呀？就这样，董天伦把整个西凉兵整理得铁板一块，针插不进、水泼不入。

直到这个时候，张鼎才知道，他的都护董天伦把他欺骗了好多年。每一次征讨，府库里的金银、粮草基本上都被消耗殆尽。折腾了好几年，董天伦没有为西凉府打仗，而是趁机掏空府库，而他却在暗中资助龙首山“龙王”的匪军。

当然了，董天伦对西凉步兵的训练可是一点点都不含糊。那是真正的训练呀，那是脱一身皮的训练呀！张鼎为什么对董天伦深信不疑，就是他暗地里看过董天伦训练军队的过程才对董天伦刮目相看的。再加上董天伦利用老百姓信奉鬼神的实际，授意江湖上欺世盗名之徒广为制造并传播舆论，以讹传讹把土匪头子“龙王”吹成了“天神”，把土匪神化成了天兵天将。所以，张鼎认为，能把“龙王”的先头部队消灭在大沙漠里，已经很了不起了！

还有一件怪事也让张鼎对“龙王”是天神的说法深信不疑。董天伦三次攻打龙首山，每一次西凉兵马都是在夜深人静的时候悄悄出城的，军事行动历来都是西凉府最高级别的秘密。可是，西凉兵前脚走，那“天兵天将”后脚就来了。而且一夜之间就把西凉府三分之一的粮草和金银给搬走了。第一次，张鼎不知道“天兵天将”要来，所以吃了大亏。第二次、第三次董天伦攻打龙首山的时候，张鼎在金银库、粮库周围伏下了重兵，可是，第二次守库的兵士无端地全体陷入昏睡状态；第三次更加蹊跷，守库的兵士们不但睡着了，而且一个个都患上了夜游症，居然排着队撤离了金银库和粮库。为了解开谜底，张鼎亲自参与了对守库兵士的审讯，大家都无一例外地说，困，特别的困，睡着了就什么也不知道了……

还有更让张鼎称奇的事情呢！那一次参加完审讯后，回到家里，他也患上了夜游症，一觉醒来，他不在自己的卧室里，而是睡在董天伦都护府大堂的条案上。张鼎大喊“董天伦”时，都护府堂下跪了一地的人。董天伦的管家董尔权说，张大人，董将军带兵攻打龙首山去了。张鼎又问：我怎么在这里？董尔权说，夜半三更，太守大人单枪匹马来敲都护府的大门，我们打开门后，太守大人一句话也不说，径直到了大堂上，睡在了大堂的条案上，然后就大呼二呼地磨牙放屁，一直到了现在……

张鼎不相信自己也会患夜游症。于是，他又被某人怂恿到了西凉府最有名的卦师“张神仙”处算卦。张神仙神神道道了半天，请来了上天的旨意：龙首山的“龙王”是上天派来的天神，打不得……张鼎这才知道，董天伦和老百姓所传扬的一切，似乎并不是空穴来风。虽然未免太过离奇，但却是自己亲身经历，亦由不得不信。至此，张鼎再也没有提起攻打龙首山的事情。

还有比这个更严重的呢！董天伦为了达到霸占西凉府之目的，储备未来造反的物资，让价格便宜、饲养成本低、战斗力不强的西域马代替了价格昂贵、饲养成本极高、战斗力超强的凉州大马，从根本上瓦解了西凉骑兵的根基。

时至今日，张鼎自然知道了这一切都是董天伦与龙首山匪兵里应外合唱的双簧。审讯得知，所谓“张神仙”乃董天伦花重金从胡地请来的巫师，董天伦为称王西凉无所不用其极，甚至动用巫蛊、投毒等下三烂的招数，简直是丧心病狂。

张鼎知道一切后，愤怒之余亦感到惭愧，深愧自己被董天伦蒙蔽数年却不察。于是，他召集西凉府新都护马腾将军、新提拔的西凉军军师吴瞎仙到太守府议事。现在的局势是敌暗我明，董天伦苦心孤诣经营多年，西凉城内和军中的细作想必已经将消息送进了龙首山，匪首“龙王”定已知道西凉府发生的一切了。眼下当务之急就是，在积极备战随时准备迎击来犯之敌的同时，重新组织兵马征讨龙首山。

马腾在张鼎和吴军师的注视下，指着面前的龙首山地势图分析道：有备才能无患，我们主动攻打龙首山没有错。但是，我们不知道匪巢在哪里、土匪的武器装备如何。据密信来报匈奴加土匪有十万之众，且有一线天做屏障，在没有摸清楚对方情况、不知道对方虚实的情况下，我们千万不能贸然出击。另外，龙首山地势复杂、山高沟深，没有熟悉山中地形的人带路，这仗打起来并没有取胜的把握，如果贸然出击肯定会吃败仗。

张鼎点头称是。马腾接着道：现在，最稳妥的办法是寻找熟悉山里地形地貌的向导，再派我们的探子跟随，尽快掌握龙首山里边的地理位置和匈奴兵、土匪动向。这就叫知己知彼，方能百战百胜。

吴瞎仙接上说：不入虎穴，焉得虎子，我觉着马将军言之有理，我们需要派人打入龙首山匈奴和土匪巢穴，摸清情况，再商议制订攻打计划。

眼下情形只能如此，张鼎便同意按马腾和吴瞎仙的提议。但在派什么人打入虎穴的问题上，三人有了分歧。马腾自告奋勇，提出亲自去骊靬、西山打探匈奴兵和土匪情况，最好能打进匪巢，然后里应外合，彻底消灭“龙王”及其龙首山上的匈奴兵和土匪。

吴瞎仙第一个不同意马腾的提议，他说：马将军如今是西凉府的主将，军中不可一日无帅。你马将军走了，西凉兵怎么办？由谁来管？我们刚刚从董天伦手上接管了军权，军心难免不稳。倘若马将军走了，兵将中产生异动谁去控制？

张鼎原来打算让马腾亲自去，此时听吴瞎仙这样说也犹豫起来：马腾刚刚上任，虽然以雷霆之势取董天伦而代之，其武功谋略让人佩服，但毕竟董天伦积威已久，将军在时自然无人敢轻举妄动，就怕少了马将军的震慑个别人生出些不臣之心来，如此看来在这个时候让他离开凉州去骊靬、西山，似有不妥。

马腾听完张太守的分析后笑笑，笃定道：太守大人和军师之顾虑都有道理，但也无须太过担忧！首先是董天伦伏诛后，他的亲信党羽咱们清理得已经差不多了，经过考察后，校尉以上的将领都是专心军务的有为之人，况且我走了，还有田金泉将军坐镇，我会安排做好操练。至于暗中潜伏下来的，小侄以为树倒猢狲散，也翻不起多大浪来。再加上太守大人爱兵如子，如今西凉军上下一条心，我只是离开几日，可太守大人在，军中还有军师督导。所以，我在与不在，西凉军不会有任何问题。

看太守与军师默然不语，马腾接着说：其次，虽然董天伦狼子野心，但这人带兵有方，尤其是步兵的训练，下面的将军们做得非常好。当然，为稳妥起见我可以秘密离开凉州。在我离开凉州的日子里，西凉军的一应军务均由田金泉将军打理，他是一个可靠的人，是太守大人的心腹之人，所以我给田将军交代好一切，请太守大人放心。再次，董天伦功败垂成势必会让龙首山那边成为惊弓之鸟，难免有了恐惧心理，想来防备会更加严密。而我来西凉府时日不长，是新面孔，去骊靬县没有人能认识我，所以更有利于暗中查访，如果派别的人去，一旦让对方起疑，我们说什么也不能打入匪军巢穴。由此看来，此行只有我马腾是最适合的人选，且请太守大人和军师细加考量。

张鼎点点头说：马将军虽然言之有理，但我还是不放心啊。

吴军师眯眼思谋片刻计上心来，道：太守大人，要不这样吧，让马将军扮作我的老板，我重操旧业，拿起我的三弦，唱起我的凉州贤孝，我们以戏班子的身份去骊軒县，这样肯定不会引起别人的怀疑，再加上马将军的精心安排，应该是万无一失呀！另外，我们这次出去的主要任务是了解“龙王”确切的地理位置。到目前为止，我们并不知道对手究竟在哪里。情报上说，在骊軒县的西山，这西山地方可就大了。龙首山、莲花山都属于骊軒西山，万一这“龙王”在莲花山呢？莲花山绵延千里，西头在骊軒县，东头在凉州，十万匪军要是潜伏在莲花山也是有可能的。我们一步步来，先摸清楚他们的位置，然后我们再做进一步的打算。

马腾点点头说：吴军师言之有理，太守大人以为呢？

张鼎也觉得现在最要紧的是先弄清楚对手的行踪，所以他欣然点头，吩咐二人自去准备。

七、凉州大马横行天下

这一天凌晨，马腾和吴瞎仙骑着马神不知鬼不觉离开了凉州城。中午时分，他们就到了骊軒县地界。一路风光，美不胜收。涉过一河，入眼是漫山的松林和蓬蓬勃勃的一湾草地。四面林木葱茏，山泉倒挂，野花铺地，雪峰耀眼，恍若仙境。马腾心身如醉，神思飞扬。马腾提议，让吴瞎仙唱个曲儿，吴瞎仙欣然允诺。他骑在马上，弹起了三弦，唱起了开门曲：

莲花山有棵天赐柳，
半截子在天里头；
小妹妹是阿哥的护心油，
千思万想着难丢……

马腾拍手叫好：吴军师……马腾自知失言，警惕地看了一眼周围，这才改口道：吴瞎仙，我还是叫你瞎子吧。

吴瞎仙微笑着点头：马掌柜，在下是你的伙计，你随便叫什么都可以。

马腾翻身下马，望着吴瞎仙：瞎仙，你告诉我，这莲花山的天赐柳究竟是怎么回事？

吴瞎仙摇头晃脑，说出了这天赐柳的来历：很早以前，突然一天，在凉州西南、骊靬县正南的莲花山半山腰上，人们不经意间突然发现冒出来了一座气势雄伟、气象万千的寺院，在寺院的山门口，也仿佛是一夜之间长出来了一棵蓬蓬勃勃的大柳树。我们这里的柳树个头都不高，可这棵柳树却非常高，高得不像柳树，倒像一座木塔挺立于天地之间。所以，人们就把这棵柳树叫作天赐柳，把这寺院叫天赐寺。百姓们皆相信此异象乃上天所赐，每逢初一、十五准备好香果供品去天赐寺祈愿祷祝。再后来一空法师接管了住持之位，据说那大和尚颇有几分神通。随着香火越来越旺盛，天赐寺不断翻新扩建，如今成了一等一的大寺院，寺里僧侣众多，已是闻名天下的禅寺宝刹了。

马腾突然地想起那个叫罗驷的和尚写给张鼎的密信，于是就问：这个天赐寺的住持叫什么名字？

吴瞎仙一本正经地说：好像叫一空，对！叫一空大师。

马腾自言自语说：一空法师，一空，罗驷……好像不是一个人。

吴瞎仙没有听到马腾的自言自语，继续兴致勃勃道：马掌柜，你知道张太守有一个什么样的爱好吗？

马腾一愣：张太守有什么爱好？哦，这个我知道啊！他喜欢马啊！

吴瞎仙拍拍马背说：对，马掌柜，张太守特别喜欢马。

马腾摇摇头说：这有什么好奇怪的？我小的时候就曾听父亲说过，“凉州大马，横行天下”。只要是个西凉人，没有不爱马的。

吴瞎仙笑着说：可这张太守爱马和西凉人爱马是不一样的。

吴瞎仙见马腾把马放出去吃草了，也把自己的马放了出去：去吧，好好地吃一顿，我和掌柜的也吃点东西。

马腾见吴瞎仙给自己铺好了坐褥，就坐了下来。吴瞎仙把干粮和马奶酒递到了马腾的手里：马掌柜，我们边吃边说吧。

马腾吃一口干粮喝一口马奶酒，望着吃草的马匹，还有远处的山和近处的松树林，静静地听吴瞎仙说张太守的传奇故事。

吴瞎仙介绍说：张太守对马不亚于对人。他对凉州大马有自己的认识。他说凉州大马有两种解释：首先是马的品种。我们西凉的马之所以叫“凉州大马”，那是有原因的。一是凉州大马个头大，二是跑起来马身上会渗血，也叫“汗血马”，是千里挑一、万里挑一的好马！

马腾站起来望着吴瞎仙道：你早告诉我，我们让马跑起来，就会注意我们骑的马身上有没有血，也让我看看名扬天下的“凉州大马”到底是什么样子。

吴瞎仙笑着说：不着急，马掌柜要见识我们的凉州大马容易。等我们回去的时候吧。

马腾重新坐在了坐褥上：吴瞎子，你继续，我在听呢。

吴瞎仙看了一眼远处吃草的马，继续道：张太守的先祖，原为李广利将军帐下一军佐。一次西征大宛取马归来，被西凉府任命为骊靬苑的护马校尉。从此张太守家便代代相传，以养马为职守。到张太守这里，情况变了，他不再养马了，他从军入仕，从侯马亭长做起，负责为朝廷选马、送马。有一天，有消息说，西凉府骊靬县有一个财主家的二公子，在牧马时看到了一匹神马，一到天黑，就见这马鬃毛放红光，像一团火球。但这位二公子走到马跟前时，那红光便消失了，那神马也就找不到了。张太守听了十分惊喜，就亲赴财主家马群里寻找。一天晚上，张太守果然在群马中发现了一团火球随马移动，十分神秘。但张太守找到马的跟前时，那火光又不见了……

张太守不甘心失败，第二天、第三天继续守候在马群的周围，细作观察。第三天下午，张太守正在山头上四处眺望时，忽然山脚下一阵龙虎阚啸，只见山林中奔出二豹，向马群发起突然袭击。马群大乱，惊慌地向峡口处奔涌窜逃。二豹飞奔如箭，眼看就要扑着一匹小马驹时，突然，马群中冲出一匹枣骝马，鬃毛飞扬，嘶声裂云，向两只豹子发起了反击。天哪，一马战二豹，真的是亘古未见呀！

马腾被吴瞎仙的讲述吸引住了：结果如何？那枣骝马胜了吗？

吴瞎仙慢慢悠悠地喝下了一口马奶酒：马掌柜，你说什么也想不到那场大战的结果。

马腾急了：怎么样，是枣骝马胜了吗？

吴瞎仙一字一顿地说：是的掌柜的，枣骝马获胜了。两头豹子，一头被它踩死，一头落荒而逃。

马腾哈哈大笑：张太守是个有福之人哪！如此惊心动魄的经历，让他遇上了。哎，吴瞎仙，那马现在在何处？

吴瞎子摇头晃脑，继续说：张太守这匹马就是我们西凉真正的“凉州大马”。平日里看不出它有什么奇特，一经长途奔驰，胸胛上就赤汗如血。而且特别挑剔，非泉水不饮，草料中带有土渣，也绝不肯食。这样一匹马，按理说是要送往京城献给朝廷的。但张太守却多了个心眼，如此神骏不上沙场反而送去给天子当玩物，岂不是暴殄天物？县官不如现管，他就将这匹枣骝马悄然留为己用，成了自己的坐骑，跟着他一路冲锋陷阵。

此时此刻，马腾的兴趣已经被吴瞎仙调动起来了：后来呢？

吴瞎仙仍然慢条斯理：后来，西北边的柔然又来犯境——柔然是匈奴的一支余脉，数量不多，但集合起来力量也很大。那一年麦收季节，他们越过长城，把我们西凉人的庄稼牛羊劫掠走了不少。就在这一次反击柔然人的战斗中，张太守骑着他的“凉州大马”参战了。他率一军从姑臧出发，直入大漠。柔然兵一见张太守他们到来，正欲接战，不提防张太守的坐骑猛然一声长嘶，犹如虎啸一般，对方首领的马竟然被吓得瘫倒了。张太守乘势追杀，大获全胜……战罢归来，张太守立了军功，官升两级，日后逐渐升到了现在的职位。所以，张太守的那匹凉州大马，也因此名声大震，成了闻名于世的一匹神马。

马腾着急地问：这匹马现在还活着吗？

吴瞎仙摇摇头说：死了。马的寿命一般是十至二十年，一至三岁为驹子，四至九岁是它的黄金期，十岁以后，就逐步衰老了。张太守的那匹马，在十五岁那年，为了救张太守的小女儿，壮烈地走了。

马腾惊异地：为救张太守的女儿走了？

吴瞎仙喟然长叹一声，眼中溢出了泪光：是呀，这是一匹忠诚的、感恩的神马。那时节，张太守的马已不能上战场了，张太守后来也因为坐骑而不骑马了，就把它养在后院里。可张太守还是一有时间就去陪他的马坐一会儿。那年元旦日，骊靬县举行打春牛会，张太守女儿小雀子年少好动，要看热闹，就带了几个家丁，骑着张太守那匹老马去了。没想到，走到途中一条河流边，遇见了一头獐子，那些家丁们就策马紧追打起猎来。不提防过河时，初春的河冰还没有化尽，马蹄一打滑，张太守的小雀子就掉下马来，被河水冲走了……家丁们慌了神，惊叫着沿河直追小雀子。直到天黑，追出三十里地，才把雀子的尸体捞出。

直到第二天，人们才想起张太守的马来，赶回河边时，它已冻死在冰河上。更为让人惊奇的是，它的两眼之间偏上，出现了第三只眼。它的三只眼睛都在直愣愣地望着眼前的河冰……

原来，它在小雀子一落水的当儿，就立在水中央不动了，为了告诉主人小雀子是从什么地方掉下去的，它两只眼不够用，一着急又在脑门上长出了第三只眼，望着刺骨的冰水，它死活不肯上岸。此刻尚在岁首，一夜大雪冰河重新封冻，这匹马的四肢就像四根铁柱插在冰壳中，任全身逐渐冻成了冰疙瘩，它始终岿然不动！

小主子虽未得救生还，但如此忠义之马当得可歌可泣！太守因感念神马恩义，命人修建庙宇塑了人身马首像供奉以示缅怀，那座专门祭奠马的庙就建在天赐寺里边，并由张太守亲笔题匾“马神庙”。后来百姓凡去天赐寺敬香，必上马神庙祭拜一番，因为忠诚烈马的故事，马神庙的香火也慢慢地旺盛起来……

马腾听完吴瞎仙的述说后感动地说：怪不得人说“马王爷有三只眼”，原来是这样啊！

马腾的脑海里顿时出现这样一幅画面：一道冰河上，一马四蹄蹬水，尾巴毛、鬃毛直冲云天，只见它站在冰里，形若冰雕，三只眼睛眺望着蹄下的冰河，那里是小雀子掉下去的地方，三只眼里三行清泪结成了冰凌……

马腾仰望苍穹，高呼道：“凉州大马”岂止是横行天下啊！何时我也能觅得那般良驹才叫快意平生啊。

吴瞎仙见马腾如此激动，告诉他：在凉州城南方向的草原上，有一处叫“金繁马庄”的地方，那里就有你需要的凉州大马。

马腾高兴地问：金繁马庄里有凉州大马？

吴瞎仙点点头说：是的马掌柜，张太守为了让凉州大马繁衍生息，想尽了办法，终于在金繁马庄培育出了凉州大马的后代。据说它们平时是马，跑起来似马非马，矫健如龙。可惜，我也从未得见。

马腾急促地问：似马非马，矫健如龙？这不正是凉州飞龙先生笔下“龙马精神”的化身吗？

吴瞎仙点点头说：马掌柜，你说对了。飞龙先生写的正是我们的凉州大马。

马腾啧啧赞叹：我以为“龙马精神”是飞龙先生虚构的艺术形象呢，原来还真有这样的天马啊！

吴瞎仙胸有成竹：那当然了。我们把骊轩县的事情办完，我就陪着你去金繁马庄去，给……吴瞎仙说到这里前后左右看了一遍，压低声音说：给我们的马大将军选一匹凉州大马去！顺便也让我瞎子开开眼。

马腾高兴地点点头说：好！好极了！

说到这里，马腾不禁产生了疑问：既然凉州大马是天下最好的良马，那为什么西凉骑兵的坐骑是西域马而不是凉州大马呢？吴瞎仙告诉马腾：这都与董天伦的贪腐有着直接的关系。首先，西域马的繁育场场主是董天伦的老丈人，他要用这些好处讨好他的小妾。其次，西域马的养殖成本低。这把凉州大马换成了西域马，咱西凉府的军费开支一下子节省了一半。这么多年来，这些钱全部进了董天伦的腰包。

马腾反问：这样的情况张太守难道不知道吗？

吴瞎仙接上说：张太守当然知道了，但有两个原因，所以张太守就睁一眼闭一眼了。一是，董天伦把军事力量重心放到步兵上后，没有打过一次败仗；二是军权全部掌握在董天伦的手里，张太守怕节外生枝……

马腾这才点点头，原来如此。也就是从这个时候，马腾对“凉州大马”产生了浓厚的兴趣。

两个人正说着，突然听到了一声嘶鸣，他们朝马吃草的地方一看，两匹马都不见了。吴瞎仙急道：马掌柜大事不好，你那匹马是张太守特意从西凉骑兵营里选出来的上好品种，如果丢了，如何是好呀？

马腾安抚道：我们的马就在附近，应该跑不远，走，我们这就去找找。

马腾和吴瞎仙朝着刚才马嘶鸣的方向冲去，发现两匹马好端端地拴在一棵树上。

吴瞎仙喜不自胜：我们的马找到了，我们的马找到了！

马腾检查了一下马，望着吴瞎仙说：奇怪啊！这显然是有人怕我们的马丢了，拴起来的嘛！

吴瞎仙点点头，表示同意：马掌柜，此地邪门得紧，我们赶紧走吧。两个人这才翻身上马，催马前行……

突然，不知从何处飞来一块石子，正好击中了马腾坐骑的屁股。坐骑一个惊跳，差点把马腾摔下来。

两人一怔，张目四顾，却又没有了一点动静。马腾警惕道：的确邪门！不知是有人恶作剧，还是我们莫名惹上了什么暗中势力。我们当心些……

话还未说完，突然又一块石子飞来，再次击中了马腾坐骑的屁股，马儿又是一个惊跳。

马腾大声道：既然是朋友，何不现身相见？却在暗处捉弄人？

吴瞎仙也恍然大悟：这石子打得这么准，一定是从炮肚子里打出来的，说不定是牧羊人在恶作剧。

马腾没有听清楚：什么？炮肚子？炮肚子是什么武器？

吴瞎仙笑着说：炮肚子是牧羊人专门打牛赶羊用的一种器具，也叫“炮鞭”。两边是绳子，中间是皮子做的包石布，牧羊人可以在几十丈远的地方打头羊，百发百中。

马腾笑着说：啊呀！这个武器好，石头随时随地都有，要是用在战场上，也应该是不错的武器啊！

吴瞎仙也笑着说：是呀，马掌柜说的是，我们应该找机会试验一下。

八、姑娘好大胆

马腾和吴瞎仙正说着，在一片银铃般的笑声中，前面齐腰深的草丛中，一下子冒出四五个牧羊女来，她们咯咯咯地笑着，向这边直做鬼脸。

马腾毕竟少年心性，也起了玩心，一拍坐骑追了上去：不要跑，等我来教训教训你们这些野姑娘!

姑娘们大笑着撒腿就跑，一下子不见了踪影。马腾策马在草丛中追赶，却不料被草丛中用马莲草结成的绊马索绊了一下，竟一下子摔下了马。姑娘们又在前面出现了，她们不但咯咯大笑，而且还拍手直跳……

马腾心想，几个黄毛丫头都拿不下，还当什么将军？于是，他扔下马，徒步向前追去。姑娘们蹦蹦跳跳嬉笑着钻入了一片密林，马腾紧追不舍眼看就要抓住了，却被横刺里出现的一群羊拦住了去路，遂急中生智，抓住一根树枝借势荡起，从一片羊群背上飞跃而过。谁知马腾又中计了，他刚刚落地便感到脚底下“嗡”的一声，一个压埋在地下的树梢猛地弹起，那树梢上结着的皮扣正好扣住了马腾的一只脚。马腾这下麻烦了，他被几个黄毛丫头吊到了半空中，脑袋朝下，距地面有三五尺之高……

这边，吴瞎仙因为距离远，再加上草木茂盛，除了听到姑娘们的笑声外，根本就看不到马腾与几个黄毛丫头“战斗”的精彩场面。他担心出事，急忙牵着自己和马腾的马，循迹追去。转过山嘴，不远处一幅骇人的画面出现在吴瞎仙的眼前：马腾还倒吊着，身边围着四五个牧羊女，嘻嘻哈哈，调笑不已。有的拧他的耳朵，有的摸他的脸蛋，还有一个姑娘居然近距离地捏马腾的鼻子。

想马腾如今已是一府都护，却在阴沟里翻船被几个顽劣少女捉弄，倒吊着的他本来恼火非常，但突然发现众女子中有一个皮肤白皙、明眸皓齿，眉眼间隐隐还有几分野性，却又难掩风姿绰约的姑娘。马腾虽然一向老成持重，但正是血气方刚的年纪，看那姑娘气质出众，竟也起了促狭之心，突然一伸手揽住姑娘的脑袋，姑娘猛然间没有防备，错愕之际竟直愣愣与马腾来了一个面贴面，两人的嘴巴挨近，正好四唇相接……

几个姑娘见状，都惊得捂面跑远。此时只剩下马腾与那姑娘双双尴尬在场，姑娘见同伴跑了，才觉羞窘，跺脚而去，遥遥丢下一句：登徒子！其实马腾也是大窘，看那姑娘走远心里苦笑自嘲：不想无意之中的冒犯，让人家以为是登徒浪子了呢！

等吴瞎仙赶到近前，那帮子姑娘早已丢下马腾，野鸟似的飞入树林中不见了。

吴瞎仙急忙掏出匕首斩断套索，解下了马腾。马腾倒吊久矣，已憋得满面涨红近乎青紫，呼呼地喘着粗气：这骊靬县真是个好地方！这里的姑娘不但野而且还漂亮！果真是深山出俊鸟啊！

吴瞎仙哈哈笑着：马掌柜，野丫头们吊了你，我可是瞧见你趁机轻薄了她们中间最漂亮的一个哦。哎呀呀，这是交了桃花运啊！我看这是一件好事，等我们进城见了县令，让县令为掌柜的提亲去！

马腾不理吴瞎仙调侃，摸摸鼻头嘿嘿笑着跨上了坐骑：好！吴军师，我们去找县令去也！

吴瞎仙加鞭拦住了马腾：掌柜的，你真的喜欢上那个野丫头了？

马腾眼前又冒出那姑娘的面容来，他觉得那位姑娘异常可爱可亲，便笑着反问吴瞎仙道：瞎子，你不是能掐会算吗？依你看我马腾的桃花运当真会在骊靬吗？

吴瞎仙想着继续打趣马腾，便装模作样掐起手指说：嗯！我看差不多……

马腾看这瞎子没个正形打马先跑前头而去，身后又听吴瞎仙唱起贤孝来：

骊靬的景致观一番，
树上的鸟雀叫得欢。
玉皇爷生了七个女，
各个婚配下了凡。
神仙们都有个婚姻事，
难道说你我凡人不结缘？
……

九、天下敬老，人便长寿

马腾和吴瞎仙骑马来到了骊靬县城。城门上方的石匾在风雨的侵蚀下已经斑斑驳驳，但“骊靬”两个字仍然清晰可见。

城中景象与凉州略同，只是规模小了很多。街面上到处挂着各种各样的兽皮，从皮毛生意的热闹场面就可以看出，这里的狩猎业很是兴旺。

两人正在兴致勃勃地观望，忽然有一位老者迎面拦住了马头，抡起拐杖照着马腾就是一拐：何方野客，进城怎么不知道下马？

马腾被老者打愣了，不知道是怎么回事，转向吴瞎仙：瞎子，这……

只见吴瞎仙慌忙滚鞍下马，向那老者打躬作揖道：老人家，恕罪！恕罪！我们是外乡人，初来乍到不懂规矩。请多原谅，请多原谅！

马腾见状也赶忙下马，那老者教训道：要是外地人，我就不怪你们了。今日造次的若是骊靬人，我定要拉去县衙让县太爷发落。

吴瞎仙一听，再一次作揖：老人家，我们从凉州来。这位马掌柜来自天水郡，所以……

老者打断吴瞎仙，责备道：来自天水郡的客人算是不知者无罪，可你是凉州人，怎么不知道我们这里的规矩呢？

吴瞎仙连忙解释：老人家，我们今日有急务要找骊靬县胡县令。因为刚刚在城外遇到一些麻烦，心下一急，这才大意失了礼数。还望老人家见谅！

老者见吴瞎仙谦逊有礼，也不再追究，转身蹒跚离去。

马腾摸了一下被打的胳膊，反而一笑：这骊靬城的风俗倒是特别！

吴瞎仙自责地说：这事怪我！骊靬城历来就有城中不许骑马的规矩，如果有人不遵守且破坏了规矩，都将视为对骊靬的不敬。方才一时疏忽竟给忘了，怪我，怪我……

马腾一摆手：无妨！只是那老者怎的一上来就打？

吴瞎仙接着说：马掌柜有所不知。他手里拿的那根拐杖叫鸠杖，拐杖上雕有一只鸠鸟。西凉礼制，特别敬老。凡年满七十岁的老人，均由官府颁此鸠杖。若见无礼作歹之人，便可杖击训诫，就连县官也不例外。

马腾点点头：竟不知西凉还有这样的礼制。

吴瞎仙一边走一边说：这个礼制由来已久。据传乃前汉皇上所定，后经王莽变乱，中原早已废弃忘却，但我们西凉一带还余风犹存。张鼎太守主政之后又提倡恢复了这一制度，现在西凉境内都是这样。骊靬县令胡川是张太守的门生，自然秉持得更彻底，这一礼法便尤以骊靬为盛。

马腾听了由衷地赞许：张太守真是才德兼备的好官啊！

两个人牵着马走出东街继续往南走，一路琳琅满目的货品看得二人眼花缭乱。各种吃食的香味伴随着微风扑鼻而来，令人馋涎欲滴。到处可见尊老敬老、互相谦让的场景。马腾心中不禁对骊靬县令胡川心生敬佩。

他们二人走到一高墙大宅旁，忽然看到有一位大约六十多的老者倚门而立，哽咽哀伤。马腾心中不解，这骊靬城刚刚还是尊老敬老、一片祥和，怎么转眼就有这般情景？于是上前问道：老人家，为何这样伤心？有什么为难之事不妨说出来，兴许我能帮你解决。

老者抬起袖子抹了抹眼泪：让客人见笑了。我并没有什么为难之事，只不过是被家父责骂，心里惭愧懊恼罢了。

马腾一听惊讶道：啊？老人家，令尊大人还健在？

马腾心想，看这老者的年纪，他父亲定是位长寿之人。于是又说：晚生难得遇见像令尊大人这样的长寿之人，可否让晚生进府上拜访？

老者见马腾面色和善，言辞又恳切，也不便拒绝，带着他们二人进了府院。

只见院内堂屋前，一位白发银须的老翁拄着拐杖站在阶下，脸上有不悦之色。马腾忙上前一揖：晚生冒昧拜访，还望老人家不要怪罪。

老翁虽然脸上仍不高兴，但见是个陌生人，便也客气地说：年轻人，不必拘礼。你我并不相识，不知你为何要见我？

马腾回答：晚生在门口看见你儿子暗自垂泪，上前一问，才知道他是因为你的责骂才这样伤心。晚生只是很好奇，你儿子都是这样的年纪了，你怎么还会责骂于他？

老翁也不避讳，对马腾说道：不管他是什么年纪都是我的儿子。他对爷爷不孝敬，我岂能不管？

啊？马腾惊讶得说不出话来。

吴瞎仙这时也有些蒙了：我的娘哎！

老翁接着说：爷爷已经一百岁了，想喝点甘松泉的水。我叫他去打一些来，他竟推诿说院中井水不比泉水差。这样的不肖子孙，责骂他有何不可？

马腾这下终于回过神来，他又向老翁深深一拜：老人家，我是个路过的客人，冒昧造访，不承想有幸遇见这样长寿的老神仙，晚生能否拜见一下老太公？

马腾这番话让老翁听得心里很舒服，脸上也渐露笑意，点点头：有客来访，理当迎纳。

遂引马腾二人来到后院。

后院中一棵苍翠的榆树下，见一老人仰卧于竹榻上歇凉养神，膝下有几个孩童嬉戏玩耍。老人听到有客人来访，欠身坐起：不知是何方贵客光临寒舍。

马腾上前拜道：晚生祖籍扶风，生于天水郡，姓马，做药材生意。今日到骊靬访客，不意偶闯寿星之家，特来拜谒老仙翁。

老人呵呵一笑：仙翁不敢当。天下敬老，人便长寿，百岁之人在我们骊靬不稀奇，不稀奇！

马腾的敬仰之情溢于言表：我感觉够稀奇了！老人家一门高寿，真是世间罕见之人家，况且家中又是这样慈孝和睦，当真让人敬仰。晚生今日刚好要拜访胡县令，到时定会向县令建言褒扬贵府之荣。

老人让马腾落座并吩咐丫鬟上茶，之后微笑着问道：客官是要去见胡川吗？

马腾点头回答：正是，我带有太守大人给他的一封信。

老人转视儿孙：去，叫胡川来家会客人。

马腾望了吴瞎仙一眼，愣在了那里……

前面那位在门外哭过的老人解释说：客官莫疑，胡川正是膝下犬子。

这世上的事还真的巧啊，果真是无巧不成书呀！马腾没想到这骊靬城里会意外连连。

大约一盏茶的工夫，就见一个四十岁左右的中年男子进来。不用想这肯定就是县令胡川了，马腾忙起身行礼。既是太守信赖之人，马腾便将真实姓名报与胡川。胡川一听眼前这位就是日前擒拿反贼董天伦智勇双全的新都护时，赶忙把马腾和吴瞎仙引进客厅，寒暄几句后便吩咐准备饭菜。

席间，马腾见胡川一家三十几口人济济一堂、长幼有序、其乐融融的场景，就知道张鼎所言不假。这胡川品行端正，的确是个可靠之人！

饭后，马腾告辞了三位老人随胡川来到了书房。马腾一脸的敬佩：胡县令如今恐已经是五世同堂了吧？

胡川点点头说：应该是六世同堂。我儿胡风在乡下寨坞，今日未来，他已经有一对儿女了。

马腾啧啧赞叹：了不起呀！贵府家族如此脉旺，不可思议！

胡川哈哈一笑：或许是祁连山水宜养人寿，我骊靬人血统又比较特殊的缘故。

马腾以前也曾听说过骊靬人不同于其他地方的人，遂问道：我听张太守说，大人的祖上是大秦人？

胡川这才向马腾细述：是的，从我先祖礼士公到今，已历九代。正如先祖遗言所说，我们的身上淌着六族之血。六族之血特殊，可能就是我们家族长寿的一个重要原因。

马腾听到这里，心中疑惑顿解。胡川这时话锋一转：马将军，从太守大人信中得知，马将军原是伏波将军之后。今日幸会，真是有缘，可为何不能将真实来意示人？

马腾望向吴瞎仙，后者心领神会到门口望风去了。

十、这一诺此生不负

马腾把张太守派他来暗访董天伦匈奴私兵的事情说了一遍。胡川听了也是惊骇不已，没想到在骊靬县境内居然藏有这样大的一个隐患。胡川思虑良久，结合以往发生的事况首先分析：董天伦的私兵基地不可能在东、西两滩。因为东大滩地势平坦，且又在西凉府的眼皮子底下，很容易暴露；西大滩虽然紧靠祁连山、莲花山，可又有骊靬羌人部落的首领蓝脱。这蓝脱正是胡风的丈人，胡川的亲家，依董天伦的狡诈绝对不会把私兵藏在这里。另外，董天伦的私兵基地也不可能在莲花山上，因为莲花山是一空大师的地盘。别说是十万之众，就是几千人，如果藏在莲花山上，那也绝对逃不过一空大师的眼睛。同时，根据董天伦几次征讨“龙王”的情形和龙首山土匪对地方的危害来看，这支私兵一定藏在龙首山里。确切地说，“龙王”及其匪兵就是董天伦的私兵首领和匈奴兵、土匪兵。

马腾也认为胡川的分析合理。但现在的问题是，龙首山南北绵延上千里，地势险峻，谁都不知道匪巢在什么地方。眼下最要紧的是先派人进龙首山秘密探查匪兵窝点，然后再制订剿匪计划。

胡川与马腾的想法不谋而合，随即表态：请马将军放心，这件事情我会全力以赴！

两人商讨出对策之后，马腾心里也暗自松了一口气。此时，已将近傍晚，阳光从窗户斜射进来，屋内被一层柔和的光芒笼罩着。马腾起身站在窗前向远处望去，太阳靠近西山，天边的云絮在夕阳的辉映下呈现出火焰般的嫣红。马腾正沉浸在这片刻的闲暇时，门外传来了一阵银铃般的笑声。紧接着，一女子掀帘而入。

马腾望向那女子后怔住了，她竟然是树林中戏耍他的那个漂亮姑娘。那女子也看到了马腾，随即一个大红脸，扭头就跑了。马腾既尴尬又意外，望向胡川：大人，这位姑娘是？

胡川笑道：让马将军见笑了！那是小女阿诺。这丫头被我惯得也没个礼数。马将军不要见怪！

马腾不自觉地又望了一眼门外，微微一笑：胡大人言重了，胡小姐美丽洒脱，很招人喜欢。

胡川听马腾这样一说，高兴地说：我们胡氏一门，自礼士公扎根此地后，一直耕读传家。可不知怎的，到我儿女这一辈，一个个都喜武不喜文。儿子不喜读书，成家后就到我亲家蓝脱头人那里骑马射箭，管理牛羊去了；女儿居然也一样，读书之余不做女红，偏好舞剑弄枪。今天可能又跑到她哥哥那里玩去了，这不刚回来，就让将军给碰上了。

马腾的脑海中又回放起树林中的情景，被那女子揪耳朵、捏鼻子时的恼怒、不小心冒犯的尴尬……现在一想反而觉得好笑。那忽闪忽闪的大眼睛对着他时，让他心里痒痒的，仿佛平静的水面扔进了一块石头，一瞬间激起了层层涟漪。原来那个古灵精怪的漂亮姑娘是胡川的女儿。

来人，去把小姐叫来书房见客！

还没等马腾开口，胡川已命人去叫阿诺了。

室内渐渐暗下来了。过了一会儿，阿诺换了一身藕荷色的衣衫来到了书房。低头站在胡川面前，完全没了林中野丫头的样子，暖暖的藕粉色把原本严肃的书房映得多了几分温雅。

胡川责怪道：越发不懂规矩了！见了客人不问候，哪有转身就跑的道理？快来见过马将军。

阿诺转向马腾，轻轻一施礼，低声说道：阿诺见过马将军。

马腾赶忙拱手还礼：胡小姐不必客气。

慢慢抬起头来的阿诺抿着嘴，似笑非笑地看着他，一脸的精灵顽皮。马腾看阿诺的神情，就知道是在笑他白天被吊在树上的窘样，脸上不由得发起烧来。胡川望着马腾和女儿的神色，心里乐了。马腾器宇轩昂，文韬武略，待人更是彬彬有礼，胡川本就非常喜欢，眼下又见他与女儿眉目传情，心里自然是喜不自胜。

马腾让这父女二人看得越发难为情，但也不好将白天的丢脸之事言明。想到松林里轻薄阿诺的情景，马腾更是连脖根都红了。

胡川看马腾的模样，轻咳了一声，对阿诺说：既然已经见过了贵客，就先回去吧。

阿诺一听，也不再逗留，急忙忙向马腾行了礼，而后退出了书房。

看天色渐暗，胡川便将马腾引到了客房，吩咐家仆尽心伺候。

马腾躺在床上，把龙首山的事从头到尾又仔细想了一遍。越想越没有睡意，索性起身到院子里透气。

夜空似藏青色的帷幕，点缀着闪闪繁星。院子里的一草一木都有着夜里模糊、空幻的色彩，空气仿佛也比白天更清新。马腾顺着长廊往前走，不觉来到了另一处院落。见房屋较之前院的更显雅致，就走了进去。

院子里点了灯。明明暗暗的烛火映得院中一棵梨树满地婆娑，树下有一个女子正在舞剑。浅青色的身影如同雏燕般轻盈，手腕轻轻旋转，剑光闪闪，与女子那抹青色柔软的身影融为一体。

马腾走近几步才看清那女子的模样，原来正是阿诺。心知冒昧闯入女子闺院不妥，刚要转身离去，却见阿诺一剑向他刺过来：半夜晚夕，鬼鬼祟祟的，偷看女孩练剑，害不害臊？

马腾侧身躲过，见她微微仰着头，露出一张清丽的脸庞。马腾竟有些出神，半晌才开口：我也是无心闯入你院中，望胡小姐原谅！

阿诺这时也看清了马腾的脸，望着他轻笑：原来是你呀！怎么？还想尝尝吊在树上的滋味？

马腾被她这样一激，心里本来也是有些恼的，但看阿诺得意俏皮的模样，便想故意戏弄一下她。于是，伸手推开阿诺搭在他肩头的青剑，坏坏地一笑：吊在树上的滋味我当然不怕，让我害怕的是……

阿诺见马腾停住不说了，得意极了，取笑道：是什么？是害怕被我爹他们知道了笑话你吧？

马腾望着阿诺娇俏可爱的模样，故意拉长语气：我是怕被人非礼，占了便宜……

阿诺一听，脸唰一下就红了，气急败坏的，又提剑向马腾刺过来：好哇！看你仪表堂堂的，却胡说八道，原来真的是一个登徒子。

马腾望着阿诺红透了的脸呵呵一笑：怎么？还想把我吊到树上来一个面

对面？

阿诺看马腾故意戏弄她，不依不饶追着马腾打。马腾背着双手轻轻松松地躲来躲去，逗得阿诺又羞又恼。两个人就这样在院子里追了半天，马腾见阿诺被他逗得气喘吁吁的，心里不忍，慢慢地放慢了步子。阿诺以为是马腾跑不动了，于是脚下猛地一快，朝着马腾的腿上狠狠地踢了一脚。马腾挨了一脚，停下来蹲在了地上。阿诺高兴得拍手笑着，头一扬：哼！还将军呢！

马腾本来也是故意逗逗阿诺，看她高兴，索性假装腿疼，蹲在地上不起来。阿诺拎着剑在他前面不住地笑：起来呀！你不是将军吗？就这点能耐吗？

马腾低着头，一声不吭地蹲着。阿诺一看，心里有点慌：哎呀！莫不是我真把他踢伤了？

阿诺这下也没了玩耍的心情，赶紧蹲下来拍了一下马腾的胳膊：你没事吧？我踢伤你了吗？对不起，我不是有意的！

哈哈！马腾这时忽然站了起来，快速地反手一转，就把阿诺手中的剑夺了过去。还没有等阿诺反应过来，马腾就站在了阿诺的身后。等阿诺反应过来的时候，已经被马腾钳住两条胳膊，圈在怀里不能动弹了。阿诺没想到马腾身手这么敏捷，一下子惊得说不出话来。马腾本来身材高大，阿诺在他怀里像个小鸟一样。挣扎了几下，看马腾还是把她圈得死死的，又羞又气，哇的一声就哭了。阿诺一哭，可把马腾吓了一跳，他赶忙松开双手把阿诺轻轻扶着站稳。马腾长这么大，从来没惹过女孩，看见阿诺吧嗒吧嗒地掉眼泪，慌慌张张的，不知道怎么办，不停地搓着头：你别哭呀！我是不是弄疼你了？别哭了，你再来打我，我绝不还手！

阿诺看着马腾手足无措的样子，竟“扑哧”一声笑了。

天哪！总算是不哭了。

马腾见阿诺止住了哭，忙掏出自己的手帕递上去：我真不是故意冒犯小姐的。弄疼你了吧？！

阿诺瞪了马腾一眼，接过手帕擦了一下眼泪：哪有你这样的将军？偷看人家，还欺负人！

马腾看阿诺俏丽的脸颊上还沾着泪珠，就像雨点落在梨花上一样，美得让人心生怜爱。不由得心里一动，直愣愣地盯着她。

阿诺看着马腾傻傻的样子，用嗔怪的眼神瞪了一眼，转过头去偷偷地看他。其实，这时候的阿诺在心里也暗暗对马腾生出了情愫，没想到此人这么年轻就已经是将军了，不但相貌堂堂还武艺高强，同时还不是一个轻浮之人。阿诺看他这样看着自己，那呆傻的样子让她不觉偷偷抿嘴一笑。

夜色已深。阿诺心想，若是让人看见自己半夜与男子独处，一定会惹来闲言碎语。于是，轻声对马腾说：夜深了，将军快回去吧！

说完就向房中走去。马腾这才回过神来：阿诺！等，等一下。

阿诺停下脚步，回过头来问：将军还有何事？

手，手帕！我……

阿诺见马腾结结巴巴的样子，走到跟前将手帕扔到马腾怀里，转身跑进了房间。马腾拿起手帕，这才发现阿诺扔过来的不是他那只帕子。这分明是姑娘家的东西，浅粉色的巾帕上绣着鸳鸯戏水的图案。马腾没想到阿诺会把自己的手帕给了他，遂开心不已。原来，阿诺也已经有意于他了！

马腾拿着手帕，在院中站了一会儿，咧着嘴走出院子，高兴地跳着步走路，感觉自己轻飘飘的没有了一点分量。

次日清晨，马腾洗漱之后正准备走出房门，却见胡川兴冲冲地来了，望着马腾满脸的笑意：马将军，请到前厅用早饭！

马腾随胡川来到了前厅，吃完早饭，胡川笑着问马腾：看马将军年轻有为，不知可曾成家？

马腾一怔，客气地回答道：有劳胡大人挂怀，晚辈还未曾成家。

胡川接着又说：马将军，昨日也已见过我家小女阿诺。若你不嫌弃小女顽劣，我愿把她许配于你，不知马将军可否愿意？

原来，胡川夫人早上见女儿阿诺一改往日的调皮，眉目间尽是小女儿的娇态。细细盘问之下，才知道了昨天在树林中发生的事情。得知女儿已倾心于马腾，便早早告诉胡川，夫妻二人商量着要把阿诺许配给马腾。

马腾听了也是喜上眉梢，连忙向胡川一揖：胡大人肯将小姐下嫁与我，晚辈正是求之不得，怎敢有不愿意的道理？只是不知胡小姐她……

胡川上前扶住马腾，哈哈大笑：马将军过谦了，将军系出名门，当是我家高攀了。至于阿诺那里你不必担忧，我这就叫小女前来见过将军！

马腾连道：不敢不敢。

胡川遂叫人传话下去。过了一会儿，胡夫人便携着阿诺来到前厅。阿诺看见马腾，脸上起了红晕，缓缓上前向父亲和马腾行了礼。胡川夫妻也很高兴，当着马腾的面问阿诺是否愿意这门亲事。阿诺红着脸点了点头，马腾看着阿诺扭捏的娇态，也有些不好意思地咧开嘴笑了。吴瞎仙见好事已成，急忙上前向胡川夫妇和马腾连连道喜。

等正式向胡川夫妇行过礼后，马腾说道：我今日便要赶回凉州向张太守复命，禀明这里的情形。待大人探查到龙首山的底细，我再来骊靬商量征讨大计。另外……

马腾含笑看了阿诺一眼，接着说：另外，也向叔父张太守说明我和阿诺的亲事，征得他老人家的同意后，便来迎娶阿诺。我马腾虽然没有万贯家财，但也绝不会委屈阿诺！

胡川听了马腾这番话，心里非常喜欢：好！好！那我即刻为你打点行装。

吴瞎仙也跟着胡川一同出去，准备回程的马匹。房内只留下了马腾和阿诺两个人。

马腾走到阿诺跟前，轻轻扶住她的肩膀：阿诺，你可愿意等我？

阿诺含羞点了点头，坚定地说：阿诺此生已认定将军一人，定会陪着你一起扫奸锄恶，建功立业！

马腾见阿诺对他这样情深义重，扶着她肩膀的手不觉稍稍用力：阿诺，我马腾此生也一定不会让你失望……

十一、神兽显瑞

马腾和吴瞎仙离开骊靬，快马加鞭回到了凉州城。

见了张鼎，马腾把他与胡川分析过的关于董天伦私兵秘密基地的种种问题，向张鼎细细说了一遍。张鼎听了也赞同他们二人的想法：贤侄，此事你办得很稳妥。眼下，我们是不是应该尽早做些准备？

马腾想了想说：小侄以为，这件事不能操之过急，以免打草惊蛇。且先等上几日，等胡县令那边传来消息我们再做筹划。

张鼎觉得马腾说得有理，点点头：也好！那我们就再等几日。

马腾刚要说话，张鼎又接着说：贤侄呀，骊靬城可是个好地方！

马腾点点头：叔父说的正是。骊靬民风淳朴，物产丰富，的确是个好地方！

这时，吴瞎仙嘿嘿笑了：马将军，那里的姑娘也好！

张鼎听吴瞎仙这样说，有点不明白了，再看马腾脸色泛红，越发不解：瞎子，你说这话是什么意思？难道你们此次去骊靬还发生了别的事？

吴瞎仙便把胡川将女儿许配给马腾的事说了。马腾这时走到张鼎跟前行了一礼：叔父，确有此事。小侄本是去骊靬办正务的，因机缘巧合才与那胡小姐相识。蒙胡县令厚爱，有意把他女儿许配于我。叔父对马腾有恩，也是我的长辈，此事全凭叔父做主。

张鼎一听哈哈大笑：好！这是一件好事！齐家治国平天下，好男儿先成家而后立业，此事我为你做主了。

马腾见张鼎同意他和阿诺的亲事，心里也很高兴。转念一想，又说：只是现在我们还有大事要办，这桩婚事就等我们把董天伦的私兵基地找到再说吧。

张鼎手一摆：无妨！这两件事并不冲突。我与你父亲情同手足，今日这事就听我安排吧。我意马上筹备婚事，我亲自到骊靬为你提亲，选个良辰吉日尽早完婚。一来你也到了成婚的年纪，二来以后去骊靬也更为方便。还有，你和阿诺成亲后，就住在骊靬县的胡府，这样你外出军务，阿诺也有人照应。同时，假如我西凉府出了什么事，你进退自如。这应该是一举两得的好事。

吴瞎仙也赞同张鼎的说法，朝马腾说道：马将军，太守大人言之有理。

马腾见他们二人都这样说，也不再多说，对张鼎抱拳：那小侄就听从叔父大人的安排。

马腾当日只带了安图来到凉州，身上也没有什么财物。提亲下聘礼的事都由张鼎一手操办，马腾心里感激张鼎对他的知遇之恩。再看如今像父亲一样为他张罗婚事，感动之余对张鼎更加敬重，心中暗暗下了决心，一定要干出一番成就，建功立业，报答叔父的提携之恩。

过了两日，张鼎带着马腾和随行人员到骊靬县为马腾提亲。

因为胡川一家老小都非常喜欢马腾，所以张鼎与胡家商量马腾与阿诺的婚事时也十分顺利，最终决定就在骊靬城为他们二人完婚，马腾自然是不胜欣喜。张鼎叫来吴瞎仙，让他选一个大吉大利的日子。吴瞎仙掐指一算，说明日就是个宜嫁宜娶的好日子。众人一听，都很高兴，随即就把大喜的日子定在了第二日。

接下来，胡川马上吩咐管家和家仆们置办婚礼上的一应物什，一家人从上到下，忙了个四脚朝天。马腾没想到他和阿诺这么快就会成亲，感觉就跟做梦似的。看大家忙里忙外的，自己也插不上手，就想到阿诺院中看看。刚走到门口，就被丫鬟给拦住了：哎呀！新郎官怎么来了？成亲头一日新郎官和新娘子是不能见面的。

大家看马腾这么急着来看阿诺，都哈哈哈笑了起来。阿诺站在房门口，脸上飞起了红霞，抿着嘴也望着马腾笑。马腾不好意思地挠了挠头，而后转身离开了。

一夜无眠……

翌日清晨，骊靬县城里锣鼓喧天，鼓乐齐鸣，热闹非凡。县令府一片喜气洋洋，到处都是红绸和灯笼。前来庆祝的宾客来来往往，人人脸上喜笑颜开。

在事先选定的吉时，一对新人在大家的簇拥下来到胡府前厅。朱红色的新郎服衬得马腾更加丰神俊朗，新娘子一袭红衣红裙上绣鸾鸟飞舞，还有红盖头和红鞋，身段玲珑、袅袅婷婷。真是郎才女貌的一对佳偶。

新人在司仪的唱喏下拜了天地、高堂和众位长辈，互行夫妻之礼，之后新郎牵着新娘被双双送进了洞房。新房内布置得花团锦簇，绣花绸缎被面上铺着红枣、花生、桂圆、莲子，寓“早生贵子”之意。马腾在大家的嬉笑下，轻轻挑起了新娘的红盖头，看着阿诺清丽娇艳的脸庞，他感觉自己的心怦怦直跳，几乎快要跳出胸腔来了……

新人送入洞房后，县令府中还是人来人往，笑语喧哗。张鼎也借着这个机会和骊靬县的大小官员寒暄、玩笑，开怀畅饮。但就在这时，有手下急急忙忙来向胡川报告：在隔山那边的峡谷中，发现一头怪兽。身子像牛，头像鹿，蹄子又像马，浑身上下还裹着一层金光闪闪的鳞甲。现在正躺在草滩上哀嚎不已，像是中了猎人的毒箭……

胡川大吃一惊：怎么会有这样的事？骊靬县从来都没有出现过什么怪兽呀。

张鼎听了也很是纳闷，想了想对胡川说道：老夫也从未听过有这样的怪兽。况且，怎么会在这时候出现？胡县令先不必惊慌，我们先去看看再说。

胡川点头说：好，我马上前去查看究竟。

胡川说着就要往外走，被张鼎摆了摆手拦住：胡县令，今日是令千金和我贤侄的大喜之日。眼下府内宾客都还未走，还是我带人马前去查看吧。

胡川急忙说：还是张大人在此，我带人去看。

张鼎哈哈一笑：胡县令不必多虑。一头受了伤的怪兽无须担心，等一下回来我们还要喝个痛快！

胡川见张太守主意已定，不便劝阻，就派了县衙的部分兵丁跟着张鼎去了峡谷。

一行人随着张鼎朝着山谷赶去。大家一边走一边听，果然听到从山那边隐隐传来一阵牛吼虎啸般的哀鸣之声。光听这声音就知道那怪物肯定身形硕大，张鼎便吩咐随从谨慎前行。可是，等他们到了山顶后，却并没有发现什么怪物。只是看见草地上一片狼藉，就像是有好多动物踩踏过一样。张鼎正感到疑惑时，对面的山头忽然一阵风动林涛，并且闪过一道金光。只见一头像牛像马又像鹿的怪物，披着一身鳞甲兀立于一岩石之上。兵丁们都被这怪物吓得纷纷拿好兵器，以防万一。这时，怪物扭头向人群长啸一声，一转身便隐入云雾中不见了踪影。

张鼎见状，吃惊不小，没想到还真的有这样一个怪物！随从兵丁们也骇然不已，议论纷纷。有的说：这可能是个邪祟啊！现在中原大乱，说不定战火马上就要蔓延到咱们这里来了……

还有人反驳说：你连这是什么动物都说不上，怎知就是邪祟？说不定还是个什么祥瑞之兆呢！

张鼎听着大家的议论，心里也非常忐忑。就在这时候，有一位披着袈裟的僧人朝他们走了过来。僧人看了一眼张鼎，双手合十：阿弥陀佛！善哉善哉。

众人一看，这僧人正是天赐寺的住持一空大师。张鼎知道是一空大师时，忙上前行了一礼，也双手合十：大师一向可好？……不知大师可知道方才那头怪兽是个什么邪祟？

一空大师微微一笑说：善哉善哉！张太守有所不知，刚才那头"怪物"不是什么邪祟，而是麒麟，是神兽麒麟！麒麟现身是吉兆，也是祥瑞啊！

张鼎一听大喜：大师，既然是祥瑞，那你可知道这预兆何事？

一空大师不急不缓一字一顿地说道：现中原大乱，河西偏安。今日又天降祥瑞，一定是有大好事发生。

张鼎听了心里才渐渐安稳下来。

一空大师掐指一算，自言自语：哦？原来是这样……

见大师欲言又止，张鼎急了：大师，可还有什么不妥之事？

一空大师这时却面露喜色：阿弥陀佛！今日骊靬有大喜，明年此时，我骊靬县将出一龙虎人物！

张鼎顿时哈哈大笑：大师，今日骊靬县确有大喜事。我西凉府的都护马腾和骊靬县胡县令的千金喜结良缘。大师口中所说的大喜可是此事？

一空大师双手合十：阿弥陀佛，善哉善哉。张大人，恕我天机不可泄露。张大人心系西凉民众，我西凉定会繁荣昌盛！大人还是快些回去喝喜酒吧！阿弥陀佛！

一空大师说完，转身离去。张鼎拱手大声说道：多谢大师指点！张鼎改日再到天赐寺拜谢！

张太守还没回到胡家，早已有兵丁提前回去通报了。胡川知道了天降祥瑞的事，欣喜之余，又增添了几十案酒席，把骊靬县六十岁以上的所有老人都请来喝喜酒。

佳偶天成，祥瑞降世。

这一天，骊靬县的戏班子、高跷队、舞狮舞龙队、杂耍秧歌队，还有皮影戏和凉州贤孝，整整闹腾了一个晚上。

十二、夜探一线天

骊靬县县令胡川，经过一段时间的明察暗访，终于确定龙首山的匪首“龙王”及其手下的土匪，就是董天伦的外孙耿鄙伟康和董天伦收服的五万匈奴兵及其后征的数万土匪军。

张鼎知道这一切后，大惊：董天伦狼子野心啊！居然把匈奴降兵藏在深山里豢养，企图谋反。如果不是马腾来投奔于他，这样的后果真的是不堪设想啊！张太守思量再三后，决定先把马腾留在骊靬县，在胡川及其一空大师的帮助下，进一步探明此事。

胡川知道了张太守的决定也很高兴。马腾智勇双全，有了女婿的协助，他们查探“龙王”的匪兵巢穴相信会是事半功倍。于是，送走了张鼎后便和马腾商量下一步的计划。

翁婿二人在商议此事的时候，马腾提出先安排他的贴身随从安图打入龙首山，设法混进匈奴土匪军中卧底，并按照约定的时间和地点传递情报。如果顺利，到时候来一个里应外合，龙首山可定也。

安图自小跟随马腾，一向忠心耿耿，而且聪明机警，处事也很小心谨慎。胡川对马腾的计划很赞同，当即便亲自安排这件事。但是，光等着安图去卧底侦察也不行，马腾还决定亲自进龙首山一趟。胡川虽然担心女婿的安危，但事关重大又怎能徇私？便找来对龙首山地形较为熟悉的县府衙役小六子，派他去给马腾当向导，而且还让马腾带上了军师吴瞎仙。

阿诺一听马腾要进龙首山，怕他们三人势单力薄，要马腾一同带上她。

毕竟她自小在骊轩长大，平日里也经常跟着哥哥胡风到处乱跑，对这里的一切都很熟悉。马腾哪里舍得阿诺跟他去犯险，何况她一个女儿家家的。于是，他柔声安慰道：此去龙首山虽然凶险，但我已做了周密的计划，不会有事。你大可放心！

阿诺虽然知道马腾有勇有谋，但心里仍然为他担忧，便拉住他的衣袖再三叮嘱。小夫妻俩依依惜别后，马腾带着吴瞎仙和小六子骑着快马，趁着夜色朝龙首山方向疾驰而去。

龙首山的夜风带着些许凉意。马腾俊逸的脸上透着果敢和睿智，他坐在马背上一路观察，好对这里的地形有个初步的了解。他们三个人摸索着，往前走了两三个时辰的时候，小六子忽然停下马，指着不远处微弱的亮光说：将军快看！是不是龙王的巢穴到了？

马腾也勒住了缰绳，在原地转了一圈：不好说。我们先下马，给马蹄上裹上皮子，以免惊动对方。

吴瞎仙下了马，对马腾夸赞道：将军所言甚妙！我们神不知鬼不觉地靠近，然后找个隐秘的地方把马拴好，再悄悄潜到跟前观察。

三个人快速裹住马蹄，小心翼翼地继续前行。到距离光亮几十丈之外的地方，他们把马隐藏好后，才发现，原来此处不是什么龙王巢穴，而是淘金人居住休息用的窝棚。马腾对小六子说：去悄悄抓个人来，或许这些人知道匪巢的地点。小六子去得快回来得也快，抓来了一个淘金人的账房先生，这人以为是土匪来了，吓得瑟瑟发抖。经过盘问后，马腾才知道，就在几个时辰前，龙王带着匈奴兵袭击了淘金人，把他们淘的金子和一些值钱的家当全都抢走了。

马腾听账房先生这么一说，心里寻思这里的淘金人十有八九知道龙王的匪巢在哪里。于是问账房先生：这么说你们一定知道龙王的巢穴在何处？账房看马腾说话还算客气，并没有杀他的意思，赶紧回答：知道，知道！

从账房先生的嘴里知道，匪巢就在龙首山的深处，但要想进去就必须经过一个叫“一线天”的谷口。这个淘金人还说，一线天是通往山里的唯一通道，有一夫当关，万夫莫开的险峻地势。有一队人马把守着，人马再多也攻不进去。账房先生还说了一段顺口溜来形容一线天：过了一线天，才算进了龙首山；一线天几十丈，神仙下凡也枉然。马腾听他这样说，将信将疑。笑了笑说：那你就带我们到一线天看看是不是真有你说的这么邪乎。

账房先生一听吓得够呛，连连摇头：三位爷爷饶了我吧！那一线天就连神仙也过不去，再说山口有土匪日夜把守。若是被发现了，你我的小命就不保了！

小六子看这人不肯带路，揪着他的衣领，把刀架在他脖子上：少废话！能不能过得去是我们的事，你若不肯带路，我现在就要了你的脑袋！

淘金人感觉小六子把刀往他脖子根挪了挪，吓得屁滚尿流：我去，我去！

有了淘金人带路，他们很快便来到了一线天附近。马腾拿出十两银子准备打发账房先生走，并要他回去后不能声张此事。这人拿了银子趴在地上千恩万谢，然后一路小跑着回去了。三个人将马拴好以后，悄悄绕到谷口观察。只见谷里到处是一堆一堆的黑魆魆的柴火堆，还隐隐闻到了硫黄的味道。显然，这是土匪设的陷阱，四周肯定还埋伏了匪兵。马腾一看，就知道要想从这里过去是不可能的，便留下吴瞎仙看着马匹，自己带着小六子攀岩上去一看究竟。

马腾和小六子找了一处比较容易攀爬的岩壁，悄无声息地往上爬。马腾身手敏捷一直在前面带路，小六子在后面气喘吁吁的，倒也勉强跟得上。眼看就要到达崖顶了，小六子忽然脚下一滑，幸亏马腾眼疾手快拉了他一把，要不然他恐怕已经滚下山去了。两个人刚打算喘口气，小六子脚下一块石头又呼呼隆隆地掉下去了，石头碰撞岩壁的声音在寂静的山谷里尤为刺耳。

马腾心中暗暗叫了一声：不好！顿时，岩壁下面一阵警哨响起，紧接着便是一声炮鸣。马腾往下一看，只见山谷里一堆堆的火光，满地的柴火已经点燃，随着刺鼻的硫黄味道蔓延，火堆被炸成了一条火龙四处翻滚，整个谷底都被火光照亮。饶是马腾胆大，此时也被惊出了一身冷汗。二人赶紧钻到一处大岩石后隐蔽起来，他们借着火光看见，有无数匪兵不知道从什么地方拥了出来。小六子目瞪口呆地看着崖下的情形，一句话也说不出来。

马腾喘了一口气，惊叹道：果然是神仙也难脱身的一线天啊！莫说是西凉府的二十万兵马，就是再加几十万，也不见得能过得了这一线天啊。

小六子惊魂未定，咽了一口唾沫：将军，我们接下来怎么办？

马腾一咬牙：不入虎穴焉得虎子！等一会儿火光暗下去以后，我们再往上爬，到顶上看看再说。

话音未落，只听见头顶上一声大喊：开石了！

他们二人还未反应过来，崖顶上便飞下来无数石头。马腾大惊，急忙拉着小六子把身体缩进岩石下面。顷刻间，一线天的口子就被从天而降的石头封了个严严实实。马腾再也不敢大意，两个人紧紧贴着岩石，呼呼喘着粗气。大约过了一个时辰，土匪兵经过勘查后，并未发现有人闯入一线天，随即撤兵隐退。此时火光也渐渐暗了下去，马腾只好带着小六子原路返回。

吴瞎仙早已经等得心急如焚，听到山谷里面那样大的动静，真是为他们两个人捏了一把汗。现在看见他们二人回来，赶紧迎上前去：可算是回来了！将军，是不是你们遇到敌兵了？

马腾遂把刚才发生的情况给他说了一遍，吴瞎仙听了以后惊得连连咋舌：董天伦的私兵果然藏在这里！但这一线天易守难攻，要想通过，看来还要费些功夫。

马腾点头说：确实得费些功夫，如果没有周密的计划，要想通过一线天没那么容易。纵然西凉府有二十多万精兵，就是再多的兵马也使不上劲啊！如若我们贸然行事，一定会葬身在这一线天里。

马腾和吴瞎仙把一线天的地形认真研究了一遍。眼看天就要亮了，三个人便骑马出了龙首山，在阵阵薄雾中一路疾驰，返回了骊靬县城。

十三、传说中的金繁马庄

马腾自成婚后奔忙于府城凉州与骊靬之间，本来在凉州城里置办了宅子要接阿诺去住，但因着阿诺恋家不肯搬离父母身边，且又有了身孕，马腾也不忍心拂了娇妻意愿，只好随她住在胡府。

而马腾去龙首山亲身探查后发现，要剿灭龙首山耿鄙伟康及其匪军，也不是朝夕之功。龙首山土匪军占据“一线天”有利地形，人家不出来，你说什么也攻不进去，只有等待土匪军出了一线天，方能一举歼灭。可是，从一线天到骊靬县，都是漫漫戈壁滩。要想歼灭土匪军，只有发挥骑兵的优势了。

眼下的当务之急，只能是好好练兵不断提升西凉骑兵的作战能力，方有可能与龙首山土匪军在戈壁滩上决一死战的可能。而要想有胜算，眼下有一件大事摆在西凉兵面前，那就是西凉骑兵的战马。

骑兵上阵杀敌除了兵强还要马壮，要想找到好马，非得仰仗金繁马庄不可了。

一日，马腾在吴军师的陪同下，带了太守的亲笔手书去凉州西南百里外的金繁马庄，查看纯正的凉州大马培育情况。出身武将世家的马腾自然知道，曾经的西凉兵之所以战无不胜攻无不克，凉州大马是其原因之一。可惜，自从董天伦主持西凉府的军事以来，凉州大马因为董天伦的贪腐而逐步淘汰。西凉府管辖诸多郡县，周边还有不少异族环伺，打仗不重视骑兵，无异于自杀！

董天伦麻痹上峰自有他的理由：我西凉府所在的各个郡县城池高大雄伟、易守难攻，利用城池的坚固只需据守就可令来犯之敌望而却步，不战而屈人之兵才是军事上的最高境界。其实，董天伦其人若没有称霸西凉的野心作祟，倒不失为一个大将之才。他利用自己独到的带兵方略，操练步兵的协同作战能力，再加上骑兵的配合，所以每一次战事都在董天伦的指挥下化险为夷。多年来，在西凉府周围的那些羌胡鲜卑等族对西凉府及其下面的郡县，基本上秋毫无犯。

当然了，董天伦不重视骑兵不等于说不要骑兵。在西凉军里，骑兵还是主要的军事力量。但是为了贪腐，为了豢养匈奴兵而不得不减少西凉军的军费投入，截留下来中饱私囊用以维持龙首山私兵巨大的军费开销。于是，董天伦便逐步让西域马取代了凉州大马。他这样做的原因有二：一是凉州大马培育成本高，开支占了整个军费开支的一半，而如果换成西域马并且投放军中，花费将会节省非常大的一笔；二是西域马的养殖场场主是他最得宠的第十三房妾室的亲爹，这样一来也可以顺便巴结一下老丈人，所以他这样做一举两得，不但肥了自己老丈人的腰包、取悦了十三姨太，更为重要的是由此节省下来的近半军费，轻而易举就流进自己的私库以供养龙首山的匈奴军了。

据太守府刘主簿计算，董天伦十年来光军费一项贪墨的银钱，足足抵得上西凉府十年赋税的近乎大半。可想而知，董天伦倒台后抄家，从他府中地窖及密室查抄出来的金银珠宝，堆成了一座小山，让所有的人瞠目结舌。

张鼎知道，董天伦这宗大数额的财富皆来自他昔日对西凉骑兵的克扣盘剥，既然取自军中当然还用于军中。于是，张鼎太守把查抄的董天伦财产全部用在了西凉骑兵的建设上。

董天伦主持西凉府军事期间，金繁马庄的庄主金繁被董天伦以捏造的罪名抓了起来，原因就是金繁马庄在培育凉州大马。为此，张鼎太守找董天伦交涉，要对方马上把金繁放出来。董天伦不能不给太守面子，但他的第一个条件就是关闭金繁马庄。张鼎太守为了救出金繁，只好答应了董天伦的无理要求。

之后，张鼎与金繁商议，暗中把金繁马场搬到了凉州城南百里之外的草原上，以避开董天伦的视线。然后悄然养殖，亦可省去许多的麻烦。现在好了，他可以名正言顺地把资金用在建设金繁马庄上了。在不久的将来，西凉骑兵的坐骑将全部换成凉州大马，这样一来，凉州大马就又可以真的横行天下了。由此，董天伦倒台后的第一个受益者是西凉骑兵，第二个就是繁育凉州大马的金繁马庄。

在金繁马庄门口，马腾看到了两匹雄赳赳气昂昂的凉州大马雕像守在大门两边。别人家都是石狮子守门，偏这金庄主特立独行，看来又是一个爱马成痴的奇人啊！不过，若非此奇人，又哪里来的西凉府金繁马庄呢？如果真是这样，说不定现在的凉州大马已经绝迹了呢！而作为武将，又有哪个人不爱马入骨呢？战场上的残酷厮杀，一匹好坐骑就如同添了一双臂膀，对敌作战时也能最大程度减少自身的伤亡。思及此，马腾对即将晤面的庄主金繁已然起了敬服之意。

金繁原是张鼎太守的兵曹从事，主司战马的日常牧养事宜，典型的西凉汉子，身形魁梧性格爽直，在太守府主理军马配置期间，吃住俱与马在一处。所以，对养马亦有自己的一套。张鼎看其实在爱马，便给予支持，资助他部分银两，金繁更拿出自己的全部积蓄兴建了金繁马庄，主要从事凉州大马的培育，并为西凉府提供优质的良种马。金繁马庄设立以来，虽命运多舛，但最终能保留下来，已经是非常不容易了。

当然了，金繁马庄最早培育凉州大马是在暗中进行的，张鼎第一次考察金繁马庄的时候，也是在避开董天伦耳目的情况下进行的。在金繁马庄，张太守曾向金繁提出过一个严肃的问题：你可知我们为什么要想方设法建这样一个马庄？

金繁追随张鼎多年，深知太守胸中抱负，自己也不是无知莽夫，便郑重回道：我金繁虽然一介马夫，但骨子里也有热血。现在，眼看着凉州大马濒临绝迹，我心里焦急如焚。我金家祖辈生在西凉，代代爱马养马，尤其对凉州大马情有独钟，因此传下来一部《马经》。我不能眼看着凉州大马在我手里绝迹。所以，我才要兴建马庄，把凉州大马的培育做起来，同时也为咱们西凉兵的强大尽一份力量。

金繁的一席话，感染了张太守。张太守慨然承诺：只要能把真正的凉州大马培育出来，能为我西凉骑兵所用，一应的开销杂耗太守府必然不能袖手旁观。只是，西凉府虽目下尚算安定，但亦是内忧外患，董天伦势力渐大无人节制，西边的胡族众部更是虎视眈眈，稍有风吹草动，我们的养马大计便会夭折。这样吧，你先把凉州大马的培育做起来，但不能叫凉州大马，应该叫别的什么马，等条件成熟了，我们再叫它“凉州大马”。

金繁和张鼎太守有了此番交流，自此就心无旁骛地培育起凉州大马来……经过五年的努力，金繁马庄终于形成了现在年繁育凉州大马三千余匹的能力。万事开头难！回想建马庄伊始，为了把真正的凉州大马品种引进回来，金繁跑遍了整个西凉地域，购买回来近百匹真正的凉州大马和相近的良种汗血马。好马自然价格不菲，金繁是倾尽所有财力，其中艰辛难以尽述。这些凉州大马和良种汗血马到金繁马庄后，金繁没日没夜地对这些种马进行鉴别、实验，最终选定了十七匹作为凉州大马的种马。如果将这样的行事比作农人的耕种，那么现在，这些种子已经在金繁马庄生根发芽了。

守得云开见月明！值得欣喜的是，董天伦被铲除后，再没有了专意与马庄寻衅的羁绊，这里便正式打出了西凉府“凉州大马”繁育场的招牌。

在金繁马庄的“凉州大马”配种站，金繁指着配种一号棚说：这是马骡子、驴骡子配种处。马腾不明白，为什么要培育马骡子和驴骡子？金繁回答说：马骡子和驴骡子吃的草料相对战马要少，草料的质量也相对低一些，这些马骡子、驴骡子主要用于保障后勤和粮草的运输。

马腾点点头说：对，兵马未动粮草先行，在培育战马的同时，考虑粮草的运输，金庄主做得好。

金繁受到肯定后情绪高昂起来。他继续介绍说：这种骡子介于驴马之间，体格高大，叫马骡子；这种体格矮小，叫驴骡子。

马腾熟悉战马，但并不了解养殖场这些与种马无相干的驴呀骡子呀什么的，听金繁一一道来，也觉得新鲜有趣。金繁继续说：这样一来，我们的种马吃剩下的草料就派上用场了。对于种马来说，这些剩草剩料就是准备扔掉的垃圾，可对于马骡子、驴骡子来说，又是上等的好草料！马腾点点头说：嗯，这就叫一举多得。

金繁带着马腾继续往里走，到了二号棚，马腾看到了特别矫健的战马。但是马腾左看右看，觉得这些马匹除了毛色不同外，形态气骨一模一样，个个膘肥体壮，英俊挺拔。马腾不禁连声赞叹：凉州大马，名甲天下，果然名不虚传啊！

金繁呵呵笑着介绍说：马将军，这还不是最好的凉州大马。我们这里最好的品种就是您刚才说的“凉州大马”。马将军，我们到三号棚去看看吧。

哦？这样的骏马竟然还不是凉州大马？带着探究与期待，马腾一行在金繁的引领下到了三号棚。在这里，马腾果然看到了一匹非凡之马，此马身形健美、器宇轩昂、姿态倨傲，微微跑起来四蹄翻飞间翩若惊鸿，好一副行云流水之势，跟二号棚的那些马一比，立见高低。马腾不禁脱口问道：这就是凉州大马？也就是汗血马？

金繁点点头说：是的将军，它的名字叫“凉州大马一号”。

马腾高兴地踱进去，想摸一下马，可马一下子躲开了。马腾惊道：哟，一号的脾气很大？

金繁接上说：是的将军，不是有一句俗话吗？好飞禽不让人动它的翎毛儿嘛！一号马高傲，所以不是它的主人，它不会让人动的。

马腾点点头说：嗯，说的是！金繁指着另外一个棚里非常漂亮的一匹马说：马将军，那是凉州大马一号的配偶，已经怀孕三个月了。

马腾接着问：一号和它的配偶，绝对是纯正的凉州大马？

金繁坚定地点点头说：是的，马将军！但是仅凭这一匹骏马，我想还不足以说明太守大人令将军前来的初衷，请将军随我来。

接下来，才是激动人心的时刻，才是马腾希望看到的场面。只见一个开放式的大草场里，一匹匹神骏，一匹匹健马，一匹匹生龙活虎的小儿马，在那里嬉戏、厮闹、追逐，还有几匹在草地里打滚……对于马腾来说，他听说过传说中的凉州大马，但从来没有亲眼见到真正的凉州大马。今天，他不但看到了，而且还看到了它们的后代，纯正的小儿马。它们是那样俊美、强健、威风！它们的腿是长长的，踝骨是粗大的，后蹄总是踩在前蹄留下的蹄印的前面。它们高扬着骄傲的头颅，抖动着那优美的鬃毛，迈步从容又威武，大方又矫健……不仅如此，它们还通体光滑，沐浴在阳光下跃动时隐隐闪耀着金色的光芒……

马腾陷入了深深的震撼之中……

这时候，他又听金繁介绍说：我们的凉州大马种马也叫汗血马。这汗血马有两个含义，一是指一个马的品种，我西凉从祁连山以西至伊犁河一带的马种，多为汗血马，也叫月氏马或大宛马。二是指这种马里面最优秀的马，也就是真正跑起来汗中渗血的马。前者是群体之名，后者是个体之名；前者司空见惯，后者却是万里挑一！而这种万里挑一的种马，就是我们金繁马庄培育的凉州大马。

此时此刻，马腾内心的激动难以言表。他赞叹完这一匹匹真正的龙马驹子后，向往地问金繁：金庄主，这些小儿马什么时候可以上战场啊？

金繁哈哈大笑说：马将军，一个月后，这些小马驹就能投入战场技能的训练了。也就是说，半年之后，马将军就能骑着这些小儿马中的任意一匹驰骋疆场了！

马腾撩袍单膝向金繁跪下，正色道：金庄主，请受我一拜，我代表西凉二十万大军感激你！谢谢你为我们西凉骑兵培育出了如此完美的凉州大马！不久的将来，我们西凉骑兵的凉州大马就又要横行天下啦！

金繁哪肯受礼，亦慌忙跪下回道：将军切不可如此，能为咱们西凉骑兵做一点微薄小事，这是金繁的荣幸，我金繁实实当不得将军这般大礼啊！

站在一旁的吴军师也动容不已。他将马腾与金繁双双搀起，亦对金繁抱拳啧啧称道：金庄主高义，行的乃是造福西凉府军民的大义之举，瞎子也是敬佩万分啊！

金繁知道马腾与吴军师这一番话皆是出自真心，看来真是合了彼此脾性，自己本也不是那扭捏之人，便爽利道：马将军、吴军师，金繁今日敢与二位承诺，待得一年之后，我们马庄每年就能培育出三千匹左右成年的凉州大马投效军中了，到了那个时候，我们的西凉兵因为有了凉州大马，就更加如虎添翼，就能真正战无不胜、攻无不克啦！

马腾高兴地说：好！如今狼烟四起，战火不知道什么时候就要从中原蔓延到全天下，我等武将自当枕戈待旦随时听候天子诏令。同时，我们西凉府还要彻底消灭耿鄙伟康和他的匈奴军、土匪军。在我们西凉军用兵之际，能得到金庄主的大力支持，能够在关键时刻让这些神勇的战马加入，那可真是雪中送炭、恰逢其时啊！……金庄主，我看这样，等庄主几千匹凉州大马出庄入伍的时候，我亲自来迎接这一支矫健的劲旅！

十四、宝马配英雄

古来英雄爱骏马，马腾也不例外。金繁马庄里这一匹匹威猛矫健的凉州大马，看得他热血沸腾、摩拳擦掌，恨不得此刻就骑在马背上驰骋千里。

金庄主看马腾如此爱马，又见他虎躯凛凛、一身正气，这样一位年少有为的将军定会成为我西凉府之栋梁。于是，他心里也有意赠马腾一匹良马。想到这里，金繁提议一起去西南边的草原看看。马腾不解金繁的用意，有些疑惑：去草原？金庄主为何要我跟你去草原？

金繁笑着说：凉州的草原水草丰美，我们培育出来的即将上战场的凉州大马均在草原上放牧。我们每隔一段时日，就会将一部分经过训练的小儿马放到那里。今日刚好就有百来匹小儿马送到草原，马将军若有兴趣就随我一同前去，我也好挑一匹良马赠送将军当坐骑啊。

马腾一听这话高兴坏了：啊？金庄主此话当真？

金繁哈哈大笑：当然！马将军少年英雄，怎能没有骏马相配？

马腾喜出望外，对金繁抱拳：好！我先谢过金庄主了！马腾此时已经是迫不及待了。

这时的时令正值入夏，碧绿如茵的草原大得仿佛无边无际。远远地眺望，草地上的羊群如同白云在碧海里飘动，空气中飘荡着一股浓浓的青草味道。天空明净如洗，只有少许丝絮状的薄云缓缓飘移，偶尔一两只叫声响彻天穹的雄鹰，伸展着巨翅翱翔而过。马腾深深吸了一口气，凉州大草原的广阔，令他全身的每一个毛孔都舒展开来。

马腾翻身下马，脚下肥嫩的青草让他觉得就像踩在绒毯上一样，一时间竟被眼前这壮丽的景象所震撼：早就知道凉州地大物博，畜牧甲天下！没想到还有如此壮丽的景色！

金繁呵呵一笑：将军说的正是。不过，比这更壮观的景象将军还未看到呢！

金繁这么一说，马腾这才发现眼前只有牛羊，并未看见一匹骏马，不禁诧异：只顾着欣赏美景了。庄主，怎么没有看见马群啊？

金繁指着前面不远处的一个小山坡说：将军莫急！翻过那个小山坡就能看见我们的马群了。

于是，一行人几匹马跟着金繁往山坡上走去。还未走到跟前，马腾就听见有马“咴儿咴儿”的叫声，心里已经开始有些激动。凉州大马已经让他近乎痴迷，他于是双腿一夹马肚，催着马儿上了山坡。

辽阔的草地上，一大群大约几千匹小儿马正在悠然地吃草、打滚、追逐、嬉戏、互相啃咬……

这些漂亮的马儿抖动着优美的鬃毛，飞扬着冲天的尾毛，翻滚着漂亮的蹄子……这里的每一匹马都骨骼匀称，肌肉健硕，在阳光的照射下披着一层淡淡的光晕。马腾看着眼前的情形，赞叹不已：果然是凉州大马横行天下啊！

金繁哈哈大笑：马将军，接下来就看你的了！

马腾冲着金繁一抱拳：多谢金庄主！说完，催动胯下战马一溜烟跑下山坡。

马群此时被马腾惊得“咴咴”嘶叫，如海潮般势不可当地奔跑起来，四蹄翻腾、长鬃飞扬，场面极为壮观。马腾跟随群马一起奔驰，目光掠过注意良久的一匹火红色的骏马。果然是慧眼识珠啊，这匹火红色的马驹始终跑在马群的最前头。这马跑起来的姿势与众不同，其他儿马长长的鬃毛和尾毛都在迎风飞扬着，可它的鬃毛和尾毛却直冲云天！

别的儿马跑起来四只蹄子像不沾地似的，可它似乎不是在跑，而是在飞。看着火红色的儿马的恣意矫健，还有与众不同，马腾认定这匹马就是他今天要找的坐骑。于是，他盯着火红色的儿马猛追不舍，几个呼吸间便把其余的马甩在了身后。

两匹马越追越近，眼看只差一丈远的距离时，马腾松开了胯下大马的缰绳，纵身一跳，稳稳地骑在了火红色的儿马背上。金繁一众人远远地看见马腾一跃上马，都兴奋得大声喝彩！可就在此时，火红色的儿马忽然仰天长嘶，停了下来，紧接着两只前蹄竖起，旋身凌空尥开了蹶子，马蹄带着青草和泥土四处飞扬。跟上来的几个骑手骇得远远避开，不敢近前。马腾紧紧扯住火红色儿马的鬃毛，双腿用全力夹着马肚子，这才没有被甩下来。

也就在这个时候，有一个胆大的骑手向马腾抛过来一副笼套。马腾伸手接住后，用力扯紧鬃毛，看准时机，用一只手将马头套进了笼套里。火红色的儿马哪肯轻易就范，长鬃倒竖，撒蹄继续向前疾驰，仿佛凭空有股神奇的力量注入体内，几个飞跃就跑得没了踪影。有了笼套的牵制，马腾也不再撕扯马鬃，而是任由它飞驰。

火红色的儿马驮着马腾跑了几个来回后，渐渐慢了下来，马腾试着一勒缰绳，它竟然乖乖地停下了。马腾一看可高兴坏了，这马总算是被他驯服了。随即翻身跳下马背，轻轻拍了拍马头。没想到这匹儿马居然伸出舌头舔了舔他的手背，身体也轻轻地在马腾的身上蹭来蹭去。马腾看着眼前这匹如此神骏的凉州大马，无比欣喜！

金繁和吴瞎仙他们追上来的时候，马腾正骑着儿马在草地上优哉游哉地往回走呢。那怡然自得的样子，仿佛告诉人们，我们不是一人一马，而是一个整体，一个合二为一的漂亮的组合体……

金繁大笑着上前：将军果然英武不凡，这可是我马庄最出色的马儿了，性子也最烈，从小养在庄上却没有人能近身驯服，今日肯臣服于将军，看来真是你合该与它有缘啊。可喜可贺！

众人一看马腾驯服了最威猛的凉州大马，都佩服得五体投地，一个个赞叹不已！

吴瞎仙一脸兴奋：恭喜将军得此宝马！

金繁又一次哈哈大笑：马将军不愧是将门之后，果然骁勇！

马腾上前一揖：庄主谬赞！马腾多谢庄主赠此良驹！

经此一事，金繁对马腾更加另眼相看：宝马赠英雄，也是我等的荣幸啊！今日不如就在我金繁马庄为将军设便宴庆祝，如何？

众人自然都拍手称快，于是掉转马头返回马庄。火红色的儿马此时也像是在炫耀自己找到了主人，高仰着马头，奔驰得更加得意，身后蹄花一路翻腾……

十五、真君子当如马

马腾这一次去金繁马庄可谓满载而归，既看了金繁马庄繁育凉州大马的壮景，又得到了庄主肯将优良战马充入军中的保票，还驯服烈马神骏为坐骑……吴军师啧啧赞叹：自古道，美女爱英雄，英雄爱骏马。马将军可是了不得，先是得了美女，现在又骑着宝马归，你都把我们这些凡人羞死了！

金繁笑着说：吴军师此言差矣，美女和骏马就摆在那里，你也去抱呀，你也去骑呀！可你就是不动弹嘛！

吴军师点点头说：金庄主此言甚善！像我这样的，那美女也爱不上不是吗？再说这骏马，即便是金庄主送给我了，这我也骑不走呀！大家听了，都哈哈大笑。其乐融融间，夜幕已经降临了……

马腾由衷地感到此行不虚，甚而喜出望外。天色已晚，看来今夜是要留宿金繁马庄了，便也不好太过推辞金庄主的一番盛情，恭敬不如从命，只好去赴宴。马腾和吴瞎仙被金繁请到了金繁马庄的宴客大厅里，厅堂里早有闻讯而来的当地士绅迎候，大家彼此见礼后落座。

这金繁马庄总是令人意外又惊讶，令马腾没有想到的是，这宴客厅也是马的世界。大厅的门口有马，大厅的隔断也是一匹匹造型各异的骏马雕塑。厅堂的四面墙上挂满了骏马图。不仅如此，侧面的墙壁上还挂有马头骨、马尾巴、马鞍、马鞭、马蹄铁等物，甚至还有一整张展开在墙壁上的马皮，看上去很有些粗犷怪诞之风。

吴军师笑着说：金庄主，别人家的厅堂都是雕梁画栋、书画玉器为饰品，而庄主你挂上马头骨和马鞍什么的，会不会影响客人的食欲呀？

马腾接上说：吴军师，你过去不是军人，所以你不知道骏马对于军人意味着什么。这一点，你要慢慢地适应哟！我感觉这些东西挂这里真是相得益彰再好不过了！不是一般的好，而是非常的好！

大家见马将军这样说，都特别开心。尤其是金繁，感觉马腾不是在夸厅堂的布置，而就像是在夸他爱如掌上明珠的孩子，不是俗语说“媳妇是别家的标致，孩子是自家的可爱”吗？马庄的经营便如同养孩子般让金繁殚精竭虑，每一处哪怕是细微的一块马骨都是他亲手打磨，繁育成功凉州大马是他的得意之事，经营好马庄亦是他此生最值得追求的事业。

酒宴开始了，金繁作为东道主向马腾诸人敬酒。酒过三巡，马腾举杯回敬金繁，并问出了大家也很好奇想知道的问题：金庄主，我敬你，还请满饮此杯，然后还要请你告诉我们，你是不是特别的爱马呀？人家的大门口，都是石狮子把门，你却是一匹匹铜马看门。就连会客厅，也打扮得像马具展览馆，真是叫人望而生敬又生畏啊！

金繁笑着说：马将军说的是，在下就是有个爱马癖！天生爱马，就像爱自己的娃娃一样，那可真是爱之入骨呀，三天听不到马叫我这心就慌得厉害，吃饭吃不香、睡觉也不踏实。

大家一听哈哈大笑。

马腾戏谑地说：金庄主如此爱马，可是得了天马精神？

金繁笑着说：马将军过奖了！天马精神，正是太守大人平生所追求。我过去给张太守养过马，所以这都是受张太守的影响呀！说着走上前给马腾敬酒：马将军，天下谁人不知令先祖伏波将军乃相马之神，威震岭南，那才是龙马精神！别说是在下了，就是我们张大人对令先祖也是尊敬有加啊！

马腾见金繁说起了自己的父亲，愈加高兴：你说的这些都是太守大人告诉你的？

金繁点点头说：是的马将军。张大人告诉我们，马将军先祖当年征战南粤，平服狄羌，那可真是每到之处，即所向披靡呀！

马腾自豪地说：是啊，我父亲一生戎马、南征北战，为平定天下最终马革裹尸。幼年时父亲对我的教诲至今言犹在耳啊！我为有这样的父亲而感到骄傲！

马腾说完一饮而尽后继续道：各位，除了我父亲，我还特别地敬重我们的父母官张太守张大人。如今天下大乱，中原一带哀鸿遍野，民不聊生，而我西凉一隅，却能保持民淳俗美，安定太平。不久前还铲除了企图给西凉府带来战火的反贼董天伦，令我西凉百姓免遭生灵涂炭，正因为有太守大人的运筹帷幄，才把我们西凉治理得如此之好啊！

董天伦谋逆被诛之事已是人尽皆知，众人皆明了乃是太守与马将军二人合力之功，所以纷纷对马腾极尽溢美之词赞誉。金繁站起来又一次向马腾敬酒：马将军，在座各位不比你我与太守大人亲近，不如请您来给大家讲一讲我们的张大人，冒昧再请将军说一说将军眼中的骏马，如何？

马腾高兴地举着杯：各位，金庄主这个提议甚好。我所认识的张太守张大人，他守土一方、造福八方，在治理西凉的过程中，他唯一效法的就是自强不息的天马精神。《易经》云，天行健，君子以自强不息。什么叫天行健、自强不息？说的就是天马精神呀！《论语》又云，士不可以不弘毅。士子怎么才能成弘毅，就是要学天马精神啊！

遂手指厅堂悬挂着的马鞍子继续说道：你看这马鞍子，它虽然不是马，但它可以告诉我们，得天下在马上，治天下却在马下。这马鞭又说明，骏马虽好，还要善于鞭策。还有这马蹄铁，它更是哲理深远，意味深长。世上没有不变的事，但也有万变不离其宗的事。骏马千年，人事万变，但马蹄铁的形状万古不变。这就是千古爱马之说的根源啊！

众人感触之余拍手赞道：哎呀呀！我等皆知将军武艺超群，今日听君一席话，方知马将军年才弱冠便已见识非凡，文韬武略都是个中翘楚。真是英雄出少年，实实令虚长将军许多的老朽们汗颜啊！

金繁亦接话道：将军此番言语，使在下茅塞顿开，更明白了天马精神之真义，它就是善良而不怯懦，勇猛而不残暴，永远保持前进精神！自此，我金繁立志也将以张大人为榜样，以骏马精神为人格，做一个像马一样忠诚、可靠的人！

马腾赞赏道：说得对！说得对！金庄主此话已通大道！人如果能活到一匹马的境界，一定是真君子了！我祝金庄主在金繁马庄宏图大展，继往开来，培育出更多我们的凉州大马来！

金繁激动万分，再一次起身向马腾敬酒。马腾高兴地站起来举杯：来！为我们在西凉大地上宏图大展满饮此杯！

大家高兴地碰杯，开心地一饮而尽，宾主尽欢。

十六、挟泰山以超北海

在金繁马庄的这个晚上，马腾躺在床上倒不像往常那样清醒，很快就睡着了。在梦中，看见一只通体雪白的狻猊（即狮子）进入了他和阿诺的卧房，马腾担心这头狻猊要伤害阿诺，急忙前去捕捉。待他进去后，却并没有看见狻猊。房中只有挺着大肚子的阿诺望着他笑。

醒来后，马腾想起梦里的情形仍然心有余悸。算算日子，阿诺的临盆之期也就在最近几日，心里便有些不安起来。于是叫醒了吴瞎仙，把方才梦中之事告诉了他。吴瞎仙听了，掐指算了算，神色一顿：将军，怕是夫人临盆在即啊！马腾闻言，赶紧叫吴瞎仙准备马匹，辞了金繁后连夜往骊靬赶去。

一路上未有耽搁，第二天早上太阳刚刚升起时，马腾和吴瞎仙就到了骊靬城里。到了胡府，马腾叮嘱下人好好照料他的神马，然后急匆匆赶去看阿诺。阿诺接到下人通报后，已经在院中巴巴地等着马腾了。此时此刻，她抚摸着高高隆起的肚子，满脸的慈母模样，轻声说道：孩儿，你爹爹回来了！

马腾大踏步走了进来，看见阿诺站在那里安然无恙，上前扶住她的肩膀，笑着问：怎么站在院子里？早上天凉，快进去吧！

阿诺望着马腾脸上的灰尘，柔声说：怎么这么着急着连夜回来？夜深露重的，你也该注意身体。

马腾哈哈一笑：夫人放心！我现在好得很。呵呵，是这样，知道你马上就要生了，所以想尽早回来。

两个人高高兴兴地回到了房中。

马腾洗漱后，阿诺看他神采奕奕，脸上掩不住的兴奋，有些疑惑：看你这样高兴，这次去凉州是不是遇到什么喜事了？

马腾嘿嘿一笑：夫人聪明！你怎么知道我还有喜事？

阿诺故意装傻：还有喜事？这么说，你已经有了喜事了？

马腾摸了一下阿诺的肚子，笑着说：这不是第一件喜事吗？

马腾扶着幸福的阿诺坐下后，才把金繁马庄所见之事和草原上驯服凉州大马的经过一一告诉了阿诺。阿诺听了，也变得和马腾一样兴奋：我早就听哥哥他们说起过凉州大马，只是从来没有见过。现在听你这么一说，我真想去看看，更想骑一骑！可你看我现在的这个肚子！哎……

马腾心疼地看着阿诺：别叹气了。以后有的是时间让你骑马！现在可是非常时期，你得好好保护着咱们的儿子！

马腾说着，又一次把手轻轻放在阿诺的肚子上摸了摸。阿诺忽闪着大眼睛问马腾：夫君怎么知道是儿子呢？难道你不喜欢女儿吗？

马腾连忙摇头：怎么会？女儿我也喜欢，就像你一样漂亮聪明。不过，这一胎我就敢肯定是个儿子！

阿诺笑着瞪了马腾一眼：难不成你还学了你那军师吴瞎仙的未卜先知之法？

马腾让阿诺这句话逗乐了：哈哈！我那军师也有算不准的时候！

遂把昨晚梦见狻猊兽的事告诉了阿诺，又看阿诺一点也没有要生的样子，笑着说：吴军师还说你临盆在即，我看你怎么没有一点要生的迹象？

阿诺摸着肚子说：算算日子就在这几日了！

话音未落，阿诺忽然感觉肚子疼了起来……

听说阿诺要生小孩了，胡府上下喜气洋洋，一片忙碌而又喜庆的景象。

阿诺这一胎生得并不轻松，阵痛整整持续了一天一夜……

阿诺在房里疼痛难忍，马腾则在房外提心吊胆。一个疼得连哭声都没有了，一个不顾胡家人劝慰，更顾不得一路赶回来的风尘仆仆，亦是坐立不安在产房外徘徊了整日。胡府家小都知道姑爷爱妻尤深，便也由他去了。产房里伺候的妇人忙进忙出，终于在翌日清晨金乌初升时传来了一声嘹亮的啼哭，同样守了阿诺整夜的胡夫人亲自出来给女婿报喜：阿诺生了个儿子。马腾一听，向胡夫人深深作了一揖，便快步走进房里去看阿诺。

房间里已收拾停当，接生婆嘱咐了要紧事宜后退了出去，房里只留下了近身伺候的婢女。马腾走上前，看着一脸疲惫的阿诺冲他强撑着绽出笑脸而心疼不已。于是，马腾轻轻地握住阿诺的手道：阿诺，辛苦你了！

阿诺微微摇头：不辛苦。说话间握在夫君手掌里的手动了动又道：夫君可曾看过孩儿了？

马腾回道：还不曾。

阿诺闻言，嗔怪地睨了丈夫一眼，早有贴身的丫鬟将新生婴孩抱到夫妇面前：姑爷快看看，是一位白白胖胖的小公子呢！

马腾因为先前得到过报喜，知道是儿子，但真正亲眼所见，看着襁褓里粉嫩嫩的孩子，那小手小脚只有他拇指大小，这样小小的一个小人儿便就是他与阿诺的孩儿了，欣喜之下就抱着那么直勾勾地盯着孩子的睡颜傻愣起来。直到旁边的丫鬟"扑哧"笑出声来，又看阿诺疲累的眉眼，才把孩子送到了丫鬟的手里。

阿诺知他初为人父有些害羞，便轻斥丫鬟退下，对着马腾柔柔笑道：连夜赶路鞍马劳顿，这又因为我折腾了一昼夜，夫君你快去歇息吧，我这里已经没事了，等你休息好了还要给孩儿取一个好名字呢。

马腾的确乏累，亦知阿诺也是精疲力竭，便看着阿诺睡下，又嘱咐婢女好生伺候方才退出产房。此时正值旭日东升，漫天的朝霞映上房顶的高脊煌煌一片彩光，马腾遥望东方生出感慨来：我马腾一夜之间既得到了骏马也得到了儿子，我马家后继有人，这是先祖的福荫啊！

方才明明已经困乏不已，此刻突然又没了睡意，想起吴瞎仙还在府上，便赶紧往前院书房而来，如此喜事自然是越多人分享更开心。胡家书房里吴瞎仙正陪着老太公说话，不知说到什么高兴事，二人的笑声传出屋子远远就能听见。吴瞎仙看马腾进门忙起身恭贺：恭喜将军，贺喜将军喜得麟儿！

马腾还礼自是喜笑颜开，并近前向胡老太公问安，听得门外又有脚步声传来，却是他的岳父胡川县令进来。公职上马腾官高几级，但人伦亲情却是胡川为长，且自成婚后因为张鼎太守的建议，还有阿诺也不愿离家另居，马腾亦随妻居于岳丈家，吃住都在胡府仿若入赘。马腾于胡川深揖一礼后，各自落座，便听岳父说：适才有天赐寺一空大师来访，说了些长短。众人不解，过来请教一下吴军师。吴瞎仙听胡川有事情要“请教”，非常高兴：请胡大人明示。

胡川把事情的来龙去脉说了出来。

今天一大早，胡府大门被人叫开了，竟是天赐寺的住持一空大师念着“阿弥陀佛”进来了。见到胡川后，一空大师双手合十：施主，贵府上今日有女眷诞下麟儿，小施主乃文殊菩萨座下狻猊下凡，日后乃是西凉之主，只是命犯孤星……阿弥陀佛！阿弥陀佛！

胡川马上还礼向一空大师请教：大师所言不差，正是小女刚刚生产得了一名男孩儿。但大师你的话说了半截，能否明示于我，毕竟神明之事向来玄幻莫测，此子若真有这般出身，日后会不会有什么七灾八难？

一空大师仍然双手合十：施主，福兮祸所伏，祸兮福所倚。小公子福大命大造化大，其他的贫僧就不多言了。诚所谓天机不可泄露也。阿弥陀佛。

一空说完，向后院遥遥合掌默念三声佛号便告辞离去。胡川惊诧不已，这才刹住上县衙公干的脚步折回内院来告诉马腾并且向吴瞎仙请教。

吴瞎仙听完一拍大腿道：胡大人、马将军，可曾记得将军与令小姐当日大婚时的异象？此番真是得到了印证。前日先有将军梦见神兽入怀，今又有高僧上门判偈，小公子将来必定不凡，将军快给公子取一个名字吧。

胡川与马腾翁婿对视一眼，觉得吴瞎仙说的颇有道理，便商量为孩子取名。思谋良久，由吴瞎仙在案前列出若干字来，却都不尽满意，坐在上首闭目养神的胡老太公却突然开口道：依我看来，取名为“超”再好不过了。

“超”？挟泰山以超北海！虽有荣观燕处超然！还有超凡脱俗、俊逸高雅的意思！好名字，好名字！吴瞎仙连连叫好。

马腾与胡川亦拍手称好，正式为孩子定下名字“马超”。即命家人牵来了昨天刚刚捕获的一只正在哺乳幼崽的母虎，胡川高兴地吩咐家人，让马超喝虎奶，吃飞禽，三岁后即可教马超经史武功。但有关一空大师对马超的那番命理说辞，仅限于书房中这几人知晓。对此，大家都是心照不宣。

从这一天起，胡府上下都沉浸在添丁的喜悦里……

第二卷
少年馬超

一、壮志未酬

白驹过隙，时光荏苒，转眼间马腾已经在凉州任职三年有余。铲除奸佞董天伦以后，马腾并未有丝毫懈怠，依然怀揣着一颗赤忱之心，奔忙于府城凉州和骊靬之间，训练军队、培育战马。胸中远大抱负和雄心壮志，如同茫茫黑夜中的北斗星，指引着他在这乱世之中一路披荆斩棘、无所畏惧。

这两年，打入龙首山匪巢的安图没有让马腾失望。他及时传送来了不少关于龙王及其匪兵的动向，这给西凉府调整军事防御部署提供了依据。然而光凭安图打探的这些情报，还不足以让西凉府有十足的把握一举剿灭这支匈奴和土匪联手的新型土匪军。马腾因此也难免有些着急上火，担心时间过久安图的身份会暴露。同时，更让他不安的是日益壮大的龙首山土匪军，更加肆意猖狂地侵扰龙首山周边的城池和河西走廊沿途商旅。

真的是怕什么就来什么。就在马腾为此而忧虑不安的时候，手下专门负责与安图联系的亲信急慌慌进入营帐。马腾让帐内兵士退出后，急切地问道：怎么样？可曾取回安图的密报？

那亲信脸上显出惊慌之色：将军，小人在约定地点并未发现安图的密信。原本以为或许是安图路上耽搁误了时间，可小人在那里足足等了四五个时辰，始终没有见到安图的影子。到了后来，我才发现我们的联络点附近有人监视。所以，这才急忙赶回来向将军禀告。

马腾一听，心里咯噔一下：坏了！最近安图传送情报过于频繁，怕是身份已经暴露，或者已经遭遇不测！马腾一个趔趄跌坐在地上。亲信赶紧上前扶了一把：将军！将军先请宽心。兴许是安图被别的事务绊住了脚，才会误了约定的时辰。

马腾摇头说道：不可能！安图一向机警，若不是出了意外绝对不会耽误送信……再说了，现在联络点都有人监视了，这就说明，安图已经暴露了！

话还没有说完，帐外就有士兵进来通报：将军！出事了！

马腾霍地站起身来：快讲！

那兵士看了一眼马腾的脸色，怯声回道：刚才有潜伏在一线天附近的探子来报，说一线天的山顶上挂起了一具尸体，近前查看后，发现……发现竟是……是安图的尸体。

马腾一听，心里顿时翻江倒海般地难受。他狠狠地一拳砸到身前的案几上，禁不住流下了热泪。安图从小跟随他，虽说是仆人，但马腾早已经把他当成自己的兄弟。如今安图为他死在了龙首山匪贼的手里，他怎么能不恨？怎么能不伤心？如若不报此仇，不把那龙王匪巢踏平，他如何心安？如何对得起跟随自己多年的安图？

马腾想到此处，大步跨出营帐，骑马向太守府疾驰而去。到了太守府衙外，未等守卫通报就急匆匆地进了内堂。张鼎看马腾这么反常的举动，诧异地望着他。马腾走到张鼎跟前跪拜在地：大人，请恕马腾无礼！实在是有十万火急的事情要向你禀告！

张鼎看马腾如此火急火燎，伸手一扶：贤侄快快请起！何事让你这样着急？是不是军中出了什么大事？

马腾起身一脸悲愤，把安图身份暴露，尸体悬挂在一线天的事告诉了张鼎。张鼎听了也是气愤至极，咬牙道：匪贼竟然如此猖狂！欺人太甚！

马腾又向张鼎抱拳：叔父，安图虽然死了，但最近他送出了不少情报，根据他信上的描述，龙首山的布防也并不是没有漏洞。我想亲自去一趟龙首山打探匪兵虚实，如果真的像安图说的那样，我们就可以筹划攻打龙王土匪军的大计了。

张鼎一听马腾要亲自进山，未曾多想就表示反对：万万不可！贤侄，你现在是我西凉军的统帅。别人可以去冒这个险，可你千万不能去以身犯险！

马腾没想到张鼎会反对，连忙说：叔父，正因为我是西凉军的首领，所以才更应该亲自去办这件事。身为统帅，如果这样贪生怕死，如何统领军队？又有何脸面面对我西凉百姓？

这时，军师吴瞎仙也闻讯赶到了太守府。刚走到门口就听到了马腾说的话，赶忙上前劝道：将军三思啊！太守大人所言极是，龙首山凶险异常，将军千万不能去冒险！

马腾见吴瞎仙也反对他的主张，心里不免有些生气：军师，你怎的也来阻拦于我？你随我在军中已有三年，你应该知道，以我们西凉军现在的实力，征讨龙首山不敢说稳操胜券，但已经有一搏之力了。

张鼎望了吴瞎仙一眼，吴瞎仙接着说道：将军，请听属下一言。虽然西凉军现在装备精良，尤其是配备了部分凉州大马，可大部分战马并没有上过战场。也就是说，即便是我们打探清楚了龙首山的情况，我们也不能操之过急。同时，你只身犯险，我认为绝对不可以！因为现在已经没有了安图做内应，将军此番前去实在是太危险了。

张鼎也跟着附和：军师说的对！贤侄，现在西凉府已经完完全全掌控在了我们的手里。我们只需要坚守凉州，守株待兔。何况你这几年为我西凉付出了那么多心血，西凉军也在你的治理下日趋精良，我怎能让你去只身犯险？

马腾虽然心里感激张鼎对他的认可和爱护，但仍然坚持：马腾非常感激叔父对侄儿的厚爱！但是如果我们错过了这个机会，日后匪兵日益壮大，再想剿灭就是难上加难了。安图已将龙首山大部分布防侦察清楚了，所以，现在攻打龙首山应该是最好的时机。

张鼎还是不同意马腾的想法，他走到马腾跟前，拍着他的肩膀说道：贤侄，我们已经将凉州打造得如铜墙铁壁一般，只要那耿鄙伟康敢来，定叫他有来无回。此时没必要让你再去犯险，你就听叔父的吧！

马腾见张鼎态度坚决，虽然知道再争辩也是枉然，但还是不愿放弃这个机会。刚打算再说，张鼎对他一摆手：贤侄不必再说了，这件事我不会同意！

吴瞎仙怕他二人继续争执，随即接上张鼎的话茬：将军就听太守大人的吧！他也是为将军的安危着想。土匪把安图的尸体挂在山顶，不光是挑衅，必定在那里设了埋伏，就等着我们往里钻呢！将军千万不要中了贼人的奸计。

马腾见他们二人坚决反对，再做争执也没用了。眼看这样的大好机会就这么错过了，还白白搭上了安图的性命，心里憋闷，告辞了张鼎转身出了太守府。回到营帐，拎了一坛酒又骑马出了军营。随从兵丁看马腾脸色难看，不敢询问也不敢跟出去，只好在营中等军师回来拿主意。

马腾找了一处朝着龙首山方向的山坡，将坛子里的一半酒倒在地上：安图，你放心！总有一天我会马踏龙首山匪巢，取了耿鄙伟康的狗头为你报仇！说完，仰头将坛子里的酒大口大口灌进嘴里……

因为安图的死，还有张鼎反对征讨龙首山，马腾心里郁气难消，于是叫来军师吴瞎仙安排了一番，打算回骊靬一趟。算来也有两三月没有回去看阿诺和不满三岁的儿子马超了。想起儿子，马腾心里不禁叹了口气：唉……

二、三不会娃娃

在胡府的将军院里，阿诺边轻拍怀里的孩子，边哼唱着一首歌谣哄幼子入睡，思绪却飘到了两年前。

幼子马超出生在骊靬县外祖胡家。据父亲胡县令说，当日还有天赐寺的一空法师亲自登门判命，说什么此子乃神兽狻猊下凡，将来必为西凉之主，骇得胡家人将这惊天之语缄之于口，不敢有丝毫泄露……超儿啊超儿，不论别人对你如何寄予厚望，母亲只盼着你无灾无厄、平安长大，将来做一个像你父亲那样的人就好。可是……看着怀里酣然入睡的小小面孔，阿诺无奈轻叹。

原来，已快三岁的马超竟然还未开智，任凭虎奶为水、飞禽为食，依旧不会说话、不会走路，甚至连爬都不会。可有一点与众不同，就是个头要比同龄孩子高不少。起初，尚可以用年幼来理解，但现在已经快三岁了，舅舅家的小表妹晚生马超半年的小丫丫都能跑能跳了，可马超却还要靠大人或抱或背，才出得了门。

阿诺想了很多办法，也请了不少名医，都束手无策，并非医家无药，而是查遍医典药籍都找不出病症所在。既然骨骼经脉脏腑皆正常，又为何形同残障？医家无奈而去，身为父母的马腾夫妇更是一筹莫展。一来二去，胡府慢慢传出流言，尽传马超这“三不会娃娃”皆因马腾嗜杀，乃为其父戾气所伤，并拿某某郡某某府亦有相似孩童来佐证，以说明这情形实属确凿。

简直是无稽之谈！马腾听到传言后愤而驳斥：武将世家的孩子注定血雨中成长，征战沙场、马革裹尸亦是随常。从未听过如此荒谬不堪的说辞，真是岂有此理！

任凭外面如何传言，只有阿诺沉默不语。她也不相信自己怀胎十月的爱子真是一个“三不会娃娃”。每日里，她都是寸步不离、精心喂养，更特意为马超唱歌谣、读诗书，甚至讲故事。每当孩子能对着她笑一笑，或无意识发出一个含混不清的音节，阿诺都能开心上许久。

超儿，你肯定很快就会说话走路了，对吗？阿诺时常这样对孩子说，也为自己打气。

胡府家大人多，阿诺的诸位兄长都已成亲，就连庶出的弟兄也定了亲即将完婚，只有阿诺这嫁出去的姑娘还拖家带口住在娘家，不肯另择居所。虽然只是在胡府独辟院落暂住，一应吃喝花销尽量做到泾渭分明，不沾胡家分文，父母亲也不会嫌弃见外，但颇令家中其他人等非议。

后院从来都是女人的天下，亦是是非闲言传播之地。马腾忙于军务不常住府中，而阿诺却每日与众多弟妇姑嫂厮守，原想一家子毕竟骨肉相连，舍不得因出嫁而薄淡了亲情，但无奈事与愿违。所谓三个女人一台戏，这一帮子女人在一起，是非也就多了起来。这一日众妇人无事可干又聚在了一起，便家长里短闲聊起来，先从调侃阿诺当日与马腾的相识，到窃窃论起其子马超乃天生的软骨不堪造就，言语里尽皆嘲弄和不屑。从前泼辣胆大的阿诺成亲后本已逐渐收了性子，又因着儿子的病症终日愁烦，每回面对那些无礼都是隐忍吞声，怕伤了彼此颜面。想到夫君事务繁忙，亦从未曾向马腾提及。

一日，阿诺去大哥院里找嫂子寻个花样子，给爱子做鞋。刚要敲门，就听见自家一母同胞的大哥与嫂子正在说话。嫂子跟大哥说：你说要是个活蹦乱跳的孩子，终日里围在老人跟前也是天伦之乐。可那样一个三不会娃娃还成天当个宝贝样捧着，而把我们自家健康聪明的孩儿，在爷娘面前的宠爱偏都占了去。我就是想不通，这嫁出去的姑娘老赖在娘家算什么体统？哪朝哪代都没有这个说法的。大嫂话语里尽是埋怨，嫌弃阿诺母子占尽父母宠爱，夺了她家几个孩儿在祖父母跟前承欢的机会。

阿诺听完这些，愣在了哥嫂的房门口。又听房中大哥道：你只管好自家孩儿就是，理她作甚？她还能一辈子在我们家住下去？她迟早要搬出去另居的。再说左右一个残废幼童，家里不过是看那孩子可怜便多施予些关照。另外，也是因为有个身为西凉都护的女婿在那里，妇人家你莫要多生事端！

从没想过兄妹间竟有一日也能生分到如此的地步，阿诺直觉遍体生寒，这冷就冷到了心底深处。阿诺再也听不下去，用力推开房门，将嫂子的满脸不忿尽收眼底。看着大哥惊诧后讪讪无语的面孔，阿诺本来怒责的话语突然便化作两行热泪，涔涔而下，模糊中浮现着儿时受了委屈，大哥背着她哄她开心的情景……

从大哥处回来，阿诺不顾父母的挽留，毅然决然搬出了胡府。这就是阿诺的性格，再大的委屈都可以忍受，多少非议也能置之不理，唯有爱子的事是她鲠在心头的刺，碰一碰都疼痛难忍。别人的讥讽无力阻挡，可是来自亲人间的疑忌和冷言冷语犹如六月飞雪，来得如此突然又措手不及，直冻得人寒彻透心。难堪，一次便够了！不愿意令父母亲为难，更不愿意令马腾也同她一样，再感受一次对亲情的失望。阿诺终究独自咽下苦痛，征得夫君马腾同意后，在离胡府不远的街上购置了一座府邸，搬离胡府过起了自己的小日子。

新建的将军府人口简单，马腾大多数时间在府城忙兵政，阿诺便带着几个家仆打理府中一应事务。她相信孩子终有一天会好起来的，于是她更加精心地抚养和教育幼子马超。

三、这是一个奇迹

“三不会娃娃”马超过完三周岁生日那天，奇迹突然出现了：他一下子由三不会变成了三会：不但会说话、会爬了，而且还能走路了。这对于胡家来说，无疑是一件天大的喜事。

骊靬县三大家族之一的胡家，加上西凉府都护马腾的威望，使得马超的三岁庆生宴格外隆重。既有骊靬的士绅官员，还有周边其他县的送礼道贺者，更有西凉府太守差人鸣锣打鼓前来恭喜的车仗和礼物。真是贺客盈门，喜气洋洋！

马腾与岳父胡川在前厅迎客，后院里胡夫人与胡家一众妇孺由阿诺招呼着说话，亦是相谈甚欢，其乐融融。阿诺今日仿佛重回少女时代，眉眼间一派畅意闲适。看着地上四五个玩闹的孩童，她发现自己的爱子才是其中最出众的一个，就连一向有些刻薄的大嫂也说：你们看看，超儿以前什么都不会，这突然说好就好了，能站能跑能说话了，才发现还是个小小的美男子哩。

胡夫人点头笑道：而且，超儿这个头竟比大他两三岁的孩子们还高一些，长得又是这般好看，比小丫头们更美上几分呢。我这宝贝孙子呀，不知道长大以后要迷倒多少女子哪！

众人跟着胡夫人自是一顿夸赞，却不知胡家大嫂心下又不满起来：自家姓胡，却把个马姓的外孙当成心尖上的肉来疼，又不是自个儿没有嫡亲的孙子，也值得这般偏心吗？

其他人未必留意，阿诺却清楚嫂子的心思，知晓她对自己母子的不喜。但是爱子一日之间奇迹般好了，那一刻，她欣喜欲狂到泪流满面。只要超儿健康如常，还有什么是不能原谅的？姑嫂间的嫌隙又算得了什么？所以，阿诺自动无视嫂子眼梢嘴角边的那丝不快，转头吩咐婢女添茶……

眼看着嫂子生着闷气，并不在乎的阿诺却掩不住自己发自肺腑的愉悦和舒畅。

妇人间话家常都是些家长里短，左不过谁家孩童聪颖，谁家儿郎出息，谁家老者健朗，无外乎尽皆希冀家宅平安，祈愿神明保佑的内宅之见。

胡夫人并没有发现儿媳妇嫉妒的情绪，因着高兴，她对众妇人道：说到神明，那莲花山的天赐寺可是正经禅院，听说住持一空法师也是有神通的大德高僧。我私下里想着，咱们超儿定是有神灵护佑，方能一夜间出现奇迹。

亲族中另一夫人接上说道：正是这样呢！不过各位有所不知吧，年前我那嫁到凉州城的妹子派人来接我去她府上叙叙，正赶上天赐寺放焰口，我们便备了香果去。到那儿才亲眼看到咱们西凉府鼎鼎有名的天赐寺是何等的香火旺盛！也才知道天赐寺固然是大寺院，里头却还有个马神庙无比灵验呢。现下人们都说，那三只眼的马王爷是真正的有求必应哩！

众妇人都是长居后宅，离着骊軒城东南的莲花山亦有些路程，对这些事虽是有所耳闻，但也是一知半解。现在听到有人对马神庙知道甚多，便纷纷邀请那位夫人将马神庙说个清楚，道个明白。那夫人继续道：马王爷是马神庙里供奉的神灵，据传乃是太守大人为他的神马所建，那神马已经修成大道位列仙班了。前些年庙里供奉的还是人身马首，现如今既然神马得道修了人形，就重新为马神塑了金身，我去参拜时见到的就完全是马王爷的人之化身了。马神庙前磕头祈福的人多得都排成长队了，那香火缭绕也飘到了几里之外！

马神庙竟有这般神迹！西凉府一地佛道盛行，百姓对神灵之事尽皆信奉崇尚，自然都是向往不已，对马王爷更是打从心底膜拜起来。

阿诺自是微笑不语，马神庙的内情别人不知，她却是清楚的，夫君马腾早给她讲过张太守那匹忠烈之马的故事，但心内却也暗暗思忖：神明之事亦真亦幻谁又说得清楚，但如今超儿奇迹般康复，难免也有天意在内。于是，她准备跟夫君商议，等他公务不忙时一家三口也去拜一拜才是！

前厅宴上嘉宾云集、觥筹交错，座中更不乏有头有脸者，梁三阁便是其中之一。这梁三阁乃骊軒县另一大族梁家的族长，梁家子侄多有出仕为官的，其堂弟梁侍郎便拜在朝廷三公之一的赵太尉门下，在朝堂之上颇得重用。正所谓“一人得道，鸡犬升天”，梁三阁因着有个在京都洛阳当侍郎的堂弟，就成了西凉府数得上名号的人物，在世居的骊軒县更是跺一跺脚，全城也要颤上三颤。按道理说，梁三阁到了这份儿上，更应该遵纪守法才是。然而，这个梁三阁却不然，那恃强凌弱之事更少不了他的掺和，就连以耿直清明闻名的县令胡川也对其忍让三分。所以，碍于梁三阁身份特殊，饶是再如何对他敬而远之，像今日这样的宴会也必有他一席之地。

席散，梁三阁尽兴而归。因为再次被马腾邀请，还享受到了被奉为上宾的荣宠，梁三阁得意之下便多贪了几杯，所以到现在了还醉意朦胧。想那马都护，不但年轻有为，而且是真正的栋梁之材。人家堂堂西凉府都护，难得的是既谦逊又没有架子。不仅如此，对我梁三阁也是礼遇有加呀！

想到这里，梁三阁哼着小曲趔趔趄趄往后院而去，他得把今天的高兴之事告诉夫人，好多一个人共同分享他今儿个的快乐。

梁夫人是梁三阁的继室，因为养尊处优，身段稍显发福，三十出头，颇有风韵。

梁三阁在婢女搀扶下掀帘进来，就看见夫人正与她的内侄说话，却不知说到什么伤心事，姑侄二人都抹眼擦泪，哭得凄凄惨惨。梁三阁虽也有几房妾室，但对这继室却扒肝扒肺疼到了骨子里，向来对其百依百顺。此刻看夫人垂泪，自己的酒便醒了几分，赶忙甩开婢女走到夫人跟前：夫人这是受了什么委屈？怎么哭得如此伤心？

梁夫人没好气道：你每日里自顾着喝酒取乐去，又来问我做什么？我就是受了天大的委屈也不与你相干！

梁三阁看夫人着恼，便好言好语：夫人这说的可就是见外话了，你我夫妇虽然并非原配，但也是举案齐眉。夫人既有委屈且说与我听，一切自有为夫的替你做主！

梁夫人拿帕子作势擦眼，掉头向立在旁边的侄子使一个眼色，那人立即会意，“扑通”一声跪在地上，并膝行几步爬到梁三阁脚边痛哭流涕起来：请姑父大人为侄儿做主哇！

梁三阁这一下惊疑莫名，醉意立消，只说侄儿不要着急，你遇到了什么难事，细细给我道来……

四、流言猛于虎

阿诺一直沉浸在深深的满足中。自成婚以来她所有的快乐加起来似乎都没有如此多过，因为她的超儿终于可以同别的孩子一般生龙活虎了，甚至比亲戚里所有的孩子都聪明、都高大、都出类拔萃。

回想过往的三年，可真如一场梦啊！好在那些不愉快的事情都过去了，这就像风雨后的彩虹，格外引人注目，也格外令人开心。而今三岁的马超个头如同其他五六岁孩子一般高，说话做事竟像个小大人似的。

她怎么都忘不掉马腾奉命出征时，小小的孩子居然挺着稚嫩的小胸脯，向他的父亲保证道：父亲放心去打仗吧，孩儿会保护娘亲的。要是有坏人敢欺负我们，孩儿就告诉他，我爹爹可是大将军呢！

马超这一番话让阿诺既欣慰又骄傲，也让身为父亲的铁血将军马腾鼻头微酸。看吧，这就是马超，早慧得令父母心疼。

马腾月前接到洛阳诏令，命西凉兵整备出发，与高柳、云中郡、雁门郡三路大军形成四面围攻的战势，进攻鲜卑。鲜卑连年入塞劫掠边郡，这次更是深入汉境百余里，从劫掠粮食人口到攻取城池，竟有公然与大汉分庭抗礼之势。天子得报震怒非常，在宫宴上摔盏而怒，誓要歼灭鲜卑，众臣惶恐伏地不敢劝谏。因为大家都知道，向来就有“天子之怒，浮尸百万，流血千里”之说。但现在，一场大战在所难免。马腾作为一府都护，自然责无旁贷遵令执行，于是他亲率十万兵马出征。临走时，只嘱咐阿诺带好孩子安心等他凯旋。但是，大家都不知道，马腾这一去要多久才能回来……

马腾走后，阿诺除了与娘家的往来，其他来访尽数谢绝，深居简出，专心教养马超，静待夫君回归。马腾亦不时打发人传回消息报平安，阿诺虽挂念但还算安心。

人有旦夕祸福，月有阴晴圆缺。平静温馨的日子，总会被猝不及防的变故打破！这一日胡夫人带了仆婢来看外孙，盯着马超的脸看了又看。阿诺很疑惑，早已见惯的面孔难道今日有什么特别之处吗？除了超儿又长高了些，眉眼似乎越发精致了呢。阿诺将自己的发现告诉母亲，无非就是想要让儿子的优越得到母亲的肯定，但胡夫人却一反常态，再三盯着马超的面容像在极力探究着什么。良久，留下困惑不已的阿诺母子，带着一副欲言又止的神情离去。阿诺追到了大门口，问母亲你这是怎么了？令阿诺不解的是，母亲居然一言不发，气冲冲地回去了。

有些事情，如果想不通便不强行去想，阿诺的性子一向如此。看着天色已晚也没有追到娘家去问询，只安顿府里管事闭门歇息，想着第二日一大早再去胡府找母亲问个明白。

可是，阿诺说什么也没有想到，她和母亲竟是最后一次见面，是永诀。

或者说是那些别有用心的恶人，终究没有留给她再和母亲见面的机会。当她被一帮气势汹汹的人，深夜从自家押到城中心广场立起来的木架子下时，除了惊慌恐惧，还有就是不明白，不知究竟发生了什么？他们为什么要把她抓到这里？她想大声疾呼，可居然有人把她的嘴巴堵上了……

深夜的骊靬城，风里有野兽皮毛的气味，阿诺看到了灯火映照下几十个身穿兽皮、头上插着雉鸡锦羽、脸上戴了面具的魁梧汉子。这是巫师祭祀的场面，阿诺并不陌生。奇怪的是往常新年才举行的巫祭，怎会在这个时节提前来做？恍惚间只听场中起了一声锣响，大祭司且歌且舞，踩着巫祭时特有的鼓点唱道：

重开天眼我接引福祉宫
告一声祖宗神明日月尊
天地间世人千万总不同
胡家阿诺品行天也难容
妇人与那野僧苟且私通
不顾伦常偷把孩童来生
……

阿诺听大祭司唱到此处，终于反应过来，原来这般阵仗竟是专为她而举行。可是，与野僧私通生子？这纯属是污蔑！便再也忍耐不住，用足力气挣开抓她手臂的两个汉子，扯掉嘴里的东西，大声叫道：住口！住口！你胡说！你胡说八道！我没有与野僧私通，我是冤枉的……

那大祭司厉声道：快给我把这贱人的嘴巴堵上！几个汉子再一次抓住了阿诺，又一次把她的嘴巴堵上了……

此刻的广场围满了人，人群里议论声渐起：

我就亲眼看见过那个野种，眼睛深窟窟的，眼珠是蓝色的呢，跟咱们一点都不像……

对对对，我也见过，那个孽种的头发是卷的，皮肤白得就像雪一样……

还有呢，那高鼻梁深眼眶，跟那帮胡人倒是有几分相像呢……

什么胡人？听说莲花山上的天赐寺里有个叫一空的和尚正是那般相貌……

什么？你说的可是一空法师吗？

正是呢！那大和尚我倒见过，的的确确一对蓝莹莹的眼珠子，可不与阿诺的小娃娃一模一样嘛……

哎呀！真个是人不可貌相呀！那一空大师可是得道高僧呢，真是想不到……

……

牛皮鼓咚咚作响，耳边是来自众人越传越邪乎的议论，阿诺喊得嗓子嘶哑，却没有人理会她的无力和眼泪，只有众口一词的声讨。

烧死她！不知谁高呼了一声，竟然也能一呼百应。这样的呼声，最终响成了一片……

就在这个时候，有个声音传了出来：诸位父老乡亲，请安静！安静！

广场里的骚乱一下子安静下去。只见广场的高台上出现了一个人，大家定睛看去，正是大豪绅梁三阁。他不慌不忙走到高台中央，微微扫了一眼四周，开口道：诸位，我受胡家族人和大家的委托，来处理一件发生在胡家，令胡县令和胡氏宗祠没法处置的大事情。

梁三阁故意停顿了一下，看了看下面的反应，接着说：今夜咱们城中出了一桩丑事，就是胡氏女私通奸夫生出孽种之事。按理说骊靬城上有县府衙门，下有胡氏宗祠，原不该我梁某人站出来。但这胡氏女好巧不巧，竟是咱们县太爷胡川大人的亲生女儿，所以不能交到公堂上，这样一来，这桩公案就落在了梁某肩上，谁让我那尚算出息的兄弟在洛阳还算是个高官呢？别人不敢得罪县令老爷，我梁某也不敢得罪。但好在我现在接受了胡氏宗祠的委托，说不得要来捋一捋虎须，这也是迫不得已的事情啊！出了这样的丑事，总不能谁都置之不理吧？更不能坏了咱骊靬的百年礼法吧？大家说对不对？

谁能想到，梁三阁的话竟然引来了大多数人声震寰宇的回应：对！对！对……

梁三阁这一番话虽貌似谦逊，但在骊靬城里没有一个人不知道，这是梁霸天惯常使用的笑里藏刀的伎俩。对于老百姓来说，他们只知道梁三阁是骊靬城里的大户，也听说过梁三阁家在朝廷有个做大官的。再加上前面有代表神灵的大祭司的一番作为，所以梁三阁三言两语便成功挑起了众人的愤慨。

阿诺已被重新架住，为防脱逃还被牢牢地绑在场中央那个巨大的木架子上。

梁三阁站在高高的台子上，面朝阿诺大声问道：胡氏阿诺，你与何人私通生下那般妖孽，还不如实招来！

阿诺被绑得浑身酸痛，正要抗辩，却看见人群骚动，他父亲胡川几乎小跑着来到了广场中心。父亲显然是匆忙赶来的，衣褂的扣子都没有系全……见到父亲大人的阿诺，更加感到委屈，顿时泣不成声。

胡川匆匆安抚了阿诺，大步走到了梁三阁跟前，仰头看着高台上的梁三阁道：胡某想问一下梁老爷，在这骊靬县，究竟是我执掌朝廷律法的骊靬县令说了算？还是由你梁老爷说了算？你是不是还想把本县令的县衙公堂也搬过来，在这里逞一逞威风？

梁三阁哈哈笑道：胡县令你这是要拿官威压人吗？这样大的帽子扣下来梁某可是承受不起。

胡川叱问：你既非官身，何故私设公堂？在这深夜里如此喧闹，扰民滋事，你该当何罪！

胡川不可放肆！梁三阁身后又走出一人，却是胡氏宗祠的族长，一位年逾百岁须发苍苍的老者，论辈分该是胡川的曾祖。胡族长由两个胡氏亲族搀扶，拄着一柄鸠杖慢慢行到台前，居高临下向胡川道：此事我已得了禀报，实在是家门不幸，出了这等丑闻！

胡川刚要分辩，又被族长摆手制止：胡川啊，你既为县令，又是我胡家子弟，更该做出个表率才是。如今却连自己的女孩儿都没能教好，任其做出有辱胡家门风的事来，你这是在给祖宗脸上抹黑啊！

族长，您老人家所听到的并非实情，曾祖千万莫要听信奸人中伤啊……胡川急于澄清，却不防老族长搂头抡过来了一鸩杖，胡川下意识急忙闪避，那杖便实实地落在了胡川的肩头：胡川小辈，你这是指责老朽昏聩，还要执意包庇你那不知羞耻的丫头吗？

胡川愣了愣，宗族家训固要遵守，但也不能眼看着自己的女儿遭此莫名冤屈呀，身死事小，名节事大！待要梗着脖子继续再辩，却被胡府相继赶来的几个儿子连拖带抱拉远去了。胡川气怒交加，连声呵斥，却见自己的孩子们扑通通跪了一地，哀哀禀道：父亲，太爷爷听闻阿诺的事，一气之下跌倒在地，此时已经去了！胡川噔噔倒退两步，深夜的黑暗里只觉得眼前金星乱冒。他遥遥望了一眼阿诺，颤声道：阿诺，你等着父亲，为父稍后就来救你！说完便跨马向胡府奔去。

胡家来人亦是远远看了一眼阿诺这边，才匆匆追随胡川而去了。

太爷爷辞世，还是因为自己……阿诺听闻噩耗，顿时热泪长流，哪里还理会乱哄哄的广场中在做些什么。直到传来了一个孩子的叫声：你们放开我，坏蛋！坏蛋！你们放开我……

这分明是儿子马超的声音。阿诺抬眼看去，马超正被一个汉子挟在腋下，往她这边走过来。怪只怪府里人手少，抵挡不了乡民的人多势众，现在连超儿都被带到了这里。他那么小，一定吓坏了吧？

阿诺极力挣扎，但她被绑得结结实实，再用力也是徒劳。

马超见娘亲这般情形，当下趁抓他的汉子不注意，一口咬在那人的手背上。汉子吃痛松手，马超便急忙跑到阿诺身边，扑到母亲身上，哇的一声哭了起来：娘亲、娘亲，他们都是坏人！

阿诺心疼地看着儿子，强撑着没让自己再流泪，免得孩子更惊惧：超儿乖，娘亲没事。你看娘亲不是和超儿在一起吗？乖，好汉子的血出来，嫩屄的尿出来，男子汉是不兴哭鼻子的，超儿长大了可是要像爹爹一样要当大将军的。

马超受母亲安抚，逐渐止住了哭泣，扬了扬小拳头望着阿诺道：娘亲，超儿听你的话，再也不哭了。超儿长大了要当大将军，就像爹爹那样的将军，要保护娘亲，以后就没有人敢欺负我们了。

听着爱子的贴心话，阿诺由不得又眼眶酸涩起来，她极力忍住流泪的冲动，向马超露出一个灿烂的笑容：没事！外公和你爹爹会来保护娘亲和超儿的。

且不论阿诺母子的希冀，梁三阁这边却计较起来：机不可失，时不再来！眼看天就要大亮，再不抓紧实施计划，等那胡川回来或是马腾的其他亲信赶来，那可就前功尽弃了！想到这里，他便悄悄朝着大祭司做了一个手势，大祭司旁边一人得了暗示，抬步就向场中去了。

马超早慧，但毕竟年幼，架不住半夜折腾，惊吓过后稍有放松便抵不住困意，靠在娘亲腿边昏昏欲睡。就在马超打盹的当儿，突然有人从后脖领子把他拎了起来，衣服卡住了咽喉，勒得马超又疼又难受。马超刚要张嘴哭喊，看到娘亲鼓励的眼神，忙将涌上来的泪硬生生逼了回去，他答应过娘亲再不哭。将来要当大将军的男子汉怎么能哭呢？马超强忍着难受，悄悄伸手拽住母亲的衣角，他要和娘亲一起勇敢面对这突如其来的灾难。

阿诺自然看不得儿子受苦，厉声向拎着马超的人喝道：你放开他！放开我孩儿！

放开他？胡氏女，那你告诉大家，这个孽种是你和谁生养的？我就放了他。梁三阁已走到台下，站在阿诺前面问。

阿诺气急：你们这是污蔑！我的孩儿姓马名超，他的父亲就是西凉府都护马腾将军。

梁三阁哈哈大笑：胡说！那马将军出身世家大族是何等神武，他的血脉岂容你玷污？说着踱步到马超跟前，一把扯起孩子的顶发，将马超的脸仰向周围：大家都来看看，这孽种如此样貌，哪里和马将军有一丝半点的相像？

马超生来异相，这一点就连阿诺也说不清楚，此刻听梁三阁咄咄逼人竟一时间无言以对。超儿长得玉雪可爱，极为精致，一对碧蓝的眼球也是亮晶晶的，灿若星辰。这样独特的眼眸正该是上天所赐。许是孩子尚年幼，随着年纪渐长或者会有所变化也不一定。所以，一直以来，阿诺夫妇与胡家也并未多想，一则三岁前马超是个“三不会娃娃”没有谁多加关注，二则搬家另居后阿诺深居简出结交不广，再有马腾府上人口简单，自然相安无事。

但今日被公然提出质疑，阿诺才知道超儿身上让她引以为傲的特殊，竟成了备受攻讦的证明，除了说天生与众不同外还能如何解释？而面对诘问，人们显然并不相信阿诺的说辞，便跟着梁三阁设定好的陷阱，一步步被他诱导，终于确信所谓“天生”乃是阿诺抵赖的借口。此刻，群情激愤，满世界都是众口一词要求处死阿诺的呼喊。骊靬县虽然民风彪悍，这个时候谁也不愿意眼前的“淫妇孽种”活在世上，丢人现眼。因为像这样伤风败俗的事情一向是遭世人唾弃的。因此，并没有多少人会想到这是胡县令的女儿和外孙，更没有人去想他们是西凉府都护的夫人与公子。

所以，“烧死她”“烧死她”呼喊声再次一浪高过一浪。

梁三阁看人们已经成功地受他挑拨，纷纷要求将阿诺母子置于死地，这正合了他的本意。此刻他的嘴角泛起诡诈的笑来，暗暗想着：即使将来马腾回归，他的妻儿早已化为一抔黄土。他可以冠冕堂皇地告诉马腾将军：你妻子儿子没有死在别人的手里，而是死在骊靬县一众百姓的手里。别说是你马腾占不住理，就是占理了，那也是法不责众。你马腾就是再有权威，谅你也不敢杀了一城百姓而泄私愤。

再说了，现在已然坐实胡阿诺私通，人证物证俱在。人证是骊靬县的全体百姓，而物证就是你那个长得像异族人的儿子。这一切，对堂堂西凉府都护来说，实在是一件丢人现眼的事，你还能大张旗鼓闹起来给自己添难堪吗？你不但不应该记恨我，而且应该感激我替你肃清了后院之祸才对呢！同时，我梁三阁虽然受人之托处理这件事情，可实际上今天晚上主宰你妻儿生死的不是我梁三阁，而是高高在上的大祭司。

阿诺原想这闹剧过一会儿应该就没事了，毕竟是自小长大的县城，还有从小熟悉的街坊；或者等父亲迟些赶来解围，他应该有这个权力，因为他是县太爷。可是，现在随着围观的人越来越多，呼叫着要杀了他们母子的声音也越发响亮，她这才真正恐慌起来。

梁三阁看时机已到，便放开马超任由他依偎着自己的娘亲去。然后装模作样地对着众人环揖一圈，高声道：各位父老，想必大家都看到了，这场中所押的乃是犯下淫乱大罪的胡氏女。这个不顾人伦纲常的淫妇，竟然趁着马都护大人公干不在家中之际，与别人私通生下了这个孽种。为了掩盖真相，还企图混淆视听托词什么“天赐异相”？堂堂县令千金、都护夫人，竟不知廉耻、妇德败坏，令咱们骊靬县蒙羞，令都护大人蒙羞。因此，对于这样的淫妇，不杀不足以平民愤，不杀不足以正纲纪！诸位，我梁某人说得可对？

人群中又是一番“烧死她”的呼喊声……

众人对梁三阁的一番说辞，自是深以为然。又听梁三阁言语提及马都护，大家都猜测议论起来：

看来那都护大人也知晓其子并非亲生，恐怕是自己羞于出手便借梁老爷和大祭司行事吧？

应该是的。不然，这般人命关天，怎不见他的半个人在场？

而胡县令教女无方，自然也是避之唯恐不及了。

嗯，肯定是这样的！

在众人交头接耳后，加上梁三阁在人群里早已安排好了心腹，现在，在梁三阁的心腹们的有意引导下，谁还敢有异议？因此，大家众口一词：既然有伤风化和纲常，就该马上除之而后快。

阿诺现在看到的，竟是一张张狰狞的面孔，听到的也净是嗜血的声音，像极了佛经里魔鬼的嘴脸。她忍不住浑身打战，咬牙向正对面的梁三阁道：梁三阁，我与你无冤无仇，你究竟为何要如此陷害我们母子？你可知，我的夫君马大将军不日即将归来，今日之事你又怎么向他交代？

梁三阁走近几步，用只有他和阿诺听得见的声音道：你的夫君的确与我并无仇怨，却与我的亲族有血海深仇，他们一家大小五六口皆死于马腾之手。今日，我也要他尝一尝家破人亡的滋味！说完便转身吩咐大祭司请求神灵旨意，行刑。大祭司拿出了神灵对阿诺母子的裁决，大声宣判：处以淫妇阿诺及其孽种马超火焚之刑。

听到大祭司的宣判，早有人将安排好的柴火等物搬进场中堆在了阿诺母子周围。

阿诺惊愕，失声叫道：梁三阁，你敢？你赶快放开我们，不然我夫君回来定然饶不了你！

梁三阁哈哈大笑：放心吧！都护大人回来，感谢我都来不及。他会感谢我为他维护了名声和高贵的血脉！

此时，柴火已被点燃，浓烟熏得身在中央的阿诺母子咳嗽起来，阿诺动了动腿，看着一脸懵懂的马超急道：超儿、超儿你听娘亲说，趁着火还没烧起来，你赶紧跑出去，去找外公和爹爹来救娘亲。

马超听了母亲的话，隐约也知道了危急，但还是抱着阿诺的腿：娘亲，超儿不走，超儿不能丢下娘亲一个人受他们欺负。

快走！阿诺厉喝：超儿要听话！

马超看从来和颜悦色的娘亲发了火，呆了一呆，便听阿诺继续道：超儿你听着，那梁三阁是有意要害我们，怕是蓄谋已久。你赶快跑出去，找外公和爹爹来，他们才不敢欺负我们，知道吗？

好！马超终于明白母亲是要他去搬救兵，他一转身就冲出火堆朝外面跑去。

可是，即便马超比同龄孩子高壮，也终究只是个不到四岁的孩童，他刚跳出柴火堆便被守在外面的人发现，梁三阁大声吩咐捉住马超的汉子：绑起来再扔进去，别让他再跑了！

那汉子得了吩咐，提着绑好的马超走到火圈外，远远扔进了柴火堆里，然后拍拍手走得远了些。因为火已经完全烧起来了，离得近些就感觉热浪扑面。

马超被扔在离阿诺不远的地方，他疼痛不堪，但还是强忍着没有哭。他看到了娘亲火光里担心的眼神，尽管全身疼得说不出话，亦用尽全力向娘亲展露出一个灿烂的笑来。

阿诺怎能不知爱子的痛楚，被那帮恶人扔过来摔在地上，一个三岁多点的孩子能有命在已是万幸。现在她被烟和火熏得喘息不止，但还是声嘶力竭地安抚马超：超儿、超儿不怕，娘亲在这里。超儿别怕……

烈火烤得人不能近前，梁三阁退到人群中，看着阿诺母子被火苗一点点吞噬，神思早跑到了别处。家里密室中有一件宝物，是他夫人的内侄董尔权刚刚送的大礼，作为替他向马腾报仇雪恨的答谢。董尔权乃原西凉都护董天伦的管家，几代都在董家为奴，三年前因董天伦谋反一事，全家大小一百余口尽死于非命，其中就有董尔权的妻小六口。董尔权原也难逃一死，可他许以重金买通狱吏，逃出了凉州城，然后经过乔装打扮后来到骊轩县，投奔身为梁三阁继室夫人的姨母。梁三阁本意不想蹚这浑水，无奈夫人以死相逼，又有董尔权拿出的宝物为礼，梁三阁便精心设计要代董尔权报仇。恰巧马腾率军远征，正是天赐良机！他便谋划了这场夺命报复。

等此事办妥，他便即刻携带宝物上洛阳去给堂弟，好让弟弟那侍郎之位更高升一步。那宝物可是皇家顶顶要紧的传国玉玺啊，听董尔权说先帝时期便已遗失，没想到竟辗转流落到了董天伦手上，可惜啊，董天伦称王不成败于马腾之手。如今，这宝贝却被董尔权秘密奉送与他，皇家至宝自然要敬献天子以博圣宠，这等功勋想必位列三公都是绰绰有余了吧……

就在梁三阁做着加官晋爵的美梦时，突然几十个火把飞进了人群。那些火把爆出一团团浓烟，呛得人眼泪直流、咳嗽不止。

“有毒！”不知是谁大喊了一声，顷刻间人群一阵骚乱，四散逃走……等浓烟散后，围观人群跑的跑、散的散，剩下几个都是梁三阁预先安排好助纣为虐的爪牙。这时候，有手下来报：老爷，那对母子都快烧成灰了，您可要亲自验验?

梁三阁捂着鼻子走上前去，烈火焚烧已接近尾声，火堆里一大一小两具人形状的东西，已经烧成两块焦炭。看来，可以回去和夫人交代了，顺便再筹划筹划上洛阳的事。梁三阁满意地点一点头，留下几个收拾残局的家丁，便自顾自回了梁府。

安排完丧事匆匆赶来的胡川，也只是看着余烬里母子俩两具焦黑的尸身捶胸顿足、号啕不已。深悔自己来得太晚，没能救得下阿诺和马超。胡川痛失爱女及外孙，哀伤至极一口气没上来昏厥了过去……家里下人等自然又是一番手忙脚乱。真是祸不单行啊！胡川悠悠醒转大恸哭道，太公年事已高故去尚能勉强接受，但女儿正值青春年华，遭此横祸让他如何能够心安？更别提如花骨朵一样稚嫩的外孙了。母子二人就这样不明不白地殒命，等女婿马腾归来该怎么向他交代？当下，只能强忍悲伤，命家人收拾棺木殓了焦尸骸骨安葬，并嘱咐家人不得向马腾报信，以免影响马腾情绪而贻误战事。

胡川在收殓阿诺和马超的骸骨时，发现了一个问题，就是阿诺的骸骨一块不少，可马超的骸骨却变成了一根马腿的骨头。胡川乘人不备，赶紧把马腿骨装了起来。除此之外，没有找到一点点小孩的骸骨。他猛然想起那个预言，一空大师曾说马超乃是神兽狻猊下凡……现在有两种可能：一种是马超年幼，那骸骨已经被烧成灰烬了；还有一种可能，那就是马超逃生了。

胡川是个聪明人，他肯定此中必有蹊跷，也拿梁三阁一干人等无可奈何，只能静等女婿马腾归来后再行商议。只是苦了胡夫人，听闻女儿和外孙遭了不测，竟掌掴起自己来。早知如此，那日得知城中传言时就该告诉阿诺有所防范，或者接了他们母子来胡府，总不至于丢了性命。原以为谣传会不攻自破，竟料不到流言猛于虎，阿诺母子终究命丧“虎口”。胡夫人捶床而哭，把胡川和几个儿子怨了又怨，任凭家里仆妇再三劝慰，还是无法释怀。从此便落下病根，每日里总有个把时辰会犯魔怔，必要把梁三阁骂上几遍才能渐渐好转。

五、成长的代价

晨曦微明，朝霞如血。初升的日光刺人眼膜、如梦如幻，把一切事物照得好像都不太真实了。

一老一小两个身影，缓缓向着骊靬东南、凉州西南方向的莲花山走去。马超小小的身影跟在一空大师身旁，他坚持不让一空大师背，而是自己迈着小短腿一步一步地走，沉重却不知疲倦。

对于一个三岁多的孩子来说，失去母亲的伤心和恐惧无以名状，他亲眼看着母亲阿诺被大火肆虐吞噬，身边烈焰灼灼，而他却周身发冷。尽管无比伤悲，但却没有大哭大闹。马超已经把那些坏人的模样深深地刻在了心里，他只想快快长大、学好本领，将那些杀害他娘亲的坏人千刀万剐……为娘亲报仇，为娘亲洗刷冤屈！

马超永远不会忘记娘亲在临死前对他说的话：超儿！你要记住，你是伏波将军之后，是西凉军统帅马腾的儿子！无论娘亲在不在你的身边，你都要好好活下去，等你父亲回来！

现在，马超想着娘亲的这番话，小小的拳头攥得更紧了，迈出的步子更加坚定。一空大师看着马超尚且稚嫩的脸上充满了与之年龄并不相符的坚毅，心里不忍，他怜爱地摸了摸马超被大火燎光头发的秃脑袋：孩子，你要是心里难过，就哭出来吧！你母亲死得冤枉啊！

马超听了一空大师的话，只是嘴角撇了撇，并没有哭。他仰头看着一空大师：大师，娘亲被那些坏人害死了。我心里难过，但我不会哭，我会牢牢记住她的话，男子汉血出来，嫩屄尿出来。男子汉流血不流泪！我会等爹爹回来，长大后当大将军为我娘亲报仇！说完这些话，马超扑通一声跪在了地上：多谢大师的救命之恩，马超会永远记在心里！

看着马超这么小的年纪，竟然能说出这番话，一空大师动容的同时也深感欣慰。他伸手将马超扶起，擦了擦他小脸上的污迹，说道：孩子，你这么小的年纪就能有如此心智，看来当年你出生时老衲的推算是对的！马超虽然听不懂一空大师的这句话，但他知道这位一空大师不是坏人。能将他从梁三阁及其众多恶人的手里救出来，一定是有着过人的本领。马超的心里对一空大师非常感激，也非常敬仰。

一空大师带着马超来到了莲花山半山腰上的天赐寺。寺院四周是一大片茂密的树林，树叶在秋风中飒飒作响，整个寺院在朝阳的照耀下更加肃穆。现在正是早课时间，远远传来僧人们诵经的声音和钟磬木鱼声。马超回头望着骊靬的方向，突然跪下来朝着骊靬城磕了三个头，满脸的决绝。

在三岁之前，马超还是个不会说话，不会走路，甚至连爬都不会的娃娃，整日里躺在床上。所有人都对他非常失望，都嫌弃他，只有娘亲日日守在床头陪伴他，和他说话。跟他讲外面发生的事情，跟他讲爹爹马腾的英雄事迹，还有她和爹爹相识相爱的过往。其实谁都不知道，马超表面上看是个“三不会”

孩子，实际上心智并没有残缺，甚至有比别的孩子优越许多的智商，且记忆力惊人。马超早就开始记事了，尽管不能开口说话，但别人说的话、做的事，他全都记得住。

不管他是招人嫌的“三不会”病孩子，还是现在聪明健康的健全孩子，娘亲从来都把他当成自己的宝贝、心肝肉。他忘不了自己能开口说话、能站立走路时，娘亲开心之极汹涌而出的泪水，和搂着他簌簌轻颤的怀抱。虽然那些美好的时光只有短短的几个月，但那些日子将会是马超这一生最快乐、最幸福的时光。此时他多么想再爬在娘亲柔软的背上，和母亲一起开心快乐地玩耍啊！可是，从现在开始，他再也见不到娘亲了……

马超抹了一把泪水，坚定地走在了师父的前边。此时此刻，他想起了有可能在战场上杀敌的父亲，既然父亲还活在世上，以后他们随时都可以相见。

看着马超的神情，一空大师不由再次叹气，天将降大任于斯人也！但是，毕竟还是个三岁多的孩子啊！一空大师摇了摇头，拉着马超的手，迈过高高的门槛跨入了天赐寺。寺内香烟缭绕，院中还有几棵松柏硕大无比，虽然已经是深秋了，但仍然挺拔苍翠。

庙里的僧众弟子看见方丈住持回来了，纷纷走出大殿迎接。众僧见方丈带回来一个小孩，都非常好奇。他们都还不知道，其实马超只有三岁半，只是身高比同龄孩子高了许多。只有和一空大师一同去救马超母子的那几个弟子知道，这个孩子是方丈偷偷从骊靬县城里救回来的。可看看方丈住持的模样，再看看这个孩子的模样，这些弟子们心里也犯嘀咕：这孩子的眼睛怎么和方丈长得这么像？此时，骊靬城里那些流言还没有传到这里，众弟子只是稍有疑惑，便抛开不去想了。

至于后来一些飞短流长的传言，这些弟子也是淡淡一笑了之。因为他们大多都是被一空大师游历时救回来的孤苦孩子，自小在寺里长大，方丈住持从小教他们习文练武，研修佛法，修的是普度众生、救苦救难。佛门更是辟出红尘外的清净之地，没有谁专意搬弄是非。然而，那些被梁三阁蛊惑的老百姓却不这么想。因此，一空大师就这样无端背了个“奸夫”的罪名。

从现代医学的角度看，无论是一空大师还是马超，他们的长相均系隔代遗传现象。只不过在那个时代，没有检测基因遗传的技术和仪器罢了。所以，老百姓对这些没有血缘关系却长相相似的现象，没有办法理解。另外，几千年前那支东征帕提亚失败后神秘失踪的罗马军团，现在已经有了定论。几千年前，这支六千余人的军队因为在帕提亚吃了败仗不敢返回祖国，所以一路东行到了中国，而后遭遇匈奴被迫当了匈奴雇佣军，专门与大汉王朝对抗。被大汉军队俘虏后，大汉皇帝不但没有杀死这些降兵，还在西凉府西边置县骊靬，让其自给自足、娶妻生子、休养生息。经过数代的融合、发展，到马超出生时期，这些罗马人的后裔已经扎根于西凉大地，所以才造成了马超母亲阿诺与一空大师的惊天冤假错案。这是后话。

当天晚上，一空大师召集了天赐寺和马神庙的全部弟子，宣布收马超为俗家弟子。马超不用剃度，也不用每日诵经打坐，而是专门研修武艺。一空大师心里琢磨，马超的真名是万万不能让别人知道的，万一让梁三阁那帮奸人知道了马超还活着，一定不会善罢甘休。于是，他对马超说：我既然收你做了我的徒弟，就替你取个法名吧！以后你的名字就叫走召，你可愿意？

马超虽然人小，却十分机灵，虽然还不知道“走召”就是“超”，是他的名字，但他知道从此以后就要在师傅的寺里学习武功了。于是，他赶忙上前拜倒在一空大师的脚下：弟子走召拜见师父！

一空大师遵照寺院的规矩，焚香念经，让马超在佛祖神像前三叩九拜后，还让他认识了诸位师兄……就这样，马超成了一空大师最小的徒弟。

当晚，一空大师便安排马超去了马神庙，所谓大隐隐于市，最热闹的地方也是最安全的地方。一来马神庙有太守做后台，作为天赐寺香火最旺盛的一方庙宇，受官府庇护，也受百姓拥护，这样的所在一般人不敢轻易寻衅；二来因为马神庙地方宽敞，是众弟子练功的主要场所，而且后院直接通往那片茂密的林子，以后马超在那里练功习武会比较隐蔽。

晚上，马超躺在寺内的床上，他的眼前又浮现出娘亲慈爱的面容。娘亲！从今往后，那个把我捧在手心里的您已经不在了，以后的日子里我就要跟着师父一空大师，和寺院里的师兄们一起生活了。所以娘亲，你就放心吧。至于什么时候能见到爹爹，我还不知道。我想，师父一定会记着这件事情的……

人世间的三大痛是：少年丧母、中年丧妻、老年丧子。现在，年幼的马超将失去母亲的巨大痛苦，深深地埋在心底。虽然每一次想起母亲都有热泪决堤的冲动，但他记得母亲的嘱咐，所以把眼泪和伤痛强咽下去。三岁多，别人家的小孩正是赖在父母膝头撒娇玩闹的时候，而马超小小的年纪却经历了如此沧桑巨变，苦痛逼得他仿佛一夜之间成长并坚强起来。此刻，他只盼着自己快快长大。

六、吾家有儿初长成

光阴流转，马超跟着师父一空大师来到天赐寺已经快十年了，从一个奶声奶气的小娃娃长成了玉树临风的翩翩少年，且马超个头偏高，十三岁的孩子看上去足有十七八岁的样子。所以马超在练功的少年中鹤立鸡群、出类拔萃，故也就自然而然成了这些少年中间的代表人物。

莲花山人多眼杂，难免会有蛛丝马迹落在旁人眼里，偶尔听人提及，马神庙有一个和一空大师一模一样，深眼窝、蓝眼珠、白皮肤的弟子。梁三阁听到消息时也曾有过怀疑，于是几次来天赐寺，但由于种种原因他不可能找到马超。梁三阁之所以不敢造次，是因为他知道一空大师和他的徒弟们武艺高强。没有办法证实传言真伪的梁三阁，也制造了一些谣言来败坏一空大师和天赐寺的名声。对此，一空大师并不理会，也没有做过任何的解释，清者自清浊者自浊，他知道总有一天这些无稽之谈会真相大白的。

这些年里，马超跟着师父读书，跟着师兄们练功习武、骑马射箭，从来没有因为严寒酷暑而懈怠、退缩过一天。成长的过程就是破茧为蝶，挣扎着退掉身上所有的青涩和脆弱，在阳光下抖动轻盈美丽的翅膀，而后展翅飞翔的过程。

现在的马超，三岁多时的稚嫩早已经退却，一脸的英气让人很难想象他只有十三岁，和众多大他几岁的师兄站在一起，他没有丝毫的怯弱。马超虽然是一空大师最小的徒弟，但他的悟性却是众多弟子中最高的，师父一空大师传授的武功招式和兵书阵法，马超总是第一个学会的。再加上他一向刻苦用功，几年下来就成了寺里一众弟子当中的佼佼者。

莲花山的冬天格外寒冷，北风像刀子似的刮得人脸上生疼。大清早的，寺院中就传出了一阵阵习武练功的嘿哈声。

因为天气的原因，来天赐寺和马神庙的香客也比以往少些，马超便和几个平日里比较要好的师兄在院中切磋武艺。马超的一杆长枪舞得出神入化、寒光点点，自己以一敌三和师兄们过招丝毫不落下风，你来我往连过了几百招，虽然几个人已经满头大汗，但都没有要停手的意思。

走召师弟，师父叫你去禅房见他！正打得难分难解时，一个和马超差不多个头的和尚向他们走过来。马超见是提着水桶的风竹师兄叫他，便放缓了招式，和师兄们停了手。马超转身刚要答话，就见法名叫青竹的年轻和尚故意绊了风竹一脚。风竹没有提防，身子往前一趔趄，手里拎着的木桶摇摇晃晃，眼看就要跟着他一起摔出去，马超疾步踏出，手里长枪“嗖”的一声朝着木桶刺过去。其他人还未反应过来，只见风竹手里拎着的水桶已经稳稳地挂在了马超的枪上……之后，人也扶着水桶站稳了。这时候，大家才发现马超的长枪离风竹的脸只有几寸的距离。青竹没想到马超出手这么快，鼻子里冷哼了一声，还装作若无其事的样子。马超脸色冷冷地看着青竹和尚，压低声音说：暗地里使这种鬼把戏，真的不应该啊！

青竹听了，眯着眼睛说：关你何事？别以为你武功比我好，我就怕你！

风竹放下手里的木桶，拉着马超：师弟，算了。我也没摔倒，不用跟他计较。

青竹头一仰，又要挑衅风竹：你们不计较？我还要计较呢！

话音刚落，马超长枪一转，指着青竹的鼻子：都是同门师兄弟，你不要得寸进尺。亏我们还叫你一声师兄呢，你从小就处处使坏欺负我们！这么多年过去了，我们都没有与你计较，你应该知道，我们并不是怕你！

青竹见马超拿枪指着他，气急败坏地叫道：怎么？想要动手吗？师父宠着你又怎样？别以为我不敢动手！

马超把枪抖了一下，又往前走了一步，耻笑道：那好，今日我就来和你算算账！

风竹一看马超又要为他和别人动手，赶紧上前拦住马超：小师弟，不要理会他。都是同门师兄弟，千万不能动手！

这时，又围上来几个年龄稍微大一点的和尚，和先前故意挑衅的青竹站在一起：小子，别仗着师父宠你，就觉得了不起。就算你武艺好，我们也不会怕了你。

马超冷眼看着他们，一字一顿地说：我虽然年纪小，却从来不会耍那些下三烂手段欺负人！

那几个和尚脸上有些难看，却死撑着狡辩：你小子别口出狂言。否则，别怪我们对你不客气！

风竹怕马超和他们打起来，紧紧拉着马超的胳膊：走召，听师兄的话，咱们走吧！

其实马超也并不想和他们动手，只是这几个和尚因为嫉妒师父平日里最疼马超，而且他小小年纪便学什么会什么，文才武艺都比他们好，所以他们总是故意找碴。这些马超倒并不理会，只是他们还常常欺负和他最亲近的风竹师兄，这却让马超很生气。风竹比马超大三岁，性格温和，待人友善。马超三岁多来到马神庙，是风竹一直在照顾他。马超想亲人不开心时，风竹总会陪着他，哄他开心，有人欺负马超，也是风竹挡在前面护着他。在马超心里，风竹师兄和一空大师就是他最亲的人！他现在长大了，他要保护他的亲人，不让坏人再欺负他们。马超只要想到母亲被活活烧死的一幕，心里还是会很痛很痛。他在三岁多的时候就暗暗发誓：长大了一定要为母亲报仇！要学好武艺，保护好身边的亲人，不让坏人来欺负他们！

马超看风竹担心的样子，这才把手里的长枪收了回来，深邃的蓝眼睛冷冷地盯着青竹和那几个和尚：我今日不与你们计较，并不是怕你们。以后若再有人欺负风竹师兄，就别怪我不给你们面子。

那几个和尚一时竟也被马超的气势给镇住了，没想到他才十三岁就能有这么大的气场。

风竹拉着马超往外走，一边走一边说：师弟，以后见了他们不要理会，我知道你现在武艺高强，可他们毕竟是你我的同门师兄弟，所以多一事不如少一事。

马超停下步子，望着风竹：师兄，你就是性子太好了。小时候他们欺负我是你护着我，可现在我长大了，我绝对不会再让他们欺负你了，我有能力保护自己，有能力保护你了！

风竹看着比他还要高一头的马超，咧嘴笑道：好，小师弟现在比我都高了。以后谁要是再欺负我，你就帮我打得他满地找牙！

马超看风竹又逗他，脸上的表情也不那么冷了：师兄，你和师父就是我最亲的人，我一定会保护好你们的。

风竹笑呵呵地拉着马超：放心吧师弟，我也会保护你和师父的。

两个人这才提着水桶向一空大师的禅房走去……这时候，马超心里有了一个整治青竹的法子。

晚课后，风竹要拉马超一起回房，马超推说要去后山练功便独自离开。风竹知道小师弟每日早晚都在练功，便未做他想。其实，马超并没有去后山，他拐个弯掉头向青竹他们居住的厢房去了。寺里有规矩，十岁以上的弟子要轮流下山担水，今日正是青竹他们轮值，房间门虚掩着，一个人都没有。马超悄悄闪进去，鼓捣半天又小心翼翼拉上门出来，确定左右无人后才向后山走去，一路还痞痞地吹着口哨。

马超练功回来，见风竹已经呵欠连天，但还坚持坐在案边等他，便催师兄赶紧休息。刚准备脱衣服时，就听到相隔不远的厢房里吱哇乱叫，隐隐有叫骂声传来：是谁？是谁害我？若让我查出来，一定扒了他的皮……风竹望着马超说：师弟，好像是青竹的声音。

风竹想出去看看，马超一把拉住：师兄快睡吧，你不困吗？说着不由分说拉了风竹回来，还把门也闩好。风竹一想：也是啊，管他呢。那青竹仗着年龄大，经常欺负师兄弟们，他怎么样我们才懒得理会呢。于是，师兄弟两人蒙头大睡，倒也一夜好眠。

第二日一大清早，马超被一空大师召到方丈室，进门就看见青竹哆哆嗦嗦立在地上。马超心内好笑面上却不动声色，上前给一空大师见礼：师父，弟子走召来了，不知您老人家有什么训示？

一空大师停下诵经，睁眼看了看马超：走召，你青竹师兄天未亮就候在师父禅房外，说你昨夜里弄湿了他的被褥，让他一夜不得睡觉。可有此事啊？

马超叫屈：师父，冤枉啊！弟子不知道这是怎么回事！

没等一空大师开口，青竹气急败坏地指着马超道：师父您看，走召他还抵赖，明明就是他使的坏……

马超截住青竹的话，接上说：青竹师兄，请你自重一些，师父还没说话呢。

青竹瞪眼望着马超，一时气结：你、你、你……

马超翻了个白眼：我？我怎么了？昨天你给风竹师兄使坏，差点把水桶摔坏，我没有说什么对吧？昨夜还是师兄你叫骂了半晚上，害得我们大家都没有睡好……我们还没到师父跟前说这事呢，你倒是恶人先告状了。

青竹被马超截了话头去，有理说不清急赤白脸起来：走召，就是你，就是你，除了你，天赐寺里有谁敢给我使坏？

哦？马超掐着嗓音故作害怕：师兄，你竟然还是天赐寺的一霸呀！师弟我好害怕呢。以后还得仰仗青竹师兄你照顾一二呀！

你、你、你……青竹说不过马超，扑通一声跪下来向一空大师哭诉：师父，您可要给弟子做主啊！走召他在这里才是个魔头哪！他已经不止一次坑害弟子了。这次是弄湿了弟子的被褥，上次还抓了条蛇偷偷塞在弟子的被窝里，吓得弟子现在看见绳子都害怕。还有上上次，他在后山林子里挖了陷阱诳弟子去，结果弟子掉进坑里沾了一身的屎，恶心得三天不能吃饭呀……

好了好了！一空大师听不下去了，摆手制止青竹：你先回去，为师自有公断。

青竹抹了抹眼角，起立告退，临出门还打了个响亮的喷嚏，之后缩着脖子去了。马超看着青竹的狼狈样子，“扑哧”笑出了声来。

走召，还不跪下！一空大师喝道：捉弄了人还笑？

马超不敢违背师父，赶忙跪倒在地。又听一空大师道：为师早就风闻你屡屡调皮胡闹，原想左不过是小孩子的心性，无伤大雅，也便睁一眼闭一眼任由你去，想不到你竟顽劣至此。你给我老实说，刚刚青竹说的可是实情？

马超偷眼看师父脸色不虞，赶紧如实交代：师父，青竹师兄所说都是实情。可是，弟子是有苦衷的。

还有苦衷？据实说与为师听。

马超点点头说：师父有所不知，青竹师兄老拿自己年长说事，在天赐寺随意欺压打骂一众师兄弟。徒儿是看他不过，碍于寺规又不能明着收拾他，就用了些小把戏给他点教训。以前或许是过头了些，但这次不过是趁他不在，把洗脚水放到了门头，是他推开门时淋了一身。

一空大师又问：那青竹的被褥怎么湿了？

马超硬着头皮说：是弟子把憋了一下午的尿全数撒在了他的褥子上，所以……

马超这话说得小心翼翼，一空大师装着生气的样子斥了一句：胡闹！就因为你的一泡尿，大冬天里青竹没有被褥都冻得伤风了。他欺负别人，这本来是他的不对，你可以采取别的措施，让为师的收拾他。你可倒好，你这样做等于是帮了他的忙。

马超不明白：师父，我应该是收拾了他，您这么说是我帮了他的忙呢？一空大师一字一顿地说：他干了坏事，他的福报在减少。你干了好事，你的福报在增加。你这样惩罚他，等于抵消了人家的罪过。

马超明白自己错了，低头嗫嚅着再不敢回嘴。

一空大师平日多在天赐寺接应寺里事务，两边僧侣众多，弟子们之间这种小打小闹哪有空闲理会。此时听马超说来，在他眼皮子底下还有青竹那般的不良行为，也是他的疏忽。但是，马超选择报复显然是不对的，便继续虎着脸训示：青竹固然德行有失，你尽可回明为师，或者去找戒律僧惩处。可你用那些手段对付他，也是胡作非为。你可知错?

马超低头认错：弟子知错了，请师父责罚。

知错能改善莫大焉。看在你诚心认错，就罚你去戒律堂面壁思过吧，以后切不可再生顽劣！阿弥陀佛。一空大师说完便合目继续诵经。

马超领命告退，心里暗暗松了一口气：看来师父对自己疼爱依旧，舍不得重罚我呢。马超退到房外替一空大师拉上门，正要离去时，却听到房内传来了“呵呵”两声轻笑，这是极其轻微的笑声，轻到马超以为是自己的错觉。一定是早起还没顾上吃饭就来听师父训诫，饿得出现幻听了。马超揉着咕咕响的肚子，大踏步往厨房去了。

房内一空大师摇摇头，一脸苦笑：呵呵，这个走召，真正一个小魔头。听听他那些上不得台面的搞怪招数，简直让人啼笑皆非。不过，寺里僧众良莠不齐，也到该好好整顿一下的时候了。

七、古罗马秘籍

一贯欺压弱小的青竹等几个弟子被逐出师门后，天赐寺里一下子风清气正了。青竹走出庙门，回身盯住马超从牙缝里蹦出两个字：“野种！”马超抬腿就要追出去，被风竹和几个小和尚牢牢拉住了。马超虽然没有追上去，但青竹这句恶毒的咒骂却像刀子一样深深地扎在了马超心里最隐秘的地方。自从娘亲被梁三阁绑上刑架，这耻辱就仿佛成为打在身上的烙印，每碰一下都是鲜血淋漓。母亲为此殒命，自己被一空大师救上了莲花山。本以为这几年没人提没人说，自己也刻意装作不在乎，这伤就会少一些。但是，“野种”两个字在青竹口里说出来时，马超似乎又回到了曾经那撕心裂肺的梦魔之中。

可现在马超长大了。他不想让师父担心，也不想让风竹师兄和关心爱护他的其它师兄们担心，所以，他每天都更加勤奋地练功，借以掩藏内心的伤痛。

这一日，有师兄来传话，一空大师召他前去。马超赶紧收拾好心情，就往天赐寺去见师父。

冬日细碎的阳光从窗户照射进来，把香炉里燃出的青烟照得越发缥缈。

一空大师盘腿坐在蒲团上闭目养神，腿边放着一部已经发黄的书简。

马超来到门外，报了声：师父，徒儿来了。听见里面一空大师“嗯”了一声，马超推开房门走了进去。

一空大师睁开眼睛，看见马超满头大汗，头上兀自冒着热气，慈爱地说道：走召，冬日里练功要注意身体，出汗多了容易着凉。

马超轻轻笑了笑：徒儿谢谢师父关爱！师父放心，我已经长大了，身体强壮得很，不信您看！

说着一个马步扎在地上，呼呼耍了几拳。马超最近心里有事，只有在一空大师跟前，才会表现出一点点孩子般的调皮。

一空大师望着马超微微一笑，点点头：是啊！算来你已经跟着为师学艺十年了。看你现在都长这么大了，为师心里也很欣慰！

马超听了这些话，向一空大师深深一拜：师父的救命之恩，养育之恩，还有传道授业解惑之恩，徒儿铭记于心。徒儿一定好好学习师父传授的兵法武艺，绝对不会让您老人家失望的！

一空大师起身扶起马超，马超受到的羞辱也是一空大师心中永远的痛，只是作为师父不愿意提及罢了。随着年龄的增长，这些年马超没有再提起他的母亲阿诺，但一空大师知道马超并没有淡忘那些刻骨铭心的事，相反会越记越深。于是，他拉着马超坐到身边：走召啊，如今你已经长大了，有些事情放在师父心里很久了，今日你我师徒也该说说了。

马超没有说话，只对师父点了点头。一空大师缓缓开口：十年前，那奸人梁三阁污蔑我与你母亲有不耻行为，并趁着你父亲远征鲜卑鞭长莫及时，欲将你们母子放火烧死。我得到消息便带着你的几个师兄赶去了骊靬县，但还是晚了一步，未能将你母亲一块救出。因为你当时年纪尚小，所以把你带回这里后一直未曾提起当年之事。一开始，你就此事还问过为师，那时候你太小了，所以就没有给你详细说过此事。现在你大了，已然能够明辨是非了。为师可以明确地告诉你，你母亲是被冤枉的，我在救你之前从来没有见过你的母亲，更别说是有什么私情了。也就是说，关于我和你母亲的流言蜚语都是无稽之谈，你的生身父亲不是别人，就是西凉军的统帅马腾。

马超没有想到师父会主动跟他说这些话，一时间竟不知道该说些什么，只是怔怔地望着一空大师，心里又想起了十年前的事情。一空大师讲得没错，马超并没有忘了以前的事，更不会忘记那日母亲被活活烧死的惨景。

一空大师看马超没有出声，又接着说道：走召，虽然你的相貌和我相似，但我和你并没有血缘关系。

马超这才开口：师父，徒儿虽然年纪小，但从来没有猜疑过您，也从不相信那些坏人说的话，不相信那些污蔑您和我母亲的谣言。我母亲贤良淑德，师父您德高望重，你们都是我最敬重的人！

一空大师听了马超这些话，微笑着点头：好！那师父也就放心了。原先师父还担心你会被那些流言困扰，没想到你小小年纪竟然有这样的胸襟！不过，你命格特殊，当年你母亲遇害也是她命中注定的劫数。为师只希望你不要太耿耿于怀，要专心习文练武，将来必定能为你母亲洗雪沉冤。

马超起身对一空大师拜了一拜：徒儿谨遵师父教诲！

说完犹豫了一下，又接着问：师父，徒儿其实也很好奇。我和你并没有血缘亲情，为什么还能长得这么像？难道我们是同一个祖先？

一空大师点了点头说：我的祖先原本就是罗马人的后代，身体相貌自然是遗传了祖先的特征。至于你的长相，以为师推断，你父亲或者你外公的祖先只要有一方是罗马人的后裔，那你就有遗传先祖特征的可能。

马超心里的疑惑这下也解了：原来是这样啊！

这时，一空大师又拿起身旁放着的那部书卷，翻开看了看，然后把书递到马超手里：走召，你来看看这部书。

马超接过书打开一看，傻眼了：师父，这是什么书？怎么上面的文字我都没见过？

一空大师笑了笑：这本书是我祖上传下来的，是用罗马文字著写的一部兵书，叫《鱼鳞阵法》。

马超捧着书左看右看：《鱼鳞阵法》？师父，这一定是一种很厉害的兵法吧？

一空大师慢慢起身：关于这部兵书，也是说来话长啊……

八、一空大师的前尘后事

一空大师原名叫罗驷，董天伦在龙首山藏匿十万私兵的消息，就是他以真名实信向张鼎太守报告的。罗驷是正儿八经的罗马帝国军人后裔，经过几代繁衍，其语言和习惯早已成为真正的大汉人了。

要说清楚罗驷的身世，还得从罗马军团东征帕提亚开始。在很久很久以前，一支罗马帝国四万两千人的军队东征帕提亚，结果陷入到了帕提亚军队的重重包围之中，最终惨遭失败，只有一支六千多人的军队突围出来了。他们回家的路上有帕提亚的军队守株待兔，所以如果他们回家，就会被帕提亚的军队彻底消灭。在没有办法的情况下，只有东进一条路了。那时候，世界上有两个最大的国家，一个在西方，即罗马帝国；一个在东方，就是大汉帝国。

这支六千多人的军队首领叫罗西尼。他怀着对东方大汉帝国的向往，带着突围出来的军队向东行进，结果被当时与大汉帝国为敌的匈奴欺骗了，成了匈奴的雇佣军。

大汉王朝打败匈奴后，这支罗马军队的俘虏不但被大汉皇帝安置在了西凉府辖区番和县以南的土地上，而且赐县名骊靬。从此，这支罗马军队就在骊靬休养生息，并逐渐与当地的汉族人通婚混居，一代一代在这里繁衍生息。很快，汉语替代了他们的罗马语，原来的生活习惯也渐渐随了西凉人的习俗。但是他们留下来的后代，身材长相仍然有罗马人的特征，到了一空大师这里，已经是第五代了。

一空大师的祖先就是这支军队里的首领罗西尼。当时，他手里有一部兵书，就是《鱼鳞阵法》。虽然罗马军队在帕提亚惨遭失败，但这部兵书却让罗西尼完完整整地保留了下来。在他弥留之际，便把兵书传给了他的后代。就这样代代相传，现在这部兵书便传到了一空大师的手里。和这部兵书一起保存下来的，还有一张藏宝图。

三十多年前，一空大师还未出家当和尚。当时，他是骊靬县一位地地道道、饱学诗书的教书先生。因机缘巧合，与佛教大师鸠摩罗什的弟子罗晋基成了好友。罗晋基四处游历，来到莲花山后，看上了一处奇峰环列、层峦叠嶂的山峦，其形状宛如一朵盛开的莲花。罗晋基被莲花山雄伟的山势所震撼，当即立下誓愿，要在莲花山上修建寺院，弘扬佛法。于是，他便留在了西凉府骊靬县，到处化缘，筹集修建寺院的资金。

确实是机缘巧合，罗晋基在骊靬县化缘时认识了罗驷。因为罗驷为人正直、一心向善，所以两人很快成了志同道合的好友。于是，罗晋基就把在莲花山修建寺院的想法告诉了罗驷，罗驷听了非常高兴，认为遇到了知音。博施济众、惩恶劝善，也是罗驷一直以来的志向。为此，罗驷觉着光靠罗晋基一个人化缘筹资，肯定是没办法实现目标的，于是，罗驷拿出兵书和藏宝图，决定和罗晋基一起找出宝藏，用来修建寺院。

罗驷从父辈那里学过一些罗马语言，经过多年研修，这部兵书他已经完全看懂了。至于藏宝图，他并没有认真地研究过，宝藏在什么地方他也不知道。因为他的父亲把这两样东西交给他的时候，说过他们家族历代都有一条规矩，那就是不能轻易去找宝藏，兵书和宝藏都要用在匡扶正义、惩恶扬善的大事上。如今拿出来修建寺院，罗驷认为就是遵从了祖先的意愿。

现在这两样宝物摆在眼前，除了《鱼鳞阵法》外，他们两个人面对藏宝图，只能大眼瞪小眼，谁都看不懂藏宝图上的地势方位。这时，罗晋基提议去西凉府衙太守张鼎那里看看。谁都知道张鼎一向爱民如子、招贤纳士，手下一定有不少能人异士，或许就有通晓堪舆之术的人。于是，两个人带着藏宝图去了凉州的西凉府府衙。

此时的张鼎正在为痛失爱女和宝马郁闷伤神。活泼可爱的女儿才十五岁就遭遇了不幸，令他夫妻二人非常伤心。还有死了的宝马，不仅曾为他屡立战功，如今又为了救他的女儿，站在寒冷刺骨的河水里，活活冻成了一匹冰马。这样忠烈的神马，真的是世间少有！于是，张鼎决定建一座马神庙，以此纪念这匹马的忠诚和英勇。

罗晋基和罗驷来到西凉府以后，暂时隐瞒了关于藏宝图的事，把他二人要在莲花山修建寺院的决定和意图郑重地告知了张鼎。张鼎听了他们的想法，十分高兴：我刚刚决定要建马神庙，你们就来了，这真是难得的缘分啊！

罗晋基和罗驷不明白张鼎的意思，不禁诧异：马神庙？要专门给马建一座庙？张鼎耐心地讲述了宝马为救自己爱女而死的事，还表明了要建马神庙的用意。

罗驷二人这才知道了张鼎给一匹马建庙的原因，罗晋基对张鼎也很敬佩：张大人所作所为当真让人敬佩。为神马建马神庙，向世人传递马的忠诚、马的可靠，让人们学习马的这种忠烈无畏和勇往直前的精神！让马神保佑人们多子多福，财运亨通！

罗晋基的一番话如醍醐灌顶，使得罗驷茅塞顿开。张鼎此时也马上表明了态度，一定要和他们二人一起把马神庙建起来。

由于张鼎的介入，罗驷和罗晋基也再没提藏宝图的事。直到后来，张鼎为建马神庙打算倾尽家产时，他们才把藏宝图拿了出来。西凉府果然是个藏龙卧虎的地方，张鼎很快就找来一个懂得堪舆风水的老先生，只用了半天的时间就破译出藏宝图上的地势标志，而且他们很快就找到了宝藏的地点。

他们谁也没有想到，藏宝图上所注的地点竟然就是凉州西南面的莲花山，这让他们三个人都感到非常意外。真的是无巧不成书啊，这世间总有无数的巧合跟意外，就这样兜兜转转造就了人与人之间一段又一段缘分。

他们三个人商量后，张鼎亲自带着可靠的兵士，连同罗晋基和罗驷一同上了莲花山。按照藏宝图上的指示，在马神庙现在的位置找到了罗驷祖先埋下的宝藏——三头价值连城的大金牛！

有了这三头大金牛，修建寺庙的资金就不是问题了，但罗晋基决定把寺庙建在埋藏大金牛的原址上。于是张鼎派了工匠，用了整整三年的时间，建成了一座气势恢宏、雄伟壮丽的寺院，也就是现在的天赐寺。并且在天赐寺的一角，请来能工巧匠建造了马神庙，还塑了一尊人身马首的神像，由罗晋基大师主持打理，供奉香火。与此同时，修建天赐寺的工程也紧张有序地进行着。

因为寺院大门口突然出现了一棵蓬蓬勃勃的大柳树，被人们誉为“天赐柳”，所以寺院也跟着“天赐柳”沾光，被称为“天赐寺”。

天赐寺在罗晋基和罗驷的打理下，香火日渐旺盛，成了西凉府家喻户晓的寺院，每逢初一、十五前来上香祈福的人络绎不绝，尤其以马神庙最得百姓信奉。罗晋基大师圆寂之前，希望罗驷能够担负起寺庙住持的重任，罗驷这才正式剃度，出家做了和尚，法号一空。罗驷接管天赐寺和马神庙以后，潜心研究佛法和武艺，广收弟子，劝恶扬善。渐渐地，他的真名罗驷便慢慢淡出了人们的记忆，而今成了名扬天下的一空大师。

一空大师当年就知道，马超乃是文殊菩萨座下的狻猊兽转世。所以，他一直关注着马超出生后的动向，直到从火堆中救出马超，顺势收作自己的徒弟。现在马超小小年纪，在他的调教下，文才武艺样样出众。由此可见，马超确实不同于常人，便决定将《鱼鳞阵法》传授于马超。

马超听了师父这番话，心里越发对一空大师敬重，感觉手里捧着的这部兵书一下子变得沉甸甸的。一空大师说完以后，神情依然严肃：走召，师父今日便要让你知道，这《鱼鳞阵法》里面藏着的玄机。

马超一听，显出兴奋的神色：徒儿一定跟着师父好好研习！

一空大师笑着点头：好！师父相信你，以你的资质用不了太久就能将这部《鱼鳞阵法》熟记于心。

一空大师当日就开始给马超讲解《鱼鳞阵法》的要领。师父教得用心，徒弟学得认真，马超的阵法造诣和武功也在不知不觉中日渐精进！

九、初露锋芒

在一空大师的心里，从来没有把马超当成普通的孩子，他平时给马超布置的功课要比其他弟子多出许多。别的弟子一年只能学会一两套拳法，一两本经书，可是马超一年要学会三四套拳法和好几本经书。罗马拳、骊軒拳、金刚拳、天王拳等一系列拳法，还有很多枪法，比如百鸟朝凤枪、暴雨梨花枪、霸王枪等，就是在这个阶段学成的。

不仅如此，马超还读了不少其他方面的典籍，如《春秋谷梁传》《春秋公羊传》《春秋左氏传》《周礼》《商君书》《墨子》《战国策》《老子》《庄子》《国语》《山海经》等。

现在，马超又跟着师父一空大师学习《鱼鳞阵法》。马超知道，这是师父对他的特别期望。因此，马超便更加勤奋。每天四更起床，不曾有一丝一毫的懒惰。在这一年多的时间里，马超已经把罗马军队的作战部署和各种精妙阵法熟记于心，并且把《鱼鳞阵法》里的兵法内容和中原的兵法融会贯通，从而更深地学习和理解了其中的奥妙。

一空大师对马超这个弟子的喜爱，远不止这些。到马超掌握了《鱼鳞阵法》后，一空大师以天赐寺和马神庙上百名十来岁的弟子为基础，组成了一支少年军，让马超负责管理。平日里除了学习武功和拳法外，还让马超带着他们学了不少两军交战时的基本法则。

这一日晚课后，一空大师像往常一样，询问了众弟子的功课后便回禅房休息。马超在院中练习武功直到午夜时分，在风竹师兄的催促下才回房间休息。马超刚躺下没多久，忽然听到寺院外传来纷乱急促的马蹄声和嘈杂的叫喊声。马超听着这些声音，心里很是疑惑：寺院外面怎么会这么喧闹？听这些声音，来的人还不少。

马超起身叫醒熟睡的风竹，刚打开房门想要出去看个究竟，就听见守夜的僧人敲着锣，大声喊道：土匪来了！土匪来了！

马超一听赶紧出去敲打其他师兄弟的房门，然后带着风竹和全体少年军成员，去后院骑马、拿兵器。这些少年军虽然没有马超武艺出众，但平日里也是一空大师亲自传授武艺，一个个训练有素。听到马超的号令后，大家顷刻间便穿好铠甲，拿好兵器。这时，土匪已经包围了马神庙，并且开始叫嚣着想要撞开大门。

马超带着少年军打开了山门，土匪见马神庙的小和尚个个骑马披甲、手持兵器，嚣张的气焰稍稍有些减弱。带队的土匪头子见状，不以为意，继而猖狂地大笑，冲着马超他们大声叫道：冤有头债有主，我们前来找的是一空和尚！你们让他出来，我们有话要说。

马超抖抖手中枪，大声道：一空大师乃得道高僧，岂是你们这些王八羔子想见就能见的！来吧，先与小爷大战三十回合，你要是胜了我这手中枪我再让你进去！

土匪头子哈哈大笑：我找一空和尚，只要他交出孽种马超，我便饶了你们这些小娃娃。如若不然，今夜我便要将这天赐寺踏平！

马超一听，这帮土匪居然是冲着自己来的……这么多年过去了，他们怎么突然想起这个事了？于是催马上前，长枪指着那土匪头子：匪贼，休要口出狂言！

匪首一看上来一个银盔银甲，骑着白马，细高个的少年，哈哈大笑：毛口小儿，架势倒不小。本大爷的金枪不杀小娃娃，快叫一空老秃驴出来受死！

众人一听那土匪辱骂一空大师，“呼啦啦”都把手里的武器亮出来指向了土匪头子。马超毫不犹豫策马近前：大胆匪贼，竟敢辱骂我师父！看小爷今天怎么修理你！

土匪头子看马超虽然精神抖擞，但身体还略微单薄，笑得更厉害，凶狠地说：你这小毛娃娃，好大的口气。本大爷念你年纪尚轻，暂且饶你一条小命！速去叫你师父出来。若再这样不知天高地厚，本大爷便杀光你们这些小和尚，再去取那一空的狗命！

马超大怒：无耻之徒！我刚才已经说过了，我师父一空大师岂是你想见就能见的！你要见我师父，就先胜了小爷我手中的这杆枪吧。

说着手中银枪一抖，便向那土匪头子刺了过去。

那个土匪头子见马超年纪小，并没有当回事，不过见他来势汹汹倒也不敢大意，使了五六成的力气迎了上去。马超的银枪不偏不倚迎上了匪首的长枪，只听“咣”的一声，火星四溅。紧接着，匪首的长枪便飞了出去，砸在了周围匪兵的身上，疼得那几个喽啰“啊呀呀”乱叫。土匪头子心里大惊，没想到这样一个十来岁的少年竟然有如此神力！幸亏使了五六成的力气，要不然此时就不光是胳膊又麻又疼这么简单了。于是，赶紧示意手下又递上来一杆枪，收起了刚才不以为意的表情，盯着马超问道：你这小孩究竟是什么来历？

马超这才嘻嘻一笑：小爷我行不更名坐不改姓，天赐寺少年军首领走召是也。

土匪头子心里暗想：没想到一空老和尚还能教出这么厉害的徒弟。好在我今日带的兵多，此人再厉害也挡不住我这几百人。

马超见匪首盯着他光看不动手，冷哼道：识相的赶紧带着你的喽啰们滚下莲花山，要不然别怪我们不客气！

土匪头子被马超的话气得龇牙咧嘴，一声呼啸，匪兵们便一窝蜂冲上来。少年军在马超的指挥下，迅速摆好了阵势，挡在了寺院门前。匪兵虽然人多，但在少年军的阵法前却像无头苍蝇一般，被打得“嗷嗷”乱叫。无奈只好且战且退。风竹看见土匪头子和十几个匪兵围着马超，本想前去帮马超，却见马超和那匪首打了七八个回合就已经占了上风，紧接着几个匪兵也已经躺在地上叫唤了。土匪头子这时才知道了马超的厉害，正拼尽全力应战。只见马超长枪一拧，一道银白色的寒光直取匪首的咽喉。枪还未到，土匪头子就感觉一股寒气逼过来，赶忙躲过，拉住马缰后退了七八尺。几个匪兵挥刀阻拦，被马超的长枪左右翻飞打倒在地哭爹叫娘。土匪头子一看自己人损伤惨重，情况不妙，便赶紧大喊了一声“撤”，便率先骑着马跑了。

这时，这些匪兵中已有几十个人受了伤，听到撤退的命令便连滚带爬地往山下跑。马超正打得兴起，便大喊一声“冲啊”，带着少年军就要冲上去追打。

这时候，一空大师已经赶到了寺院门外，见马超带着少年军要追下山去，便大声叫住了马超：走召，穷寇莫追！快回来！

马超听见师父叫他，即刻回转马头，带着大家回到了天赐寺门前。马超下马给一空大师磕头：师父，这些土匪不禁打啊！徒儿们这才刚练了练手。

一空大师一手拄着拐杖，一手捻着佛珠：阿弥陀佛，善哉善哉。

马超双手合十，又说：请师父放心，我们没有打死他们一兵一卒。

一空大师笑着点点头：好！出家人慈悲为怀！赶走这些土匪，让他们不敢再来就好，无须伤他们性命。

众弟子听了齐声应道：弟子谨遵师父教诲！

马超起身后，接着又说：师父，这帮土匪肯定不会再来骚扰莲花山。只是，徒儿担心土匪在这里没捞到便宜，会改道袭击骊靬城或者凉州城。所以，弟子请师父同意让我带着少年军去拦截土匪，不能让他们去抢劫老百姓。

一空大师摇摇头说：这帮土匪是从龙首山来的，我已经派人通知胡县令做了迎敌准备。同时，还点燃了烽火台，现在西凉府的马腾将军已经接到了土匪有可能袭击凉州城的消息。

马超听师父提起他的父亲马腾，不禁愣了一下。一空大师笑吟吟地看着马超，没想到这样一个十多岁的孩子，居然带着上百个少年打退了几百号土匪，心里对马超更是刮目相看。于是，一空大师朝马超点了点头说：走召，你带着少年军手下留情，不但打退了土匪，而且指挥得很是稳妥，做得很好！现在，你赶紧带着少年军回去休息吧！

马超让其他人去休息，自己向一空大师行礼道：师父，刚刚土匪来犯，指名道姓说要我们交出马超，您看？

一空大师沉思道：这么多年来都相安无事，怎么突然会冒出来这样的事情？关于你的身世，现在知道底细的人没有几个，难道是我们寺里的谁泄露了消息？

马超挺一挺胸脯，踌躇满志地说：师父，徒儿不怕！不管怎样，兵来将挡，水来土掩。

一空大师点头道：说的虽然没错，但也应该谨慎为上……哦，走召，时间不早了，快回去休息吧。

马超应声，搀扶着一空大师走进了天赐寺的大门。

十、无缘对面不相识

正如一空大师所料，袭击天赐寺的这几百号土匪就是龙首山龙王的手下，那个带头的土匪头子便是“龙首山四虎”之一的西南虎。

龙王耿鄙伟康盘踞龙首山十年有余，当初受他外公董都护密令在协管匈奴降兵的同时，还招募私兵，为的是有朝一日起兵称王。可惜，最终功亏一篑，外公一家百余口皆死于马腾之手，这其中就有自己的父母家人，而马腾更是取而代之做了西凉府新任都护。灭门之仇，不共戴天！耿鄙无时无刻不在仇恨里度过。这些年，耿鄙伟康早习惯了山匪的生活，自董天伦死后失去给养补充后，只能靠打家劫舍过活，将一支好好的兵马训练成为祸一方的恶势力，并生生沦落成了名副其实的土匪。

董天伦死后，龙首山与凉州以信鸽互通有无的情报网保留了下来，经过几年的蛰伏，现在又派上了用场。前段时间，有情报传来，说杀他外公董天伦的马腾还有一个儿子马超，在天赐寺跟着一空大师学艺。耿鄙十分惊讶，那马超不是十年前被一把火烧成焦炭了吗？还是外公家的管家董尔权逃出后，联合骊靬豪绅梁三阁设计下的手，怎么突然说马腾的儿子马超在天赐寺活得好好的呢？……可情报言之凿凿，这消息还是天赐寺一个犯戒被逐出佛门的弟子亲口所说，那就有几分可信了。

耿鄙伟康对马腾恨之入骨，得此消息后岂能安坐龙首山？便赶紧命人联系董尔权去证实。几天后，董尔权传回信来，马超当年的确是烧成了灰。但天赐寺也的确有一俗家弟子，长得与一空和尚很像，只是马超即使侥幸活下来，也只有十二三岁大，而天赐寺那个小子却足足有十七八岁。既是董尔权来信，耿鄙伟康自然相信，他们都是马腾的受害者，没有理由在这件事上扯谎。但天赐寺弟子的说辞总让人隐隐不安，想来想去理不出个所以然，便索性召集手下四虎：东北虎、东南虎、西南虎、西北虎，命他们去攻打天赐寺，一定要把那个身份有疑的小子杀了，才能彻底放心。

议事厅里吵吵嚷嚷，争论不休。

东北虎提议全体出击，一举踏平西凉府，然后再去天赐寺寻找孽种。西南虎跳出来反对：杀鸡焉用牛刀？让我率帐下一半人马，先去天赐寺擒了那小子，管他是不是马腾之子马超，先杀了小的，然后再去西凉府找马腾算账！

东南虎不甘示弱，也跳了起来：我帐下军马精良，还是由我带兵去西凉府，定将那马腾擒来祭奠龙王的外公。

西北虎也有不同的意见：如今那马腾势大，不仅有二十多万的西凉军，而且军中还有一百多位能征善战的将军。所以，我们万万不能大意，应该团结一心，共同对敌。

其余三虎听了都不以为意，笑西北虎胆小，长他人志气灭自己威风。四虎在龙王跟前互不相让，吵成了一锅粥。龙王此时也被这四虎吵得没了主意，便提出以抓阄的形式决定由谁带兵出山。结果，西南虎抓阄赢了其他三虎，龙王便下令由西南虎带兵去天赐寺将那个疑似马超的小子擒来。

只是他们谁都没有想到，西南虎带着的几百土匪兵，却被小小的马超打得稀里哗啦、溃不成军。

西南虎在天赐寺吃了败仗，心有不甘，便带着匪兵改道去了凉州。本想着直接突袭张鼎的西凉府府衙，再抢些财物，这样也好向龙王复命。不料，一空大师早已通过骊靬县令胡川把消息传递到了西凉府。西凉军接到报信，早早做好了准备，在凉州的四十里堡设好了埋伏，就等着土匪前来往口袋里钻，然后扎紧口袋让他们有来无回。

西南虎带着匪兵进了四十里堡不久，看见迎面来了一队西凉军。西南虎心里一惊：不好，有埋伏！等他反应过来想要返回时，四周一下子拥出了一两千西凉军，为首的就是他们打算擒拿的马腾。马腾一马当先，二话不说就朝西南虎打过来。西南虎因在天赐寺被马超打败，又赶了多半日路，此时遭遇马腾，哪里还有还手之力？被马腾打得连连后退，手下几百匪兵更是狼狈不堪，甫一交锋，就死的死、降的降。

西南虎在几个铁杆护卫的拼死保护下，冲出了西凉军的包围圈，一路逃回了龙首山。

马腾当即便审问了几个投降的土匪，才知道这是龙王派来报复马腾的，因为听说马腾的儿子马超不但没死，而且还在天赐寺学艺。所以，夜出奇兵，想要打进天赐寺，活抓马超。没想到马神庙的少年军十分了得，没有捡到一点点便宜。土匪又不想空手而回，便绕道袭击西凉府，结果却在这里中了西凉军的埋伏。

马腾听了吃惊不小，心里真的是酸甜苦辣咸，五味俱全。难道他的儿子马超真的还活着？如果活着，算来现在应该有十三岁了吧！当年他远在战场上，才让奸人有机可乘害死了他的妻儿。马腾这些年没有一日忘记阿诺和儿子马超，现在听到儿子可能还活着的消息时，禁不住双眼模糊。忙吩咐军队打扫战场，让手下将领带着那些投降的土匪先回西凉府，自己带了几个亲随迫不及待去了天赐寺。

马腾到了天赐寺，骊軒县县令胡川也到了。两个人简单地寒暄了几句便合兵一处，急忙去见一空大师。马腾朝着一空大师抱拳，说道：多谢大师将土匪的行踪及时通知胡县令，避免了西凉府百姓遭受土匪侵扰的祸端。

一空大师微微一笑：阿弥陀佛！区区小事不足挂齿，老衲只是做了分内之事。马将军智勇双全。剿灭了这股土匪，这才是西凉之福，百姓之福啊！

马腾心里着急，也无心与一空大师寒暄：大师，根据土匪的供述，他们原本是打算来天赐寺抓我儿子马超，然后再去西凉府找我报仇的。敢问大师，我儿子马超是否真的在你这里拜师学艺？

一空大师早已料到马腾来此找他的目的，但眼下还不是他们父子相认的最佳时机，若让龙王和那梁三阁知道了马超还活着的事，必定还会兴风作浪，生出许多事端。于是，双手合十道：阿弥陀佛！马将军莫要听信土匪谣言，你儿子怎会在我天赐寺？

马腾心里一沉，又问道：大师，你这天赐寺里当真没有我的儿子？可是，我听那些土匪说，昨夜打退他们的就是天赐寺的少年军。

一空大师哈哈一笑：是的，老衲这里的确是有一支少年军。但这些弟子都是十七八岁的少年，如果你的儿子马超还活着，满打满算也就只有十三岁，又怎会在我这些弟子当中？

未等马腾开口，胡川急了：一空大师，若你真有我外孙的音讯，还望大师如实相告！

一空大师看了一眼胡川，又说：胡县令，当年梁三阁火烧令爱母子，在场的人都亲眼看见了，马超又怎么可能死而复生？

胡川听一空大师这样说，再没有追问，沮丧地叹了口气。马腾心里更加失望，但还是不肯轻易相信一空大师的话，对着一空大师一揖：大师，听说你那少年军的头领也是个小娃娃，而且武艺高强。能否让我们见一见这位小英雄？

一空大师见马腾还有疑心，心知就算他们父子见了面，马腾现在也肯定是认不出马超来了。于是，就打发风竹去叫马超。

马超听到他父亲马腾来到天赐寺，心里也是百感交集。但是，师父曾跟他说过，眼下他们父子还不能相认。师父的用心马超自然清楚，可如今要他去见他的父亲，而且还要假装不认识，马超真不知道是应该高兴还是难过。

马超在房中呆立着不说话，风竹拉了一下马超的衣袖：师弟，你怎么了？师父叫你去见马腾将军。

马超回过神，淡淡地说道：没事，我们走吧。

马超说着深深地吸了一口气，便和风竹师兄一起向一空大师的禅房走去。

马超走进房中，给一空大师磕头：师父，徒儿来了。

一空大师起身扶起了马超，转头望着马腾和胡川：走召，快来见过马将军和胡县令。

马超走到马腾跟前，定下心神，双手抱拳行礼：走召拜见马将军，拜见胡县令！

自从马超进来后，马腾的眼睛就一直盯着马超。这孩子看起来十七八岁的模样，细高的个子，虽然身体略微单薄了一些，却又给人一种英气逼人的凛冽感觉。头发卷曲，皮肤白皙，深邃的眼窝，蓝蓝的眼珠，眉宇间透着与其年龄不甚相符的成熟。说话走路时，沉稳中带着几分孤傲。同时，马腾感觉到这个孩子看着他时，深邃的双眼中仿佛有某种东西忽闪而逝。

一空大师见马腾盯着马超看得出神，便轻轻咳了一声：马将军，这就是我们天赐寺的少年军首领，我的徒弟走召。

马腾这才发现自己失态，不由得有些尴尬：哦……好！好！一空大师的徒弟果然是少年英雄！

胡川跟马腾一样，盯着马超看了许久，还不死心，便走到马超跟前又问：这位小英雄武艺高强，带着百来个少年军便打退了几百号土匪，当真是后生可畏啊！不知小英雄多大年纪了？

马超看了一空大师一眼，拱手回道：回胡县令，我今年刚刚十八岁。

胡川和马腾互相看了看，心想：看来这个孩子真的不是马超，年纪比马超大了五岁，而且长相跟马腾也没有明显的相似之处。两个人心里不由得倍感失望。其实马超虽然是白皮肤、蓝眼睛，但深邃的眼神和马腾简直一模一样。脸部的轮廓也像，只是因为年龄尚小，棱角并不十分分明罢了。加上这十七八岁才会有的身高，才使得马腾和胡川无法辨认。

马超此时又怎会看不出父亲和外公的沮丧失望表情，自己心里也十分难受。这些年连做梦都想见到的亲人，现在就站在眼前，却要装作不认识，这真是天意弄人啊！但马超从三岁起，最先学会的就是坚强。心里再痛苦，脸上仍然是一副冷冷的、淡淡的表情。马超知道，既然师父不让自己与爹爹相认，自有师父的道理。所以，再待下去恐怕自己控制不了情绪，最终暴露身份。想到这里，他对一空大师说道：师父，若没有其他事，徒儿就下去练功去了。

一空大师朝他点了点头，马超又对马腾和胡川行了一礼：马将军，胡大人，走召告退了。说完便转身出了房门。

马腾这时站起来向一空大师鞠躬说道：大师，请恕马腾冒犯之罪。

一空大师淡然一笑：马将军不必客气！夫人和令郎的事，老衲也是非常惋惜。还望马将军宽怀，保重身体要紧啊！

马腾心里一痛，脸上显出无奈的神色：多谢大师关怀！只是奸人造谣，连累了大师清誉，马腾不胜惭愧！

一空大师摆了摆手：马将军无须为此介怀。清者自清，浊者自浊，出家人是不会在意这样的流言蜚语的。

马腾知道一空大师乃得道高僧，对一空大师很是敬佩，便奉上黄金百两：大师，区区薄礼，还望大师笑纳！

一空大师连忙说道：阿弥陀佛！出家人怎可存有私欲？将军莫要如此。

马腾见一空大师拒绝，忙解释道：大师，马腾赠送钱财别无他意，是赠予天赐寺少年军用来置办军资的。有这样一群少年英雄，实在是我西凉府的一大幸事！

胡川也很赞同马腾的做法：大师，马将军言之有理，大师就不要推辞了。相信天赐寺的这些少年军，将来必定会为我西凉百姓锄奸惩恶，匡扶正义。

一空大师这才明白了马腾的用意：既然如此，那老衲便代少年军的孩子们收下了。

马腾和胡川见一空大师收下了礼物，便起身告辞，离开了天赐寺。

马超站在天赐寺大门外，远远地望着父亲和外公离去的身影，心里不是个滋味。

这几年在天赐寺里，无论面对别人的排挤，还是繁重的功课，马超都没有表露出一丁点的怯弱。而此刻看着父亲和外公的背影，马超的双眼还是忍不住泛起了泪花。

“走召，不要难过。眼下机缘未到，还不是你们父子相认的最好时机，师父相信用不了多久，你就可以和你的父亲相认了！”一空大师不知道什么时候站在了马超的身后。马超忍住喉间哽咽，淡淡地说：请师父放心，徒儿都明白！

一空大师慈爱地看着马超：真是难为你了，孩子。

马超看着师父慈爱的神情，脸上也露出一丝笑意：师父不要为走召担心，徒儿已经长大了。

师徒二人看马腾和胡川已经走远，这才转身进了天赐寺。

十一、四虎为恶

马腾在凉州四十里堡剿灭、俘虏龙王匪兵的消息一经传开，西凉府的百姓无不拍手称快。对马腾和西凉军更加拥戴，也对天赐寺的一空大师和少年军赞叹不已。一时之间，西凉府的大街小巷，人人都在谈论天赐寺和少年军，还有人打算把自己家的孩子也送去天赐寺做一空大师的俗家弟子。

西凉军经此一战，士气高涨，将士们个个摩拳擦掌，都盼着能够早日攻打龙首山，彻底端了龙王的匪巢。

而被马腾打得落荒而逃的西南虎却是一身狼狈。逃出四十里堡以后，西南虎一路狂奔，很快就回到了龙首山。到了龙王堂外，西南虎徘徊了半天没有进去。下山前夸下海口，要去天赐寺擒了马超然后再找马腾算账，没承想不但在天赐寺吃了亏，而且还中了马腾的埋伏，使得七八百手下全军覆没。带出去那么多人，如今只有七八个人跟着他回来了。西南虎觉得非常羞愧，不敢见龙王，也不好意思见其他三兄弟。

西南虎想了又想，决定向龙王和三兄弟负荆请罪。于是，他让手下砍来了几根荆条，脱了衣服捆在身上，这才硬着头皮进了龙王堂。

其实，龙王和其余三虎早已经接到了西南虎全军覆没的消息。现在，几人正在咬牙切齿地咒骂马腾时，西南虎身上捆着荆条进来了。西南虎走到龙王跟前，扑通一声跪在地上：大王，属下该死！

龙王心里暗骂西南虎废物一个，损失了七八百兵卒让他着实肉疼。但是，龙首山的日子越来越不好过了，即便再如何痛心疾首，也不能过于苛待手下，还指望着他们替他卖命呢！想到这里，龙王便命人扶起了西南虎，并亲自上前解下他身上的荆条：西南虎将军何必如此呀，恨只恨那马腾小儿狡诈，设计害了我几百兵卒。西南虎将军能够安全脱险，实在是万幸啊！

其余三虎并不知道龙王的真实心思，见他对打了败仗的西南虎非但没有治罪，还礼待有加，一个个都对龙王感激不尽。西南虎没想到龙王会如此对他，便又一次跪倒在地：多谢大王不治属下的罪！属下今日一时大意才会中了马腾的埋伏。我西南虎在此立誓，他日必将手刃马腾，方不负大王今日之厚待！

龙王假意感动搀起了西南虎：西南将军快快请起。只要有你们四兄弟在，本大王就不愁杀不了那马腾。

龙王这出戏演得很好，四虎当即表态：大王放心，我四兄弟愿赴汤蹈火，永远追随大王。

龙王满意地点点头：四位将军是我的左膀右臂，有朝一日马踏西凉，我与四位将军共享荣华富贵！

龙王见这四兄弟对他更加死心塌地，心里暗喜。继而说道：眼下，我们吃了如此大亏，一定要让马腾加倍奉还，不知四位将军还有何良策？

东北虎一向诡计多端，在四虎当中也是比较谨慎的一个。他提议由他们四虎带头，每个人轮流下山一个月，抢劫客商，扰乱西凉府郡县。让张鼎和马腾四处挨打，顾头顾不了尾。至于那天赐寺，只待西凉府大乱之后，再伺机放火烧寺，杀光那些和尚。龙王对东北虎的主意非常赞同，几人商量后决定，就由东北虎第一个下山抢劫。

土匪这一招的确够狠，接下来的几个月内，往返河西走廊的客商无一幸免，被龙首山土匪洗劫一空。不仅如此，整个西凉府的郡县也是四处挨打，今天这里遭了土匪抢劫，明天那里的老百姓被抓走了多少多少。尤其是骊靬县，被土匪扰得没有一日安宁，百姓日日担惊受怕，又回到了谈“龙”色变的年代。

土匪接下来对郡县的行动是突袭袭击。他们每到一个郡县，都严密封锁消息，然后以最快的速度打砸抢，然后快速换到另外一个地方。所以，每次等官府派兵赶来时，土匪早已逃得无影无踪了。因此，老百姓叫苦连天，惶惶不可终日。骊靬县首当其冲，成了土匪抢劫的重灾区，县令胡川带着骊靬县的兵丁穷于应付，自顾不暇……

这一天早上，土匪头子东北虎又带着一队人马从骊靬县北门冲了进来。北街顿时乱成一团，街上的男女老少哭爹喊娘四处躲避，有几家布匹店已经被土匪抢劫一空，还有十几家粮油店、皮毛店也不同程度遭到了土匪的抢劫。不仅如此，土匪还劫掠走了十几个年轻妇女。有一个年老的婆婆为了护住自己的女儿，被东北虎一棍打在头上，当场咽了气，那场景真的是惨不忍睹。

胡川接到通报赶来北街时，土匪已经带着抢到的物资和女人逃出了骊靬县。整个街道一片狼藉，百姓们哭天叫地、喊爹叫娘……胡川看着眼前的情景，感到非常痛苦和内疚。作为骊靬县的父母官，见到百姓们屡屡遭受土匪的侵害却没有能力保护，让他还有何颜面坐在这县令的位子上？

老百姓看见胡川，都纷纷上前哭诉，希望县令大人能带兵追赶土匪，把抢走的姑娘和媳妇们救回来。胡川听了二话不说，急忙带着校尉和人马追出了北门，且一路追赶了好几十里路，却未见到土匪的半个影子。

胡川怒火中烧，却没有一点办法，真个是叫天天不应，叫地地不灵。到了一线天附近，显然是再不能往前了，胡川只好带着人马返回到了骊靬县。到了衙门后，胡川急忙给马腾写了一封信，详细述说了骊靬县的境况，希望西凉军能出兵消灭土匪，解救骊靬百姓。

马腾接到胡川的信以后，知道了事态的严重性，连忙和军师吴瞎仙商议对策。吴军师看了胡川的信，分析道：以目前的情形来看，就算派西凉军去骊靬县，恐怕也起不了多大作用。土匪现在行踪不定，我们根本就不知道他们会在何时何地实施抢劫。

马腾听了吴军师的分析，点头称是：军师说得没错。当务之急，我们应该想办法了解土匪的行踪路线，最好是趁土匪没有防备的时候，给他们一个迎头痛击，才能打退土匪的嚣张气焰。这样一来，骊靬县的危机自然就解除了。

吴军师想了想又说：不过，就算我们掌握了土匪的行踪路线，若要第一时间赶去骊靬县也是不可能的，西凉府与骊靬县有大半日的路程，远水解不了近渴啊！

马腾想了想，忽然有了主意：军师这一说倒提醒了我，离骊靬县城不远的莲花山天赐寺有一支少年军非常了得。几个月前，就是这支少年军打退了几百号土匪的袭击，并且还送信给我岳父胡县令，我们才有机会在四十里堡设下埋伏剿灭了那股土匪。如果能让这支少年军下山帮助我岳父，那骊靬县的问题不就彻底解决了吗？

吴军师一听马腾的这个主意，连连称好。于是，马腾便立刻回信给胡川，让胡川亲自上天赐寺找一空大师搬救兵，以解骊靬县的燃眉之急。

十二、斯人已逝

这一天早上，骊靬县令胡川乔装打扮后来到莲花山天赐寺。胡川这一举动，令马超颇为不解，他这外公素来尊崇儒道，最是注重仪礼，今日却扮作普通农户来访，必是有什么要紧的事情吧？马超为胡川奉茶后，默然退出了禅房。

其实，马超在心里对外公胡川还是怨大于亲，十年来每每念起母亲，他都会在伤痛之余对外公产生怨恨。当年外公不但是一县的父母官，而且还是骊靬的高门望族，居然在梁三阁火烧自己和娘亲的时候，没有据理力争。如果他想尽一切办法保护自己的母亲，那恶人岂能得逞？多年以来，他忘不了当时和母亲面对坏人时那种孤立和无助的感觉……所以，马超每每见到外公胡川，就像嗓子里卡了鱼刺一样，十分难受。

房内，一空大师闭目而坐，静等胡川开口。

胡川双手合十，虔诚地说：大师，胡川今日冒昧求见，还望大师不要计较胡某的唐突！

一空大师还礼：胡县令既然如此扮相来我这里，想必是遇到了为难之事，不如说来听听，或者敝寺和老衲能出手相助也不一定。

胡川一听，心内暗道：难怪说这大和尚是高僧，竟然已料到我有事相求！便再不客气，向一空大师再施一礼道：不瞒大师说，骊靬县目下正是遇到了一件大难事，非请大师和贵寺帮助不可。

哦？胡县令不妨明言。一空大师抬起头来望着胡川。

胡川这才拿出马腾建议他上莲花山求助的信件，然后说明了来意。

一空大师早在得报胡川乔装上山时便猜到七八分了，这时听胡川说明，却有一番计较要交代。于是，他双手合十：阿弥陀佛！胡县令持了马将军的手书前来，老衲自是不敢推辞。说来马将军与敝寺确有缘分，与老衲也缘分匪浅，此中更有些是非曲直的纠葛。但时至今日，想必一切流言已然不攻自破，再有疑忌也是徒惹烦恼。胡县令你说是也不是？

胡川自然明白一空大师话里所指，当年阿诺因受流言之祸死于非命，正是有人诬陷他女儿与这大和尚有染。上次翁婿二人上天赐寺寻访马超踪迹时，见了一空也存着几分嫌隙，为免勾起心伤没有过多攀谈。可是今日一空大师主动提及，胡川也存着几分追悔。

那日回去，马腾与他说的一番话言犹在耳：一空大师其人，在西凉府宣扬佛法受百姓敬重。同时，我观其人佛理精通、仙风道骨，加之慈心善行，不愧为一代大德高僧。而自己的妻子阿诺出身诗书之家，自小习文读史，又与腾伉俪情笃，岂是不顾礼法之人！这一切不过是奸人借助骊靬遗法而达到害人的目的罢了。

胡川性子稍有迂腐，过去几年一直纠结于心的事情现在得以纾解，如释重负说道：大师行事光明、心境澄澈，是胡川狭隘了。当年之事实在一言难尽啊，如今想起此事一直是懊悔不已！日前小婿亦曾说起，当年之事实在是受奸人所害，本不与大师相干，全赖胡某被家事耽搁，没有来得及救下爱女与外孙。

一空大师微微一笑，知道胡川心结已解，便将话头引往别处：阿弥陀佛！胡县令，斯人已逝，多说也是无益。不如商讨眼下你此番来的大事吧。

胡川点头，连忙问：大师可是答应了让少年军助我骊靬县一臂之力吗？

一空大师谦逊地笑道：所谓少年军不过是天赐寺一干少年弟子们素日尚武，故而勤加习练用来保护禅院的。上次有土匪来犯，他们奋力拼杀方保得寺里平安，乡民们便送了这个“少年军”的雅号罢了。

胡川见识过少年军的英武，明白这是一空大师自谦，对着一空大师深施一礼道：大师过谦了！胡某今日开口相求，自然是深晓少年军骁勇，还请大师莫要推辞才是。

如此，老衲也不做作了。一空大师看胡川诚恳，正色道：龙首山匪患由来已久，屡屡侵扰百姓，近两年更加肆无忌惮，如果再不遏制，后果不堪设想。我天赐寺的弟子能为一方百姓尽一份保境安民的微薄之力，也是功德无量的善事。那就请胡县令转告马将军，少年军随时听候胡县令调遣。

胡川一听顿感欣喜，起身对一空大师拜道：大师真乃虚怀若谷！胡川代骊靬百姓感激大师和少年军的鼎力相助！

一空大师虚扶一把胡川道：胡县令不必如此，且请将你和马将军的谋略细细告知于我，老衲也好安排妥当，看如何配合官军剿匪。

一空大师居然还懂兵法？胡川听一空谈吐，对一空大师熟知兵家之事有点惊讶，但转念一想：怪道世人称您为大师，原来真是学识渊博啊！说到这里，胡川再无疑虑，便把剿匪计划和盘托出。

计议已定，胡川拜谢了一空大师，然后依然装作普通香客离开了天赐寺。

十三、重甲在身，刀枪不入

等胡川离开，一空大师召来马超说话：走召，师父与客人议事，你为何站在房门外偷听啊？

马超看着一向慈爱的师父今日满脸严肃，嗫嚅半天答不上话来。突然，他眉头一皱计上心来。便扑通一声跪在地上，膝行几步到一空跟前：师父，弟子知错了，不该偷听师父和客人的谈话。说着偷偷看了一眼一空大师的脸色，便一头扎到师父怀里瓮声瓮气道：师父，要不您打弟子几下消消气吧！弟子皮厚耐打。

一空被马超缠磨得没了脾气，便轻抚着马超的头，无奈叹道：你这泼皮做法不知是跟哪个师兄学来的？做错事就撒痴卖乖，仗着师父疼你，越大越没个正形了。

马超仰头看着一空大师嘿嘿笑，心里不由得意：还是这老办法有用，每次犯错只要这招儿一使，保管师父立马消气。呵呵，谁让自己是师父的关门弟子呢！

一空大师自收了马超为徒，这些年再未收过弟子，都是让座下年长的弟子收徒教习。所以，马超的确算一空大师的关门弟子，从天赐寺到马神庙，百余僧众都对这位未落发的小师弟另眼相看、颇为照顾。但是，“木秀于林，风必摧之”，佛门之中也未必清净，有一部分弟子却看马超不惯，时不时地挑事寻衅，要给这个享尽师父疼爱的师弟找点不痛快。马超是个有苦自己咽的性子，从小寺里有僧人欺负了也是闷声不语，别人只当他软弱，但每次捉弄过他的人要么一觉醒来脸上被画了个大王八，要么早晚课的经书换成了女子画像图……到后来大家才知道，干这些坏事的人不是别人，正是走召。

后来有弟子将马超的这些劣迹告到了一空大师处，马超每次都是认错不迭，过后还是我行我素。一空大师看马超虽顽劣但无伤大雅，就在心底里更加怜惜他，于是告归告，一空大师总是淡淡一笑便不了了之。

如今，一空大师见当年小小的娃娃长得比他师兄们都高，便满满的欣慰和欢喜。一空大师想，看来是到了把压箱底的宝贝交给马超的时候了。但是，在这之前他一定要把少年心里的阴霾扫除，他才能在以后更加险恶的路上走得相对轻松坦荡些。

走召，师父知道你对你外公胡川有怨恨，是也不是？一空大师示意马超起来，看他脸色一改之前的嬉皮笑脸，便语重心长道：孩子，师父方才与胡川的谈话你也听到了，当年之事你外公虽然有错，皆因迂腐拘泥，困于宗族陈规，又赶上胡家太公猝然离世，他轻视了梁三阁一心要将你们母子置于死地的诡计，这才丢下你们去处置府里的丧事。那些歹人见有机可乘，便害死了你的母亲。

师父，弟子这些都知道了。可是，就因为他的迂腐，我母亲才惨遭横祸。师父，这些年来弟子常常会午夜惊醒，梦里永远是母亲火里挣扎着保护我的情景。马超喉头哽咽却依然强忍着将涌上来的泪逼了回去，继续道：师父，弟子不怪父亲，因为他去征讨平乱是为了全天下的黎民百姓。可是胡县令，他竟然眼睁睁地任由坏人毁坏母亲的声誉，看着母亲被捆绑都不敢上前搭救，最后竟狠心地抛下了母亲和我……

一空大师看马超红了眼圈，已知这段恩怨仅凭三言两语不能解开，便不忍再辩。或许，一切该交给时间去解决吧！由此师徒二人再不提此事，等马超的心情平复之后，才说起了另外一件事。

马超从不知道师父的禅房里竟然还有一间密室，就在佛祖挂像背后的墙上。一空大师打开机关，墙壁一阵轻微颤动后便显出一条仅容一人通过的密道来。马超惊奇地跟随一空大师进入密道，从刚开始的只能一人直立通过的通道，到三五人并排行走的宽大通道，师徒两个七拐八弯，走了大约一炷香的工夫，一空大师终于停下了脚步，马超借着烛火凑近一看，原来面前有道石门封住了去路。一空大师也不多言，走上前伸手印上石门，见他二指用力在石门正中描摹出一个图案，那门便缓缓打开。

马超惊得目瞪口呆：师父，您刚刚用的什么武功招式开门啊？弟子怎么觉得似乎哪里见过？

一空大师呵呵笑道：似曾相识就对了。走召，你可记得去年师父曾给你看过一卷古罗马的兵书？

马超恍然大悟，原来刚刚师父用的并不是什么武功技艺，而是古罗马的文字啊！这一年多马超日日习练鱼鳞阵法，可不正是从古罗马兵书中翻译而来的吗？难怪眼熟呢！

师徒二人继续掌灯往里走，密道尽头处是一间很大的石室，足可以容纳百来人集聚。石室空旷，但整洁干净，只在靠最里侧的墙边堆放着几只箱子。一空大师命马超点亮四壁的灯烛，石室里一下子明亮了不少，那几只箱子非金非木不知道什么材质，但看起来有些年头了，所以在灯光的映照下，散发着幽暗的光泽。一空大师走过去轻轻打开箱子，马超往里面看去，顿时惊得说不出话来，箱子里端端正正盛着一副铠甲，银色的铁叶片片连环，火光摇曳中有一种璀璨夺目的光华。

走召，再随为师来看这边。一空大师又打开了其他几只箱子。

马超一一看过去，有雕鞍锦衷，有战袍履带，有刀枪弓箭，最后一只箱子里却是一顶兽面吞头的银盔。马超一把抄起头盔，入手冰凉且沉甸甸的，估摸着有七八斤之重，银色的盔顶一簇亮红的盔缨点缀着清冷的铁色，令马超爱不释手。

一空大师微笑着对马超道：走召，去穿起这副甲胄给为师看看吧。

马超早已迫不及待，二话不说赶紧穿戴。片刻之间，一位兽面银盔、白袍银甲的少年将军便威风凛凛地呈现于眼前。一空大师见马超这一身装束非凡，头戴狮口银盔，身穿锦袍连环铠，肩扛狰狞的狻猊怒吼，脚上一双战靴龙行虎步，好一副精良战甲，穿在马超身上仿佛就是专门为他量体打造的一般。一空大师点头道：天意如此，天意如此啊！

马超不解问道：师父，什么天意？

走召，你可知这副重甲的来历？一空大师看着石室的尽头目光悠远，缓缓说道：这副盔甲名叫“狮王千叶甲”，是古罗马能工巧匠用近两千枚精铁甲叶制成的铠甲，据说工料来源乃天外陨铁，头盔亦是天外陨铁打造，全重量一百零八斤。因为打造技艺失传，现下已经无人知道锻造方法，所以我的先祖一直把它视为宝物，但是因其太过沉重，传了几代都没有人能够承受得了，所以，一直封存箱底至今。今天，你不但穿起来了，而且还如此合适，你说这不是天意是什么？

马超听完师父的话，旋身转了一圈，疑惑道：师父，您老人家说的这身盔甲怎么有点神乎其神呢？还有师父，徒儿觉得这盔甲一点也不重啊！马超说着不但在原地跳了又跳，而且还在石室里飞跑几步凌空来了一个漂亮的鹞子翻身，而后稳稳落地，竟然脸不变色心不跳：师父您看，徒儿还很受用呢！

一空大师呵呵笑道：所以为师说天意如此呀！普通盔甲五六十斤已是极限，也只用在弓弩手身上，他们负责远距离射杀不用长途奔袭，方才穿得重甲。而这副罗马重甲一百零八斤，也只有走召徒儿穿得动，可不是天生为你打造的嘛！

马超倒吸一口气：盔甲与盔甲还有这么大的区别！

当然了，仅靠重量并不足以称之为宝甲，刀枪不入才是它最神奇的地方！一空大师真是语不惊人死不休。

师父，真的能刀枪不入啊？马超摸一摸狮王甲问道。

试一试不就知道了。一空大师命马超穿戴好盔甲立在原地，还提示他注意保护面部。然后退后几步，从地上捡起一枚石子骤然向马超正前方的墙壁大力投去。

马超正疑惑师父的举动，突然就听咔啪啪一阵乱响，四面八方便有无数支利箭疾射而来，箭雨急至，躲避显然已经来不及了。马超只能仓忙应对，无奈之间只用银枪护住了面门，任其箭雨射向周身……直到箭雨停下来，马超已被无数箭支淹没其中。马超周身堆起了一座不小的箭垛子，反射着悠悠寒芒。

一空大师嘴角露出一丝无奈的笑，望着箭堆喝道：走召，还不出来！

话落，只见箭垛子颤了几颤，哗啦啦一片声响里露出了银盔攒红缨的一颗脑袋来……马超耷拉着嘴角故作委屈道：师父，您这是看徒儿顽劣要射杀徒儿吗?

一空大师低斥道：贫嘴！还不过来?

马超哈哈大笑，用足气力一下子从箭堆里跃起，跳到师父跟前，惊喜地说：师父您看，狮王甲太厉害了，真的是刀箭不入呀！

一空大师拂了拂马超肩上的灰尘，笑道：师父是出家人，何曾打过诳语?

马超撇撇嘴：这么说师父是真答应了胡县令，让少年军下山去打土匪吗?

一空大师知道马超心里对胡川仍然别扭，也不点破，颔首道：当然！这是我与胡县令已经约好了的。这也是为骊靬的全城百姓嘛！不过，少年军暂时不必下山，一旦有土匪的消息，你外公会命人在骊靬那边的烽火墩上燃起烟雾示警，我们即可赶去相助。

哦。马超又问：那为何不让西凉军去呢？我父亲那里几十万的将士，还打不过土匪吗?

一空对马超道：你父亲前一阵征讨鲜卑，因中了埋伏，损兵折将，现在的西凉军精锐元气大伤，正在缓慢恢复期。再加上西凉军若有兵马调派，那龙首山土匪会望风而动，不等官军赶到骊靬，恐怕土匪早就劫掠完撤回老巢去了。所以，只有咱们的少年军，从莲花山抄近路赶往骊靬，一来走山路行程比官军快，二来出其不意才能打土匪一个措手不及。

马超听师父这一番解说，点头道：师父，徒儿都明白了，一切听师父安排。

好！一空大师拍拍马超的肩膀：走召，即日起由你正式出任少年军统领，你要带着少年军严格操练，随时驰援骊靬县城，或者别的什么地方。

马超点点头说：师父放心。我和少年军随时听师父调遣。

一空大师接上说：师父已指派专人留意烽火台信息，一旦土匪来犯你即刻出战。你能做到吗?

能！马超大声回应。随后换上平日的嬉皮笑脸：师父，您能给徒儿换个名字吗？走召这个名字，肯定是您顺口叫出来的，徒儿不喜欢。

一空大师敲了下马超的头，嗔怪道：越大越没有规矩了！走召是什么意思？那我告诉你，“召”字坐个“走”字车，你看看这是谁的名字？马超脱口而出：我知道这是“超”字。可是师父，徒儿就是不喜欢“走召”这两个字。

一空大师点点头说：你不是少年军中功课最好的一个吗？怎么连“走召”是什么意思都不懂了呢？所谓“走召”就是你的行动必须经过为师的同意才行。可现在你长大了，你可以有自己的主见了。所以，你以后遇到问题一定要经过思考，找出解决问题的办法。你想想看，在这之前，你虽然也是少年军的首领，但大的事情都是为师定夺。从今天起，你就是少年军正儿八经的统领了。你带着少年军出去作战，如果遇到意外，你要自己想办法解决。你想想看，你如果凡事来找师父解决，一旦失去战机，这会给少年军带来什么样的厄运呢？

马超心悦诚服，连连点头：师父，徒儿记住了。

一空大师这才有了笑模样：不过，你现在长大了也该取个正式的字了。一空大师稍作沉思：师父就替你取字孟起吧，姓马名超字孟起。如何？

孟，长也、勉也、始也。孟起，好字！多谢师父赐字，徒儿定当不负师父厚爱！马超正色向一空大师恭恭敬敬地磕了三个头。从此，天赐寺的少年军首领“走召”换成了少年军统领“孟起”。从此之后，这少年军的统领孟起声名鹊起。他带领的少年军在很长一段时间里，担负着整个河西走廊通道商旅往来的畅行和安全。这是后话。

十四、匈奴余孽

龙首山一开始建龙宫、造“龙王”，完全是为了掩人耳目。董天伦把耿鄙伟康及其匈奴兵、土匪军假扮成正儿八经的“土匪”，是为了时不时地以“征讨”龙首山“土匪”为名，给耿鄙伟康及其“土匪”送去给养，以便养精蓄锐，找机会马踏西凉府。可董天伦死后，这情况就变了，耿鄙伟康为了龙首山上的十万之众，不得不成了真正的土匪。他们抢劫河西走廊过往客商，几乎阻断了河西走廊的通道。之后，又开始抢劫郡县，四处作恶……所有这一切，都是为了养活龙首山的十万土匪军。如果说董天伦时期这支匈奴加土匪的军队是为了协助董天伦造反的话，那么现在的耿鄙伟康只有一个目标，那就是继续带着这支队伍在龙首山发展壮大，然后寻找机会马踏西凉府，自己称王，或者即便称不了王，也要抢一个西凉府太守当当。

基于这样的目标，耿鄙伟康自然而然地当起龙首山的“龙王”来了，座下不但有“四虎”，还有汤阎等匈奴军的首领为“八狼”。“四虎八狼”多是些亡命之徒，但有一位却是正经官身落草为匪的，他就是耿鄙伟康手下“四虎”中的第一只虎——东北虎董天骐。

董天骐原为太守张鼎的主簿，曾与现任刘主簿双双效力西凉府。因喜好书法，幼时便拜在张太守堂弟、书法大家张芝门下，颇得张芝真传而写得一手好字，在西凉府有“才子”美誉。后来，得张芝引荐投在太守府做了主簿，太守府一应的文案、文书都出自董天骐之手。然而，董天骐恃才傲物，文笔虽然一流，可他不尊礼法，放浪形骸，赌场掷骰子、翻墙逞风流，所做的轻浮之事不但在西凉府臭名昭著，而且在朝廷里也挂上了名。

张鼎因此屡屡接到对董主簿行为不端的控告信，但是前有张芝求情，后有时任都护的董天伦庇护，所以董天骐我行我素，根本不把同僚和张太守放在眼里。张鼎自然有治董天骐的办法。他将府衙事务全数交由刘主簿管理，把董天骐搁置了起来……董天骐坐冷板凳久了，自然而然便牢骚满腹、怨气冲天。这时候，在一边虎视眈眈的董天伦开始从旁挑唆，再加上两个人的名字中都有“董天”两个字，董天骐也感觉他们就是亲兄弟。董天伦请董天骐只不过喝了几顿酒，就将不入五服的关系，喝成了血肉相牵的亲兄弟关系。董天骐磕头认祖，拜了董天伦为兄长。

一日，董天骐刚好又生事端，张鼎太守大发雷霆要惩治于他，他便借机遁逃被董天伦秘密打发到龙首山投靠“龙王”。从此，董天骐成了龙首山四虎之一。也就从这一天起，董天骐便死心塌地给董天伦当起奴才来。

董天骐确实也算个人才，自从上了龙首山，不惜拿出浑身解数彰显自己的才智过人，把从政以来在张鼎处知悉的西凉府军政机要尽数用于龙首军，更有与董天伦的交情在，被耿鄙伟康左一声“二叔公”、右一声“二叔公”，直叫得董天骐周身舒服，也就越发地为龙首山“龙王”出谋划策起来。至此，董天骐作为龙首军的智囊之一，在龙首山混得如鱼得水，风生水起。正因为有董天骐的协助，龙首军才在短期内日益壮大。

而自董天伦死后，“二叔公”便一跃成为龙首山龙王之下众人之上的四虎之首——“东北虎”。从此，龙首军的主力兵勇皆归东北虎辖制，其驻扎的营盘也叫“东北营”。

说起东北营，那可是大有来头的。当年董天伦还是西凉都护时，奉命征讨匈奴羌渠单于。匈奴人善战，董天伦久战不能取胜便采用谋士计议，派人游说羌渠的侄子左贤王汤阎篡夺单于之位。当时正值羌渠部内讧鼎盛时期，汤阎觊觎单于位久矣，但受其他势力扶持的羌渠单于更得民心，一时之间僵持不下。现在，汤阎被董天伦的说客撺掇，承诺出兵帮助他夺位，条件就是二十年内不得侵犯西凉府。汤阎一口答应，两下里各取所需，皆大欢喜。

匈奴人勇猛有余，机智不足。汤阎本以为董天伦是真心相助，在兵力悬殊且准备不充分的情况下，贸然发动兵变。而董天伦在约定的关键时刻，坐山观虎斗，故意推迟出兵，令汤阎兵败羌渠，无家可归。

叛乱战败的汤阎慌不择路，如同丧家之犬一样，带着残部按照董天伦设计好的突围路线进入莽莽龙首山。进入龙首山的汤阎，因为不知道龙首山地理，一味地往山里走，才知道进入了一个无人的蛮荒之地。筋疲力尽的汤阎意识到这一切时，已经晚了。董天伦大兵堵住了一夫当关，万夫莫开的一线天，堵住了汤阎的退路。

汤阎带着的五六万匈奴兵，在龙首山内无粮草、外无救兵，形势十分危机。为了活命，只能放下武器，向董天伦的西凉军投降。

董天伦当时已经得到传国玉玺，称王之心日盛。所以，正是用人之际，便将这支五六万的匈奴兵收为已用，悄悄藏在了龙首山，一应给养所需均由他提供。这是董天伦的一支奇兵，所以必须由自己人统领。于是，董天伦又令属下校尉、亲外孙耿鄙伟康带着部属官军，以剿灭匈奴余孽为名进驻龙首山，成为这支匈奴军的首领。之后耿鄙伟康在董天伦的支持下，又陆续私募兵丁四五万，两下里合兵一处，至十万之众。

董天伦活着时，龙首山的一应粮草均有西凉府足量供给。因此，龙首军不出山，没有人知道他们的存在。后来，被云游到此的一空大师无意之中发现，才连忙写了密信署了俗家姓名罗驷，派武功高强的弟子悄悄地把董天伦龙首山藏有私兵一事，传递给了西凉府太守张鼎，让他早做防范。

世界上的事情是不以人的意志为转移的。董天伦机关算尽太聪明，最后还是没有躲过机敏过人的马腾。因此，马腾与西凉府张太守合谋表演了一出苦肉计，把董天伦及其阴谋扼杀在萌芽之中。董天伦死了，但龙首军已然埋下了祸患，如今失去生活来源的十万之众，只能沦为占山为寇的土匪兵，成了西凉府躯体上一块疖痈脓疮。

为了生存，“龙王”及其匈奴兵和土匪，成了河西走廊通道上的一害，西来东往的客商路过河西走廊，大都逃脱不了龙首山的魔掌。久而久之，河西走廊上的商道基本被龙首山的土匪给截断了。消息通过南来北往的客商，包括外国人，传到了朝廷，朝廷在无兵可派的情况下，下诏西凉府，让西凉军马上打通河西走廊通道。张鼎太守和马腾都护皆因为龙首山的“一线天”天堑，望“龙”兴叹……

河西走廊通道被堵死了。果真成了“此山是我开，此树是我栽，要从山前过，留下买路财”。小的财团无力买路，只好望“龙”兴叹，而大财团过路，付出的代价是惨重的。龙首山的十万土匪要生存，除了继续打劫河西走廊的客商外，还不时到河西走廊的郡县“借粮”。

因为东北虎董天骐在龙首山坐的是第二把交椅，所以初次“借粮”的重任就落在了他的肩上。所谓借粮就是下山劫掠粮食，这抢的不是百姓，而是官仓。董天骐带着所部土匪，从龙首山俯冲而下，骊靬县首当其冲。在骊靬县，粮食最多的官仓莫过于官家的仓廪，这也是东北虎这次借粮的目标。官家仓廪重地必有官军守护，所以，东北虎带了东北营精锐下山，务求毕其功于一役。只有这样，才能为龙首山的其他三虎做好表率，才能让龙首山的粮草源源不断。

哼！西南虎那个窝囊废，上次全军覆没连个粮食毛都没捞着！我们这次一定做个漂亮的，让他们看看。东北虎骑着高头大马，对紧随在侧的喽啰说。

小喽啰伺候东北虎摸顺了他的脾气，赶紧笑脸奉承：虎爷说的是，西南虎那人就不怎么样，再加上西南营那帮子人都是酒囊饭袋，平时耀武扬威的，一遇到真刀真枪的就草鸡了。这就叫上梁不正下梁歪。

东北虎哈哈笑道：就你小子，还有这般见识？

那不全赖虎爷您老人家教导有方吗，谁不知道您是西凉府里顶呱呱的大才子啊！喽啰夸张地竖着大拇指。

好小子，爷喜欢！等这次得胜回山，爷给你升个什长。东北虎就喜欢这样被人吹着捧着的感觉。

小喽啰却赶紧摇头：虎爷抬举小的，小的感激您。可是，您还是别让我当什长了吧，那些匈奴鞑子蛮横得跟野驴似的，稍有不满就尥蹶子，小的怵他们。

东北虎笑得更响：瞧你这点出息！

小的没出息，就想跟着虎爷伺候您，给您当牛做马。喽啰赶紧谄媚道。

东北虎朝前面看了看，吩咐道：你去前面传令给汤阎，让他按原计划算好时辰派人送信给胡川。

小喽啰应是，催马传令去了。东北虎嫌弃地掸了掸衣袖上的灰土：嘁！这骑马就是没有坐轿好，还是坐轿干净。等这次得胜回营，一定做一辆能睡觉的马车。下次出山老子睡着去。东北虎嘟囔完，闭眼假寐去了。

汤阎听完喽啰传令，从马背的褡裢里掏出一卷竹简，命手下一兵卒策马往骊靬县城而去。然后瞪了传令喽啰一眼，冷哼道：径直去抢就是了，还折腾这一出，岂不是多此一举！

小喽啰在东北虎跟前屈膝逢迎，可在其他人面前，则会狐假虎威。听完汤阎的话，他板起个脸回道：这是虎爷的意思，汤统领不服自己去向虎爷说去，犯不着跟我耍横。说完打马回去复命去了。

汤阎原为匈奴左贤王，相对涵养好一些，但其他匈奴人却不依。侍卫元努"嗤"一声拔出刀来：待我去一刀砍了那厮狗头！说着就要追上去。

元努！汤阎喝住侍卫：休得放肆。

王爷。元努勒住马气咻咻地说：您能忍，属下忍不得。这些汉蛮子欺人太甚！您是王爷啊，可他们却把您当马牛来使唤。这些年来，让你去给他们抢粮食、抢女人，这是土匪才干的营生哪！

侍卫说的这些，汤阎岂能不明白！可是，当年背叛匈奴已经没有了退路，现在想回回不去，不当土匪还能去哪里？委曲求全不过是让五万弟兄有个容身之地。汤阎看着身边围过来不少的匈奴兵，知道大家都是一个心思，便下马缓声说道：委屈兄弟们了，这些年来跟着我苟且偷生，有家回不得，是汤阎对不住大家！可是，我们之所以低头受气，是因为将来咱们还要打回去，我们的骨子里流的是匈人的血，死也要死在马背上。一时的委屈算什么，迟早汤阎会带着大家打下西凉府，然后再杀回老家去。

王爷威武！匈人威武！王爷威武！匈人威武！匈奴兵好战嗜杀，此时被汤阎说得热血沸腾，一扫之前的阴郁，呼喝着继续开拔，直奔骊靬。

十五、抢劫，我们是认真的

胡川看着案上的竹简呼呼喘气，被气得不轻。没想到龙首匪兵竟然猖狂到了如此地步，竟敢先派人来送信告诉他，他们要明打明地来抢劫，让他这县令洒扫除尘开门相迎，这简直太目无王法了！

胡川是地道的学究，一边气得暴跳如雷，一边也赞叹竹简上的文字书写得舒展大度、气象开阔，想不到龙首山还有这等人物！那简上写道：信笺传之，寄以片言，龙首骊靬，唇齿相依。粮草万担，悉在彼处，今我有取，君自该舍。君若不拒，各安其命，余不喜戮，当避杀孽。务请开城相迎，洒扫而待。龙首山东北虎拜上。

这是赤裸裸的威胁啊！意思就是：今天写信给你，是因为骊靬县和龙首山是近邻，你们囤粮丰盛我们却饿着肚子，只好来取一点回去救急，你们就该乖乖地给。不要拒绝，你好我好大家好，我这个人不喜欢杀人，那样杀孽太重。所以，你们务必要听话，把街道打扫得干干净净，主动开了城门来迎接。

是可忍孰不可忍！这是人家压根儿没把他这个县令放在眼里啊，没把咱西凉军放在眼里啊！胡川刚刚命人去烽火台放烟雾，向莲花山报信求助，按约定天赐寺的少年军很快就会赶来。为防万一，他又遣人骑马去西凉府向张鼎和马腾奏报，匪兵如此做派一定是胜券在握，不知道出动了多少兵马来抢粮？少年军虽英勇，但毕竟都是些娃娃军，人数不多，对敌经验也少，还是西凉官军能赶来比较稳妥一些。怕只怕西凉府路远，远水救不了近火啊！胡川愁一阵怕一阵，坐立不安犹如热锅上的蚂蚁。但是急也无用，便索性取下挂在书房壁上的剑，一径往城门上去看布防了。匪兵这次提前知会了要来，骊靬百姓听闻有了防备，纷纷关门闭户躲在家里不敢露面，此时整个县城静悄悄的，完全没有了往日的热闹喧嚣。

莲花山这边，自从上次胡川秘密来访，一空大师专门安排弟子时时留意骊靬方向的烽火。此时，有弟子来报说骊靬有烽火燃起，一空大师忙问是一炷烟还是两炷？听弟子回说一炷，便赶紧亲自去找马超。原来那日一空大师与胡川约定，若龙首军来袭就燃一炷烽火示警，一炷不会令人起疑，敌人或许会以为是大漠孤烟，或者是牧民在烤火，而只有一空大师知道，这一炷烽火说明龙首山的土匪来了，少年军一接信报便即刻出兵。

马超现今改名叫孟起，正带了少年军在马神庙后的树林里操练，听了师父授命便赶忙整军，离开天赐寺火速往骊靬赶。少年军都是初生牛犊不怕虎，上次收拾了龙首山的西南虎，正是士气高涨的时候。不知这次又是哪只虎下山了？我们生来就是恶虎的天敌！不知谁开玩笑说道。队伍里哄堂大笑，马超也赞同这话，但身为统领，想得更多的是大局，便喝了一声：肃静！行军之时不可喧闹！众人再不敢玩笑，继续赶路。

马超悄然赶路，脑海里却急速掠过若干御敌方案。临出发时师父曾有叮嘱，要他只可智取，不能力敌。是啊，少年军人数只有五百，还是上次大败西南虎后发展起来的，现在整个西凉军都缺战马，少年军就更不用提了，只养了几十匹杂色马，还是师父从各处淘换来的，根本就难当大任。如今要去解救骊靬之难，这样的实力跟龙首军对阵，想要以少胜多未免太过异想天开了。

眼看骊靬城在望，城头上旌旗在朔风中舒卷飘摇，到底要用个什么样的办法才能克敌制胜呢？马超想了不少方法又一一否决掉，总觉得不够稳妥。正一筹莫展之际，忽然见山路上遥遥来了几匹快马，却是胡川派来接引少年军的骊靬卫兵。来人将骊靬现状报于马超，又将东北虎送信的嚣张行径说于少年军。一众少年军听得义愤填膺，摩拳擦掌，急吼吼地就要冲进城里，恨不得即刻就和匪军大战一场。

马超将骊靬卫兵召到跟前问道：可知东北虎带了多少匪兵来抢粮？

卫兵回道：还不知道具体人数，据哨兵说匪军行过处黄沙蔽日，恐怕有数万之众啊！

少年军中一阵抽气声：数万匪军？

骊靬卫兵有多少？马超惊骇过后问道。

卫兵答：军卫千余人，加上粮仓戍军总共两千。

什么？少年军有些泄气了。

马超此刻却有了主意，但他脸上不动声色，对卫兵说：匪军数万，少年军和骊靬官军加在一起都不够人家塞牙缝的。依我看，还是赶紧向西凉府都护马将军去求援吧，我们这就回天赐寺去了。

卫兵傻眼了：你们要回去？那我怎么向胡县令交代？

你就实话实说，匪兵势众，少年军不想以卵击石。马超皱眉做胆怯状：告诉胡县令，不如就按东北虎说的，让他们拿了官仓的粮食去，还能保得骊靬百姓免受土匪过多滋扰。你快去向胡县令复命吧，我们这就原路返回。

卫兵无奈气咻咻而去。少年军副统领陈阿虎急问马超：孟起，咱们真的要撤回去吗？我们连土匪的面都没有见，就这样跑回去，不好向师父交代吧？

马超邪笑：下山猛虎哪有无功而返的道理？我不过是哄那卫兵的，咱们继续前进。传令改道，咱们去守株待兔。

陈阿虎不解：刚刚不是还说去了是鸡蛋碰石头吗？

马超狡黠地笑笑：咱们又不进县城，去传令改道吧。

改道去哪里？

我们饶过骊靬县城，到土匪的后面去。

陈阿虎不明白：为什么呀？

马超摇头晃脑，一脸的神秘：本统领自有妙计也！

时间已经过午，胡川苦着张脸眼睁睁看着龙首匪军将仓廪搬空，他一点办法都没有。骊靬卫军不敌匪兵，西凉军路远还未赶到，少年军贪生怕死，已中途撤回……胡川觉得心情灰暗至极，就如同此刻头顶的天空一般阴沉。

东北虎裹着狐裘，坐在炭盆边拢手烤火。看着即将装好的一车车粮食，再看看旁边绑在木柱上的胡川，他心情颇好：胡县令，多谢你替我把粮食保管得这么好啊！

胡川怒斥：恬不知耻！我道东北虎何许人也？原来竟是董天骐大主簿！亏你也是正经官家出身，却自甘堕落到与土匪为伍。

东北虎并不介意胡川的嘲讽，呵呵笑起来：胡县令，这就是你迂腐了！你倒是正经，此刻不也鼻青脸肿绑在这里？弱肉强食，自古强者为尊。你说是吧？

胡川别过脸，负气不与东北虎说话。东北虎也不计较，看粮车已经装好便吩咐启运回程，匪兵兴高采烈呼喝着离去，留下一地的狼藉和垂头丧气的骊靬县令及其卫兵。

斩获丰盛的东北营浩浩荡荡地行进在通往龙首山的道路上，山路崎岖、辎重又多，逶迤而行走得十分缓慢。二十万石粮食啊！骊靬仓廪两年的储备这下子轻轻松松全都变成龙首山的口粮了，够十万龙首军吃整整一年了。东北虎志得意满，逍遥地坐在刚刚抢来的县令专用的八抬大轿里，享受着喽啰们的吹捧。

前面已经打发人去山里送信，算算来接应的人也快到了，这么多的粮食运进山也是个大工程。

东北虎其人，虽然不会舞刀弄枪的马上功夫，但论其智谋倒也有可圈可点之处。此时虽得胜而回，但眼看天色近晚，夜间走山路将更加难行。再加上今天这么大的动静，西凉府绝不会善罢甘休，一旦马腾率军赶来，自己这点兵马都用于背运粮草而分身乏术，那时恐怕就难以应付了。想到此处，董天骐心里也焦急起来。奇怪，按说回山报信的人早该到了，怎么还不见龙王派来接应的队伍呢？东北虎喊停轿夫，极目往前方看去。忽然，喽啰跌跌撞撞跑到近前惊慌报道：虎爷，前面的弟兄发现有人拦路抢劫！

呵？爷就是拦路抢劫的祖宗，竟然还有这么不长眼的，也敢来拦爷的道？东北虎笑骂：去告诉汤阎统领，派一队人上去打发掉！这种小毛贼也来烦我，没出息的样儿！

喽啰挨了东北虎一脚，揉着屁股往前跑去传令。

前方带队的正是汤阎，天黑负重本就难走，冷不防跳出个劫道的，还挡住了上山的唯一道路，全队只好停住脚步。但是，有人抢劫抢到了土匪身上，这也太超出常规了吧！更奇葩的还是对面拦路的是单枪匹马一个人？等看清形势汤阎忍不住呵呵大笑，所有匪兵亦哈哈大笑起来：哪里来的毛贼，还不快滚！别挡着爷们的道。

呔！狗眼看人低！让小爷让路也可以，把你们抢来的粮食分我一半，小爷就让你们过去。黑暗里瓮声瓮气传来一个少年的声音。

汤阎一听是个娃娃，笑得更加前仰后合：小子，你断奶了吗？没有断奶就滚一边玩去，爷们都有正事呢。好狗不挡道，你如果再胡咧咧，就把你抓起来喂了这山里的野狼！说着就上来几个土匪要抓人。

少年不为所动，依旧矗在原地，匪兵嬉笑着往他身上抓去。突然，只见一个土匪凌空飞起，其他人还来不及反应，那匪兵已经远远飞出去五六丈远，在山道上滚了几滚便不见了。山路一侧乃是悬崖峭壁，深不可测，掉下去绝对没有生还的可能。一个人就这么无声无息地消失了？连一声惨叫都来不及发出。众人正惊愕间，那几个要抓少年的匪兵接二连三滚下了悬崖，而那少年却抻了抻腿，轻蔑地向他们看来。

这少年正是马超。汤阎看马超顷刻就打飞了几名壮汉，出手狠辣、反应敏捷，已知遇上了硬茬子，这才收起轻视之心认真向对方看去。马超嗓音尚在变声期，但身量高出常人不少，即使以身高自傲的匈奴兵也还有所不及。想不到瘦瘦高高的少年武艺如此高强！汤阎纳闷：没听说西凉府这几年有谁家的儿郎有这般出息啊。遂问道：小英雄武艺精湛，不知叫什么名字，府上是哪里啊？

马超嘻嘻一笑：孟起就是小爷的名讳，今夜打从天上过，本来是要去佛祖爷爷那里喝茶的，可是被一阵黑烟熏了眼睛，这往下一看，竟是一群老鼠精搬家。怪不得臭气熏天，熏得小爷连祥云都驾不住了。说着还夸张地在鼻子边扇了扇。

这么说，你是个小神仙吗？汤阎身后一个匪兵伸着脖子问。

马超本来是信口胡诌，没想到竟然也有人相信，不如好好逗土匪玩玩，便眼珠一转将计就计，脸上带出几分邪魅道：算你有点眼力见儿，小爷乃是天帝座下一等大神马王爷的关门弟子。

是天赐寺马神庙里供奉的那个马王爷吗？更多土匪感兴趣了。整个西凉府谁都知道马神得道成仙的传说，连深居龙首山的土匪们都听说了。

马超嘲笑匪兵：马王爷是大神，只此一家，哪有这个那个的？

小神仙，你刚刚说从天上看到了妖精？妖精是什么样的呀？这支队伍的主力乃是匈奴人。都说汉人信佛，岂不知佛教能从西域传进中原，最先接受教化的正是边境民族，匈奴人信奉佛教更虔诚。就连汤阎都任由马超鼓吹而没有阻止，虽然看马超很可疑，但观其相貌俊美、玉树临风，加之这个年纪还有那一手功夫，说他是个神仙听着也并不是很荒唐。

马超看围过来的匪军越来越多，便把在天赐寺看过的经书里，那些妖魔鬼怪的故事拿来糊弄土匪：妖精有各种各样的，大多还是世间生灵所化。小爷适才在天上看见的就是一群老鼠精，他们正在搬家。妖精白天一般是不现身的，都是在月黑风高的夜里才出来活动。只是，他们会幻化隐形之术，就算和你面对面走过，甚至从人的身体里穿过，你都看不到。不过……

马超故意停下来看了看周围，眼睛盯住这个匪兵看看，再盯住那个匪兵看看，然后煞有介事继续道：当妖精们穿过人的身体时，你会突然感觉有一道冷风刮过你的后背……

一众匪兵听得仔细，这时莫名就感觉到真的有一阵阵冷气袭上后背，不由激灵灵打了个冷战：小神仙，那些老鼠精可在附近？匪兵缩着脖子，愈加觉得寒意逼人。

马超心里暗笑：土匪今日抢了官仓，却贪得无厌不顾自身实际运载量，除了车马装载，匪兵们都全数肩扛手提，回程不比下山时，一路又都是上坡，走到这个时间早就人困马乏、汗流浃背了。此时被马超拦住又胡侃海吹了一番，卸下负重后身上的汗被深冬的寒风一吹，可不就直钻骨头的冷吗？这叫歪打正着！

马超神神道道继续糊弄起来：在啊！老鼠精隐了妖身你们看不到，小爷可是神仙自然看得清清楚楚，你看……说着突然指向一个匪兵：刚有两个老鼠精抬着担子从你身上穿过去，有没有感觉？

匪兵顿觉冷意嗖嗖直往身子里灌，惊惶地左顾右盼。

你呢？还有你……随着马超手指到处，匪兵们人人自危，不约而同都缩起脖子，惊恐万状……

十六、雄起吧少年军

都给我滚回来！一声大喝震得山道上隐隐有了回音。匪兵们回头一看，是东北虎来了，大家慑于其淫威，都悻悻地往自己阵营里跑去。东北虎揪住离得最近的一个，照屁股狠狠踹了一脚，然后向马超看过来：小子，活得不耐烦了吧？敢挡起爷爷的道了！

马超掏了掏耳朵，慢吞吞走近了几步：你是哪路神仙，也能称爷？

东北虎的耐心尽失：狗屁神仙，爷是要你命的阎王！

虎爷，这是大神马王爷派来的小神仙……一个已被马超哄得深信不疑的匪兵说，可是话只说了半截，就被东北虎反手一巴掌扇到脸上打断了。

汤统领，再让我听到东北营里传鬼怪的事，就给我割了他的舌头！东北虎看着汤阎道。

汤阎对东北虎其实有诸多不满。东北虎这个人跋扈独裁，一贯排斥匈奴兵。东北营受他辖制以来，对他的匈奴兵士动辄非打即骂。只不过匈奴人善战，是龙首山的骑兵主力，每次大小战事都是仰仗骑兵骁勇方能战无不胜，所以，非常受耿鄙伟康厚爱，这才没有太过分的刁难。不过，再有非议眼下也不是发作的时候，汤阎这才冷淡地应了声是。

那边马超可不管他们的好赖，拍手笑道：果然是阎王，割了舌头是不是就该挖眼睛、下油锅了？啧啧啧！在你这个阎王手下讨生活的都是短命鬼啊！

东北虎向来自诩儒雅风流，此时也被马超胡搅蛮缠，没了往日风度。看看天都黑了才只走了这么点路程，更不见山上来人接应，心里正是窝火烦躁的时候，哪里还顾得上矫揉造作，当下高声喝骂：乳臭未干的小子，今天就是你的死期。汤阎，你去杀了这毛贼开道！

汤阎听命抽出弯刀，侍卫元努拉他的胳膊道：王爷，让属下去。汤阎轻轻拨开元努，自己向马超走去，元努在背后狠狠地瞪了一眼东北虎。

马超一看来人拿着弯刀，心下狐疑：莫非是个匈奴人？刀枪剑戟、斧钺钩叉，多少种兵器里只有匈奴人对弯刀情有独钟。而且这个叫汤阎的，刚刚那匪兵叫他“王爷”，而东北虎却对其直呼大名。匈奴人的王爷为何甘愿受龙首山驱使？

山道狭窄，不能策马而战，汤阎提了弯刀走到离马超几步远的地方停下，看着对面俊美无俦的少年，虽然不相信他是什么神仙，但也起了恻隐之心：年轻人，玩笑开得差不多了，你闹够了吧？快快离去莫要再生事了，否则伤及性命白白糟蹋了一副好容貌。

好呀！我看你比刚才那个白脸的娘娘腔好说话，那我不拦着了。马超轻易地妥协了，还连带贬损了东北虎一把，让汤阎心情大好。

但是，有个条件。没等汤阎多开心一下，马超又开口了：还是那句话，把你们抢来的粮食分我一半，咱们就各回各家，互不侵犯。

不听老人言，吃亏在眼前。汤阎耐着性子劝道：小娃娃未免也太贪心了！看来是成心与我作对了？

马超吊儿郎当抱着胳膊笑道：什么叫亏啊？小爷我还真没吃过，你告诉我，这“亏”好吃吗？

汤阎仅有的一点好脾气终于用光了：不识抬举的小子，既然如此，今天就让你知道马王爷为什么是三只眼？说着便提了弯刀冲向马超。

马超不避不闪，看那汤阎挥刀过来，只把头往后稍稍一仰偏过刀锋，就听“嘎”的一声金铁相交，弯刀稳稳砍在了马超肩上。东北虎及众匪兵料定马超必死，只有汤阎自己知道，他的刀落处仿佛砍在了一块铁疙瘩上，因为去势用了七分力气，刀上传来的反震之力震得汤阎的胳膊酸麻。汤阎惊愕非常，后背上不由得感到阵阵寒意，盯着马超的脸问：你真是神仙？

黑夜里火把映照下，马超一双大眼睛亮晶晶的犹如星辰。他痞痞地冲汤阎掀了下眉毛：你说呢？

汤阎不甘心，自负艺高胆大，咬牙撤刀又向马超重新砍去，这次他用足了十分气力，操刀拦腰横劈向马超。“嘎”，一声更响的声音传出，刀砍在人身上如同铁器相锯，听得人牙根儿都酸了。这一下汤阎骇然大惊，噔噔噔后退三步，提着卷了刃口的弯刀呆呆盯着马超说不出话来。一众匪兵也是惊骇不已，这是真正的刀枪不入啊！不是神仙能做得到吗？而作为汤阎多年侍卫的元努更是清楚，那把弯刀跟随王爷多年，不敢说神兵利器，但也是吹毛断发的好兵刃，而今天这把刀不但伤不了人，还卷了刃豁了口？那对方简直就是铜铁铸就的身子！

匪军将马超视若天神，一时之间议论声和赞叹声响成一片。东北虎毕竟读书多，他才不相信什么神鬼之说呢！他顺手夺过一条马鞭，在人群里甩开就是几鞭子，暂时制止了匪兵的骚乱。

马超掸了掸被汤阎砍破的外套，扬了扬下巴道：怎么样？打也打了，我没有还手吧？我的条件不高，粮食分一半，再加赔衣服。我这衣服你们恐怕赔不起……这样吧，不如再分半数马匹给小爷，小爷就大发慈悲让你们过去，如何？

东北虎用鞭子指着马超怒道：小贼欺人太甚！竟敢在太岁头上动土！来

人！给我把这个小贼砍了！东北虎指派身边的土匪上去与马超交锋。匪兵先对马超一通神论已然信了几分，接着刀枪不入震退了汤阎，其他人哪敢造次？东北虎再强横，相比起来也还是性命比较重要，匪兵一个个往后缩。东北虎气得跳脚，又命令身边喽啰：快！调弓箭手来！

马超听东北虎要调弓箭手对付他，一点也不着急，伸手揪下来一根野草秆子叼在嘴里，迈步走到旁边山石上坐下，作势打了个呵欠向东北虎道：哎，瞌睡啦！有什么招儿赶紧快点，别让小爷等太久！

东北虎哇呀乱叫着催骂手下，片刻匪兵呼啦啦就有二三十人张弓搭箭指向马超。一声令下，利箭“嗖嗖”往马超身上疾射而去。东北虎哈哈大笑：看射不死你！

一轮攻击停歇，对面山石已被箭支掩埋，看对面寂静无声，想来那少年恐怕已经扎成了刺猬吧？匪军里有人竟然叹了一口气，对少年的遭遇颇有些遗憾。

怎么停手了？这是给小爷挠痒痒哪？话落，箭堆里突然蹿起少年的身影，美少年除了衣衫褴褛，竟然神清气爽，活得好好的。

这下子东北虎也被吓住了，趔趄着差点倒下去，嘴里还一迭声地叫道：全都给我上，杀了这怪胎！杀了这怪胎！

马超看时辰已是夜深，逗得也够了，便刺啦撕掉破碎的外套，展露出里面的狮王甲，单手持枪向匪军一指：土匪猖狂，大白天里公然劫击官仓，那可是官粮，也不怕好吃难消化？今日且看我少年军统领孟起为民除害！说话间，锦袍银甲凛然犹如天神。

又是少年军！土匪此时方才明白，刀枪不入的小神仙原来是天赐寺少年军，不惧刀剑皆因有盔甲在身。汤阎已经重新换了刀，得知逗了他们半晌的乃是一少年军，顿感羞辱，大喝一声便再次提刀冲上前与马超战在一处。匈奴兵一看汤阎带头，也纷纷拔刀加入战团。

马超志不在此，与匪军枪来刀往战了几个回合，便佯装不敌渐战渐退。汤阎心底暗喜：看来这少年孟起只不过是仗着盔甲之利，近身搏杀却稀松平常，适才差点被他唬住。想到此，步步紧逼将马超打得越加退后。眼看对方左右支绌，汤阎抽冷子在马超露出破绽时补上一刀。马超穷于应付，赶紧挥枪去挡，后背已是数把刀砍了上去，幸亏有铠甲阻住，否则小命休矣！马超抡起长枪奋力拨开匪军，急忙回身向山道上跑去。汤阎大喜，一挥手示意匪兵跟上，自己已经率先追了上去。却看不到黑暗里马超邪邪的冷笑，一脸成竹在胸的笃定。

少年军为何会出现在此，还知道他们洗劫了官仓？东北虎隐隐感到不安，倒不是怕这一群毛孩子，而是怕西凉府马腾的官军。为防夜长梦多，再也不敢有所耽搁，便急忙催促东北营继续赶路。山路上火把摇曳，土匪们运粮匆匆，真正好似老鼠搬家。

汤阎带人追击马超一直相隔不远，不觉追出去数百步之远，转过一个弯道却失去了马超的踪迹，只好停下来四下里寻找。这段山路倚山而开，是通往龙首山的必经之地，也是最难行走的一段路程。抬眼看，山石嶙峋突兀，高高悬在半山腰上，黑夜里像一个个张牙舞爪的怪兽，而另一面是悬崖深沟，路宽不到两丈，只此一条道，他能藏到哪里去？汤阎正在疑惑，突然脑后破空之声疾至，他下意识里侧身闪避，一块石头便贴着他的鼻尖划过，跌落在地。饶是他反应快堪堪避过，一边脸上已被划破，剧痛传来血珠沁出，拿手一抹便糊了满脸。

小心，有埋伏！汤阎话音未落，噼里啪啦一阵乱石兜头砸来。劈头盖脸而来的乱石有大有小、密集如雨，受山路地势所限，让人避无可避，只砸得匪兵抱头鼠窜、哭爹喊娘。

一会儿，上面的石雨停住了，下面的纷乱也暂停了。汤阎和他的匈奴匪兵一部分已经被石头砸下山去，剩下的一部分个个鼻青脸肿，还没等喘一口气呢，从山路前方和头顶的山石背后突然跳出了一群半大不小的少年来，各个拍手嬉笑。汤阎定睛看去，为首的正是适才追丢的孟起。几十名少年军立在前方道上，对着匪兵品头论足，耻笑他们的狼狈。一次次遭受戏弄，一次次被打得丢盔弃甲，汤阎终于恼羞成怒，二话不说提刀就冲过去欲将这些少年杀了泄愤。少年军也不多做纠缠，只留了马超迎敌，其他人呼啦啦往山路更深处跑了。

马超一人之力将汤阎和匪兵拦下来，估摸着时辰差不多了，又看见东北虎带着一众匪兵逶迤赶来，便虚晃一枪也向适才少年军的方向飞奔而去。匪兵连番被挫哪肯甘心，明知有诈依然紧追不舍，誓要将少年军除之而后快。

这次马超没让汤阎追太久，在不远处的山道上面，带领少年军摆开阵势以待，几百少年军人人前面堆了一大堆石块。汤阎已经知道石头阵的厉害，远远对马超喊道：孟起娃娃，你的少年军就凭这破石烂瓦也想虎口夺食吗？龙首军万余好汉即刻赶到，杀你们一群小娃娃犹如砍瓜切菜，你们不怕吗？

马超哈哈笑道：万余龙首军也是老鼠搬家，我们就是捉老鼠的行家，自然不怕！

汤阎怒了：有本事真刀真枪干一架，尽弄些下三烂的伎俩捉弄人。顿了顿又转换口气道：怕是你学艺不精，不敢和我正面交锋吧？

马超知道这是汤阎想利用他的少年心性，以激出争强好胜心与他近身相搏。当下便假装不懂其意，腾腾跑下山道到两军之间的空地上，对汤阎道：好呀，那就让你见识见识小爷的精深武艺。

汤阎几度与马超交手，自负对马超的武功路数已了然在胸，看他果然独自出阵应战，心下暗暗合计：孟起是这帮子少年的头儿，等我擒了孟起，其他少年必然作鸟兽散。计议已定便急速而出，想打马超一个措手不及。

马超早有防备，横枪迎上汤阎的弯刀。一时之间金戈相交、刀风飒飒，两人厮杀间周身带出的寒意，令这个冬夜更多了几分冰冷。须臾间已搏杀几十个回合，汤阎越战越心惊，孟起出招刁钻，既不像是战场搏技，更不同于江湖套路，却招招精妙、式式出奇，这种功夫仿佛糅合了众家之长而自成一派，令半生驰骋沙场的汤阎也抵挡不住。到这时汤阎方才醒悟，孟起前面对战乃是隐藏了实力，假装战不过，只是引他们上当罢了。

这时候，汤阎不由惊叹：这少年小小年纪便如此机智百出，身怀高超武艺且力大无穷，加上那一身刀枪不入的宝甲，在战场上完全就无可匹敌了。

意识到此，汤阎无心再战，已经从心底起了胆怯，暗暗寻思脱身之法。

其实，汤阎这时候还以为马超的武功已然全部使出，但他却不知道，马超直到此刻仍然是未尽全力，他只用到六七分的功力，以他的武功在马超手里最多只能撑过十招。马超之所以这样做，就是为了尽可能地拖延时间。他因为截住了东北虎往龙首山上送信的喽啰，所以并不担心龙首山的土匪会杀下山来。算来，西凉府父亲的大军这时候应该快到了吧。

这样一想，马超必胜的信心更足了。然而，对面的汤阎却越想越怕。

就在汤阎分心之际，马超挺枪一刺直奔汤阎胸口，汤阎横刀来挡，那枪却在将挨身时，枪尖突转斜上避开刀锋取他咽喉而去。中途变招猝不及防，汤阎已然再无法拆解，马超的银枪迅疾如风便直直刺入汤阎颈项，并且去势不减将一颗头颅生生从肩上挑了下来，骨碌碌顺着山道滚出老远。

在场匪兵都是当年跟随汤阎叛逃出来的匈奴兵，见他们的王爷命丧马超之手，都红了眼睛蜂拥着冲上前想为汤阎报仇。不远处刚刚赶来的东北虎也看到了这一幕，便大声命令众匪：杀了他！杀了他！

马超兔起鹘落，几个纵跃间枪枪入肉，近前的十几名匪兵尽数倒地。跟随东北虎的其他匪兵看马超强悍如此，胆战心惊，一个个偷偷后退，不敢面对马超。可匈奴兵却不然，他们报仇心切，悍不畏死，所以有更多汤阎的死忠部下拥了过来，虎视眈眈地盯着马超。

马超此刻再不藏拙，用起十二分气力与之厮杀。少年军副统领陈阿虎亦下令冲锋，少年们早已迫不及待，犹如一只只下山猛虎呼啸着冲进敌营。留守的部分少年军也纷纷操起石块，瞄准了匪兵往他们头上身上掷去，竟是百发百中，这些少年正是挑选出来专门训练的投掷手，往常可没少练习这项技艺。少年军有攻有守个个身手不凡，又有马超武功卓绝，匪兵死伤甚多，已经明显趋于下风。

东北虎一看不妙，急忙调弓箭手上阵。马超酣战之余耳听匪军要用弓箭，大声喊陈阿虎撤退。少年军正打得激烈，都不愿撒手，但军令在前必须执行，便将一干匪军交由马超抵挡，其他人撤回石堆后以石头为利器继续投掷助力。

十七、一战成名

弓箭虽利，奈何马超的狮王甲刀枪不入，匪兵又处在地势低处逆风向高处放箭，箭支射到中途便力尽而落，更伤不得少年军半分。东北营统领汤阎已死，匈奴兵虽然哀痛但久战不敌马超，逐渐也无心再战，一时之间陷入胶着。东北虎心急如焚，但又无可奈何。少年军占尽地利优势，还有个刀枪不入的孟起，区区几百小毛崽子竟然阻挡住了万余东北营的粗壮汉子，让他们进退不得。看此情形，日间派去送信的兵卒显然已着了少年军的道儿，不然来接应的龙首军怎么可能遥遥不见踪影？

正在此时，有匪兵气喘吁吁来报：虎爷，山下发现大批官军。

东北虎急问：可看清楚了吗？是哪里的官军？

匪兵忙道：禀报虎爷，是西凉府的。

什么？众匪皆惊，真是怕什么来什么。东北虎揪住匪兵的衣领：确定是西凉府军？有多少人？看错了小心你的眼珠子！

匪兵急道：真的是西凉府军，纛旗上大大的一个马字，是马都护亲自来了！估摸着有万把人。

众匪大惊失色，西凉军可不像骊靬卫军那般软弱，那是真正战场上锤炼出来的铁军，马腾更是啸傲一方的大将军。一支少年军就让他们狼狈不堪，这万余能征惯战的西凉军来了，让他们如何对付？

东北虎与其他人一样惊慌，他望着不能前进一步的山道，喃喃道：马腾来了，马腾来了……

东北虎显然已经失了方寸，整个东北营瞬间骚乱。两位首脑一个死了，一个傻了，现在前有少年军拦路，上有少年军的飞石投下，后有西凉官军追来，真是上天无路入地无门啊！

少年军听闻马都护来了，都纷纷高声欢呼！

马超也松了口气：父亲带着西凉军终于来了，这意味着少年军已经顺利完成了一空大师交给他们的任务。同时，西凉军来得真是及时，如再迟些，这些土匪们狗急跳墙，少年军能不能继续抵挡得住，恐怕就很难说了。纵然士气高涨，毕竟与土匪斗智斗勇一天了，再加上大家肚子饿得咕咕叫，其实战斗力也在逐渐下降……

好在他的计谋终于成功，几百少年军已经成功地将匪军死死困在此处。更让马超感到欣慰的是，二十万石官粮没有让土匪运走。马超遥望山下，脸上虽有疲惫亦有骄傲和自豪。

土匪们也是饥肠辘辘，但此刻哪里顾上考虑吃喝，谁都清楚，倘若再耽搁就真要成西凉军的祭旗亡魂了。于是，走投无路的土匪军真的狗急跳墙往少年军冲来。少年军马上避其锋芒，躲到了山上。

相比西凉军，还是少年军的威胁小很多，土匪军不顾少年军如雨般的石块，扔了粮食一窝蜂地逃起命来……

马超悄悄嘱咐陈阿虎盯住东北虎。陈阿虎嘿嘿笑道：放心吧孟起，土匪虽然过了这一关，下一关就没有那么容易了。至于东北虎，他肯定跑不了！

马超当然知道，后面还有陷阱早已为土匪军准备好了，就等着土匪们自投罗网呢。

原来，日间骊軒卫军来报，说龙首匪军大张旗鼓要来抢粮，马超一听匪军有万人之众，料想以少年军五百对万余，力量悬殊，绝对没有可战性，便托词害怕不肯进城相助，而心里已经有了计议。匪军来势汹汹，力敌无疑是玉碎瓦全的结局，不如避其锋芒另寻蹊径。主意已定，马超便带着众少年军绕过骊軒县城，抄土匪的后路去了。

果然，骊軒卫军不敌匪军，东北虎指挥土匪军轻松得手，洗劫了官仓。东北虎得意之下自然警惕心大减，刚好方便少年军在他们返回的险道上设伏。马超不敢托大以己之力就能打败万余匪军，但至少这样可以拖延土匪劫粮后进山的脚步，为父亲的西凉军驰援赢得时间。事实证明，这一个“拖”字诀用得绝顶高明！

根据山下的马蹄声和呐喊声，西凉军已经近在咫尺。少年军且战且退，躲在了山道一侧。土匪们一看少年军已经完全让开了道，都争先恐后往一线天方向逃跑……骑马的推掉了马背上驮的粮食，骑上马就跑；驾车的卸下驾车的马匹，丢下沉重的粮车，也跨上了马背；步行的兵士恨不能再生出两条腿来……

总之，这个时候整个土匪军为了逃命，八仙过海各显神通，哪有空闲去管别人的死活。至于刚刚抢来的二十万石粮食，此时简直就是累赘……东北虎也一样，他这时候也不敢乘坐大轿了，准备换上快马逃跑，可是身边骑马的军士早就没了踪影，东北虎叫骂了半天无人理睬，只好也裹在步兵群里徒步逃跑。

马超一直盯着匪首东北虎的动向，见他夹在步兵群里意图蒙混过关，便抄起一块石子儿掂了掂向东北虎脑袋上掷去，那石块不偏不倚正中东北虎后脖颈。东北虎“嗷”地叫了一声，搓着头转身寻找，看见马超站在不远处冲他比了一个抹脖子的手势，东北虎大惊，急忙掉头加快脚步跑了起来……跑了半天，还感觉后脑凉飕飕的，始终有双眼睛如影随形。

大家正没命地逃跑时，突然前方的匪军停下了，紧接着，人喊马嘶声不绝于耳。马超和陈阿虎相视哈哈大笑：土匪已经着了道儿了！

马超说着振臂一呼：少年军的兄弟们，咱们的战马在呼唤主人，大家快点动手啊！先到先挑！后到的可就没有啦！说着带头大步流星赶去。一众少年不甘示弱，你追我赶，紧随其后。

山道本就狭窄，正前方足有七八丈的路面深深塌陷，后面的土匪军赶着前面的，早先掉下去的土匪已经被后边掉下来的人和马踏成了肉泥……还有更多的土匪军被挤到了悬崖下，战马也害怕得再不肯前行一步了……

前面不断地有土匪军和马匹掉进陷坑，后面的土匪军还在往前拥着……大家都知道前面有陷阱，可还是一个劲儿地自投罗网，使劲往前面挤着……

穷寇莫追！马超带着少年军一路捡了不少土匪散落的兵器，最让他们兴奋的是大量的马匹。龙首匪军经营多年，有很多战马都是地地道道的凉州大马，尤属东北营配备最为精良。这下可高兴坏了少年军，人手牵了一匹还有剩余，更别提赶来的西凉军还牵走了一部分。

这一战大获全胜，少年军缴获各类兵器两千余件，战马八百多匹，骡子和毛驴近四百头，运粮车五百多辆，最重要的是保住了骊靬官仓的二十万石粮食。

当都护马腾赶来，看到的是一片狼藉里少年们欢呼雀跃的笑闹。马超牵着一匹白马站在人群外，银盔锦袍英武不凡，夜色里浑身闪耀着熠熠生辉的碎芒。

马腾走上前，不确定地问道：小将军，你是走召小统领？

其实，马超早就看到了父亲，只不过再次见到自己的父亲，一时之间有些踟蹰。他镇定了一下情绪，上前一步单膝跪倒：天赐寺少年军统领孟起参见都护马大将军！

孟起？马腾疑惑。

马超抱拳回道：正是。师父一空大师重新给我赐名叫孟起。

好！马腾拉起孟起笑道：一空大师所赐，自然大有深意。孟起统领不必多礼。

少年军此时也来参拜，马腾皆令起身，对少年们也是一番称赞。大家正当笑意盈盈时，副统领陈阿虎推搡着一人前来道：马将军、孟起，我们抓到了一个人。众人近前一看，正是东北虎，此时的东北虎衣冠不整，被少年军绑了来见马腾。胡川上来指认道：马将军，此人名叫董天骐，原来是太守大人的主簿，现在是龙首山四虎之一的东北虎，日间正是他带着土匪来骊靬县抢的官粮。

马腾知道董天骐，也知道其人有几分才气，多年前突然神秘失踪。没想到竟是投奔了龙首山，还成了耿鄙伟康的四虎之一。马腾想到安图卧底惨死，心里对东北虎更添了愤恨，怕是安图之死与此贼也脱不了干系，便向马超道：孟起小统领，可否将这匪首交与我处置？

马超拱手：不敢不敢！大将军尽管绑去便是，横竖我们天赐寺和尚多，俘虏多了还得准备口粮什么的，你看上多少就带走多少吧。

众人听孟起说得有趣，哈哈大笑起来。马腾也不由失笑，毕竟还是个孩子啊！他欣慰地看着眼前一群朝气蓬勃的少年，心思百转：如果自己的超儿还活着，应该也正如这些少年一般大吧？或者亦如孟起智计百出古灵精怪的样子？如此想着眼底便流露出一丝黯然神伤的愁绪。别人都未留意，但孟起对马腾本就有深深的孺慕之情，捕捉到父亲此时的情绪，他恨不得立刻就上前去告诉父亲自己是超儿啊！奈何尚未到相认时机，只能将这份父子感情强压下去。于是，他拿出一贯玩世不恭的腔调对马腾说：大将军，少年军这次立功，您打算怎么褒奖我们啊？

马腾收起自己的情思，微微一笑问道：那孟起打算是要什么样的奖赏呢？

孟起冲着东北虎努了努嘴道：呶，那边那个白脸的纸老虎曾答应我，要分我一半粮食。

东北虎听见“哼”了一声，看押的两个少年一人一脚踢在他的腿上，喝令“老实点”！

马腾呵呵笑道：这可不行。官粮乃朝廷的储备用粮，是用来应付紧急战事的，也是突发天灾时百姓的救命粮。莫说分给你一半，就是任何一个人都不能私自动用呀！

孟起暗笑：难怪小时候娘亲常说父亲是个无趣的人呢，玩笑话都听不出来。原来，三岁之前他虽“三不会”，但天赋异禀，早早便记事了。此刻听父亲这样说，便翻个白眼道：那岂不是白忙活了一场？啥都捞不着！

马腾这下子真被孟起说得无奈了，他指了指前面正陆续下山的少年军：小统领此言差矣！喏，那些马匹兵器不是战利品？

孟起警惕道：那是土匪的东西，我们缴获了就是我们的，可不与西凉军相干。大将军不奖励就算了，可别打我们的主意。

马腾呵呵一笑，拍了拍孟起的肩膀：放心吧，本大将军还不至于贪图那些，除了粮食必须颗粒归仓，剩余的就全都归少年军自行支配。这样可以了吧？

孟起故意说那些话，原就是为了逼他父亲把那些战利品给他们，现在见马腾终于答应了，便眉开眼笑大声道：谢大将军赏赐！

马腾岂能不知道孟起的心思。少年军此战，以区区五百人硬是拦截下龙首匪军万余，不但保住了官粮，还令土匪损失大半，真正做到了以一敌百。

这样一群龙精虎猛的少年勇士，正是战场上的新星，是西凉军的希望啊！而一点小小的物资支持怎么能够？马腾敛笑正色：孟起，本大将军有意委你重任，你敢接吗？

孟起见马腾如此，也收起玩笑规规矩矩拱手：请大将军示下。

马腾道：少年军英勇，孟起更是智勇双全，我欲将护卫西凉境内商道的大任交给少年军担当，为的是保护来往的客商，防止他们沿途遭受劫掠侵袭，并保证其人身财物的安全。

孟起点点头道：是的大将军，匪患不消，商路难畅啊！

马腾有意考较马超：孟起，依你之见，这商路不畅的原因何在？

孟起点头回答道：大将军，河西走廊通道不畅，是龙首山的土匪在作怪，至于其他那些小股流窜的盗寇，不足挂齿。

马腾惊讶地看着孟起：想不到孟起对匪患知之甚详啊！

孟起羞赧一笑：我师父一空大师，日常总与我说起这些事，所以略有所闻。

难怪！马腾点头：一空大师真乃心怀家国的一代高僧。

孟起再次拱手道：多谢大将军对我师父的赞誉。

那孟起可愿接下这千斤重担？马腾定定地望着马超。

孟起迟疑不决，他非常想答应，这样就可以时常去见父亲了，但又想到没有征得师父同意，不该擅作主张。于是他想了想回答道：回大将军，此事干系重大，孟起不敢贸然应承。等我回到天赐寺禀明师父，得他老人家允准，再去给大将军复命可以吗？

马腾看孟起说话有礼有节，可见并非鲁莽之人，加之尊师重道深晓礼仪，对孟起更加喜爱，笑道：料想一空大师慈悲济世，断不会拒绝这般惠及苍生的请求。那我就在府城静候佳音了！

孟起点头称是。父子二人便牵马并肩下山，一番奔忙夜已将尽，天边隐隐泛出一丝鱼肚白来。哦，天要亮了。

十八、姓马名超，字孟起

匪首东北虎伏诛后，与另一匪首汤阎的头颅双双挂在骊靬城头示众，百姓们拍手称快。西凉都护马腾为了加强骊靬县官仓的戍卫，还调派了一队军士驻扎在骊靬。危机过去，骊靬城内的商业也渐渐恢复了正常。马上又到年关，家家户户也开始准备年货了，街上充满了节前的喜庆气氛和繁荣景象。

少年军大败龙首山土匪而一战成名，少年军统领的事迹或被编成贤孝段子，或排演成皮影戏，在骊靬乃至西凉府各郡县传唱。现在，在西凉府，几乎所有的男孩子都有一个梦想，就是加入少年军，成为他们中的一员。在短短的几个月时间里，少年军已经发展成了两千人马的少年军团。现在的少年军已经正式列入西凉军的序列，少年军军营也从天赐寺搬到了凉州城西门外。不仅如此，太守张鼎还和都护马腾亲笔书写文书，任命孟起为少年军统领，陈阿虎为副统领。因为孟起着狮王甲出战，惯常外罩锦色披风，所以被人们称为少年“锦将军”。

孟起带领少年军，专职护卫骊靬等郡县的安全和西域通往中原、行走在西凉道境内客商的生命财产安全。西凉府少年军成立之初，就成功地剿灭了几股散匪，真是大快人心。

现在，西凉道上无人不知少年军，无人不知锦将军孟起乃少年英雄。对于当年母亲的冤死一直耿耿于怀的马超，儿时发下的宏愿，终于有能力去履行了。这一日无事，他留了陈阿虎督令少年军在营里操练，自己轻骑便装，往骊靬城方向飞驰而去……

阿诺的墓不入胡家祖茔，静悄悄地立在山坡一处不起眼的地方。这些年一空大师不让他来扫墓，但他还是偷偷来祭拜过母亲几次，每来一次，马超的心就狠狠疼一次。初春的傍晚，还是乍暖还寒的时节，他一边用双手当铲子给母亲的坟茔培土，一边絮絮低语，就如同久未归家的孩子在母亲跟前述说自己的遭遇：娘亲，孩儿这次又没有听师父的话偷偷来看你了，因为有很多话想说给娘亲听。师父赐给孩儿字了，叫孟起，姓马名超字孟起。娘亲，你听这名字是不是很威风？反正孩儿是喜欢的。马超坐下来，头枕着坟茔边的一块石头，仿佛靠着母亲的怀抱，他的嘴角弯起幸福的弧度：娘亲，你知道吗？孩儿现在终于和父亲离得更近了，能时不时地见到他，可是他还不知道我就是他的儿子呢。师父总说还不到时机不能与父亲相认，也总说我不能时常来看你，以前我不懂为什么，但是，现在我大约知道了一点，他肯定是担心梁三阁要害我们。

娘亲，现在孩儿已经长大，是几千少年军的统领，再也不用怕恶霸欺侮了。娘亲，我现在可以保护你们了。娘亲，就在今夜，我要为你报仇！等孩儿提了梁三阁的人头后，再来祭拜你吧。马超说得动情，眼角流下来了两行清泪：娘亲，你叮嘱过孩儿流血不流泪，孩儿都记得，这些年无论遇到多少委屈也从没哭过。就这一次吧，娘亲不许怪我。等我报完了仇，孩儿从此就成了真正的男子汉了，就再也不会轻易掉眼泪了。马超说完，抱了抱母亲的坟包后，起身大踏步往城里走去。

这一夜，梁三阁召了瞎仙，在院子里搭了台子唱贤孝解闷。几个瞎仙正在唱着贤孝《凉州三怪》，唱到凉州的景致时，那唱词还有那三弦、手鼓、锣等配合得天衣无缝：

拉弓的，射箭的，
光棍伙里盯住人家的小媳妇子不放的；
马神庙里抽签的，
天赐寺里烧香的，
烧包的，还愿的，
还有跪下叩头的；
饭馆地上站着喝汤的，
滚水锅里绕着捞面的，
葱胡子，蒜瓣子，
还有红丢丢的萝卜子；
吆车的，赶牛的，

拉猴儿的卖油的，

还有拉开架势卖唱的。

……

梁三阁与一众家小看得兴起，孩子们都拍手高声喝彩。一个五六岁的孩子笑道：我听说少年军就是从天赐寺出来的，他们都会法术，可厉害了，我长大也要去当少年军。

另一个差不多大的孩子也叫道：我也要去，我也要去。

原来这是梁三阁的两个小孙子。

梁夫人瞥了一眼梁三阁的脸色，见他已经有了愠怒，便赶忙喝止孩子，之后命儿媳妇带两个孩子下去。孩子们嚷着还要看戏不肯离去，梁三阁"啪嚓"一声将茶碗砸在当地，怒骂：没出息的东西！什么少年军？什么天赐寺？都是泥腿子、奴才干的活儿。我梁家的儿郎是要进朝堂当大官的，多跟着你们的四爷爷梁侍郎大人学学！

孩子们吓得哇哇大哭，梁夫人使眼色让儿媳妇强拉着孩子们退下去。瞎仙们不明白发生了什么，也吓得停下三弦不敢再唱了。梁三阁见状，更加恼怒，站起身又喝骂了几句，甩袖往书房去了。

看梁三阁发威，别人都退避三舍，不敢近前。只有董尔权没有走，他殷勤地上前搀扶起梁夫人：姨妈，去休息吧。你可不能生气，生气会伤身体的。梁夫人朝着董尔权点点头，递了一个安心的眼神。之后，追着梁三阁也往书房去了。

老爷，好端端的值当生这一场闲气？书房里，梁夫人亲手端上一碗茶给梁三阁。

梁三阁冷哼一声：府里教养孩子越来越没规矩了，你这当家主母是怎么调教的？

梁夫人一甩帕子，转身坐下来嘲讽道：原来老爷也知道府里的规矩越来越不成体统了呀！那你就该带头做个好榜样给孩子们看呀。

梁三阁受不了夫人的强硬，怒道：真是反了，这是你该对老爷说的话吗？

老爷有把我当成你的正房夫人看吗？若不是还有那件事牵绊，恐怕你早都把后院那骚狐媚子扶上夫人的位子了？梁夫人针锋相对。

梁三阁更怒：还提那件事，若不是你死活不肯把那宝物拿出来，我还至于窝在这屁大的小破城里受闲气吗？

那你就借机生事，把那小骚狐狸趁机抬进门，让她在我头上作威作福？梁夫人带了哭腔。

梁三阁一看这架势，马上软了语气：那好，只要夫人把宝物给我，你就还是梁府里说一不二的大夫人，后院那一干婢妾要打要骂任你处置。怎么样？

我要一个不留呢？梁夫人有点不相信地问。

梁三阁咬牙点头：那就一个不留！

梁夫人这才抹了抹眼角，展颜一笑道：老爷今晚去我房里安歇，我有事情告诉你。明早我就把宝物交给老爷。

梁三阁腮帮上扯出两丝笑来，痛快道：好，夫人早该如此了。说着起身偕了梁夫人一同往后院走，却在夫人看不见的角度，露出了嫌弃的神情。

其实，梁三阁早年间对这位夫人也是疼爱有加，如珠如玉地捧着，甚至为给她的内侄董尔权报仇，还设计烧死了马腾的妻儿。当然，也是为了董尔权手上的传国玉玺。可是，等他办完夫人交代的事回来，密室里的玉玺已经被梁夫人取走另藏别处了。这些年，凭他怎么讨要梁夫人都不肯拿出来，说什么要留到自家孩子有出息了亲自献给朝廷。话虽没错，但梁三阁做贼心虚，有几次见到马腾，感受到被对方如刀锋般的眼神盯着，浑身不自在。本打算拿了传国玉玺进献洛阳，皇家治国重器失而复得，怎么也能得一个大大的赏赐，最好从此就在京师安家，再加上堂弟梁侍郎在朝堂，也不怕他马腾寻仇。可宝物却被这狠毒的妇人私藏起来，投鼠忌器，让他打不得动不得，好不郁闷。

想到这些，梁三阁心里暗暗计较一番：且先哄她高兴，等她明早拿出了宝物再收拾她。然后带着心爱的十八岁小妾去洛阳，就让这黄脸婆自生自灭去吧。实话实说，还是那小妾可人疼啊！

梁夫人也有自己的谋算：先稳住老爷，自己的儿子业已成人，到时候让他带着玉玺去京都，有这样的宝物，还怕换不来一个好前程吗？这样的绝好机会，凭什么要给别人？肯定是那些个狐狸精撺掇的，让她这几年在老爷跟前不得脸面。等这事有了眉目，一定得把那些贱婢发卖得远远的。

夫妇二人彼此提防、各有算计，脸上却都带着笑敷衍对方。

直到马超潜进梁府，冷冰冰的剑架上梁三阁的脖子，二人才从各自的美梦中惊醒。看着眼前蒙着马首面具手执利剑的刺客，梁夫人刚要尖叫，便被冷冷喝止：如果不想立即死，就闭嘴！

梁三阁惊恐问道：你、你是谁？

马超盯着梁三阁一字一顿地说：我是马王爷派来取你性命的先锋官……

马超望着战战兢兢的梁三阁，心下说：就是这个人、就是这张脸，当年污蔑我母亲，还揪着我的头发往火堆里扔，最后还下令放火烧死我们母子。直面仇敌，莫大的悲痛和恨意令马超簌簌颤抖，极力忍住才没有立下杀手，他要让梁三阁死个明白。

梁三阁壮着胆子道：好汉饶命，刀剑无眼，有话好说。你若是为财来的，要多少这就奉上……

马超剑尖上挑，一下子划破了梁三阁的脖子，有血沁出来，吓得梁夫人欲叫不敢，只能瑟瑟发抖。梁三阁见对方来了真格的，吓得不敢再说一个字，只是用乞求的眼神看着马超。

马超冷斥：谁要你的臭钱！我问你，十年前你冤杀了一对母子，你可还记得？

梁三阁又痛又惊，果然是马腾寻仇来了。可是，听声音来者应该年纪不大，他结结巴巴问道：你、你不是马腾，你到底是谁？

梁夫人在一边也听出门道来了，她急忙扶住梁三阁的臂膀，望向马超：我们老爷不曾冤杀过谁，想来小英雄是听了什么闲话吧？说着在梁三阁胳膊上掐了一把。

梁三阁马上反应过来，定一定神后忙道：不曾不曾。小英雄肯定是搞错了。

马超冷眼看他夫妇做作，利剑更逼近半分，梁三阁疼痛难忍，一迭声地叫着“饶命”，梁夫人也吓得再不敢狡辩。

有还是没有？马超审问。

梁三阁脖子上的血滴滴答答淋下来，已浸湿了胸前的中衣，他怕死，惊惧不迭道：有的、有的……

为何要杀他们母子？马超继续审问道。每问一句，剑刃就刺进一分。

梁三阁浑身筛糠，颤颤地说：是董尔权，是董尔权……他给了我一件宝物，让我替他报仇的。

董尔权是谁？宝物又在哪里？马超疑惑道。

梁三阁指向夫人：董尔权是她的侄子，是他们要杀马腾的妻儿，宝物在她手里。

马超望向梁夫人，原来当年的事与这妇人也大有干系，看着那妇人早就吓得面如土色，尤其显得面目可憎。真是狼狈为奸的一对恶夫妻！说着，手起剑落，梁三阁一颗人头骨碌碌滚落在地，腔子里喷出的污血溅了梁夫人满头满脸，妇人家哪里见过这般阵仗，“嗷”地叫了一声便吓得昏死过去了。

若在平常，马超已杀了梁三阁也该到此为止了，可是如梁三阁方才所说，这妇人恐怕才是一手操纵了当年冤假错案的罪魁祸首，如此歹毒的恶妇，岂可轻易放过？马超提剑走到梁夫人身边，脚上使了两分劲在妇人的腿上踢了两脚。梁夫人醒转，看见的是明晃晃的还淌着血滴的宝剑，几乎再次晕过去。

宝物在哪里？马超厉声喝道。

梁夫人早已腿软脚软爬不起来，但又慑于马超杀人不眨眼的凶狠，便哆哆嗦嗦用手指了指墙上一幅画，颤声道：在、在画框后面。

那幅画端端正正钉在靠床里面的墙上，掀开画框露出一方尺余长宽的暗格，马超探手进去摸到一只光滑的匣子，拉出来打开一看，里面用金黄的布帛包裹着一方玉质的印章。马超微微疑惑，这就是所谓的宝物？为一方印章也值得梁三阁谋害人命？马超本想砸了解恨，又转念一想：或许真的是什么了不得的东西吧，想必父亲应该识得，不如带回去交给他处置。想到此处，便扯下床头的帐幔包裹起来，绑在了自己的背上。

梁夫人看马超行事，揣度他应该是从哪里得了消息，专为宝物而来，眼下既已得手，或许能放她一条生路，便试探着开口：英雄，宝物你已拿到，那我……

马超冷笑一声，抄起案上的剑，“唰”一下横搭在梁夫人肩上问：怎么，不想死？

梁夫人坐在地上用手撑着往后退，只退到墙边无路可去才停住，惧怕道：不想死、不想死。求求你放过我吧，我还有未成年的孩子，他们不能没有我。

马超怒极：你有孩子，他们不能失去你。我呢？我三岁就没有了母亲，全是拜你们两口子所赐！

梁夫人怔住，突然更加惊恐万状，睁大眼睛盯住马超道：你、你、你是那个孽种？你居然没死……

话还没说完，就被马超一剑刺向胸口。马超咬牙切齿：死到临头还要污蔑我和我的母亲。告诉你，我姓马名超字孟起，今天来就是替我母亲报仇雪恨来的！

梁夫人嘴角涌血，喃喃道：孟起、孟起，原来就是你。

马超一把掀起面具，露出英俊无俦的面容，凑近梁夫人道：正是小爷，你看清楚了，死得可还明白？

梁夫人看着马超碧蓝的双眼，一瞬间血气上涌，大呕了一口浊血，终于缓缓倒了下去。

马超大仇得报，背着匣子正要离开，院里传来一声大喊：抓贼啊！抓贼啊！

马超重新扣好面具，拉开门走出去一看，大概有二三十名家丁持刀带棍守在院里，四周火把照得通明。一个管家模样的拿刀指着马超问：哪里来的毛贼，也不打听打听，竟然闯到梁老爷府上来了。

马超哈哈大笑：梁老爷吗？他人头在此，说不定你很快就又能跟去给他去当看门狗了。说着掷出去一物。

众家丁一看，可不正是老爷的头颅嘛！谁都吓得不敢再往前冲。任由马超从台阶上走下来，到院里捡起那颗人头，两旁家丁纷纷让道哪敢阻止。眼看蒙面人提溜着梁三阁的头颅就要到大门口了，管家才叫道：你杀了我家老爷，就这么走了？

马超回头：那该怎么走？带着你一起？

管家惊惧，急忙退了两步道：不不不。只是，他日老爷的兄弟梁侍郎问起，我们没法子交代呀。

马超呵呵一笑，用手指了指自己的面具道：看到了吗？这是马王爷的标志，是马神派我来取梁三阁项上人头的。

家丁们看着马超脸上那副马头面具，都诺诺连声：是马神爷爷来了，是马神爷爷来了。

马超大笑着扬长而去……

第二日清晨，骊靬城头高高挂着一颗人头，垂下来的布幔上写着：马王爷收走恶魔梁三阁人头一颗。城里的百姓，一传十十传百，都到城门口去看，然后纷纷叫好。骊靬一霸为恶多年，这下子终于被马王爷收走了，真是善有善报，恶有恶报！不是不报，时候未到啊！

十九、烫手山芋

一空大师接过马超手里的匣子，取出印章翻开一看，顿时惊呆了。一方色泽温润、碧蓝相间、背螭虎纽的玉质大印正静静地在明黄丝帛映衬下散发着端庄肃穆的清辉。一空大师内心翻腾不已，念了好几遍清心咒方才镇定下来。他双手捧起大印去看底部文字：受命于天，既寿永昌。这八个虫鸟篆字，婉转浓艳煌煌雕刻其上。果然如此！一空大师赶忙将宝印包好放进匣子里，连连说道：阿弥陀佛！阿弥陀佛！阿弥陀佛！

马超看着向来镇定自若的师父这般表情，一脸懵懂地问：师父，这个东西很重要吗？

一空大师点头道：非常重要，……孟起，事关重大！你得把得到它的过程，细细地讲给为师听。

马超本来不想把去骊轩寻仇的事告诉任何人，但一听师父说事关重大，便老老实实说了：师父，这东西是徒儿从梁三阁府上拿到的。说话间，马超偷偷觑了一眼一空大师，见师父示意他继续说，才又回道：昨夜里徒儿潜进梁府，想为我娘亲报仇。审问当年冤杀之事时，梁三阁无意之中交代出来，说是有一个叫董尔权的人给了他这个东西作为交换，让他杀我们母子。还说这是无价之宝，当时藏在梁三阁夫人卧寝墙上的暗格里。徒儿不识得是什么东西，但听着是宝物，本想拿去给父亲，又觉得先让师父看过后再处置不迟。所以，就带回来了。

一空大师叹了口气：那梁三阁可是被你杀了？

马超惊讶地问道：师父怎么知道了？

一空大师苦笑道：天亮便有早起供奉的香客在谈论此事了，还说是马王爷从天上派的神仙收了恶霸，为师一猜就是你。

马超"扑通"一声跪下：师父，徒儿不孝，又没听你的话。昨日是寒食节，徒儿去拜祭母亲，想到当年之事，实在愤恨难当。然后就趁夜去寻了梁三阁，报了杀母大仇。

一空大师扶起马超，洒脱道：杀便杀了吧。虽说出家人不造杀孽，但谁说惩恶锄奸就不是大慈悲之举呢！说着拍了拍马超的肩，继续道：以前不让你去祭拜你母亲，是因为梁三阁本来对你的身份有所怀疑，万一你偷偷去上坟落了他的圈套。而你还小，怕应付不了他呀。还有，我本来不想让你去寻仇的，诚所谓冤冤相报何时了啊？可你命中注定一辈子为了正义要杀生，所以，你把这个恶人杀了就杀了吧……阿弥陀佛！

马超挺了挺胸，皱着鼻子回道：师父您看，徒儿现在长大了，不怕任何人欺负了！

一空大师呵呵笑着打趣道：是啊，孟起长成大小伙子了，现在还是少年军的统领，锦将军，看看你有多厉害啊！

马超腼腆起来，拿出也只有在师父跟前才有的十足小儿女情态，拽住一空大师的僧袍袖子道：师父打趣徒儿，徒儿不依！

一空大师任由马超耍赖，面上却是一派“吾家有儿初长成”的骄傲和欣慰。半晌才正色道：孟起，你回天赐寺，可还有人知道？

马超打了一个呵欠：徒儿连夜从骊靬赶回来，应该没有人看到吧。怎么了师父？

一空大师拍了拍案上的匣子道：这东西的确是无价之宝，师父也不敢擅作主张处置它。你去请你父亲过来，我们商议一下。

马超一夜没睡，此时困得不想动，磨蹭道：师父，明天去请我父亲不行吗？或者我回凉州城的时候带过去也一样。

一空大师端正了脸色道：越来越不遵师命了，为师让你即刻就去。

马超看师父生气，再不敢油嘴滑舌，赶紧打起精神应是。一空大师到案前写了寥寥数句，交给马超嘱咐道：快去快回，路上不要耽搁。见了你父亲把此信交给他就好，除此之外，不要跟任何人提及你去过骊靬的事，匣子里的东西更不能泄露只字片语，知道吗？

马超点头应道：师父放心，徒儿记住了。说完拜辞而去。

一空大师关上房门，抱起匣子开了密室往里面去了。

是夜，龙首山匪首耿鄙伟康，亲自率领土匪军三万余人，包围了天赐寺。天赐寺的少年军全部驻扎在凉州西门外，一空大师带着众僧侣没有办法抵抗，只能困于寺中。

耿鄙伟康乃羌人血统，他的生母是昔日都护董天伦的庶女，与羌寨头领联姻时嫁到了陇西。耿鄙幼时羌寨内讧，父母便带他投奔西凉府，寄居在外祖董天伦府上。长大后因机智骁勇，被董天伦提为护羌校尉，后来又受命秘密去了龙首山，统领匈奴降兵和后来招降的土匪兵共十万之众。最终却因为董天伦的失败而功亏一篑，沦落成了正儿八经的土匪头子。

最近，龙首山屡屡受挫于天赐寺少年军不说，而且东北虎、汤阎及其部众也被少年军所杀。这一系列的事件均让耿鄙暴跳如雷。现今又有董尔权来报信，说是梁三阁手上的宝物被少年军窃取，现在已经到了天赐寺。听到这样的消息，耿鄙再也坐不住了。于是，他亲率三万精锐，连夜下山包围了天赐寺，誓要夺到宝物，并将少年军一网打尽。

耿鄙问身旁蒙着面的董尔权：你确定那人正在天赐寺？

董尔权点头回道：我昨夜尾随他而来，看着他进了天赐寺的，绝对不会错。

那就好！耿鄙命随同来的西南虎道：去，给我撞门，看那一空和尚出来不出来！

西南虎领命而去，少顷便有十余匪兵扛了一棵巨木，直往天赐寺山门撞去。两声巨响过去，寺院大门应声而倒。耿鄙伟康哈哈大笑：说什么神迹显圣，这还不是照样不堪一击吗？说着抬步往寺院走去。

一空大师神态肃穆地站在高高的大雄宝殿台阶上，身后是寺里的一众僧俗弟子，俯视着闯进来的耿鄙念了一声佛号道：阿弥陀佛！施主毁我山门，强闯而入不知何故啊？

耿鄙呵呵笑道：大和尚，你就不要明知故问了。昨夜你这庙里可曾来过一人？他带来的东西在哪里？

一空大师心想：孟起的行踪果然让这帮歹人知道了。面上却不动声色道：禅院大开方便之门，广结善缘，每日来往的何止一人两人，却不知施主说的是谁？

耿鄙一下子沉不住气了，翻脸道：结善缘？我看是招来杀身之祸还差不多。废话少说，把人和东西交出来！

一空大师淡定反问：人和东西？是什么人又是什么东西？

老秃驴，敬酒不吃吃罚酒！耿鄙气急败坏叫道：给我搜！

匪兵得了命令，呼啦啦四散开冲入寺院各处进行搜查。一时间打砸翻拣，把个平和肃穆的禅堂宝刹弄得七零八落……僧人们看得义愤填膺，想要冲出去阻拦，一空大师严命不可轻举妄动，土匪都是杀人越货的亡命之徒，这次又有耿鄙亲自出山，稍有反抗就有可能血溅当场，还是避一避吧！

半晌，有匪兵头子西南虎来报，说什么都没搜到。耿鄙坐在大雄宝殿的供案上，目光阴冷地盯住一空大师：说吧，东西在哪里？

一空大师摇头道：实在不知是何物，老衲如何说得出来？

找死！耿鄙跳下供案，一步跨到一空大师面前，揪住他的僧袍领口威吓道：今天不交出来，我就屠了你这寺庙。

僧人们一听耿鄙口出狂言再也忍不住，纷纷上前围到一空大师身后，摆出一副拼命的架势来。一空大师赶忙大喝：都退下，不得妄动！

那边匪兵却已刀剑出鞘，眼看就要有一场杀戮，一空大师无力地叹了一口气。

急报！急报！禀报龙王爷，西凉军来了！正在这时，一匪兵跑进大殿高声报道。

耿鄙松开一空大师的衣服，咬牙恨道：又是西凉军！难道他马腾能未卜先知，每一次都来抄人后手？说着命令西南虎带人去应战，他自己却转身继续逼问一空大师：老和尚，你这寺庙马上就要血流成河了，还不肯将东西交出来吗？

一空大师一听西凉军赶到，就知道是马超将书信送到并请了他父亲来，耿鄙不知就里以为是早有防备，其实这次他只是碰巧罢了。西凉军已到，一空大师更加淡定，便再不理睬耿鄙，拉过一张蒲团坐下自顾自闭目念起经来。众僧人看方丈有恃无恐，也跟着在一空大师身后席地而坐，大殿里顿时响起一片“嗡嗡”的诵经声。

耿鄙气急败坏，恨不得立刻下令处死这帮和尚，但想到董尔权所说的宝物，看情形或许真的已经落于一空手里，既然宝物还下落不明，这帮和尚就不能杀。还有，这西凉军究竟来了多少，他的三万人马能不能抵挡得住？

……耿鄙正烦躁得团团转，却见一个年轻的土匪走过来道：龙王爷，小的有一个主意，不知当讲不当讲。

耿鄙看对方并不面生，正是年前上山不久的一个小喽啰，上次就是他报信说天赐寺里有个小孩是马超，当下缓了面色颔首道：你说来听听，若能帮到爷，回山就升你为百人将。

小土匪忙不迭谢恩，然后指一指一空大师道：那个老和尚是少年军统领孟起的师父，少年军如今归属马腾的西凉军，龙王只需将这老和尚抓起来推到阵前，那西凉军必然有所顾忌。如若不然，就一刀砍了他的头，连带杀光一寺院和尚，不信他西凉军不退。耿鄙哈哈大笑：好！就依你所言。你这小子够狠啊，亏得还是天赐寺出来的，欺师灭祖的事都能做。

众僧人一听大惊，抬头看向此人，竟是早被逐出寺院的青竹，想不到他已投靠了龙首山。青竹吆喝了三五个土匪去绑一空大师，众僧人自然不答应，一下子都拥到一空大师身边，并指着青竹大骂起来，不外就是些忘恩负义之类的言语。

青竹满脸的戾气，拔刀就向其中一个和尚砍去，那僧人不及防备，一刀正中其腹部，顿时鲜血四溅仰面倒地。一空大师拨开众人，走到倒下的僧人跟前探了探鼻息，看来是活不成了，便双手合十：阿弥陀佛！阿弥陀佛……

大家都是朝夕相对的师兄弟，见青竹杀死了他们的师兄弟，都面露哀戚，双手合十念起了《往生经》。青竹显然不耐烦听和尚们念经，举着血迹未干的刀大声道：一空老和尚，还不过来乖乖受绑？

是可忍孰不可忍！好几个僧人向青竹扑来，一空大师急忙喊回却已经来不及，赤手空拳怎么奈何得了土匪，一个个又被青竹砍翻在地。

耿鄙冷眼旁观，竖起大拇指笑道：青竹小子干得好！爷改变主意了，现在就提前升你为百人将。一众土匪也拍手叫好。这杀红了眼的青竹更加丧心病狂，一连又砍伤了几个和尚，然后直奔到一空大师面前。正要伸手去抓时，一旁的风竹冲出来张开两臂死死护在一空大师身前，看着青竹道：青竹师兄，你不能动师父！

青竹冷笑：我道是谁？原来是从小受了欺负连屁都不敢放的风竹脓包啊！

风竹从来胆小怕事，此时被青竹一笑，便战战兢兢颤声道：青竹师兄，看在从小一起长大的分儿上，你不要抓师父，也不要杀师兄弟了行吗？

我呸！青竹啐了一声，指着一空大师道：别提什么情分？他眼睛里只有那个野种，从小到大，好的东西什么时候有过我们的份儿？

青竹争辩：你说得不对，孟起他不是野种，他是……

他是老和尚偷着生的野种！青竹打断风竹的话，惹得一干土匪哈哈大笑。

风竹气得涨红着脸说不出话来，看着面前青竹嚣张的样子，忍不住“啪”的一声狠狠往青竹脸上扇了一记耳光。

风竹！一空大师急忙拉住风竹，并把他拖到了自己身后。

青竹吐掉了嘴里渗出的血沫，阴狠地盯着一空大师道：放心，我现在还不杀他。留着他的狗命还要引蛇出洞呢！说着叫了几个土匪，将一空大师和风竹绑起来推着出了大殿，直奔两军对垒的阵前而去。

在莲花山的山道上，马腾正指挥着西凉军一路攻上来。夜间接到孟起带来一空大师的信函，打开一看惊疑莫名，若事情属实，那真是惊天之闻啊。便再不敢耽搁，连忙点了一营兵马，会同孟起麾下的少年军，火速往天赐寺而来。果然不出一空大师信中所料，龙首山的土匪已然得了信报提前赶到了。马腾一边催促兵将强攻，一边担起心来：但愿来得不算太晚，不至于伤及一空大师和寺里僧侣的性命！

西凉兵久经沙场，个个兵强马壮，再加上熟悉地形，所以没有打上几个回合，龙首山土匪军便节节败退，退回到了天赐寺内据门而守。耿鄙走到大门口看了一眼狼狈逃窜的龙首山土匪军，左右开弓“啪啪”扇了西南虎两个大耳刮子，骂道：废物！每次你都这么没用！西南虎捂着脸不敢辩解，但心里却嘀咕：不是老子没用，实在是西凉军太厉害啊！

正所谓仇人见面分外眼红！耿鄙伟康看着阵前的马腾咬牙切齿道：为何处处都有你马腾？

马腾马上想起了安图的惨死，也恨声回道：处处都有恶人恶事，便处处都有正义正道！耿鄙，你烧杀抢掠无恶不作，竟连积善乐施的禅寺都不放过，可见你毫无一点人性可言，已经到了人神共愤、无以复加的程度！

耿鄙又要发作时，军师把手心里的一个“忍”字让耿鄙伟康看了看，后者这才想到了今天来的目的。于是，他心平气和地说：马腾，我与你仇深似海！只能在刀枪上了断。不过，今日我们暂且把私怨放一放……是这样，我来向一空大和尚讨要一件物事，你完全没有必要掺和。

马腾呵呵一笑，假装不明白耿鄙话里所指，疑惑道：自古以来，只有往寺院布施的，却不知道寺院里有什么物事是值得你惦记的？

耿鄙自然不能说是为了传说中的宝物，只能蛮横不讲理：这个你管不着。

马超这时候已经知道耿鄙一定是为了那枚印章而来。他只是看不惯耿鄙伟康这种躲躲闪闪的做派。两军对阵，应该以武力论输赢。再说了，耿鄙伟康已经闯进寺里行凶了，到现在为止，他还不知道师父和师兄们到底怎么样了呢？想到这里，马超大声喝道：耿鄙，废话少说，有本事我们大战三百回合，你看怎么样？

耿鄙一看说话的小将，身形高挑、面容俊美，虽年纪尚小但一身正气、卓尔不凡，令人看着就无端生出一丝好感来。正要问问姓名时，青竹在他耳边道：龙王爷，这个就是孟起，以前叫走召。

原来又是另一个大仇人，耿鄙刚有的一点欣赏瞬间荡然无存，瞪着眼睛道：你就是那个屡屡挫我龙首兵将的孟起？

马超对耿鄙毫无客气，倨傲道：正是小爷！

耿鄙哼哼冷笑：来得正好！说着转头命令青竹道：把人带上来。一空大师和风竹被土匪推推搡搡带到了阵前，马超见状，提了枪就要上去解救，却听耿鄙喝道：站住！再上前一步，我就立刻杀了这老和尚。

马超抬眼看去，一把明晃晃的刀正架在一空大师脖子上，而握刀的不是别人，却是青竹，马超愣住了。

此刻青竹狂妄地盯视着马超，阴恻恻笑道：走召师弟，从小你就受尽宠爱，这老和尚简直比你亲爹还疼你，莫不是他真就是你亲爹吧？众土匪大笑。

你放屁！马超吼道：青竹，当日我就该追下山去杀了你这悖逆小人。师父待你恩重如山，你竟然恩将仇报！

青竹也怒道：你才放屁！他若待我如待你一般亲厚，何至于将我逐出山门。

那是你劣迹斑斑咎由自取，今日更不应该投靠土匪，反来祸害师门。马超又走近几步道。

青竹忌惮孟起，大喝一声：别动！再动我就真杀了他。

马超也有顾忌，不敢拿师父的性命当赌注，只好乖乖站住，问青竹：你这是专门回来泄愤的？那好，你放开师父和师兄，把我绑去。

青竹不敢擅作主张，向耿鄙看去。耿鄙哈哈笑道：果然还得是窝里反了才有趣！青竹你这小子够狠，爷越看越喜欢你！

青竹谄笑着回道：小的多谢龙王赏识！龙王爷，这老和尚怎么办？

耿鄙转了转眼珠，反问青竹：依你看，该怎么办？

青竹看了一眼马超的着急模样，刻薄地说：让西凉军撤出莲花山下三里地，不然咱们就杀了一空。龙王爷您看可行吗？

耿鄙鼓掌赞同：好好好！就这么办。青竹小子，这次你立功了，将来我必定栽培你成为我龙首山的擎天一柱。耿鄙望向阵前，笑道：马腾，你也听到了，一空的命就在你手里，西凉军撤与不撤给个痛快话吧。

马腾自然不能轻易妥协，也不想让一空大师有任何闪失，但情势所迫，耿鄙穷凶极恶，今日不退兵恐怕真的难以周全。但受胁迫退兵这样的举动，会令士气大落，自己心理上也极难接受。犹豫不决中只好向马超征询：孟起，你看呢？

马超想的其实与他父亲一样，只不过他更倾向于亲情，也更害怕耿鄙和青竹伤害一空大师。便咬牙道：那就退兵吧。

不可！一空大师急道：孟起不用理会师父，不能退兵。放虎归山，后患无穷啊！

青竹狠狠地将刀往前一推，一空大师脖子上瞬间沁出血珠，马超急呼：师父！转而对着青竹瞪眼咆哮：青竹，你敢！

你不听我们的，试试！青竹威胁道：不是师徒情深吗？我倒要看一看这情有多深？

马超定定地看着一空大师，尽管师父一再摇头表示不赞同，他却不能置师父的安危于不顾。他想父亲也会体谅他的难处，便头也不回地向马腾大声道：请大将军下令后撤。

马腾看着这一幕，早有感动在其中，好男儿自当重情重义！他对孟起更加欣赏了，开口应道：好！三军听令，准备退兵……

师父快走！突然听到一声大喊。

众人朝着喊声看去，不由得怔在当场。原来风竹趁土匪的注意力都在前方，瞅准时机挣开了看押他的匪兵，从斜后方冲上来一头撞在了青竹的后背上。青竹不防备，在风竹的全力一撞下，连人带刀俯冲出去四五步。就在这电光石火的刹那间，马超全力掷出手中的枪直刺青竹，而自己猛的一个纵跃已将一空大师稳稳接住，并护送到了自己的后边。

马腾久经沙场，自然应变力极强，一空大师既已脱困，便再没有掣肘，当下一声军令：西凉军全力出击！

青竹已死，耿鄙伟康又失去了一空大师为挟制，匪兵抵不住西凉军的强攻，一时间方寸大乱，只能且战且退，往寺院后山撤退。

马超安排人照顾受了伤的一空大师和风竹师兄，自己抄起一把剑就追着耿鄙杀去。土匪虽然人多奈何人心不齐，下山的路又被西凉军堵死，本已怯了几分，更有孟起刀枪不入的震慑，哪个还敢恋战？都只顾自己逃命。马超带着少年军誓要为一空大师和众师兄报仇，依着从小就熟悉寺院一草一木的优势，一路追击拦截，正好像猛虎入羊群，将土匪军打得抱头鼠窜。

耿鄙也下令让西南虎带兵拼命抵抗，自己则带着一队心腹先从后山撤离。这一战损失惨重，土匪军被杀被俘者两万余，西南虎也在混战中死在西凉军手里……最终，逃回龙首山的土匪军剩下了不足千人。耿鄙清点人数，看着逃回来的残兵败将，气急攻心生生吐出一口血来。暗想：龙首军屡次损兵折将且伤亡过重，看来再不能与西凉军正面交锋了……

天赐寺僧俗在少年军的帮助下，洒扫归置，又恢复了往日的井然有序。一空大师率领僧人诵经持咒，超度遭难死去的弟子。

当夜，马腾击退耿鄙匪军后，打发副将带兵回营，自己随一空大师来到住持禅房。拨开被土匪翻得七零八落的物件，一空大师打开密室，马腾惊讶片刻，而后跟随见怪不怪的孟起与一空大师走进了密室。

马腾本就很惊讶天赐寺内居然有偌大一间密室了，看着一空大师小心翼翼从一个匣子里捧出来一件宝贝递到他面前时，仔细端详后一语道破：是传国玉玺？！

一空大师点点头：一点都没错，正是秦朝始皇帝传下来的镇国之宝！你看看，它色绿如蓝，通体润泽，虎纽螭背的宝印缺了一角，用赤金镶嵌补全，相传为前朝王太后摔坏所致，而印文“受命于天，既寿永昌”八个大字，确乃秦时虫鸟大篆。

马腾捧着玉玺愕然半晌，才问一空大师：大师，此物因何到你手里了？

一空大师面色郑重，看了看马超：是孟起从梁三阁府上得来。

马超不解，这一方印鉴为何让师父和父亲都面露骇异，差点便将去梁三阁府上寻仇的事和盘托出。于是急转改口道：前日，得到密报说土匪探子出现在骊轩城里，我就独自悄悄去查，一路尾随那人到了梁府。无意之中听他们说什么宝物，我就耐着性子等到夜深，然后去梁三阁卧房里逼他交出这东西。梁三阁交代说这是他夫人的内侄董尔权给他的。我也不认识是什么，就带来给师父看，师父便催我去请大将军来。

马超说完，看他父亲没有怀疑，便悄悄嘘了口气。

此时，马腾心思全在玉玺上，突然听到董尔权的名字很有些吃惊。董尔权是昔日董天伦的心腹管家，从大牢里逃脱，怎么居然又出现在了骊轩县，还和传国玉玺牵扯上了干系？看来当年他是瞒天过海了，而这宝物定与董天伦有关，怪不得那厮想要割据称王，原来是得了这般重器！马腾只管看着玉玺皱眉沉思，他也是第一次亲眼见这天子御用之物，之所以能肯定是真的，是因为祖上世代为官，早年间还是天子近臣，家里藏有若干道皇帝亲赐的诏书，上面盖着的印信正是出自这方宝印。但近些年马家人丁凋零，自父亲捐躯后，已经很多年不曾得到过皇帝诏令了。

这等宝物理当供奉在天子御案之上，或者密藏在国库重地，不想竟然离奇出现在边塞之地的西凉，此刻正捧在自己手上。马腾思及此，突然感觉这方大印分量沉得他无力端稳，就连起初冰凉的感觉也一下子变得烫起手来……

马腾慌忙将玉玺放进匣子盖起来，半天方才闷闷地开口，却是一脸的苦笑：

大师，你这是让我进退两难啊！

一空大师观马腾神情，已知他识得此物，也分析了这件事的利害，他顿觉安心不少。便向马腾道：将军，这的确是一个难题。因此，才赶紧让孟起去请了你来。

马腾已从震惊中渐渐回神，看了一眼马超道：孟起恐怕还不知道自己带回来的是这样一个宝贝吧？

马超看了半天他父亲与师父的神色，也非常好奇到底是何物，便问道：孟起的确不知，恳请将军相告。

马腾这才慢悠悠地将传国玉玺的来历，和它对于皇室的重要意义细细讲给马超听。原来这个宝贝竟然有如此大的来头！马超咋舌不已，又抱过匣子来，重新取出玉玺一边翻来覆去地看，一边嘟囔：也看不出哪里神奇来啊……

一空大师嘱咐马超小心，也任由他捣鼓，转头去与马腾商议起了这玉玺的归处。

马腾面沉如水，皱眉道：大师，幸好你识得这印信，否则一旦流落出去，或者落于歹人之手，我西凉府恐怕从此将永无宁日了。

一空大师点头道：正是如此！老衲也是偶尔翻阅史志时，看到过关于这方宝印的记载。那日甫一见到，惊骇莫名，又不敢确定真假，便打发孟起去请将军来。那耿鄙消息真灵通，倘若将军迟来半日，老衲真不敢设想会如何。

马腾知道一空大师说的都是实际情况，若耿鄙以全寺弟子的性命相要挟，一空大师自己可以置生死于度外，但又真的能眼看着一众弟子为此殒命吗？想一想，真是后怕。庆幸道：还好孟起送信及时，大师也开诚布公。若大师信上不说是受命于天的宝物字样，马腾也不会十万火急赶来。

一空大师点头道：阿弥陀佛！还是将军肯信老衲，否则也是枉然。

大师乃大德高僧，自然德行如一。马腾拱手道。

一空大师同样松了一口气，和缓道：将军想好了吗？宝印确实非常棘手，如何处置关乎万万人的身家性命啊！

是啊，此事关系重大！皇家遗失传国重宝，相当于没有正统传承，秘而不宣多年，想必也正是考虑到此事传扬出去的后果。如今黄巾大乱，朝廷疲于应付叛乱，不得不与诸侯王妥协。而中原各地的诸王趁机拥兵割据，皆有窥伺大宝之心，只是缺少一个名正言顺的借口而已。倘若这个节骨眼上，皇帝丢失传国玉玺一事泄露出去，只怕犹如滚油锅里掉进一滴水，只会令动荡的时局更加危急。战事一起，天下大乱，多少百姓将要流离失所、惨遭屠戮？即使西凉府这等边陲之地也不例外，那些异族必然群起而犯。何况，一旦把传国玉玺在西凉的话传出去，恐怕西凉府一夜之间就会变成众矢之的。

届时，因为一方玉玺的争夺，将会把无端的战火引到西凉，使得西凉府民不聊生、血流成河，那我等便是千古罪人。马腾将自己的分析和担忧说给了一空大师和马超。

一空大师接着道：眼下耿鄙伟康虽已退守深山，但董尔权尚在逃，难保消息不泄露，这宝物对于皇家来说是宝，对其他人则是灾祸，要处理得越快越好！

谁也没料到当年一时不慎，让那董尔权脱逃后还捅出这么大的娄子来。可是，此物虽属皇室，但怎么送却是个大问题。天子岂肯承认遗失国宝这个事实？那不是徒添昏名吗。说不定为了掩盖事实，将知情者杀人灭口也不是没有可能。为此，马腾头痛不已。

一空大师颔首道：将军所虑极是！但有许多人不明白这里头的曲折，譬如那梁三阁之流，还以为拿着这宝物往朝廷一递，从此就能平步青云了呢。真正是鼠目寸光。

马腾长叹一声，没有言语。

看着父亲和师父一筹莫展的样子，马超这才知道，他带回来的这东西竟然如此麻烦。马超挠了挠头，冲口而出：这玩意儿既然留不得，那便悄悄地送还给皇帝不就得了。

马腾与一空大师齐齐向马超看来，马超赶紧住口，以为自己说了什么忌讳的话。却见马腾与一空大师对看一眼，面上都露出笑来。马腾笑道：怪道说童言无忌，童言里也有真理呀！

一空大师亦笑道：毕竟旁观者清。我们是身在局中，反而颇多顾忌。

马超一脸懵懂，疑惑地问：师父，我说错什么了吗？你们怎么这样看着我？

孟起，你一语惊醒梦中人。给我们解了一个大难题啊！马腾走上前，拍了拍马超的肩膀。继而又对一空大师道：大师，既然难题已解，马腾这就告辞了。宝印暂时还存于大师这里，等我回去再与太守大人商议个万全之策，看如何神不知鬼不觉地把这个扔出去……到了那个时候，我再来叨扰。

一空大师颔首：将军放心自去，老衲必定舍命相守。

马腾起身告辞，突然又若有所思道：大师俗家姓名可是叫罗驷？

一空大师了然笑道：正是方外俗名。

马腾动容，对着一空大师深施一礼：大师高义，请受马腾一拜。这一礼迟了十几年，与今日之事一并拜谢，大师对我西凉府，对江山社稷和百姓的安定实在是居功至伟。

一空大师笑道：将军记忆力惊人，想不到十几年前的事还记得。

马腾朗声笑道：当年若不是大师及时传信给太守，董天伦或许已经起兵，我西凉百姓哪还有如今这般安宁的日子，所以大师的那份信函太重要了。昨日，孟起来送信，我看到信笺上的字迹便觉得眼熟。直到方才，终于判断出应该是大师的手笔。

一空大师也不客气，双手合十郑重地宣了一声：阿弥陀佛！

马超不知道父亲与师父还有这些渊源，暗暗想着：等会儿得让师父讲一件这件事呢。

拿定主意后，三人这才从密室出来，马腾下山往西凉首府凉州城而去。而马超则奉命留守莲花山，带少年军驻扎在天赐寺。至于传国玉玺之事，大家讳莫如深，再不敢提及。

二十、偷得浮生半日闲

经此一役，龙首山再次损兵折将，土匪们也吓破了胆子，匪首龙王和剩下的几个小头目再也不敢随便出山了。饱受土匪祸害的西凉百姓终于不用整日里关门闭户、提心吊胆地过活了。骊靬县城里又恢复了往日的热闹景象。

马腾那日回城向太守张鼎禀明玉玺一事，将张鼎也惊得不轻。镇国之宝在西凉出现，简直是西凉百姓的催命符啊！便赶忙商议妥善的处理方法。正如马腾所说，宝物必须送归朝廷，但中间要做到十二分的小心。送得高明就是一场莫大的功劳，皇帝感念忠心之臣自有封赏；若送得不好，反而会适得其反，这齐天的富贵，也不知有没有命享受。

计议再三，张鼎想到了他的族兄张浦。张浦也是西凉府人士，早年间举家迁往京师，因其女儿入宫为妃受皇帝宠信，张浦官拜太尉，在皇帝跟前有几分颜面，在朝堂上官宦们也颇多忌惮。若此人肯从中斡旋，事则成矣。只是，多年未曾来往，不知道人家还愿不愿意担这风险？张鼎只能抱着试一试的态度，修书一封交由马腾带着去洛阳，希望张浦能念着故土危亡而施以援手。

马腾接了太守手书，携带传国玉玺以进京述职为名启程往洛阳而去。他不担心自己的性命，因为父亲伏波将军有一块金牌留给他，亦曾对他说过，那是先皇赐给他家的免死金牌，让他悄悄藏起来不要告诉任何人，危急时刻可以拿出来保命之用。当年从天水郡来西凉府，他便将金牌暗暗带了出来。这次到京城献玉玺，风险重重，希望能用得上。想起去拿玉玺时，孟起看他的眼神和一脸的担忧，马腾心底里有一片柔软。每次见孟起，都有种特别亲切的感觉，若平安归来，就收这孩子做个义子吧。马腾想。

少年军将领“孟起”这个名字从此家喻户晓，连带着天赐寺的香火也越发旺盛。县令胡川与一空大师、马超的关系也在不知不觉间近了许多。

这一日，胡川处理完公务看天色尚早，便带着几名随从去了天赐寺。莲花山上依然景色宜人、山峦秀丽，一棵棵松柏苍翠挺拔，宏伟的殿宇香雾缭绕。胡川到马神庙给马神爷烧香、磕头后，来到了天赐寺一空大师的禅房。

房门敞开着，胡川看见一空大师和马超正在里面下棋。师徒二人正杀得难解难分时，只见一空大师落子如飞，很快占了优势。马超举着棋子摇摆不定，始终想不出破解的方法。就在他苦思冥想的时候，一空大师起身往茶案走去。马超登时喜笑颜开，眼睛偷瞄着师父的同时，手下飞快地拿起了师父的一颗棋子塞进了袖子里。一空大师喝了口茶刚转过身，就看见马超落下了思量半天的棋子：哈哈！师父，徒弟想出破解的方法了。

一空大师微笑着走到棋案跟前，看到棋盘后，脸上的笑意僵了，拉长声音说道：孟起，你又偷了为师的棋子！

马超见师父识破了他的小把戏，只好乖乖取出藏在袖子里的棋子，然后起身拉住了一空大师的衣袖：嘿嘿！师父，徒儿以后不敢了！谁让师父你老人家棋艺这么高，徒儿跟你下了多少次了，一次都没赢过！

说着，抱住一空大师的胳膊来回摇个不停。一空大师被这个小徒弟磨得也没了脾气：好了，好了，师父这把老骨头都快被你摇散架了！这么大的人了，怎么还跟小时候一样没个正形！

马超看师父并不生他的气，这才讪笑着松开了手。胡川站在门口，看着马超像个几岁的孩童一样顽皮，有些不敢相信。没想到在战场上沉着冷静、智勇双全，令土匪闻风丧胆的少年军统领，在一空大师跟前却是这般的天真顽皮。便哈哈一笑，走了进去：大师，你们师徒俩正在切磋棋艺哪！

一空大师和马超见胡川进来便起身相迎，胡川向一空大师施礼：叨扰大师雅兴了！

一空大师双手合十：胡大人客气了！快快请坐。

马超这才向胡川行礼：晚辈拜见胡大人。

胡川见马超脸上淡淡的没有什么表情，心里多少有些别扭。虽然最近几回马超见到他不像往常那样冷淡了，可任他如何热络，马超依然是客气地与他保持着距离。这让胡川心里十分纳闷，不明白这个孩子为何对他的态度不同于其他人。

一空大师看到胡川脸上不自然的表情，也知道胡川的心思，于是岔开话题：不知胡大人今日到访有何贵干？

胡川回过神来：大师言重了！胡某只不过是来贵寺磕头祈福，并没有什么大事。

说完便从随从手里拿过三百两银子，双手递到一空大师面前：除了磕头祈福，日前宝刹受土匪侵袭，令胡某这个父母官深感惭愧，便准备了一些香火钱，还请大师收下！

一空大师客气地点头后，双手接过了银子：阿弥陀佛，老衲代全寺弟子谢过胡大人了！

二人寒暄几句后，马超便向一空大师请辞，打算出去找风竹师兄他们到后山看看。一空大师刚要答应，胡川却先开口了：孟起小将军稍等，我还有一事要说。这件事和小将军有关。

马超一听，对胡川客气地说道：孟起年纪小，胡大人叫晚辈的名字就好。不知道胡大人还有什么事？

胡川看了看马超，而后对一空大师说：大师，马腾将军上京已有几月，想来应该也快回来了。他那日临走时对我说，孟起小将军年少有为，与他甚是有缘，他有意收小将军为义子。大师以为如何？

马超被胡川的话惊到，只觉得心里一酸。嘴角抽了抽，终究没有出声。一空大师若有所思地看着马超，问道：孟起，你看这件事是否可行？

马超跪倒在一空大师的面前：一日为师，终身为父。师父就是孟起的父亲，师父如果同意，徒儿没有什么可说的。

一空大师扶起马超，冥冥之中自有天意啊！遂在他肩上拍了拍：那此事为师就替你做主了。转身又对胡川说道：请胡大人转告马将军，孟起同意做他的义子。

胡川一听高兴地拉住了马超：孟起，这么说来，我就算是你的外公了，你可同意？

马超望着胡川，心里各种滋味无法形容，脸上依然淡淡的：孟起承蒙胡大人不弃！自当遵从胡大人安排。

胡川满意地笑道：好！既然你愿意做马将军的义子，等马将军从京师归来，我们再请客设宴，举行认子仪式。真是没想到啊！孟起和马腾将军竟然有这父子之缘！

马超心中苦笑，不由得看向师父一空大师。见师父微笑着对他点头，马超知道师父的心意，便收起心里的苦涩，也冲着师父轻轻一笑。

就在这时，胡川的随从进来把一封信交到了胡川手上。胡川看了信以后眉头紧皱。一空大师见胡川愁眉不展的样子，遂问道：胡大人可是有为难之事？

胡川叹了口气：唉！这东、西大滩两个寨子又发生了械斗，这次双方已经死了上百人了。

一空大师十分诧异：啊？上百人死了？怎么会发生这样的事情？

胡川吩咐随从退下后说：大师有所不知。以凉州央钦寨主为首的东大滩，汉人牧民为主，以骊靬蓝脱寨主为首的西大滩，羌人牧民为主。这两家寨子为了争夺草原，近二十年来，年年械斗，年年死人，今年更胜往年。为此官府多次出面调停，都没有能够将此事彻底解决。我也曾亲自找过我那亲家蓝脱头领，却仍然是无济于事。

一空大师又问：蓝脱寨主既然与胡大人是儿女亲家，难道蓝脱寨主也不肯听你的劝解？

胡川摇头苦笑：不肯听我劝解也倒罢了，为了此事如今连我这个亲家都不认了。

马超在一旁听着，忍不住开口问道：难道就再没有办法制止他们的械斗了吗？

胡川望着马超说：要是有办法解决，我也就不用这般发愁了。

一空大师望着胡川，若有所思。马超接着又问：胡大人，这样的械斗是从什么时候开始的？

胡川想了想说：满打满算，到今年已经是第二十个年头了！

马超大吃一惊：竟有二十年了？那这二十年来岂不是死了很多人？一空大师沉痛地说：阿弥陀佛！罪过，罪过！

胡川一脸的无奈：是啊！我对此事也是头疼不已，基本上是束手无策。说完便向一空大师告辞回县衙。

一空大师将胡川送出房门：胡大人慢走，倘若有用得着老衲和少年军的地方，尽管开口。

胡川谢过一空大师后，急匆匆回了骊靬县衙。马超跟着一空大师送走胡川后，师徒二人对马腾远上洛阳之事担忧起来。好几个月过去了，始终未见任何消息传来。此事事关重大，那边不知道进展如何。真是让人忐忑不安啊。马超牵挂着父亲，心里沉沉的。

咻……忽然，院子外面传来一声清脆尖厉的口哨声，马超听见声音，脸上顿时有了笑意，本来酸涩和压抑的心情也一下子变得轻快了起来。风竹师兄他们肯定等急了，说好了要去寺庙后面的林子里用炮肚子打松塔。他们有个约定，谁打下来的松塔最少就给大家洗半个月的臭袜子。

马超见师父进了禅房，便轻轻地往院子外面走去，打算就这样悄悄溜出去。快到门口时，看见风竹和其他几个人果然探着脑袋朝院子里张望。他们几人见马超蹑手蹑脚的样子都捂着嘴巴笑起来，马超故意对着他们龇牙咧嘴地比画了一个杀头的动作后，放快脚步来到了门口。一只脚刚踏出门槛，就听见一空大师的声音从禅房里传出来：孟起，回来！为师有事要与你说！

马超听见师父叫他，只好又退了回来。风竹几人见马超去不了，故意做出惋惜的样子，逗得马超直朝他们瞪眼。这时，又听见一空大师叫了一声：孟起……

马超眼巴巴看着风竹他们嬉笑着走远，这才慢吞吞地进了禅房。一空大师看着马超不情不愿的模样，微笑着摇了摇头：孟起啊，你如今已是几千少年军的统领，怎的还这样贪玩？

马超看师父又要训他，嘻嘻一笑：师父放心，徒儿不敢贪玩胡闹了。

一空大师知道马超虽然有时顽劣，但在正事上却不会马虎，便“嗯”了一声再没责怪。马超倒了一杯茶端到一空大师跟前，问道：师父还有什么事情要交代徒儿？

一空大师喝了口茶，对马超说：你去收拾一下，跟为师去一趟东大滩。记得把狮王甲带上。

马超一听师父要带他下山，可把他给乐坏了。自从上次大败耿鄙伟康后，为防土匪挟怨报复，马超奉命带着少年军驻扎在了天赐寺，便再没有机会下山了。这会儿听师父说要带他去东大滩，也没多问，便高高兴兴地收拾了衣物，牵了两匹马跟着一空大师下了莲花山，往凉州城方向而去。

二十一、凉州花儿堪为媒

八月中秋，天高气爽，草原上的风景格外优美。远远望去，与草原相接的祁连山脉蜿蜒起伏，高入云天的山尖终年积雪，而草原上碧波万顷，马牛羊群点缀其中。清风袭来，会使人产生返璞归真、如入梦境的感觉。

一年一度的中秋盛会已经开始了，东大滩的寨子里热闹非凡。人们的叫喊声、欢笑声，伴着震耳欲聋的锣鼓声从寨子里传出，在草原上空回荡。

马超自小长在寺庙里，天赐寺的弟子们又大多是一空大师收留的孤儿，所以对这样的节日一向比较淡漠。今日见到这样热闹的团圆节场面，马超感到十分好奇，禁不住玩兴大起，催着师父走近寨子。

只见寨门口的校场上，两队青壮年正在举行一场激烈的搏斗。东大滩的决死队和假扮的西大滩决死队近身肉搏，双方相持不下，气势都很猛烈。校场的四周，百十个鼓手肩挎红色的长鼓，一身黑色的装扮，头上插着野鸡翎，随着时重时轻、时缓时急的鼓点腾跃翻飞。欢快的鼓点仿佛呐喊着兴奋，召唤着吉祥。在人们的呐喊助威声中，东大滩的决死队打败了西大滩的决死队。

在热烈的掌声中，校场四周顿时拥出了许多年轻姑娘，端着酒杯为这些勇士们敬酒祝贺……

马超也被这样热闹的气氛感染了，对一空大师说：师父，我也去玩一会儿。一空大师点点头：去吧，把战马交给我就可以了。马超转身，丢下一空大师就跑进了人群里，和东大滩的青年勇士们一起比试较量。很快便赢得了大家的掌声和姑娘们的美酒鲜花，一空大师望着马超在人群里玩得那样欢畅，不由得微笑着摇头道：这孩子……

到了晚上，月亮如圆盘般悬于东方的天空，整个世界都沉浸在银色的海洋里。家家户户端出了车轱辘大的饼，还有面捏的九牛二虎及其各种动物来祭拜月亮。在凉州流传着这样一个说法：在八月十五中秋节这天，只要吃上车轱辘大的饼，出征的将士们就能够凯旋，和家人团圆；吃了面蒸的九牛二虎，战士们就会变得像牛、像虎一样力大无比，并能轻松自如地打败敌人。

东大滩的牧民们把大饼和九牛二虎献给了天上的圆月，祈求风调雨顺、合家团圆。这个习俗在西凉府民间叫作望月。同时，更祈盼着东大滩的勇士们能够早日打败西大滩的敌人，让大家过上安稳的日子。孩子们在月亮下一边跑着一边唱：天爷天爷大大地下，饼蒸了车轱辘大，九牛二虎哥吃上，把西大滩的龟孙子打回家……

献罢饼祭完了月亮，接下来就成了小伙子大姑娘的世界了。草原上的两大寨子年年械斗，年年流血死人。为了繁衍后代、壮大人丁，东大滩每年中秋节的晚上都要为没有成婚的年轻人举行结对子活动，青年男女通过唱凉州花儿来对歌求偶。

草场中央的空地上燃起了巨大的火堆，熊熊的火光把每个人的脸照得红扑扑的。仰头望去，明亮的圆月挂在高高的树梢上，和这篝火交相辉映，好看极了！一阵鼓声过后，小伙子走到场地中央，亮起嗓唱开了凉州花儿：

凉州城里的钟鼓楼，
半截子在天里头，
小妹妹是阿哥的护心油，
千思万想着难丢。

姑娘们也大大方方地站在小伙子对面，用甜美的嗓音对唱：

四十里堡的甜水泉，
流出了老远，
榆木的勺勺儿把它舀干，
要想和阿哥的婚姻散，

除非是三九天明冰上长出个马莲。

……

姑娘们含蓄而婉转地告诉了对面的男子，如果两情相悦，就海枯石烂不变心；要是变了心，你除非把泉水舀干，或者是你让冰上长出马莲花来。小伙子要是对不上姑娘的花儿就会自动退下，再由别的人上来对唱。几轮花儿唱下来，小伙子们急得满头大汗，把鼓打得越发震天响。姑娘们打着锣锣，欢快地跳跃，笑得一脸灿烂……

央钦寨主的女儿，寨子里最漂亮的姑娘央馨儿在大家的簇拥下走进了场中央，一身火红色的衣裙，就像天边飘来的一朵红云。自来美人，不是温雅秀美，便是娇艳姿媚，而央馨儿却是十分美丽之中，更带着三分热情如火，三分娇憨可爱。在全场人的鼓掌欢呼声中，没有丝毫的扭捏，她落落大方地唱了起来：

背鼓子的大哥说我是今夜的王后哟，

我唱一个四六句子你给我对上来！

无颜无色是什么树哟？

有颜有色是什么树？

哎，提心吊胆是什么树哟？

挨打受气是什么树？

歌声落下，鼓子匠们打着攻鼓子跑进了场子，围着火堆跳跃翻腾。待到头鼓子打出一个停乐的鼓声，就见一个英俊潇洒的青年进了场，对着央馨儿唱道：

今夜里的馨儿小姐是王后哟，

你唱了个四六句子我给你对上来！

无颜无色是白果子树哟，

有颜有色是红果子树，

哎，提心吊胆的是长把梨树哟，

挨打受气的是核桃树！

众人听青年对上了央馨儿的歌，异口同声地拍手喊起来：结对子！结对子！结对子！

大家之所以这样热烈，是因为场上对唱的两个人，一个是寨主的千金小姐馨儿，另一个则是东大滩最英俊潇洒的男子赵青宽。此人不光相貌英俊，而且年轻有为，也是寨主央钦的大管家。在大家的心目中，赵青宽和馨儿就是天造地设的一对，只有赵青宽才能配得上寨主的千金。全寨子的人都知道赵青宽爱慕馨儿小姐，对馨儿小姐志在必得。其他的年轻人虽然有意追求央馨儿，但人家赵青宽才貌双全，又是央钦寨主最为赏识的大管家，只好放弃了追求馨儿小姐的念头，另寻心仪的姑娘。

可是，馨儿却并不喜欢赵青宽，平日里赵青宽处处讨好、献殷勤，馨儿从来没有理睬过他，每次见了都嫌弃地避开。现在当着全寨人的面，馨儿虽然心里厌恶，但也不好表现得太明显。于是，便决定再回赵青宽一首花儿，提醒他不要自讨没趣：

花椒树你不要上，

那上面的刺儿扎人哩。

配不上的鲜花你不要去摘，

不识相的话要挨一顿骂哩！

……

馨儿这就是摆明了拒绝赵青宽，可赵青宽爱慕馨儿已久，此时也顾不上在众人面前丢了颜面，一门心思想要对馨儿表明心迹。于是，他接过身旁人的鼓子背在肩上，然后左冲右突、上下翻滚，打得十分潇洒威武。赢得了全场喝彩后，赵青宽对着馨儿又唱：

“花儿”才能说出心里的话，
不唱时由不得个家。
只要你没有用刀子把我的头割下，
不死的我就这个唱法！
……

馨儿见赵青宽死皮赖脸，越发对他厌烦。鼻子里哼了一声，俏脸一仰：

上去个高山呐望平川，
那平川里有一朵牡丹。
牡丹者开花有主了，
你不要费那个劲了。
……

歌声落下，便有人开始哄笑起来。馨儿不但拒绝了赵青宽的示爱，还不留情面地把他挖苦了一番。姑娘们看着赵青宽脸红脖子粗的样子，都指着他哈哈大笑起来。赵青宽虽然感觉丢尽了脸面，心里却依然放不下馨儿。他实在想不明白馨儿为什么看不上他，放眼整个东大滩，还有哪个男子能跟他比？赵青宽心里暗暗发誓：央馨儿，我赵青宽一定要得到你！不遂心愿，决不罢休！

央馨儿被赵青宽这样一纠缠，也没了继续玩耍的心情。正打算要离开时却看见一个少年大踏步走到了场地中央：

张太守治下的西凉府，
凉州城的四门已经上了锁了。
看见寨主千金了没心思走了，

心疼着丢不下你了！

……

大家没想到在东大滩，还会出现赵青宽以外的男子敢上场和央馨儿对歌求爱，一起把目光转移到了少年身上。这少年细高的个子，五官俊美；虽是男子却皮肤白皙，棱角分明的脸上一双深邃清澈的蓝眼睛炯炯有神。此刻正双手交叉抱在胸前，毫不理会旁边一脸怒气的赵青宽，咧着嘴冲着对面的姑娘们笑。丫鬟香香一脸的兴奋，摇晃着央馨儿的胳膊说：小姐快看！那人比大管家还要好看。我看着和小姐十分般配呢！

央馨儿打了一下香香的手臂，笑骂道：小丫头胡说什么？小心撕烂你的嘴！

香香假装害怕，调皮地伸了一下舌头。央馨儿看着眼前这个看似轻狂，却又风度翩翩倜傥不凡的少年男子，不由得愣住了神，感觉有一瞬间，心跳乱了节奏。一旁的姑娘看见站出来一个比赵青宽更加英俊的男子，纷纷投来赞许的目光，并把打算要离场的央馨儿推回到人群前面，撺掇着让她和对面的美男子对歌。一向从容大方、洒脱豪爽的央馨儿被大家这样一起哄，面颊上不禁有些发烫。架不住大家的热情似火，只得略显羞涩地开口唱起来：

小哥哥上场来花儿唱的干练，

尕妹妹在场上心儿跳得慌。

一看上了哥哥的俊模样，

二喜欢上了哥哥的好身段！

……

央馨儿唱完了这一段，全场爆出了一片欢呼声，还有雷鸣般的掌声……

大家一听央馨儿唱出的花儿，就知道寨主的千金，他们东大滩最美的姑娘，对这个看起来有些特别的少年有了好感。

马超还在那里傻乐的时候，忽然就被场子里的青年连拥带抱推到了央馨儿的跟前。马超被大家突如其来的热情吓了一跳，这是什么情况？不就是和一个漂亮姑娘对了几句花儿吗？怎么还把自己推到了姑娘的跟前？再看看眼前的央馨儿，刚才还那样的洒脱、大方，这会儿怎么倒看着扭捏起来了？这里的人真是奇怪！

央馨儿望着马超有些呆傻的俊脸，忽闪着如星辰般明亮干净的大眼睛，忍不住笑出了声。这时，鼓声再次响起，央馨儿和姑娘们手拉手把马超围到了场中央，然后围着火堆，围着马超跳起了欢快的舞蹈。

姑娘们嘻嘻哈哈地笑着，轻盈的舞步伴随着欢快的鼓点，让场上的气氛更加热烈。马超还未回过神来，紧接着又被几个姑娘簇拥着加入到了跳舞的队列里。小伙子们欢呼着冲散了姑娘的队列，各自牵起了心仪姑娘的手，邀其共舞。央馨儿正一脸娇羞地等着马超来邀请她一起跳舞呢，却看见马超拉起了身旁另外一个姑娘的手，嘻嘻哈哈地在人群里乱蹦乱跳起来。这可把央馨儿气坏了，这个愣头青！刚刚还和本小姐对唱花儿，现在居然拉起了别人的手！真是气死人了！

其实，马超并不知道草原寨子里有这样的风俗，只是看着热闹好玩。在央馨儿拒绝赵青宽的时候，他看着特别有趣，就跳出来唱了一嗓子。现在又看别人都跳起舞来，这才随手拉起了身旁的一个姑娘。不管会跳不会跳，只是由着自己的心思和欢乐的鼓点胡乱蹦跶，反正难得这样开心！被晾在那里的央馨儿又气又羞，尴尬极了！一个人站在那里，跳也不是，不跳也不是。

赵青宽看着马超不仅抢了自己的风头，还使得央馨儿动心，唱出了那么深情的花儿，只恨得牙痒痒。于是他阴沉着脸，正在琢磨着要怎么整治一顿这个不识趣的小子时，却发现马超居然拉着别的姑娘跳舞，眼睛里顿时有了光。这个愣小子！正好给了他亲近心上人的机会。于是，他立刻满脸堆笑，快步走到了央馨儿跟前，拉起了心上人的手准备一起跳舞。

央馨儿此时望着别人成双成对，自己却被晾在了场地当中，不知道怎么下台。她可是全寨子最漂亮的姑娘啊！今晚却被这个愣头愣脑的坏小子害得出了丑！央馨儿心里正在恼火时，忽然发觉有人拉住了她的手。她回过神来一看，竟然是赵青宽一脸讨好地站在她的面前：馨儿小姐是草原上最美丽的姑娘！能和馨儿小姐共舞是我的荣幸！

央馨儿看着赵青宽献媚的嘴脸，越发生气，她重重地甩开了赵青宽的手，向着场地外边跑去。没承想又和蹦跶得正欢的马超撞在了一起！赵青宽眼见央馨儿被马超撞得转了一个圈，便紧赶慢赶追上前来，但还是迟了一步。央馨儿转了一圈后被马超的长腿绊住了脚，身子失去平衡，一声惊呼朝着马超的身上倒去。

马超正玩得高兴，忽然感觉撞上了人，刚要回头看看时，只见方才和他对唱过歌的那个红衣姑娘，身子趔趄着朝他扑过来。马超还没反应过来，人已经扑到了他的怀里。柔软的身体碰上了硬邦邦的胸膛，就像海绵遭遇了钢铁。央馨儿忍不住“啊”地叫了一声。本来还在蒙圈的马超，反倒被央馨儿这一声痛呼给叫清醒了。这姑娘怎的钻我怀里来了？这大庭广众的是何道理？马超想到这里，飞快地抽回了抱着央馨儿的手，身子也往后退了两步。怀里的人没有站稳，又一下子失去了重心，“砰”的一声便趴在了地上。这下场子里可更热闹了，大家看着马超那仿佛受了多大惊吓的样子，都哈哈大笑起来。

央馨儿被马超连撞带摔，半天了才晕晕乎乎坐起来。抬头一看大家都在看着他们大笑，原本一肚子的火气突然间全变成了委屈，大颗大颗的泪珠顺着粉嫩的脸颊掉了下来。赵青宽一见心上人摔倒在地上，赶忙小跑着来到跟前，丫鬟香香也从人群中挤了进来，两个人这才把央馨儿从地上扶了起来。香香一边拍打着央馨儿身上的灰土，一边着急地问：小姐，你没事吧？有没有摔伤啊？

央馨儿从小到大都是全寨人手里捧着的明珠，哪里受过这样的戏弄！此刻，她的脸色十分难看。她一把推开了扶着她的赵青宽，转身又往目瞪口呆的马超腿上狠狠地踢了两脚，然后捂着脸跑出了场外。丫鬟香香也跟着追了出去：小姐，小姐等等我……

马超挨了央馨儿两脚后，感到莫名其妙：好端端地挨了馨儿姑娘的踢，十分奇怪：我并未惹她呀！这样一个漂亮的姑娘，怎么如此暴躁无礼？唉！

真是可惜了……

赵青宽看马超搅了他的好事，还一脸无辜的样子，扑上去揪住了马超的衣领，咬牙切齿地说：哪里来的野小子，坏了小爷我的好事不说，还害得馨儿小姐出丑。你活得不耐烦了吧？

马超一听“野小子”三个字，登时火冒三丈。抬手捏住赵青宽的手腕，胳膊一扬，便把赵青宽摔翻在地。然后指着赵青宽冷冷地说道：再敢多说一个字，小爷我就叫你永远爬不起来！

赵青宽被马超摔得浑身疼痛，过了半晌才爬起来。龇牙咧嘴地指着马超：你，你……

看到马超又往前走了一步，赵青宽终究没敢再出声。在全场人的哄笑声中，他一瘸一拐地往央馨儿跑远的方向追去，走出老远后才冲着马超大喊：野小子！你给小爷等着，回头再来收拾你！

马超待要追上去再打，却被几个年长些的青年给拦了下来，劝说着拉他继续跳起舞来。看大家如此热情，马超再未理会赵青宽，很快融入到热烈欢快的气氛当中。

二十二、情窦初开

翌日清晨，一空大师带着马超走进了央钦寨主的大宅院。

央钦一听莲花山天赐寺的高僧来访，便亲自出门相接：高僧光临本寨，实乃我东大滩民众之福啊！

一空大师双手合十，回了一礼：阿弥陀佛！央钦寨主言重了，老衲路过宝地，特来拜会寨主。

央钦哈哈一笑，将一空大师让进厅内：大师快快请坐！

两个人寒暄落座后，马超走上前来，向央钦行礼：晚辈见过寨主！

央钦看了看眼前这个一身正气的少年，疑惑地问道：大师，这位少年是？

一空大师微笑着望向马超，马超心领神会，转向央钦恭恭敬敬地回答说：晚辈小字孟起……

马超话未说完，只见央钦霍地站起来，盯着马超仔细端详：哦？原来你就是名震西凉的少年军统领孟起！果然是英雄出少年啊！央钦转身看了一眼一空大师：大师啊，今日一见，这孟起小将军当真是气度不凡啊！

马超一听，赶紧说道：寨主过奖了！昨日随师父来到贵地，因一时贪玩，所以今日才来拜会寨主。还望寨主原谅晚辈的失礼之处。

央钦看马超谦逊有礼，丝毫没有居功自傲的架子，心里十分喜欢，对这位少年英雄更添了几分敬佩。于是，他拉着马超坐到了自己身旁：孟起小将军不必如此客气，我们草原上的人一向豪爽干脆，没有那么多的繁文缛节。

马超听了央钦的话，便也不再拘束，放松了挺得笔直的腰杆，随意坐下，冲着央钦嘿嘿一笑。央钦看马超为人率真、不做作，非常高兴！拍着马超的肩膀笑道：孟起小将军一看就是个直性子，倒是跟老夫一样。我们草原儿女就喜欢洒脱、坦诚之人！

一空大师见央钦对马超赞许有加，正中下怀，便也由着马超的性子，未再多说。他的徒弟他最清楚不过，虽然有时候放荡不羁，骨子里却是正气凛然，从未让他失望过。央钦正和马超攀谈得高兴，只见管家赵青宽着急忙慌地从院子里走进来，人还没有进来声音却先传进了厅内：寨主！寨子里混进了奸细，昨晚差点打死……

赵青宽一只脚踏进门槛，才发现厅内坐着两个人。一个是和尚，另一个正是他口中所说的“奸细”，惊得他硬生生咽下了后面的话。赵青宽神色瞬间一僵，随即改口：寨主，此人来历不明！寨主……

住口！央钦对赵青宽喝了一声。起身走到赵青宽跟前说：青宽，休得无礼！还不快来见过天赐寺的一空大师和少年军孟起小将军。

赵青宽听到这两个名字时，大惊失色。这怎么可能？这个和尚是一空大师，看上去仪表堂堂，应该没有问题。而这个野小子居然就是天赐寺的少年英雄孟起？这老天爷真是瞎了眼，这么个野小子怎么会是西凉百姓人人称赞的少年英雄呢？

央钦见赵青宽望着马超出神，便又喊了一声：青宽……

赵青宽仿佛如梦初醒，脸色由吃惊转成了阴沉。向一空大师行礼后，又站在了马超面前。赵青宽才不会把马超当成英雄一样来膜拜，就是这个野小子要跟他抢馨儿小姐，还害得他当众出丑。赵青宽恨恨地盯着马超的脸，从牙缝里挤出几个字来：孟起将军可是我们西凉的大英雄啊！

马超看着阴阳怪气的赵青宽，故意把头高高仰起，然后在鼻子里“嗯”了一声，并不打算跟他多说话。把赵青宽气得脸上青一阵紫一阵的。赵青宽当着一空大师和央钦寨主的面不好发作，心里却在暗骂：什么大英雄？狂妄自大的野小子！我赵青宽也不是吃素的，迟早会让你尝到得罪我的后果！

马超一看赵青宽的脸色，就知道他没安什么好心。昨晚赵青宽挨了打离开后，马超才从别人口中知道了央馨儿和赵青宽的身份，并且听说了赵青宽爱慕央馨儿的事，以及他们用对唱花儿的形式求爱示好的风俗，这才明白了央馨儿踢他的缘故，自己稀里糊涂的竟然让人家姑娘出丑了。还有这个赵青宽，虽然不是什么正人君子，对央馨儿倒也是一片痴情，况且昨晚那一下也把赵青宽摔得不轻。原本心里还有那么一点点惭愧，刚刚看到赵青宽想要诬陷他是什么奸细，心里的愧疚感马上消失，同时还来了气：此人真是欠打！

赵青宽本来打算将马超说成奸细，以此把这个狂妄的野小子赶出寨子，也好出口恶气。万万没想到这小子居然是天赐寺的孟起！奸计没有得逞，但恨意难消。只好借故走出厅堂，另想诡计报复马超。

这时，央馨儿的丫鬟香香恰巧经过前厅。香香见大管家怒气冲冲地从里面走出来，觉得很奇怪。于是悄悄走近门口，探头朝里面张望。啊？是昨晚欺负馨儿小姐的那个坏蛋！他怎么会在这里？香香在门外偷听了半天，才听出来里面那个和尚是一空大师，那个家伙居然是天赐寺的少年英雄孟起。这可了不得了！得赶紧告诉小姐去。

香香气喘吁吁地跑到了央馨儿的闺房，一边喘气一边对央馨儿说：小姐！了不得了！你天天挂在嘴上的少年英雄来了！

央馨儿看香香前言不搭后语，皱了皱眉：香香，你疯疯癫癫的，在胡说什么呀？

香香缓顺了气，才把刚才在前厅看到的和听到的一一告诉了央馨儿。央馨儿听了也吃惊不小，那个愣小子怎么会是自己仰慕的少年英雄孟起呢？昨晚嬉皮笑脸的样子，哪里像个少年将军？不过，他模样倒是十分英俊，身材嘛……细细高高的还特别精神！香香看着小姐发呆的样子，调皮地把拳头在馨儿的眼前晃了晃：小姐？小姐？现在还生大英雄的气吗？要不要去看看你的大英雄呀？

央馨儿被香香逗得回过神，追着香香在房间里跑：小丫头越来越疯癫了！看我不扒了你的皮……

央钦寨主和一空大师相谈甚欢。从佛教礼法谈到了民生疾苦，之后便自然而然地把话题转到了东、西两滩的草原争夺械斗上。央钦一提起西大滩就心头火起，对一空大师说道：大师有所不知，那蓝脱实在可恶！每年都偷偷移动东、西草原分界线上的暗桩，好一点一点吞并我东大滩的草场。若不出手争夺，我东大滩民众赖以生存的草原，岂不是要让蓝脱那个无耻小人霸占去了？

一空大师听了央钦的话，若有所思地点了点头。在一旁听了半天的马超倒是开口了：那蓝脱毕竟也是骊靬颇有些名望的人，竟然会干出这样的事来？寨主可曾仔细查过此事，这其中是否会有什么误会？

央钦马上反驳：误会？我们汉人和羌人的误会还少吗？你想想看，如果他们羌人做事公道，我们之间怎么可能有误会？再说了，那分界线上的暗桩就是铁证，若不是蓝脱暗地里挪动，暗桩怎会年年向东移动几寸？如果任其发展下去，原本属于我汉家的东大滩草场都到了他蓝脱的羌人地界上了。

汉羌两家的矛盾已经到了这样激烈、水火不容的地步了吗？马超暗想。一空大师、马超听央钦说得有理有据，便不再多问，遂把话题引到了别处。

从央钦的宅院里出来后，马超迫不及待地把马牵出来，想要到草原上去骑个痛快。一空大师叫住了马超，附耳叮嘱了几句后，才放他离开。马超出了寨子，纵身一跃跨上了马背，催着马儿朝远处的草场奔去。马超并未注意到身后有人鬼鬼祟祟地跟着他，这个人就是赵青宽。赵青宽从央钦的大院里出来后，便一直在暗处盯着马超。见马超骑马出了寨子，便一路偷偷尾随，想找机会报复马超。

辽阔的草原一眼望不到边，蓝天白云，牛羊成群。马超深深陶醉在了这美景之中！不经意间，来到了一处小山坡下。山坡上开满了金黄色的野菊花，微风把淡淡的花香送到了马超的鼻子里，令马超感到十分舒畅惬意。于是跳下马背，往山坡上走去。走了一会儿，马超看见花丛里躺着一个人，看衣服的颜色就知道是个女子。马超转身刚要离开，忽然又站住了。他眼珠子一转，悄悄捡起一块土坯，朝着地上躺的人身上扔了出去。不仅如此，马超还“嘿”的一声坏笑，之后准备抬脚开溜。花丛里的人被马超吓了一跳，飞快地从草地上站了起来，看见有人故意使坏，一声娇喝：站住！

马超停下脚步，心想：反应还挺快的啊！等他转过身来看清眼前人的模样时，抽了一口气。果真是冤家路窄啊！

央馨儿也认出了马超，瞪了马超一眼，仰着脸说：原来是你呀！打算要跑吗？怕什么？你不是大英雄吗？

原来央馨儿和香香玩闹了一阵后，还是忍不住来到前厅。本来想着也学香香那样偷偷看看马超，可一想到昨晚马超害她丢脸的情景，心里还是有些生气。犹豫了一阵后，索性骑马出了寨子。没想到两个人却在这里碰上了！

央馨儿站在草地上，一头如丝般的长发随风飘扬，红裙似火，周身透着一股洒脱、热情的气息。马超看着央馨儿，不禁有些出神。心想，好漂亮的姑娘啊！难怪那个赵青宽死皮赖脸地追求她。

央馨儿看马超望着她不说话，便从山坡上走下来：怎么不说话？哑巴了吗？

馨儿一边走一边随意摔打着手里的马鞭。马超见状，立刻往后退了两步：怎么？又要动手吗？哦，不对！是动脚。

央馨儿看着马超的举动，感到又气又好笑，反倒不好意思起来，红着脸又说：谁要跟你动……动手？我又不是母老虎！再说了，你不是名震西凉的少年英雄吗？难不成还怕我一个小女子？

马超听她这么说，显然对方知道了自己的身份。便挠了挠额头，嘿嘿一笑：

我可没说你是母老虎，再说了，这世上也没有这么好看的母老虎啊！

央馨儿本来还有点生气，这会儿倒被马超的话给逗乐了。泛红的俏脸上飞出笑意，像柔和的阳光在荡漾。央馨儿走到马超跟前，盯着马超的脸，忽闪着一双明亮又纯净的大眼睛问：你真的是天赐寺的少年英雄孟起将军吗？

马超平日里大大咧咧、无拘无束，现在却被央馨儿盯得有些不自在。马超定了定神，对央馨儿淡淡一笑：馨儿小姐过奖了，孟起称不上什么少年英雄……还有，我昨晚并非有意冒犯，还望馨儿小姐莫要生气。

央馨儿本不是心胸狭窄之人，更何况名震西凉的少年英雄孟起早已成了无数少女思慕的对象，其中就包括自己。如今看马超一本正经地道歉，哪里还会再生马超的气，于是笑容更灿烂了：好吧！本小姐就原谅你了！说完，拉起马超的手接着又说：来，咱们击个掌！击了掌就是好朋友了。

马超彻底傻眼了，难道草原上的姑娘都这么大方吗？竟然会主动拉一个男子的手！

且不说马超此时惊得目瞪口呆，在远处偷窥的赵青宽看见自己的心上人拉住了马超的手，脸都气绿了。他握着弓箭的手背上暴起了青筋，恨不得立刻放出一箭射在马超的心口上。

马超怔怔地看着央馨儿，感觉她的手软软的，让他感到特别……温暖。对，就是温暖！这种感觉是那么熟悉，就好像很久以前就有人也曾这样拉过他的手一样。马超还在神游的时候，央馨儿已经对着他的手掌“啪啪啪”击了三下：好了！昨晚我也踢了你，咱们扯平，以后就是朋友啦！

马超回过神来，飞快地抽回了手，转过头不再看央馨儿的脸，声音也变得冷淡：谁……谁说要和一个姑娘做朋友了……

央馨儿本来花朵一样的笑脸，听了马超的话顿时僵住了，只愣愣地看着马超。过了半晌，带着一丝哽咽说道：你是人人称赞的大英雄，我自然是不配和你做朋友的。说完便转身跑下了山坡。

马超本想是追上前去的，刚迈出两步后又停下了。都拒绝人家了，追上去又该说些什么呢？央馨儿跑下山坡，她的马儿看见主人后也主动迎上前来。

央馨儿眼泪汪汪的，取下缰绳，伸手扳住马鞍往马背上骑。心里难过，眼睛又模糊，没想到一不小心踩空了马镫，重重地摔到了地上。马超一直望着央馨儿，此刻见她摔下马来，立刻飞快地跑到馨儿跟前搀扶。

躲在不远处的赵青宽还未反应过来，就见央馨儿已经斜着身子靠在马超的怀里。赵青宽气得眉毛拧到了一起，两个眼珠子都快掉下来了，搭起手中的弓箭瞄准马超后背。不知死活的小子，敢跟我赵青宽抢女人！

马超扶着央馨儿，见她泪眼婆娑、一脸的委屈，声音不由得变柔：身上哪里疼？摔伤了吗？

央馨儿扭过头去，靠在马超怀里一声不吭。马超见她不说话，以为伤到了哪里，又着急地问道：快告诉我伤到哪了？我好替你看看伤！

央馨儿这才转过头来，轻身说道：没什么大碍，休息一会儿就没事了。

马超听她没受伤，长出了一口气：那就好！吓死我了！

央馨儿让马超这忽冷忽热的举动弄糊涂了。刚刚还冷漠地拒绝了她，不愿意和她做朋友，现在又这样关心体贴，到底哪个才是真正的孟起呢？

马超看着央馨儿探究的眼神，心里又开始别扭起来。慢慢地松开了环着央馨儿的双手，扶着她坐在了草地上。忽然，马超感到身后有一股劲风袭来，是一支暗箭！以马超的身手，躲开这支箭易如反掌，可是他要一躲，箭就会射在央馨儿的身上。不容迟疑，马超伸手抱住央馨儿侧身一滚。利箭擦着马超的脸颊飞了过去，“砰”的一声插进了草地，马超顿觉脸上热辣辣的疼。

赵青宽眼见马超抱着央馨儿躲开了利箭，暗骂一声后，立即翻上马背逃跑。马超听见马蹄声，已经看到了放箭之人的背影，放开央馨儿就要骑马追赶，却见地上的央馨儿吓得花容失色，一脸惊骇地望着他。马超心里不忍，只好放弃了追拿奸人的念头。蹲下来扶住了央馨儿的肩，轻身说道：没事了，不要怕！我会保护你！

央馨儿虽然平日里大方豪爽，胆子也大，但还是被刚才突如其来的暗箭吓坏了，一下子扑在马超怀里哭了起来。马超从来没有跟女孩子如此近距离地接触过，更别说靠得这样近了。马超想推开怀里的人，又觉得不合适，人家都吓成这样了。垂着两只胳膊，抱也不是，不抱也不是，只能由着央馨儿趴在他胸膛上哭。过了一会儿，怀里的人才渐渐止住了哭声。意识到自己的失态，央馨儿赶紧从马超怀里起来，低着头支吾道：我……我……

马超也觉得有些尴尬，但见她哭了一阵后不再那么害怕，暗暗松了口气。马超淡淡地说：我扶你起来吧！

马超扶起了央馨儿，刚要松开手去牵马，却被央馨儿一把拉住：你的脸流血了！伤口深不深？让我看看！

没等马超说话，央馨儿掏出手帕小心翼翼地擦着马超脸上的血迹，还好只是擦破了一点皮。马超个子本来就高，央馨儿只得踮着脚尖才把一只手搭在了马超的胳膊上。怕弄疼马超，她一便擦一边还轻轻地吹着伤口。柔软的手指和温热的气息让马超心头一跳，仿佛心里绷着的一根弦突然间断开。没有羞涩，也没有惊慌，只感觉心里真的安定了下来。曾经也有这样温暖的一双手，也有这样一个人出现在他的生命里，而那个人已经永远地离开了他……

马超这一次不想再躲避，央馨儿就这样偎在他怀里替他清理着脸上的伤口。一扇紧闭了很久很久的心门，就在此刻，向这个热情、直爽、真诚的姑娘，缓缓地、缓缓地敞开了……

第三卷

青葱岁月

一、情敌见面分外眼红

马超望着清冽的夜色，脑海中有些久远的记忆扑面而来。娘亲的音容笑貌再一次浮现在眼前，和娘亲一起度过的快乐时光一直深深地埋在马超的心底，每次回想起来都让他感到温暖和踏实。但在过去的十年里，他不敢过多回忆那些美好和快乐，想得更多的反而是娘亲的惨死和奸人的恶毒。所以，自从被师父一空大师带到天赐寺，他便勤学苦练，只想让自己变得强大，早日为娘亲报仇雪恨。现在大仇得报，却是思念更甚，偶尔有一点什么刺激，轻轻一碰，顷刻间所有记忆的花瓣便会凋零。

马超原本以为那样的感觉，只有在回忆里才会出现，然而这几日和央馨儿相处，又让他真真切切地感受到了同样的温暖与踏实，以及从未有过的新鲜感。马超心想，或许是娘亲不忍心让她的孩儿孤单，才会安排这样一个美丽热情的姑娘来到他身边。若是这样，他一定不会辜负娘亲，不会辜负馨儿……

马超正想得出神时，身后传来了轻轻的脚步声。转过身来，就看见馨儿笑盈盈地望着他，眼睛里倒映着满天星光，格外清澈明亮。马超很快地松开眉头，冲着馨儿轻轻一笑。尽管如此，馨儿还是发觉马超的眼里有一丝忧郁闪过。不禁心念暗起：孟起，你究竟是怎样一个人？看似嬉笑不羁的你，难道心里还有我所不知道的痛楚吗？

马超见央馨儿用探究的眼神望着他，走到跟前问：馨儿，你怎么来了？

馨儿这才缓缓开口：孟起，你是不是不开心？你有什么心事可以跟我说，我……我可以和你一起分担！

馨儿的话让马超心头一暖。通过这几日的相处，马超知道馨儿虽然有着草原儿女的豪爽大方，心思却极为细腻。于是，又像往常那样咧嘴笑道：我怎么会不开心呢？看到这么美丽的夜色，还有这么干练、美丽的馨儿小姐，心都飞到天上去了！哪里还会有不开心呢？

馨儿被马超逗笑了：你又胡说！

草原的夜晚格外清冷，马超看着馨儿有些发红的鼻子，便解下身上的披风披在馨儿身上：外面冷，我们回去吧！

低头间，看到了馨儿脖子上戴着一串玉石项链。马超心思一动，伸手掀开馨儿的衣领，将玉石项链取了下来。

馨儿被马超吓了一跳，连忙捂住自己的衣领，愣道：你做什么？

马超没有说话，一脸坏笑地把项链拿到馨儿的眼前晃了晃。馨儿没想到马超会这样拿走她的项链，脸上不禁起了红晕，怔怔地望着他。马超正在得意时，感觉馨儿俯身过来，他以为馨儿要来抢回项链，所以并未躲闪，只是把手高高举起。不承想，馨儿却踮着脚尖凑到他脸上轻啄了一下。湿润而温热的嘴唇挨到他脸上的时候，让他觉得暖暖的，又特别亲切，同时还有一种晕乎乎的感觉。马超摸着被亲过的脸颊，半天说不出话来，只痴痴地看着馨儿。

馨儿发红的俏脸在月光下越发美艳，眼睛里满满的深情，主动拉起马超的手：不是说要回去吗？走吧！

马超没有回答，任由馨儿拉着他的手往回走。月亮隐到了一片云后面，地面上的银光变得暗淡起来，马超反手紧紧握住了馨儿柔软的手掌……

两个人刚进了寨门，就看见馨儿的丫鬟香香急匆匆朝他们走来：小姐，你们去哪里了？让我好找！

马超这才轻轻松开了馨儿的手。香香望着马超，故作害羞地捂住眼睛，嘿嘿笑道：大英雄，继续拉着吧！我可什么也没看到。

马超被香香逗得哈哈大笑，对馨儿说：如果说她不是你的丫鬟，我还真不信！

馨儿羞赧地瞪了马超一眼，佯装生气，就要拧香香的耳朵：死丫头，越来越贫嘴了！成天“大英雄、大英雄”地叫着……

香香嬉笑着躲开：哦，我再不能叫他“大英雄”了，马上就得改口叫“姑爷”了！

馨儿听香香还要贫嘴，不依不饶地追打起来。马超也不阻拦，一脸玩笑地站在一旁看着她们主仆二人打闹。这时，有家仆走上前来说：孟起将军，我们家老爷请你去厅堂见他。

馨儿一听爹爹要见马超，便停止了玩闹，问那家仆：我爹要见他？可说了是什么事吗?

家仆回答：小的不知。不过一空大师也在厅堂。

马超听说师父也在，心想肯定是有什么要紧事要说。随即随那名家仆往厅堂走去。馨儿送走马超刚打算回房去，香香却拉住了她，笑嘻嘻地说：小姐，要不咱们也跟去听听？自从孟起将军来了后，我看老爷高兴得不得了，对将军赞赏有加。说不定现在把孟起将军叫去就是要把你许配给他呢！

馨儿轻轻打了一下香香的脑袋，笑骂道：死丫头，再耍贫嘴看我不撕烂你的嘴！

香香嘿嘿一笑，拉住馨儿的胳膊就往厅堂走：小姐，咱们快去听听吧！我觉得老爷肯定是要让孟起将军当他的女婿呢！

馨儿被香香这么一说，嘴上虽不承认，心里其实也很好奇，这也是自己所期待的。于是，便由着香香将她拉到了厅堂外面，趴在窗外偷听里面的谈话。主仆二人还未听到里面的声音，却看见赵青宽也进了厅堂。馨儿不禁有些诧异，爹爹刚叫了孟起进去，他又来干什么？

赵青宽这几日见馨儿对马超嘘寒问暖、浓情蜜意，对马超越发恨之入骨。今日又听央钦寨主有意要将馨儿许配给那狂妄的小子，只恨不得把马超生吞活剥了。于是又想出一计，打算借此除去马超这个心头大患。

央钦笑吟吟地打量着一身英气的马超，越看越喜欢。我央钦的掌上明珠就该嫁给这样的好儿郎！想到这里，央钦不由得哈哈大笑，对一空大师说道：大师，你这个徒儿当真是气度不凡！

一空大师微笑着看向马超。马超见央钦似乎没有什么要紧事要说，感到有些奇怪，难不成大晚上的把他叫来，只是想夸他几句？于是对央钦一抱拳：寨主叫晚辈前来，不知有何事要说。

央钦笑着望了望一空大师，走到马超跟前说：孟起啊，这几日看你和小女馨儿相处得颇为投缘，那你可愿意做我央钦的女婿？

马超没想到央钦要跟他说这些，吃惊不小：啊？寨主，我……

马超不知道该怎么回答央钦，连忙望向一空大师，只见师父一脸淡定，微笑不语。看来师父早就知道了央钦的想法，马超看师父不说话，心里忐忑起来。师父会不会生他的气呢？虽然不曾剃度，但毕竟也是佛门弟子。

就在马超支支吾吾不知道该怎么回答时，赵青宽走了进来。

赵青宽站在马超旁边，梗着脖子，开门见山地对央钦说道：寨主，你不能把馨儿小姐许配给他！

央钦脸色一沉：青宽，你这是何意？我央钦的女儿要许配何人，难道还要征求你的意见不成？

赵青宽瞥了马超一眼后，理直气壮地回答：寨主，我也是为了馨儿小姐好，为了咱们东大滩着想！就算他是天赐寺少年军的统领孟起，可谁又知道他来咱们东大滩的真正目的？倘若是骊靬县令胡川派来的奸细呢？那胡川可是西大滩蓝脱的亲家……

央钦用力拍了一下案儿，大声喝道：赵青宽！休得无礼！

馨儿在门外听到赵青宽的话，又气又急，抬脚就要进去帮马超说话时，却被香香拉住：小姐别急，先听听孟起将军怎么说。

马超双手抱在胸前，一脸不屑地望着赵青宽：赵管家，饭可以乱吃，话可不能乱讲！无凭无据，你说此话可要当心了！

赵青宽铁青着脸，愤愤地说道：你也不要太嚣张！你们师徒二人无缘无故来我东大滩到底有何目的，我想你心里应该最清楚！

马超不禁冷笑：我们师徒二人四处游历，关你何事？再敢诋毁我师父半句，定叫你后悔长了这张臭嘴！

赵青宽见已然撕破脸皮，便不再顾忌，指着马超骂道：孟起，别以为你是少年军统领，人人就该怕你！你算什么狗屁英雄？无端跑来夺人所爱，这就是你的英雄所为？我与馨儿情投意合，你……

话未说完，就被马超捏住了手腕：赵青宽，你嘴巴放干净一点！你再骂我一句试试！

赵青宽疼得龇牙咧嘴，但仍然不肯罢休，正要张口再骂时，馨儿走了进来。她一边走一边冲着赵青宽喊道：赵青宽，你胡说八道什么？谁和你情投意合了？你太不要脸了！

马超见馨儿进来，嗤笑一声后，甩开了赵青宽的手。赵青宽手腕吃痛，一个趔趄，险些趴倒在地上。一空大师见状，起身说道：赵管家，你为何要诬陷我师徒二人？

赵青宽见一空大师开口询问，不敢太造次，强忍着手臂的疼痛，阴沉着脸回答：大师，既然你们不是西大滩的奸细，不妨让我与你的徒弟孟起比试比试。

一空大师听后，这才看出赵青宽的用意。于是微微一笑，说：哦？赵管家是要和孟起比试武艺吗？不知道你打算和他怎样比试？

赵青宽咬牙说道：比阵法！我有祖传的九曲黄河灯阵阵法，若你们能够破了此阵，我情愿退出竞争并向二位赔礼道歉！

未等一空大师开口，马超冷然说道：好！就比阵法，我倒要看看你这祖传的阵法有多厉害！

央钦一听赵青宽要比阵法，神色一惊。馨儿也急了，瞪着赵青宽说：赵青宽，你凭空诬陷孟起是奸细，为的就是要用你的九曲黄河灯阵来害他。没想到你竟然是这样的小人！说完又拉住马超的衣袖：孟起，你不要和他比试。我和爹爹相信你们不是奸细！

馨儿一边说一边望向央钦。央钦虽然看中马超，但赵青宽刚刚说的话让他心里多少有了些猜疑。天赐寺一向与骊轩县令胡川交好，而胡川确确实实和死对头蓝脱是儿女亲家。央钦此时心里迟疑起来了，望着一空大师说道：大师，你看这事……

一空大师自然看出了央钦的心思，微笑着双手合十：阿弥陀佛！寨主不必为难。我看，就让他们二人比试比试吧！

央钦看他们师徒二人毫不犹豫答应了赵青宽的挑战，心里反而有些自惭形秽，看来是自己多疑了。既然决定了要把女儿许配给孟起，又怎么能对他再有猜忌？想到这里，央钦脸色一冷，对赵青宽说道：赵青宽，既然孟起答应了和你比试，你也要记住你刚才所说的话！

赵青宽望着央钦，脸上略显得意：寨主放心！倘若孟起破了我的九曲黄河灯阵，我便向他和大师赔礼道歉，之后任凭大师责罚。寨主要将馨儿小姐许配给他，我也不敢再有半句阻挠！可他若是破不了我的阵法，就请寨主将他们二人交由我来处置。

央钦望了望马超后，又问一空大师：大师意下如何？

一空大师微笑着点点头：就依赵管家所言。

馨儿再要上前阻止，却被马超拉住了。马超对馨儿轻轻一笑：别怕！相信我！并且取出那串玉石项链，朝她又晃了晃。馨儿禁不住抿嘴一笑，虽然担心，但看马超满不在乎的样子，便再未阻止。于是，她狠狠地瞪了赵青宽一眼：赵青宽，你给我听好了，不管孟起能不能破你的九曲黄河灯阵，我央馨儿今生只认定跟他一人！

马超看馨儿当着师父和央钦寨主的面说出这话，反倒觉得不好意思了。轻轻拉了拉馨儿的衣袖，示意她不要太豪放了。馨儿察觉到自己的失态后，也不禁红了脸，偷偷看了眼自己的爹爹和一空大师，靠在马超跟前低下了头。央钦知道自己女儿心直口快，现在看她对马超也是用情至深，随即望向一空大师，两人相视一笑。

赵青宽没想到馨儿会当众说出这些话，气得脸色由青转紫，变了几变。他阴狠地瞪着马超和馨儿，心里暗骂：既然你们如此嚣张，就不要怪我心狠！在这东大滩，还没有我赵青宽得不到的东西！孟起小贼，咱们走着瞧！

赵青宽冲着马超冷哼一声，转身往外走去。刚到门口却被央钦叫住，央钦和颜悦色地说道：青宽啊，既然是比试，我希望你们二人分出胜负即可，莫要伤了彼此性命。孟起将军身负保护河西走廊客商和百姓安危的重担，而你又是我东大滩的大管家，不管伤了谁，我都于心不忍啊！

赵青宽心里生恨，好你个央钦老儿！分明是要袒护孟起，却装出这样一副假惺惺的样子。赵青宽瞟了一眼马超后，也装出一副顺从的表情：寨主说的极是，青宽自当遵从。不过，刀枪无眼。倘若孟起将军改变主意，可要提前告诉我呀！

马超听出赵青宽在故意激他，冷嗤道：不劳赵管家操心，小爷我从来不做反悔之事。

赵青宽挤出一丝奸笑：那就好！三日后，你我九曲黄河灯阵前一见高低！说完，甩袖而出。

二、九曲黄河灯阵

央钦请来一空大师，本打算今晚就将爱女馨儿和马超的亲事说成，一来遂了爱女的心愿，二来也为东大滩寻一个强大的靠山。有了天赐寺和孟起，别说是西大滩的蓝脱，就连他的亲家、骊轩县令胡川都要敬他三分。不承想这样一桩美事，却被赵青宽给搅乱了。九曲黄河灯阵非比寻常，央钦可不想让自己看中的女婿有什么闪失。可赵青宽节外生枝，非要和马超在九曲黄河灯阵前一分高低，心里十分不安，于是，赶忙问一空大师：大师，那九曲黄河灯阵可是一个非常了得的阵法。据说是上古时截教为了对付姜子牙摆出的，变化无穷。大师可有破解的法子？

一空大师没有回答央钦，起身走到马超跟前问道：孟起，你可有把握破那九曲黄河灯阵？

马超想了想说：以前师父曾对徒儿讲过那黄河灯阵，只是并未亲眼见过。若说把握，徒儿现下也不敢夸口。

央钦一听急了：那就麻烦了，据说此阵法传到今日，还从未有人破过。进去的人，没有一个活着出来的！

馨儿听了也是大惊：大师，爹爹，这可如何是好？难道要让孟起去送死吗？央钦也接上说：孟起，这赵青宽可是个心机特别重的人，你要当心呀！

那倒不一定！一空大师对央钦父女摆了摆手，口中念道：阵排天地，势摆黄河；环抱九大洲，乾坤在阵中；九九曲中藏造化，三三湾内隐风雷。这就是黄河灯阵的厉害。

马超听完师父的话，立刻接着说：九曲黄河灯阵容天地乾坤，纳两仪四象；阵内设三百六十五杆大旗，按金木水火土五行的白青黑赤黄立幡。不仅如此，旗杆上还有三百六十五个灯笼。这其中的厉害和奥妙，皆在灯中。如果赵青宽不擅自改变阵图，我想问题应该不大。

一空大师听了马超说的这些话后点了点头，便不再言语了。

央钦虽然不懂得阵法，但听他们师徒二人的对话，心中大惊：孟起，看来你还是了解黄河灯阵的。不过，你知道怎么进去吗？据说那阵法有生、死两个门。

马超微微一笑：寨主大人说的正是，九曲黄河灯阵的确有生死两门，也叫仪门。一为进门，就是生门。进了生门一路畅通，没有危险。另外一个就是死门，处处暗道机关，其中有一处机关凶险异常。一旦靠近，便会有成千上万支暗箭射出，任凭你武艺再高都没有办法抵挡。

马超话音刚落，馨儿的脸唰地一下白了，猛地拉住了马超的胳膊：太危险了！孟起，你不能去！馨儿说着看向了央钦：爹爹，你要眼睁睁看着孟起去送死吗？你是寨主，你马上让赵青宽取消这场比试。

央钦就馨儿这么一个宝贝女儿，对她一向疼爱，自然舍不得她担心、着急。迟疑了片刻，对马超说道：孟起，依我看，这个九曲黄河灯阵就不比了。赵青宽那里我会去说，你可以和他比试其他武艺。

馨儿听了爹爹的话，脸露喜色。然而马超却说：寨主大人，君子一言，快马一鞭。答应了的事情，岂有反悔之理？再说了，即便是他使出下三烂的手段，他有千条计，我有应对计，我不会输给赵青宽的。

央钦看马超傲然坚定的样子，知道再劝也没有用，只好看向一空大师：大师，此阵着实凶险，难道真要让孟起去犯险吗？

一空大师想了想，又对马超说：孟起，九曲黄河灯阵并不容易破。其中不光有你方才所说的那些死门机关和灯里的秘密，还有四处城壕也是机关密布。那四方四正的城壕，象征四相，分布于东南西北四角，和阵中各处机关形成八卦九宫。稍有不慎，便会粉身碎骨啊。

马超冲着师父嘿嘿一笑：师父，徒儿的脾气你是知道的，撞了南墙也不会回头！再说了，不入虎穴焉得虎子。不去破，又怎么知道破不了呢？

一空大师深知马超的能力，就算是破不了阵，也不会伤及性命。于是微微颔首：既然如此，这两日你便专心备战吧！

马超连忙称是。央钦虽然佩服马超的胆识，但还是为他担忧：孟起啊，千万不可大意！这两日若有什么需要，尽管开口。

马超对央钦抱拳说道：多谢寨主！

馨儿拦不住马超，正焦躁间，却见马超冲她挤了一下眼睛，悄声说道：别担心，我不会输给赵青宽的！阵要破，媳妇也不能丢！

馨儿红了脸，瞪了马超一眼。看着心上人调皮的目光，真有些哭笑不得。人家都担心死了，他居然还有心玩笑！不过，原本揪着的心，听了马超的话后，倒是感觉稍稍放松了不少。

三天时间转瞬即逝。

天刚亮，赵青宽便派人传话过来，让马超在日出之时前去破阵。马超听了并未理会，悠闲地洗漱整齐后，带上馨儿托香香拿过来的包袱，牵了马出了寨子。

都日上三竿了，仍不见马超的人影。寨中已经有人悄悄议论，说马超被赵青宽的九曲黄河灯阵吓跑了。这话传到馨儿的耳中，令她十分生气，孟起怎么可能被吓跑呢？可是，又不知道他一大早为何没了踪影？就在馨儿坐立不安时，马超吹着口哨，慢悠悠地回来了。马超看见馨儿神色不安，便笑着问：馨儿，你怎么了？发生什么大事了吗？

馨儿看他如此悠闲，嗔怪地瞪了一眼：当然有大事发生！你忘了今日是你和赵青宽比试的日子？怎的一大早就没了人影？

马超一副满不在乎的样子，说道：哦，我还以为是什么大事呢！不急，我刚遛马回来，它还没吃草料呢！

馨儿听马超是去遛马了，叹了口气：孟起呀孟起，你还有心思遛马？我都担心死了！

馨儿说着，看到了马鞍上挂着的包袱：孟起，那包袱里是我八月十五那天亲手蒸的两套九牛二虎。一套你现在快点吃了吧！另一套到了阵中再吃，吃了九牛二虎，你就能战胜赵青宽了。

马超看着马鞍上挂着的包袱，脸上的神情变得柔和起来了。他压低声音在馨儿耳朵边轻声说道：馨儿，我……

馨儿打断了马超的话，抬起一双雾蒙蒙的眼眸望着他：孟起，不管你是赢是输，我……我心里只有你一个！你一定要小心！

马超心里一软，紧紧抓住馨儿的手：馨儿放心吧，我不会有事的，我们会一直在一起的！

馨儿微笑着使劲点了点头。

馨儿的手艺很好，马超大口地吃着她蒸的九牛二虎，感觉格外的香甜。一会儿工夫，一套九牛二虎就被马超填到肚子里去了。

东大滩河北边的空地上，赵青宽调动了全寨兵马摆好了九曲黄河灯阵，等着马超来送死。这都快晌午了，还迟迟不见马超的踪影，赵青宽不禁冷笑：名震西凉的孟起也不过如此！

就在此时，人群一阵骚动。只见马超手握长枪，骑马来了。只见他一身银色的铠甲在阳光下闪烁着夺目的光华。随着胯下大马的行进，银光一波一波袭来，使人感到有些眩晕。马超坐在马上，脸色冷淡地看着眼前景象，没有丝毫的紧张。赵青宽心里一沉，没想到这小子穿上铠甲，竟然有如此大的气场。哼！凭你是三头六臂，今日也休想活着离开这里！

东大滩的人都夸赵青宽相貌堂堂、年轻有为，却不知道他其实是个狡诈阴险之人。他今日摆下九曲黄河灯阵，并不是想要与马超一比高低，目的是要置马超于死地。所以，他早已截断了阵中生门的去路。这样一来，就算是大罗神仙来了，也走不出这个九曲黄河灯阵。而赵青宽的阴险远不止于此，他不但当上了寨主央钦的大管家，而且年纪轻轻的就有了万贯家财。难道真的是他有过人的才干和出色的表现？

当然不是！赵青宽的发迹史里，还隐藏着一个长达二十年的巨大阴谋。

三、引狼入室

事实上，东、西两滩长达二十年的草原械斗，是赵家为了巩固他们家在东大滩的生意和地位而精心策划的一个阴谋。

二十多年前，赵青宽的父亲赵四浦只是一个从古浪山流落到凉州的流浪汉。那年古浪闹饥荒，赵四浦沿路乞讨来到东大滩铁匠杨继凯的铁匠铺里。杨继凯只有一个女儿，名叫杨招弟。杨招弟从小跟着爹爹烧火打铁，干着粗活，但模样却十分俊俏，是个美丽善良的姑娘。所以，当她看到蓬头垢面的赵四浦饿晕在铁匠铺门口时，便毫不犹豫把早晨吃剩的一碗山药米糊糊热了一下，端给了赵四浦。

赵四浦吃了饭后，感激涕零地对杨招弟说：姑娘菩萨心肠，救了我一条小命，我给姑娘磕头了！

杨招弟连忙扶住赵四浦：快别这样！我小小年纪可受不住你的叩拜。我们家虽然不是什么有钱人家，可也不能眼睁睁看着你饿死呀！

赵四浦见杨招弟心地善良，模样又十分干练，不由得偷偷多看了几眼。杨招弟又给赵四浦端来了一碗水，看他吃了饭有力气走路了，便收了碗筷准备进去干活。这时，赵四浦眼珠子一转，叫住了杨招弟：姑娘，你们铁匠铺里需不需要人手？

杨招弟想了想，说：这个我得问问我爹去。

赵四浦赶紧又说：姑娘，你给你爹爹说，我干活不要工钱，只要能吃上一碗山药米糊糊就行！

赵四浦虽然饿得饥肠辘辘，前胸贴后背，但脑子却清醒得很。他一个外乡人，一没有手艺，二没有亲戚朋友，如果能在杨家铁匠铺里吃上一碗饭，同时再学点铁匠手艺，那多好啊！另外，这杨家铺子里的姑娘又这么好，要是运气来了，做他们家的倒插门女婿，往后的生活岂不有了着落？

就在他想入非非的时候，杨招弟出来了，笑吟吟地对赵四浦说：我爹爹说要见你哩，你快跟我进来吧！

赵四浦一听，顿时有了力气，跟着杨招弟进了铁匠铺。到了杨铁匠休息的屋里，赵四浦看到杨铁匠正靠着炕上的被子在休息。

杨铁匠看了一眼赵四浦，问：你叫什么名字？

赵四浦赶紧回答：我叫赵四浦。

杨铁匠又问：你是哪里的人？会打铁吗？

赵四浦立刻说道：我是古浪山人。爹爹在我很小的时候就死了，我一直在家和我娘种地。去年天旱，没有收成，我娘也病死了。我一个人在家没吃没喝，只好跑出来讨生活了。

杨铁匠“嗯”了一声，刚要说话却低着头不停地咳嗽。赵四浦见状，马上走到跟前，又是捶背又是端水，杨铁匠这才止住了咳嗽。杨铁匠在受用之际，仔细端详了一下赵四浦后，说道：那你就留下来吧！这铁匠铺里只有我和我闺女招弟两个人。只要有我们父女俩吃的，就不会饿着你。

赵四浦听了，“扑通”一声跪倒在地上：杨掌柜……不，从今往后，您老人家就是我的师父。我常听人说，一日为师，终身为父。师父，你要是答应，我以后就叫你爹！

杨铁匠见赵四浦机灵，又听了叫爹的话，十分高兴，脸上遂有了笑意：你愿意叫，你就叫吧！

赵四浦“咣咣咣”磕了三个响头：爹爹在上，孩儿给您老人家磕头了！

赵四浦是个有心人，刚才一听杨招弟的名字，就猜到杨铁匠非常希望有个儿子，所以才灵机一动要认杨铁匠当爹，没想到正好就说到了杨铁匠的心坎上。

杨铁匠心里也很高兴，打发杨招弟带着赵四浦洗了脸，又找来一身干净的衣服给他换上。杨铁匠看着洗漱干净后的赵四浦，满意地点了点头。这个乞丐竟然是一个眉清目秀的年轻人。

赵四浦为了能够长久地留在杨家，干活非常卖力，而且还很会揣摩杨铁匠的心思。没过多久，便得到了杨家父女的信任，尤其是把杨招弟哄得心花怒放。杨招弟正是情窦初开的年纪，哪里禁得住赵四浦的甜言蜜语？两人朝夕相处，杨招弟很快便对赵四浦芳心暗许了。

有一天，杨铁匠到邻村亲戚家帮忙干活，晚上没有回来。赵四浦半夜悄悄溜进了杨招弟的屋里，钻进被窝抱住了杨招弟。杨招弟虽然喜欢上了赵四浦，但此时又羞又怕，推搡着不肯答应。后来，终究还是架不住赵四浦的山盟海誓，半推半就遂了赵四浦的愿，把自己彻底交给了这个伪君子……

此后，两个人便经常偷偷厮混。但纸里包不住火，还是被杨铁匠发现了。杨铁匠见女儿招弟做下了这样的丢人事，一气之下，就用赶牛的皮鞭把招弟狠狠地打了一顿。并且把跪在地上求情的赵四浦吊到了房梁上，扬言要把他送到官府去治罪。

杨铁匠虽然气得不轻，但生米已然做成熟饭，倘若真的张扬出去，丢的还是自己的老脸。所以才把赵四浦吊起来，想吓唬吓唬他，好让赵四浦自己开口给他做上门女婿。但是，赵四浦心里有鬼。一听杨铁匠要把他送到官府去治罪，吓得只想着要怎么逃跑，哪里还有心思再揣摩杨铁匠的真实想法。

赵四浦本来就是一个卑鄙小人。在老家古浪山时就做过不少偷鸡摸狗的事，还把当地一个大财主家的儿媳妇给强奸了。为了躲避官府和财主家的追捕，这才隐姓埋名跑到了凉州。现在，要是真被送到了官府，那他做过的那些龌龊事都会被抖搂出来。赵四浦越想越怕，也无心再去理会杨铁匠父女，只挖空心思想着逃跑的法子。

杨招弟虽然挨了打，却依然放不下赵四浦，担心爹爹打坏了她心爱的人。所以，借着给爹爹送水的由头来到了吊着赵四浦的屋里。杨招弟进去后，还没来得及开口，就被杨铁匠臭骂了一顿。她见赵四浦只是被吊着，并没有挨打，便哭着跑了出去。

赵四浦一看杨铁匠对自己的女儿都不留情面，更加确定杨铁匠是真的要把他送去官府。想到这里，赵四浦不禁有些绝望，便仰头长叹。但是，这一仰头却让他看到了逃跑的希望。赵四浦发现吊着他的绳子上有一个打过结的疙瘩，眼看着那疙瘩马上就要松开了。于是，他轻轻地晃荡身体，没晃几下，那个结扣就开了，赵四浦"咕咚"一声掉到了地上。坐在地上的杨铁匠惊得一下子站了起来。赵四浦误以为杨铁匠是要抓他，便顺势扯下身上的绳子套在了杨铁匠的脖子上。杨铁匠这才反应过来，刚要大声叫喊，赵四浦使出全身的力气勒紧了手里的绳子……紧接着，杨铁匠被赵四浦勒死了……

赵四浦看着一动不动的杨铁匠，心里十分懊悔。没想到自己惊慌之下，把杨铁匠给活活勒死了。这下真的完了，这个官司是无论如何都逃不掉了！反正是要偿命，与其落在官府手里受罪，还不如自己了断来得痛快。赵四浦想到这里，便眼睛一闭，朝墙上撞去。可是用的劲小了，人没撞死，头上却起了个大包！赵四浦浑浑噩噩地跌坐在地上，没有了一点点办法。也就在这个时候，门外传来了狗叫声，一下子把赵四浦惊醒了。不！不能死！我赵四浦还没过上好日子呢，怎么可以这么轻易地就死呢？

赵四浦定了定心神，开始仔细观察这间屋子。这是杨铁匠存放工具和杂物的库房，后墙上有一扇窗户，窗户外面正好是一块荒地。窗户虽然不高，却被牛肋巴似的木条封住了。赵四浦搬起地上的一把梯子，搭到了窗户上，然后使劲推了推那些木条，发现木条是用铁丝绑住的，铁丝生了锈，已经有些许松动。

赵四浦马上从杨铁匠的工具里找到了一把钳子，取下了窗户上的那些木条，把铁匠的尸体从窗户里扔了下去。然后，又照着原来的样子封好了窗户。

赵四浦做完这些事后，浑身的衣服已经被汗水湿透了。他瘫倒在地上，喘了几口气后，悄悄地走出了库房。杨铁匠的看家狗看见赵四浦后，摇着尾巴跑上前来。赵四浦做贼心虚，起先还被吓了一跳，后来一想，狗怎么可能知道他的主人被杀了呢？于是，他摸了摸狗头，蹑手蹑脚地朝着杨招弟的屋子走去……

屋子里还亮着灯，赵四浦舔湿了手指，轻轻地在窗户纸上戳开了一个洞。只见杨招弟侧身躺在炕上，泪水顺着脸颊往下淌，还浸湿了半边枕头。

赵四浦看着招弟伤心痛苦的样子，心里有了一丝感动和心疼。同时，脑子里又有了一个新的想法：现在杨铁匠已经死了，我还有必要逃跑吗？不是正好可以和招弟光明正大地在一起了吗？还有这个铁匠铺，以后不就是我赵四浦的了吗？

想到这里，赵四浦原本惊慌的心渐渐平静了下来。现在，当务之急是马上把杨铁匠的尸体转移走，然后再想别的办法。于是，他起身往院子外面走去。

赵四浦学着杨铁匠平时的样子，轻轻地安抚着卧在院门口的看家狗。看家狗摇了摇尾巴，没有发出一点声音。赵四浦这才打开了院门，悄悄地去了院子后面的荒地。

此时正值子夜，无尽的黑暗将一切都吞噬了。赵四浦扛起杨铁匠的尸体，一路小跑着来到了东大滩河。由于连着下了两天的雨，河水暴涨，赵四浦将杨铁匠的尸体推进了河里……顷刻间，杨铁匠的尸体就被湍急的河水冲走了。

杨招弟当初的善心，却成了引狼入室的源头。现在，不仅被歹人毁了自己的清白之身，而且还搭上了爹爹的性命。

四、穷凶极恶

赵四浦回到铁匠铺的时候，已经是四更天了。他看到招弟屋里的灯已经灭了，便提起衣襟擦了一把脸上的汗，悄悄回到了库房。

赵四浦从墙上取下两张狗皮铺在地上，虚脱了一般扑倒在狗皮上就睡下了。此时此刻，赵四浦身体乏困至极，却没有一丝睡意。他害怕呀！虽然神不知鬼不觉地处理了杨铁匠的尸体，可对招弟又该怎么说呢？这事万一引起杨招弟怀疑，那就麻烦了。

赵四浦思虑了半天，又起身出了库房。他把关好的院门虚掩着打开了半边，做出杨铁匠可能出门到外面去了的样子，然后回到库房把两张狗皮重新挂回到墙上。之后，他直接躺在了冰凉的地上。只要能够骗过招弟，人财俱得，这点苦头又算得了什么呢？

赵四浦在地上没躺多久，就听见有脚步声传来。不用想，肯定是招弟来了！赵四浦马上假装昏死过去了。

招弟哭了半夜，不知不觉睡着了。她做了一个梦，梦见自己掉进了一个无底深渊……她被梦境惊醒后，来到杨铁匠吊赵四浦的库房里，打算再求一求爹爹，让他饶了赵四浦。然而，她到库房门口听了半天，里面没有一点点动静。这是怎么回事？招弟禁不住又流下了眼泪：爹爹呀爹爹，你难道真的要把赵四浦送到官府去治罪吗？如今，女儿已经是他的人了，你若执意把他送到官府，你要女儿以后怎么有脸再活下去呀？再说了爹爹，四浦对我也是真心的呀！

招弟一边抹眼泪，一边又回到自己房间，拿上了油灯，来到了库房门前。她又在外面听了一会儿，里面还是没有一点响动。于是，她轻轻地推开了门，用手里的油灯照着朝里面喊了一声“爹爹”，还是不见回应。她举起油灯仔细一看，库房里不但没有了杨铁匠，而且吊在房梁上的赵四浦也不见了。招弟吓得手里的油灯差点掉到地上，慌乱中她“啊呀”一声大叫。这时候，她感觉脚下踩到了什么东西。招弟低头一看，这才看清楚赵四浦在地上躺着……招弟一下子扑在赵四浦的身上，使劲地摇晃：四浦，四浦，你怎么了？你醒醒！你快醒醒啊！

赵四浦装作一口气才回来的样子，气息悠悠地说：这是哪里？是在阎王殿吗？

招弟哭着抱住了赵四浦：四浦，你还活着！

赵四浦睁了睁眼睛：招弟，我真的还活着吗？我刚才明明看到了阎王爷，怎么……

招弟打断了赵四浦的话，眼泪一个劲地流：四浦，没事了！你这不是好好的吗？

杨招弟一边说一边把赵四浦扶了起来：四浦，我扶你起来。这里冷，起来到我屋里去吧！我会再去求爹爹，让他不要再为难你了。

招弟说到这里，才想起爹爹不在库房里：爹爹？四浦，我爹爹呢？他去哪里了？

赵四浦装模作样地四处张望，惊讶道：师父呢？他不是就在这屋里吗？怎么不见了？

招弟也急了：是呀，你说他去哪里了？他不是一直在这里看着你吗？

赵四浦佯装头疼的样子：对呀，师父一直在这里。我迷迷糊糊睡着的时候，吊着我的绳子忽然断了，我跌到地上就晕过去了，不知道师父什么时候出去的。

招弟赶紧把赵四浦扶到了自己的屋里，对赵四浦说：你先休息一会儿，我出去找我爹爹。

赵四浦接过招弟手里的灯：招弟，我们一块去找师父吧！

招弟见赵四浦并没有记恨她爹，非常高兴。

两个人找遍了整个院子都没有看见杨铁匠。又来到院门口，发现门开着，赵四浦对招弟说：招弟你看，门开着。师父肯定出去了！我们再到外面找找吧！

赵四浦带着招弟在院子四周找了半天，仍然没有看见杨铁匠的人影。招弟一着急，又开始淌眼泪：爹爹究竟去哪儿了？天都快亮了！都是我不好，把爹爹气走了……

赵四浦也假意抹了一把眼泪，安慰招弟说：师父可能找谁喝酒去了，我们先回去吧！等师父回来，我会向他老人家请罪的。招弟哭着点了点头后，跟着赵四浦回到了铁匠铺。

两个人回到屋里后，赵四浦把招弟抱到了炕上，搂在怀里轻声安慰。招弟紧紧贴在赵四浦身上……在赵四浦的甜言蜜语下，杨招弟再一次把柔软的身子给了这个衣冠禽兽……

爹爹突然不见了，善良单纯的招弟，从来没有怀疑过这跟赵四浦有关系。所以，杨招弟日日祈盼着自己的爹爹能够早日回到铁匠铺，回到她的身边。可是，十天过去了，一个月过去了，她的爹爹还是没有回来。

赵四浦如愿以偿，不但得到了招弟，而且还得到了铁匠铺，成了铁匠铺的掌柜，过上了他梦寐以求的好日子。

正所谓“江山易改，本性难移”。赵四浦和招弟成亲后，渐渐露出了本来面目。他拿着杨铁匠父女辛苦攒下的积蓄吃喝嫖赌，夜不归宿。不仅如此，有时候干脆长住在青楼里不回家，只留下招弟一个人在铁匠铺里干活。可怜的杨招弟好不容易盼着赵四浦回来了，苦口婆心地规劝，希望赵四浦能够回头，而后两个人好好地开铁匠铺。可任凭杨招弟怎么说，赵四浦不但听不进去，还对招弟拳脚相加。不到一年的时间，杨家的积蓄就被他全部败光了，家里只剩下杨铁匠生前打造的一堆斧头、大刀。可是，眼下又不打仗，谁会来买这些东西呢？

没有了钱的赵四浦，别说出去吃喝嫖赌了，就连吃山药米糊糊都成了问题。这时候，他也终于意识到好日子过到头了。他跪在心灰意冷的招弟面前诅咒发誓，从今以后一定痛改前非，重新做人。招弟心软，又原谅了赵四浦，并打算把那些斧头、大刀重新改造成农具卖出去，只有这样才能维持日常生计。好吃懒做的赵四浦虽然一万个不情愿，但也没有别的法子，只得跟着招弟开始打铁干活，但心里却盘算着各种可以不劳而获的歪门邪道。

就在这时候，东大滩的老寨主央钦紫诺派人来买走了铁匠铺的所有斧头、大刀，而且又预订了二百两银子的兵器。这一下可把赵四浦高兴坏了，刚才还在为生计发愁，转眼间就赚了个盆满钵溢！赵四浦高兴之余，又向来人打问起寨主打造大量兵器的原因。原来是西大滩修整路面的时候，占了一片东大滩的草场，双方各执己见、互不相让，便引发了一场械斗。由于兵器短缺，双方死了不少人，尤其是东大滩，伤亡惨重，所以寨主才会来赵四浦的铁匠铺购买大量的兵器。

赵四浦雇了几个伙计，只用了半个月的时间就打好了这批兵器。赵四浦捧着几百两白花花的银子，兴奋得一晚上没有睡着觉。没想到这么短的时间就赚了几百两银子，我赵四浦的好日子又来了！要是铁匠铺里的生意一直这么好，这辈子就吃喝不愁了。别说是去凉州城里赌钱、喝花酒了，就是再娶回来几个干练的小娘子也不成问题！可怎么才能让生意一直这么好呢？除非经常有人来买走大批的兵器。可是，如果不打仗，谁会一下子买这么多兵器呢？

赵四浦想到这里，忽然眯起了眼睛。打仗？只有打仗的时候，才会需要大批的兵器……这一夜，赵四浦基本上没有睡着。到天快亮的时候，他终于想好了一个主意……

夜色如墨，月光很淡很淡，衬得东大滩周遭分外阴冷。

沉沉的黑暗中，赵四浦把东、西两滩草原之间的界桩往东大滩的地界上挪了几尺。虽然只是几尺，却足以让他们再次掀起一场械斗。

赵四浦挪完界桩，用树枝把脚印和铁锹留下的痕迹扫干净后，天也快亮了，眼看着就要下雨了。赵四浦害怕下雨留下足迹，立刻飞奔着跑回了家。

因为下雨的缘故，东大滩的牧民并没有发觉界桩被挪动了。赵四浦心里开始着急，如果没有人发现界桩被挪动，那他岂不是白费了一番工夫？坐卧不安的赵四浦索性和招弟一起干活打铁，顺便听一听外面有没有什么动静。招弟以为赵四浦真的改过自新了，愿意干活了，十分高兴。到了晚上，还早早催着赵四浦去休息。赵四浦临睡前特意交代招弟，如果晚上外面有什么动静，要赶紧叫醒他。招弟口里答应了赵四浦，可心里却感到奇怪，这好好的能有什么动静呢？

一夜安静，赵四浦一觉睡到了翌日早上日上三竿。起床后，他到外面溜达了一圈，仍然没有听到关于草原上的任何消息。都过去这么长时间了，难道那些牧民还没有发现界桩被挪了位置？想到这里，赵四浦便对招弟谎称东大滩草原上有人要买一批镰刀，他得亲自去和人家谈一谈价格。招弟听了自然是开心不已，连忙准备了几个馒头和煮熟的牛肉，再三叮嘱后，把赵四浦送出了家门。

赵四浦到了东大滩草原上，见草原上风平浪静，并没有什么异样。于是，鬼鬼祟祟地来到一个牧人的毡房附近。他把准备好的蒙汗药撒在馒头和牛肉上，扔给了看守羊房和羊群的狗。牧羊狗看见吃的，没有发出叫声，几口吞下了牛肉和馒头。没过一会儿，那狗就躺在了地上，一动不动了。

房间里的牧羊人正在睡觉，所以没有听到外面的动静。一觉睡醒后，才发现房间门口有一封信。牧羊人赶紧跑出去查看，见狗和羊群都还在，这才打开那封信。牧羊人虽然认识的字不多，但还是勉强看懂了信上所说的话。莫非西大滩的人真的偷偷占了我们的草原？

于是，牧羊人骑着马来到东、西两滩的分界线上查看。牧羊人仔细看了那排界桩，果然发现有挪动过的痕迹。牧羊人大惊，这还得了？得赶紧报告给寨主！

牧羊人为了得到奖赏，没有把那封信的事告诉寨主央钦紫诺，只说是他每日都会去界桩跟前巡查，这才发现界桩被人挪动了。

央钦紫诺听了后，气得大发雷霆。立刻集合了数百人，浩浩荡荡来到草原的分界线上。之后，他亲自查看了界桩，果然被挪动了几尺。这样一来，原本属于他们东大滩的这些草场，就变成了西大滩所有。央钦紫诺大怒：好你个无耻的蓝脱吉士，真是欺人太甚！前几日就占了我东大滩的一片草场，今日居然又干出这样的龌龊事来！真以为我央钦紫诺好欺负？难道我东大滩还会怕了你西大滩不成？

牧民们听了也非常气愤，冲上去就把界桩挖出来，放回到了原来的位置上。

而此时的西大滩寨主蓝脱吉士也接到了通报，知道央钦紫诺带着几百人擅自移动了分界线的界桩。于是，怒气冲冲的蓝脱吉士带着人赶到东、西两滩的草原分界处。蓝脱吉士看到央钦紫诺后，开口大骂：央钦紫诺，你凭什么擅自移动界桩？青天白日，居然如此明目张胆地抢占我西大滩的草原！我西大滩的老少爷们可不是吃素的！我劝你还是识相一点，把界桩给我挪回来！

央钦紫诺冷笑一声，反讥道：你少在这里揣着明白装糊涂！明明是你挪动界桩在先，占了我东大滩的地盘，现在反倒说是我占了你的草原。你几次三番抢占我东大滩的地界，你也太卑鄙了吧？

蓝脱吉士一听这话，不依了：你休要血口喷人！我蓝脱吉士一向光明磊落，岂容你这样污蔑？央钦紫诺，劝你趁早挪回界桩，否则别怪我不给你留面子！

央钦紫诺见蓝脱吉士霸占了他们的草原，居然还这么大言不惭，一气之下就拿起大刀指着蓝脱吉士：无耻小人！我央钦紫诺也不是好惹的！我东大滩的草原，你休想再霸占半分！

西大滩的人看央钦紫诺拿出大刀，顿时群情激昂，纷纷拿起了手里的兵器。而东大滩的人也不肯示弱，也拿出了大刀、斧头。两队人吆喝着纠缠到了一起，转眼间便人仰马翻……这一场汉羌民族之间的恶斗，直杀得天昏地暗，血流成河……

可是，谁又能知道，这东、西大滩的流血械斗是由一个小铁匠造成的呢？从此，赵四浦凭借自己的铁匠铺会打造兵器，便成了央钦紫诺的座上宾。不光如此，他还暗地里卖兵器给西大滩，让东大滩和西大滩都拿着他打造的兵器互相残杀。

日复一日，年复一年。赵四浦一次次的阴谋诡计，促成了东、西两滩一次次的流血械斗。赵四浦用东、西大滩无数人的鲜血换来了赵家的家财万贯。从此，赵四浦成了东大滩的大财主。就在央钦紫诺临死的那一年，他还把赵四浦的儿子赵青宽收做了自己的干儿子。

央钦紫诺死后，他的儿子央钦继任了东大滩的寨主。在央钦寨主就任的宴席上，赵四浦认识了东大滩一个在洛阳做官的叫赵礼的人和他的儿子。他听说这赵礼是赵公明的后人，而且手里还有赵公明留下来的《九曲黄河灯阵图》，高兴得手舞足蹈。因为赵四浦一直垂涎于赵礼家的这个传家宝。赵四浦心想：要是得到了《九曲黄河灯阵图》，那我自然而然就是赵公明的后人了，再加上我如今的财富和地位，这东大滩寨主的位子就该换我赵四浦来坐坐了。

拿定主意后，赵四浦想方设法接近赵礼及其随从，在得到赵礼的信任后，从他嘴里知道了《九曲黄河灯阵图》在赵家另一个传世子孙赵金手里。赵金人称“神算子”，在崆峒山修道。为了达到目的，赵四浦又花钱买通了土匪，杀死将赴洛阳的赵礼父子及其随从。接下来，他把儿子赵青宽冒充成赵礼的儿子，送到崆峒山赵金那里，学习九曲黄河灯阵和算术。

赵青宽跟着赵金学了一年多后，因为不愿再留在山里吃苦，便背着赵金偷偷跑回了家。赵金虽然知道赵青宽只学到了九曲黄河灯阵的阵法，而算术也就学到了一点皮毛。所以，见这个赵家的不肖子如此不成器，也就随他去了。

赵青宽回来后，赵四浦便把他送进了寨主央钦家。因为赵青宽在赵金那里学过算术，央钦就安排他做了账房先生。赵青宽继承了他爹赵四浦的狡猾和曲意逢迎，所以一年以后被提升为央钦寨主的大管家。

赵青宽本打算娶了央馨儿，这离坐上寨主位子也就越来越近了。却不料央钦父女看上了马超，赵青宽心有不甘，所以摆出了自以为大罗神仙都破不了的九曲黄河灯阵，想要害死马超。央钦和馨儿知道赵青宽之前学习过这个阵法，也知道九曲黄河灯阵的厉害，所以才会阻拦马超和赵青宽比试阵法。

五、神奇的九曲黄河阵

马超一身银甲端坐在凉州大马上，英姿勃发，周身流露着琉璃般的光彩。原本骚动的人群，见到马超时，一下子安静了下来，紧接着传出了一片唏嘘声赞叹声。

馨儿这些天已经见惯了马超的狂野不羁和像老鹰一样的孤傲。此时此刻，却被他马上的英姿所震撼，不由得目光痴呆。马超扫了一眼四周，回过头来，冲着身后的馨儿轻轻一笑：馨儿，我这就进阵去了。这里不安全，你离远一些！

馨儿拉住了马超的马缰绳，神情中透着担忧：孟起，你给我记住了，要是没力气了就赶快把剩下的那套九牛二虎吃下去！

马超嘿嘿一笑：我不是已经吃过九牛二虎了吗？馨儿，你想撑死我呀！

馨儿明知马超是为了不让她担心才故意逗她的，但还是忍不住笑了：你怎么也学香香那个丫头了？满嘴胡话！刚刚还看你高大英武，像一个将军的模样，怎么一转眼就又变得婆婆妈妈了？

马超咧着嘴望着馨儿笑：馨儿，放心吧，到了累的时候，我一定把剩下的那套九牛二虎吃下去。

站在对面的赵青宽看着马超和馨儿甜蜜的样子，脸色阴沉沉的，鼻子里重重地发出了一声冷哼：狂妄无知的小子！都死到临头了，居然还在这里秀恩爱！

马超听到赵青宽的冷哼后，拍拍马鞍上挂着的包袱，给了馨儿一个“放心”的表情后，转头看向赵青宽，故意让他看到馨儿对自己的厚爱。赵青宽气得不轻，但对上马超锐利而深邃的目光时，不自觉感到了一种压迫感。马超本想再说几句话气一气赵青宽，可又看到了他眼睛里的闪烁，便冷嗤一声不再理他。马超朝着馨儿点点头后，催着马往前走了几步，抬眼望向不远处赵青宽摆下的九曲黄河灯阵。

从高处可以看到，九曲黄河灯阵是由横竖各十九行排立的方阵布局。阵内设三百六十五杆大旗，按金木水火土五行的白青黑赤黄立幡，并由三百六十五个兵士手执明灯站于旗下。阵中央竖着三杆几十丈高的天旗，旗杆顶端各挂着一盏巨大的明灯，那里便是指挥台，也是点将台的位置。一旦有人进入生门，主将就会在点将台上挥动手中令旗，调兵遣将，随时变换阵形。

马超按照师父一空大师以前所授的方法，很快便找到了东、西两个仪门，并且判断出了位于阵东面的生门。马超微微眯了一下眼睛，两腿一夹马肚，就朝着生门冲去。就在这时，身后忽然传来一空大师的声音：孟起！且慢！

马超一听师父来了，赶紧掉转马头。一早上都没见着师父，他怎么现在来了？马超心里感到有些疑惑，跳下马背走到了师父跟前。

一空大师示意马超附耳，然后用只有他们师徒二人听得到的声音对马超说：孟起，为师站在高处查看了这九曲黄河灯阵，发现赵青宽已经切断了生门的退路。你若按照原先的路径去走，即使破了里面的重重机关，也很难杀出阵来。

说到这里，一空大师停住了话音，随后将一个锦囊悄悄递到马超手上。马超不解，但也没有多问就装进了袖口里。一空大师接着说道：遇到生门路径异常时，再打开锦囊。一定要谨慎小心，切记切记！

马超对一空大师点了点头，躬身拜了一拜，飞身上马，奔向了九曲黄河灯阵。

原来，一空大师在天还未亮的时候就去了东大滩河对面的山上。因为九曲黄河灯阵中，除了重重机关暗器外，其中三百六十五盏明灯也是夺命暗器。随着主帅的指挥，三百六十五盏灯笼左右摇摆、忽明忽暗，让人产生眩晕的感觉，分不清路径的正确方向，从而起到迷惑敌人的作用。一空大师担心赵青宽使诈，再加上白天灯火不显眼，看不清里面的真正布局。所以他趁着天黑，阵中灯火通明，来到河对面的山上一探究竟。

果然不出所料！一空大师仔细观望后，发现赵青宽布阵时真的做了手脚。他把原先生门当中的路径全部打乱，进去时一切正常。里面的各个方阵机关按序排列，倘若闯阵之人武艺高强破了那些方阵中的机关，各方阵的兵士就会立刻移动位置，打乱和切断生门原来的路径。这样一来，就算是闯阵的人破了所有的机关暗器，想要从阵中出来却是难于登天！

一空大师看到阵中的异常，就知道赵青宽这是要对马超下死手了。于是，立刻照着摆好的九曲黄河灯阵绘了一张图，并且研究破解的方法。等他想到破解的办法时，马超已经离开寨子去会赵青宽了。一空大师赶紧把破解之法写好装进了锦囊，马不停蹄地赶来。还好，马超还未进阵！

赵青宽见他师徒二人窃窃私语，心中不屑。装模作样！今日就是你这个野小子的死期！

赵青宽狡黠地一笑，催马跑到阵门口，先马超一步进入阵中，并且斜眼瞟了一眼马超：孟起将军，恕我先行一步。我在里面恭候你的大驾！

赵青宽说完，哈哈大笑着策马跑了进去。马超冷冷地看着他的背影，马缰一提，握紧手中的长枪进入了九曲黄河灯阵。

马超进入灯阵东门后并未发现有什么异常，看见东、南、西、北四角各有四处城壕，每个城壕上都有五百个兵士把守。九曲黄河灯阵的布局是从八卦图演变而来，即按“太极生两仪，两仪生四象，四象生八卦，八卦生九宫”的阵法设计。只要破了其中两处城壕，就会打乱灯阵的整个布局，无法形成后面的“八卦”之势。这样也就不会出现之后的九个蜗牛状的迷宫阵形，也就是“九宫”，只要按照横竖的路径破解其中的机关暗器就可以很快到达阵中心的点将台。所谓“射人先射马，擒贼先擒王”，只要拿下台上的指挥者，其余所有的兵士就会乱了阵脚，阵法便不攻自破。

马超想到此处，首先选择攻破正前方的城壕。马超还未走近，就看见城壕之上的五百兵士已经开始拉弓，只要他进入射程之内，五百支燃着火油的箭就会同时射向他。马超身穿的狮王甲乃天外陨铁打造，不怕水不怕火，更不会怕箭，可胯下的战马必将被乱箭射穿。于是，马超跳下马背，安顿好坐骑，才徒步向城壕跟前走去。

马超提着长枪疾步冲上前。顷刻间，五百支火箭同时朝他射过来。马超停下脚步后，急速地舞动手里的长枪。那些带火的箭被他的长枪磕得四处乱飞，射在身上的火箭也都纷纷落地。等到五百支火箭全部射完时，马超已被一片火海淹没。城壕上的兵士以为马超肯定被烧焦了，叫嚣着欢呼起来。点将台上的赵青宽看到后，也得意地哈哈大笑。而阵外面远远观望的馨儿，看到马超身处一片火海，禁不住泪流满面，也以为马超被烧死了。忽然，只见一道银光冲出火海，飞身跃上了城壕。众人定睛一看，这道银光就是马超，他居然毫发无伤。

城壕上的五百兵士震惊过后，一窝蜂扑上来围住了马超。马超手中的长枪寒光四溅，上下翻飞，转眼之间就有一二百人被挑翻在地。其余的人被他的神勇气势镇得纷纷后退，撤下了城壕。

阵外观战的一空大师和央钦不由松了一口气。馨儿见马超安然无恙，也破涕为笑。

马超站在城壕上吹了一声口哨，就看见他的战马飞奔而来。马超从上面纵身一跃，稳稳地骑在了马背上，又朝南面的城壕驰去。

赵青宽没想到马超轻而易举就破了第一个城壕，心里有些不安。随即挥动手里的令旗，把刚才撤下去的兵士调到了南面的城壕之上。这样一来，守在这一个城壕上的兵士就从原来的五百人增加到了七八百人，还有一头体形硕大的西凉牛。接下来，马超将要面对的是一场更为凶险的战斗。

且不说七八百兵士有多厉害，光这一头西凉牛就足以耗尽马超的体力。马超看着眼前油光发亮的大黑牛，不但没有害怕，反而乐了。长这么大，还从来没见过这么大的牛呢！

这是东大滩赫赫有名的一头斗牛，名字叫西凉牛。它在历次西域斗牛会上均拔得头筹，西域诸国的斗牛都败在了它的角下，所以它被当地人奉为神牛。西凉牛一身黑毛，像绸子一样光亮。铜铃一般的眼睛，红如火焰；一对青里透亮的弯角利如锋刃，十分威武，加上体形健硕，像极了一位无敌勇士！

马超试探着往前走了几步，只见西凉牛鼻子里“嗤嗤”喷着粗气，而后大吼一声，山摇地动，马超明显感到了脚下地面在颤动，那些兵士有的已被震得站不稳了，趔趄着身体左右摇摆。马超暗暗叫了一声“好”！果然是一头不一般的牛！

西凉牛激起了马超的征服欲。他收起长枪背在身后，大踏步迎了上去。

西凉牛见马超大摇大摆走近，随即大吼一声，低着头朝马超顶上来。两边的兵士一看西凉牛发怒，一个个都躲到了一边。等西凉牛逼近时，马超瞅准机会牢牢抓住了牛角，本来打算用自己的神力牵制住牛头，不料这西凉牛的力气竟大得出奇。马超稍一走神，便被西凉牛甩了出去，重重地撞在了一根旗杆上，身上的铠甲也发出一阵“哗啦啦”的响声。众人一看马超被西凉牛甩飞了，都以为他活不成了，赵青宽更是得意得哈哈大笑。马超跌倒后，感觉一阵头晕目眩，但是，他很快就一个鲤鱼打挺站了起来。此刻，阵中的兵士，包括赵青宽都傻眼了！这小子是铁打的吗？火箭射不死他，西凉牛也摔不死他！

马超刚刚起身，就见西凉牛甩开四蹄，又朝他扑来。这次马超没有迎上去抓牛角，而是左右跳跃，不与它正面交锋。马超来来回回不停地躲闪，并几次飞身跳上牛背。西凉牛被马超激怒了，四只蹄子开始乱踩乱踏，鼻子里“嗤嗤”的喘气声渐渐加重。过了大约半个时辰，马超感觉到西凉牛的步子明显放慢了，而且已经被他激得暴躁异常。马超见状，再次跳到跟前，牢牢抓住了牛角。尽管如此，西凉牛仍然力大无比，马超被顶得后退了几十步，两只手的虎口处渐渐流出血来，身上也是大汗淋漓。僵持一会儿工夫后，奇迹出现了！西凉牛逐渐停下步子，最后缓缓地跪倒前蹄。马超一看机会来了，再次握紧牛角，浑身绷紧，双手猛然发力，生生地将西凉牛甩翻在地。西凉牛四蹄朝天，悲吼一声，躺在地上再也起不来了。

马超这才收回握着牛角的双手，只感到浑身疼得厉害。赵青宽站在点将台上，大惊失色。西凉牛一旦被废，城壕也就保不住了！于是，立即挥动令旗，想要变换阵形。但是，阵中兵士们眼见马超力挫神牛，早已惊慌失措乱了阵脚，根本顾不上按照令旗的指挥变换阵法，其中有一些怕死的人，已经偷偷地往后撤去。其余的那些兵士，还未来得及变换阵形，就被马超的长枪挑翻了一地。这些人虽然都是东大滩的勇士，可哪里见过马超这样神武的猛士？倘若继续阻拦，就算不死，也免不了缺胳膊少腿。再说赵青宽仗着有钱有势，平日里没少欺压他们，如今碰上马超这样厉害的人物，他们自然不会再为赵青宽卖命。

这些队伍中的一部分人随即扔下手中武器，退到了一边。马超知道这些都是东大滩的老百姓，见他们放下了武器，便不再追打。

赵青宽看马超连破两处城壕，再想变换八卦九宫阵法已经是不可能了。但他又怎会轻易放过马超？于是，挥动令旗，叫来了追随他的死党李二狗。李二狗听了赵青宽的吩咐，点头哈腰跑了下去。

马超破了两处城壕后，虽然看似轻松，实际上体力大减，尤其是两条臂膀，已经被西凉牛的蛮力所伤，只感觉有温热的液体在铠甲里面流淌。马超知道，是有血流下来了。但是，马超的脑海里从来没有过“退缩”二字。他抖擞精神，又向着第三处城壕走去。

一空大师在阵外其实也看出了马超的伤势，但他知道自己徒弟的能力。只要再破一处城壕，赵青宽今日所摆的九曲黄河灯阵就困不住马超了。央钦父女自然看不出马超的伤势，眼见他如此骁勇善战，父女俩心里不知道有多高兴呢！

这时已经过了晌午，原本晴好的天气渐渐刮起了风，乌云遮住了天空。赵青宽抬头观察了一下天气，忍不住再次仰天大笑：真是天助我也！孟起，看你还能坚持多久！

马超无心注意天气，唤来战马骑上后，快速来到了第三处城壕。正准备辨别路径，打进里面去的时候，发现阵中所有的灯笼开始不停地摇晃。天上乌云密布，灯火逐渐明亮起来，再加上这样一摇晃，使得他头脑有些眩晕，胯下的战马也变得焦躁起来。马超扯了扯缰绳安抚好战马，使劲摇了摇头，仔细看着里面的路径，却怎么也看不出个头绪来。马超这时才想起进阵前师父给他的锦囊。马超一边提防着四周的动向，一边从袖口里取出了锦囊。马超飞快地打开锦囊，刚要低头去看时，忽然闻到了一股刺鼻的味道。不好！是毒气！马超立刻屏住呼吸，急忙掉转马头往后退，却不料头上方的城壕上抛下几个布包。马超闪躲不及，有一个布包砸到了他的肩膀上，布包随即散开，里面的辛辣粉末一下子钻到了马超的眼睛里。马超立即催着战马离开，但眼睛依然被呛得疼痛难忍。马超万万没有想到赵青宽会使用这么卑劣的手段。

阵排天地、容纳日月的九曲黄河灯阵到赵青宽手里竟然变成了这种下三烂的把戏。

马超此时怒火中烧，再加上毒气和粉末的刺激，眼睛便有些模糊。这时，赵青宽立刻挥动令旗，李二狗带着一队人马围住了马超。马超虽然武艺超群，但由于眼睛流泪模糊，手里的长枪稍一停顿，便被李二狗的大锤砸到了后背，顿时气机逆转差点一口气提不上来。尽管有铠甲护身，仍然感到了背部的彻骨之痛。马超索性闭上眼睛，只管把手里的长枪舞得银光烁烁，仿佛形成一道屏障。一时之间，任何兵器都近不了他的身，并且还把李二狗手里的两把大锤震得飞出了老远。李二狗见大锤飞走，自己又被大锤上的余力震得虎口裂开，两只手鲜血淋漓。而马超的银枪烁烁，真是沾着即死、碰着就亡，李二狗吓得屁滚尿流，哭爹喊娘地带着众人向阵外逃去。任凭赵青宽怎么挥旗，那些人都不再理会他的调遣，头也不回地跑了。

这时候，马超的眼睛也好多了。他感觉肚子饿，想起了馨儿为他准备的九牛二虎和一壶茶水，心里不禁涌出一股暖流。他取出九牛二虎大口大口吃下后，又用茶水把眼睛洗了洗。洗完眼睛后，马超浑身好像充满了无穷的力量。这时候，天上的乌云也慢慢散去，地面上又恢复了一片光明，灯火已经妨碍不了马超的视线了。马超握紧长枪，再次催着战马往里行进。

由于李二狗的逃跑，阵中好多兵士都放弃了阻拦马超。赵青宽见大势已去，再怎么变换阵形也是枉然，但他恨马超入骨，到了这种时候，依然不肯认输罢休。他虽然不能再变换阵形，却调动剩下的所有兵士，一起出动围住了马超。马超见九曲黄河灯阵已然没有了本来的威力，便也不再往里行进。那些兵士都是东大滩的青壮勇士，马超并不打算真的伤了他们的性命，只是打落他们手中的兵器，策马冲出包围来到了阵中心的点将台下。赵青宽这时候已经手忙脚乱，没有了应对之法。

马超冷眼看着点将台上的赵青宽，手腕一翻，一把小刀脱手而出，化出一道流光飞向赵青宽。赵青宽惊骇不已，以为马超要杀他，只吓得连连后退。然而，那把小刀只是飞向了他手里的令旗，小刀在令旗上划了长长一道口子后，跌落到赵青宽的脚边。马超看着惊慌失措的赵青宽一屁股跌倒在点将台上，冷笑一声，掉转马头朝着阵外翘首以盼的馨儿飞驰而去。

原本威力无穷的九曲黄河灯阵，在赵青宽这个半吊子的布置和调遣下，杀伤力大打折扣。马超虽然受伤不轻，但也算是全身而退。

六、无赖的挑衅

马超骑马驰来，还未走到师父和馨儿的跟前，就被东大滩的乡亲们围了起来。乡亲们异口同声呼喊着：大英雄！大英雄！大英雄！……

馨儿早已经顾不上害羞，冲进围观的人群，扑进了马超的怀里。虽然马超身上坚硬的铠甲硌得她手臂生疼，但她依然紧紧地抱住马超。馨儿脸上笑着，眼睛里却噙满了泪水，哽咽着对马超说：你可算是出来了！你知道吗？我……我好担心……担心你啊！

马超用手轻轻地拍着馨儿的后背，略显苍白的脸上露出了笑意：馨儿，你看看，我很好啊，你别难过！

周围的乡亲们看着这对紧紧相拥的小儿女，都哈哈大笑起来。馨儿这才红着脸松开了马超。马超抬手想要为她擦拭脸上的泪珠，但看了看自己仍在滴血的手，只好悄悄收回了胳膊。

一空大师和央钦此时也挤进了人群。一空大师慈爱地望着马超：好徒儿，从来都没有让师父失望过！伤势如何？快些回去医治吧！

央钦一听马超受了伤，赶紧拉起马超的手就要带他回去疗伤。这一拉，才发现马超的手上全是血，他再仔细一看，血都是从袖子里淌下来的。央钦大惊，立刻叫人准备马车。

馨儿看着马超胳膊上流了那么多血，居然还直挺挺地站着，连眉头都未曾皱一下，眼泪再一次夺眶而出：孟起，你都流血了！是不是很疼？我们快些回去医治！

马超看着央钦和馨儿这样关心他，心里一下子变得既温暖又酸楚。他轻声对馨儿说：有你的九牛二虎垫底，所以我只是一点小伤，你不要担心！

这么多年，除了师父和风竹师兄外，还从未有人这样关心过他、在意过他，甚至还为他伤心落泪……马超这样一想时，也忍不住热泪盈眶……

众人簇拥着马超正要离开时，却见赵青宽铁青着脸挡在了前面。央钦看见赵青宽，十分生气，冷声说道：赵青宽，方才你在那九曲黄河灯阵中所使的卑劣手段，我已经看得清清楚楚。难道到了现在，你还不肯认输吗？

赵青宽原本铁青的脸色，此刻又转成了酱紫，嘴上却依然强硬：寨主言重了吧，所谓“兵不厌诈”，那些只是我设的机关暗器，怎么能说是卑劣手段？

未等其他人开口，馨儿怒气冲冲地走到赵青宽面前说道：赵青宽，你太不要脸了！孟起心善才没有出手伤你，你竟然还有脸再来胡搅蛮缠？你这样的小人，也难怪那些兵士不听你的调令！

赵青宽被馨儿这样一骂，脸色越发难看，转而狠狠地瞪向马超：对，是我用人不当，所以才会让他侥幸破阵！

马超此时也懒得再跟他废话，脸上波澜不惊，对馨儿淡淡地说道：馨儿，我们回去吧！这里的空气太过污浊。

馨儿听了马超的话，冲着赵青宽翻了一个白眼，回过头来扶住了马超的胳膊。

没想到赵青宽再次挑衅，冲着马超说道：孟起将军，今日算是你侥幸破了我的九曲黄河灯阵。可否让我再见识见识你的射箭功夫？也好让我们东大滩的乡亲们开开眼界呀！

马超看他这样不依不饶的纠缠，心里十分厌烦。看来不让他吃点苦头，他还真以为别人都是傻瓜呢。于是便停下脚步，冷冷地问道：赵青宽，听你的意思，是打算要和我再比试一下箭术吗？

赵青宽也没再废话，对着马超一拱手：还请孟起将军不吝赐教！

一空大师洞察秋毫，知道马超的心思，虽然担心他的伤势，但也没有阻拦。馨儿却急了，拉住马超的胳膊：孟起，你的手臂还在流血。不要理他！咱们走！

马超轻轻地拍了拍馨儿的手，安慰道：没事，你只管看我怎么收拾这个无赖就好！

馨儿拦不住马超，只好松开了手。

大家此刻都在关注马超，谁也没有注意到赵青宽的举动。只见他鬼鬼祟祟地对一个手下附耳交代了几句，那个手下便一溜烟地跑出了人群。

马超拿了弓箭，冷淡地开口道：说吧，怎么比？

赵青宽抬起头望了望天上飞着的雁群，狡黠地一笑：箭射张口雁！只要谁能把箭射进大雁的嘴里，就算谁赢！

赵青宽说完后，也不等马超开口就抽出一支箭按在弦上，“嗖”的一声朝着鸣叫的那只头雁射去。马超紧跟着也射出了一箭，就在赵青宽射出的那支箭快要插进雁头的时候，却被马超射出的箭稳稳地射中了箭头。两支箭偏离了方向，同时飞向了高空，箭头撞击在一起，发出尖锐的声音。吓得雁群一阵惊鸣，打乱了人字队形。

赵青宽对马超冷笑道：孟起将军的箭术原来也不过如此！

马超狠狠地看了一眼，嘴角一扬：射大雁有什么好玩的？因为你的缘故，刚才已经死了不少弟兄了。现在，你难道还不能放过一只大雁吗？不如我们来玩点有意思的！

一空大师望了一眼爱徒，欣慰地点了点头：孟起真乃善良之人哪！马超没有听到师父的话，只是解下了头盔，气咻咻地望着赵青宽。赵青宽不知道马超是什么意思，依然一脸的不屑。马超指了指头顶的发髻，对赵青宽说：射这里。这样才有意思！

赵青宽这一下听清楚了，这往发髻上射，要是低上那么一点点，这命岂不是就没有了？赵青宽紧盯着马超：要不我们换个法子？

马超知道赵青宽担心什么，冷然说道：不用怕，你先射我。来吧！

赵青宽听得一愣，继而又回过神来。哼！既然你活得不耐烦了，就别怪我手下无情！今日不是你死，就是我亡！

赵青宽毫不客气地朝着马超的额头射出一箭。馨儿来不及阻止，早已吓得花容失色，赶紧捂上了眼睛。

赵青宽这一箭用了十足的力道，马超只觉得迎面一阵疾风袭来。不对！

还有一股疾风冲着左边的太阳穴而来！有人放暗箭！说时迟，那时快，马超两只手同时伸向两个方向，牢牢地抓住了两支箭。

一空大师也被这突如其来的暗箭惊出了一身冷汗，没想到赵青宽竟然还安排了暗箭，幸好马超反应极快！央钦和围观的人都惊得张大了嘴巴，半天没有回过神来。馨儿因为捂上了眼睛，再加上没有听到大家的议论，所以不知道发生了什么。当她看到马超双手接住了两支箭后，就知道是怎么回事了。不由得身子一软，瘫坐在了地上。

短暂的寂静后，周围忽然爆发出了热烈的掌声和欢呼声。

赵青宽比任何一个人都惊恐，怎么可能？这样都杀不了他，他到底是不是人啊？

马超扔掉了手里的箭，声音异常寒冷地说道：赵青宽，现在轮到我来射了，你可要小心了！

赵青宽此时感到从未有过的惊慌和害怕，他几次三番对马超下毒手，现在，马超怎么可能放过他？众人见赵青宽磨蹭着不肯取下头盔，纷纷开口叫骂：

“赵青宽，你还是个男人吗？”

“赵青宽，你这个胆小如鼠的小人！”

“赵青宽，你连人家孟起的一根脚指头都比不上！”

……

赵青宽在大家的叫骂声中，不得不颤抖着取下了头盔。

马超目光冰冷地看着赵青宽，见他那副吓破了胆的样子，又不禁感到十分好笑。还以为你有多大能耐呢？原来只是个无赖加脓包！

虽然赵青宽是个卑鄙小人，但马超也只是想教训教训他，免得他纠缠不休，并未想过要取他性命。所以，手上只用了三成力道，轻轻射向了赵青宽头顶的发髻。饶是这样，都把赵青宽吓了个魂飞魄散。马超见赵青宽披头散发，浑身抖得跟筛糠一样，忍不住随着众人哈哈大笑起来。赵青宽一脸呆滞，哪里还顾得上众人的耻笑，傻兮兮地抬起手摸了摸脑袋，引得大家又是一阵哄笑。

央钦本打算追查刚才向马超放暗箭的事情，又见赵青宽吓成这副模样，肯定也问不出个所以然来，只好作罢。再加上马超对这件事情并未放在心上，所以便把这件事抛在了脑后。马超若是知道他今日的心慈手软，之后会给他和馨儿带来毁灭性的痛苦和伤害的话，他今天是绝对不会这样轻易地放过赵青宽的。

回到寨子后，一空大师和央钦立即帮着马超脱下了身上的铠甲。只见马超里面穿着的一身白袍，已经被血染成了红色。没了铠甲的支撑，马超感到浑身一软，意识也变得有些模糊，只勉强向着众人一笑便晕倒了。面对这样的状况，一向处事不惊的一空大师也不由得动容了：馨儿再一次被马超一身触目惊心的鲜血吓坏了，跌坐在地上失声痛哭。

寨主府里顿时乱作一团，请郎中的请郎中，端水的端水，拿药的拿药……

七、我的眼里只有你

马超以一己之力大破九曲黄河灯阵，虽然听着威风，但也是死里逃生的冒险行为。这还要有赖于赵青宽学艺不精，将这传自上古的阵法只学了一个大概，仅仅发挥出了此阵二三成的威力。否则，莫说单凭马超一人，就是再来十个马超也恐怕要葬身阵中。这般神奇的阵法，其中奥秘无穷，非大胸襟大智慧者根本无法领会其要义，又岂是赵青宽那等心术不正的小聪明能学会的！最多也就做到形似罢了。饶是如此，马超的伤势也将养了月余才慢慢好转。

央钦乐得成全两个孩子，便对馨儿和马超的来往不加干涉，任由馨儿每日里端茶递水伺候着。马超的身体终于在馨儿的关怀下，恢复如初。这一天，马超坚持着要下地，但馨儿不许他乱动，只是让他躺着养伤。马超少年心性，哪肯终日像个垂垂老朽般窝在房里不出门，奈何馨儿看得紧，但凡马超流露出不耐烦时，小辣椒立马两眼泪汪汪，那泪水跟河岸决口似的不住地淌。看馨儿掉眼泪，马超就觉得心都被泡软了，然后乖乖听话。看着馨儿破涕为笑，再来给他讲东大滩的趣事解闷，或者帮他按揉经络。大夫说过按摩有利于马超身体的康复。所以，不论药物还是食物，馨儿都会百分之百遵照医嘱去做。马超无奈着又温暖着，他心里偷偷地想：这个世间，除了娘亲，恐怕再也找不到比馨儿待他更真情真意的女子了吧！

央馨儿眼看着马超一天天好起来，也是由衷地高兴。当日马超出阵后脱去盔甲像个血人的情形，她想起来都心疼不已。刚开始那几天，馨儿不放心别人伺候，自己亲手照料马超，衣不解带、不眠不休地熬过了七个日夜。只到大夫确诊没有危险了，她才松了一口气，而后一下子晕倒在了马超的床榻边。

一个月后，一空大师看马超在央钦一家的精心照顾下，完全脱离了危险，便放心地把马超托付给了央钦，自己只身回莲花山去了。临走时，央钦拉着一空大师商量两个孩子的亲事，一空大师笑着说：等孟起彻底好了再说吧，到了那个时候，马腾将军也该回来了。到时候我们再议。

央钦一听有点诧异：大师，孟起的亲事还要都护大人点头吗？

一空大师点头道：是啊。马将军上京已有几个月了，走的时候说，等他回来要收孟起为义子。

央钦啧啧道：原来如此呀！那就势必要等都护大人回来再说。不过……央钦话锋一转笑道：不管马都护回来怎么说，我家馨儿可是认定了的，孟起小将军是央钦的女婿，跑不了啰！

一空大师也笑了：一对小儿女难得情投意合，理该共结连理。只是马超还小，也不着急马上就完婚，先定亲吧。寨主你看呢？

央钦一开始就看中了马超，现在又听说马腾要收孟起为义子，那他以后和西凉都护可就是亲家了。这样的女婿，于公于私都是上上人选，便更加满意这门亲事，连连点头道：当然！当然！先定亲！央钦比女儿还要高兴，暗想：这样的女婿自然是得先定亲给拴住了。

馨儿要和少年军的统领孟起定亲，寨里都知道了，东大滩的人们很开心。孟起力破九曲黄河灯阵，真是少年健勇！这在九曲黄河灯阵的历史上还是第一次。此外，孟起不但是天赐寺少年军的统领，而且还是西凉府都护的干儿子。这样一个英俊潇洒的少年英雄，还有西凉府都护做后盾，且马上就成东大滩寨主央钦的女婿了。央钦的女婿，实际上就是东大滩的女婿。这样一来，对东大滩的守护必然有所助益。以后在与西大滩的纷争上，羌人蓝脱就得掂量掂量了，我汉人绝不是好欺负的。东大滩的人们想到这些好处，无不觉得这门亲事乃是天作之合，便自发组织要庆贺一番。

草原上的牧民逐水草而居，哪里有羊群哪里就是家；哪里有住房，哪里就有篝火。一场欢歌热舞的盛会，就这样红红火火地操办起来了，主角自然是央馨儿和孟起。时令已近深秋，草原风光又是另一番的壮美。夜风拂过，鼻端充盈着烤全羊的香气、牧民自制马奶酒的香气、木柴燃烧的烟火气，以及夜晚草地里独有的青草味……年轻的姑娘和小伙儿们围着马超与馨儿唱歌跳舞，句句都是祝福，每个人脸上都洋溢着快乐和欢笑。

赵青宽坐在偏暗的角落里，恨恨地盯着人群里的马超，狰狞的表情和眼神像极了草原上的恶狼。他看见馨儿红扑扑的笑脸，在篝火的映衬下越发眉目如画，就如同开在草原深处的山丹丹花那样灿烂迷人。所有这些，都使赵青宽心里翻江倒海般难受，这样的女子是草原上最美丽的花朵，他从小守着她，看着她长大盛开，眼看就要属于他了，却被突然冒出的那个野小子抢走。这让他如何不难受？如何不恨？这感觉就像在胸口上插了一把刀子似的，既痛彻无比还撕心裂肺。赵青宽仰头灌了一碗马奶酒，狠狠地将酒碗摔在地上，低声怒骂道：算你小子命大！但是，谁笑到最后还不一定呢！说罢，转身悻悻离去。

夜色微凉，气氛热烈。人们吃过烤全羊、喝过马奶酒后，依然不肯散去……

此时此刻，空气里还残留着欢腾过后的余味。馨儿拉着马超的手跑到一处稍高的草坡上看星星。草原的夜空繁星满天，两个人依偎着坐下来，抬头便是一眨一眨闪亮的星星，马超便想起小时候风竹师兄哄他的话。有一次他受了风寒，浑身打摆子，半夜里说胡话直叫娘亲。风竹师兄守着他，给他换帕子冷敷降温，在他炕头絮絮叨叨地说，每一个死去的人都会化作一颗星星，挂在天上守护着还留在这世间的亲人。从那以后，每当感觉孤单的时候，马超都会去看星星，那些忽明忽暗的星光仿佛就是娘亲的眼眸。

馨儿大方地看着马超英俊的侧颜，眼睛里闪耀着幸福的碎芒。良久，马超回过神，转头便看见了馨儿一双会说话的大眼睛，黑暗里流转着两汪波光潋滟，里面盛满了能溺死人的温情。马超一时看呆了，手便鬼使神差地抚上了馨儿的俏脸，指腹掠过柔嫩饱满的唇，马超情不自禁亲了上去。两个人一触即分，都像是受到了惊吓，浑身激灵灵轻颤。黑暗掩饰着彼此的窘态，也看不清对方绯红的脸颊。馨儿一头钻进马超怀里，依在马超胸前，听着他如擂鼓一般的心跳，“扑哧”笑出声来。马超下巴抵在馨儿头顶，有点难为情，闷闷地问道：笑什么？

馨儿拿指头点了点马超的胸口，笑着说：喏！这里有一头小鹿，都快跳出来了。

马超握住馨儿的小手，顺势按在自己胸口：那你帮忙别让它跑了，它是你的！

馨儿“唔”了一声，慢慢抬起头，深情地望着马超道：孟起，你看着我的眼睛。四目相对，馨儿一字一顿地说：孟起，我的眼里只有你！

马超轻抚馨儿的眉睫，低低道：我明白！

漫天的星星更加欢快地眨着眼睛，一道流星拖着长长的尾巴划过夜空，远处的香香跑过来大呼小叫：快看，快看，流星好美啊！

马超赶紧放开馨儿，尴尬地咳了两声道：我先回去了。说完头也不回地走了。

香香走到近前，疑惑地问馨儿：小姐，姑爷怎么走了？还急慌慌的！

馨儿也有些羞窘，戳了戳香香的额头，笑骂道：别胡说，什么姑爷啊？八字还没一撇呢。

香香一下子急了：没一撇？那怎么办？他还亲了小姐你呀……

馨儿急忙伸手捂住香香的嘴巴：小姑奶奶，小点儿声吧！

香香错愕过后终于明白了，一把拉开馨儿的手，笑道：这不就是姑爷嘛！然后又压低声音笑嘻嘻地说：小姐放心，你们亲过的事我保证不跟别人说……不过小姐，我得……告诉寨主和夫人去。说完便哈哈笑着转身就跑。

馨儿追上去喊道：死丫头，你要是说出去，看我不撕烂你的嘴，你给我站住！

主仆两个笑闹着往房间而去。马超在她们看不见的角落不由失笑，盯着馨儿的背影悄声自语：馨儿，我的眼里也只有你！

八、刁蛮大小姐

定亲在即，因为一空大师说过孟起的亲事还要马腾首肯，央钦便派人在凉州城里时时留意有无马腾归来的消息。由此可见，他对这门亲事是志在必得了。

眼下，马超身上的伤已然大好，但因为要调查东、西大滩械斗的事情，还因为与馨儿正当情浓的关系，便一直流连在央钦寨里，每天跟着牧民们出去放羊、骑马。转眼已到秋末，天气渐渐转凉，凉州的寒流总是说来就来，早起草原上被轻霜覆盖，白蒙蒙的一片。馨儿一大早就来找马超，她穿着一身红色衣裙，领边和袖口滚了一圈白色的狐毛，衬得小脸娇俏莹润。虽然是每天都见惯了的，马超还是盯着那张面容，哪怕是一瞬间的惊艳，也不会放过。

馨儿哈着小手望着马超，笑着问：今天有点冷呢，还要出去吗？

马超拉过馨儿的柔荑，包在自己的手里帮她捂着，反问：是不是有事找我？

馨儿瞪了眼马超，轻嗔道：哼！没事就不能找你了？

马超咧嘴笑，赔着小心赶忙道：当然不是了。馨儿来找，什么时候都行啊！

馨儿皱着挺翘的小鼻子，似笑非笑地拉长声调说：谁知道呢？每天那么多的姑娘找你，怕是孟起将军都忙不过来了吧？

马超屈指在馨儿额头弹了一下，假意板起脸训斥道：看你还敢再胡说！

馨儿“哎呀”一声呼痛，揉着自己的额头，嘟嘴道：本来嘛！那天刘阿婶家的小秀秀还哭着喊着要嫁给你呢！

马超哈哈笑出声：小秀秀才六岁，你跟她计较啊？羞不羞？

馨儿一下子红了脸，跺脚急道：讨厌！不和你说了，我回去。说着转身就要出去。

马超不再打趣，急忙拉过馨儿的一只手，将她轻轻圈在胸前，柔声道：好了好了！不闹了，来说说正事吧。想不想跟我去趟骊靬？

骊靬？做什么去？馨儿的身高在女子堆里也算是最高的了，可在马超这里，就显得很低。馨儿仰头看着马超，她的身高只及马超的胸口。

马超笑着说：骊靬的皮毛生意一直很好，那里还有番邦来的好皮子。我们去买几张回来做冬衣啊。

馨儿一听欣喜满腮道：这样啊！我要去，咱们什么时候走？

马超点点馨儿的鼻子：马我都准备好了，你先去收拾一下，等我去禀告了寨主，然后就直奔骊靬。

馨儿答应着“是”，便笑着跑远了，轻盈得像一只鸟儿。

骊靬城里人来人往，东市有一家闻名西凉的皮毛铺子，各州县甚至府城凉州的人都来这里采买皮毛。说话间就是朔风催人的严寒冬季了，在西凉地，没有皮毛御寒的冬天委实难熬。所以，将冷未冷的这个时节，正是皮毛生意最紧俏的时候。

馨儿从来没有到过骊靬，和香香一路上好奇地东看看西摸摸。骊靬县是一个各族杂居的地方，随处可见胡商的店面，和一些别具特色的吃食，与凉州城那种板正严肃比起来，还是这样包容活泼的小县城更有生气。马超带着馨儿主仆一路逛过闹市，在一个个皮毛店里挑着喜欢的皮子。

九尾狐皮毛，就是闻名西陲最大的皮毛生意铺了。据说，这家店的东家很神秘，从来没有人见过，店面常年交由管事的打理，管事的还是一位妇人。

五间通堂的铺面，里面有数十个伙计在招呼客人。闹嚷嚷的声音，夹杂着毛皮的腥膻，气味算不得好闻。好在馨儿出身草原，适应了片刻便走到柜台前去挑拣。东大滩不缺羊皮，其他的皮毛都缺。她想买几张狐皮或者兔皮回去，好做个大斗篷在冬天穿。

店里专门准备了歇脚的案儿，还有茶水供应。有伙计给马超沏了一杯茶，他坐在案边远远看着馨儿她们主仆翻翻拣拣，仔细地挑着喜欢的皮毛。马超的目光始终没有离开馨儿的身影……马超看着忙活的馨儿主仆，暗自嘀咕：不是应该看上了就买吗？何苦翻来覆去比对了又比对？马超摇摇头心说，没想到女人家买起东西来这么麻烦！

马超有点儿百无聊赖，只好把目光投向店外边。这时候，传来了一句“这是我们先看中的”！很显然这是香香那咋咋呼呼的大嗓门。马超循声看过去，见香香拽着一块皮子正在和人争执，马超赶紧撂下茶杯，上前去看。

什么你们我们的？向来买东西都是价高者得，谁的钱多就归谁，你懂不懂规矩？说话的是一女子，年纪不大，和香香相仿。

香香横着脖子嚷道：你松手，我们又不是买不起。

对方也紧紧扯着同一块皮子，一脸刻薄道：看你这寒酸样儿，也不配用这么好的东西。这可是我家小姐早就跟店里说好的。

香香不服气大声问：你家小姐穿得，我家小姐就不能穿了？那你说多少钱？

一千金！拿得出来吗你们？对方也是一个小丫头，却一副盛气凌人、咄咄逼人的姿态。

马超大踏步走上前来，喝住了还要争吵的香香。再看馨儿，早已经气得俏脸生寒。马超问：香香，怎么回事？

是她！香香努了努嘴，示意对面道：我和小姐看好的东西，她非要抢去，还笑话我们出不起价钱。

是吗？多少钱我们就出不起了？马超盯住对面的小丫头问。

问了还不是白问，多少钱也是本小姐的。人群里传来一声蛮横的娇斥，走过来一位穿着劲装、披着黑色斗篷的女子。

马超打眼望去，女子身量高挑，装束利落，小麦色的脸孔上有一对黑白分明的大眼睛，配上浓淡相宜的眉毛，琼鼻丹唇，五官漂亮，又有三分英气，若是没有满面的戾气，倒也不失为一个独具风采的美人。只是，此刻女子满含怒气生生破坏了一副好相貌。她拿手中的马鞭往马超一指，挑眉道：怎么，要和本小姐抢东西？

马超见正主儿来了，还和他差不多大的年纪，便起了玩笑之心，龇牙一笑道：哎呀！不是小姐你抢的我们吗？抢东西可不敢哪，那是土匪才干的营生，我们是正经人。

那女子听了马超的调侃，忽地变了脸，生气地扬手一鞭抽来：你找死！

马超不知这女子脾气如此暴躁，拉着馨儿躲过去，继续笑道：土匪的行事，加上土匪的性子，难道你真是个土匪婆子？难怪长得这么丑陋不堪！

周围已经有不少客人被吸引来看热闹，听马超这样的话一出口，都跟着笑了起来。

女子最恨有人说她们的容貌不好，尤其对方还是一个年龄相当的少年男子。此时那女子羞怒交加，美目瞪着马超，追过去又是唰唰几鞭。马超看这架势，估计对方应该是练过武功的，马鞭虽不如刀剑，他也怕伤着馨儿，边躲避女子的攻击，边将馨儿送到旁边一处安全的地方，这才腾出手来准备应付女子步步紧逼的攻势。

马超成心要逗一逗这个刁蛮不讲理的女子，便假装不会武艺，抄起手边柜台上的皮子一张接一张扔出去抵挡马鞭，嘴里还继续调侃着：小姐好功夫，再来一张！好，打中了！嗯嗯，好鞭法啊……

店里一时之间毛屑翻飞，有几个围观的客人唯恐天下不乱，便高声起哄，火上浇油。一时间，整个店里乱糟糟的，生意都做不下去了。一个伙计匆匆忙忙跑出来调停：二位客人都请住手吧！住手吧！说了半天，无人理睬他的喊叫，伙计便一扭身往后院去了。

少顷，从后堂走出一位夫人，身后跟随伺候的两个丫头。她皱眉哼了一声，这才开口道：再闹都给我丢出去！声音不大，但又恰到好处传进了所有人耳中。顿时，店堂里安静下来了，众人看去，光影里坐着的夫人年纪约三十岁上下，衣着并不华贵，但给人的感觉就是贵气凛然，容貌也不见多清绝，但是周身透出的是雍容高雅的气度。

店里的伙计纷纷上前见礼，众人这才知道，这位夫人便是九尾狐皮毛店的主事，大家都叫她剑兰夫人。

剑兰夫人淡淡地环视一圈，方才将目光看向马超和黑衣女子，扬了扬唇角，似笑非笑道：二位这是要拆了我的小店吗？慵懒的声音不见一丝凛冽，但无端就给人一种不容轻视的压力。

马超看剑兰夫人的做派，也不好继续玩笑，上前一步抱拳正色道：夫人见谅！小子多有冒犯，贵店的损失必将如数照赔。

剑兰夫人淡然一笑道：好！这才是年轻人该有的态度。说完将目光转向黑衣女子：那么这位小姐呢？你的马鞭可是抽坏了我家不少的好皮子。

女子冷哼一声，也不说话，招手向人群中示意，走上来两个健壮的仆人。他们从后背上取下包袱，哗啦啦抖开，里面竟然全是黄澄澄的金饼，在店堂柜台上一堆，金光灿灿的。人群里啧啧声起了一片，想不到这小姑娘年纪不大，却有这般财富。

女子将众人的惊叹看在眼里，神情更显倨傲，对剑兰夫人道：这些金饼足够买下你这里所有的皮子了吧？

剑兰夫人面色不变，斜斜倚在虎皮里扫了一眼金饼笑道：小姐有再多的金子与我何干？只需将适才打坏的那些照价赔来就是。至于其他的吗……剑兰夫人拉长声音道：我这小本生意，招呼的都是平头百姓，伺候不起小姐这样的大主顾，付了账小姐就请自便吧。

人群里有许多是平日与九尾狐有生意往来的客商，听剑兰夫人一席话都笑起来，谁不知道在西凉府，甚至整个西北，九尾狐若说店小哪还有别家店的生意？看来夫人是对那黑衣女子生了厌憎，不想把东西卖给她了。

黑衣女子没料到剑兰夫人是这样的态度，又看见其他人向她投来讥讽的眼神，一时间恼羞成怒，涨红了脸大声道：我耿玉蓉今日偏就要在这里买一块最好的皮子，不卖也得卖！

九、千金裘

这刁蛮女子不是别人，正是和西凉府以及张鼎、西凉马腾、西凉马超有着千丝万缕关系的某某“大人物”的千金小姐，姓耿，名玉蓉。她小小年纪竟如此猖狂，众人均摇头苦笑不已。马超也在吃惊之后，摇头不语。试想如果馨儿成了那般性子，马超一定会望而却步的。想到此，便偷偷伸手拉住馨儿的小手捏了捏。馨儿虽大胆热情，但众目睽睽之下也怕落了别人口舌，便赶忙抽回手，含羞带嗔地瞪了马超一眼。馨儿亦喜亦嗔的小模样有股说不出的可爱，这与对面刁钻古怪的疯丫头耿玉蓉形成了鲜明的对比。所以，马超在满足之余，咧嘴笑了起来。

耿玉蓉正在气头上，一错眼看到了马超的笑脸，下意识就以为是在耻笑她，想到今日受尽嘲弄，皆因与马超他们为争夺一块皮子而起，便将一腔怒火统统往马超身上撒去。耿玉蓉也不理剑兰夫人对她的揶揄，指着马超咬牙道：本小姐就要他们手里的那块貂皮。

香香站在馨儿身侧正捧着貂皮看热闹，闻言后急忙把皮子藏到了身后，瞪眼道：不给，这是我们先看中的。

耿玉蓉气急，举起马鞭就要行凶时，剑兰夫人却“呵呵”笑出声来。她被香香那嘟嘴瞪眼的娇憨样儿惹笑了，悠悠叹道：还是年轻好呀！这一叹却是说不尽的风流妩媚，在场人等都看呆了。耿玉蓉也慢慢地放下了举起来的马鞭。

剑兰夫人起身慢慢踱到马超和馨儿跟前，美目在他们身上审视了一遍。看得馨儿都局促起来，这才抬手向香香笑道：好丫头，把你手里的皮子给我吧。如沐春风的脸色和话语，却有不容置喙的强势。

香香不情不愿地将皮子拿出来，剑兰夫人接过去，在光滑油亮的皮毛上抚摸着，轻轻赞道：这是上等的紫貂皮呢！说着往馨儿身上比了比，抬眼向马超笑道：难得我与公子有缘，不如将它送与你家小娘子做件紫貂裘如何？就当是给你们成亲时的添妆。

紫貂裘？那可是千金难买的贵重东西！马超岂能不懂它的价值。正因为太过贵重，马超和馨儿面面相觑，不敢接话。

哼！无事献殷勤。耿玉蓉冷眼瞥来，气咻咻地说。

剑兰夫人听见耿玉蓉的话也不着恼，继续笑道：的确是献殷勤，但求公子成亲时能有幸到府上去讨杯喜酒吃。今日先将贺礼提前奉上，到时才好上门噢！说着双手捧着紫貂往马超和馨儿身前走去。

马超见状心思急转：看这夫人不像是有歹意，但如此名贵的东西说送就送，必是有不为人知的内情。只是，与她并未有过交集，即使有所图谋也不该知道自己的身份吧？如果不是，一介商户，这样做图的又是什么呢？

正在马超犹豫不决沉思时，剑兰夫人低声道：多谢公子在张掖道上的解救之恩。

马超恍然大悟，这才想起年前有客商被龙首山匈奴军挟制，少年军星夜驰援，从匈奴军手里解救过一批货物，那里面多数是皮毛。如今看来，那便是剑兰夫人的货物了。

剑兰夫人见马超了悟的神情，知道他已经明白了其中原委，便向马超点了点头。马超看剑兰夫人已然认出自己，却没有点破他的身份，真是一个通透明白的人，也对其生出好感来。爽快笑道：既然如此，那便恭敬不如从命了。多谢夫人，我们成亲时还请夫人大驾光临呢！

那是自然！剑兰夫人拉起馨儿的手亲热地拍了拍，笑道：好干练的人儿！继而话锋一转道：还是乖乖巧巧的小姑娘惹人疼，比那舞刀弄枪凶巴巴的野丫头不知要强到哪里去！剑兰夫人显然是在说，耿玉蓉不招人待见了。

耿玉蓉即使再刁蛮，也不过是十来岁的女孩儿家，被剑兰夫人这一顿夹枪带棒的贬损，加上众人的嘲笑，便再也忍受不住，一双眼睛里涌起泪来，跺脚就往店外跑去。两个仆从、一个丫鬟赶忙收拾了东西追了出去。随着耿玉蓉的离去，一场纷争终于平息了，店里又恢复了正常的交易和买卖。

剑兰夫人将马超和馨儿请进内堂喝茶，并重新向马超行礼致谢。馨儿一头雾水，剑兰夫人便将年前之事细细向她说起。

这家名叫九尾狐皮毛的店面，明面上是剑兰夫人主事，但东家却是车师国的库尔班王子。剑兰夫人是库尔班王子的姐姐，车师王为了和亲大汉，将她远嫁给大汉的酒泉郡屯田校尉郑羽为妻，那时的郑羽已年届四十。成婚后不到三年，郑校尉暴病身亡，府里其他人等容不得剑兰夫人，欺负她娘家远没有助力，处处刁难。剑兰夫人一怒之下，意欲脱离郑家返回车师。但车师路途遥远，一介女子只身行路简直难上加难，只能拿出身上所有的财帛加入西去的商队。一日行到荒漠，商队遭遇了龙首山的土匪，财物被抢劫一空，那些土匪正要杀人时，一队要去往洛阳的商旅恰巧出现，好巧不巧正是库尔班王子的驼队。剑兰夫人得救后，姐弟相聚唏嘘不已。随后库尔班王子带着姐姐做起了皮毛买卖，后来又在骊靬开了这家店面，剑兰夫人便在骊靬安定下来，生意也越做越红火。

至于和马超相遇，则是年前在张掖郡。那时候有一批上等的皮毛从车师运过来，剑兰夫人亲自去接，却遭到龙首山匈奴军的劫击。虽然商队也有武器，但毕竟人力有限，死伤过多不说，还是抵挡不了土匪。在危急时刻，马超带着少年军赶到了。他们打跑了龙首山的匈奴军，解救了剑兰夫人的商队。之后，马超带领少年军追击土匪，并未留意客商的长相，但剑兰夫人却记住了他的容貌，知道了他就是少年军的统领孟起。

原来竟是剑兰公主，当真失礼！马超听完剑兰夫人的述说，起身行礼。

剑兰夫人笑道：孟起将军不需要如此客气！外人只知剑兰夫人，却不知剑兰公主。剑兰只是小国的公主，将军却是大汉闻名西北的健勇之士。如果不嫌弃就让你的准媳妇认我做个姐姐吧。

馨儿一听高兴起来，原本就对剑兰的身世遭遇十分叹服，有这样的亲近机会自然开心，便拉着剑兰夫人的手笑着说：好姐姐，怎么说这话呢！我阿爸生了很多儿子，只有我这一个女儿，正好与姐姐做伴。

马超看她们二人投缘，觉得有这样一个长姐也无不可，便从善如流，也改口叫剑兰夫人为姐姐，就算是认下了这门亲戚。

十、钻进埋伏圈

马超、馨儿骊靬之行可谓收获满满，临走时剑兰夫人又送了不少新鲜玩意儿。返回时，馨儿和香香嘻嘻哈哈地坐在马车里翻看。马超独自骑马随在车外，听着车厢里的欢笑，心里也满是喜悦。

出了骊靬县城不久后，就遇上了一条岔道。马超看看天色，吩咐车夫驾车拐向岔道，官道好走但路程较远，岔道虽然不太好走，但直通东大滩。如果走岔道的话，可以赶在入夜前到寨里。大家为了图快，进入了岔道，约莫行了半个时辰，马超远远看见前面路上也有一辆马车，停在那里一动不动……

走到近前，才知道是遇到了熟人。耿玉蓉带着她的随从，将马车横亘在道路正中，而她自己则跨坐在车辕上，一条腿荡来荡去，一副吊儿郎当的痞子样向马超挑衅：此路是我开，此树是我栽，要从路边过，留下买路财。

马超从来没见过女孩子这副模样的，听到她自称土匪索要买路财，倒也好笑。看来耿玉蓉这是专门在这里等他了。于是马超打马上前笑道：原来是耿大小姐啊，我们早就是熟人了，你这打劫打到熟人的身上了啊！

耿玉蓉挑眉道：是啊，熟人才好打劫嘛！不过，也不算是打劫，本大小姐的马车不能走了，所以想借你的车用用。是借，不是打劫！

这丫头，是成心找碴的。马超心下了然，故作疑惑问：耿小姐怎么知道我的马车一定会走这条道呢？这万一要是等空了，岂不失望！

耿玉蓉哼了一声，傲慢道：等不到你，还有别人啊。横竖抢一辆马车能用就好！

真是来者不善哪！马超跳下马背，揶揄道：说你是土匪还真是说对了呢，一个女孩子家家的，动辄就敢抢？

耿玉蓉总能被马超三言两语就激怒。她“噌”地跳下车辕，恼怒道：就抢你了怎么的？我还要杀了你哩！

马超哈哈大笑：杀我？女孩子像你这样的可真不多见。如果不是喊打喊杀的，也许会可爱些！

正说着馨儿从身后的车里探出头来问：怎么不走了？

马超给了馨儿一个安心的眼神，然后向耿玉蓉继续说道：喏！就像我家馨儿那样的，干练又可爱。

其实央馨儿和耿玉蓉的容貌气度各有千秋，但女子，尤其干练的女子，对于容颜大多都是排外的，都希望自己是天下第一。只是马超不知就里，这轻轻巧巧的一句话便将耿玉蓉彻底得罪了。

看着馨儿含羞带笑的俏脸，耿玉蓉恶狠狠地道：那就连她一块儿杀了！

晚风寒凉，马超没耐心与耿玉蓉浪费工夫，便收起调笑的腔调正色道：杀人的事你可以回去长大点再来。怎么样？现在你给我们让开道，我们还要赶路呢！

耿玉蓉看马超轻视于她，扔掉马鞭，哗啦啦抖开软鞭就要开打。马超暗道：前面是马鞭，现在是软鞭，原来她擅使鞭子啊。遂即开口问：看这架势，你是存心的了？

耿玉蓉盯着马超回道：你以为呢？本大小姐白日里受了气，就这么便宜了你？告诉你，我的人是盯着你们的梢来的，你能跑到哪里去？说着打了一个响指，四下里呼啦啦跳出来十多个汉子，把马超和馨儿坐的马车围了起来。区区十来个乌合之众，马超自然不惧，但耿玉蓉的嚣张挑衅却让人顿生反感。他赤手空拳走到耿玉蓉近前，冷笑道：那好，让我来领教一下你的杀人功夫。

耿玉蓉抖开鞭子就向马超挥来，马超矮身避过，错身之际一掌往耿玉蓉后背击去。耿玉蓉武功自不如马超高明，但胜在身姿灵巧反应敏捷，一招不中便赶忙闪身避过，软鞭向后甩出去阻挡马超的掌力。马超看耿玉蓉拳脚来往，虽稍显稚嫩，倒也并非完全花拳绣腿，看得出来是自小的功底。一直以为女子都是深居闺阁专司女红绣花的，像耿玉蓉这般练武的屈指可数。以自己的亲身体会，练武是一件枯燥且辛苦的事情，一般女子哪能吃得了那份苦，想到此马超心下对她有了几分赞赏。倘若性子稍好一些，不要如此跋扈蛮横，也不失为女中豪杰了！

其实，以马超的功力，耿玉蓉哪能一战？只不过对方乃一同龄的女孩子，也不是大奸大恶之徒，马超自负大男子不与女斗，下手间便存了忍让之心。所以，马超一下揪到耿玉蓉的发梢，一下又扯到她的袖口……这样的打法，更像是逗趣捉弄多一些。耿玉蓉亦然深知不是马超对手，过招时若没有马超处处留情，自己早已落败，又看马超清俊倜傥的神采，心里越来越有了好感，也有了好奇。这一分神便没注意脚下有块尖利的石子，一脚踩上去隔靴底传来一阵剧痛，耿玉蓉轻呼一声踉跄着就要摔倒。

马超看到耿玉蓉狼狈，下意识就去拉了一把，刚好抓住她的手腕。被陌生男子抓手，耿玉蓉本能地要甩开，却被马超大力一带，撕扯间二人竟都失了平衡，双双翻滚在地。变故突发，谁也没想到好好斗武的两个人会跌倒在地，都还弄了个灰头土脸。

馨儿担心地看过去，却见马超仰面跌在地上，耿玉蓉趴在马超怀里翘起头正愣愣地看着马超发呆。馨儿没来由地有点恼火，拖了大张着嘴看热闹的香香，“唰”的一声拉下马车的帘子。香香发现了馨儿脸色不好，忙问：小姐你怎么了？

馨儿摇头不说话，眼睛里隐隐涌上雾气。香香不明就里，以为自家小姐哪里不舒服了，便打开帘子大声喊：姑爷快来，小姐不好了！

马超好心救耿玉蓉，却被她倒下来砸了个七荤八素，正自懊恼时听见香香的喊叫，急忙推开怀里的耿玉蓉，一个鲤鱼打挺站起来，也顾不得拍打沾染了尘土的衣服，就往马车边过来：馨儿，怎么了？哪里不好？马超站在车厢外，看见了馨儿泫然欲泣的眼睛，急急发问。

馨儿感到马超的急切，忽然觉得心情好了很多。她拍了一下香香，笑骂道：你别听香香大惊小怪，我没有不舒服。

香香吃惊道：小姐，你刚才明明……

馨儿一把捂住还要说话的香香的嘴，看着马超道：真的没事！你怎么样？咱们快点走吧。

马超疑惑地看着馨儿：真的没事？

馨儿点头冲他一笑，马超端详馨儿的脸色，的确看不出她有什么不好的地方，便放下帘子转身去解决耿玉蓉拦路的事。

耿玉蓉一身黑色的衣服沾了土着实不好看，此刻正由她的丫头拿帕子清理，十多个随从也撤到了她的身后。看马超向她望来，耿玉蓉难得红了脸，脸上柔和了许多，冲马超绽颜笑了笑道：看在你伸手相助的分儿上，本小姐原谅你了。

马超拍了拍自己的衣服，无奈好笑道：你原谅我？那好吧，看在我相助了你的分儿上，现在能不能让开道，我们真的要赶路回家了。

耿玉蓉点头道：可以啊。便命随从赶车让道，给马超留出过车的路来。

想不到这丫头还有这么好说话的时候！马超心想。当下毫不犹豫喊了车夫驾车先过，自己在后看着马车过去，才牵马走上来，向耿玉蓉抱了抱拳道：多谢耿小姐相让。说罢就要上马而去。

耿玉蓉一把拉住马超坐骑的缰绳：可以告诉我你的名字吗？

马超刚要开口，突然脑筋急转，这耿玉蓉出手豪阔，随身还有十多仆从相随，不知道是什么来历？便改口道：我只是一个无名小卒，不劳耿小姐知晓了吧？

耿玉蓉不依，死死拉住马缰笑道：你若不告诉我，就休想过去。

马超看馨儿的马车已经走出去有一段距离了，急于追赶，随口道：我叫马超，耿小姐满意了吗？

家住哪里？耿玉蓉依然不依不饶。

马超突然笑了：耿小姐，你这样当着面打听一个陌生男孩的姓名、住址，太过大胆了吧？难道不担心让人误会吗？

耿玉蓉羞窘松手，“呸”了一声道：无耻！

马超顺势一扯缰绳，打着马儿跑出去，哈哈大笑回道：是你拦路劫色，说谁无耻呢？

耿玉蓉一听气得扬起鞭子去打，马超早跑远了，只得在地上跺脚恨恨道：下次别让本小姐再碰到你！

随从们惊讶得面面相觑，大小姐什么时候开始得饶人处且饶人了？

小姐，咱们要回山吗？丫头小楠问耿玉蓉。

耿玉蓉撇嘴低斥，显然是驳斥了小楠的提问。想了想，傲然道：咱们去府城逛逛，好容易出来一趟，回到山里有什么好的！

小楠怯怯道：怕老爷要是知道了，会打死我们的？

耿玉蓉柳眉一挑斥责：谁敢动我的人？走吧，放心跟着本小姐去玩个够再说。

随从们听大小姐打了包票，都开开心心奉承着耿玉蓉，整顿了车马准备前行，目的地：西凉首府凉州。

十一、马都护急召

回到东大滩寨里已是午夜时分，寨主夫人正在翘首等待女儿归来。馨儿下了马车扑到母亲怀里，娇憨十足地喊着：阿娘、阿娘！

寨主夫人抚摸着女儿的头发满脸慈爱，向马超笑道：看这孩子都快定亲的人了，还这么黏着娘。孟起，辛苦你照顾了她一天。

马超微笑着看馨儿和母亲亲热，有艳羡也有温暖，拱手道：夫人客气了，馨儿她开心就好，这都是孟起该做的。

好好好！这才是男儿担当啊！央钦寨主哈哈笑着走过来，用力拍了拍马超的肩头，眼睛里满是对准女婿的赞赏。寨主夫人知道央钦和马超有事要谈，拉着馨儿的手回她的房间去看买回来的东西。馨儿自然把一天的见闻都细细说与母亲听，包括认了剑兰公主当姐姐，她还送了自己一块紫貂皮和许多小礼物，以及耿玉蓉的无理纠缠……寨主夫人听着他们一天里发生了这么多事，也是喜一阵恼一阵的……

房间里燃了牛粪火盆，红红的火光里欢笑不断。

央钦和马超回到寨主房间，有下人沏了醇香的奶茶来。央钦拿出一份书简递给马超，笑道：一空大师派人给你送来的信，打开看看吧。

马超在东大滩养伤到现在已近两个月了，师父还没有来过信呢，一听有书简，赶忙接过来打开看。字迹却不是师父一空大师的，而是他父亲马腾的来信。马腾在书中说，已从洛阳安然归来，既然孟起的伤已经痊愈了，就即刻归营有要事相商。马超欣喜不已，看来父亲去京都之事已成，这才能安全回归。这四五个月他每日里担忧，现在终于可以放心了。看完书简，马超内心的激动显形于色，起身向央钦抱拳道：多谢寨主这段时间对孟起的优恤和照顾，现下马都护从洛阳归来，急召我回营议事。明日一大早孟起就必须赶回府城听候调遣了。

央钦也起身，肃容道：马都护回来了？那可是大事，我明日派人送你去。

马超辞谢道：不敢劳烦寨主，我自己去就可以了。

央钦想了想点头道：也好！你自去忙。过些天我也准备去府城拜见马将军，到时也好商量商量你和馨儿的亲事。

马超也不扭捏，大方道：那就全听寨主安排。

央钦笑道：好！你去收拾一下吧，顺便跟馨儿说一声。

马超应声是，告辞了央钦出来，寻馨儿说去府城的事。

馨儿与马超正当情笃，听马超说要回府城自然难舍，但因为是上官召见，只好帮马超收拾衣物打点行装。其实，东大滩离凉州只有小半日的路程，用不着带什么行李，但马超看着馨儿一边絮絮叨叨，一边收拾行李，心里满是感动和幸福，有这么一个知冷知热、美丽的女孩子一心为你着想，让这颗心终于有了归属，马超感到的是一种从来没有过的温暖和踏实。实际上，这就是家的味道啊！

马超听着馨儿的叮嘱，看着她往行囊里塞吃的东西，微笑着说：骑马一个多时辰就到了，用不了带那么多东西。再说，我又不是不回来了。

馨儿瞪了一眼马超，佯怒道：你敢不回来，我让阿爸去凉州城打断你的腿。说着自己却装不下去了，“扑哧”一声笑出声来。

马超还没说话，香香抢着说：小姐说的是呢。姑爷，你可别到了凉州城就把我们家小姐给忘了。

马超笑着对香香道：那怎么可能！凉州城又不是多远，不然你们也可以来找我啊，我带你们去逛集市，就像咱们昨天去骊靬一样。

馨儿出声喊住香香道：香香，别整天姑爷姑爷的乱叫，不怕别人笑话。

本来就是姑爷啊！香香不服气：定亲的东西都准备好了，谁敢笑话？

马超大笑：这丫头说的没错，我就喜欢听她这么叫。你继续！

好的，姑爷！香香响亮地叫了一声，然后两个人坏笑着看馨儿。

馨儿羞红了脸，啐道：你们这两个不害臊的！

房间里笑成了一团。

夜深了，馨儿帮马超收拾好行装便要回自己的房间去。虽是小别，但有些酸酸的情绪在心头。馨儿是，马超亦然。

房间与房间之间相距不远，马超将馨儿送到门口，两个人定定地看着彼此。

半晌，马超回神温声对馨儿说：快进去吧，晚上冷。今天累了一天了，明早多睡会儿，不必来送我。

馨儿点头：嗯。那你多注意。

马超轻笑：我会的。快进去吧。

馨儿不肯，执拗道：我一回头就进去了，还是你先回，我看着。

马超不忍心拂了馨儿的意，握了握她的手，转身走出两步却听馨儿又喊道：孟起……

嗯？马超回头，馨儿却已经转身进了房间，身影隐在了厚厚的门帘里面。马超笑了笑大步往自己的房间走去。

帘子后面，香香担心地看着馨儿道：小姐，你是不是舍不得让姑爷走啊？

馨儿红了脸斥道：胡说！

哦？香香恍然大悟地惊呼：那就是担心姑爷被别的姑娘抢了去。比如说今天的那个耿小姐，她都跌倒在姑爷怀里去了……香香还待要说，看见馨儿突变的脸色赶紧捂住了自己的嘴巴。

馨儿咬住唇，心里涌上来一些不明的情愫。她不是不放心孟起，只是他太出众，有让很多的女孩子着迷的俊颜，还有少年军统领的身份，这是多少人家对乘龙快婿的定位啊！想到这里，馨儿忽然不自信起来，冷着脸自去休息，留下小心翼翼的香香暗自揣测：小姐今天看见耿玉蓉趴在姑爷怀里一定很伤心吧？

十二、邂逅凉州城

马腾进京密献传国玉玺，一去四五个月，总算安然归来，太守张鼎马上准备置酒庆贺。其他文武官员皆知道马都护是去京师公干，并不知道他去京城干了什么。这件事，除了张太守、一空大师和马超，再没有人知道。马腾此次进京献宝，冒了非常大的风险。看他平安归来，大家都非常高兴。这其中最为开心的就是马超了。

马腾见离开宴的时辰还有一会儿，就在房里看书。这时候，马超大步行来，甫一进门看见父亲好端端，精神抖擞地站在他面前，就再也控制不住自己的感情了。他快步走上前跪倒在地，抱住了马腾的双腿。这突如其来的亲近令马腾有些错愕，而马超却用力抱紧父亲的腿，激动的身子轻颤，喃喃道：父亲、父亲。

马腾诧异，但听见了马超的低语呼叫，脸上浮起笑来，暗道：原来这孩子已经把我这个义父当作他的父亲了。伸手扶起马超欣慰道：孟起啊，临走时我曾托胡县令去找你和一空大师商议，打算收你为义子，看来你是愿意的了？

马超怔怔地盯着马腾的脸，这是他的生身之父，他走后自己日夜悬心担忧，可是他还不知道，若没有父子血浓于水的亲情，刚刚那般失态的行为，那声“父亲”怎么才能叫出口。现在父亲回来了，要认他来当义子，这是多大的误会啊？

孟起为何如此反常？马超的古怪神情让马腾更加疑惑，他伸手拍了拍马超的肩膀，关心地问道：怎么了，孟起？

马超内心翻江倒海，此刻再也不想顾忌其他了，他一把搭上马腾的胳膊，牢牢看着父亲的眼睛，坚定地说：我不想当您的义子，因为我本身就是您的儿子，爹爹，我是你的儿子马超啊！

马腾震惊，仔细打量面前比他还高一头的少年。十几年过去了，马超身上早已找不到童稚时的痕迹，唯有一双湛蓝的眼睛清澈有神，这让马腾想起了当年阿诺被害时的传言，就是这一双眼睛，令他们母子被诟病而惨遭毒手。马腾心中激动莫名又五味杂陈，不确定地问道：你是超儿？你真的是超儿吗？

马超点头，咬着嘴唇回道：是，我就是马超。父亲，超儿长大了！

马腾瞬间红了眼眶，堂堂八尺汉子极力忍住涌上来的热泪，哽咽着说：超儿，是父亲不好，让你和你娘亲受苦了。

马超亦哽咽道：父亲无须难过，孩儿答应过娘亲，男子汉流血不流泪。这些年虽苦，但知道父亲就在不远处，孩儿迟早能和父亲相认。有了这个信念，什么苦都不算苦了。

马腾看着马超一如儿时的懂事，并且这一年来又亲眼看见了他的成长过程和在少年军里做出的一系列惊心动魄的大事……此时，面对这样一个优秀的儿子，马腾心中有说不出的骄傲和愧疚。他暗暗下决心：往后一定要好好补偿超儿。

父子近在咫尺却不能相认，十几年的互相牵念，终于在这一刻尘埃落定……虽然因为母亲阿诺的缺失而不够圆满，但马超由衷地感到满足。有疼爱他的师父，现在又有了父亲，还有了馨儿，马上就要有属于自己的家了，对此，马超对未来对人生充满了希望。

待马腾坐下来后，马超把当年的那场阴谋说给马腾听，马腾无比震惊与愤怒。但听马超说已亲手杀了梁三阁替母报了仇时，又唏嘘不已：原来在为父不知情的时候，你已经做了这么多事，你娘亲泉下有知也该瞑目了。超儿，你真是为父的骄傲！

马超腼腆地笑笑后，又说起了在东大滩的遭遇。马腾听得又惊又喜，这孩子小小年纪就有这般智慧和勇猛，不但破了九曲黄河灯阵，还赢了一个媳妇回来，便高兴赞道：好！等忙完这两日，父亲亲自上东大滩，去央钦寨主那里给你定亲。说完又语重心长道：超儿，一晃眼你真的长大了。你大婚后，父亲就该离开凉州了。父亲走了之后，你就可以独当一面了。

马超疑惑问道：父亲走了之后？父亲要去哪里？

马腾叹口气：这次去京师可谓艰险，若不是张太尉从中斡旋，为父都不确定结局将会是什么样子。不过好在天子顾念旧臣，又有张太尉保举，朝廷已下诏命，赐了为父卫尉一职算作献宝的封赏。自来卫尉没有外放的先例，眼下我虽暂时继续回西凉主持兵政，但说不准哪一天就要解甲入朝呢。

马超一听，卫尉列入三公九卿之列，父亲这是高升了啊！可是，看他满腹心事的样子，仿佛不愿入京为官的样子，便问：父亲高升应该是好事，为何心事重重？

马腾皱眉：动荡乱世，朝臣各有异心，还不如这边陲自在安心啊！

马超还待要问，却有兵卒来报，前厅酒宴已经置办好，张太守与一众官员只等都护大人入席了。马腾便打住话头，携了马超的手高高兴兴往前厅走去。

宴上，马腾与众人说起了马超的身世和他们父子相认的经过，张太守等人大惊，想不到这对父子还有如此曲折的遭遇，闻名西北的少年军统领孟起原来是马大将军嫡亲的公子，真是虎父无犬子，龙王家里出龙子啊！

众人一边惊叹，一边恭喜马腾父子相认。等到马腾拿出天子封马腾为卫尉的诏书时，太守张鼎带头呼啦啦跪倒一地，齐齐参拜卫尉大人。马腾一一扶起，将诏书交给张鼎看，张鼎看着诏书上“受命于天，既寿永昌”朱红色的八字大印时，与马腾相视，会心而笑。

席散，马腾与张鼎有要事相商。马超因高兴多贪了几杯，信步走出都护府到大街上转悠。一路走来，看着入夜的凉州城里依然灯火辉煌、夜市繁华，竟觉得这府城凉州突然间竟变得无比可爱了。有小小的孩童骑在自己父亲的肩头，笑得眼睛弯弯从他身边走过，还有背着老娘给娘亲讲贤孝故事的孝子迎面走来……看着这一切，马超也咧嘴笑了。马超正在惬意之中，不远处突然传来一声大喊：抓住他！随即街面上乱哄哄起来，有一队人急匆匆迎面跑过来了……

府城治安向来良好，难道有人敢当街滋事？马超大步迎上去，顺手揪住一个正跑过来的人，喝道：什么人敢闹事？

被揪住的人甩脱不了，骂道：放开我！狗拿耗子多管闲事……说了一半却梗住，转口道：你不是骊靬的那个小子吗？

马超听这人无礼，手上又用了几分劲，疼得那人哎哟哟地叫了起来，直着脖子大喊：小姐，大小姐，救命啊！话音刚落，马超感到耳后破空之声急至，他头也不回用另一只手探手一抓，半节软鞭已经被他握在手里，好笑道：我当是谁，怎么又是耿大小姐？

耿玉蓉扯了扯软鞭，鞭梢被马超攥得紧，知道用力也是徒劳，便走上前模仿马超的口吻笑道：我道是谁，怎么又是马超公子？

马超哭笑不得，松开手中抓着的耿玉蓉随从，又松开鞭子，拍了拍手问道：耿小姐这是干了什么好事，被人家半夜里追得满街跑？

耿玉蓉伸长脖子看了眼快要追上来的人群，一把拉起马超就往街尾处跑，笑道：等会儿告诉你。

马超因为喝了酒，这时稍微有点晕乎，又被耿玉蓉牵着手，脚下不由自主地跟着她往前跑。拐过街角，躲在一个比较偏僻的巷子里，耿玉蓉贼头贼脑地朝后探看，确定没有人追上来，这才拍了拍自己的胸口，长吁一口气：好险啊好险！

马超随着她跑得微微有了热意，酒意也醒了不少，邪肆一笑问道：说吧，做了什么事？让人家追的跟丧家犬似的。

耿玉蓉瞪了一眼马超，然后自己却“咯咯”笑了起来，对马超道：你不知道那家赌坊的人有多笨，被本小姐使手脚赢了那么多钱，最后才反应过来。

你去赌钱了？马超惊异，没见过女孩子家豪放到这个地步的，居然跑去坊间赌钱。

耿玉蓉不屑地睨了眼马超：我从小就会赌，而且没有输过，知道为什么吗？

马超摇头，他是被这个大小姐惊到了。

耿玉蓉贼贼地笑道：逢赌必赢？哪有那个运气，都是靠使诈。改天我教你吧？

马超敬谢不敏，斜倚着墙笑道：还是省省吧，我没工夫学，你的独门绝技还是留给你自己用吧。

哼！耿玉蓉轻斥：不学拉倒！好心没好报。

马超哈哈大笑：我说大小姐，好像每次见你都是你在惹是生非，你是不是觉得自己特开心哪？

耿玉蓉抬手就给了马超一下，胳膊肘撞上了马超的小腹，气鼓鼓地瞪眼道：总共就见过两次，什么叫每次？

马超抚着小肚，龇牙笑道：那就期待下次继续目睹你为非作歹的样子啦。

“扑哧”，耿玉蓉绷不住笑出声来，看着马超的脸又问道：你怎么也在凉州城啊？家在这里？

马超点头：对啊。你呢？你到凉州城干吗来了？

说话间，两人出了巷子往有灯火的街面上走，耿玉蓉和马超并排而行，见马超问她这个问题，略显沮丧道：我父亲已经有很多女人了，可他前几日又娶了一房姨太太，我也生气啊，就盗了他的金银偷偷跑出来散心喽。

马超看着耿玉蓉的侧颜，好奇问道：你父亲很有钱吧？我看你在骊轩出手可阔得不得了。

耿玉蓉舒展眉眼笑道：那么多人替他抢呢，能没有钱吗？

抢？马超惊讶：抢钱？随即意识到什么，正色问道：你父亲是谁？家在哪里？

刚好走到繁华处，耿玉蓉只顾着看街景，没有留意到马超突变的神色，闻言笑道：干吗要告诉你？说着正巧有随从寻了来，耿玉蓉上去与他们说话，向马超挥了挥手算作告辞，便一径去远了。

马超远远看见，耿玉蓉扬手就给了身边随从一巴掌，那随从捂着脸乖乖地紧跟而去。马超摇头笑了笑，转身回都护府不提。

十三、龙王千金

在凉州城的这段日子，马超每日都沉浸在开心喜悦当中。父亲每日处理完公务，就会和他一起喝茶聊天，看书下棋。有时候父子二人还会到军营里骑马射箭，一起探讨兵法武艺。

十几年的分离，并不曾改变血浓于水的亲情，马超终于感受到了浓浓的父爱。尽管母亲不在了，但还有父亲和他相伴，他再也不是别人口中的“野种”了。马超此刻迫不及待地想要把这个消息告诉馨儿，和她一起分享这份喜悦。有了父亲，有了馨儿，他以后就不再是孤零零一个人了。

但是，由于父亲马腾已被天子封为卫尉，不定哪日就要赴京任职，眼下军营当中好多事务自然会有所调整，包括马超在内。马超被临时抽出来担任西凉军新兵的总教头。由于新兵训练任务繁重，所以在短时间内，他是无法再回东大滩了。因此，马超便给馨儿写了一封信，告诉她归期不定，让她不要挂念。同时，也把他们父子相认的事情一并告知了馨儿。

马超小心翼翼地把信折好，装进了信封里。正打算叫人去送信时，风竹推门而入，笑嘻嘻地望着马超：孟起，那个姑娘又来了。她说你今天要是不见她，她就不走了，现在正在门口大喊大叫呢！

马超一边往外走，一边对风竹说：师兄，你去帮我打发了吧，我没工夫搭理她！

风竹一把拉住马超：我不去，你自己去！师父派我来是让我帮你打理军中之事的，可不是要我来帮你打发姑娘的！

马超被风竹拉着走不了，只好一脸无奈地把信递给风竹：那你先帮我把这封信送到东大滩，我自己去打发她。

风竹松开手接住了信，他看了看信封后，又笑嘻嘻地问：是写给馨儿的吧？嘿嘿，什么时候也带我去看看你的大美人媳妇去！

马超听他这么说，心里好笑，拍了拍风竹的肩膀：师兄，你还是好好修你的行，念你的经吧！别整天惦记着看大美人媳妇！

说完，转身就走了。风竹被马超说得一脸尴尬，搓了搓锃亮的光头，暗自嘀咕：我惦记着看大美人了？这话要是让师父听到了，岂不是又得挨罚？

当他听到马超欢快的口哨声时，这才反应过来，冲着马超大喊：孟起，你又戏弄我！

马超回头看着风竹呆萌的模样，忍不住哈哈大笑。

马超出了都护府的大门，果然看见耿玉蓉在门外等着。耿玉蓉看见马超出来，扬了扬手里的鞭子：马超，你不就是都护府里的一个小马倌吗？居然还让本小姐等这么久！

马超望着跋扈无礼的耿玉蓉，脸上没有什么表情，只淡淡地说道：姑娘找我何事？若没有什么事，那就请回吧。我还忙着呢！

耿玉蓉心里喜欢马超，嘴上却不肯吃亏：你一个小马倌有什么可忙的？我要你陪我去看杂耍！

马超皱了皱眉：我要忙着喂马，没时间陪姑娘玩。

马超说完，转身就要进去。耿玉蓉急了，上前拉住马超的胳膊不放：马超，你不能走，你把话给我说清楚！

马超想要推开她的手，可耿玉蓉死死拉着不放，马超只好由她拉着，冷然地说道：我没有什么话需要跟你说清楚的，还望姑娘自重！

耿玉蓉听了一脸怒气：马超，你这是怎么了？前面不是还对我有说有笑的吗？为何这几日躲着不肯见我？本小姐天天来这里等你，你凭什么不理我？

马超不为所动：我凭什么要理你？

耿玉蓉眼睛有些泛红：我喜欢你！我要你陪我去玩！

马超看她这样跋扈，觉得很无语。随即从耿玉蓉的手里抽出了胳膊：我不喜欢你，你快走吧！

马超没等她开口就进了府门。

耿玉蓉没有料到马超想都没想就这么干脆地拒绝了她，气得拿鞭子在地上狠狠地抽了一下，转头跑去。

马超原来以为耿玉蓉只是哪个大户人家的小姐，虽然骄傲任性、跋扈无礼，却也不是什么坏人，况且年纪也小。因为之前在骊靬城见过一次，那晚又在凉州城里偶遇，马超便谎称自己来凉州城时间不长，眼下又在都护府里找了一份马倌的差事。所以，接下来的这段日子耿玉蓉便时常来找他玩。马超也未多想，闲暇时便跟她一起逛逛集市，凑凑热闹。然而，那日和她一起去集市上看杂耍时，无意中听到了她和丫鬟小楠的对话，才知道耿玉蓉原来就是龙首山“龙王”耿鄙伟康的女儿。因嫌山里无聊，所以才带着丫鬟小楠和几个随从偷偷跑出来玩耍。

马超知道耿玉蓉的身份后，吃惊不小，难怪她出手阔绰！记得那晚她好像还曾说过她爹很有钱，而且钱都是抢来的，当时以为她是信口胡言，原来这都是真的！马超当即便把耿玉蓉丢在街上，一个人回了都护府。

虽然耿鄙伟康作恶多端，不但与西凉府有着直接的利害关系，而且还和他父子二人有着深仇宿怨。但是，马超还是不忍心为难耿玉蓉。冤有头债有主，她只不过是一个无知的小姑娘。以后只要不与她再有来往，想来她无趣时就会自己离开。未承想，这个耿玉蓉竟然和别的姑娘不一样！知道马超是在刻意躲避，非但没有离开，反而每天都来都护府找他，死缠烂打非要见他。

马超对这个姑娘真有些束手无策，就算是土匪窝里出来的，也不至于这么荒唐吧？方才居然还说她喜欢我！

马超正在感叹耿玉蓉的荒唐时，却听见一阵吵闹声，听声音就在都护府门外。

马超有些疑惑，都护府的门口也有人敢来闹事了？于是，又回过身朝着府门走去。

只见门口不远处，有一群老百姓正围着一个人议论指责。马超走到人群外围，伸着脖子朝里一看，被他们围起来的人不是别人，竟然是耿玉蓉！

耿玉蓉在马超跟前碰了钉子，气得风风火火地跑开，不料却撞上了一个行人。她正在气头上，便要起了她龙首山大小姐的脾气，不由分说地朝着那人抽了一鞭子。把人打伤了，还不肯服软赔礼，这才引起了众怒，被大家围起来指责。

马超看见耿玉蓉手里握着鞭子，正一脸怒气地瞪着与她对立的一个男子。那男子捂着手背，似乎是受伤了，袖口处隐约还有几点血渍。旁边有一个年长的老伯发话了：姑娘，看你小小年纪，怎么如此不讲道理？打伤了人，连一句赔礼道歉的话都不会说吗？

其他人听了也开始附和：就是呀！一个姑娘家家的，出手真够狠的。

耿玉蓉脸色难看，口气仍然十分强硬：本小姐已经说了是不小心才打伤他的，你们这些人怎么这样多事？大不了我赔他几两银子就是！

被她打伤的那个男子听到这些话，登时跳起来了：说得轻巧！我来抽你一鞭子试试。也不知道是哪里来的黄毛丫头，野蛮得就跟土匪一样！

耿玉蓉从小就被耿鄙伟康娇惯，脾气暴躁任性，龙首山的人见了她这个大小姐都是点头哈腰、卑躬屈膝的，所以她长这么大哪里受过这样的辱骂？当下便气得扬起了鞭子，准备动手。这时，人群中有两个较强壮的男子走出来扯住了耿玉蓉手里的鞭子，斥责道：你凭什么打人？也不看看这里是什么地方，你若再敢行凶，就把你送进这都护府里，让都护大人来评评这个理儿！

耿玉蓉虽然刁蛮也会武艺，但毕竟是个小姑娘，被两个男子这样拉扯，一下子没有了刚才的气势。脸上红一阵白一阵的，咬着嘴唇不敢再说话。

马超不忍心看她一个姑娘家被几个男子拉拉扯扯，赶忙挤进了人群。对着众人拱手行礼：诸位乡亲，先请息怒！这位姑娘是我的朋友，请大家看在她年纪小、不懂事的分儿上，就不要和她计较了！

那两个男子看马超客气有礼，这才松开了耿玉蓉的鞭子。马超又对着受了伤的那人拱手赔笑：这位大哥，对不住了！今日都是我朋友的不是，依我看，不如让她拿出些银两来医治你手上的伤口。还望大哥能放她一马！

那人听马超说得客气有理，也不再纠缠，瞪了一眼耿玉蓉，对马超说道：难得她这样的野蛮之人，还能交到你这个明事理的朋友。今日就卖你个面子吧！

马超连连道谢，随后又冲着耿玉蓉使眼色，叫她快些拿银子了事。耿玉蓉望着马超委屈巴巴地吸了吸鼻子，赶紧拿出钱袋。可是，钱袋里空空的啥都没有！

那人一看她钱袋里没钱，又跳起来了：怎么？既不赔礼，也不拿钱，我这打是白挨的吗？

马超赶紧掏出了自己的钱袋，塞到了那人手里：大哥，您消消气！这里有，我替她掏！

那人一看钱袋鼓胀，哼了一声：既然这位小兄弟仁义，那我就不再与你这小丫头计较了！以后走路多长眼！

耿玉蓉听那人拿了钱还要骂她，抖了一下鞭子，就要冲上去还口。忽然看见马超冷着脸瞪她，便撇了撇嘴站在了原地。

众人见马超又赔礼又掏钱，也不好再为难耿玉蓉，便纷纷散去。

耿玉蓉看众人散去，上前又拉住了马超的胳膊：我就知道你不会不理我的！

马超推开她的手，冷冷地说：一个姑娘家家的，在大街上让人拉拉扯扯，不嫌丢脸吗？打了人，居然还理直气壮地不肯赔礼道歉！确实像个土匪！

耿玉蓉听马超这样数落她，气得直跺脚：马超，你凭什么指责我？还不都是因为你！我要是不来这里找你，会有这种事发生吗？本小姐长这么大，还从来没有被人这样羞辱过！

马超见她做错了事还这样强词夺理，摇了摇头，不再理会。

耿玉蓉虽然嘴硬，心里其实还是挺开心的。她不知道马超为什么会忽然疏远她，但见他刚才又来帮她解围，自以为马超心里还是有她的。这会看到马超沉默不语，耿玉蓉放软了语气：不管怎么说，我还是要谢谢你刚才为我解围。我以后不会再随便打人了，你不要生气了好吗？也不要再躲着我了好吗？

马超还从没见过她这样温顺的样子，感到有些惊讶，反而不知道该怎么回答了。

耿玉蓉见马超不说话，喜笑颜开地又抱住了他的胳膊：不说话就是答应了？那就这样说定了，再不许躲着我了！

马超立刻甩开她的手，冷淡地说：别老是抱别人的胳膊！女孩子要知道矜持！你娘没教过你吗？

耿玉蓉此时也不理会马超冷淡的表情，咯咯一笑：我就抱你的胳膊，其他人才入不了本小姐的眼呢！至于矜持嘛，我娘死了，自然没人教我喽！

她也是个没娘的孩子！马超不由得一怔，是啊，她比我年纪还小，却也是个没娘的孩子！心里生出几分同情，声音也有了点温度：你娘亲不在了吗？

耿玉蓉并未看出马超的异样，仍然笑着说：对呀，我娘在生我的时候死的，我连她长什么样子都不知道。你说，她怎么教我女孩子的矜持？

说完，又抱住马超的胳膊玩笑道：要不你来教我？

马超看她没心没肺的样子，“啪”地一下打掉了耿玉蓉的手，没好气地说：松开！怎么像个狗皮膏药似的？

耿玉蓉也不生气，嘿嘿一笑：我就是狗皮膏药，你以后别想再甩开我！

马超原本还对她有几分同情，觉得她和自己一样，从小就没了娘亲。但见她一副满不在乎的样子，也懒得再去理会，转身回了都护府。一边走一边说：你走吧，以后别再来找我！

耿玉蓉也没有再跟上去，只是冲着马超喊道：我已经是狗皮膏药了！我过两天再来找你！说好了的，你不许再躲着我！

马超再未说话，头也不回地进了都护府的大门。

十四、正主儿来了

一个月的时间，对忙碌的新兵总教头马超来说是转瞬即逝，可在馨儿这里却是度日如年。虽然马超也有几封书信传来，但馨儿依然牵肠挂肚。那抽丝般的想念反复叠加，化成了千回百转的惆怅和望眼欲穿的期盼。

香香看着馨儿无精打采的样子，笑着说：小姐，你又在想姑爷了吧？姑爷肯定也在想你呢！

馨儿被香香说得脸一红，笑骂：小丫头别胡说！

香香笑得更欢了：我哪有胡说？姑爷肯定也想小姐了！等他忙完了就会回来看你的！

馨儿把玩着香包，有点沮丧地说：他那么忙，还不知道什么时候回来呢！万一……

香香看她停住不说了，笑着追问：万一什么？小姐是不是担心姑爷被别的姑娘抢走啊！

馨儿站起来敲了一下香香头：越说越来劲了！什么抢不抢的？

香香偷笑着吐了下舌头，继而又说：小姐，姑爷公务忙，不如咱们去凉州城看看他？

馨儿一听香香的话，一下子精神起来，兴奋地笑道：对呀！他不来，我们可以去看他呀！他走的时候就说过让我们去府城找他玩的。

香香也高兴得一拍手：太好了，我们还没去过凉州城呢！听说凉州城可比骊轩城热闹多了，还有许多好吃的呢！

馨儿笑着瞪了她一眼：你就想着吃，小心吃成个大胖子嫁不出去！

香香也不辩驳，嘿嘿嘿地笑个不停，主仆两个笑作一团。

馨儿拉着香香的手：走，咱们这就去给爹爹说去！

听馨儿要去凉州城找马超，央钦想了想，决定带着馨儿一起去。一来是成全女儿的心意，二来他也想借此机会见见马腾。既然他们父子相认了，以后他和都护大人就是亲家了。这样一门好亲事，可千万不能耽搁了！于是，央钦安排好寨子里的事务，带着馨儿一同来到了凉州城。

凉州城比她想象中更繁华，馨儿好奇又兴奋地看着大街上的景象。她看到了好多以前没有见过的东西，香香更是高兴得手舞足蹈。

凉州城里没有人不知道都护府的，他们很快就找到了都护府的位置。馨儿感觉自己的心跳得好快呀！也不知道孟起在新兵训练场还是在府里？他要是知道我来看她，是不是也会像我一样高兴……

都护府的守卫一听是东大滩的寨主来访，立刻进去通报。片刻工夫，就见马腾笑吟吟地迎了出来：央钦寨主来访，怎么没有事先派人传个信来，也好让超儿去接你们！

央钦看马腾亲自出来迎接，丝毫没有官员的架子，心里十分高兴。拱手就要行跪拜礼，却被马腾拉住了：央钦寨主不必行此大礼，快快请坐！草原上的事，超儿已经告诉我了。承蒙寨主对我儿的照顾和厚爱，我在这里先谢过寨主了！

央钦连忙拱手：马大人言重了！虎父无犬子，我也恭喜大人父子相认团聚！

马腾哈哈一笑：寨主莫要再跟我客气，以后你我就是儿女亲家了！

央钦一听，也哈哈大笑，赶紧叫过馨儿来见马腾。馨儿脸上起了红晕，端端正正地给马腾行了一礼：馨儿拜见大人！

马腾见馨儿端庄有礼、落落大方，和马超也很般配，心里十分喜欢，笑着点了点头：馨儿，到了这里不用太拘束，还是叫我伯父吧！

馨儿恭恭敬敬地回答：是，馨儿谢过伯父！

马腾这才拉着央钦，高高兴兴进了府门。

馨儿没看见马超，心里不禁有些着急。央钦看出了女儿的心思，遂问马腾：大人，怎么不见孟起？他不在府里吗？

马腾笑着说：今日新兵训练营中有些事务要处理，他晚一点才能回来。

马腾说完，又看着馨儿说：馨儿，你一路舟车劳顿，想必也累了。先去休息吧，超儿回来我让他去找你！

馨儿有点不好意思了，红着脸谢过马腾后，跟着仆人到了后院的客房。

馨儿在房中吃了些茶点，左等右等仍没看见马超回来，不由得朝门外张望。香香吃了一口点心，哧哧一笑：小姐，你再耐心等等！

馨儿笑着瞪了香香一眼，忍不住又朝门外张望。香香干脆放下点心，拉着馨儿的手往门外走：小姐，咱们到府门外去等姑爷吧！

馨儿有些扭捏：这样不好吧？别人会笑话咱们的！

香香嘿嘿一笑：管他呢！反正你是迟早要嫁给姑爷的！

说完便拉着馨儿跑到了大门外。

馨儿跑到大门外，捂着像小鹿一样乱撞的心口四处张望。孟起怎么还不回来？一个月没见了，不知道他现在是什么样子……

忽然，她听到远处有马蹄声传来。馨儿心里一跳，是孟起回来了！她顺着马蹄声的方向望去，果然是她日日牵挂着的人。馨儿高兴极了，真恨不得长出一双翅膀，立即飞到马超的身边。

然而，她刚要抬脚，却看见马超勒住马缰不走了。馨儿正在疑惑，又看见一个披着黑红色斗篷的姑娘挡在了马超前面。马超跳下马背，不知道对那个姑娘说了什么，只听见那姑娘“咯咯咯”地笑起来。馨儿看到这一幕后，心里猛地一紧！呆呆地站在原地。那个姑娘是谁？她和孟起很熟吗？

香香惊得张大了嘴巴，使劲拉了拉呆住的馨儿：小姐，好像是我们在骊轩见过的那个疯婆子。馨儿点点头说：好像是……

这时，让馨儿更为震惊的事发生了。只见那姑娘走到马超跟前，抱住了马超的胳膊。馨儿一下子呆住了，感觉心口好像有一把刀子扎在上面，眼里升起了一层雾气。模糊间，只看见那个姑娘一脸的开心！

馨儿再也看不下去了，低下头捂住了发酸的眼睛。香香气得直跺脚，本想跑上去扯开那个抱住她们家姑爷的厚脸皮姑娘，又见小姐那样伤心，只好转身忙着为小姐擦眼泪。主仆两个都低着头，谁都没有看见马超狠狠甩开了那个姑娘的手，转身上了马，朝她们走来。

马超被耿玉蓉纠缠得一脸不快，正郁闷时，却发现馨儿和小丫鬟香香站在大门口。马超还以为是产生了幻觉，馨儿怎么会来？她现在应该是在草原上呀！马超揉了揉眼睛，人还在门口！真真切切是他日思夜想的馨儿！

马超高兴坏了，纵身跳下马背，跑上来紧紧拥住了馨儿：馨儿，真的是你！你怎么来了？

馨儿忍住哽咽，伏在马超肩头，轻声说：是我，我来看看你好不好……

马超扶起馨儿，紧紧握住她的手，柔声问：一路上可好？累不累？等多久了？冷了吧？

馨儿还没有来得及回答马超这一连串的问题，却被一旁的香香抢了先：姑爷，刚才那个……

香香！馨儿赶紧转身打断了香香的话，冲她摇了摇头。香香看了一眼马超，嘟着嘴不说话了。

马超看着她们，不解地问道：怎么了？主仆二人神神秘秘的，有什么事瞒着我吗？

馨儿回过头来，拉住马超的手，柔声说道：没什么，我哪里会有事瞒着你呢？我只是……我只是想你了……

马超听了心里暖暖的，反手握紧馨儿的手掌，开心地笑了：我也想你了！

馨儿对上马超充满深情的双眼，脸上绽开了甜甜的笑容。马超这才注意到馨儿有些发红的眼睛，仔细看了看后又问：眼睛怎么了？是不是哭过了？

馨儿连忙抬手揉了揉，笑道：没有，就是……就是刚才等你的时候被风迷了。

马超再未多想，叫来守卫把马牵走后，拉着馨儿进了大门。

府里的家仆们看着马超和馨儿甜蜜说笑，私下纷纷议论，小将军和馨儿小姐郎才女貌，十分般配呢！

十五、疯狂的挑衅

馨儿的到来让马超十分欢喜，每日处理完军营中的事务后便回府里陪着馨儿。一对小儿女情投意合，相处得非常融洽。

由于两个人年纪还有些小，马腾和央钦商议后决定，先选一个好日子给他们正式定下亲事，等过上一年再拜堂成亲。因着马腾官职的变动，军营中事务繁多，再加上马超给央钦分析了他们和西大滩年年械斗的可疑之处，并打算查清楚其中的原委。马腾便提议把定亲的日子选在正月初六。央钦听了也很赞同，若是马超能早日查清事情的真相，彻底解决东、西两滩二十多年的矛盾，到时候就是双喜临门，岂不更让人高兴！

馨儿知道后自然是欣喜异常，之前心里的不快和担忧也一扫而空。她来都护府的这几日，耿玉蓉每天都来找马超。尽管每次都会被门口的守卫拦住，但馨儿知道了还是会伤心，会生气。馨儿见马超从来不提这件事，便也不好先开口询问，只在心里暗自伤神、揣测，却不知马超根本就没有把耿玉蓉当回事。不仅如此，马超还特意交代了门口的守卫，只管打发了她，也不用来给他通报。

这一日，馨儿正在听香香眉飞色舞地说，她在门口又看到了那个厚脸皮的疯婆子被守卫轰走的情景，两人正笑得开心时，马超掀帘而入。马超笑嘻嘻地望着馨儿：什么事让你们这样高兴？说给我也听听！

馨儿冲香香挤了下眼睛，对马超笑道：没什么，女孩子之间的悄悄话你不能听！

马超嘿嘿一笑：不说拉倒，肯定不是什么好的悄悄话！

馨儿嗔笑着打了一下马超，疑惑地问：你今天怎么没去训练场？今日不忙吗？

马超拉住了馨儿的手：我的临时新兵总教头的使命完成了，过些天就去东、西大滩公干。今日营中无事，我想带你出去玩一玩。你来的这些天还没出去过呢！今日刚好赶上集市，凉州城里可热闹了！

馨儿笑得一脸灿烂，香香也高兴得忍不住跳起来了。

马超带着馨儿转了几条街，虽然天气有些冷，但街上依旧人山人海，两边全是卖东西的小贩，各种吃食摊上更是挤满了人，热闹非凡。馨儿看着琳琅满目的货品，惊叹不已：孟起，你快看！有这么多好玩的东西，我以前都没见过呢！

马超笑吟吟地看着馨儿：你要是喜欢，以后可以经常来看！

馨儿红着脸，羞涩地说：我是要回草原上的，哪能经常看到这样的热闹！

马超一脸坏笑，俯下身来对着馨儿的耳朵，悄声说：你是我媳妇儿！等我把你娶到凉州城，你就可以天天来这里玩了！

馨儿脸越红了，伸手在马超胳膊上轻轻拧了一下：老说胡话！一点也不害臊！

马超看着馨儿娇羞的模样哈哈大笑……过了一阵又悄声地问：难道你不想做我的媳妇儿吗？

馨儿也不答话，笑着瞪了马超一眼，脸上的红晕更浓了，显得更加娇俏可爱。马超忍不住轻轻地摸了一下馨儿的脸，馨儿也踮起脚尖对着马超的耳朵悄声说道：孟起，我的心里只有你！我愿意做你的媳妇儿！

馨儿的声音像猫一样，很轻很轻，却又清晰得要命，一字不漏地钻进了马超的耳朵里。马超心头一跳，忽然间就有点想不起来下面要说什么了。

香香舔了一口手里的糖糕，抬头望着马超和馨儿，傻傻地问：姑爷，小姐，你们怎么了？小姐的脸怎么这么红呀？

馨儿看着香香的傻样，“扑哧”一声笑了：吃你的糖糕，瞎问什么呀！

等马超回过神来，也咧开嘴笑了。

香香再要追问时，马超已经拉着馨儿的手往前面走去。香香只好一边舔着糖糕，一边嚷嚷着跟了上去。

他们走到一处小摊前，馨儿指着一个小巧的化着桃花妆的瓷娃娃，惊喜地喊马超：你快来看，这个娃娃好可爱呀！

马超伸手拿起了瓷娃娃，看了看：是挺可爱的，像你！

馨儿听了笑着接过瓷娃娃，爱不释手地看了又看。马超看她这么喜欢这个瓷娃娃，便把摊主叫过来，掏出钱袋付了些碎银子。馨儿也没推辞，转过身去叫来香香，小心翼翼地捧着瓷娃娃和香香一起端详。突然，马超又把一个瓷娃娃送到了馨儿的眼前，馨儿仔细一看，发现这是一个男版的，和自己手里的这个女娃娃分明就是一对。她抬头看向马超，马超竟破天荒的有些不自在起来：你喜欢这个吗？要是不喜欢，那我就放回去。

馨儿抿着嘴望着马超笑，伸手接了过来：这个我也很喜欢！

马超不好意思地挠了挠鼻头，咧嘴笑了。

就在这时，忽然传来一声娇喝，打破了这温馨甜蜜的气氛：马超！你很悠闲啊！今日不用喂马了吗？

马超和馨儿同时顺着声音望去，耿玉蓉正甩着手里的鞭子，吊儿郎当地朝他们走来。

马超看见耿玉蓉，脸色变冷：我悠闲不悠闲，关你何事？

耿玉蓉头一扬：当然有关系了！既然你这么悠闲，那就陪本小姐去那边看杂耍吧！

马超鼻子里“哼”了一声，转过头再不理会。

馨儿认出她就是每天来找马超的那个耿玉蓉，不由得开始紧张起来，只默默地看着她和马超说话。耿玉蓉也发现了站在马超身边的馨儿，她撇了撇嘴，似笑非笑地看着馨儿：哟，挺标志的个小妹妹呀！怎么跟着小马倌出来逛了？被他诳来的吧？

馨儿心里有些生气，一时间竟不知道该怎么反驳，咬着嘴唇望向了马超。马超揽住馨儿的肩膀，冷眼看着耿玉蓉：你少在这里胡言乱语，离我们远点！

耿玉蓉一看马超揽着馨儿，气得刚想发作，却被一旁的香香拦住：哦，我认出来了！你就是那个每天来找我们家姑爷的厚脸皮姑娘！你脸皮也太厚了，姑爷都不理你，你还天天来纠缠！

耿玉蓉被香香这几句话气得不轻，用鞭子指着香香：不知死活的小丫头，你说谁是厚脸皮？你再说一遍试试！

香香也不示弱，大声又说：说的就是你！就是你脸皮厚，纠缠我们家姑爷！

耿玉蓉哧笑一声：你们家姑爷？我看你们家小姐才是脸皮最厚的人吧？

见个男子就当成姑爷，真不要脸！

香香听她辱骂馨儿，气得红了眼：你……你纠缠我们姑爷才是不要脸！一看就不是好人家的姑娘，疯婆子，你就像个土匪一样！

馨儿看香香为她出头，正要上前阻止时，却见耿玉蓉阴着脸，一鞭子抽向香香。馨儿大惊，连忙喊道：香香小心！香香没想到耿玉蓉会出手打人，也吓得愣住了。就在耿玉蓉的鞭子快要落下时，马超一个箭步冲上去，手一伸，扯住了耿玉蓉的鞭子，怒道：耿玉蓉，你若敢动她一下，我决不饶你！

馨儿这时也飞快地跑上来，护在香香身前，气愤地盯着耿玉蓉。

耿玉蓉看了馨儿一眼，冷笑一声：小马倌，你是要学英雄救美吗？没看出来，你还很会讨女孩子欢心嘛！难怪你这些天不理我，原来又诳了个姑娘啊！

马超甩开手里扯着的鞭子，冷冷地说：我什么时候理过你？你少信口开河！

耿玉蓉被马超甩得身子一趔趄，站稳后反倒笑了。她走到馨儿面前，挑眉道：你是哪家的小姐呀？女孩子要懂得矜持，怎么能随随便便地就把男子当姑爷呢？

马超刚要开口，馨儿却抢先走上前去。

馨儿气得攥紧了手里的瓷娃娃，冷冷地说：我是谁家的小姐，用不着你管！我和他是有婚约的，你少在这里胡说八道！

耿玉蓉听了馨儿的话，一脸的讥讽，笑着又说：哦，原来是有婚约呀！那就是还没成亲喽？还没成亲就一口一个姑爷地叫着，不嫌害臊吗？

馨儿一下变了脸色，又气又羞，眼睛也慢慢变红了。

耿玉蓉望着馨儿，笑得更邪了：你还不知道吧？你没来的时候，小马倌每天都和我在一起。我们一起喝茶，一起听曲，还一起看杂耍呢……

耿玉蓉还想说得再夸张一些，却被马超的一声怒喝打断：耿玉蓉，你别得寸进尺！馨儿是我未过门的媳妇！你再胡言乱语，我就把你送到官府去！

耿玉蓉听了马超的话，不仅不恼，反笑得更加得意：哎哟，现在知道有未过门的媳妇了？既然有未过门的媳妇，为何还要与我定下约定？

马超气急了，指着耿玉蓉的鼻子：你真是个无赖！我何曾与你有过什么约定？

馨儿听着耿玉蓉的话，浑身一下子变得冰冷，感觉心好像被一点一点地撕烂，痛得无法呼吸，眼泪顺着脸颊淌到了衣领上。

耿玉蓉看着馨儿的脸，又故意说道：马超，你那日替我掏钱解围，我还没好好谢你呢！要不今日我们一起去喝酒，我也好正儿八经谢谢你！顺便再说说我们的约定！

馨儿再也听不下去了，猛地跑到马超跟前，把一对瓷娃娃塞进马超怀里，然后哭着跑开了。香香一见馨儿被气跑了，气得连连跺脚，而后狠狠地瞪了耿玉蓉一眼，骂了声“疯婆子”就连跑带喊地去追馨儿了。

马超看着怀里的瓷娃娃，心里十分窝火。抬起头盯着一脸得意的耿玉蓉，声音极冷：耿玉蓉，你信口雌黄！真不是个东西！

耿玉蓉挑一挑眉道：对！我就是故意的。谁让你对那个馨儿那么好？本小姐看着不高兴！

马超狠狠瞪了一眼耿玉蓉道：你别太过分了！最好别让我再看到你！

说完，朝着馨儿跑去的方向疾步而去。

耿玉蓉望着马超的背影，收起了脸上的邪肆之色，恨恨地自语道：马超，你竟然为了她这样羞辱我！本小姐决不罢休！除了我耿玉蓉，你休想再娶别的女子！

十六、渐生龃龉

馨儿一路狂奔跑回房中，眼泪不断从她的眼角滑落。原来孟起回凉州城的那些日子，一直和那个叫耿玉蓉的姑娘在一起！他们还一起喝茶、一起听曲，还一起逛集市……

馨儿一想到这些，就感觉心里难受得要死！又伤心又生气，她再也不想看见马超了。

香香看着趴在床上不停抽泣的馨儿，急得手足无措：小姐，你别哭了好吗？你哭得我也想跟你一起哭了！你要相信姑爷，姑爷他怎么会是那样的人呢？

馨儿听到这里，一下子爬起来，斥责道：住口！不许再叫他姑爷！

香香从来没有见过馨儿发这么大的脾气，吓得赶紧捂住了嘴巴。馨儿斥责完香香，又趴到被子上哭起来，眼泪很快打湿了被面。

香香走到床边，试探着拍了拍馨儿的背：小姐，别哭了！我知道你生气，我也很生气。你放心，我这就去告诉老爷，让他狠狠地骂姑爷……哦，不对，是狠狠地骂一顿孟起，替你出出气？

馨儿又猛地一下爬起来，哭得更凶了：不许跟爹爹说！还嫌不够丢脸吗？

香香吓得抽回了手，赶紧赔笑：好，好，我不说！小姐，你就别生气了！

馨儿哭着哭着，脾气也没那么大了，哽咽着说：香香，我也不全是生气，我就是……就是心里好难受，好难受！孟起他怎么能骗我呢？他们还经常在一起！

香香见馨儿肯开口说话了，暗暗松了一口气，替她擦了擦眼泪：小姐，你先别难受。你没看姑爷很厌烦那个厚脸皮的什么蓉吗？再说了，她看着就不像是好人家的姑娘，她说的那些话肯定是编出来骗你的！

馨儿慢慢地止住了哭泣，眼神有些茫然：真的吗？孟起真的厌烦那个耿玉蓉吗？

香香立刻回答：当然了！姑爷对她那么冷淡，还差点把她甩趴下呢！

馨儿吸了吸鼻子：可她说孟起和她还有约定！你说他们约定了什么？

香香拉住馨儿的胳膊：约定？她肯定是胡说的，要不我把姑爷叫来问问？

馨儿一听急了，眼泪又淌了下来：不许去！我不想看见他，永远都不想再见他了！

香香偷偷地抿嘴一笑，接着说：好好好，再也不见了！

这时，门外传来了马超的声音：馨儿，馨儿，你开开门好吗？你听我解释！

香香刚要起身去开门，馨儿一把拉住她的胳膊：不许开！我不想看见他！

香香见她那么生气，也不敢去开门，只好陪她坐着。

马超又拍了拍门：馨儿，你别生气了！耿玉蓉说的那些都是胡编的，她就是故意气你的！别哭了好吗？

馨儿听到马超的声音，眼泪再一次像断了线的珠子一样落下来。

马超在门外焦急而无奈地来回走动，始终叫不开房门，索性靠着墙坐在了地上。

馨儿一直抽抽搭搭地哭着，香香没有办法，只好坐在案前，双手托着下巴默默地看着馨儿哭。

天渐渐暗了下来，馨儿也哭累了，趴在床上慢慢地睡着了。香香这才轻手轻脚地走到跟前给她盖好被子，又端了个盆子走出房门。香香打开门，被坐在地上的马超吓了一跳，压低声音问：姑爷，你怎么还在这儿呀？

马超站起来朝里面望了望，摇头苦笑：香香，你们家小姐也太能哭了！

香香瞪了一眼马超，嘟着嘴埋怨：姑爷，你还好意思说！还不都是因为你呀？我还从来没见过小姐这么伤心呢！

马超赶紧赔笑：好吧，都是我不好！可是我和那个耿玉蓉真的没什么，她那些都是胡说八道！

香香轻轻关上房门：其实，我也相信姑爷你不是那样的人。不过，小姐非常伤心，现在还在气头上呢！我看，你还是晚一点再来解释吧！

马超心里又窝火又急躁，在门口站了一会儿，在香香的劝说下才离开。

到了吃晚饭的时候，香香才把馨儿叫醒。馨儿虽然不哭了，但心里还是忍不住难过，吃了没几口便放下了碗筷。香香劝了半天，馨儿还是闷闷不乐，香香只得伺候她洗漱，早早地上床躺着了。

晚上，马超又来敲了几次房门，馨儿始终不肯开门。无奈之下，马超也只好垂头丧气地回去睡觉了。

馨儿一晚上翻来覆去睡不着，脑海中都是她和马超在一起的点点滴滴。想着马超在草原上的狂野不羁，大破九曲黄河灯阵的英勇神武，还有和她在一起时的温柔多情，每一件事都深深印在了她的脑海里。可是，才分开一个月，就冒出一个耿玉蓉来！馨儿越想越觉得迷茫，虽然她心底里还是相信马超和耿玉蓉之间并没有什么，但仍然有一些凉意缭绕在心头。

第二天早上，马超刚洗漱完毕，就见香香慌慌张张地跑到他的房里，气喘吁吁地说：姑爷，不好了！你快去看看小姐吧！

马超听了心里一沉，连忙问：怎么了？是馨儿出什么事了吗？

香香咽了一口唾沫：小姐她……她要回草原去！正在收拾东西呢！

马超没有说话，抬脚就往馨儿的房里走去。

馨儿坐在床沿上低着头叠衣服，听到脚步声也没有抬头，随口说道：香香，你去给我叫一辆马车吧，我们即刻就走。

马超站在门口，声音低沉：我不许你走！

馨儿惊得慌忙抬起了头，红肿着眼睛望着马超：你……你来干什么？

马超走到床跟前，把馨儿刚刚叠好的衣服推散开来，扶住馨儿的肩膀说：我不许你走！我知道你还在生气，你能不能先听我解释？

馨儿一下推开马超的手，转过身背对着马超，忍不住开始哽咽：还有什么好解释的？我不想听！

马超坐下来扳过馨儿的肩膀，柔声说道：耿玉蓉的话不要当真，我和她真的没有什么。不管是现在还是将来，我都不会和她发生什么！

馨儿眼泪汪汪地看着马超：你骗我！你来凉州城的这段时间，一直和她在一起。

马超看着馨儿吃醋的模样，又好气又好笑：我没有和她在一起，是她经常来纠缠我。我才懒得理她呢！

馨儿在马超的腿上踢了一脚，带着哭腔又说：你还笑？我才不信呢，我来的第一天就在大门外看见她抱着你的胳膊！

马超有些意外，难怪她那日眼睛红红的，原来是为了这个！马超嘿嘿一笑：你呀！你只看见她抱住了我的胳膊，怎么没看见我狠狠甩开了她的手？

馨儿吸了吸鼻子，忽闪着泪汪汪的大眼睛，哽咽着说：你……你真的不喜欢她？

马超笑着刮了一下馨儿的鼻梁：傻瓜！我当然不喜欢她了，我喜欢的是你啊！

馨儿扭过头，哼了一声：还想骗我，你和那个耿玉蓉不是还私订终身了吗？

马超一听，忍不住大笑：馨儿，你说什么呢？哪里来的私订终身？你可笑死我了！

馨儿被马超笑得越发生气了，眼泪一下子涌了出来。马超见状，赶紧收起了笑意，又扶住了馨儿的肩膀，正色道：别难过了，都是我不好！我应该早些告诉你事情的真相，你要是知道了耿玉蓉的身份，就不会再有疑虑了。

馨儿听得有些疑惑，揉了揉眼睛，问道：身份？她不就是耿玉蓉吗？还有什么身份？

马超盯着馨儿的眼睛，一字一顿地说：这个耿玉蓉，其实是龙首山土匪头子耿鄙伟康的女儿！

馨儿大惊，睁大了眼睛：啊？她……她是土匪头子龙王的女儿？是真的吗？

马超接着说：千真万确，我也是无意中发现的。尽管她父亲耿鄙伟康作恶多端，与我有着深仇大恨，但我只不过是念她年纪小，又是个女孩子，也不愿为难于她，所以才不想搭理她。谁知她竟然纠缠不休，让我十分头疼！

馨儿急切地问：那她知道你的真实身份吗？我听她喊你马超，她会不会做出对你不利的事情？

马超摇了摇头：不会，她应该还不知道我就是孟起，她只当我是个都护府里的马倌。

馨儿这才放下心来，缓缓地说道：那就好！

马超看她不再生气，笑着又问：现在放心了吧？不过，看到你为我吃醋，我还是挺高兴的！

馨儿脸一红，扭捏着不再吭声。

马超抬手轻触了一下馨儿的脸颊，声音有些沉重：馨儿，你相信我！莫说那耿鄙伟康与我马家仇深似海，就是没有这些仇怨，我也不会喜欢耿玉蓉。除了我娘亲以外，你是唯一一个装进我心里的女子！

馨儿对上马超深邃的目光，看到的只有满满的情意，顷刻间，所有的疑虑和不快都消失得无影无踪了。她缓缓拉住马超的手，一脸柔情地说：孟起，我相信你！

马超笑着点了点头：嗯，我以后再也不会惹你伤心了！我会一辈子保护你，不让你受一点点委屈！

馨儿听着马超的话，心里感觉到了暖暖的踏实！

哇！姑爷，你好会讲情话呀！

香香站在门口听到了马超的话，傻傻地惊叹出了声。

马超和馨儿这才意识到香香的存在，两个人不由得哈哈大笑。馨儿望着香香，嗔怪道：小丫头，知道什么是情话呀！

香香走进房里，不服气地说：我当然知道了，刚才姑爷说的就是情话！小姐，我才比你小一岁，才不是小丫头呢！

馨儿故意笑道：嗯，香香是长大了！可以找婆家了！

香香被馨儿逗得羞红了脸，跺着脚嚷道：小姐，你又取笑我！

马超望着香香的窘样，和馨儿一起哈哈大笑。

马超见馨儿恢复了往常的开朗活泼，心里也安稳了。两个人一起吃过早饭，叫香香打来热水，亲自动手给馨儿敷了敷红肿的眼睛。马超看馨儿的眼睛消了肿，便提议说：过两天你们就要回去了，我们今天再去集市上看看，买几件漂亮的衣服，把我媳妇儿打扮得再干练一些！嗯……一定要买件红色的，我最喜欢看你穿着红裙子的模样了！

馨儿咯咯一笑：你看你，又没个正经样子了！也不怕别人看见了笑话你！

马超哈哈一笑：我孟起难道还会怕别人笑话吗？

马超拉着馨儿说说笑笑地出了大门，结果又一次在门口看到了耿玉蓉。在看见耿玉蓉的一瞬间，馨儿还是不由得停下了脚步。耿玉蓉走到馨儿跟前，阴阳怪气地说：嗬！看起来心情不错嘛！昨天还哭哭啼啼的，转眼间就笑成一朵花了？

马超想要斥责耿玉蓉，却被馨儿拦住了，馨儿往前走了两步，冲着耿玉蓉淡淡一笑：我今日心情很好！非常好！尤其是看到你，我的心情会更好！

耿玉蓉没想到馨儿会这样说，脸上有些难堪。手里鞭子一抖，瞪着眼睛就要发火。馨儿再未理会耿玉蓉，回头看着马超轻轻一笑。马超同样微笑着走上来拉住了馨儿的手，两个人完全无视耿玉蓉的存在，高高兴兴地向着集市去了。

耿玉蓉望着走远的马超和馨儿，气得攥紧了手里的鞭子。一向跋扈嚣张的她，从来没有尝到过被人无视的滋味，眼睛里渐渐升起一层水雾。马超，你为何要这样对我……

十七、落花有意流水无情

耿玉蓉这些日子过得非常郁闷。偷偷溜下山来，原本是来寻乐子的，但是在凉州城的这一个多月，她过得一点都不开心。耿玉蓉始终想不明白马超为什么会忽然间疏远她，甚至还厌烦她。她几乎每天都去找马超，可马超对她却总是那么冷漠。尤其是知道了马超和馨儿已经有了婚约，耿玉蓉除了生气以外，更多的则是失落和不甘心。

丫鬟小楠见耿玉蓉回来，赶紧迎上去接过她手里的鞭子：小姐，你回来了！今日见着他了吗？

耿玉蓉没说话，阴沉着脸进了房门。小楠和两个随从看着耿玉蓉的脸色，不禁面面相觑，看来他们的大小姐又在那个臭小子面前碰钉子了！

小楠倒了一杯茶端到耿玉蓉的跟前，小心地说：小姐，冷了吧？快喝杯热茶暖暖身子吧！

耿玉蓉没有接小楠手里的茶杯，一把拉住她的胳膊，声音有些哽咽：小楠，你说马超那个臭小子他为什么不理我？这么长时间了，他还是冷冰冰的……

小楠慢慢放下茶杯，握住耿玉蓉的手，心疼地说：小姐，你就听小楠的话吧！别再去找那个马超了，那个小马倌哪里配得上小姐你呀？

耿玉蓉松开小楠的手，嗫嚅着说：可是……可是我喜欢他！一天不见他，我就难受得慌。小楠，你说他凭什么不喜欢我？是不是我长得不好看？

小楠赶紧摇头：谁说小姐不好看？你可是我们龙首山的大小姐，是西凉地最干练的姑娘!

耿玉蓉低着头，忽然又问：龙首山？他是不是知道我是土匪的女儿才会疏远我、嫌弃我?

小楠大惊，连忙摆手：小姐，这话千万不要再说！这里可是凉州城，要是让人知道了我们的身份，那可就麻烦了!

耿玉蓉仰起头来：哼！我才不怕呢!

小楠急道：小姐，你下山都快两个月了！我们还是回去吧，大王肯定很担心你!

耿玉蓉端起茶杯喝了一口茶，嗤笑道：他才不会担心我呢！再说，我还没玩够呢！还有那个小马倌，本小姐一定要制服他，让他乖乖地跟我回龙首山!

小楠惊得张大了嘴巴：啊？小姐，你要带那个马超进山？他虽然是长得英俊，可毕竟只是一个小马倌呀!

耿玉蓉瞪了一眼小楠：小马倌怎么了？本小姐就喜欢小马倌！等他进山以后，我让龙王爹爹封他做个将军!

小楠吓得赶紧上去捂住耿玉蓉的嘴：我的姑奶奶！你快别说了吧！小心让人听见!

耿玉蓉“啪”地一下打掉了小楠的手，一脸的不屑：瞧把你吓的！本小姐长这么大，还没怕过谁呢！去，多带些银子，本小姐要出去散散心!

小楠不敢再劝，只好带着银子跟着耿玉蓉出了门。

快乐的日子总是过得很快，不知不觉间，馨儿返回东大滩的日子就到了。马超依依不舍地拉着馨儿的手：馨儿，你来才几天就要回去了，我还真有些舍不得呢!

馨儿含羞一笑：我们很快就会再见的!

马超也笑了：是呀，再一个月就要过年了。正月初六那天，我会早早地去看你!

馨儿紧紧抓住马超的手，娇俏的脸庞上写满了坚定：孟起，我会等你!

两手交握，马超觉得心里满满的都是暖意，仿佛这冬日的寒风也一下子变得柔软起来。

马腾和央钦看着一对小儿女依依不舍的样子，相视一笑。

馨儿在香香的催促下上了马车，离开老远了还探着头向马超挥手。央钦笑吟吟地望着馨儿，忽然长长地叹了口气：唉……儿大不由爹呀！我的小馨儿长大了，有了婆家就把爹爹忘了！

馨儿这才把头缩进车里，娇羞地偎在央钦身边：爹爹！你也来取笑女儿！我怎么会忘了爹爹呢？

央钦哈哈大笑。对女儿的这门亲事，他确实是非常满意！

马超送走了馨儿，把军营中的事务安排妥当后，就马不停蹄地来到了天赐寺。一空大师扶起跪下磕头的马超：超儿，我已经派人到东、西大滩调查过了，这东、西大滩每一年的械斗都与挪动东、西大滩分界线的界桩有直接关系。也就是说，我们一定要抓住这个挪动界桩的人。无论他是东大滩的还是西大滩的，你能一视同仁吗？

马超点点头说：师父，你放心吧。我会一视同仁的。一空大师接着问：如果挪动界桩的是东大滩的寨主央钦呢？你怎么办？

马超吓了一跳：师父，你怎么会想到是央钦寨主呢？一空大师一字一顿地说：超儿，为什么就不是央钦寨主呢？这些年来，我对羌族兄弟有了足够的了解，他们比我们汉族兄弟憨厚、实在。所以，我认为这移动界桩的事应该不是羌族兄弟所为。

这一下马超陷入了沉思：自己之所以没有问过东大滩的央钦寨主这件事，是不是因为他是馨儿的父亲的原因呢？马超摇摇头否定了，好像不全是，除了他是未来的岳父外，还有一个原因，那就是他印象中的央钦寨主是一位宽厚仁慈的长者。所以，他不认为这移动界桩的人是央钦寨主。想到这里，他理直气壮地说：师父，我感觉不会是央钦寨主。

一空大师点点头说：我也希望不是央钦寨主，可究竟是什么人在偷偷地移动界桩呢？这样吧，超儿，你先到西大滩去暗访，如果实在查不出来，你就到东大滩去。去东大滩，你最好悄悄地去，不要住在央钦寨主家里，直到查清楚事情的真相为止。

马超跪下给师父磕头：师父放心吧，我一定会按照你的意思去调查这件事。如果真的查出来这件事与央钦寨主有关，我绝不会因公徇私。一空大师又一次扶起了马超：超儿，为师相信你。

离开天赐寺后，马超抄近路来到了西大滩。马超没有直接去找西大滩的寨主蓝脱，而是乔装成牧羊人住在了草原上。东、西两滩离上次械斗已经过去四个多月了，如果他推算的没错，最近这些天草原上肯定会有可疑的事情发生。因此，马超白天帮着牧民们放羊，到了晚上便悄悄地潜伏在东大滩和西大滩分界线附近的山坡后面，他要看看，究竟是什么人在偷挪界桩，在移动属于两家的分界线。结果马超在分界线守了十几天，仍然没有发现有什么异常。眼看新年将至，他要赶在大年三十这一天回到东大滩，去看他的馨儿，还有见证他和馨儿爱情的一草一木和他们常去的那一片山坡。如果拿不到分界线被人为挪动的证据，他有可能连这个年都过不好。一句话，如果在西大滩没有查出结果。那这就意味着他已经不可能在大年三十前后去东大滩见他的馨儿了。

所以，他心里也是十分焦急。

这一天晚上，马超照例来到了潜伏的地方。眼下正是最冷的时节，马超喝了几口马奶酒，裹紧了身上的皮袄，趴在山坡上盯着不远处的那些界桩。过了一会儿，酒意有些上头，他刚打算小眯片刻时，就听见了窸窸窣窣的声音。马超立刻提起精神朝声音传来的方向看去。结果，那声音越来越大了。但经过辨别，这声音却不是界桩那边传来的。

马超回头一看，发现有个人影向他这边移动，他吓了一跳：难道自己的行踪被别人发现了。马超静静地看着那个朝他走来的人影，等到那个人走到山坡下的时候，他突然起身疾步冲下山坡。那人反应也非常灵敏，扬起手里的兵器便向马超袭来。虽然夜黑，马超依然稳稳地抓住了迎面袭来的兵器，原来是一根软鞭。马超心里不禁疑惑，这根鞭子好像有些熟悉！马超用力一扯，那人便跟着鞭子扑到了他的跟前，还顺势靠进了马超的怀里。马超眉头一皱，松开了扯在手里的鞭子。怀里的人抬手取下了头上的斗篷，一脸的得意。马超推开她，冷冷地问道：耿玉蓉，你可真是阴魂不散啊！你怎么知道我在这里？

耿玉蓉得意地一笑：本小姐神通广大，当然知道你在这里了！而且还知道你每天晚上都鬼鬼祟祟地在这里潜伏。说吧！你不在凉州城里喂马，跑到这里来干什么？是不是要打算偷几只羊回去过年？

马超转过头，没好气地说：无聊！你以为谁都和你一样吗？

耿玉蓉脸色一僵，怒道：马超，你说这话什么意思？

马超不再理她，转身又往山坡上走去。耿玉蓉一边跟着马超走，一边嚷嚷：你这人怎么这样啊？我大冷天的，又这么晚地来找你，你怎么连一句好听点的话都没有？

马超头也不回，淡淡地说：你别跟着我了，快回去！

耿玉蓉当然不会那么听话，她刚要张嘴说话，被马超一下子捂住了嘴巴。紧接着，马超还拉着她趴在了地上。耿玉蓉待要挣扎，马超迅速地做了个噤声的动作。耿玉蓉见他神色凝重，便不再出声，悄悄地跟着马超趴在了山坡上。

对面界桩方向，先是来了一个人，这人前后左右看了看，没有发现什么，就朝东边的山坡摆了摆手。结果，一下子从山坡下出来了十几个黑衣人。他们到了分界线的跟前，立即动手开始挪动东、西两滩分界线上的界桩。马超压低声音对耿玉蓉说：你快回去，我现在有正事要办！

耿玉蓉拉住了马超的胳膊：马超，你要去抓那些人吗？他们有十几个人，你打不过他们的。再说他们挪动界桩跟你有什么关系？你不要逞能管这些闲事！

马超瞪了一眼耿玉蓉，口气冰冷：我和你不是一路人！这件事确实跟你没关系，但跟我有关系。你赶紧离开这里。

耿玉蓉拉着马超的袖子不放：马超，我也是担心你！既然你这么爱管闲事，那我就和你一起去抓那些坏人！

马超看着耿玉蓉坚定的神色，微微一愣，口气也有了些温度：你不用跟我一起去抓坏人。你要是怕我打不过他们，你就去叫几个牧民到蓝脱寨主那里搬些救兵来。

耿玉蓉犹豫了一会儿，还是照着马超的话回去叫人了，临走时再三叮嘱马超不要逞能，等她叫来了援兵，再去抓那些人。

马超望着耿玉蓉跑远的身影，无奈地叹了口气。这真是一块狗皮膏药呀，越是不想和她扯上关系，可越是躲不掉。

等耿玉蓉拿鞭子抽醒两个牧民去通知蓝脱界桩被挪的时候，马超已经赤手空拳打倒了那十几个黑衣人。

耿玉蓉看着躺在地上被捆绑着的“哇哇”乱叫的十几个人，满脸不相信地望向马超：不会吧？小马倌，你武艺这么高呀？我还怕你被他们打成个肉饼子呢，没想到你这么厉害啊！

马超撇了撇嘴，没有说话。

耿玉蓉往马超身上靠了靠，习惯性地邪肆一笑：好身手呀！本小姐还真是小瞧了你！跟我去我们家吧，我让我爹爹给你安排个好差事，肯定比当马倌强！

马超侧身避开耿玉蓉，冷然说道：你们家的差事恐怕不是人人都愿意干的！

耿玉蓉听马超话里有话，正欲追问，只见蓝脱带着一队人马疾驰而来。耿玉蓉虽然心里疑惑，但也不好再追问。

蓝脱吩咐手下把那些黑衣人重新捆绑，然后冲着马超抱拳说道：多谢这位小兄弟派人前来通报！幸亏你及时发现界桩被挪之事，要不然我们西大滩的草场又要被那央钦老儿霸占去了。

马超微微一笑：寨主大人，你还是先审一审这些人然后再下结论吧！

蓝脱怒气冲冲，指着那些黑衣人说：这还用审吗？这些肯定是央钦派来的人，如今被你一一擒获，看他央钦再如何抵赖！

未等马超开口，蓝脱接着又说：小兄弟以一敌十将这些人擒住，当真令人佩服！但不知小兄弟尊姓大名？我蓝脱定会重礼酬谢！

马超望了一眼身旁的耿玉蓉，对蓝脱一抱拳，缓缓说道：晚辈马超，见过蓝脱寨主！

蓝脱听马超报出名字，大惊道：你是马超？你就是威震西凉的少年军统领孟起了？

马超微笑着回答：蓝脱寨主过奖了！孟起不敢担此虚名。

且不说蓝脱和西大滩的人有多么吃惊，站在一旁的耿玉蓉听到“孟起”两个字时，仿佛晴天霹雳，震得她身体一趔趄，差点跌倒在地上。怎么可能？马超怎么会变成孟起了呢？不，他一定是在胡说！

蓝脱和他的手下知道了这个乔装成牧羊人的少年就是少年军的统领孟起后，又吃惊又兴奋，“呼啦”一下围住了马超。这时候，谁也不会去注意待在一旁的耿玉蓉。

马超朝着众人点头示意后，对蓝脱说道：蓝脱寨主，根据我多日来的查证，东、西两滩这些年的械斗并没有表面上看到的这么简单。你还是把这些人带回去好好审一审吧！看看他们究竟是什么人派来的。

蓝脱听马超这样说，不禁诧异：哦？听孟起将军的意思，是不是怀疑这些人不是央钦派来的？

马超点了点头：是的，孟起确实知道他们与东大滩的央钦寨主毫无关系。但我现在对这些人的来历有所怀疑，所以寨主大人，你还是尽快审问吧！

蓝脱自然相信马超不会信口胡说，立刻吩咐手下押着那些人回寨子审问。

马超见蓝脱客客气气地带着队伍回去了，这才走到耿玉蓉跟前。他想，既然她已经知道了自己就是孟起，那就把话说清楚吧，免得她再来纠缠。

耿玉蓉呆呆地看着马超，半天了才慢慢开口：马超，你骗我？

马超淡淡地说：我没有骗你。我姓马名超，字孟起，是西凉都护马腾的儿子。

耿玉蓉忽然歇斯底里地喊道：不！你不是孟起！你在骗我！

马超看着耿玉蓉有些扭曲的脸，心里不忍，但依然冷淡地说：耿玉蓉，你现在知道我厌烦你的原因了吧？我与你爹是仇人，我们之间势不两立，仇深似海。

耿玉蓉趔趄着往后退了两步，捂住耳朵蹲在了地上。过了半晌，她缓缓抬起了头，秀丽的脸上浮起一丝异样的笑容：仇深似海……是，我爹就是龙王耿鄙伟康！你现在就杀了我吧！

马超脸上没有多余的表情，依然淡淡地说：冤有头债有主，虽然你爹作恶多端，但我不会杀你。你走吧！希望今日一别，永不再见。他日若是再见，你我就是水火不容的敌人！

听到此话，耿玉蓉的目光骤然变得狠戾，仿佛被人揭开了一个无法忍受的伤疤。然而隔了许久，她又笑开了，喃喃道：永不再见？马超，你的心好狠！你知道我喜欢你……

那又怎样？马超打断了她的话：不管你是不是喜欢我，我们都注定了是敌人！是仇人！所以，你还是离我远一点吧！

耿玉蓉脸色煞白，站起来盯着马超的眼睛又问：你一点也没有喜欢过我吗？如果我不是龙王的女儿呢？你还会这样厌烦我吗？

马超望着耿玉蓉，一字一顿地说：不会！不管你是不是龙王的女儿，我都不会喜欢你。

耿玉蓉脸色又白了几分，只觉得胸口像压了千斤巨石般喘不过气来。她望着马超，渐渐攥紧了拳头，而后咬牙切齿地说：为什么？我就这么入不了你的眼吗？是不是因为那个叫馨儿的姑娘，你才不肯喜欢我？

马超眼神沉了沉：是！我心里只有馨儿一人。今日既然已经把话说清楚了，希望你以后不要再来纠缠，你好自为之吧！

马超说完后，转身大踏步离开了。

耿玉蓉失魂落魄地独自一人站在刺骨寒风里，最后又慢慢地坐在冰冷的地上；那喷涌而出的泪水变成了冰凌，那热情的希望之火也一下子被浇灭了……

十八、路未完，心已天涯海角

蓝脱把那些人带回去连夜审问。当手下把审讯的结果报上来时，蓝脱惊得一屁股坐倒在了地上。

被马超抓住的那些人的确是东大滩的人，但不是央钦派来的，而是央钦的大管家赵青宽派来的。不光是这一次，这些年每一次的械斗，原来都是赵青宽和他爹赵铁匠暗中搞的阴谋！

蓝脱进一步证实了东、西大滩二十年来的流血械斗，仅仅是赵青宽父子导演的闹剧时，惭愧得不能自已。也就在这个时候，马超在胡县令的陪同下来到西大滩。蓝脱客客气气地给县太爷、马超行了大礼，然后说：胡县令呀，我们东、西大滩原来都被东大滩赵青宽父子给骗了呀！

胡县令和马超先是惊讶于蓝脱的如此大礼，可无论你如何扶他，他都不起来：胡县令，小将军，我蓝脱既对不起东大滩，也对不起我西大滩啊……

胡川和马超一左一右架起了蓝脱：蓝寨主，快快起来！你起来我们好说话。蓝脱这才慢慢地站了起来：胡县令，小将军，要不是马小将军，我和东大滩的央钦寨主还蒙在鼓里呢！

马超叹了口气：是啊，没想到赵青宽卑劣至此。但是，他做这些恶毒的事，究竟是为了什么呢？

胡川接上说：这还不清楚吗？他挑起东、西大滩的械斗，目的就是让东、西大滩买他打造的兵器，他这是泡在东、西大滩牧民的鲜血里发财呀！

蓝脱一拍案：不管他是为了什么目的，这样恶毒的小人着实令人愤恨！这样的人，断然不能再留在这个世上！我这就去找央钦寨主，定要将那赵青宽千刀万剐！

马超拦住了蓝脱寨主：蓝寨主不必心急。赵青宽在草原上收买了不少人，为了防止他逃脱，首先要封锁消息，不能让他听到任何风声。然后，我们悄悄地去东大滩，先抓住赵青宽再说！

蓝脱听马超说得有理，立刻吩咐手下封锁消息，并派了两个人连夜赶去东大滩探查赵青宽的进一步举动。

然而，马超他们还是慢了一步，赵青宽已经得到了消息。

自从知道馨儿和马超要在正月初六定亲，赵青宽便开始安排手下暗中监视央钦父女的一举一动了。不仅如此，赵青宽还计划在他们定亲的那天设计害死马超。但是，央钦通过赵青宽在九曲黄河灯阵前后的表现，也对赵青宽有所防备。在没有办法的情况下，赵青宽只好故技重演，派人再去挪动东、西两滩草原上的界桩。他本打算借东、西两滩的械斗分散央钦对他的注意力，以达到他不可告人的目的，不料被马超识破了这个圈套。就因为自己的一意孤行，让他们父子二十年来在东大滩的丑行大白于天下。

赵青宽接到消息后，冷笑一声：马超，既然你这么急着想死，那我就成全你！

赵青宽立即找来跟随他的几个死党，带着一队人马悄悄潜进了寨主府，用事先商量好的计谋把央钦夫妇二人绑在房中，并且把寨主府的所有仆人都关押起来。

馨儿早上醒来后，叫了几声都没有听见香香回话，便起身穿好衣服，打算到院子里看看。刚走到门口就被一个卫兵拦住了去路：小姐，大管家吩咐了，不能让你走出房门半步！

馨儿不禁大怒：大管家？他赵青宽是个什么东西，凭什么不让我出门？快点让开！

卫兵挡在门口，偷眼望了望四周说：小姐，你还是待在房里吧！大管家已经包围了整个寨主府。

馨儿大惊失色：什么？赵青宽包围了寨主府？他要造反吗？

卫兵刚要说话，就听见赵青宽几声大笑，吓得卫兵赶紧闭住了嘴巴，挡在了馨儿的面前。

赵青宽笑着走到卫兵跟前，故意提高了嗓音骂卫兵：你好大的胆子！竟敢顶撞小姐，我说的话你没记清楚是吗？

那卫兵立刻弓下了腰：大管家，小的不敢顶撞小姐！

赵青宽没有再理会卫兵，对馨儿笑着说：馨儿，外面有点乱。你还是待在房里比较安全！

馨儿怒道：赵青宽，你少在这里装好人！我爹和我娘呢？你把他们怎么样了？

赵青宽干笑了几声：馨儿，你放心！寨主和夫人都在房中休息，我哪敢把他们怎么样啊？

馨儿脸色冰冷，指着赵青宽的鼻子骂道：赵青宽，你这个卑鄙小人！我爹爹待你一向不薄，你居然干出这种伤天害理的事来！你快把我爹爹和娘亲放出来！

赵青宽抓住馨儿的手，奸笑道：馨儿，你这是说的哪里话？他们是我未来的岳父岳母，我怎么会为难他们呢？

馨儿甩开赵青宽，“呸”的一声啐道：无耻！再过几日就是我和孟起定亲的日子，你休要胡说八道！

赵青宽脸色一沉，冷笑道：定亲？馨儿，恐怕你等不到那一天了。你的孟起马上就要来了，不过他不是来定亲的，而是来送死的！

馨儿听了赵青宽的话，又惊又怒：赵青宽，你到底想要怎样？孟起武艺高强，他不会放过你的！

赵青宽眉毛一挑，冷冷地说：只要他敢来，我绝对不会让他再活着离开东大滩！至于你嘛，我劝你还是老老实实待在这里，等我杀了孟起，再来和你拜堂成亲！

赵青宽说完，仰头大笑着离开了。

馨儿腿一软，跌坐在了地上哭泣：孟起！你在哪里？你会来救我们吗……

马超和蓝脱走到半路就接到了东大滩传来的消息。马超一听赵青宽包围了寨主府，心里猛地一紧。他对蓝脱交代了几句后，率先向着东大滩疾驰而去。

天空渐渐暗了下来，刺骨的寒风呜呜地吼叫起来，紧接着寒风裹着雪片肆意在空中翻腾。

馨儿在房间里不停地来回走动，她心里焦急万分。孟起不知道能不能赶来救她？爹爹和娘亲他们也不知道被关在哪里？

听到外面的风雪声，馨儿再也等不住！她推开房门，叫来了门口的卫兵，和颜悦色地问：我不出去，也不会让你为难。但是，你能不能告诉我，我爹娘他们怎么样了？他们被赵青宽关在了哪里？

卫兵犹豫了一会儿，悄声回答：小姐，寨主和夫人被大管家关在卧房里。他们没事，只是被捆住了手脚。

馨儿又问：那你知道赵青宽打算怎么对付孟起吗？

卫兵摇了摇头：小姐，这个我就不知道了。不过，我听说孟起将军已经在来东大滩的路上了。

听到这些，馨儿心里总算稍稍安稳了一些。

馨儿关上房门，走到窗户前往外看去，外面已经下起了大雪，大地白茫茫的一片，什么也看不清楚。她试着推了推窗户，发现窗户并没有插死。馨儿高兴坏了，小心翼翼地打开窗户。她伸出脑袋看了一下窗户外面，只见河沟里的冰面上，白花花的一片全是雪。馨儿看着河面，仔细地想着逃脱的办法。

这是一条四季流水的河，春夏秋三季都能听见淙淙的流水声，而现在是冬天，河水已冻结成了厚厚的冰河。馨儿注意到了，这里并没有卫兵把守。于是，她拿出剪刀把床上的被褥剪成了一条一条的布带，结成了一根绳子。她把绳子的一头拴在窗框上，另一头捆在自己的腰上，然后拽着绳子下到了被白雪覆盖着的河面上。

外面寒风凛冽，大雪迷得她睁不开眼睛。馨儿强忍着寒冷，悄悄绕到了关着她爹娘的卧房外面。但是，窗户下有十几个寨兵把守，根本无法近前。馨儿躲在墙角观察了半天，始终没有机会靠近那扇窗户。馨儿抬头望着漫天大雪，心里忽然有了主意，刚才那个卫兵不是说孟起已经在来的路上了吗？她应该先去给孟起报信才对！只要孟起来了，就一定能够救出爹娘和香香他们！于是，馨儿一头扎进了风雪之中，朝着寨子外面跑去……

寨子里到处都是赵青宽的人，馨儿没跑多远就被人发现了。因为赵青宽吩咐了手下不准为难馨儿，所以那些人并不敢把馨儿怎么样，只是拦在前面不许她出去。馨儿指着那些人大骂：你们这些混蛋！我爹才是东大滩的寨主，他平日里是怎么对待你们的？你们今日却听信赵青宽那个小人的摆布，难道就不怕我爹日后找你们算账吗？你们都给我让开！

这些手下都拿了赵青宽的钱，虽然被馨儿骂得心里感到惭愧，却还是不敢把馨儿放出去。这时，赵青宽闻讯赶来，他挤出一丝狞笑：馨儿，你这是要去哪里呀？要去找那个王八蛋孟起吗？要让他来解救东大滩吗？哈哈哈哈……

赵青宽狂笑一阵后，一把拉住了馨儿的胳膊：馨儿小姐，你还是乖乖地跟我回去吧！

馨儿咬牙怒视着赵青宽：赵青宽，你想干什么？孟起很快就会赶来救我，你赶快放了大家！

赵青宽收起了脸上的笑意，凶狠地盯着馨儿：我等的就是孟起！这里已经布下了天罗地网，今日就是他的死期！馨儿，现在的东大滩已经是我赵青宽的天下了，你爹也成了我的阶下囚。你如果想要你爹娘活命，就乖乖地跟我回去！等我杀了孟起后就和你成亲，我也自然会放了你的爹娘。如果你执迷不悟，那就别怪我心狠手辣！

馨儿大怒：赵青宽，你是个什么东西？我也劝你趁早放了我的爹娘，我会让孟起饶你一条狗命。如若不然，你一定会死无葬身之地！

赵青宽也怒了，他即使再喜欢馨儿，也不能容忍她一再违抗：既然如此，那我就让你看看你的那个孟起是怎么死在我手里的！来人，把央钦父女都给我绑到外面的广场上！

几个寨兵二话不说，上来就把馨儿绑了起来。

赵青宽押着央钦和馨儿来到广场中央。馨儿看到央钦后，忍不住红了眼睛：爹爹！你怎么样？我阿娘呢？她还好吗？你放心，孟起很快就会来救我们的！

央钦看了看四周，压低声音对馨儿说：我没事，你娘被他们关在房里，性命无碍！馨儿，孟起万万不能来啊！

馨儿紧张地问：爹，孟起为什么不能来？

央钦神色凝重：赵青宽在这个广场下面挖好了陷阱，如果孟起来救我们，赵青宽就会启动机关，让我们三个都掉入陷阱……

馨儿大惊：啊？我听赵青宽的人说，孟起已经在来的路上了！这可怎么办？

赵青宽看他们父女二人悄声嘀咕，狞笑着走到跟前：岳父大人，商量得怎么样了？是要看着孟起一个人死，还是你们父女二人一起陪他死？

央钦怒骂：赵青宽，你这个忘恩负义的狗东西！你就不怕孟起把你碎尸万段？

赵青宽冷笑道：我忘恩负义？央钦，这都是你逼我的！你明知道我喜欢馨儿多年，却还要把馨儿许配给孟起！你以为我赵青宽是好糊弄的吗？这两年我为你出谋卖力，干了那么多事。

馨儿嗤笑道：赵青宽，你这个王八蛋！你连孟起的一个脚指头都比不上，你以为我们不知道你干的那些龌龊事吗？你背着我爹欺压别人，到处敛财。我爹心慈，每次都放过你，没想到你今日反倒来害他！

赵青宽脸色难看，抬手就朝着馨儿的脸上打去。

住手！一声怒喝传到了赵青宽的耳中，震得他把手生生停在了半空。

马超冲进广场，大声呵斥：赵青宽，你胆敢动馨儿一根毫毛，我今日就要你死无葬身之地！

赵青宽回过头来，冷笑道：好啊！那我们就来看着，到底是谁会死无葬身之地！

说话间，赵青宽已经退到了场子外面。央钦见状，赶紧对马超大喊：孟起小心，这里有陷阱！

马超立时反应过来，端起长枪横在胸前。赵青宽一挥手，便看见数十个弓箭手朝着央钦和馨儿射出了利箭。马超飞身一跃，护在了他们二人前面，急速舞动着手里的长枪，把射过来的利箭磕落了一地。

馨儿顾不上害怕，大声说：孟起，你快走！这个广场下面有陷阱！

马超听了，心里一怔。他紧紧盯着赵青宽的举动，慢慢退到了央钦和馨儿的跟前。在赵青宽启动机关的一瞬间，马超手中的长枪脱手而出，朝着赵青宽刺去。同时两只手抓住了捆在央钦和馨儿身上的绳子，一跃而起，提着他们二人跳到了场外的空地上。

赵青宽慌忙闪身躲开了飞来的长枪，广场中央的地面也随之塌陷。赵青宽见他们三人已然跳出广场，立刻下令再次射箭。

马超没了长枪，只得赤手堵拦飞来的利箭，护着央钦和馨儿往后退。没有铠甲护身，手臂上被箭划开了几道口子，血正在汩汩往下流。

就在这万分危急的时刻，蓝脱带着大队人马赶到了。

赵青宽一看蓝脱赶来，立即抢过一匹马就要逃跑。马超抓住一支箭，反手就往赵青宽的身上扔过去。只听见“啊呀”一声大叫，赵青宽捂着肩膀摔下马来。蓝脱立刻让手下冲上去抓住了赵青宽。其余的寨兵见赵青宽被抓，纷纷扔掉手里的兵器，趴在地上向央钦磕头求饶。

马超赶紧解开了央钦和馨儿身上的绳子，揽住浑身颤抖的馨儿：别怕，我来了！

馨儿偎在马超怀里，哽咽着说：孟起，我就知道你会来救我们！

央钦看着蓝脱，不解地问：这是怎么回事？孟起，你怎么和西大滩的人搅到一起了？

蓝脱见状，马上向央钦一拱手：央钦寨主，实在是惭愧呀！都是你这个大管家和他那个王八羔子父亲干的好事。这二十年来，他们父子二人暗中挪动东、西两滩之间的界桩，制造了我们羌族和汉族兄弟之间的矛盾，导致我们羌汉两家械斗了二十多年啊……

央钦听得有些糊涂：蓝脱寨主，你能不能说清楚一点，到底发生了什么？

蓝脱望了望马超，接着又说：此事说来话长。昨天晚上，你的女婿马超在我们东、西两滩的界桩旁埋伏，亲眼看到了赵青宽派来的人挪动了界桩。马超把他们抓住后，我连夜审问后才知道了事情的真相！

央钦吃惊不小：真有这样的事？那些抓住的人呢？

蓝脱立刻命人把那十几个人带了上来。央钦一看，带头的那个确实是他手下一个叫李四的小头目。他上去一脚踹倒了李四：李四，快把你们干的事一五一十给我讲来！若有半句假话，小心你的狗命！

李四连滚带爬地跪在央钦面前：寨主饶命，都是赵青宽叫我们干的。他说，只要我们挪动了界桩，蓝脱寨主就会帮我们杀了你。以后他就是东大滩的新寨主，还说以后这东大滩寨兵副总管的位置就是我的……

央钦大怒，揪起李四扇了几个耳光。

央钦冲到赵青宽的跟前，一拳打在赵青宽脸上，怒喝道：赵青宽，你这个卑鄙小人！我待你不薄，你为什么要害我？我今天决不会再饶你！

赵青宽啐了一口嘴里的血水，疯狂地大笑：你们这些愚蠢的废物，让我们父子玩弄于股掌二十多年！实在是可怜至极！

蓝脱拉过央钦，叹了口气：唉……央钦寨主，我们都被赵青宽父子骗了。你想想，我们两家年年打仗，最受益的人是谁？是他们赵家的铁匠铺啊！就因为这对父子，生生挑拨起咱们汉羌两家几十年的纷争，我们还都把大把大把的银子，拱手送到了赵家的铁匠铺里！

央钦这才恍然大悟，他痛心疾首地捶打着自己的胸膛：我真是瞎了眼啊！竟然让他们蒙骗了这么多年！

蓝脱握住央钦的手道：还得要多谢孟起将军，若不是他抓住偷移界桩的人，揭露出赵家几十年的阴谋，我们东、西两大滩还不知道要死多少人，损失多少财物啊！央钦痛心疾首地说：想一想这些年我们东、西大滩为此死去的那些人，我有愧哪！

蓝脱、央钦两位寨主真诚地、郑重其事地握手言和……

这时候，有人放起了鞭炮，噼里啪啦响个不停……紧接着，秧歌队、社火队、狮子队、舞龙队、高跷队来了……

快到年关了，迎接新春的各色娱乐队伍正在寨子外的空地上排练。听到东、西大滩几十年械斗的原因找到了，坏人也抓起来了，大家都纷纷前来，以示庆贺……

就在大家只顾着气愤懊恼，只顾着高兴的时候，谁都没注意赵青宽已经挣脱了身上的绳索，然后慢慢地拾起了一把刀。

此时此刻，馨儿正在为马超包扎手臂上的伤口，她刚要抬头说话，眼角的余光发现了提刀冲上来的赵青宽。她大叫一声“孟起小心”，然后一下子扑上去挡在了马超的身后。马超飞快转过身来，可是已经来不及了，赵青宽手里的大刀已经深深地捅进了馨儿的身体里……

马超飞起一脚把赵青宽踢出了老远。之后，他大叫着“馨儿”的名字，双手抱住了摇摇欲坠的馨儿：馨儿！馨儿！

央钦和蓝脱这才回过神来，央钦大惊，趔趄着扑到了馨儿跟前，大声叫着馨儿的名字。

马超紧紧抱起馨儿，双眼通红：馨儿！你要坚持住！我会救你，你不会有事！

马超一把扯住央钦，大声喊道：快！快去找大夫！快去找大夫！

央钦此时已老泪纵横，跌跌撞撞地起身让人去找大夫。

馨儿身上的血不断涌出，染红了一大片雪地。马超用力地捂住伤口：馨儿！你睁开眼睛看看我，我是孟起！

馨儿听到马超的声音，悠悠地睁开了眼睛，断断续续地说：孟起……你，你不要难过……

马超满眼的泪水，颤声说道：馨儿！你坚持住，大夫马上就来了！你一定要坚持住！

馨儿挣扎着抬起了手，轻轻地摸着马超的脸，气息奄奄：孟……起，我等不到……等不到和你……定亲了，可我……我还是很……很开心……

马超握着馨儿的手，眼泪夺眶而出：不！馨儿，你能等到的，你不要放弃好吗？你说过你会等我的……

馨儿苍白的嘴角泛出一抹轻柔的笑容。她想告诉马超，她心里只有马超一人。现在，她舍不得离开他。可是，她觉得身上好冷好冷，那漫无边际的冷，一丝一丝拼命往她的骨头里钻，冷得她再没有一点力气说话……

馨儿缓缓闭上了眼睛，如纸般雪白的脸无力地垂向一侧。马超发疯一般摇晃着馨儿的身体：馨儿，你睁开眼睛，你睁开眼睛看看我！你不能死，你怎么忍心丢下我、不理我……馨儿，馨儿……我还没有带你去娘亲坟上给娘亲说呢……娘亲已经丢下我走了，你现在又要丢下我吗……

央钦看着馨儿气息全无，悲痛不已，瘫倒在了地上。

赵青宽浑身是血，挣扎着爬到跟前，神情恍惚：馨儿，馨儿，我没想要杀你……我是喜欢你的……

站在一旁的蓝脱一脚踩住了他伸上去的胳膊，提起手里的刀刺进了赵青宽的后背：你这个该死的王八羔子！

雪越下越大，白色吞噬了一切，只留下那一片雪红，刺目惊心。

跳得正欢的秧歌队、社火队、舞龙队、舞狮队等娱乐班子停下了各种乐器，大家都在头上扎上了白色的布条……还有不少人自发地为馨儿披麻戴孝……这白色的孝衣、麻衣和白色的布条与满天飞舞的大雪将苍穹的颜色改变成了纯白色……

马超一动不动地抱着馨儿，任由大雪铺天盖天地袭来。他感觉自己每一次的呼吸都穿透心扉，痛到彻骨；他感觉自己的血液和馨儿的一样已不再流动，正慢慢地一起变冷，直到凝结成冰冷的躯体……

情未了，灵升到了九霄云外；

路未完，心已到了天涯海角……

第四卷

馬踏飛燕

一、路遇送信人

马超静静地站在馨儿的坟前，眼睛酸涩无比。他本以为自己坚不可摧，百毒不侵，没想到终究是一个痛了还会哭的平常人。

看着香香跪在馨儿坟前不住抽泣的样子，马超感觉心肺再一次被揉捏得粉碎。他不止一次地暗暗发誓，绝不会再让他身边的人离他而去，可他还是眼睁睁地看着馨儿在他怀里渐渐变冷……娘亲走了，馨儿也走了……

香香烧完了纸钱，红肿着眼睛望着马超：姑爷，你还会回来吗？

马超神情有些茫然，缓缓开口：馨儿在这里，我自然是要回来的！

香香哽咽着又问：那你现在就要走吗？是回凉州城吗？

马超没有回答，抬头望向远处。回凉州城？心若没有栖息地，走到哪里都只是流浪罢了！

过了半晌，马超回过头看着香香说：香香，你也回去吧！以后你就替馨儿照顾好她的爹娘吧！

香香点了点头，哭着离开了。

马超将手里那串玉石项链小心翼翼地揣进了怀里，转身上马，离开了东大滩。他骑在马上，空洞的眼神没有任何聚焦，信马由缰，任由马儿驮着他漫无目的地游走。不知道走了多久，听到身后传来一阵马蹄声，马超无心理会，继续朝前走着。他并不知道身后追来的是耿玉蓉。

耿玉蓉跳下马拦住了马超，声音有些焦急：马超，你要去哪里？

马超熟视无睹，提了提手里的马缰绳，掉转马头避开耿玉蓉继续朝前走去。耿玉蓉上前拽住了马鞍，声音难得轻柔：马超，我知道那个馨儿已经……已经死了……

马超原本淡然的表情忽然间变得阴冷，厉声道：她没死！她永远在我心里！

耿玉蓉被他一声厉喝吓得慌忙松开了手：我……只是担心你……

可马超此刻的神情却充满了戾气，一双冰冷的眼睛盯着耿玉蓉，语气里竟带着许多厌恶：你有什么资格来担心我？是以土匪窝里的大小姐身份吗？啊？

耿玉蓉的脸色刹那间变得青白，忍不住向后挪了挪，愣愣地看着马超，只觉得一阵心酸。她忽然明白自己追上来已经没有任何意义了，一声“土匪窝里的大小姐”，击碎了她的一片痴心和所有的幻想……

等到小楠赶上来的时候，已经不见了马超的影子，只看到耿玉蓉呆呆地站在那里，泪流满面。小楠轻轻叹了口气：小姐，你别难过了！

耿玉蓉怔怔地朝着马超离开的方向流泪：小楠，你说我是不是很傻？明知道他不可能喜欢我这个土匪窝里的大小姐，我却还要追上来。

小楠已经习惯了耿玉蓉的任性强横，现在忽然看到她伤心无助的样子，一时间竟不知道该怎么回答才好，只能用疼惜的目光看着她。过了一阵，耿玉蓉才慢慢止住了眼泪，喃喃说道：小楠，我们回去吧。

小楠犹豫了一下：小姐，我们现在去哪里？

耿玉蓉苦笑：回龙首山吧，或许我真的不该下山来……

马超失魂落魄地骑在马背上游荡。莲花山曲折的峡谷幽深、寂静，他的目光落在了满地覆盖着的积雪上。雪还是那么白，那么刺眼，马超一时间竟看得痴了。突然，雪地上绽开了一朵血红色的花朵，花朵越开越大，越开越红，最后居然变成了馨儿娇俏可爱的脸庞。马超惊得滚下马来，在雪地上摸索了半天，血红色的花朵没了，馨儿的俏脸也没了。他顿时觉得心像是被挖开了一个洞，寒风一下子刮了进来……

马超就这样呆呆地在雪地上坐了很久。这时，忽然传来了一阵哭泣声。马超回过神四处张望，见不远处有一位老者蹲在地上抹眼泪。马超心里疑惑，走过去询问：老人家，发生了什么事？你为何一个人在这里伤心？

老者抹了一把眼泪：唉……我的牛被老鹰抓走了！

啊？马超听了更加疑惑，能抓走一头牛的老鹰，那该有多大呀！于是，马超又对那位老者说：老人家，你不要急！你把事情说清楚，我帮你想想办法！

老者止住了哭泣：我小孙子生病了，因为家里太穷，拿不出治病的钱，我只好拉着养了三年的黄牯牛到城里去卖。牛倒是卖了个好价钱，我便割了两斤肉。我把钱和肉都装进了毛褡裢，背着往家走。没想到一只恶鹰闻到了肉的腥味，扑下来叼走了我的毛褡裢！我一路追到这里，却不见了老鹰的踪迹。小伙子，你说这可让我怎么活呀？牛没了，钱也没了，眼看我那小孙子也救不了了！

老者越说越伤心，又忍不住抹起了眼泪。

马超这才听明白。他连忙扶起了老人：老人家，天色也不早了，你放心回家吧！我去帮你把毛褡裢找回来！

老者听了后，一把抓住了马超的手：小伙子，你说的是真的？

马超点点头：老人家，我不会诳你！你把你家的地址告诉我，我找到了毛褡裢就给你送过去。

老者半信半疑，但看马超一脸诚恳，便把自己家的地址告诉了马超……

时近黄昏，天空中只留下了一抹淡淡的嫣红。

马超拉着马往峡谷深处走去，一路上并没有看见有老鹰出没。天色渐渐变暗，马超只好找了一处避风的山湾，枕鞍而眠。

翌日清晨，一声悠长的山鸡之鸣把马超从睡梦中惊醒。他揉了揉眼睛，真有些舍不得醒来，睡梦中的馨儿还是那样的娇憨可爱！马超坐起来望着眼前的景象，空旷的山谷里只有他一个人，不觉有些黯然。

这时，一轮红日冉冉升起，万缕红霞四溢，和山谷中缓缓升腾的晨霭交融，被阳光一照变幻出五光十色的氤氲光环。

马超深深地吸了一口气，提着长枪，背上弓箭，打起精神继续往前行走。突然，一阵狂风刮过。马超还没弄清楚是怎么回事，就被一股巨大的力量拍倒在地，顺着山坡滚了下去。

当他爬起来时，被眼前的景象惊住了。一只巨大的黑鹰蹲在石崖上，状若玄羊，一边扑棱着翅膀，一边向他发出了示威般的嘎嘎怪叫。马超这才反应过来，他是被那只黑鹰的翅膀打下了山坡。惊奇之余，他还发现那只黑鹰蹲着的山崖下有一个岩洞，洞口处正好挂着一条毛褡裢。褡裢的一端朝着洞口，洞里的几只小鹰正探着小脑袋争相啄食褡裢里的肉；另外一端则悬挂在洞外面，里面的几串铜钱依稀可见。

马超心里一喜，张弓搭箭瞄准鹰腹射去。黑鹰猝然中箭，尖啸一声扇起翅膀向马超冲来。马超早有防备，弓弦上一次搭了三支箭，毫不留情射向黑鹰。三支箭同时射中大鹰胸腹，那只老鹰在半空中翻滚几下，便跌落下来，顺着石山滚到了石崖下。

马超射杀了黑鹰，飞快地攀上了山崖，到了洞口跟前。洞里的小鹰惊得叽叽喳喳挤在了一起，马超取出褡裢里的肉放在洞口，背上褡裢快速地下了山崖。

马超按照老者留给他的地址找到他的家。一家人看到马超送来的毛褡裢时，喜出望外，急忙把马超请进了屋里。老者的儿子激动地跪拜在地：小兄弟，你帮我爹找回了毛褡裢，救了我们一家的性命，你是我们的救命恩人啊！

马超连忙拉起他：快起来！赶快给孩子买药去吧！

老者从褡裢里拿出一串铜钱递到马超的手里：小伙子，这点心意你一定要收下！谢谢你救了我们全家！

马超把钱装回了褡裢，对老者说：老人家，我怎么能收你的钱呢？还是留着给你的小孙子看病吧！

老者的儿媳妇赶紧擦了擦眼泪，见马超不要银钱，赶忙从厨房拿出几个馒头塞到他手里，赧然道：恩公你救了我们一家，但是我们家穷无以为报，这几个馒头你千万不要嫌弃，带着路上垫垫肚子吧！

马超看这家人诚恳，自己的确也一天没有吃东西了，便谢过对方接下了馒头。

老者一家送马超出门，对他又是千恩万谢。马超冲着那老者施了一礼：老人家，你们保重！

说完，出门翻身上马，很快就不见了踪影……

年关将至，到处充满了喜气。而马超却一点也高兴不起来，馨儿的一颦一笑时时浮现在眼前。没了馨儿，他仿佛失去了方向，不知道该何去何从，每天信马由缰地四处游荡。但是，马儿好像知道他的心思，竟然驮着他来到了莲花山的天赐寺附近。马超远远地望着山上的寺庙，不由得一阵心酸。师父……不论走到哪里，师父他老人家肯定一直在这里等我……

马超定了定心神，正要上山时，却听到了“救命”的呼喊声。他连忙掉转马头朝着呼救声赶去，发现一只凶恶的猛虎正朝一个路人扑去！说时迟那时快，马超迅速向着猛虎射了一箭。箭飞出去不偏不倚，正好插在了老虎的屁股上。都说“老虎的屁股摸不得”，那只猛虎发出一声怒吼，转过身张牙舞爪地朝着马超扑了过来。马超立刻端起手里的长枪，待到猛虎从头顶上压下来时，狠狠地把长枪刺进了猛虎的肚皮。猛虎哀嚎一声，滚落在地上，挣扎了一阵后，再也不动弹了。

那个路人吓得早已经瘫倒在地上，过了半天才缓过劲来。他看了看死翘翘的老虎，又看了看毫发无伤的马超，慌忙趴在地上给马超磕头：谢谢马神爷爷！谢谢马神爷爷！

马超走过来扶起那人：你是谁？我不是马神爷……你为什么不走大路？这里偏僻，常有野兽出没，你是来寻死的吗？

那人好像吓傻了一样，连连作揖：马神爷爷在上，若您不是马神爷爷，怎么能一下子打死一只猛虎呢？既然马神爷问起，我不说实话肯定是不行的。我是金繁马庄的伙计唐芋儿，我奉我们头儿之命，前往龙首山送一封特别机密的信！

马超看着他滑稽的模样，觉得十分好笑。但是，一听到“龙首山”三个字，便马上提高了警惕。于是，便继续盘问：信在哪里？拿出来让我看看！唐芋儿赶紧撕开衣服前襟，取出一块布。马超接过那块布细看，上面写着：大王，属下受命前往马庄卧底，现已成功毒杀庄主金繁，即将接触内部机密要务。一切都在大王的掌控之中，请大王放心！

马超看完信接着又问：你们头儿在金繁马庄是什么职位？他叫什么名字？

唐芋儿老老实实回答道：我们头儿叫王青山，是金繁马庄的大管事、饲料总管，我是马庄的长工，专门负责喂马。

马超心思一动，他指着天赐寺的方向说：我们去天赐寺吧，去吃些斋饭再走也不迟。

唐芋儿高兴地说：马神爷爷的话，我不敢不听！我去，我跟着马神爷爷去吃斋饭！

马超看唐芋儿口口声声叫他马神爷爷，哑然失笑。

到了天赐寺，马超把唐芋儿安置妥当后，立即朝着师父一空大师的禅房走去。

刚到门口就碰上了风竹，风竹看着马超身形越发消瘦，忍不住皱起了眉头：师弟，你回来了？

马超微微一笑：师兄，我回来了。师父他老人家身体可好？

风竹知道马超是在强装欢笑，他走上去拍了拍马超的肩膀：师父一切安好！师弟，你……你也想开些！

马超眼睛有些泛红，他别过头，淡淡地说：我没事！

风竹轻轻叹了口气：师父在房里，你快进去吧！

马超喊了一声“师父”后，推开房门走了进去。

一空大师看着马超疲惫不堪的样子，禁不住有些动容：孟起，师父知道你会回来，所以我一直在等你！

马超此时再也忍不住了，他扑到一空大师的膝上，无声地哭泣。一空大师也不说话，只是轻轻抚摸着他的后背。

过了一会儿，马超抬起了头，红着眼睛说：师父，我回来了！

一空大师微笑着点了点头：回来就好！这里清静，你就在寺里住上一段时日吧！孟起啊，这世间有许多美好的东西，但真正属于自己的却并不多。缘起缘灭，都是因果循环，学会放下，也是一种境界。

马超沉默了片刻，说道：师父，徒儿明白你的意思。可是，你常说“好人有好报”，馨儿她可是一个真正的好人……

一空大师起身扶起马超：孟起，你以后会明白的。时间会慢慢沉淀，有些事，有些人，终会在你的心底渐渐模糊。虽然不会忘记，但终有一天你会解脱，为师只希望你能坦然面对。

马超心里依然悲痛不已，但他相信师父说的这些话，自己总有一天会领悟。或许他以后想起馨儿时，真的不再这样痛彻心扉，尽管一生都会念念不忘。

马超打起精神，把他从唐芋儿口中得知的关于金繁马庄的事情，还有那封信的内容，一一告诉了一空大师。

一空大师想了想说：耿鄙伟康在龙首山的土匪军号称十万之众，但实际上通过少年军的几次打击，现在最多也就五六万之众吧？如果再让他们得到金繁马庄培育的凉州大马，那咱西凉府的百姓怕是又要遭殃了！

马超思量片刻后说道：师父，我想送唐芋儿去龙首山一趟，摸一摸他们的底细，或许就会知道耿鄙伟康派到金繁马庄去的那个奸细！

一空大师微微颔首：嗯，你先摸清楚他们的底细也是一件好事。但是，你最好不要进一线天，让唐芋儿一个人去。我担心耿鄙伟康会扣下你，如果是那样，那就麻烦了。你走后，我去西凉府和你父亲商议，若能借此机会一举剿灭匪贼，西凉府的百姓就有安稳日子过了。还有，不行你就在唐芋儿身上打打主意，然后通过他进入金繁马庄。正好少年军现在也正常了，离开你也没有一点点问题了，同时，东、西大滩几十年的流血械斗也因为你的努力，眼下羌汉两家的关系又回到了二十年前互助友爱的时候。这都是你做的好事、善事，所以，你就好好地去金繁马庄吧，就当去散散心。但切记要注意安全！金繁马庄事关西凉骑兵的未来，我想你父亲也一定会同意你去卧底的。

马超听到这里点点头，心里似乎已经有了主意。

马超从一空大师的禅房出来后，带着唐芋儿到了马神庙。唐芋儿也是第一次来马神庙，他看见马神的塑像，赶紧跪下磕头：马神爷爷，你今日显灵救了我一条小命。日后我唐芋儿要是有钱了，一定来给你塑个金身！

马超见唐芋儿磕完了头，把他拉了起来：唐芋儿，既然马神爷爷保佑你虎口脱险，你日后就要多做好事，行善积德。断不能干出伤天害理之事！

唐芋儿听了连连称是：恩公请放心，我一定会听你的话，多行善事！

之后，马超便和唐芋儿一同去了龙首山。马超把唐芋儿送到一线天附近，就躲在暗处看着他一个人进了一线天。一线天的土匪蒙上唐芋儿的眼睛，把他带走，马超才骑马离开了一线天。

唐芋儿眼睛看不见，一路上被土匪推搡着踉踉跄跄地行进。

到了龙王堂门口，唐芋儿的眼睛仍然被蒙得严严实实。他听见四周一片“威武”声、呼喝声不断，吓得腿都软了。听到有人叫“龙王爷”时，他“扑通”一声跪倒在地上。土匪们见唐芋儿蒙着眼睛都吓成了这样，顿时哈哈大笑起来。带他进来的那个匪兵笑着骂道：小兔崽子，还没见着龙王爷呢，就把你吓成这副屃样！

说着，像拎小鸡一样把唐芋儿拎进了龙王堂内。唐芋儿跪在地上，吓得浑身发抖。耿鄙伟康笑完后，望着唐芋儿问：你叫什么名字？

唐芋儿赶紧磕头回答：龙王爷，我，我叫唐芋儿。我把我们头儿给你的信带来了！

唐芋儿摸索着从怀里取出密信，双手举到头顶。

耿鄙伟康接过了他手里的信，看了看说：唐芋儿，我不是龙王爷。龙王爷上天入地，神通广大，一般人是见不到他的！不过，我会把这封信交给龙王爷，等会儿他写好回信后，你再带回去。

耿鄙伟康说完，便向匪兵使了个眼色，那个匪兵又把唐芋儿拎到了门外。

过了一会儿，唐芋儿再次被匪兵拎了进来。匪兵下手很重，唐芋儿被他这样拎来拎去，骨头都好像散了架，疼得他龇牙咧嘴，暗暗叫苦。

耿鄙伟康让手下把写好的回信揣进了唐芋儿的怀里，他走到唐芋儿跟前，把一个钱袋子扔到唐芋儿的面前：唐芋儿，这是龙王爷赏你的金银！你可听好了，你把这封回信安全地带回去交给你们头儿，要是出了一点差错，你也就没命再享受这些金银了！不光如此，龙王爷还会要了你们全家的小命！

唐芋儿摸索着拾起钱袋子，连连磕头称是。

耿鄙伟康接着又说：你回去转告你的头儿，就说龙王爷说了，只要你们马庄能够培育出更多的凉州大马，龙王爷是不会亏待你们的！他日马踏凉州后，定会重重地犒赏你们！

堂下的土匪们听到这里，异口同声地大喊起来：马踏凉州！马踏凉州！

唐芋儿被土匪的呼喊吓得“啊呀”一声，瘫倒在了地上。

耿鄙伟康和众土匪笑得越发猖狂肆意。

二、再造一个身世

马超在莲花山里从老鹰嘴里救下的那家人姓麻，作为一家之主的麻颂轮，看到恩人上门自然热情接待，听马超说要认他们家当个亲戚时，更是惊喜非常。

老爹，那我以后就叫麻秆了，你记住了吧？马超对麻颂轮道。

麻颂轮连连点头，虽说贱名好养活，可是麻秆这名字也太贱了点吧？但是看着马超瘦骨嶙峋的模样，的确跟麻秆似的，麻颂轮到嘴边的话便没说出口。

马超拜了麻颂轮夫妇为爹妈，又认了麻家儿子小两口为兄嫂，叮嘱他们不论什么人来问，就说麻家的小儿子叫麻秆，出门给人家当长工去了。马超见一家人高兴地答应了，便留给麻颂轮的小孙子一个金饼，然后告辞出来。麻颂轮当时并不知道马超的身份，等后来知道了着实吓了他一跳，想不到赫赫有名的孟起将军居然当过他的儿子！他带上自己的亲儿子战战兢兢地去找马超请罪，马超安抚优恤，并给了他们不少财物，这才消去了麻颂轮的忧惧，这是后话。

话说唐芋儿自龙首山下来，被土匪送出一线天后，摘下蒙在眼睛上的黑布，才长长地出了一口气。信是送出去了，回信也拿到手里了，龙王还赏了他金银，但他感觉就像到阎王殿走了一遭似的！唐芋儿回头望了望茫茫的龙首山，快步离开了一线天，往骊靬县乡下的姑妈家而去，准备在那里住宿一晚，再赶回金繁马庄。

在骊靬，马超和唐芋儿再次重逢，这让唐芋儿感叹命运待他不薄。前两天刚刚被人家从虎口救回一条命来，现在又一次不期而遇，唐芋儿死命拉住马超的马缰绳，一定要好好感谢他的救命之恩。马超料定唐芋儿必会有这番动作，暗暗笑了一下，便佯装盛情难却的样子，与唐芋儿一起去了骊靬县城的一家酒楼。

唐芋儿因为得了龙王的赏银，叫了一大案酒菜招待马超，恩公长恩公短地感谢不迭。马超接住唐芋儿敬来的酒杯，笑着打趣说：怎么不叫马神爷爷了？呵呵……好了好了，也别再叫恩公了，看你应该比我年长，不如兄弟相称吧。

唐芋儿挠了挠头不好意思道：叫您马神爷那不是当时把我吓坏了吗？那时候，恁大个老虎……说着唐芋儿又哈哈大笑起来：好，那就兄弟相称。兄弟你叫什么名字啊？我到现在还不知道你的姓名呢。

马超失笑，由此可见唐芋儿这人真是有点缺心眼，喝下一杯酒道：我叫麻秆。

麻秆？唐芋儿想笑，但马超是他的救命恩人，便忍住笑违心道：好名字！好名字！兄弟，你这名儿很别致呀！

马超觉得唐芋儿有趣，转个话题道：你去龙首山可还顺利？

唐芋儿对马超并不设防，便把去送信的详细过程一一说给马超听。马超边听边心下合计：耿鄙的匪军几次三番折损在少年军和西凉军手里，看来他越发谨慎了。眼下又和金繁马庄暗中联合，不知道要图谋什么？这样的话，有必要打进他们的内部去探查一番了，或许唐芋儿是一个突破口也不一定。想到此处，便与唐芋儿更加亲近，频频斟酒推杯换盏，而话里话外却有意透露自己现在无处可去，想谋一份差事的意思。

兄弟，这事包在哥哥身上。唐芋儿拍着胸脯说：马庄的大管事对我颇多照顾，哥哥可是管着二十个人的小管事呢。只是……唐芋儿向马超看来，迟疑道：只是马庄戒备森严，要进里面做事，可有层层查验啊，我怕委屈了兄弟你。

马超无所谓地摇头道：兄弟身家清白也不怕什么查验，再说只要进去了，还能时时和哥哥做伴，这有什么委屈的？

唐芋儿看马超说得情深，感动道：就凭这话，我唐芋儿就认定你麻秆是亲兄弟了，日后咱们哥俩互相照应着。

马超道了声好，两个人又添了酒，直喝到唐芋儿趴到案子上人事不知。马超喊了酒楼伙计将唐芋儿扶进客房，自己也有些醉意朦胧，便倒头躺进了被褥里。夜深人静，听着身边唐芋儿鼾声大作，马超却突然睡意全无，眼前时时浮现着馨儿的面容，那一颦一笑娇憨可爱，那样可亲的人儿竟永远离他而去再不复得见了，马超凄然。忽然，馨儿的身影又变成了耿玉蓉的样貌，高高扎起的头发和斜挑着眉瞪他的样子，还有一如初见时的蛮横无理……

马超昏昏沉沉入睡前，暗道：怎么会想起耿玉蓉来呢？一定是唐芋儿去龙首山引出来的！想到这里，马超轻轻地起来，把唐芋儿藏信的地方打开，取出了龙首山耿鄙伟康写给金繁马庄的信。只见上面写道：兄长近来可好？见字如面。请尽快培育凉州大马用于装备我龙首山大军，届时愚弟马踏西凉首府凉州城，大事可定也。愚弟耿鄙。即日。

翌日东方渐明，这一夜好睡。唐芋儿伸着懒腰吆喝马超起来吃早饭，看见马超眼底的瘀青，问道：兄弟昨夜睡得不好？

马超淡笑道：没有啊，挺好的！

唐芋儿再不提此事，于是两个人吃完饭，出了骊靬县城便向金繁马庄而去。路过天赐寺时，唐芋儿提议去马神庙烧香磕头，还个愿，这正中马超下怀。在唐芋儿烧香磕头的时候，马超把唐芋儿身上的信录下来，交给了师兄风竹，要他无论如何交给师父。风竹收起信点点头后，压低声音对马超说：师父知道师弟今天要路过这里，所以让我来听消息。师父说，他已经把你派出去为西凉骑兵做事的决定告诉了西凉都护府的马将军。马超刚要说话时，唐芋儿出来了，他就朝风竹点点头，然后迎了上去……

路上，马超给唐芋儿说：我在虎口救下你的事情你千万不要说出去，说出去了，我就不可能和你待在一起了。后者点点头说：兄弟放心，我保证不说。说了你有那么大的本事，说不定我们马庄的大管事就会把你派到龙首山上，让你跟着龙王爷打仗去。这样的话，你想放马的事情就做不成了。

两个人说着话，很快就到了金繁马庄。

每一个初次来到金繁马庄的人，都会惊艳于大门口守门的威武大马铜像，马超也不例外。等到经过守卫盘查，登记姓名籍贯、验明正身后，马超跟着唐芋儿进到了马庄里面。他们转过一道绘着群马奔腾的照壁后，看到的是偌大的一个广场，正中间又有形态各异的八匹骏马铜像。它们或扬蹄飞奔，或昂头嘶鸣，或悠闲漫步……无一不是形神兼备、栩栩如生，从哪个角度看上去都是妙趣横生，仿佛就跟活的一样，直看得马超惊叹连连，天底下竟然还有这般精湛的铸造手艺，简直可以称得上鬼斧神工了。

马超正看得入神，唐芋儿拽了拽马超的衣袖，悄声道：兄弟快走吧，这儿不让人停留的，等会儿让那些守门的看见了，又得来呵斥了。

也是啊，刚刚那些拿鼻孔看人的马庄守卫的确盛气凌人，马超只得跟着唐芋儿往里走。来日方长，只要顺利打进马庄，总有机会细细观赏这些漂亮的大马铜像的。

这样厉害的铸马功夫，却不知出自什么人之手呀？马超边走边问唐芋儿。

唐芋儿笑道：说起这个人可是大有来头了，他就是河西响当当的铸造大师，人称谭一马的谭老师傅。

马超觉得自己有点孤陋寡闻了。他没听说过西凉府还有这么一号人物，便胡乱答应着唐芋儿跟他进入了第一个院子。

院里有打杂的家仆见是唐芋儿来了，都纷纷跟他打招呼。唐芋儿点点头算是打招呼了。他带着马超走进禁闭的马庄正堂房门，问那家仆：大管事在吗？我带了自家兄弟来讨个差事，麻烦您老给通报一声。

家仆瞟了一眼马超，点头道：在呢。我进去给你禀报，只是……说着故意停住话头，比了个掂斤掂两的手势。

唐芋儿明白，这是问他要跑腿费呢。俗话说宰相门人七品官，大管事跟前伺候的奴仆，他唐芋儿是惹不起的，便赔着笑脸用肩头扛了一下那个家仆，打着哈哈道：这个自然，等会儿我出门的时候给你。

家仆看唐芋儿不见兔子不撒鹰的德行，白了一眼没好气道：等着。这才进去禀报。

马超看得来气，一个马庄管事门下的奴仆，都这般狗仗人势的吃拿卡要，竟是比他父亲都护府的军卫还要威风，不由得直皱眉头。

少顷，那家仆出来站在廊下，斜睨着院里等候的唐芋儿和马超喊道：大管事叫你们进去。

唐芋儿给马超使了个眼色，两个人前后脚进到了大管事办公的房间。

金繁马庄大管事名叫王青山，因为两颗门牙特别突出，私下里被人起了个诨号，都叫他王大牙。此刻王大牙刚刚吃过晚饭，唐芋儿和马超进门就看见他盘腿坐在炕沿上，一边喝茶一边剔着牙缝。唐芋儿谄笑着走上前，拱手道：禀报大管事，小的办事回来了。

唔！王大牙表示听见了，啐掉嘴里的肉末子，才道：信都送到了？

送到了。唐芋儿说着，从衣襟里掏出一封书信双手呈上，道：这是那边给您老的回信。

王大牙接过去撂在炕案上，点头道：办得不错！给你小子记一功，年下结工钱的时候就说是爷的意思，给你多拿一百铢钱。

唐芋儿一听喜出望外，赶紧哈腰谢恩：多谢大管事！

王大牙拂一拂手，看了一眼边上的马超又问：听说你引荐了你的兄弟来庄上做事？

唐芋儿拉了马超来见礼，马超拱了拱手，道：见过大管事。

王大牙打量马超，问道：嗯，个儿不低，就是有点太单薄了。我且问你，你是唐芋儿的什么兄弟？叫什么名字？家住哪里？

马超回答：我们是姑表兄弟。小的名叫麻秆，家住莲花山五里村，我爹叫麻颂轮，和唐芋儿爹爹是表兄弟。

王大牙看马超口齿清晰问一答十，觉得倒也有几分机灵，点头笑道：你小子细细高高的，活脱脱就是根麻秆嘛！那好，去吧，去跟着唐芋儿放马，工钱是每年一百铢钱。

马超正要答应，唐芋儿抢着说：大管事，我这麻秆兄弟能放一百匹马，你就给他一百铢钱？

王大牙哈哈大笑，看着麻秆那小身板，放一百匹马？简直就是笑话！唐芋儿，你这小子信口开河，哪有刚来的娃子就放一百匹马的？

唐芋儿急火火地还要再说，马超拉了下唐芋儿的胳膊，笑着对王大牙道：

大管事，我在西大滩寨主蓝脱手下放过三年马，所以，我哥哥知道我能放一百匹马。

王大牙伸脚踹了唐芋儿一下，对马超点头笑道：还是麻秆通透，说话能说到点子上。好，王青山拍拍马超的肩头问：你说说，你在蓝脱寨主那里放得好好的，为什么要来我金繁马庄放马？马超回答说：大管事，现在西大滩东大滩两家不械斗了，所以两家都不提防对方了。故牧马人都减少了一半，我虽然个子高，但我岁数小，所以就不让我放马了。

王大牙点点头：嗯，原来是这样。好，就让你放一百匹马。不过，唐芋儿，你可要给我保证，我的马可是值钱的凉州大马，不能出一点点问题。唐芋儿昂首挺胸：大管事你放心，我保证，我表弟不会出任何问题！

王大牙对唐芋儿道：滚吧，快去干活。

唐芋儿和马超答应着，拱手告辞了王大牙出来，又被王大牙的家仆揪住硬是掏走了几个铜钱，这才放他们离开。

离得远了，唐芋儿悻悻地啐了一声，不解地问马超：兄弟，大管事给你一百铢钱，你为什么不多要点呢？

马超摇头道：哥哥，我刚来，还是少说为好。等我干出点名堂来，那工钱就自然而然会涨的。

唐芋儿恍然大悟，一拍大腿道：兄弟说的是。马超笑着感谢唐芋儿，两个人勾肩搭背，向住处走去。

三、才女阿离

春暖花开，碧绿如茵的草地上有和暖的风吹过，叫不出名字的野花星星点点开满了草原。远处一片清凌凌的湖泊倒映着蓝天，湖边水草格外茂盛，洁白的羊群和高大的马儿点缀在一望无际的绿色草地上，组成了一幅天然的美丽图画，让人沉醉着迷。

转眼之间，马超已经到金繁马庄牧马三个多月了。此刻他正躺在软软的草地上出神地望着天空。也曾痛不欲生过，也曾伤心颓废过，自从失去馨儿，马超整个人变得沉默寡言。要不是有任务在身还能分散一些注意力，他那一副形销骨立和生无可恋的样子，实在令他师父担忧不已。师父说过的那些话他都记得，亲人的担心马超岂能不明白，可是要让他忘记馨儿又怎么能做到？这段日子，只要一闲下来，每天睁眼闭眼都是馨儿的音容笑貌，脑海里依然是馨儿活泼灵动的娇俏模样，以及当日中刀时馨儿在他怀里渐渐冷去的无力感觉……别人都说马超魔怔了，只有他自己知道，何止于此啊？他明明就是万念俱灰了，每天活得如同行尸走肉。

现在，能让马超感觉有点生气的恐怕就是那些马和绿草如茵的草原了。在唐芋儿的争取下，王大牙拨给他一百匹小儿马放牧，这些都是纯种的凉州大马，将来要投放西凉军的骑兵营中效军的，马超听说后觉得格外亲切。但是，想起唐芋儿给龙首山送的信上说，如今的金繁马庄是在暗中替耿鄙养马。而且，以他在金繁马庄这几个月的观察和分析，没见过西凉军来人问马的事情，更没见马庄有马匹出去。马超觉得这其中必有蹊跷，暗暗留心了几天，竟然发现了一个问题：他来马庄时间也不短了，只听说有个姓董的庄主，但从来没见过其人出现，大小事都是管事王大牙出面调度。庄主如此神秘，就显得太奇怪了。因为在这之前，父亲还对他说起过故去的老庄主金繁，但金庄主已故，现任的庄主貌似并不喜与人接触，几乎没有人见过他的样貌。这样庞大的马庄产业，庄主的神秘一度引得人们猜测，最终都未能揭开谜底，只是留下了若干个传说。

马超正躺在草原上望着蓝天入神，感觉身边有一种隐隐约约的响动，不用看就知道，准是阿离来了。

阿离轻轻地坐在马超身边，曲起腿将尖尖的下巴搁在膝头，微笑着望了一眼马超，柔柔道：看你这两天稍微圆润了些，看来每天都吃得饱了对吗？

马超不言不语，连眼神都没给阿离一个。

如果晚间肚子饿了，就来我家吧。阿离也不着恼，继续道：我舅舅每日都做活到深夜，我给他在灶间煨着芋头，虽然不是什么精贵吃食，但耐饿。阿离说完，起身自顾自地悠然远去了。

马庄管一日两餐，只够将将吃个八分饱，很多人到晚间都会喊饿。有门路又手头宽裕的都会从庄外人家淘换来一些芋头之类的吃食，备着晚上肚子饿的时候压压饥。阿离的舅舅不是别人，便是铸造大师谭一马，因为爱马成痴又专注于铸马，人们便送他一个雅号“谭一马”。阿离跟她舅舅三年多前来到金繁马庄，受当时还健在的原庄主金繁邀请来此铸马，因此在庄上专门建了匠作坊，以供谭一马做活。马超也是听唐芋儿提及，有一日好奇去看了看，就这般认识了阿离。

阿离自小父母双亡，在舅舅家长大。谭家是大家族，每一个大家族总有许多是非长短，阿离一介孤女在舅家的处境并不如意，还好有个疼她如父的亲舅舅谭一马时时庇护。不放心外甥女的谭一马，知道来金繁马庄要几年时间，便将阿离带在身侧，相互照料。这是阿离告诉马超的。这个女孩子温婉贞静，嘴角永远都挂着微笑，并不以自己的孤儿出身为苦，仿佛没有什么事能令她的心情变坏，性子里隐隐有一种处变不惊的大气。

或许是她的身世与马超相似，也或许是她从小读书的关系，馨儿之后马超心如死灰，反感一切异性的靠近，唯有对阿离不排斥。每天，只要阿离有闲暇，都会来找马超说说话，大多数时候是阿离说，马超只静静地听。阿离也不介意，只挑了比较有趣的事说。慢慢地马超发现，阿离真的读书颇多，跟他解说起《论语》来竟然头头是道。

有一天，阿离还问马超：以直报怨，以德报德。麻秆你怎么理解？

以德报怨，何以报德？马超难得开口，随意答复。

阿离笑一笑，悠悠道：其实，面对自己过往曾遭遇的种种，当时或许也有许多的情绪，可是等走过来再回头去看的时候，发现真的也没那么不能接受。不管是好的还是坏的，不管是伤心还是开心的，都不过是人生的一种经历罢了。处世为人，既要感念爱护我们的人，还要感谢那些嘲讽甚至伤害过我们的人，因为爱我们的人给予我们的期望，也因为敌对的人对我们的不善，才更让人觉醒与坚强。

马超倏忽间愣在当场。看着阿离渐渐走远的背影，他无语凝神，想不到看似柔弱的小女子竟有这般见识！她才多大啊？记得阿离告诉过他，是比自己大两岁吧？难怪谭一马总是念叨，他家阿离有班婕妤之才，所以迟迟不肯将阿离许配出去呢。

半晌，马超摇头苦笑，阿离纵有才貌也与自己不相干，至多就是比较投缘的朋友而已。正如她舅舅所言，她这样的女子或者真该生到繁华京都更有前途，而不是蜗居在这偏远的西凉小马庄里蹉跎光阴。不过，马超细细琢磨阿离刚刚那一番话，竟有茅塞顿开的感觉，黯然许久的心情豁然开朗不少。是啊，这个世间不单单有自己所爱的人，还有爱护和期望自己的人。比如师父，比如父亲……他还有许多事没有做。马超默默收拾心情，披着落日的余晖赶了马群回到庄里。

四、翩若惊鸿

牧马是一件并不轻松的事情，马超早出晚归，终日与马群为伍，流连在草场。因为心情的缘故，同时对金繁马庄还不太熟悉，所以调查金繁马庄与龙首山的事也毫无进展。近日父亲派人来金繁马庄传信，若不好插手，便要他尽快返回军中，少年军虽有副统领陈阿虎，但许多事都要马超亲自去做才行。但是，马超还不想回去。这几个月来，他明显感觉到金繁马庄确有古怪，但千丝万缕理不出个头绪来，他正在考虑从哪里入手打开缺口。

这一日，马超躺在一处草坡上，脑子里想着最近听来的一些关于马庄的传言，眼睛远远看着马群。天色近晚，夕阳的余晖为草原染上了一层暗金色的霞彩，风光美丽得让人陶醉，马儿还有些贪吃地悠然啃食青草。突然，湖边嬉戏追逐的马群里，有一道赤金的光芒猝然闪过。马超定睛看去，却没有发现任何可疑。他以为是自己眼花，甩了甩头。就在眨眼之间，又一道光芒一闪而过。这一次马超确信，不是自己看错了。奇怪，是什么东西呢？马超好奇地走近，想看个清楚。

波光粼粼的湖水倒映着天空，水天之间，一匹枣骝马正踏水奔跑，四蹄翻飞下溅起的浪花玲珑晶莹，长长的鬃毛在晚风中飞扬，而身后漫天彩霞为它镀上了金色之光。看着这匹神骏一般的枣骝马浑身沐浴在霞光里，以翩若惊鸿之姿飞奔而来，它的耀眼夺目让马超惊艳到狂喜。这是一匹神驹啊！马超甩开双腿，向着湖边狂奔而去。

枣骝马一路飞奔，惊起湖边的燕雀四散而飞，有一些胆大的雀鸟竟跟随在它的蹄子左右翻飞。枣骝马见状更加欢快，似乎是有意要与燕雀一较高下，你追我赶间，匀称劲瘦的身躯矫健优美。草原独有的燕雀以迅捷著称，但在枣骝马的奔腾之势下显然落了下风。马超远远看去，枣骝马正扬蹄疾驰超越身侧一只个大体长的燕雀，那燕雀惊慌追赶。马超只顾看着眼前，一脚踏进一个浅坑里，顿时单膝跪倒，但他的眼睛始终没有离开不远处的景致。

枣骝马终于超越了燕雀，兴奋地扬起尾巴。只见它竖起两耳，稍稍侧首嘶鸣，得意地看着那只燕雀。从马超这个角度看去，燕雀仿佛置身枣骝马的蹄下，枣骝马的一只马蹄正单踩着燕雀的脊背御风而行。

马超惊呼：好一幅马踏飞燕的神奇画面啊！从此，这个震撼的马踏飞燕情景牢牢定格在了马超的脑海里，令他终生难忘。

枣骝马听见了马超的声音，或许是感应到了危险，昂首嘶鸣一声，沿着湖边的浅水地带加速奔跑。马超看枣骝马如此敏感，大笑道：哎呀！还挺聪明的嘛！那就看看谁更胜一筹了。说着眯眼往前方瞅了瞅，改道从侧面绕路飞跑过去。前面拐过弯，是一个地势比较高的草坡，而草坡下有一片洼地，也就是湖的尽头。马超笃定，枣骝马受惊后一路飞奔，等奔到湖尽头，再翻过那个大草坡应该要歇一口气了，到时候伺机再靠近，就有可能和它一比高下了。这样想着时，马超兴奋地追着枣骝马而去，不知疲倦，这匹神驹他是势在必得的。

这时候，草原上正是将散放的牛羊群、马群收圈的时候。其他牧人看见马超像着了魔一样撒丫子狂奔，隔着老远吆喝道：傻小子哎，你疯了吗？

马超耳边是风的声音，哪里能听得到别人的喊叫，只一个劲地往前跑。很快跑上了草坡顶，马超累得呼呼喘气，两手按在膝盖上只觉双腿抖得厉害，大滴的汗珠从额头滚落下来，顺着俊俏的面颊流到下巴，然后一颗颗掉进草地。缓了口气慢慢直起身时，马超笑了。那匹枣骝马正漫步在坡下的洼地里，还不时喷一个响鼻，看来它也累了呢！马超看着枣骝马，小心翼翼地挪动脚步靠近，生怕它再次惊走。一步一步，马超尽量放轻自己，离枣骝马越来越近。

忽然，枣骝马抬头向马超望来，马超霎时停住了自己的动作，一动都不敢动。人和马对峙，半晌后，那马儿才重新低头啃食起青草来。马超暗暗松了一口气，看到枣骝马终于肯放下戒备，恣意地甩尾进食，感觉机会来了。等再近前几步，他蓄势而发，瞅准机会猛然全力一跳，便跨上了马背。

枣骝马大惊，立起前蹄大声嘶鸣，马超一双长臂紧紧抱住它的脖子，双腿夹定马腹才不致被摔下来。枣骝马一看并不能轻松摆脱马超，瞬间发怒，鼻子里呼哧呼哧喷出粗重的鼻息，在原地尥了几个蹶子，便像离弦之箭冲了出去。

马超丝毫不敢放松，这样的神驹有脾气是正常的，性子越烈越能说明它骨子里与生俱来的优越感。所以，虽然累得都快散架了，马超还是稳稳骑在马背上，两手扯着枣骝马的鬃毛，任凭它怎么翻山跃沟都不能把马超尥下来。他发了狠要驯服这匹神驹，现在比的就是谁的耐力更持久一些。

天色逐渐暗下来，不知不觉间枣骝马已经跑出很远，前面是巍峨连绵的祁连山，草原在这里停止了延伸，有大片裸露的山地和石头。枣骝马从刚开始的狂奔，到慢慢减下速度，直到在一块大石边停下来，马超傻傻地笑了。他知道神勇的枣骝马已经彻底被他征服了。

其实，枣骝马也累得不轻，发狂般一通飞奔让它汗如雨下，浸湿了马超的裤子。马超翻身跳下马背，瘫倒在一块大石上气喘吁吁，他笑着偏头打量枣骝马，只见它摇头甩尾全身抖了抖，大量的汗水便向四周飞扬，而那些汗水滴在青白色的石头上，竟然是红色的！赤红如血的汗迹，落在石头上久久方才隐没其中。马超一骨碌爬起来，惊讶地瞪着枣骝马，忽而哈哈大笑起来，原来这就是传说中凉州大马的祖宗——汗血宝马啊！

枣骝马狂乱过后乖顺下来，安安静静立在晚风里。现在它已经臣服于马超，此刻正气定神闲地看着马超，用一只前蹄刨了刨地面，傲娇的模样十足，像极了一位高贵的王侯。

经过短暂的休息，马超重新跨上枣骝马的脊背，掉转马头回到了草原。

五、董梧田的谋算

快到金繁马庄了，远远看着唐芋儿也骑着一匹马迎面跑来，看见马超赶紧打马迎上来，大声道：兄弟你可回来了。

马超淡笑道：哥哥这是怎么了？

唐芋儿道：我听他们说你犯疯魔之症跑了，谁叫都不听……

马超截断唐芋儿的话头，问道：哥哥看我像吗？

咦？唐芋儿歪头打量道：不像啊！那兄弟你怎么这个时辰才回来？

马超轻轻拍了拍胯下的枣骝马，不无骄傲地道：喏！就是为它了。

唐芋儿跳下马，走近一些，围着枣骝马仔细看了一遍，抬头问马超：这匹马不是咱们庄上的，兄弟从哪里得来的？

马超摇摇头说：哥哥哎，你可真是……说着跳下马背，抚摸着枣骝马光滑的皮毛，悄声对唐芋儿道：这是一匹真正的天马，身上会发光，它流出的汗是赤红色的。

唐芋儿惊道：真的？

马超微笑点头。

哎哟喂！这么稀罕的马儿，让哥哥我摸摸看……唐芋儿就要伸手摸上去。

马超还来不及提醒，枣骝马抬起后蹄就向唐芋儿踢过去，把唐芋儿踹了个仰面朝天。这马可了不得！唐芋儿叫唤着：怎么说翻脸就翻脸呀？马超赶忙上前去扶唐芋儿，嘴里直叫得罪。

唐芋儿躺在地上，蒙了片刻，然后哈哈大笑起来。翻起身一边拍打衣服上的尘土，一边笑道：真正应了那句话了，好飞禽不让人动它的翎毛儿呀！这宝马性子可真烈。

马超帮唐芋儿整理好衣服，看着他的狼狈样儿，又看了眼旁边趾高气扬的枣骝马，也哈哈大笑起来。

回了马庄，将枣骝马临时安置在一处马厩里，给它添了上好的草料又饮了水，马超便去了谭一马的匠作坊。已经过了饭点儿很久，马超的肚子饿得咕咕叫。

匠作坊里谭一马在叮叮当当地忙着摆弄物什，看见马超进来笑着点一点头道：麻秆来啦？先去里间坐着，饿了就让阿离给你弄点儿吃的，我马上就来。说着，向里间高声喊道：阿离，弄点儿吃的，麻秆来了。

马超笑着拱拱手，自往里间去了。

阿离在油灯下给她舅舅补一件褂子，看见马超进来，忙放下手中的活计，盈盈笑道：回来啦？

马超点头，疑惑道：你知道？

阿离笑笑道：晚饭的时候，我听庄里人说你跑得找不到了。我不信，看，你这不是回来了吗？

马超不答话，淡淡应了声“嗯”。

阿离起身去给马超拿吃的，随后和她舅舅一起进来。阿离把饭食摆上案，谭一马招呼马超坐在炕案边，二人看着马超狼吞虎咽。

谭一马问马超：饿成这样？下半晌都做什么去了？

马超龇牙笑道：自然是有好事啊！

阿离看着马超的眉眼，见他竟是难得的笑颜，便问道：什么事如此开心？这几个月还从没见你这般真心笑过呢！

马超得了天马心情大好，便把白天如何发现枣骝马，又驯服了它的过程讲给阿离和谭一马听。马超讲得仔细，阿离甥舅俩听得一惊一乍，直到马超说牵了天马回来，谭一马“腾”一下从炕沿边上跳下来，着急问道：麻秆，那匹马真在马厩里？

马超点头道：对啊，我刚刚伺候它吃了草料才过来的。

谭一马拉住马超的胳膊，扯得马超差点从炕沿上掉下来，兴奋道：快！快带我去，我要亲眼看一看这汗血宝马。

马超不得不下地，撂下饭碗引了谭一马往马厩里去看。阿离拾掇狼藉的残羹，摇头轻笑，一听有好马舅舅还是这么热切。马超带着谭一马来到枣骝马暂时栖身的马厩，还未走近，马厩里隐隐有火光闪现。谭一马疑惑地问：晚间给马点灯了？

马超轻轻“嘘”了声，比画了一个噤声的动作，又暗暗指了指马厩深处，示意谭一马往里看。

谭一马顺着马超的手指看去，黑暗中只见隐隐约约几十匹马依次拴在槽上，在槽头边一字儿排开或卧或站着。而最里侧有一方单独的槽头，拴着一匹枣骝马，那若隐若现的暗红色光芒，正是从那匹枣骝马身上闪现出来的。谭一马顿时目瞪口呆，张大嘴巴愣愣地看着这惊人一幕。半晌方才回神，他惊奇地指着枣骝马，问道：那……那就是汗血马？因为太过于激动，谭一马说话都结巴了起来。

马超微笑道：对！就是它。

谭一马连连称奇道：难怪你说它是天马，如此一身的光华却也不负这盛名了。

枣骝马听见人声，浑身光晕乍失，马厩里陷入一片黑暗。谭一马跌足后悔道：怪我太莽撞了，让它受了惊吓，不然还可以多看一会儿它的神奇。

马超微笑道：来日方长，你可以改天再来看。

谭一马心下释然，二人退出马厩回了住处。时辰还不算太晚，谭一马邀马超去喝酒，马超推辞不过，随着谭一马又回到匠作坊。阿离正在等舅舅，见他们二人进来说要喝酒，便收拾好了酒具杯盏，自己也在一边静静地听他们说话。

这一顿酒喝到以谭一马大醉才收场。马超也醉得不轻，摇摇晃晃着出门往自己的住处走。阿离安置好舅舅，追出来送马超，看着他东倒西歪的样子，只好上前搀扶。马超半个身子靠在阿离柔弱的肩上，醉意朦胧间看阿离却慢慢变成了馨儿的眉眼，他失神地盯着阿离，喃喃道：你回来了？你真的回来了？我就知道你还是舍不得扔下我……说着把阿离揽入怀里，紧紧抱在胸前，在她耳边低语道：不要离开我。

阿离被马超突如其来的孟浪惊到了，她挣扎着要从马超怀里出来，可是她越挣扎，马超抱得越用力，阿离觉得呼吸都不顺畅了。她的脸抵在马超胸前，听着他强壮有力的心跳，没来由的觉得踏实安心，慢慢放松了抵触。马超带着酒香的热气喷在她头顶，阿离也被熏得微微有点眩晕。马超感觉到怀里柔软的身躯不再力拒绝他的拥抱时，轻轻笑道：好馨儿，不让我抱是不是还在生我的气？我保证再也不和别的女孩子说话了好吗？

马超说得越多，阿离听得越心惊。原来在麻秆心里有一个女孩子，他可以为了她的离去黯然销魂，也可以为了她对其他的女子冷若冰霜！她叫馨儿。阿离终于知道麻秆为什么一直郁郁寡欢，对人冷漠疏离的原因了。而对于他的名字，阿离以为这恐怕也不是他的真实姓名。麻秆？他英俊倜傥、一表人才，怎么会叫这么一个庸俗土气的名字呢！

阿离凝眸想得出神时，马超却捧起她的脸轻轻地盖上了自己的唇印，阿离大惊后睁着眼愣住了，直感觉血液瞬间蹿上了自己的大脑，下意识里扬手就往马超脸上扇去一巴掌。马超没有防备，猝然挨了巴掌松开阿离，眼神迷离地向她看来，喃喃问道：馨儿，你怎么了？

阿离甩开马超的手臂，转身就跑回匠作坊去了。她又羞又窘、又惊又怒，有点欢喜，又有点心酸……好多种情绪交织在一起，甚而身子有些轻颤……千回百转，阿离这一夜都没有睡好。

第二天又是一个风和日丽的晴好天气，马超赶着马群在草原上放牧。他揉了揉宿醉过后发痛的鬓角，只记得昨晚是在匠作坊里和谭一马喝酒，却怎么都想不起来是如何回到住处的。好久没有尝试过大醉的滋味了，他摇一摇还有些晕乎乎的脑袋，苦笑着对身边牵着的枣骝马说：难道是你变成个漂亮姑娘送我回来的？

枣骝马响亮地打了一个鼻息，似乎是对马超问话的回答。马超抚了抚枣骝马的漂亮长鬃，翻身骑上马背，笑道：走吧，咱们今天要策马奔腾、啸傲红尘。枣骝马“嘶”一声，便载着马超冲向草原深处。

不远处的阿离，目光悠悠地看着马超策马远去，轻轻笑了。她听见了马超刚刚对枣骝马的嘀咕，看来他对昨夜的事没有一点印象。也好，阿离想着：就当一场梦吧！只要他开心起来，不再颓废消沉就好。想不起来也罢，徒增尴尬而已。阿离转身去忙自己的事，话虽如此，心头却突兀地涌起一丝淡淡的怅然。

金繁马庄新任庄主正皱眉坐在会客厅的案前，他一袭暗色的衣衫，在暮春的时节里显得死气沉沉。王大牙进门第一眼看见的就是这种感觉。

表哥您找我？王大牙随意拱拱手问道，一副熟惯的样子。

庄主“唔”了一声，头都不抬道：说过多少次了，不要叫表哥。

王大牙嘿嘿笑道：知道了。这不是没有外人嘛！表哥看的什么东西？

告示！庄主抬眼道。这人赫然竟是原西凉都护府大管家董尔权。

王大牙凑到近前，伸长脖子往案上看，又问：什么告示啊？

董尔权将告示递给王大牙，阴鸷的眼睛里满是算计，沉沉道：朝廷要选马，说是皇帝夜里睡觉有天马入梦。

天马？王大牙不以为意道：什么样子的马叫天马？有那玩意儿吗？

董尔权指了指王大牙手中的告示道：让你多读点书就是不听，那告示上不是说得明白吗？天马行空、浑身金光。

王大牙哈哈大笑：这皇帝也太能胡掰了，还好不是背上长着翅膀的！

董尔权也失笑，继而对着王大牙正色道：青山，咱们的马场里数千余马匹，从金老头手里就开始专门繁育凉州大马。你看可有能应选的？

王大牙看董尔权说正事，也肃了脸色道：马自然有好马，但说要去应选天马，恐怕不行。那皇帝要的可是会发光的马，咱们的马没有啊。

董尔权沉思良久，咬牙道：想尽一切办法都要把天马给我找到，等博得皇帝圣宠，到时候我就可以求一道赦免诏令，以后就能堂堂正正站在人前了。我真是过够了这东躲西藏的日子。

王大牙看着董尔权的脸色，赶紧点头道：表哥放心，我这就去办。说完退出房，往草场去物色好马。

自从梁三阁死后，董尔权未死的消息泄露出去，西凉府发了全境通缉告示，几乎让他寸步难行。还好有一个远房表弟王青山在金繁马庄当杂役，董尔权便来投奔于他。如今的董尔权已经改名叫董梧田，摇身一变成了金繁马庄的庄主，而在危难时刻帮助过他的王青山也一跃当上了马庄的大管事。回想这一年的经历，好几次从鬼门关死里逃生，并能取金繁而代之。董尔权，哦，应该叫他董梧田了。董梧田的这一年过得真可谓处处取巧、事事惊险了。

六、马庄易主的背后

金繁马庄经过金繁十多年的经营，已经在西北声名鹊起，甚至与西域周边好几个国家都建立了贸易往来。只是英雄迟暮，金繁也摆脱不了渐渐老去的无奈，到底年过半百，许多事已经精力不济无暇他顾了。年轻时又一心扑在养马事业上，从没动过娶妻生子的念头。而今，看着偌大的家业后继无人，金繁内心忧焚不已，想着娶一房夫人为他们金家继承香火。自己一辈子与马为伍，马庄就是自己的命根子，若有个血脉相牵的可靠之人，百年之后将这份来之不易的家业交给他，自己也能含笑九泉了。

心动不如行动，金繁便着人去给媒婆传话。

原想着能找一位不嫌弃他年纪大，又能勤快持家踏实过日子的人就行。但消息一传出去，竟有许多主动找上门来要与他结亲的人家，有的直接就领着姑娘来了，让他当面相看。金繁虽然把买卖做得风生水起，但一辈子没怎么和女人打过交道，尤其是讨媳妇的事以前连想都没想过，倒把自己弄了个手忙脚乱。索性就将此事全权委托给了媒婆，让她相看着挑一个就成。

西凉府谁不知道金庄主现今是大财主？都希望将自家的姑娘嫁给金繁，以便往后能够提携帮衬到娘家，其中更不乏十七八岁青葱似的妙龄女孩子。金繁自知自己并没有出众的相貌，大半辈子已经习惯了孑然一身，更不懂得夫妻相处之道，那些怯生生的姑娘见了他都面露为难的样子让他终于明白，人们只是看中了他拥有的财富，那些女孩子未必愿意跟着他这个半老的糙汉子苦熬青春。

正当金繁对娶亲之事越来越兴味索然的时候，有一个女子却闯入了他的眼帘。这个女子名叫娄叶，她的老父亲常年卧病在床，种着几亩薄地全靠她们母女二人劳作，家里缺衣短食过得十分拮据。因为就在离马庄不远的村子里，所以，常来马庄打短工补贴家用。娄叶是一个非常勤快的姑娘，干活麻利又性子谦和，一起出工的人都对她竖大拇指。只是家境所限，二十多了还没有嫁出去。有些人家看着这姑娘能干，也有动心想娶回去的，可是一打听，知道娄叶家里还有个药罐子老爹，便都摇头兴叹了。莫说平民百姓都过得紧紧巴巴，就是稍稍好一些的人家，也不乐意娶个媳妇还捎带着要为丈人爹妈养老送终的，谁家敢娶这样一个破落家境的女子啊？因此，一来二去，娄叶的婚事便耽搁到二十多岁，成了剩下来的老姑娘，更加无人问津。

当不甘心的媒婆抱着死马当活马医的态度，把娄叶的身世告诉金繁时，金繁莫名牵动了恻隐之心。那个姑娘，金繁是见过的，只是以前未特别留意。这之后，金繁留了心有意无意地悄悄观察娄叶。他发现正如媒婆所说，这姑娘一看就是个勤快的人，庄子上管事的也对她评价甚好，更有一片孝心。有这样一颗赤忱之心的人，无论男女都是可亲可敬的！金繁觉得这才是他要找的夫人，便请媒婆去娄叶家探探他们家的意思。

亲事毫无悬念地定下来了，娄叶的爹娘喜出望外连连点头。而娄叶，她在金繁马庄打短工，也远远见过金繁几次，对这门亲事谈不上多喜欢，但在内心里存了几分感激。成了金繁庄主的夫人，她就不怕老父亲的药钱没有来处，也不用发愁日渐老去的爹娘该怎么养活的问题了。因为庄主说了，她的爹娘由他来养老。

娄叶嫁入金繁马庄，对金繁是存着敬意和报恩的想法的，她的爹娘也搬出茅草屋一并住进了庄里高堂明瓦的大屋子。金繁还特意调派了两个使唤丫头去伺候岳父母，尽管他们的年龄与自己相差无几，但该有的礼数还是一点都不能落下。当然，至于娄家的老两口不敢直呼金繁为女婿，见面只称呼他金庄主，金繁也是无奈。娄叶笑着不让金繁勉强，任由爹娘去了。直到一年多后，娄叶生下一个大胖小子，娄家老两口依然称自己的女婿为金庄主，惹得庄里人老是拿他们打趣。

当上庄主夫人的娄叶，再不用去干苦力活儿了，养尊处优的生活，让她姣好的容貌慢慢显现出来，大家才惊叹娄叶原来还是个大美人。金繁有貌美的娇妻，有胖嘟嘟的儿子，觉得自己的人生真的是无可挑剔了。

只是，好景不长，一向健壮的金繁感染了风寒。原以为只是普通病症，没想到这一病却缠绵病榻半年之久，用了无数的药都不见好转，反而日渐加重，直到最后病死在床。弥留之际，金繁拉住娄叶的手叮嘱，一定要让她把孩子抚养成人，将来继承马庄。娄叶泣不成声。

金繁就此撒手人寰。娄叶几次哭晕在金繁灵前，孩子只有两岁，自己娘家又没有倚仗，她如何将这幼子抚养成才？还有这偌大的马场，仅凭她一介妇人，又该如何去经营？娄叶愁苦不堪。正当这时，马庄一个小管事叫王青山的向她举荐了一个人，此人名叫董梧田，能写会算，逢迎往来都是面面俱到。娄叶见了一次董梧田，觉得此人相貌堂堂，应该是一个不错的人。于是，她便倚重于他，聘请他做了金繁马庄的大管事，将马庄大小事务都交付董梧田打理。

娄叶一直以为董梧田是个好人。金繁走后，在她茫然无绪需要帮助的时候，是董梧田的帮扶让她有了主心骨，也维持了她这个庄主夫人的权威。否则，她大字不识一个的睁眼瞎，怎么面对那么多虎视眈眈打着马庄主意的人呢？娄叶的意识里恐怕是没有防人之心的，她每天只顾着父母孩子，对董梧田是一百个放心，甚至依赖于他，把董梧田当作亲人一般对待。所以，对好心人的提醒，娄叶都是一笑置之。董梧田办事得力，她觉得即使金繁在世，也会看重这样有能力的人。

盛夏的一天夜里，娄叶哄了孩子睡下，虽是夜晚依然热气氤氲，让人烦躁得难以入睡。娄叶起身想去洗一洗浑身的汗腻。现在夜深了，也没叫伺候的仆妇，自己便提了水到房里随意擦洗。清凉的水浸过肌肤热意立消，令人顿感舒爽，娄叶愉悦地轻叹着。而等她感觉有异，发现有人闯进了她的房里，刚要张口喊人，来人猛地捂住了她的嘴，一把锋利的短刀便搭上了她光裸的颈项。

是个男人。娄叶闻到了男人身上独有的汗臭味，她惊慌极了。

来人压低嗓音在她身后道：你保证不喊不叫，我绝不伤你性命。

娄叶被捂了嘴不能说话，慌忙点头表示同意，感觉这声音很熟悉。

好！男人粗嘎的声音短促答复，然后松开娄叶嘴巴上的手，但短刀还是贴着她的脖子。

娄叶呼出一口浊气，身子却猛然抖了一下，男人粗粝的大手正侵上她未着寸缕的肌肤。娄叶想要挣扎，男人似乎早料到她的动作，搭在脖子上的刀用了几分力，低声威胁道：乖乖别动，想一想你的儿子！

儿子！娄叶知道，仅隔一扇屏风的榻上，她的儿子正在安静地睡着，男人这是拿孩子的性命相要挟。她答应过金繁，无论如何要将他的儿子抚养长大，那是金繁唯一的骨血。娄叶泪流满面，不得不屈服。而让她更屈辱的是，这个人不是别人，竟然是她自己相中的马庄大管事董梧田。天哪！这个人面兽心的豺狼！是自己引狼入室的，对此娄叶后悔不已。

之后的日子，董梧田屡屡故技重施，总是拿娄叶的孩子或是爹娘来要挟。娄叶迫于无奈一次次委身于董梧田，还要在人前强颜欢笑……吞下这样的苦果，娄叶只能在暗地里落泪。

如果仅仅是这一件事，或许还不足以说明董梧田的虎狼之心。也许是董梧田以为娄叶已被他牢牢控制而有所松懈，一次喝醉酒的董梧田竟然跟娄叶嚣张道：你就死了心踏踏实实跟着我吧，金老头的财产都是我的。

娄叶愤然道：马庄姓金，以后自然是我孩子的，你已经将我祸害成这样，还想祸害他的家业，他做鬼都不会放过你的。

董梧田阴笑道：鬼？金繁活着都不是我的对手，死了还能翻出大天来？

你放屁！娄叶大骂：他若活着能眼看着你夺他的家产霸占他的女人？

董梧田笑得肆意：活着又能如何？还不是死在我的算计之下！别忘了，还有你的一份功劳呢！

娄叶听得云里雾里，疑惑问道：跟我有什么关系？

董梧田醉眼看美人，越看越美丽，毫不设防道：你给他每天吃的药里，都加了慢性毒药，这才能神不知鬼不觉送金繁归西啊！

娄叶大惊失色道：不可能，你这个卑鄙小人，你简直满嘴喷粪。

董梧田指着娄叶道：就是你！若没有你，金繁那犍牛一样的身子，怎么可能说倒就倒，死在一场风寒上。

你胡说。娄叶哭骂：你糟蹋了我的清白不算，还要毁我的名节，谋害亲夫这是多大的罪名？这让我怎么活人啊？我不活了！我不活了……说着，娄叶就要撞墙寻死。

董梧田醉醺醺地拉住娄叶，搂在怀里安慰道：你就不要假清高了，跟着我一样过快活的日子。更不必害怕，那些毒药还是我让青山安排了人送进来的，你又不知情，最多算个从犯，我没事你就没事。

娄叶听得心惊胆战，难道金繁真的不是死于风寒，是因为董梧田联合王青山设计好的阴谋吗？她感念金繁的恩义，怎么忍心让他死得不明不白，便佯装顺从哄得董梧田高兴，从他嘴里继续套话。董梧田醉酒之下，东拉一句西扯一句地述说，让娄叶把事情套问了个七七八八。现在终于可以确定，金繁真的是死在董梧田手里，而自己竟然把那些外面送进来的药熬成药汤，一碗一碗亲手端到金繁嘴边，看着他喝下去。那些药里掺杂了毒草，能让人慢慢中毒，最后害人性命。没想到董梧田那么早就开始布局，为了得到马庄不惜害死金繁。他这是借娄叶的手，置金繁于死地啊！

搞明白了事情的原委，娄叶又恨又悔，心思百转下，悄悄抱了孩子出门。金繁曾是太守张大人的家臣，对于金繁的冤屈，相信张太守不会坐视不理，娄叶准备去太守府报知张鼎。妇人家脚力终归有限，她抱着孩子跑了一夜，累得腿软脚疼，待到天明远远才看见了凉州城的城墙。娄叶打起精神继续往前走，到了城里她就可以为金繁诉清枉死的冤屈了。

到了那时，哪怕张太守将自己剥皮抽筋，也是应得的，只要能得太守庇护，孩子的安全就有了着落，再也不用终日受董梧田威胁了。娄叶想着，攒足了劲往西凉府赶，而她不知道身后正有两匹快马追来。

董梧田天亮从娄叶的房里醒来，睁眼看到身旁空荡荡的，没有了娄叶母子俩，伸手摸了摸被褥，冰凉的触感说明他们要么早就起来出去了，要么夜里根本就不在。董梧田的脑海里突然蹦出一些片段，是昨晚他与娄叶说的那些事让娄叶下定了离他而去的决心。董梧田狠狠扇了自己一个嘴巴子，急忙召了王青山带人骑马去追。他分析，娄叶的爹娘还在庄里，她不可能回娘家，那么就只有一个可能，她带着孩子去了凉州。因为，金繁的倚仗就是西凉太守张鼎，自己昨夜贪杯喝多了酒没管住嘴，让娄叶知道了金繁之死的真相，那个女人本就对他颇为抵触，得了这样的机密，必会去找张鼎上告来寻他的晦气。而他虽然改了名字，却不敢面对官府，他的身份简直就是见光死。

王青山埋怨了几句后，带着人急急忙忙朝凉州方向追去。

娄叶最终没能见到张太守，在西凉府门外被董梧田抓了回去。她本想通过大喊大叫引起西凉府守军的注意，可是董梧田抢走了孩子，威胁她若敢叫喊就杀了孩子，娄叶再次无奈屈服于董梧田的淫威，乖乖跟着他回到了金繁马庄。从此，董梧田将娄叶和她的爹娘孩子分开，隔几天才允许他们见一面。娄叶不敢反抗，认命地待在马庄继续做她的庄主夫人，而马庄的大权从这时候开始，真正落入董梧田的手中。没过多久，董梧田拟好了马庄的继任文书，盖上金繁遗留下来的私人印信，便成了名正言顺的金繁马庄新庄主。

只是受身份所限，董梧田不敢与官府的人过多来往。一个受通缉的凶犯，从东躲西藏的丧家犬，到享誉河西的马庄庄主，巨大的落差让他逐渐不满足起来。董尔权也罢，董梧田也罢，都是站不到阳光下的阴暗身份。该如何洗脱自己的罪名？这是董梧田日思夜想的问题。

现在，皇帝到处寻求梦中的天马，若能投其所好，正是他摆脱黑暗身份的最佳时机。对此，董梧田势在必得。

七、盗马换富贵

王青山俗号“王大牙”，领命为自己的表兄董梧田物色天马。其实，他内心里是不相信有天马一说的。长这么大，见过的马也有无数，哪有表兄形容的那种马？而皇帝就因为梦里出现的一个轮廓，便满世界要找，不是让人为难吗？王大牙骑马慢悠悠地在草场闲逛，一天了别说找马，累也能累死个人。他满肚子的抱怨，嘟囔道：皇帝做个梦就能开口向天下的老百姓要子虚乌有的什么天马，我还做梦娶媳妇呢，可要上哪里找谁要去？正骂骂咧咧着，没防备自己骑的马跨过一道小沟，把他从马背上颠了下来，结结实实摔了个狗吃屎。

草地湿润松软，王大牙摔了一跤倒也没有摔坏，只是磕得脑袋晕晕乎乎。等翻起身来一看，他骑的那匹马早跑得没了踪影，而自己一天来信马由缰，却在草原上迷路了，前前后后不见个人影子。王大牙“呸呸”啐掉嘴里的草末子，辨清了回金繁马庄的方向，一路走着一路骂着，从皇帝骂到天马，又从草原骂到天空，头顶飞过的鸟都没能逃过被他指着骂一回的命运。直到太阳快落山，王大牙才远远看到了马群和牛羊群，他感觉就跟见到了亲人般喜悦，打起蔫了半日的精神往那边跑过去。有马骑就好，他的双腿都快累断了。

望山跑死马！虽然看着挺近，但走起来还有很远的一段距离。王大牙追到跟前直累得汗流浃背，一看好巧不巧正是自家庄上的牧人，刚好要收马群回庄里，麻秆也在其中。王大牙要人赶过一匹马给自己骑着，这才慢慢轻松了。放眼望去，浩浩荡荡的牛马群在牧人的驱赶下，就像彩色的云朵，大片大片连绵在一起，蔚为壮观。王大牙看得兴致高昂，想起董梧田交代的事儿，便跟在马群后面相看，只看得眼花缭乱也没看出哪一匹有天马的特征，最终还是放弃了努力。

刚刚提升为管事的唐芋儿见王大牙来了，打马上前应酬。马超骑着自己的枣骝马，和其他牧民一起圈马，远远看见唐芋儿跟王大牙说话，正待拨转马头绕过去，唐芋儿眼尖却已看到了他，大声喊着让马超过去跟大管事打个招呼。马超知道唐芋儿是一片好心，想让他多在管事跟前露个脸，只好怏怏地上前向王大牙拱手见礼，心里却极其不待见王大牙这个人。

王大牙狐疑地打量了马超一眼，显然已经忘记了有这么个人。唐芋儿重新介绍了一遍，他才恍然道：我记起来了，麻秆是吧？问完看马超点头应是，他才又接着说道：还是马庄养人啊！你看看这小伙儿，在马庄几个月就长出一副花容月貌来。

马超差点笑出来，都知道王大牙胸无点墨、不学无术，不指望他能说出好话来，但也不要太离谱好吧。花容月貌？那是形容女子长相不俗的，他却用在这里。马超忍住鄙夷，懒得继续搭理他，便对王大牙告了声忙，要回去干活。王大牙挥挥手准了马超，看着他潇洒地策马远去，对身旁的唐芋儿道：麻秆这小子看起来还不错啊，你看他那骑马的样子，别有一股不同旁人的风采呢！

唐芋儿听大管事夸赞马超，也高兴地回道：是啊！大管事还不知道我兄弟有多大的本事呢。就说他骑的那匹马吧，那可是一匹天马……

什么？王大牙叫停唐芋儿的话头，问道：天马？确定吗？你怎么知道？

一连串提问，让唐芋儿不知道怎么回答。为了证明自己所说的都是实情，他将马超如何得到天马，以及枣骝马身上会闪光的事，统统告诉了王大牙。临了还追问道：大管事您说，这样的马是不是天马？

王大牙重重拍了一把唐芋儿的肩，哈哈大笑道：算！太算了！你小子立功了！说完打马急急便往庄里赶，他要把这事告诉表哥去。

唐芋儿一头雾水，不明白大管事为何会如此说。算了，想必大管事做事自有他的道理吧。也不再多想，便忙自己的事去了。

真的？董梧田听了王大牙的禀报，激动地打翻了茶碗：你说咱们庄里还真有天马？

王大牙点头道：真的表哥，唐芋儿说他亲眼见过。

董梧田平复了一下自己狂喜的心绪，又问道：那个牧马的叫什么来着？

叫麻秆。王大牙回答。

你这样去做，给那牧马的小子一点钱，哄他把马卖给咱们。董尔权沉思道：尽量做得隐秘一些，越少人知道越好。

王大牙不解：为什么还花钱买呢？直接要过来不就完了。

董梧田摇头道：没那么容易。若真是天马，谁都明白奇货可居的道理，他肯让人白白要走吗？你先去探探他的口风吧，然后再看情况行事。

王大牙答应了正要走，董梧田又把他叫回来，道：去悄悄打听一下那天马在哪个马厩，晚间咱们亲自去看看，这事可开不得玩笑，我要亲眼看过才放心，别让几个没见识的牧马小子把咱们诳了去。

王大牙得了董梧田的指示，自去安排。

马超忙完一天的活计，把枣骝马拴在马厩里，仔细地打扫了马槽，给它添了上好的草料，这才回去休息。走到中途又想到谭一马那儿转转，便折转往匠作坊去了。

阿离看见马超进门，笑着问道：都忙完了？

马超点头道：嗯。谭师傅呢？

阿离轻笑道：自从见过你的天马，我舅舅便魔怔了，说要铸一匹一模一样的，连饭都顾不得吃了。

哈哈！谭一马大笑着进来：这丫头又在说舅舅的坏话了。我听见麻秆来了？

阿离抿嘴一笑，对马超道：你陪我舅舅说着话，我去给你们弄点吃的。

马超微微笑着道：不必太麻烦，我坐一会儿就走了。

谭一马拉着马超坐下道：急什么？多坐会儿又不碍事，我正好有事问你呢。

马超便安心坐着和谭一马说话，阿离不一会儿端了两碗吃的来。

没什么好吃食，你凑合着垫补一点儿。阿离边给马超递筷子边道。马超也不客气，接过筷子跟阿离道声谢，和谭一马边吃边继续刚刚的话题。

你明天骑上枣骝马，我到草场里去看看吧，总归没有亲眼所见，做出来也不尽如人意。谭一马道。

马超满口答应：好啊。我整天都在草场里，您随时来都可以。

谭一马放下碗不无遗憾道：那马太金贵了些，不让别人靠近，不然骑一圈就更好了。

阿离笑着抢话道：舅舅这话就说到点子上了。要是人人都骑得，那还能叫天马啊？

谭一马被阿离说得一愣，继而大笑起来：说的也是啊！

马超也笑了，瞥眼看着阿离柔婉的面容，长长的羽睫像两把小扇子，尖尖的下巴、如玉的肌肤，马超第一次认真打量阿离的容貌，灯下看美人觉得她颇有一番韵致。阿离晶亮的双眼也向他看来，两人目光相接，阿离又是柔柔一笑，马超却瞬间脸色变了几变。他起身跟谭一马告辞，托词说累了。谭一马又叮嘱他明天去草场看马的事，便让马超离开了。

马超边走边暗骂自己：馨儿尸骨未寒，怎么可以去看别的女孩子呢？竟然还觉得人家好看，这世间还有哪个女子能比他的馨儿更可爱呢？简直昏了头了！马超狠狠揉了一把自己的头顶。

马厩的一角，董梧田和王大牙猫着腰远远注视着马厩深处，那里正是枣骝马的槽头。王大牙已经探听清楚，枣骝马会在夜深人静的时候浑身发光。为了确定这个传言，他和董梧田在马厩的角落里枯等了将近一个时辰，站得腰酸腿疼却不敢走动，因为据说枣骝马感觉敏锐，稍有异动它就不会显露锋芒。王大牙老觉得天马只是个传说，此刻心里正后悔着。来这臭烘烘的马厩里闻臭马粪味，都一个时辰了，也没见发光的马，他龇牙咧嘴地低声抱怨道：我就说嘛，哪有会发光的马呢？

董梧田心里也犯嘀咕：莫不是乡野小民见识浅，看错了吧？会发光的天马，自己也是闻所未闻。可是，不看个究竟又让他如何甘心。揉了揉酸痛的腰，董梧田又向马厩深处瞥了一眼，那里依然静静的一片黑。他不由得泄气了，看来天马真的不容易找到。董梧田轻叹一声打算回去，内心十分沮丧。

忽然，一点亮光倏忽闪过，快得让人以为是错觉。董梧田心头大动，一把拉住转身要走的王大牙。董梧田手上用力，掐王大牙直咧嘴，正待要问，却见董梧田一动不动地定在当场。王大牙疑惑，回头一看不由也呆了。只见马厩深处朦胧红光里，一匹枣骝马正气定神闲地立在那里，仰着头抖一抖鬃毛，王者之风立显。其他马匹看见枣骝马的异样，纷纷起身相应，抖着各自的鬃毛，马首一点一点似乎是在向枣骝马致意。

董梧田看得惊喜莫名，这真的是天马啊！都言马首是瞻，他这算是开了眼界了。枣骝马俨然是群马的领袖，马中的王者！说它是来自天上的天马一点都不为过，这样的马进献皇帝，还愁一个身份问题吗？平步青云就指日可待了。

表哥，表哥你看！王大牙惊讶地大叫：它亮了、它亮了……

董梧田急忙去捂王大牙的嘴，怕他惊动了天马。但红光瞬间消失了，枣骝马重新隐没在黑暗里。群马却躁动起来，嘶叫的嘶叫，扯缰绳的扯缰绳，马厩里哄然乱成了一团。住在不远处的牧人听到群马嘶鸣，房里都点了灯，一排房间的窗户挨个亮起来，有动作快的牧人已经开门打着灯笼过来。董梧田拉着王大牙悄悄从一侧出去，回到了自己的屋里。

表哥，天马真的在咱们庄里啊！王大牙还没有从震惊中回过神来。

看着王大牙的草包样儿，董梧田恨铁不成钢地说：遇事能不能有点城府？看你那点子出息。要不是你一惊一乍，天马的风采还能多看一会儿。

王大牙不敢回嘴，讪讪道：我那也是太高兴了嘛！谁知道天马这么容易受惊的……他显然明白自己做了蠢事，越说声音越低下去了。

董梧田发现了真正的天马，也不计较王大牙的顶嘴，自己还沉浸在刚刚看到的那一幕里：不是亲眼所见还真不敢相信，这世上的奇事并非空穴来风。皇帝做梦有天马，这天马就正好在咱们的马庄出现，这是老天爷体恤于我啊！

王大牙赶紧接道：表哥说的是，天马就是您时来运转的祥瑞之兆。

董梧田瞟了一眼王大牙，笑道：长这么大就说了这一句人话。

王大牙赧然，抠了抠鼻头，没好意思接话。

董梧田亲手沏了茶递给王大牙，表示对他的安慰。两兄弟坐下来合计天马的事，董梧田皱眉想了想道：咱们刚看到的确定无疑是天马，但它认生也是显而易见的，还有那个叫麻秆的小子，他能驾驭得了天马说明什么？说明天马认主了。要安抚好麻秆，才能接近天马。

王大牙虽然一一答应，但又满不在乎道：依我说，麻秆不过是庄子里一个穷牧马的，咱们让他干啥他就得干啥。如若不听话，就撵他回去。

董梧田瞪眼道：能和平解决就尽量避免节外生枝，一定要闹得满城风雨做什么？

王大牙摊手无奈道：不让别人知道？那就只有偷了。

偷？董梧田沉思道：也不是不可以。

王大牙本是随口一说，没想到董梧田竟然觉得可行，便更加积极道：天马不是只认麻秆吗？咱们找个跟麻秆体形相似的，穿了麻秆的衣服，趁着晚间把天马偷出来就大功告成了。

董梧田听王大牙说得煞有介事，觉得倒也是个办法，便交代他道：那就按你说的去做，记住要做得隐秘，千万不要闹出大动静来。一来我身份特殊暂时不宜暴露，二来天马是何等神物，有多少人盯着，这种机会可是博取升官发财的捷径呀。

王大牙拍胸脯保证道：表哥放心吧，我一定给您把这事办得妥妥帖帖的。

不是我的事，是我们的事。董梧田郑重其事道：若这事成了，你也是有功之臣，到那时候咱们便有享不尽的荣华富贵。

是是是！王大牙高兴不迭：我一定把咱哥俩的事办得漂漂亮亮的。

兄弟二人计议已定，怀抱着升官发财的美梦，竟然兴奋得一夜都没有睡着。

八、天马飞走了

早起，马超牵出枣骝马，在朝阳里仔细为它洗刷身子。昨夜不知道马厩发生了什么，群马受惊，等他们起来看时，什么都没发现，或许是马厩里跑进去了一只狐狸之类的动物吧。

枣骝马精神饱满，任由马超将清凉的水一遍遍浇上它的脊背，洗去一夜的浊气。或许是感觉愉悦，它摇头摆尾地跟马超玩耍，用力抖了抖全身，长鬃和身上的水便洒了马超一头一脸。马超拿手抹掉脸上的水珠，哈哈笑道：你这坏家伙，故意的是不是？枣骝马响亮地嘶鸣一声，得意极了。

王大牙刚好路过，看着一人一马玩得不亦乐乎，也笑着走上前对马超道：麻秆，刷马呢？

马超看是王大牙，收了笑容道：大管事这么闲，是要去哪里？

王大牙打个哈哈道：不闲不闲，我忙着呢。你继续，我这就走了。

马超看着王大牙走远，心里纳闷：奇怪，这厮向来鼻孔朝天，今天看着有点反常啊。又想到王大牙一贯的品行，便再不理会，牵了枣骝马往草场去放牧。

草场深处的那片湖水还是碧波荡漾、风景如画，马超把它叫作“天马湖”。阿离问他，为什么叫天马湖？马超说，因为枣骝马仿佛从天而降，所以我觉着叫天马湖比较贴切。阿离觉着有道理，就告诉了附近的牧民们。大家也觉得叫天马湖顺口，所以就这样叫开了。这是后话。

马超解开枣骝马的辔头，让它自在地奔跑驰骋。枣骝马撒着欢向天马湖飞奔而去，与水鸟、马群嬉戏厮闹。马超不担心它乱跑，每天等它跑够了、吃饱了，都会回到马超的身边。看着枣骝马恣意欢快，马超顺手扯了一朵野花衔在嘴里，安心地躺在草地上看蓝天之上悠然飘过的云朵……这时候，过往的一切在马超心里也就告一段落了，尤其是馨儿，也渐渐地让马超放下了。现在马超的心里只有他的天马，所以心里有了难得的宁静。

阿离来了，她见马超俊颜衔花的样子，十分好笑。那冷峻的薄唇，配上艳红的花朵，不但没有破坏马超的形象，而且显得越发英俊潇洒，越发完美。阿离不由得看呆了，脑海里又回想起那晚马超醉酒后的情景，心里便有些触动。马超见阿离只是看着他，半天也不说话，索性闭上眼睛假寐……

过了一会儿，阿离才轻轻开口：晚饭的时候你到作坊里来吃吧，顺便看看舅舅铸成的天马。

马超一听谭一马铸成了天马，倒是来了兴致，抬手拿下嘴里衔着的野花，坐了起来：这么快就铸成了？

阿离笑了笑：是啊，刚做出来他就催着让我来告诉你呢！

马超边起身边说：好，我晚上收工了就过去。

阿离看着马超含笑点了点头。

马超转过身，远远地看着马群，轻轻吹着口哨，指间捻着的野花不停地旋转。

阿离静静地盯着他手里的野花。这么久以来，还没见过他像今天这样放松。

他心里的那个姑娘想必是极美的，以致他拒别人于千里之外……

马超看了半晌，回过头发现阿离还站在原地盯着他手里的野花，稍稍有些意外：你……你没走？

阿离回过神，表情不自在起来：哦……我想多看一会儿你的天马。

马超看出她在掩饰，可有什么好掩饰的呢？女孩子好像都喜欢花。

你拿着吧！马超把野花递到阿离的手上。不等她开口就朝着马群方向走去。

阿离望着手里的花，心里十分别扭。最近这是怎么了？在他面前屡屡失态。

傍晚，马超赶着马群回到了马庄。他像往常那样打扫完马槽，添好草料，还和他的枣骝马说了会儿话，这才去了谭一马的匠作坊。

谭一马破例早早收了工，坐在炕头上端详着今天刚铸成的天马。他看见马超进来，拉着马超坐到自己跟前：麻秆，你快来看看！我铸的这个铜马和你的天马像不像？

马超拿着铜马仔细看了看：形状是挺像的，就是少了些神韵。

唉！谁说不是呢？谭一马有点沮丧：天马毕竟是天马！我改了又改，做出来还是不尽如人意。就像你说的，少的就是天马本身的那种精气神！

马超看谭一马神情沮丧，笑了笑：已经很难得了，您的手艺可是西凉府第一流的！

谭一马接过马超手里的铜马，看了又看：虽说我见过无数的马，也铸了很多铜马，但那样的天马我还是第一次见。不行！我一定要铸成一个和它一模一样的。要不然，我这后半辈子就睡不安稳了！

舅舅，你可真成了马痴了！阿离端着饭菜走了进来。她摆好碗筷，脸上带着温润的笑意：舅舅，还是先吃饭吧！吃了饭，让麻秆帮你好好看看。他天天和天马在一起，没有人比他更熟悉天马了！

谭一马哈哈一笑：对，阿离说的对！麻秆，今晚咱们一起再好好研究一下，你帮我参谋参谋，看看我怎么修改？

马超淡淡一笑：好！

马群一回来，王大牙就借着巡查的机会，到马厩四周转了几趟。直到半夜，牧人们都睡着了，马超还在匠作坊里与谭一马讨论着天马。王大牙窃喜，立即回去给董梧田报告。

董梧田听了，兴奋得一拍大腿：太好了！真是天助我也。快！依计行事！

王大牙飞快地跑了出去。片刻之后，便带回来一个披着黑色斗篷的年轻人。

表哥，你看这个人怎么样？王大牙得意地把那人的斗篷扯下来。

董梧田拿着油灯到跟前仔细打量，惊喜道：嗯！除了这脸，其他真是太像了！这细高的身形简直就和那小子一模一样。

王大牙嘿嘿一笑：表哥，有了这个替身，今晚就能得偿所愿了！

董梧田又看了看面前这个替身：身形虽然和麻秆很像，可这张脸……

王大牙听到这里，赶紧拿出一副面罩：表哥不用担心，只要把这个面罩戴上，别说是马，就是人也辨不出真假来！

说完，就把面罩递给那个年轻人。

那人戴上面罩，又换了一身马庄里牧人的衣服，竟然和马超分不出高下来了。

董梧田满意地连连点头：嗯！这样才能以假乱真。

黑沉沉的夜，仿佛无边的浓墨重重地涂抹在天际，连星星的微光也没有。

董梧田和王大牙带着假扮的马超偷偷潜进马厩。马厩里漆黑一片，根本看不清哪一匹是黑马，哪一匹是红马。

王大牙伸着脖子看了半天，有些急躁：表哥，这可怎么办？

董梧田摸黑踢了他一脚，压低声音：闭嘴！别惊动了天马！

王大牙挨了一脚后，嘀嘀咕咕着趴下身去。

又等了一会儿，马厩深处那若隐若现的暗红色光芒突然间出现。董梧田立刻让戴着面罩的假马超进了马厩，顺着红光找到了枣骝马。枣骝马见有人靠近，隐去光晕骚动起来。那假马超也是个熟悉马性的牧人，他放慢脚步缓缓走近枣骝马，轻轻地抚摸着马鬃。枣骝马好像有些怀疑，两只眼睛一动不动地盯着假马超。

假马超手上的动作更加轻柔，顺着马鬃又摸到了马背。摸了一阵后，枣骝马渐渐恢复了安静。董梧田看时机成熟，挥手示意假马超快点！那家伙解开缰绳，把马牵出了马厩。怕惊醒牧人，王大牙赶紧拿出几块麻布，让假马超裹上了马蹄。三个人鬼鬼祟祟地把天马牵到了董梧田住的院子里。

王大牙进屋后，一屁股坐在了地上：我的妈呀！偷马贼不好当啊！

董梧田冲着王大牙翻了个白眼：管住你那张臭嘴！今晚的事切不可走漏一丁点的风声！

王大牙抹了一把脸上的汗，讪笑着点头称是。

诡计已然得逞，董梧田把马庄的事务交代给王大牙，而后带着假马超和几名亲信、随从，还有礼物，连夜出发去了京都。

马超和谭一马反复探讨铜天马的不足之处。直到三更天，谭一马才在阿离的催促下，意犹未尽地送走了马超。

马超回到马厩的住处，四周寂静，只听见马儿“呼哧呼哧”的喘气声。马超伸了伸腰，打着哈欠上了炕。

睡梦中是一片无尽的草原，馨儿憨笑着朝他跑来，一直跑一直跑，却无论如何也到不了他的跟前。忽然，他的枣骝马从天而降，可把他高兴坏了。他一翻身骑上了马背，一边大声喊着馨儿的名字，一边策马奔腾……

跑了很久，身体渐渐感到一阵清凉，仿佛远处有人在喊他，那声音由远及近，越来越清晰：麻秆，麻秆！

马超惊醒后，一骨碌翻起来，睁开了眼睛。就见唐芋儿站在门口，神色焦急。

唐芋儿见马超醒来，跑进来把他拉下炕：麻秆，快走！你的天马不见了！

马超犹在梦中，疑惑地看着唐芋儿：哥哥，你莫不是在诳我？我刚才还……

唐芋儿急得跺脚：兄弟，我怎会开这种玩笑？快看看去吧！

马超蓦地清醒了几分，大踏步跑出了屋子。

天刚刚亮，早起的牧人围在马厩前议论纷纷。

马超拨开人群走进马厩。其他的马都在，只有枣骝马的槽头空空如也。

马超心里“咯噔”一下，我的天马啊！

唐芋儿招呼其他几个牧人赶快骑马出去寻找。

马超站在马槽前愣了一会儿后，飞也似的跑出了马厩。

马超飞马在草原上寻找，包括他和天马活动过的每一个角落……可是，从日出找到日落，整整一天了，草原上根本就没有枣骝马的一点影子。

谭一马和阿离一直等到天黑，才看到马超无精打采地回到了马庄。

怎么样？还是没有天马的一点踪迹？谭一马急切地迎上去问。天马丢了，他的焦急丝毫不比马超少。

马超一脸疲惫，朝谭一马摇了摇头。

阿离端来一碗水放到马超面前：喝口水吧！跑了一天了。

马超没有答话，一口气喝完了水，仰身躺在炕上。

谭一马深深叹了口气：麻秆，你也别太难过。我们明天再找一找！

马超一动不动地躺在炕上。他的马他再清楚不过，若不是被人故意偷走拴死，绝对不会一整天没有踪影……

谭一马走后，阿离又在马超的屋里坐了一阵。

阿离也没有询问什么，就那么静静地看着马超。临出门，把两个烤熟了的芋头放到了炕案上。

九、马踏飞燕

快一个月了，马超找遍了西凉府所有的草原，天马就好像从来没有出现过一样，一丝踪迹都不曾留下。

他原本日益开朗的心情，再一次变得乌云密布。

天马湖风景依旧，马群嬉戏、水鸟低飞，唯独不见了枣骝马撒欢奔驰的场景。

虽然阳光明媚，马超周身却透着阴沉。阿离担心马超，忍不住打破了沉默：麻秆，回去吃些东西吧！你这样不吃不喝的，身体怎么能受得了？

马超一声不吭地坐在湖边，低头摆弄着手里的泥巴，脑海里全是枣骝马的影子。

那一日，枣骝马就是踩着波光粼粼的湖水而来。漫天霞光里，燕雀追逐下，矫健优美的身躯，御风而行的样子……

阿离望着马超阴郁的面颊，轻轻叹了口气：回去吧！你不要这样委屈自己。纵使生活亏欠我们许多，让我们失去了太多心爱的事物。但我们依然有权利选择自己活着的方式，我们一定要开心快乐地活着。你想想看，伤心难过难道会找到我们已经失去的天马吗？

听到这里，马超心头一跳，停下了手里的动作。是啊，再难过又有什么用？走了的终究不会再回来……

走吧，回去吃点东西！阿离见他有了反应，继续劝解：旧的失去了新的还会回来。如果人没有了，就是有多少东西又有什么用呢？

马超抬头看了看阿离，缓缓站起来：好的，我们走吧！

这个温婉恬静的女孩子，总能这样轻描淡写地说中他的心事，开解他黯然的心境。

马超终于开口说话了。阿离嘴角上扬：瞧你，满手的泥巴。还是先洗洗吧！

马超点了点头，轻轻地丢下手里的泥，蹲下身来把手伸进了湖水里淘洗。

麻秆，天马！阿离一声惊呼。

马超"噌"地一下站了起来：天马在哪里？

阿离指着马超轻轻丢下的泥巴，兴奋地说：在这！你快看，你捏的这个泥马就是咱们丢了的天马！简直一模一样！

马超这才注意到了地上的泥巴，这哪里是泥巴啊？这简直是一幅美妙绝伦的马踏飞燕图啊！

马超没想到刚刚想着枣骝马出现时的情形，自己竟然不自觉地信手捏出了一个马踏飞燕的造型来：天马昂首扬尾，飞燕展翅回首，马首微微侧目，鬃尾直冲云天。

这天马神气活现、栩栩如生，御风飞行、唯我独尊！天哪！难怪阿离惊呼不已……

马超轻轻地拿起泥塑，惊喜道：阿离，我的天马真的回来了……

阿离兴奋不已：嗯！就是你刚才捏的。你的手怎么这样巧呀？捏得太像了！

马超捧着泥马，左看看右瞧瞧，高兴极了：我不知道，我就是太想我的马了！不知不觉就捏出来了！天马出现的时候，就是这样一个马踏飞燕的情形！

阿离拉着马超的胳膊，催促马超：我们快些回去吧！让我舅舅用你捏的这个泥马做模型，铸一个铜的马踏飞燕吧！

马超被阿离一提醒，也想到了谭一马非凡的铸马技艺。对呀，天马丢了，要是能铸一个这样的铜天马也好啊！

想到这里，马超心里总算舒畅了些。

两个人高高兴兴地捧着泥马回到了马庄。

谭一马对马超捏的马踏飞燕赞叹不已，立刻拿进作坊照着泥马做模型着手铸造。

阿离看着马超将一碗饭狼吞虎咽吃下去，不觉莞尔一笑。

七八天后，马超在谭一马的作坊里高兴得直跳脚：谭师傅，您的手艺真是绝了！

谭一马铸造出的铜天马精气神十足，微微地偏向一侧的头高昂着，前面头顶的鬃毛和后面的马尾一直向天飞扬，浑圆的躯体呈流线型，四肢动感强烈，三蹄腾空，右后蹄踏着一只展翅奋飞、回首惊视的燕雀。天马的矫健英姿，通过谭一马高超的铸造手艺，淋漓尽致地展现在了马超面前。

谭一马也兴奋得脸上泛红：说实话，这个马踏飞燕是我这些年铸的最成功的一件艺术品！以前铸的那些马呀车呀什么的，也就是个形像，这个马踏飞燕才真正铸出了天马本身具有的神采！不过，多亏了你捏的泥马造型，你捏得太逼真了！

马超目不转睛地看着铜天马，开怀大笑：当真是天马行空，跟我当时看到的情形简直一模一样！

见马超又恢复了生龙活虎的样子，谭一马和阿离相视一笑。

虽然天马离奇失踪，但好在有了铜天马，马超也渐渐释怀。每日牧马的同时，依旧密切关注着枣骝马的动向。然而，除了王大牙越发嚣瑟嚣张外，那个神秘的新任庄主始终不露面。马庄里培育好的成年大马一批一批送出去，却怎么也打听不出去向。如果真的送到了龙首山，那简直不敢想象，马超越想越心惊。就在他打算将心中疑虑写信告知父亲马腾时，却收到了马腾的密信。马腾要他即刻赶回都护府，说有要事商议。

马超谎称家中老父麻颂轮卧病在床，兄嫂传话叫他回家探望。在唐芋儿低声下气的帮劝下，王大牙才骂骂咧咧同意了马超回家的请求。

唐芋儿把马超送出马庄后，劝慰道：麻秆兄弟，你也不要太心急了，路上小心。不过，要是你爹身体没有大碍，就尽早回来。别丢了这个好差事！

马超心里暗笑，但还是十分感激唐芋儿的帮助之情，拱手说道：哥哥放心，我自会尽早回来。

阿离也跟着送出了老远，她把一个包裹递到了马超手里：你拿着吧，路上也好充饥。

这些日子的相处，阿离的温柔体贴，马超是感觉得到的。但是，他现在的心里仍被馨儿完完全全占据着，根本不愿去注意其他女孩子。接过包裹后，也只是淡淡地“嗯”了一声。

阿离并未多说什么，依旧带着温婉的笑意，冲马超微微点了点头。

阿离看着马超渐渐走远的身影，脸上神色没变，心里却不由得酸涩起来。他的心里怕是再也容不下别人了……

马超一路未敢停留，急匆匆赶回了凉州城。

走进都护府的厅堂，就看见父亲马腾神色凝重。马超行礼后，急切问道：父亲，可是军中出了什么要紧的事？

马腾扶起马超，声音有些沉重：超儿，董尔权来了！恐怕你不能再去马庄卧底了。

马超听得一头雾水：父亲，究竟发生了何事？那董尔权不是一直没有抓住吗？他跟马庄又有什么关系？

马腾气愤道：董尔权就是金繁马庄的新任庄主。没想到他逃了这么长时间，居然一直藏身在金繁马庄，谁也想不到他就是金繁马庄的新任庄主！

马超听见董尔权的名字，早已升起怒火：这样更好！父亲放心，我这就回马庄把这个奸恶小人抓来！

不可！马腾急忙阻拦。

马超眼眶泛红：父亲！你这是怎么了？娘亲就是董尔权伙同梁三阁设毒计害死的！现在既然知道了恶人的下落，你为什么又要阻拦我？

马腾拉着马超坐下：超儿，你先听为父把话说完！那董尔权已经改名为董梧田，凭借进献天马之功，现已成了天子亲封的御马监史。

进献天马？马超惊得跳了起来。马腾继续说道：是的。他不知道从哪里寻来了一匹天马，竟然和天子梦境中的天马毫无二致。听说这匹天马异常神骏，浑身发光。陛下见了后龙颜大悦，亲自颁旨，封他做了专管天下御用之马的监史！

马超愤怒至极，拳头攥得“咯咯”作响：难怪他缩头缩尾的不敢见人，难怪我的天马无端失踪！原来竟是被这个无耻之徒盗去进献给了朝廷！只怪我当日一时大意，让他逃脱至今。

马腾听他这样说，十分疑惑：超儿，你说他进献的天马是你的？

马超气得七窍生烟，把天马的来龙去脉详细告诉了马腾。

马腾听后也是非常震惊、气愤：竟然会有这样的事！金繁马庄怎么会落到这等阴险狡诈之人的手中？

马超气道：想必也是用了极为卑劣的手段才得逞的。我们何不将他擒住，然后再奏报朝廷惩治！

马腾摇了摇头：不妥！昨日他耀武扬威地来到我西凉府，我与张太守虽然一眼就认出了他就是当年的奸佞管家董尔权，但他手持皇帝亲笔诏书，权力已经越过了一府太守。况又改名董梧田，我们纵是知晓他的底细，也不能贸然擒拿。

马超越发气愤：他已经回了西凉府？那我们就眼睁睁地看着仇人逍遥法外？我真恨不得将他千刀万剐，报杀母之仇，解盗马之恨！父亲现在已经是卫尉了，难道他还能大过父亲您去吗？

马腾拍了拍马超的肩膀：超儿，切不可贸然行事！为父虽然被皇帝封了卫尉，但董梧田这个御马监史的官职，只对天子负责，不受地方管束啊，就连为父也奈何不了他。所以，急着叫你回来，就是为了此事。董梧田今日去了骊靬城炫耀，很快就会回到马庄。你在马庄的处境将会更加凶险，我看你还是先回来吧！目前，我们只能静观其变，伺机找出董梧田的其他罪证，方能将他连根拔除！

马超虽然怒火中烧，但听父亲所言有理，便暂时压下怒火，将他在马庄的所见和疑虑一一说于马腾。

马腾听了凉州大马的神秘去向后，也是心中不安。凉州大马专供西凉骑兵所用，董梧田不把它们送到西凉府，又会转去何处呢？倘若他真和龙首山的耿鄙伟康相互勾结，把马匹偷运给龙首军，那可是我西凉府的一大害啊！要是这样的话，金繁马庄就违背了当初金庄主的初衷，这董梧田无疑又是一个极大的隐患。

马超觉得父亲分析得十分有理，这些凉州大马绝对不能落到土匪的手里。于是，他坚定地望着马腾：父亲，我不能现在离开马庄！你说得对，董梧田一定还和龙首山有着密切的联系。我必须再回到马庄查明真相，拿到董梧田勾结土匪的罪证，到时候收拾他才不用顾忌什么监史不监史的，王子犯法还与民同罪呢！

马腾有些犹豫：超儿，你能有这番见识，为父很欣慰啊！但是，那董梧田狡诈阴险，你在他眼皮底下查探，我实在不放心！

马超目光炯炯：父亲不要担心！孩儿定会揭开董梧田在金繁马庄的黑幕。

马腾见他胸有成竹、毫不畏惧，只好点头答应：好吧！你一定要小心谨慎！

父子二人仔细分析、商议一番后，马超便动身返回了金繁马庄。

董梧田献马回来后，从凉州城绕道骊靬城，一路耀武扬威地回到了马庄。

王大牙请来了十几个吹鼓手，在马庄几里外，吹吹打打接上了董梧田，兴奋得嘴巴几乎咧到了耳根处，两颗大牙也显得格外刺眼……只见他满脸谄笑地跪在董梧田面前：表哥……不，董大人！小人给董大人磕头了！

董梧田得意地哈哈大笑：青山！快起来吧！

其他人见董梧田锦衣华服，还有朝廷专派的卫队护送，俨然一副大红大紫的派头，都纷纷跪拜在地。董梧田望着脚下跪着的一群人，把腰挺得更加笔直，仰天大笑：哈哈哈哈……过了初一盼十五，我董梧田终于等到了云开日出的今日！

十、浮出水面

董梧田当了御马监史，而且手持皇帝亲赐的金马鞭，可以遴选天下所有好马上供御马监，等同于钦差。新官上任，往来应酬骤增，每天奔忙在各种宴请上，便将金繁马庄一应事务悉数交给王大牙执掌。王大牙本是一个好吃懒做、不学无术的无赖，现在上面没有人时时监管，便觉得自己老子天下第一，整日里打着董梧田的旗号狐假虎威。

这一日无事，王大牙吃饱了撑的，迈着八字步往马庄外的村庄走去。一路上碰见过路的农人或者牧人，都向他施礼称一声大管事。王大牙初时听着挺受用，后来渐渐就不满足起来，不由暗自嘀咕：大管事？说到底不还是个奴才吗？什么时候也像表哥那样天天有人迎来送往伺候着就好了！转念一想：唉，自己斗大的字不识几个，看来当官是没那个命了。但是，若能当个庄主也是好的。王大牙私下里觉得，就凭他和董梧田的关系，改天去求一求董梧田把马庄直接给了他，应该问题不大吧？表哥现在又不缺这一个庄子……

王大牙正想得出神，忽然听见村头大树后面有声音传来。

你放开我！再要这样我就喊人了！一个清脆的女声带着些惊恐又带着些愤怒说道。

你就从了我吧！我保证好好待你，给你爹娘养老送终。男人的声音里极尽诱哄，连王大牙都听出了猥琐。

英雄救美！目不识丁的王大牙脑海里意外迸出了这个词。他毫不犹豫，抬脚往大树后面走过去。入目，一个唇红齿白的姑娘满面惊慌，正被一个脑满肠肥的男人搂在怀里。王大牙二话不说，上去就冲着那男人的肥屁股踹了一脚。

哪个王八羔子……男人受惊后捂着屁股转过身来骂骂咧咧，等看清楚是王大牙，即将出口的脏话戛然而止，立马换上一副笑脸，对着王大牙拱手道：哎呀！原来是王大管事，您这是打哪儿来呀？

王大牙一看，也认识此人，是一个诨名叫张癞子的泼皮，偶尔也去马庄打打短工。王大牙不理张癞子的打躬作揖，对树后边的姑娘招招手道：来，你过来到爷这儿来。我看谁再敢欺负你！说话间斜睨了一眼张癞子。

姑娘犹豫着慢吞吞走到王大牙身前，扑通一声跪倒在地，带着哭腔道：求爷救我。

王大牙虽不学无术，但看着这么个正当妙龄的姑娘梨花带雨地央求于他，忽然就觉得英雄气暴涨，伸手扶起姑娘道：你放心，有什么委屈说给爷听。是不是张癞子欺负你？

张癞子一听王大牙说到他，抢着上前来谄笑道：大管事说笑了、说笑了！我并没有欺负她，囡囡你告诉大管事是不是。说着狠狠向这个叫囡囡的女孩子瞪了一眼，威胁尽在眼神之中。

囡囡瑟缩了一下低下头不敢言语。

王大牙一把揪住张癞子的耳朵，只揪得张癞子龇牙咧嘴。

长能耐了是吧？敢在爷的眼皮底下使手腕！以为爷没看见你那贼眉鼠眼的样子啊？王大牙作为金繁马庄的大管事，惯常在张癞子之流的人跟前称爷。

张癞子赶紧伏低做小，连声道：不敢不敢！大管事饶了我吧。

王大牙甩开张癞子的耳朵，又问：还不老实说，下次就别想上庄里来干活儿了。

张癞子自然不敢得罪王大牙，还指望着农闲时上金繁马庄挣点儿零用钱打酒买肉吃呢。于是他揉着发痛的耳朵忙对王大牙点头哈腰笑道：小的哪敢呀，还求大管事多多照应。

王大牙再不理会他，转而问囡囡：你放心说，有我在他不敢把你怎么样。

囡囡抬起一双泪眼，迷离地看着王大牙，咬了咬嘴唇才将自身的遭遇一一说给王大牙听。

原来，囡囡家是刚从外地迁来的。他们老家原在秦州，因为老家遭了旱灾，一家三口往西边来投奔姑母。没想到刚刚见到姑母，囡囡她爹便感染风寒病倒了。姑母在自家也艰难的境况下收留了他们一家，已经是非常令人感激了，但要请大夫看病实在拿不出银钱来。囡囡和娘亲两个人便商量着，想赶紧找份差事来做。周围都是普通农户，自己过活都艰难，哪有活计让别人做的？除非到金繁马庄去，马庄偶尔人手不够时，会从外面雇一些做短工的人。而他们村里，熟悉金繁马庄的就是张癞子了，因为他总爱在人前吹嘘认识马庄的大管事。囡囡去找张癞子帮忙，希望能够快一点进马庄去做事，她爹的病再不敢耽搁了。

而张癞子本就是一个无赖之人，看着这个从秦州来的姑娘，那细白的皮肤、水灵灵的眼睛，整个人就跟棵嫩葱似的，就由不得心猿意马起来。张癞子便假借给囡囡找差事的由头，时常约她出来，说话间难免毛手毛脚。囡囡初时也愤而怒骂过，但张癞子以找差事相威胁，囡囡害怕一旦得罪了他就不能去马庄做事，便一直忍气吞声到现在。囡囡说着滴滴清泪便顺着瓷白的两腮流了下来，看得王大牙心里大大的不忍。

其实，张癞子压根儿就没有为囡囡问过差事，每次都是胡乱编个借口搪塞。

王大牙听囡囡说完，气不打一处来，照着张癞子就踹过去一脚。张癞子不敢躲，结结实实挨了一脚跌坐在地。王大牙骂道：好呀！你小子现在居然敢冒充金繁马庄去骗人了！知不知道这可是杀头的罪？

张癞子吓得不轻，爬过来磕头不迭，哀求道：大管事饶命啊！小的再也不敢了。

哼！王大牙抬腿又踹了张癞子一下道：下次但凡再让我听到你拿马庄说

事，爷就把你小子扭送到官府去，剁了你的狗头……滚！还不快滚！

张癞子嘴里答应着，爬起来慌忙跑了。他是怕王大牙，但更怕王大牙身后的董梧田，那可是钦差大人哪！杀他一个贱民，还不是跟捏死一只蚂蚁一样简单吗？

看张癞子屁滚尿流地跑了，那狼狈的样子就像条夹着尾巴逃命的狗，囡囡“扑哧”一声就笑了出来。活该！谁让他那么欺负人来着。囡囡看着解恨，对王大牙更是感激不尽，盈盈一拜道：大管事，多谢您救了我！

王大牙让囡囡这一拜，骨头都酥了，赶紧扶住囡囡的手臂不让她再拜下去，笑道：不要客气！

囡囡抬眼看王大牙，突然就红了脸。王大牙办正事不上台面，但对邪门歪道却是触类旁通。此时一看囡囡的做派，就知道这姑娘已然倾心于他，便顺势握住囡囡的小手。囡囡没有拒绝，她的确深深地喜欢上了王大牙，回想刚刚王大牙制服张癞子的情景，觉得王大牙是她见过最威武霸气的男子……所以，现在满心满眼都是他的好。

王大牙抱得美人归，喜不自胜。他拿出体己银子，给囡囡的爹请大夫看病的同时，又给囡囡家盖起了三间大房子，之后便堂而皇之搬进了囡囡家与囡囡住在了一起……囡囡就这么不清不楚地和王大牙住在了一起，这成什么体统？囡囡的爹娘和姑母一家明知不妥，但顾忌王大牙的身份谁都不敢说个“不”字，又有王大牙时不时的钱财接济，便睁一只眼闭一只眼由他去了。囡囡也不计较有没有婚礼和拜堂，只是开开心心地和王大牙同居，俨然一对蜜里调油的新婚夫妻。

马超和父亲计议之后，继续潜伏在金繁马庄，伺机探查金繁被毒杀和董梧田勾结土匪诸事。董梧田做了很多坏事，桩桩件件都是灭绝人伦的恶行。但纷繁杂乱的事情交织在一起，首先就需要厘清所有事情的头绪，才好抽丝剥茧找出最有用的线索来。马超仔细想了一下，既然董梧田现在是金繁马庄的庄主，不如就从这里入手，先查清楚金繁的死因。现在董梧田身负皇帝钦命而来，即使知道金繁就是死于他手里，还暂时奈何不得。只凭曾在唐芋儿处看到的两封信，还不足以扳倒董梧田。要想切下这个毒瘤，只能寻找到更确凿的证据，才能将他绳之以法。

马超如今才明白，他的天马是被董梧田偷去献给了皇帝，这才换得了官做。于公于私，马超都对董梧田愤恨难当。

原来不知道从何处入手，现在随着董梧田的真实身份曝光，马超很快将目标锁定。要想抓住董梧田坏事做尽的证据，还得从董梧田身边亲近的人身上找，而王大牙无疑是董梧田最亲近的人了。马超这几天一直盯着王大牙，王大牙在外面置了家的事自然瞒不过他。但是，已经连着跟踪了好几天，却一点儿有用的信息都没有查到。难道自己的想法错了？王大牙并不知道金繁中毒的内情？这也不可能啊！董梧田除了王大牙，身边再没有让他信赖的人啊……马超一面继续跟踪王大牙，一面也有些焦灼。

这日收工，马超正从马厩出来，看见唐芋儿指挥着几个伙计，抬了两只箱子匆匆往前院去了，心下疑惑便走过打招呼：哥哥这是忙什么呢？

唐芋儿拉了马超到一边，压低声音嘿嘿笑道：兄弟你知道吗？大管事在外面养了一房娇滴滴的小娘子，那叫个俊哪！

马超佯装不知，问道：哦？还有这回事？那跟刚刚你让抬过去的那些东西有关系吗？

唐芋儿点头道：有啊！刚刚那两箱子东西是大管事让从库房收拾出来的，说今儿是那小娘子的生日，他要送去给那边的。说着贴近马超的耳朵道：都是值钱玩意儿啊，大管事可真够大方的。

马超也附和道：还真是呢。不过，库房拿出来的，又不掏自己的腰包。

唐芋儿赶紧制止马超，左右看看没人，才又道：兄弟知道就行，小心祸从口出。

马超点头称是。唐芋儿又嘱咐了几句才走了。

拿着马庄公库里的财物给自己撑门面，也只有王大牙能做得出来。

王大牙拉来的满箱绸缎布匹和精米细面，看得囡囡一家眉开眼笑，不住地跟王大牙道谢。王大牙摆摆手打发了老两口，转身进到囡囡房里，豪气地说：

告诉你爹娘，他们的闺女跟着我不会让他们饿肚子的，吃穿用度我都包了。

囡囡轻轻嗯了一声，神色并不如她爹娘那般高兴，反而有些怏怏的。王大牙一把搂住囡囡，就要往那细腻的脸蛋上亲，囡囡双手抵住王大牙的胸膛，不让他得逞。王大牙没有发现囡囡的异常，只当是男女间故意玩闹的一点儿小情趣，便又凑上前去。囡囡挣扎抵触，一不小心把王大牙推了个趔趄，头磕在了案角上。王大牙捂住磕破了皮的额头，“哎哟”痛叫。囡囡吓坏了，赶紧上前想掰开王大牙的手去看伤势。王大牙一把甩开囡囡，对着她破口大骂：你这坏了良心的贱蹄子，这是想害死我吗？

囡囡害怕哭道：我没有，我是不小心的。

放屁！王大牙怒气难消：我看你是好日子过了几天，不知道自己的身份了。真当自个儿是金枝玉叶了？爷捧你，你就是富贵主子，不捧你，你还是个叫花子要饭的外路人。竟然敢跟爷甩脸子？真是亏了爷的一片心，还巴巴地来给你过生日呢……

爷，我错了，您别生气……囡囡哭着跪倒在地，抱住王大牙的腿：我不是冲您啊……

王大牙的气稍微消了一些，又看囡囡哭得凄凄惨惨，如花的面容布满泪痕倒也别有韵致，心里就软了几分，问道：不是冲爷？那冲谁？

囡囡跪坐在王大牙脚边抽泣道：是那些街坊们。今天我出去打酒，准备等爷来了一起庆生，听见几个人在背后说我……他们说我不要脸，没名没分的跟爷厮混，是……是个小娼妇……还说爷……您是奸夫配淫妇……

王大牙听囡囡说完，霍地站起来道：这话是谁说的？带我去，看不扒了他们的皮！

囡囡死死抱住王大牙的腿，哭得更加凄楚：爷，都这么晚了，您别气坏了身子。

王大牙跌坐在地上，揉了揉发痛的额角，囡囡受了委屈还一心为他着想，生怕他气坏了身子，多么可人意的女人啊！王大牙终于心软了，双手搀起囡囡，给她抹去眼泪，也不自称爷了，柔声道：快别哭了，知道你受了委屈，我一定会好好补偿你的。

囡囡靠进王大牙怀里，搂住他的脖子亲昵地说：我不要补偿，只要爷能好好待我，哪怕被再多的人骂，我都不在乎。囡囡是真心爱慕着爷的。说着嘟起小嘴“啵”的一声亲在王大牙的脸上。

王大牙瞬间神魂颠倒，抱着囡囡呵呵直笑。囡囡赶紧从案上端过来一杯酒送到王大牙嘴边，细声细气道：爷请喝了我的这杯生日酒。王大牙就着囡囡的手吃进了口里，轻轻地咬住了手指头，然后把酒喝了下去……二人开心笑闹。

狎戏半晌，囡囡看王大牙有了几分醉意，趁机问道：爷，咱们什么时候正式成亲啊？

成什么亲？现在这样不是挺好的吗？王大牙不以为意道。

囡囡偎进王大牙怀里，故作委屈道：终归名不正言不顺嘛！

王大牙听囡囡这样说，哈哈哈笑道：那又如何？你没听说过女人是偷的才香吗？你看我表哥董监史，还不是照样偷偷摸摸，把金繁的庄主夫人给纳为已有了吗！只要咱们开开心心的，急着理会什么名分？

啊！那不可能吧？囡囡惊愕。

王大牙哈哈大笑：怎么不可能！那个庄主夫人够三贞九烈吧，还不是乖乖听我表哥的话，让她笑就不能哭。

囡囡好奇道：爷的表哥是庄主，那庄主夫人不就是您的表嫂吗？

那倒不是！王大牙娓娓述说：我表哥是现在的庄主，以前的庄主叫金繁，庄主夫人就是金夫人，叫娄叶。只不过，金繁让我表哥整死了，娄叶就跟了我表哥。

你表哥整死了金庄主，那娄叶还肯跟他吗？囡囡问。

王大牙耐心道：起初也是抵死不从的，后来我表哥把她关在后院不让出门，还不让她见儿子，她就肯顺从了呀！

哦哦！囡囡似懂非懂，还待要问，王大牙一把将她揽过去，笑道：不说别人了，来来来，咱们玩自己的。

囡囡嬉笑着，和王大牙相拥着进了内室。

马超在房顶听得分明，这么长时间了，总算获得了重要的信息：原来金繁果然是被董梧田害死的！过去仅仅是怀疑猜测，现在才知道这坊间的传说是有道理的。我只有赶紧找到娄叶，也许才能找到更多的消息。想到这里，他悄悄跳下房顶，翻过院墙借着夜色的掩护往金繁马庄走去。

十一、娄叶的托付

关于金繁的死因，他的夫人会不会知情？马超想，不论她知情不知情，当务之急是找到这个叫娄叶的原庄主夫人，才能了解到更多。从王大牙的话中推断，娄叶现在是被董梧田挟制，并关在马庄里一处秘密的地方。

接下来的日子里，马超几次潜进董梧田的住宅寻找娄叶。可找了几天，一院子的大小房间都未曾发现娄叶的踪影。马超十分费解，难不成董梧田在这马庄里还建有别人不知道的密室？

这一天，马超牧马回来，看见王大牙带着几个亲信等在马厩外边。马群进入马厩后，王大牙便打发了马超和另外几个牧人回了住处，言称要视察这批马驹近日来的长势。

奇怪，以往都是王大牙的那几个亲信来查看的，今天他怎么会亲自来马厩视察？而且还避开了牧人。马超觉得可疑，便偷偷返回马厩。他躲在马厩门口的草料堆后，探头看见王大牙正指着马群里那些长得比较健壮高大的马比画着，由于王大牙刻意压低声音，马超并未听清楚他说了些什么。

看了半晌，马超不禁有些焦灼。这时，王大牙停下了手里的动作，带着几名亲信走出了马厩。马超立刻隐身，在王大牙经过草料堆的时候，马超听见他对身后的亲信说：把刚才我指的那些马登记造册，等会儿，我要送去监史大人的书房让他过目。你小子可要写仔细了，要是误了监史大人转运大马的要事，爷非扒了你们的皮不可！

转运大马！董梧田是要再选一批良马偷运出去吗？听王大牙的意思，这些偷运出去的凉州大马都是登记在册的。那么，要是能拿到这个偷运大马的账本，就可以知道董梧田把这些马转移到了何处。马超听到这里，便悄悄尾随，跟着王大牙离开了马厩。

天色变暗，马超静静地潜伏在董梧田宅院的房顶上。大约过了一个时辰，董梧田带着王大牙走出书房，去了前厅。马超轻轻一跃，跳下房顶闪进了书房。

书房里没有多余的摆设，只有一个很大的案几靠墙陈放。案几一头摆放着笔墨纸砚和几摞书籍，另一头摆着一个陶质的花瓶。墙壁上还挂着一幅巨型骏马图，遮住了整整一面墙。

马超借着窗户里透进的微弱月色，飞快地翻动那些书籍。然而，几摞书册中并没有发现什么账本。

马超有些失望，他放下那些书籍，又抬头仔细观察了一下。整个房间里再没有别的陈设。看来，董梧田并没有把那些账本留在书房里。这样一想，马超便打算退出书房，再到别处查看。

可是，屋里太暗。马超转身的一瞬间，案几上的花瓶被袖头扰了下去，“咔嚓”一声打了个粉碎。花瓶碎裂的声音在寂静的黑夜里显得尤为刺耳。紧接着，就听到院子里的骚动，董梧田的那些护卫一下子拥到了院子当中。

马超朝着窗户外面一看，足有二三十人。

董梧田自从当上庄主后，就在宅院里安排了暗哨。封官回来后，更是加派了人手。除了王大牙以外，别人根本进不了他的宅院。此刻，听见异动的董梧田和王大牙也从前厅赶了过来。董梧田立即吩咐护卫搜查各个房间。

马超此时想要悄然离开，已经不可能了。听着脚步声越来越近，别无他法，马超只好钻到了案子下面。尽管有垂下来的布遮挡，但仍然是极易被发现的。事情刚刚有了头绪，若是就这样暴露，实在是太可惜了！虽然这二三十个护卫根本困不住马超，可一旦暴露，董梧田就会有所提防，以后再要混进马庄就很难了。

马超急的头上冒出了一层细汗，不由得往后靠了靠。突然，身后靠着的墙壁缓缓向后倒去。马超大惊，连忙伸手探去，原来墙壁不是倒了，而是出现了一扇门！

房门被推开的一瞬，马超也滚进了那扇暗门。

那些护卫显然是不知道暗门的所在，检查了一下打碎的花瓶后，便出去向董梧田禀报。

马超在黑暗中摸索着往前走了几十步，又被一道门挡住了去路。他试着轻轻推了推，门竟然没有上锁。马超推门而入，眼前忽然间开阔起来。这里又是一处院落，当中有一间屋子里还亮着灯。

马超感到不可思议，这到底是怎样的一座宅院？自己几次爬上房顶查看，居然都没有发现这处隐藏的院落！

马超放轻脚步走到亮着灯的那间房门外，侧耳听了一会儿，里面静悄悄的没有一点声音。他犹豫片刻后，推门走了进去。

房间里竟然有人！一个三十岁左右的年轻妇人呆呆地坐在灯前，看见有人闯入，惊得慌忙站了起来。马超见她准备张口喊叫，一个箭步冲上去捂住了妇人的嘴，连忙说道：夫人莫怕，我不是坏人！

那妇人惊恐地睁大了眼睛，盯着马超的脸看了一会儿，慢慢放弃了挣扎。马超见状，赶忙松开了手，抱拳说道：夫人，我不是坏人。只因外面有人追杀，我情急之下才闯入这里。

年轻妇人看马超彬彬有礼，不像是个坏人，便不那么害怕了，疑惑地问：你是谁？谁要追杀你？

马超正要回答时，就听见有脚步声传来，有人进了这个院子。马超急忙转身想要跑出屋子，却被那个妇人拉住了胳膊：来不及了，你先躲起来！

说着便把马超推进了里间的卧房。

马超还未反应过来，脚步声已经到了门口。他只好屏住呼吸，竖着耳朵探听外间的动静。

来人声音低沉：娄叶，方才可有人闯进这里来？

马超惊呆，这个年轻的妇人就是娄叶！

娄叶冷淡的声音传来：董梧田，你莫不是喝醉了吧？除了你，谁还会知道这里？

啊？来人是董梧田！马超被外间的对话惊得够呛！

只听董梧田讪笑着又说：娄叶，我也是关心你嘛！刚才好像有人进了书房，打碎了案上的花瓶后就没了踪影。我怕是贼人闯到你这里，所以进来看看！

娄叶听明白了，知道董梧田找的就是被她藏在里间的那个人。董梧田是个地道的阴险小人，他要追杀的或许恰恰就是一个好人！娄叶心里这样想着，口气也柔软了许多：这里只有我一个人，没有人闯进来。这么隐秘的地方，别人怎么可能找到？

董梧田看娄叶神色并没有异样，清丽的脸蛋还是那么叫人着迷，便打消了疑心，色眯眯地走到跟前，揽住了娄叶的肩膀：这几天实在有些忙，也没有进来看你！你再等两天，等我忙完了就来好好陪陪你！

董梧田边说话边把嘴巴凑到了娄叶的脸上。

娄叶眼底闪过一丝厌恶，嘴上依然好言软语：知道你忙！我这里很好，你不用记挂。等你闲了，我们一起好好吃顿饭！

董梧田见娄叶难得这样主动示好，脸上顿时喜笑颜开：好！好！你放心，等我得空了就来！到时候我再带你去看看你爹娘和儿子。

娄叶听到儿子和爹娘后，鼻子瞬间变得酸楚。若不是为了爹娘和儿子，她又怎会苟且偷生到今日？

董梧田猴急地在娄叶身上揉捏，哪里顾得上观察她的神色。娄叶压下内心的苦楚，强笑着推开董梧田：你不是在找人吗？快去忙吧，得空了再来陪我！

董梧田被娄叶几句软话哄得心花怒放，笑得眼睛眯成了一条缝：好娄叶，你终于想通了！

娄叶强颜欢笑送走了董梧田。

关了房门，转过身就看见马超从里间走出来。想到刚才董梧田的猥琐行为，娄叶脸色禁不住有些尴尬。

沉默片刻后，马超先开口说话：你是金夫人？

娄叶一愣。金夫人？已经很久没有人叫她金夫人了。董梧田当上了庄主，大概别人早就忘了这里还有一个金夫人吧！

马超见娄叶发愣，又问道：你叫娄叶？你是金繁庄主的夫人？

娄叶回过神来，眼睛有些模糊：我是娄叶。你是谁？你知道金繁庄主？

马超知道她是娄叶后，并不打算隐瞒自己的身份，开门见山地说：我叫马超，字孟起。我父亲是西凉府的马腾将军！我就是为了查证金繁庄主的死因才乔装混进马庄的。

娄叶听到马超报出的名号，腿一软，坐到地上。她知道金繁生前最倚重的就是张太守和马腾将军。此刻，娄叶再也忍不住了，顿时泪如泉涌，颤声说道：你是马腾将军的儿子？西凉少年军的统领孟起？

马超点点头上前搀起了娄叶：金夫人，我找了你很长时间。没想到你被关在了这里！你告诉我，到底发生了什么事？

娄叶伤心不已，哭了一阵后，才把金繁如何被害，董梧田如何用儿子和爹娘来胁迫她，用卑劣手段当上庄主的事，一五一十地告诉了马超。

马超听了义愤填膺：卑鄙小人，竟然干出这等伤天害理之事！

娄叶哭着跪倒在马超面前：若不是为了我年迈的爹娘和儿子，我又怎会委身于我的仇人？少将军若能替我将董梧田绳之以法，我就是粉身碎骨，也不会有半句怨言！

马超听了娄叶的遭遇后，心里不忍：你也是受了董梧田的蒙骗，这些账都该算在董梧田的头上。若是让你去指证董梧田，你可愿意？

娄叶连忙点头：我当然愿意。只要能为金庄主报仇，要我做什么我都愿意！

马超将娄叶扶起，接着又问：董梧田干的坏事不只有这一件。你还知道些什么？

娄叶抹了一把眼泪，想了想说：具体的我也不太清楚，只知道他一直偷着给什么人送马，那个人好像来头不小。

马超听娄叶这样一说，更加确定董梧田精心算计金繁马庄，就是与耿鄙沆瀣一气，他们有着不可告人的阴谋。

马超虽然没有言明，但娄叶已经猜到了几分。她抬头望了一眼窗外：夜深了，你现在出去应该不容易被发现。少将军，我会注意董梧田的举动，想办法再从他嘴里套出些话来！过几日你再来找我。

马超见娄叶为了父母和孩子，甘愿忍辱负重，如今又有胆识揭发、搜集董梧田的罪证，心里不由生出几分敬佩。

马超临走时对娄叶抱拳说道：金夫人，你放心！我会想办法救出你的爹娘和孩子。

娄叶喉头哽咽说不出话来，趴在地上给马超磕了几个头。

十二、皇帝敕令

董梧田站在太守府高高的台阶下，看着巍峨的画檐雕梁和朱红大门，心里颇有些感慨。太守府对他来说并不陌生，过去在原西凉都护董天伦手下当管家的时候没少来过。那时候是下人奴才，只配站在一众人后，而今天他是天子钦封的御马监史，天下所有良马的选择都要由他来评定，且直接对皇室负责，不受地方官员辖制。这就是钦差啊！想当年他的主子董天伦钻营半生，到死都没有达到这样的高度，谁承想就让自己做到了呢。董梧田志得意满，高昂着头迈步走上台阶，看着门口低眉敛目恭恭敬敬来迎接他的官员，鼻子里“哼”了一声，不满地问道：张鼎呢？为何不来门口迎接本史？

监史大人恕罪！张太守正在大堂审理一桩案件，一时抽不开身，特令我等前来迎接监史。刘主簿代为作答。

董梧田一听，也不好发作，甩袖跨入太守府高高的门槛。刘主簿赶忙跟上去为他引路。身后其他人看董梧田如此做派，齐齐翻着白眼，暗骂：小人得志！

张鼎端坐在太守府的公堂上，堂下跪着两名女子，正是娄叶和囡囡。董梧田进来时，两个女人都是背向而跪，他并没有看见正脸，所以吊足了官威慢慢悠悠地踱到上首，直直看着张鼎怒责道：张太守好大的架子，看见本史也不行礼。你这是要藐视皇威吗？

张鼎捋着一把美髯，微微一笑，也不起身，坐着指了指堂下道：请董监史就座吧。

董梧田遭到张鼎的一再怠慢，脸上挂不住了，满面涨红道：张鼎，你少给我摆太守的臭架子，我现在可不是当年的……说到这里又觉得不妥，突然住了口。

呵呵！张鼎假意不解，笑问：哦？当年是什么？监史怎么不说完呢？

董梧田气结：你这是明知故问。

董尔权，你知道就好！张鼎变了脸色，喝道：你不过就是董天伦谋逆案在逃的死囚犯董尔权吗？还敢来我太守府公堂上咆哮！你可知罪？

董梧田噔噔退了两步，毕竟做贼心虚，即使来的时候就做好了应对的准备，谅他张鼎也奈何不了自己。但是，面对张鼎的喝问，他潜意识里还是有些发怵的。待稳了稳心绪，方才镇定道：张鼎，你少吓唬本监史，谁是董尔权？本监史可不认识。说完自顾自踱到一旁坐下。

好好好！张鼎指着堂下道：你不识得董尔权，那你可认识堂下所跪之人？

董梧田顺着张鼎的手指看去，瞬间脸色变了几变，咬牙蹦出三个字：不认识。

董梧田，你这个衣冠禽兽！娄叶怒目圆睁，大声骂道。继而往前膝行两步，跪趴在地哭诉道：太守大人，就是这个卑鄙小人毒杀了我家老爷金繁金庄主，并且将马庄据为己有。请太守大人为我家老爷做主啊！

张鼎一拍堂木，双目盯住董梧田厉喝：董梧田你还不认罪？

董梧田青白着脸针锋相对：就凭一个妇人哭哭啼啼的一面之词来给我定罪？张鼎你当本史是无知孩童吗？

张鼎冷脸道：你的罪行自然是人证物证俱全。好，就让你心服口服，带王青山上堂！

府衙堂吏架着浑身软瘫的王大牙上来，手一松将他摔在堂前地上。王大牙早被一顿板子连疼带吓没了气焰，也顾不得看堂上诸人，只低头伏在地上连连叫道：太守大人饶命！饶命啊！

董梧田一看王大牙的熊样，气不打一处来，“腾”一下站起身，走到王大牙跟前，抬脚就往王大牙屁股上连踹两脚，骂道：没出息的东西！

王大牙屁股上挨过板子的疼痛还没有消，又被董梧田踢到，只疼得他哭爹叫娘。但耳边好像是表哥的声音，他赶紧抬头看去，董梧田正铁青着脸立在他眼前。王大牙瞪眼盯着董梧田，忽然“哈哈”笑起来，伸手拽住董梧田的衣摆，兴奋地叫道：表哥，表哥你来了？

董梧田抽出自己的衣服，意有所指道：你再不成器也是本监史的表弟，怎么就随随便便让人欺负成这样？

王大牙心思一转就指着张鼎大喊委屈：是他！是张太守不问青红皂白就把我抓来一顿暴打……呜呜！表哥，哦不，监史大人，你可要给我做主啊……

董梧田看王大牙如此上道，悄悄给了他一个赞赏的眼神，王大牙岂能不懂？便扯开嗓门大声叫起屈来。董梧田大为舒心，迈步过去坐下，皮笑肉不笑地望向张鼎。

张鼎大感恼怒，重重拍了一把堂木，镇得王大牙住了口。张鼎喝道：公堂之上，休得喧闹！如果再敢咆哮公堂，就给我打上三十板子，再来问话。

王大牙摸了摸隐隐作痛的屁股，再不敢张口。张鼎毕竟久居官位，此时发了怒自有一股凛然威严。董梧田虽有不服也不得回嘴，便悻悻地别过头，却正好与娄叶眼神相交，娄叶愤恨地剜了他一眼。

金繁遗孀娄叶，将你知道的事情当着董监史的面一一说来。张鼎和缓了声音道。

娄叶的孩子和父母已经被马超安全救出，她再没有顾忌，便将董梧田如何获取她的信任夺了马庄开始，又以董梧田以孩子和她的爹娘为要挟逼得娄叶委身于他，然后喝醉酒后说出用毒草入药害了金繁的性命等一串罪恶，统统说了出来。说到动情处又哭道：大人明鉴，金庄主娶我为妻待我恩重如山，小妇人愚昧竟然充当了董梧田的杀人帮凶，害死了庄主，小妇人本该一头撞死去阴司里向庄主忏悔。但庄主临闭眼时还曾千叮万嘱，要我将他唯一的骨血抚养成人。小妇人因此苟且偷生，一次次受董梧田胁迫都不敢以死明志。如今，我孩子和爹娘既已脱出董梧田恶贼的魔掌，还请太守大人赐小妇人一死，给我家庄主赔命。小妇人固然该死，但请大人万不可放过董梧田这个恶贯满盈的禽兽！

娄叶用手指向董梧田说着，几乎是咬牙切齿。

董梧田坐得四平八稳，闭目不理任何人。其实他早已露怯，握在袖子里的手心里满是冷汗，而心里却在飞快地做着打算：即便事情败露，有皇帝亲赐的官职在身，谅他张鼎也不敢即刻就要了自己的命。而耿鄙还要靠他的力量，所以对此事绝对不会坐视不理。到最后，大不了上山落草。只可惜，这官儿怕是当不成了，实话实说，他才刚咂摸出一点儿当官的滋味……

娄叶所说的都是实情，董梧田如此恶行听得人激愤难当。就连堂下跪着的囡囡，也从原本的不以为意到现在暗暗心惊。她直愣愣盯着王大牙想道：他的表哥竟然是这样狠毒的一个人，那他会不会也是一个杀人不眨眼的凶恶之人？正神思恍惚着，就听张太守喝叫她的名字：俞囡囡，将你与王青山的苟且之事快快招来！

囡囡羞愧地低下头，以前从来没觉得她和王大牙的事是多耻辱，今天当着这么多人的面在公堂上被审，毕竟是一个还没有嫁人的年轻女子，她感到周围人对她的鄙视，也感到深深的懊悔。囡囡嗫嚅着把自己的家境和遭遇当堂说了出来，即使当初是情势所逼，为了家里能少一些波折，为了有一个落脚的地方，但到底还是贪图王大牙的财物，不劳而获过了一段富足的日子。囡囡的话语里颇有几分对王大牙的维护。

张鼎自然懒得听这种不顾廉耻礼法的事，他要通过俞囡囡的嘴，让她亲口说出王大牙跟她说过的事情，也就是那日晚间马超跟踪王大牙到囡囡家，在房顶上听到的事。没想到俞囡囡还是个念情的人，她只肯招认自己和王大牙的鬼混，对其他事咬紧牙关不肯说一个字。

看来是不见棺材不掉泪！张鼎喝令府吏动刑，将俞囡囡十指套上夹棍。左右发一声喊，齐齐收紧夹棍，只听“啊”一声惨叫，俞囡囡涕泪俱下急急喊道：我愿招！我愿招！然后一字不落，把她生日当天王大牙说的那些话当堂招认。王大牙看囡囡供认不讳，自知狡赖不得，颓丧地趴在地上犹如死狗。

又有仵作上来，将从金繁墓里起出的金繁骨殖呈请太守过目。金繁已死三年，血肉早已化成了灰土，仅存骨殖。而那骨殖黑黢黢犹如浓墨浸过一样，可想而知当时他吃下去的毒草有多少。娄叶看见毒入骨髓的金繁骨殖，哭得泣不成声，扑上去要撕打董梧田，被府吏拉住。

张鼎看着金繁的骨殖，也是泪湿眼眶，想金繁自小从军，跟着他出生入死，后来又建了马庄，为了给西凉军繁育凉州大马吃苦受累，最后却是这般下场。张鼎盯着董梧田也恨得咬牙，如今人证物证俱全，由不得他抵赖。更兼这厮本就是十多年前就被判死刑的董尔权化名，听闻阿诺的冤屈也是他在作祟……数条人命在身，这样双手沾满鲜血的恶贼，不死天理都不容啊！

张鼎接过刘主簿呈上来的笔录，再次拍下堂木，准备宣判……

就在这个时候，一声“皇上急诏”的尖细声音传来！命董梧田接旨！董梧田如蒙大赦，霍地一下跳起来迎上前去：本史接诏。

来传诏的居然是皇家内苑的宦官！在一队护卫的簇拥下，这内侍鼻孔朝天地睨了眼跪了一地的人，操着他独有的公鸭嗓子念起了皇帝的诏命。及至宣诏完毕，张鼎满脸痛惜半天回不过神来。而董梧田却喜笑颜开，他双手颤抖着接过明黄的诏令，点头哈腰伺候着传旨内侍出了太守府，往驿馆去了，丢下一地傻了眼的人。

谁也想不到，罪证确凿即将被绳之以法的董梧田，竟然还能死里逃生，而这次救他的却是当今天子。皇帝一纸诏书，敕令董梧田再选天马。原来是董梧田进献的天马突然失踪了。不仅如此，而且要让西凉府全力配合，限期三个月内找到天马。否则，西凉府大小官员，一律革职流放……

半晌，张鼎颓然长叹一声，无奈道：天道不公啊！

娄叶哭着问道：大人，就这么让他走了？

张鼎安慰了娄叶几句，娄叶已经与董梧田彻底翻脸，断不能再回马庄了，为今之计，只得在太守府暂时安置下来。张鼎命人将她带到后堂去，而自己出门去找马腾商议此事。

董梧田可以继续逍遥法外三个月。三个月就可能有许多的变数！不甘心又如何，难道还要为此赔上整个西凉府官员的身家性命吗？

皇命不可违！张鼎和马腾对坐无言。突然，天空有闷雷滚过，豆大的雨点倾盆而至，天地一派惨淡。

十三、故技重施

天马在皇宫离奇消失，皇帝震怒之下杀了御马苑里的养马内侍和兵卒。朝臣们纷纷谏议，让董梧田在凉州再选出一匹天马来进献。这才使得董梧田死里逃生，又一次逍遥法外。

得了赦令的董梧田并未因此收敛，反而更加狂妄嚣张。借着为皇帝挑选天马，四处敲诈勒索，胡作非为。西凉府不论养马还是不养马的百姓，都受到了他的压榨盘剥。短短数日，引得西凉府民怨沸腾，有无数百姓为此家破人亡。

张鼎愤怒之余，只能带着官员们各处安抚百姓。

然而，天马岂是那么容易就能寻到的？董梧田折腾了半个多月，也开始焦躁不安。纵然拥有了金山银山，若是选不出天马，别说是皇帝会治罪，就是西凉府的百姓们也不会放过他。

一旁的王大牙看着库房里无数的金银珠宝，早已垂涎三尺，哪还顾得上理会焦躁的董梧田。他拿起一锭金子，贪婪地看了又看：表哥，当官就是好啊！我从来没见过这么大的金锭！

董梧田心里烦躁，见王大牙没心没肺，只顾着金银珠宝，顿时火冒三丈，一脚将王大牙踹翻在地：没用的废物！要是找不出天马，你我都将性命难保！再多的金银也没命享受了！

王大牙见董梧田火气这么大，趴在地上不敢再出声。

蠢货！还不快去找马！董梧田咬牙切齿地又骂了一句。

王大牙吓得一骨碌翻起来，连声回答：是是是！我马上带人去找！表哥息怒，息怒！

王大牙跌跌撞撞地跑了出去，临出门时，还偷偷拿了一个金锭揣进了怀里。

董梧田望着王大牙的熊样，翻眼骂道：不成器的东西！

怎么才能再找出一匹天马呢？董梧田抬手捏了捏眉心。

挨了踢的王大牙一边走，一边摸了摸怀里的金子，嘀咕着埋怨：找不出天马也不能怪我呀！那么多的金银珠宝，还不都是我弄来的？

王大牙有了钱便有了很多心思，暗暗盘算：囡囡那个贱人，居然在太守府公堂上指认他，差点害死他。这样的女人靠不住，撩开手也罢。何况当时也只为了玩玩才将她收到身边，又没打算娶她进门。原本想着回头慢慢算账，可他们一家子当日就卷包跑了，算她溜得快！王大牙恨声道。转念却想到一个人，那可是他遐想了很久的姑娘呢！只有她才有资格让人高头大马迎娶进门。俞囡囡算什么？竟然还妄想做他的夫人。王大牙“呸呸”啐了两声，整了整衣冠往匠作坊走去。

哎哟！大管事，你今日得空了？怎么到我们作坊里来了？谭一马作坊里的小伙计看见王大牙进来，赶紧上前招呼。

王大牙闻声抬起了头。真他娘的晦气！本来是想见阿离的，怎么迎头就遇上了这小子！原来这个小伙计是一个豁了嘴的，说话漏风不提，关键让人看见闹心。西凉府不知道怎么流传着一个臭讲究，说一大早看见豁嘴的人不吉利，轻则破财，重则有血光之灾。

王大牙没好气，瞪了一眼小伙计，提高了嗓子：呃，本大爷来清查一下这里的铜马。谭一马呢？怎么不出来迎接本大爷？

小伙计豁着嘴，囔囔回答：大管事，我师傅出去了。你有什么吩咐，小的听你差遣！

王大牙本来也是信口胡诌，听谭一马不在作坊里，心里偷笑。每回来匠作坊，谭一马都对他鼻子不是鼻子、眼睛不是眼睛的，很不待见他，让他都没机会跟阿离说上几句话。太好了！今天那倔老头不在，他可以趁机见到阿离。想到这里，他便胡乱扯了两句打发了小伙计，自己假意在作坊里溜达。

王大牙溜达了一圈，就借故走到阿离的房门外。看阿离一个人在里面，便故意咳了两声：哟！阿离姑娘，忙什么呢？

阿离素来厌恶王大牙，见他忽然走进自己房中，不由得眉头一皱，淡淡地说：王大管事来这里有什么事吗？

王大牙知道阿离不待见他，但看着阿离的秀颜就挪不开眼了。这姑娘，就连冷淡着脸都像个仙女似的！王大牙讪笑着说：没事，没事！我就是随便看看。

阿离再不理会，本打算退出房间，把王大牙一个人撂在这里。不承想王大牙竟然转悠到了床头，拿起了她前几天画的一幅画：哎哟喂！阿离姑娘，你可真是个大才女呀！这画的什么呀？

阿离冷冷看着王大牙：没什么，信手乱画的。王大管事要是没什么事就请回吧！

王大牙此时已经被阿离的画惊住了，连连咋舌：这不是天马吗？画得太好了！就跟活的一样！

阿离沉着脸说：哪里还有什么天马？天马不是早就进了皇宫了吗？大管事怕是想天马想得着魔了！

王大牙听出阿离话中带刺，心下不悦。但自知理亏也不好发作，便继续厚着脸皮谄笑着说：阿离姑娘说笑了吧！

阿离懒得再应付他，伸手想要拿回天马图，却不料王大牙避开阿离将画折了起来：本大爷甚是喜欢姑娘的这幅天马图，不如就将它送给我吧！

阿离不禁有些恼怒，口气又重了几分：王大管事，我的东西从不拿来送人！

王大牙看到天马图的一瞬间，脑子里就生出一条诡计来。听到此话，脸上骤然显出狠厉之色：你的东西？这里所有的东西都是本大爷的！爷心情好给了你几分好脸色，你还真把自个当成主人了！

阿离冷笑一声：这里的东西自然是你王大管事的，可这幅画却不是你的！

王大牙打定主意要把天马图拿走，岂会轻易松口，厚颜说道：阿离，别不知好歹！在这里，还没有人敢跟本大爷抢东西！

说完，拿着天马图骂骂咧咧走出了匠作坊。

阿离眼见王大牙生夺硬抢，气得咬紧了牙关。这些卑鄙小人，盗走麻秆的天马不说，如今又抢走了马踏飞燕图！只怕是又要打铜天马的主意了。

阿离想到这里，心中隐隐有些不安。也不知道麻秆哪天回来，还好他把铜天马藏得十分隐秘！

王大牙出了匠作坊，一路小跑着来找董梧田。

董梧田见他才出去又慌慌张张地跑回来，正准备责骂时，却见王大牙拿出一幅画来，结结巴巴地嚷着：天马……天马找到了！

董梧田眼睛里一下子冒出精光：找到天马了？天马在哪里？

王大牙扬了扬手里的画：在这，天马在这里！

董梧田脸上一僵，怒道：混账东西！什么时候了，居然还有心思开玩笑！

王大牙怕再挨董梧田的打，飞快地把画展开，放到了案上：表哥，你先看看这幅画！

董梧田看他不像是开玩笑，压下怒气走近看。

王大牙在一旁看着董梧田的脸色由阴转晴，再由晴转成了惊喜，这才暗暗松了一口气：表哥，这上面画的就是天马！你看看，就像活的一样！

董梧田目不转睛地盯着画上的天马。真是栩栩如生啊！若不是照着活马的样子，怎么能够画得这么鲜活呢？

王大牙见董梧田喜形于色，不禁嘚瑟起来：表哥，要不咱们先把这幅天马图送进皇宫。要是能够博得皇帝高兴，兴许还能宽限些时日，到时候我们说不定就找到天马了。不过，这天马画得虽好，那只破鸟却太碍眼了！

你懂个屁！董梧田剜了一眼王大牙，视若珍宝般拿起了天马图：画上的天马固然完美无比，但衬上这只燕雀才令人叫绝呢！能踏上飞燕的马除了天马还会是什么马呀？

王大牙满脸讨好地说：对对对！阿离就是这么说的，这画还真就叫马踏飞燕。

董梧田忍不住又瞪了一眼王大牙：你可闭嘴吧！

董梧田嘴上虽然数落着王大牙，心里却还是为他的提议所动。

董梧田想了想又问：你刚刚说阿离？谁是阿离？这幅马踏飞燕图你是从

哪里得来的？

王大牙赶紧连说带比画，把天马图的来历告诉了董梧田。

谭一马的外甥女画的？一个小姑娘怎么能画出这么逼真的马踏飞燕图来？难道她见过马踏飞燕的情形？或者是她就知道天马的踪迹？这一连串的疑问在董梧田的脑海里徘徊。于是，他立即吩咐王大牙出去秘密打听，顺便把阿离叫来，他要亲自问一问。

大约一盏茶的工夫，王大牙就气喘吁吁地回来了，只是眼神躲躲闪闪道：表哥，阿离……阿离她不肯来见你。

董梧田瞥了一眼王大牙就明白了，他养的狗岂能不知道狗的德行？冷哼道：成事不足败事有余！说过你多少次了，不要去招惹谭一马。他是马庄请来铸马的师傅，那人脾气又耿直。把你那色心给我收起来，要是惹怒了谭一马，小心他把你铸成铜人！

王大牙红着脸嗫嚅：阿离实在长得太漂亮了嘛！我哪能管得住色心？何况，你不是也藏着一个漂亮女人吗……

董梧田听王大牙顶嘴，还敢拿他的事来比较，顿时怒了，抄起手边的茶碗就向他头上砸去。王大牙赶紧避开，茶碗砸在地上碎了一地。

表哥、表哥，我错了！王大牙看着董梧田铁青的脸色，吓得跪在地上认错不迭：我再也不敢胡说了。说着甩手“啪啪”抽了自己两个耳刮子。

董梧田虽然气极，但看王大牙知错，眼下身边也再找不出一个比王大牙更可靠的人手，便摆一摆手让他起来。但仍然脸色不虞道：下次再乱说话，小心你的舌头！

王大牙乖顺地答应，估量着董梧田不至于真收拾他，便觍着脸凑上前，邀功般说道：表哥，还有一件事。还真有个马踏飞燕的铜像。而且这个铜天马就在麻秆那个愣小子手里！

董梧田转怒为喜：是吗？那就太好了！要是能得到这个铜天马，或许还真能救我们的命！

王大牙巴结地笑道：表哥真是福大命大造化大呀！

董梧田又想故技重施盗取铜天马，但马超将铜天马藏得十分隐秘。王大牙暗里明里把马超的住处翻了几遍，仍然没有找到铜天马。

眼看三个月期限将至，董梧田无奈之下，只好先派人把天马图送去了皇宫。谎称天马图是他自己所画，并且正在铸造图中所画的铜天马。

果不其然，皇帝看到天马图后惊喜不已。随后快马加急，又下了一道诏令，命董梧田加紧铸造铜天马，一个月后将铜天马送到都城。

接到诏令后，董梧田才松了口气。好歹又争取了一个月的时间！

马超从凉州城回来后，知道了阿离画的天马图被抢，越发谨慎地提防起了王大牙和董梧田。

董梧田始终打探不出铜天马的一丝迹象，甚至亲自跑到匠作坊去见阿离，想从她嘴里套出点什么，但阿离一问三不知。又有谭一马在边上瞪着眼睛，一副护犊子的拼命样子，董梧田无功而返，又变得寝食难安，急得像热锅上的蚂蚁一般。

这一天，就在他冲着王大牙发火时，手下来报，唐芋儿拿着草料进出账簿来找王大牙核对。

王大牙忽然心生一计，对着董梧田耳语了一番。董梧田听了后，点了点头：嗯！好主意！总算是有了点长进！

王大牙讪笑着搓了搓脑袋。随后就将唐芋儿带到了董梧田跟前。

唐芋儿听说监史大人要亲自查看草料账目，紧张得浑身冒汗。战战兢兢地跪在地上，大气不敢出一声。

董梧田假装翻了一下账簿，和颜悦色地说：账目记得十分详细，看来你这个管事当得蛮尽职尽责的！

唐芋儿没想到监史大人会亲自查看账簿，而且还这样夸赞他，顿时感到受宠若惊，趴在地上连连磕头：大人，小的不敢有丝毫马虎！

董梧田让他起来，接着又说：马庄里就需要你这样的人才，我让王大管事给你再加些工钱。最近马庄里人手短缺，你要是还有亲戚熟人，也可以引荐来！我听王大管事说，你以前引荐来的那个叫麻秆的小伙子就挺不错的！

唐芋儿见董梧田这般平易近人，完全不像外边传言的那样狠厉，渐渐不再紧张害怕，话也多了起来：大人放心！小的回去后就去找些人手来。绝对不会比麻秆兄弟差！

董梧田点点头：那就好！听你的话，你跟那个麻秆的关系很好啊！

唐芋儿此时越发放松，脸上也显出得意之色：大人说的正是！我和麻秆兄弟十分要好。他以前有一匹天马，宝贝得不让任何人靠近，唯独小的我例外。我还摸过天马呢！不过，后来那匹天马忽然就丢了。

王大牙听他这么快就说到了天马，不由得心中窃喜，冲着董梧田使了个眼色。

董梧田假装惊讶：哦？还有这样的事？天马丢了，你那个麻秆兄弟岂不是很难过吗？

唐芋儿已经越说越顺溜：谁说不是呢！天马丢了以后，麻秆兄弟不吃不喝，伤心难过了好久呢！幸亏后来又得了一个铜天马，我那麻秆兄弟才算是又活蹦乱跳起来！

董梧田和王大牙听到这里，不由得相视一笑，眼睛里精光乍现。本来还以为要费上一番工夫，没承想这个愣头青心眼缺的不是一般，这么快就说到了重点！

董梧田继续套话：铜天马？和以前那匹天马很像吗？你也见过？

提到铜天马，唐芋儿显得有些兴奋：见过呀！别人自然是没有这个眼福，可我跟麻秆那可是亲兄弟！那铜天马可不是一般的铜马，任谁见了都会拍手叫绝！

董梧田故意叹了口气：唉！这样绝妙的铜天马我竟然无缘得见。真是一件憾事啊！

唐芋儿还真是个缺心眼，见董梧田对他客气热络，高兴得几乎忘了自己姓甚名谁，俨然就和董梧田亲如一家人，当即拍着胸脯说道：大人何必叹气！等麻秆回来后，我便向他借来铜天马。大人不就可以看个仔细了吗？

一旁的王大牙终于忍不住了：唐芋儿，你少在大人跟前吹牛！麻秆当宝贝一样藏着的铜天马能轻易借给你吗？

唐芋儿让王大牙这么一说，倒是有些清醒了，讪笑着闭上了嘴巴。

董梧田趁机又说：是啊！那样的宝贝麻秆肯定不会轻易借给你。依我看，你不如将铜天马的藏匿之处告诉我，我自己背着麻秆去看看。这样既不难为你，也不影响你们兄弟之间的感情。

唐芋儿听后正犹豫着，王大牙接上又说：怎么？你还不相信监史大人吗？看一看又不会少了铜天马一条腿！

唐芋儿赶紧赔笑：王大管事莫要玩笑，小的哪敢这样想啊？我估摸着麻秆明后天也就回来了。等他回来，我便向他打听铜天马究竟藏在哪里！

董梧田心里窃喜，面上却装得很淡定：这样甚好！不过，可不要让你麻秆兄弟生疑。要是因此伤了你们兄弟的情面，我心里也会不安哪！

唐芋儿听了急忙点头称是。之后拿了董梧田赏的一锭银子，高兴得飘飘悠悠回了草料场。

马超再次借故回家探望父母，来到凉州城已经四五天了。因着铜天马的原因，处理完军中事务，便急匆匆回到了马庄。

马超回来后，第一件事就是查看铜天马。见铜天马完好无损，这才安下心来。

晚间，唐芋儿提着一坛酒来到了马超的住处。

马超笑着接过酒坛：哥哥带了什么好酒来？看来是发了大财了！

唐芋儿嘿嘿一笑：哪里会有大财呀！只不过是差事办得稳妥，上面赏了几串钱罢了。

马超也不多问，两个人高高兴兴打开酒坛对饮。

喝了几盏后，唐芋儿笑着说：麻秆兄弟，你的宝贝铜天马呢？再让哥哥饱饱眼福呗！

马超知道唐芋儿头脑简单，在他跟前一向坦诚，所以从不设防，当即便带着唐芋儿去了马厩。

唐芋儿看着马超从原先拴过天马的槽底夹层取出了铜天马，惊叹道：麻秆兄弟，你居然把宝贝藏到了这臭烘烘的马厩里！

马超笑着做了个噤声的动作：哥哥小点声！万不能让别人知道我这宝贝藏在此处。

唐芋儿借着灯笼的亮光，仔细地看了一会儿后，便借故离开了马厩。

马超并未起疑，将铜天马放回了槽底。此时，酒意也有些上头。马超查看了一下马厩的四周，便回去睡觉了。

马超无论如何也想不到唐芋儿会糊弄他，原本藏得极其隐秘的铜天马在当晚就被董梧田盗走了。

董梧田看着巧夺天工的铜天马，笑得异常狂妄。这一次盗马，可比上一次轻松多了！

十四、美人和宝马

皇帝要的是活生生的天马，献上一尊铜铸的马踏飞燕只是权宜之计，以求能多宽限些日子，让他们尽快找来一匹天马。董梧田深知，天马难找！听说麻秆他们把它叫“天马”，而它的神奇，董梧田自己也是亲眼所见，的确近乎神迹。既然是那样的一匹天马，能在重重宫禁的皇家御苑里突然消失，难保不会肋生双翼飞走了。姑且不说找不找得到，再有没有都是个未知数。得想个法子，让皇帝记不得天马才好，最好能将他的注意力转移到其他物件上来。只要皇帝不要天马了，自己才能安稳地活着。皇帝喜玩乐，要给他踅摸一个新鲜的玩意儿代替天马，而能让皇帝沉迷的东西总共就那么多，美女便是其一。想到美女，董梧田脑海里出现了一个人选。对，就这么办，这才是一劳永逸的好法子。董梧田着人去叫王大牙来，他要亲自安排这件事。这次献上铜天马，再有美人相随，难道还比不上一匹真马？

马超坐在草坡上，呆呆地盯着天马湖出神。这是他闲来无事常来的地方，阿离要找他，根本就不费什么力气。

这段时间，阿离看到了马超的痛苦。虽然从来没问过他心里的那个姑娘在何方，但聪明的阿离，似乎已经猜到，让马超深爱着的人儿只怕是天人永隔了。而天马的出现，让颓废的马超终于有了笑容，阿离也曾为他开心。但是，真天马被董梧田盗走，现在就连她和舅舅费了好大精力铸成的铜天马，也被人偷走了……看着失魂落魄的马超，阿离心里也沉甸甸的。

忽然，马超起身往天马湖边走。阿离默默跟在他身后，也随他去湖边。马超伸手从湖里捞起一把紫泥，摊开在手掌上端详良久，方才动手开始捏起来。阿离初时不解，直到马超捏出个马的形状，她才知道，马超这是想重新捏一个马踏飞燕呢。

马超手指飞快，一团泥逐渐变成了一匹泥马的样子。可是，别说马踏飞燕了，就是泥马的样子也拙劣得就像出自三岁孩童随手的玩具似的。马超皱眉，扔掉手中的泥马，重新挖起一团……湖边、脚下到处是即将成形的泥马，或是类似马形状的泥巴。

阿离蹲在马超对面，看着他满手满身的泥巴，眼泪再也忍不住，无声地滑落了下来。

马超恍如未见，还在机械地重复捞泥、团捏、扔掉的动作，或许他都不记得自己这样做的初衷是什么了。他只是心里很空、很迷茫……

阿离看得出来，马超其实已经精疲力竭了。她猛地一把打掉马超费力好久才捞起的一团泥，大声道：难受你就说出来啊！不要再这么作践自己了。

马超不理阿离，眼睛都不抬一下，转身又要去捡泥巴。阿离扑上去，牢牢抱住了马超的头，眼泪一滴滴落在了马超的头发上。她哭道：我知道你难受，但是除了馨儿和天马，你还有我们，还有很多很多关心你的人，不要让他们放心不下好吗？

马超麻木的心，在听到馨儿的名字时，蓦然疼了起来。他并没有注意到阿离怎么会知道馨儿，只是像个孩子一样无力地任由阿离抱着。鼻端是阿离身上幽幽的清香，耳边是她絮絮的话语，阿离的热泪滴到了马超脸上，惹得他也泪流满面。马超抬起双臂，圈住阿离的细腰，头搁在阿离的肩上，哽咽道：我心里很空很空，为什么我喜欢的人和天马都一个个离我而去？

阿离见马超终于肯开口说话了，流着泪笑道：不是这样的！不是这样的！

你还有我……我们。

马超紧紧搂住阿离，两个满身泥巴的人在天马湖边坐到了天黑。

董梧田端坐在金繁马庄的正堂案前，打量着局促不安的谭一马：我前日见到的是你外甥女？

谭一马赶紧答道：是的大人，是我的外甥女阿离。

阿离？董梧田皱眉玩味：长得不错。她家里还有什么人？

谭一马不知道董梧田为什么要问起阿离，忐忑道：她父母都不在了，自小跟在我身边长大。

那她可许配人家了？董梧田又问。

谭一马不敢隐瞒，老实回答：还不曾。

董梧田呵呵笑了两声道：看不出来你这个粗笨之人，竟能养育出阿离那样美丽聪慧，又擅书会画的女孩儿。

谭一马被董梧田笑得心惊胆战，不知道他问这些要干什么，只能这样问啥答啥道：阿离从小与家下孩子们一起读书，所以识得几个字。

好！董梧田态度更显亲近：这样的女孩子正是我要找的。现在有一场天大的富贵，你可愿将阿离的亲事交给本监史来处置啊？

谭一马“扑通”一声跪倒在地，惊慌道：大人不行啊！阿离她还小，再说她的亲事我也做不得主，虽说那孩子跟在我的身边，但要论亲事还得家里主事的弟兄们商议。

董梧田料到谭一马会有此一说，他早已将谭家的底细打听清楚，为此还见过谭一马的大哥。现在谭府的主事谭老大，一听董监史选中了外甥女阿离要送进宫，他马上觉得这是光耀门楣的大喜事，当即便点头答应，并且千恩万谢的感激。

董梧田瞥了一眼谭一马，不耐烦道：你大哥我已经见过，他也说了，阿离的亲事全权交由本监史料理。你回去吧，给阿离说说我们的意思，明天开始我派人送她去府城，请人教她学习礼仪规矩，过几天就随本监史上洛阳。以后她若出息，可就是宫妃娘娘了。

谭一马这才听明白，董梧田是要把阿离送到皇宫里去的。阿离是他看着长大的，要她去那遥远的京师，还要伺候皇帝？伴君如伴虎啊，一不小心就有可能丢了小命。谭一马往前跪爬了几步，央求董梧田：大人，万万不可啊！阿离的爹娘把她托付给我，我不能把她推进火坑啊……

放屁！董梧田火了，大骂道：你竟敢说给天子为妃是进火坑？你是想赔上谭家全家人的性命吗？

谭一马顿时语塞：我……我不是这个意思……

董梧田厌烦地起身，冷冷道：本监史哪有空跟你废话！你去吧，让阿离准备好，明早我打发人来接她去凉州城。

谭一马还要央告，就被董梧田身边伺候着的王大牙推到了门外。

阿离回家天已黑透，正在疑惑舅舅为什么不点灯时，猛然看见屋子一角黑暗里瑟缩着的人影，吓得惊呼一声。阿离点灯后，见是舅舅谭一马，这才放下心来：舅舅，你怎么坐在这里？

等阿离把灯放好，谭一马哭丧着脸，对自小看着长大的外甥女竟然没办法张口了。这一下午，他啥都没干，一直在打着腹稿，在静静地等着阿离回来，想着要怎么说才能让阿离不至于受惊吓。此时，看到乖巧的阿离用满含责备的大眼睛瞪着自己，谭一马将舌尖上打转的话和着一口唾沫咽到了肚子里，强挤出一个笑容问道：阿离，你今天做什么去了？

阿离些微羞赧，装作若无其事道：没做什么啊！

那你这一身的泥？谭一马注意到了阿离泥水斑斑的衣服。

阿离遮掩道：没事，就是不小心滑了一跤。说着又忙道：舅舅您先等一会儿，我换了衣服就去给您做饭。

谭一马点头，然后起身准备出去，给阿离交代道：你慢慢做，我去找麻秆来喝酒。

阿离想说什么，张了张口没说出来，看着舅舅出门，自己转身去房里换衣服。

马超闷闷地躺在炕上发呆，肚子饿得咕咕叫也懒得起身，反正起来也没处找吃的去，除非去阿离那儿。但是，想起下午和阿离的相处，那么失态的样子让阿离看了去，令他有点尴尬和别扭。所以，当谭一马来叫他过去喝酒时，马超是有些迟疑的。可是，架不住谭一马硬拽，马超只得跟着他去了匠作坊。

这时候，阿离已经做好饭菜摆上了案，见马超进来躲躲闪闪的样子，阿离把自己的不自在掩藏起来，就像往常一样，轻笑着和马超打了个招呼。马超顿觉从容不少，慢慢放开了心怀和谭一马一边吃菜一边喝酒。

谭一马心里装着事，就有借酒浇愁的意思，吵着要阿离把大碗拿来喝酒。阿离拗不过舅舅，取了大碗来。谭一马倒了满满的一大碗酒，仰头就“咕嘟咕嘟”灌了下去，然后撂下碗抹了一把泪。看到对面马超还没有动的酒碗，谭一马又端起来大口喝了下去。这情态把马超和阿离都惊到了，两个人面面相觑不知道谭一马怎么了，就听谭一马打了一个酒嗝，定定地向马超看过来，审视了半晌才道：麻秆，你带上阿离，连夜跑吧，跑得越远越好！

马超惊愕，愣愣地看着谭一马不敢接话。而阿离上前拉住谭一马的胳膊，羞急道：舅舅，您喝醉了？您说的什么疯话！

谭一马不理会阿离，继续看着马超，红着眼睛又说：麻秆，阿离虽然无父无母，但她也是我捧在手心里长大的。你只要答应我带她走，你就是我谭一马的外甥女婿，我认准你是个好小伙儿。

舅舅！阿离在大声阻止的同时，也意识到了不对，急问：舅舅，您今天怎么了？您告诉我，是不是发生了什么事？

马超这时也反应过来，今晚的谭一马情绪的确有些反常，也问道：谭师傅，您先别急，什么事您说出来我们一起商议着想办法吧。

谭一马颓然摇头，刚刚喝下去的酒已经上了头，他眼神迷离，喃喃道：没用了，没用了。阿离，舅舅对不起你！

阿离不解，看了一眼马超，见对方也不明所以，无奈地问谭一马：舅舅，您说啊，到底是怎么回事？

谭一马老泪纵横，哭道：是董梧田，他说要把阿离送到皇宫里去。

什么？马超惊问：谭师傅，您说的是真的？

是真的！谭一马抹着泪：明早就来接阿离去府城，过几天上洛阳。

我不去！阿离苍白着脸咬唇道：一入宫门深似海！舅舅，阿离不去！不去！

谭一马不说话，只顾着淌眼泪……

马超从炕沿上下来，在地上走来走去，一时间心思转了几转，最后仿佛下定了决心。他去门口看了看，见外面静悄悄的并没有可疑，便又回来坐下，对着阿离和谭一马压低声音道：我有办法。

谭一马不信，睁着一双醉眼道：你一个放马的穷小子能有什么办法？让你带阿离远走高飞，你都不敢！

马超看着阿离的眼睛，问她：阿离，你信不信我？

阿离被马超的坚定感染，轻轻点头道：我信！

马超微微一笑：其实，我不叫麻秆，我叫马超，姓马名超字孟起。

什么？你叫马超？谭一马瞬间清醒，一把攥住了马超的手，惊喜道：你是少年军的统领马超？

嘘！马超比了个噤声的手势，微笑道：是，我就是少年军统领马超。所以，谭师傅您和阿离就放心吧！我有办法不让阿离进宫。说着又看一眼阿离，揶揄道：只是，您常说阿离有班婕妤之才，就这么放弃了大好机会，可不要后悔才是！

谭一马讪讪道：那不是玩笑话吗？我怎么舍得让阿离去那深宫里受罪？

阿离“扑哧”一声笑出声来，眼睛里泪还未干，在灯火下两颗黑宝石般的眸子，流转着璀璨光华，有一种别样的美丽。难怪董梧田选中她给皇帝当妃子。马超心里暗道：阿离的美，不属于惊艳娇媚，也不秾丽夺目，却有种质朴无华里难掩的光芒。是的，这段时间相处下来，马超虽然刻意地和阿离保持着距离，但也慢慢发现了她的许多优点。阿离温婉善良、善解人意、知书达理。她是一块真正的璞玉，需要精心雕琢和耐心打磨，才能了解到内在的万千风华。而这样的美玉，怎么可以让她陷在那污浊的深宫里蒙尘？

而且，阿离出身贫民，即使有着才华和不俗的容貌，或许皇帝会贪恋一时的新奇，但时日久了难保不会被那些有背景的人利用、陷害……这一切，想一想都让人不寒而栗。马超说了自己的打算，听得谭一马和阿离顾虑重重。但眼下也容不得再做他想，只能走一步看一步，只好点头同意了马超的计划。谭一马就要给马超下跪时，马超赶紧伸手扶住，不肯受他的大礼。谭一马望着马超的眼睛，郑重其事地说：阿离的终生幸福就全在小将军身上了，拜托你了！

马超点头：放心！阿离就如同我的亲姐姐，我自然拼尽全力保她周全。

阿离早就怀疑，以马超的气质不会是一个简单平凡的放马人，没想到他却是大名鼎鼎的少年军统领马超。此时正满心欢喜，却听马超说把她当姐姐，阿离的笑容几乎绷不住了。她赶紧俯身向马超拜了一拜，借此掩饰自己的神情，再抬头又是一脸云淡风轻：多谢小将军！

马超不习惯阿离的称呼，顿了顿才干巴巴地说：阿离，不用如此客气。说完就告辞出了匠作坊。

夜已深，谭一马送马超出门，回身看到阿离呆呆的面容，叹了口气道：回去吧。说着自顾自掀帘进了屋。

阿离轻轻"嗯"了一声，站着没动，仰头看了眼满天的星辰。她仿佛看见了马超湛蓝的眸子。"阿离就如同我的亲姐姐。"想起马超的这句话，阿离扯起嘴角想笑，却再也笑不出来。

十五、泡沫总归要破灭的

阿离被接进西凉府驿站，董梧田请了传诏内侍每天来给她教习宫规。那内侍阴阳怪气，从上到下地端详阿离，然后一脸的嫌弃：就这样的货色？董监史这是拿土鸡冒充凤凰哪！

阿离神态自若，根本不为内侍的话所动，只敛目静静站着。

董梧田谄笑着巴结内侍：公公是张常侍手下第一得力的人，这不就请您来调教一二嘛！说着递给内侍一块黄澄澄的金饼。

内侍收了董梧田的好处，立马换了一副脸色，笑道：这话董监史算是说对了，张常侍就常夸咱家伶俐。

董梧田更显殷勤，拱手道：那依公公来看，这孩子还能一用吗？

内侍围着阿离转了一圈，就像是在估量一件货品，然后又仔细看了看阿离的脸，才点点头道：倒也有些姿色。若是换上锦衣，再拾掇拾掇，或许有希望吧。不过……内侍拉长了声调，故意停下来。

董梧田又连忙递上一块金饼，内侍拿在手里掂了掂，方才显出满意的神色，笑眯眯地说：不过，若能让张常侍说一句话，就有十成的把握了。

真的？董梧田兴奋得两眼放光：公公刚刚还说这等货色……

呵呵！内侍干笑两声道：哈！刚刚只是咱家和董监史说笑而已。其实，这姑娘还是蛮有风韵的。皇上看腻了千篇一律的美人，这位嘛，浓淡相宜，正好、正好！

董梧田这才放了心，这内侍是皇帝近身伺候的，他说正好想必就是真的好了，便对内侍说了许多感激的话。

内侍被董梧田哄得高兴，笑着道：想不到董监史选马是一流，选起美人来也是眼光独到呢！他日若这姑娘得了圣宠，董监史献美有功，可别忘了咱家呀！

董梧田连声道：忘不了、忘不了！一切还要仰仗公公和张常侍提携呢！

二人这就算是结成了同盟。

阿离冷眼看着他们的惺惺作态，面上不动声色，心里却气愤极了。在这些人眼里，人命不如草芥，而她的命运被他们三言两语就定了下来，自己此时像极了待价而沽的货品。

董梧田，你想拿我去换你自己的前程？阿离暗骂：就看你有没有这个命了！

晚上，马超潜进驿馆，很轻松就找到了阿离暂住的屋子。阿离听到窗棂上“当当当”三声轻响，知道是马超来了，赶紧开了窗户让马超进来。

怎么样？有没有说哪天启程？马超问。

阿离摇摇头：没有。董梧田只让那内侍教了我一下午的宫廷规矩。

马超看了看阿离，又问：他们没有为难你吧？

阿离轻轻一笑：没有。你不用担心我。倒是你，铜天马有下落了吗？

马超神色黯然，摇头道：还没找到。不过，我怀疑跟董梧田脱不了关系。天马就是他偷去给了皇帝，这次又来贪图我的铜天马。

阿离也赞成马超的分析，蹙眉道：我猜也是。因为在那之前有一天，王大牙看到我画的铜天马，还把我的画硬要了去。

马超恨声道：董梧田现在当官了，不比从前。明明就是个恶人，连我爹和张太守都拿他没办法。即使铜天马在他手里，若没有证据证明是他偷了去的，只怕是要不回来了。

阿离安慰马超：放心吧，我会打探清楚的。就按咱们定好的，我在驿馆打探铜天马的下落，你准备到时候半路伏击他，总之不能让他把铜天马带走。

还有你。马超接道：也不能让他把你带走。

阿离笑着点头：嗯。我相信你。

听到院里有说话的声音，马超赶紧吹灭灯火，趴在窗户上向外看去。有两个人说笑着远远去了，赫然便是董梧田和那个内侍。驿馆有层层把守，马超看过阿离，见她镇定自若，也放心不少，便又嘱咐了阿离几句，让她不要害怕。交代完后，马超继续蒙了脸，按来路避开护卫的巡逻翻墙出了驿馆，匆匆离开。

阿离看着马超安然离开，放下窗户默默坐在黑暗里，孤单的她紧紧抱住自己像个无助的孩子。也就是说，不定哪一天，她就要被送去千里之外的洛阳。阿离闭目默念：马超，你可千万要来救我啊。

张鼎和马腾带领西凉府一众官员，为董梧田送行。终于把这个瘟神送走了，所有人都松了口气。这几个月里为选天马，董梧田把西凉府折腾得人仰马翻，虽然没有选到天子要的天马，但好在那厮不知道从哪里寻来了一匹巧夺天工的铜天马，听说天子见过画像后十分喜欢，要董梧田尽快呈献。这趟连带西凉府大小官员身家性命的差事，总算勉强交差了，并且还搭上了一位姑娘，想来天子再不会为难西凉府了吧？众人想起刚刚看到的女子都不禁疑惑，西凉府什么时候竟然出了那样一个美人？

原来，董梧田用了短短的几天时间，给阿离从头到脚置办了上好的锦衣绫罗。俗话说得好：佛靠金装人靠衣装！阿离本就容貌不俗，还读了很多书，所谓腹有诗书气自华。有书卷气且姿容清丽，再配上特意为其定制的衣衫，阿离的周身气质便一下子凸显出来，有了绝代风华。正如那内侍所说，董梧田选美人的确眼光独到。

阿离坐在奢华的马车里，现在她是董梧田保住富贵的筹码，也是舅舅一家保命的筹码。她不反抗，不但是为了舅舅家的阖家平安，虽然那个家给过她很多不好的待遇，但对一个孤儿来说，那里毕竟是她十多年来赖以躲避风雨的地方。保护他们的安全，她责无旁贷。就当是报恩吧！阿离想起临行时舅舅谭一马带大舅舅来看她的情形，方才从大舅那里知道了董梧田对谭家的威胁。倘若谭家不答应将阿离送进宫，那么舅舅一大家子人的命恐怕就难以保全了。对此阿离没有选择，也没有怨怪，她平静地送大家出去时，看见了大舅舅满意的笑容，也看见了谭一马舅舅偷偷擦去眼泪的情形。透过马车帘子的缝隙，看着倒退而过的路边树木，阿离暗暗捏紧了拳头。她把所有希望都寄托在了马超身上。

按照约定的时间，马超正要出门时，见一兵卒带了一个人进来，仔细一看却是唐芋儿。马超惊讶，唐芋儿怎么到都护府来找自己了？莫非他已经知道了自己的身份？

唐芋儿“扑通”一声跪下来，带着哭腔道：兄弟，哦不，小将军，我对不起你呀！

他果然知道了我的身份。马超想着走上前对唐芋儿笑道：即便知道了我的身份，也没必要下跪啊！还说对不起？你做了什么对不起我的事了吗？

唐芋儿痛哭流涕道：铜天马！你的铜天马就是我说给董梧田的呀！

马超气怒：原来是你！你为什么？

唐芋儿哭哭啼啼，把当日董梧田和王大牙诳他的事情原原本本说给马超听：我本想把这事告诉兄弟的，可是到你房里去没找见你，他们说你出马庄了。第二天，王大牙又派我去骊靬县买办草料。我刚刚回来，就听他们说董梧田得了铜天马要拿去给皇上，还说阿离姑娘也要进宫当娘娘去。我跑去问了铸马的谭师傅，才知道您原来是马超小将军。我对不起您啊！

马超听唐芋儿一顿哭诉，虽然气愤难消，但也无奈。唐芋儿向来单纯，所以董梧田才利用他和自己的交情深厚，套出了铜天马的藏匿处，然后就偷去应付皇差。而眼下唐芋儿声泪俱下前来认错，倒也不能完全怪他，董梧田的奸诈又岂是缺心眼儿的唐芋儿能对付得了的？

马超叹口气扶起了唐芋儿，和缓说道：我不是不生气，可是这件事也不能全赖你，你且放宽心吧。俗话说，不怕贼偷就怕贼惦记！董梧田打定了主意要铜天马，任我们藏得再紧，他还是会想方设法达到目的的。莫说铜天马了，我的天马不也是被他盗走的吗？不然他怎么能够轻易做上高官呢！

唐芋儿抹掉眼泪，听马超这样说，才恍然大悟道：我就说嘛！他董梧田哪里来的好运气，原来是一次次偷了别人的东西去换来的啊！真正就是一个地地道道的贼！

马超拍了拍唐芋儿的肩膀，笑道：放心吧！他的好运气应该都用光了，我这就去追回属于我的东西。顿了顿又加上一句：还有阿离。

唐芋儿此时对马超只有崇拜，一直存在于传说中的少年军“锦将军”马超，和他还是兄弟关系，这是多么荣耀的一件事啊！又看马超并不计较他泄露铜天马的过失，当下高兴得催促道：那你快去吧！带上我可以吗？让我亲眼看着你，怎么把铜天马和阿离姑娘给抢回来。只有铜天马和阿离姑娘回来了，才能弥补我的罪责啊！

马超看唐芋儿说得诚恳，稍做犹豫后便点头道：可以！跟我一起走吧！不过，这事可千万要保密，不能让任何人知道。

马超见唐芋儿连连保证后，才带着唐芋儿骑了马去追赶董梧田一行人。

董梧田选的坐骑都是凉州大马，不但看起来威风，跑起来更是神速。从西凉府城凉州出发，到了晚间已经出了西凉地界，快到金城了。

阿离坐在马车里头晕脑涨，走了一日，她被马车颠簸得几乎快吐了，再加上内急，阿离浑身冒着虚汗，惨白着一张脸。随行伺候的丫头看她脸色不好，急忙叫停车夫。

怎么停下了？有护卫上来问道。

丫头掀起车帘子高声回答：快去禀报大人，姑娘不舒服。

护卫打马去前面找董梧田汇报。阿离让丫头扶她下车，看见道路一旁是一片稀疏的树林，便提裙走去想小解一下。其他护卫得董梧田交代过，对阿离看得相当严密，一个护卫横刀就拦住了阿离：姑娘还是去马车里坐着，不要乱跑的好。

阿离瞪了护卫一眼，怒道：要解手也在马车里不成？

护卫不知道阿离是要去小解，听她一个大姑娘说要解手，反倒尴尬起来，不好意思地让开了。

董梧田听护卫来报说阿离不舒服，便打发王大牙去看，自己坐在马车里懒得动。走了一天的路，他也是浑身难受。

而另一辆车里的皇帝内侍，早就叫苦不迭，正吩咐了小太监给他捏腿捶背，此时看马车停下，他从车里探出头来，对着董梧田的马车遥遥喊道：我说董监史，咱家的骨头都要颠散架了，歇一会儿再走吧！

董梧田不敢得罪内侍，下了马车走到跟前，赔起笑脸道：公公受罪了！只是现在路上不太平，我是想着早一点赶到京师交了差，所以走得急了些。

内侍不领情，冷脸道：那也不能够这么个赶路法啊！这是要了我的命呀！总之，今日再不走了，咱家现在就要歇息。你安排吧！

董梧田无奈，看看天色也不适合在夜晚赶路，只得命令护卫们就地宿营。

董梧田这一天从早起便眼皮跳个不停，心里隐隐觉得不安，想着急于远离西凉府，这才催着车马赶了一天的路。此时，草草吃了一点吃食，又被那内侍一顿嫌弃，董梧田心里窝火又不能发泄，便闷闷地窝在简易帐篷里生气。因为赶路错过了村镇客栈，只能在野地里露宿，所有人都疲惫不堪，也顾不上挑三拣四，都是倒头就睡，就连安排好的哨兵也悄悄打起了盹。

马超和唐芋儿轻骑简装一路追赶，对于董梧田一行倒也不怕追丢，乱世里盗匪猖獗，官道上行路尚且不安全，料他董梧田必然不敢铤而走险走小路。

马超在等一个下手的机会，天黑无疑是最佳的掩护。否则，截杀朝廷钦差的罪名他可承担不起。

终于，董梧田下令宿营了。马超暗笑：跟了你一天，不在城镇驿馆歇息，却偏要在这荒郊野外露宿，这可算是你董贼自己送上门来的。

马超和唐芋儿在稍远处藏好了马，蒙上脸慢慢摸近董梧田的营地。野外虫声唧唧，伴着护卫们鼾声如雷，一营人睡得正香。借着忽明忽暗的篝火光亮，马超悄悄向阿离的马车走去。先要保证阿离脱险，向董梧田下手才会无所顾忌。

阿离也累得够呛，但心里总归有事，只浅浅地睡着。忽然就听离车不远处“喀嘣”一声轻响，阿离瞬间清醒睡意全无。她缓缓坐起来，生怕惊醒了同车伺候的丫头，一点一点地挪到车门处，小心翼翼拨开车帘向外望去。昏暗的夜色里一个人影正轻手轻脚向她所在的马车走过来，阿离惊喜不已。是马超！他的身形阿离一眼就能看出来。

马超也看见了阿离，隔着几步远冲她招了招手。阿离也挥了挥手，正要挪下车去，却扯到了小丫鬟的头发，小丫鬟睡梦里龇牙“哎哟”喊了一声，惊得阿离倏然出了身冷汗。原来这小丫鬟得了董梧田嘱咐，一路上不但要伺候阿离的起居，还负责看守她，即使睡马车，也把阿离让到靠里的位置，她自己睡在车门处。阿离向外张望，看马超还在那边冲她招手催她快点过去，自己也有些惊慌失措，便索性一步跨过丫鬟，跳下车朝马超跑过去。

这番动作果然惊醒了那丫鬟，她大声叫喊起来：抓人啊！抓人啊！

静谧的夜里，小丫鬟尖细的叫喊，惊起夜枭乱飞，让人毛骨悚然，营地里瞬间乱了。

马超一把拉起阿离，就往外跑。他们此时正处在几堆篝火之间，惊醒的护卫纷纷抽刀亮剑将他和阿离围在中间。董梧田拨开一个护卫，就看见一个蒙面人拉着阿离，想要逃走的企图不言而喻。

敢来截皇差？简直胆大包天！董梧田怒气冲冲道：阿离，还不过来！你这是不顾你舅舅一家老小的性命了吗？

董梧田！马超把阿离护在身后，大骂道：小人得志！你这个作恶多端的卑鄙之徒，少在这里吓唬人，什么叫截皇差？我告诉你，我是专门来截杀你的！

董梧田吃了一惊，但衡量了一下，对方不过单枪匹马的一个人，而自己却是百多人的护卫队，又有什么好怕的。便冷笑道：杀我？想杀我的人多了，就凭你？

马超也冷冷回道：那就来试试！

给我上！董梧田下令。

正在这时，树林里忽然“咻”传来一道尖锐的口哨声，紧接着呼啦啦拥出来一群人，个个持枪拿刀呼喝着冲到了董梧田对面。

呔！把所有值钱东西都拿出来！一个貌似领头的壮汉用虎头大刀指着董梧田道。

董梧田一眼看去，估摸着对方只有二三百人。但看他们的打扮形形色色，不像是什么正规的队伍，应该是一股山匪，便不把他们看在眼里，摆起十足的官架子道：哪里来的乱民，可知道本官是钦命办皇差的？识相的就赶快滚，本官还可以不做追究。

哈哈哈！对面的人群里一阵大笑，领头壮汉笑着，他的大嗓门尤其响亮：办皇差的？看来还是那狗皇帝的狗腿子呢！

董梧田被讥嘲，恼羞成怒道：大胆！竟敢辱骂当今天子！

狗屁天子！对方收了笑，吼道：苍天已死，黄天当立！你这狗腿子更该死！

黄巾贼！黄巾贼！董梧田的护卫都是皇帝亲自调拨给他的，宫中侍卫自然比董梧田更有见识，一听对方的话便立刻明白，他们这是遭遇了黄巾余孽。黄巾军多在中原为祸，怎么会出现在这里？朝廷多年来一直剿灭黄巾流寇，但始终难以彻底根除，如今他们在西北这边也能猖狂到此？护卫们不解，同时对这些人也颇为忌惮。

领头的壮汉再不废话，一声令下，黄巾军就冲进董梧田的护卫队，双方厮杀起来。

马超见状，趁乱拉起阿离冲出战团。等在暗处的唐芋儿上前来接应，马超把阿离交给唐芋儿照看，自己取了银枪就要折返去寻董梧田。阿离扯住马超的袖子，似有千言万语要对马超说，但咬了咬唇只叮嘱道：小心！

马超轻轻拍了拍阿离的手背，点头道：放心！说完就翻身骑马去了。董梧田百来人，虽说是正经行伍出身的兵丁，但抵不过黄巾军拼命三郎般的打法，很快便落败了。等马超回来，看到的就是护卫队的全军覆没，而董梧田和两个内侍蜷缩在一起，惊恐地瑟瑟发抖。

黄巾军的头目正要举刀砍去，马超大声喊道：刀下留人！

马超说着跳下马走到头目跟前，抱拳施了一礼，也不知道此人在黄巾军中是什么职务，便笼统称呼道：拜会将军！敢问将军，可否将这贼人交给在下处置？

黄巾头目瞪眼道：我为何要将他交给你？你是谁？

马超灵机一动，扯下蒙面的黑布，压低声音道：在下来自龙首山龙王座下，不知将军可晓得我们山寨？

原来是同道朋友！黄巾头目指着董梧田笑道：你要他是要做什么？

马超心下了然，这股流匪果然与耿鄙有所勾结，什么黄巾军？不过是沦为贼寇的盗匪假借黄巾名号行事罢了。也不揭穿，又抱拳道：这个狗贼与我有杀母大仇，我想亲手杀了他以慰我母亲在天之灵。还请将军行个方便！

好好好！你还真是一个孝子啊！那头目哈哈笑着夸了几句马超，便痛快道：那人自管绑去便是！只是这些财物嘛……

马超识趣赶紧道：我只替母报仇，财物都尽归将军，我一文都不沾。

好！那就各行其是吧！这帮子人啸聚山林贪财如命，至于董梧田，他们才懒得理会，任由马超绑起来带走。

马超押着董梧田和两个内侍走到无人处，松开内侍的绳子，掐着嗓音让他们听不出来原声，对内侍道：你们两个自去逃命吧。

内侍刚才被吓坏了，此刻死里逃生战战兢兢道：你……你不杀我们？

马超道：我只杀该杀之人，与你们并不相干。

两个内侍趴在地上，“咚咚咚”给马超磕了三个响头，感激涕零道：多谢英雄救命！敢问您的大名，我们日后也好报答。

马超不耐烦道：你们烦不烦？再不走可别怪我改变主意！

内侍一听，不敢再多说话，吓得赶紧爬起来，相携着跑远了。

董梧田见马超放了两个内侍逃生，便央求道：好汉，既然放了他们两个，也把我放了吧！我一定好好报答与你。

马超冷笑：你？董尔权，今天就是你的死期！

董梧田听马超竟然能叫出他以前的名字，惊疑道：你是谁？你怎么知道我过去的名字？

马超扯下面上的布，将火把拿近自己的脸，对董梧田道：你仔细看看我是谁。

董梧田认得这张脸，在金繁马庄他远远见过马超：你是麻秆！你是麻秆对不对？

马超冷笑：再仔细看看，你不觉得这张脸，这副相貌似曾相识吗？

董梧田连忙点头：是是！相识的，你就是麻秆！

马超甩手将火把插在地上，一枪抵上董梧田的胸口，恨声道：我的铜天马在哪里？

董梧田吓了一跳，急道：是王青山偷的铜天马，是他偷的。但是，已经被刚刚那帮黄巾军劫走了……

什么？马超愤恨道：你这无耻混蛋！偷了我的天马不算，又偷走铜天马，而今还被别人劫走了。你简直该死！

你不能杀我！董梧田大喊：我给你荣华富贵，只要你放了我。我可是天子陛下的钦差，我会让你当官，从此以后你再不用放马了。

哈哈哈！马超气极反笑，鄙夷道：你当我真是马庄里的放马小子？告诉你，我姓马名超字孟起。你所谓的那些富贵荣华，在我眼里算什么？

董梧田惊骇，盯着马超喃喃道：不可能，不可能……

马超再不想和他说这些，枪尖牢牢抵住董梧田的胸口，冷然道：你先跟随反贼董天伦谋逆，后又勾结梁三阁杀我母亲，还设计毒杀了金繁庄主。还有，你联合耿鄙伟康图谋不轨，现在又偷我天马和铜天马，于公于私你都死有余辜！今天，就让我来了结一切，也算是和你算了个总账！

董梧田奴才出身，毕竟不如他当初的主子董天伦那般硬气。听马超说到此处，早已吓得屎尿俱流，筛糠般抖着道：别杀我……别杀我、我不想死……不想死……

马超咬牙吼道：你去死吧！枪尖往前一抵，稳稳扎进董梧田的胸膛。天道循环，恶人终于得到了恶报。

马超处理了董梧田，来找阿离和唐芋儿。阿离远远看见马超回来，笑着迎上去却见马超一身的血，阿离一下子抱住马超，哭道：你说有办法，就是拿自己的性命来搏吗？这么笨的办法我一点都不想夸你。还好，还好你没事，不然我……我……

好了！马超伸手擦掉阿离的眼泪：看我不是好好的吗？

阿离哭得泣不成声，马超扶起阿离的头，笑道：你好好看看，这不是我的血。

阿离不信，捏着马超的胳膊检查，直到确认马超的确没事，才破涕为笑道：啊呀，马超，你刚才血淋淋的，吓死我了！

马超轻笑：我不喜欢你这么叫我，我有字的，以后叫我孟起吧！

阿离呆了一呆，依言叫道：孟起。这一声简单的两个字，却叫得柔情万千。

马超跨上马背，冲着仰头看他的阿离一伸手。阿离粲然一笑，便将手递给马超，借他的力跃上马背，二人同乘一骑往回家的路上奔去。

唐芋儿也赶紧上马，紧追了上去。

马超一边策马，一边对怀里的阿离说：阿离，有什么话，你现在可以说了。阿离幸福地摇了摇头，一字一顿地说：落花岂知流水意，一切尽在不言中……

第五卷

西凉太守

一、呕血铸就

树倒猢狲散。

董梧田死后，王大牙失去了倚仗，怕死的他乖乖交代出了很多内幕，不但把董梧田与耿鄙伟康勾结的机密交代个清清楚楚、明明白白，而且对毒杀金繁的事也供认不讳。太守张鼎依律判了王大牙斩刑，并且发了告示。同时，还贴告示通报了董梧田的罪行，整整列出了十条大罪，每一条都足够死刑。

百姓们街头巷尾议论纷纷，想起前不久还耀武扬威、欺压盘剥过他们的朝廷钦差御马监史，原来竟是个十恶不赦的不法之徒，一时间西凉府上上下下拍手称快。好在，那恶徒已经死于去京城的路上，据说是被黄巾余党杀了。杀得好，杀得大快人心！

处理完这些事情后，张鼎及时派人帮助娄叶接管了金繁马庄。虽然董梧田和耿鄙伟康狼狈为奸，使得一部分凉州大马落到了龙首山土匪军手里，好在马庄里仍然有一大批待长的凉州大马的子孙……

娄叶带着孩子给张鼎磕头，奸人已除，金繁马庄总算又回到了自己的手里。死里逃生的娄叶感激落泪，对张鼎拜了又拜。

马庄是金繁留给他们母子安身立命的资本，因此回到马庄的娄叶再不敢掉以轻心，从此洗尽铅华，一边教养孩子，一边专心学习生意经。几年之后，娄叶终于可以独当一面，成为金繁马庄真正的主人。

自从馨儿走后，不论是汗血宝马还是铜天马，无疑都成了马超的一种精神寄托。如今，斯人已去，天马不再。自己被称为“名震天下的少年英雄”，竟然连自己身边的爱人和骏马都保护不了，你凭什么名震天下？有什么资格妄称“少年英雄”？愤恨之余，马超的心底积满了思念和伤痛，以致于压得他胸口憋闷，喘不过气来。此刻听见有脚步声走近，马超才深吸一口气转过身来。

阿离脸上依然带着浅浅的笑意：在这里站很久了吗？一上午了没看见你。

马超勉强咧了一下嘴角：也没站多久。马超说着认真地看着阿离，问：身体怎么样了？看着脸色好了很多！

阿离轻笑：已经没事了。

那就好！马超朝阿离点点头，移开了目光。

这个女孩子看似温婉柔顺，骨子里却透着一种超凡脱俗、处变不惊的气度。那日在去京城的路上被马超救下后，马超那矫健的身影就一直萦绕在她的心头，挥之不去。

现在回想起来，整个过程实在惊险，而阿离因为马超的原因，表现得也异常镇定。在那样的境遇之下，若是换作别的女子，恐怕早已惊慌失措、哭天抹泪了。也就从那一天开始，马超心里对阿离有了进一步的认识。

沉默了一会儿，阿离才缓缓开口：我这两天可能就要离开马庄了……舅舅觉得马踏飞燕是他铸造生涯里最完美的作品，所以他打算从此封炉，“金盆洗手”，再也不从事铸造的事情了。同时，他年事已高，身体也不再那么硬朗了。我要跟舅舅一同回去，在他身边伺候照顾他。

马超料到谭一马会离开马庄，只是没想到他会封炉。所以听到这样的消息，他稍稍有些吃惊：谭师傅要封炉？

阿离望着马超的脸，点头“嗯”了一声。

马超别过头看向天马曾经的槽头，自语道：是啊！马踏飞燕的确是一个最完美的铸造。也只有谭师傅才能铸成那样完美的、精妙绝伦的艺术品！

阿离看着马超伤神，心里不忍：孟起，你不要太着急。总有一天，铜天马会找到的！

马超回过头，叹气道：但愿吧！

马超两次失去天马的伤痛阿离都是看到的，所以她清楚，说再多安慰的话也是无用的，只好转开话题：我听舅舅说，你马上就要回凉州城了是吧？我帮你收拾一下要带走的东西！

马超一愣：你舅舅怎么知道我今天要走？

阿离轻轻一笑：从一开始，我就知道你不是个普通的牧马人。只是没想到你居然是名震天下的少年军统帅孟起！现在，新庄主娄叶已经接管马庄了，马庄里也陆续恢复正常，你的使命也完成了，你自然是要回去做你的将军的。

难不成，你还要留在这里牧一辈子马?

难得见阿离这样与他玩笑，马超倒是有些意外，随即也展开了皱紧的眉头，笑道：虽然不能喂一辈子马，但马却是我一辈子的最爱！……阿离见马超破天荒地笑了，高兴地望着他笑。紧接着，两个人再一次忍不住笑了起来。

看着马超渐渐远去的背影，阿离心中有些黯然。孟起，我知道有一个女孩子始终占据着你的心房！你念念不忘的不只是天马，还有她……通过马超对那个女孩子的痴情程度来看，她应该是一个知书达理、十分干练的女子。就是无缘与她见面了。如果她还活着，我一定要见见她，也能了却我一桩心事……

阿离一直看着马超的背影，直到看不见他了，她才回到了匠作坊。这时候，舅舅谭一马正在房中收拾器具。她犹豫了片刻，还是上前跪倒在了谭一马的面前：舅舅。

谭一马被外甥女的举动吓了一跳：阿离，你这是怎么了？有什么事起来再说！

阿离跪上去扶着谭一马的腿：舅舅，您能不能先不要封炉？

谭一马不解：阿离，这不是早就说好的吗？你怎么又变卦了？你告诉我，你这是为何？舅舅封炉的原因你不是也知道吗?

阿离眼睛里泛起了泪花：舅舅，您能不能再铸一匹马踏飞燕?

再铸一匹马踏飞燕？谭一马吃惊不小。他慢慢地放下了手里的物件，盯着阿离：阿离，马踏飞燕的铸造不同于其他铜马的铸造，不是想铸就能铸得成的！再说了，当时为了让铜天马在天下独一无二，铸完后已经把马踏飞燕的模子砸碎了，现在要重铸，谈何容易?

阿离急忙说道：舅舅，这个阿离知道！可是以您的手艺，再铸一匹马踏飞燕也不是没有可能呀！

谭一马一屁股坐在了地上，摇头道：阿离，你这是为难舅舅啊！

阿离听舅舅这样说，慢慢地松开了双手，坐在了地上，眼泪汪汪道：舅舅，这可如何是好?

谭一马扶起阿离，脸色有些沉重：阿离，你给舅舅说实话！你这样做是不是为了孟起？你是为了孟起，才要我再铸一匹马踏飞燕，对不对？

阿离低下头，偷偷地抹了一把泪水：舅舅，我……我看他丢了铜天马后那样难过消沉，心里实在不忍！

谭一马眉头一皱：阿离，你喜欢上了孟起，这个我早就看出来了。只是他，可有说过喜欢你？你要知道，这种事情是两个人的事。

阿离听谭一马问得这么直接，脸上泛红，低着头没有说话。

看这样子，谭一马就知道自己一直以来的猜测没有错。是的，还用得着阿离亲口承认吗？知子莫若父，谭一马是看着阿离长大的，只要看她的神情就知道答案，而这样的答案已经有不少次了吧？谭一马沉思良久，终于开口说道：也罢！那我就重新开炉，试着再铸一匹铜天马。

听到这样的话，阿离顿时开心不已。她一下子跳起来扶着谭一马的胳膊笑着撒娇：太好了！太好了！我就知道舅舅最疼阿离了！舅舅，你就放心吧，您肯定能铸成的！

谭一马却是神色严肃：阿离，我答应重新铸造马踏飞燕都是为了你！虽说孟起是少有的英雄才俊，我也十分喜欢，可我们与他毕竟门第悬殊。他是名门之后，现在又是西凉军的将领，将来前途不可限量。他会看上我们这样的小户人家吗？他会娶你为妻吗？

阿离坦然一笑：舅舅，我没有想过那么多。但是，我敢肯定孟起他的心里一定有我。我只是想让他开心，让他不再消沉，其他的我也左右不了。一切随缘就好！

谭一马疼惜地看着阿离：阿离，我知道你虽为女儿身，但一向聪明豁达。只是，这毕竟关系到你的终身大事，舅舅怎么能不想这么多呢？倘若真能再次铸成铜天马，那铜天马就是我们向孟起求亲的礼物！

阿离急道：舅舅，我们不能这样！孟起于我有恩，若不是他涉险搭救，我此时还不知道身在何处呢。

谭一马叹了口气：傻孩子！孟起若能娶到你，那是他的福气！

阿离扶着谭一马坐下，舅舅，我知道您是为我好！但这种事也不能勉强，您就不要再为我操心了。我就一直陪着您，伺候您，谁都不嫁!

谭一马想要再说，阿离却把茶杯推到了他的嘴边。谭一马无奈摇了摇头，但心里已是打定主意要再铸一匹铜天马，为马超娶阿离为妻创造条件!

谭一马说干就干，凭着记忆，他一点一点地塑造泥马。阿离也主动为舅舅画出了天马图。有了阿离的天马图，舅舅的泥马出来了，模型很快也出来了。可是，铸出来的铜天马却出了问题，有几个地方根本就不像。正如他自己所说的，马踏飞燕岂是想铸就能铸得成的?

就这样，谭一马一次又一次改造、调整泥马和模型，最后灌铜水铸造，然而，三个多月过去了，铜天马仍然没有铸成。

阿离看着舅舅越来越佝偻的脊背，禁不住泪眼蒙眬。日日跟在身旁端茶递水，尽心伺候。她觉得自己真是太自私了，几次都想劝舅舅停手。可是，这个时候的谭一马却不同意了。如果刚开始只是为了给阿离谋一个好前程才要重新开炉，但三个多月过去，一次次的失败，激起了谭一马不肯服输、再铸辉煌的勇气和执念。也就是说，重铸铜天马已经成为谭一马今生今世为艺术奋斗的终极目标。

功夫不负有心人!又花了两个月的时间，一共五个月的时间，谭一马终于铸成了超越第一匹铜天马的马踏飞燕青铜像。也就是说，重铸的铜天马，无论造型的流畅，还是气势的表现，都比第一匹更精致、更豪放、更灵动、更协调。

同时，这一次谭一马还改良了铸造技艺，使自己几十年的铸造技艺有了出神入化的突破。所以，这匹铜天马逼真、洒脱、干练，真可谓鬼斧神工、巧夺天工啊。

看到自己满意的作品，谭一马长长出了一口气：没想到我谭一马这辈子还能再次铸成这样完美的马踏飞燕青铜像!真的是可喜可贺呀……

阿离看到时，更是惊喜不已。她赶紧搀着谭一马坐下，端来了一杯茶：舅舅，我怎么看着这一匹比第一匹还要好看呢!舅舅，舅舅的手艺真的是天下第一呢!

谭一马喝了一口茶，突然脸色紫红，猛咳不止。阿离连忙为他捶背：舅舅，你怎么了？

谭一马越咳越急，一句话都说不出来。咳了一会儿后，竟然“哇”的一声喷出一口血来。

阿离大惊，忍不住哭喊：舅舅！舅舅！你怎么了？

谭一马强撑着摆了摆手：没，没事。我……话未说完，嘴里又喷出了一口鲜血，脸色也由先前的紫红转成了苍白。

阿离哭着将谭一马扶到床上躺下：舅舅，你撑着点！我这就去请大夫来！

谭一马拉住了阿离的手，表情十分痛苦：阿离，我没事，我……我是想孟起……想孟起了……你……你去找孟起。我要见……见他……

阿离泪流满面：好，好！舅舅，你等着！我马上就去！阿离跑出去叫来小伙计看着谭一马，自己骑着马向凉州城飞奔而去……

马超回到军营后，也是一刻不得清闲。这一日难得空出时间，便想着回府看看父亲。骑马刚刚行到街口，远远地看见都护府门口的守卫好像和什么人起了争执，而且还围了不少百姓。于是便催着马赶上前来。

你们让我进去吧！我是孟起将军的朋友，我真的有急事找他！马超听着声音特别耳熟，立刻跳下马拨开了人群。

少将军，这个姑娘自称是你的朋友！一守卫看到了马超，马上说道。

阿离听见守卫的话，一下子转过身来。她看见马超后，眼泪顷刻间涌出了眼眶：孟起，快，快去马庄看看我舅舅！

马超从未见过阿离这样方寸大乱，连忙问道：谭师傅他怎么了？你们不是离开马庄了吗？

阿离哭着说道：舅舅他……他为了给你再铸出一匹马踏飞燕铜像来，累得吐血了！

马超听闻后顾不上再问，与阿离一起请上了大夫，然后三人两骑即刻向金繁马庄疾驰而去。好在马超的坐骑是一匹地地道道的凉州大马，所以疾驰了一个多时辰就提前赶到了马庄。而请来的大夫却远远地丢到了后边……

谭一马听到马超和阿离回来了，挣扎着想要起身。被马超赶忙上前扶住了：谭师傅，我来了！您怎么样了？

被马超扶起来靠墙躺好的谭一马脸色异常苍白，冲着马超勉强笑了笑：我又用青铜铸……铸成了一匹……马踏飞燕。我把它……送给你……

马超顺着谭一马的手势看去，发现了比第一匹更为干练、洒脱、灵动、威风的铜天马，激动地扑过去单膝跪地：啊……真的是铜天马？马超摩挲着铜天马身上的每一寸"肌肤"，兴奋得有点语无伦次了：谭师傅，你这一匹铜天马分明比第一匹更有力度、更有风采、更有气质啊！

正说着，请来的大夫到了。马超赶紧让大夫给谭一马号脉。马超、阿离着急地看着大夫，希望能从大夫的脸上看出老人家的问题大还是不大。

大夫号脉非常认真，他号了大约一盏茶的工夫，才对马超说：走，我马上开方子去。大夫说着径直走到了门外，马超和阿离追了出来：大夫，我舅舅（谭师傅）怎么样？大夫摇摇头：你们准备后事吧……大夫说完，骑上马走了……

阿离受不了这样的打击，就要倒下的时候，被马超扶住了：阿离，忍住了，不能让舅舅知道这个消息，你能做到吗？阿离明白马超是什么意思，她马上擦去了眼泪：孟起，我能做到。马超欣慰地点点头：那我们装作没事人似的进去吧。阿离点点头，调整了一下思绪，走进了屋子……

谭一马见两个人进来了，朝着马超伸伸手，但因为手无力量而垂了下去：孟起……孟……

马超听到谭一马的召唤后，马上来到了他的面前，抓起了他的手：谭师傅，你说，我来了。谭一马微笑着说：它……是你的……了……

马超看着奄奄一息的谭一马，心里难过至极，轻轻地摇了摇他的手：谭师傅，您怎么不早点告诉我？

谭一马又对着马超笑了笑，伸手摸了摸身边满脸泪痕的阿离的头：阿离，这些年……你跟着舅舅受委屈了。

阿离大恸：舅舅，阿离不委屈！你不要丢下阿离一个人……

谭一马拉起阿离的手，放在了马超手里，捏着她和马超握在一起的手，用尽全力说道：孟起，我……我把阿离……托付给……你了。你……你要……替我照顾好她……将来……

谭一马话未说完，头一低，一口鲜血喷在了胸膛上，随后两手一垂，咽下了最后一口气。

阿离趴在床头，死死地抓着谭一马的手，泪如雨下：舅舅！舅舅！你不要丢下阿离一个人啊……

马超继续握着谭一马的手，泪流满面。谭一马拼死为他铸成了马踏飞燕，这份情意，让他如何报答？

马超慢慢地把谭一马的手放进了被单里，然后拉起了扑在舅舅身上的阿离的手说：阿离，舅舅是为了我的梦想而去的。你放心吧，从今往后，我会好好照顾你的。阿离泪眼婆娑：谢谢……谢谢孟起。马超轻轻地把阿离揽在了怀里：阿离，去告诉娄叶庄主，她会帮助我们发送舅舅的。把这里交给我。阿离抬起头望着马超，使劲地点了点头：孟起，我现在就去。

阿离走后，马超看着精美绝伦的马踏飞燕，心情十分沉重。心心念念的铜天马虽然失而复得了，可是这付出的代价却是昂贵的。马超慢慢地把目光从铜天马身上转到谭一马身上：谭师傅，你放心地走吧……阿离，阿离就交给我吧……

二、我来接你

谭一马的丧事由谭家料理。谭家在谭庄也是十分显赫的家族，所以，有许多亲友前来吊唁。再加上谭一马本身又是一代铸造大师，更有很多仰慕他手艺的人闻讯前来祭拜。

阿离一身素缟，披麻戴孝跪在灵前。她已经哭干了眼泪，此时此刻，她眼神呆滞，机械地一张接一张烧着纸钱。因为从小就没有了爹娘，甚至记不得爹娘的样貌。有记忆以来，只有舅舅是她的依靠，小时候她被表姊妹们欺负，是舅舅替她出头；她被府学里的孩子孤立，是舅舅特意为她铸出一匣子的小铜人做伴；每次出外回来，舅舅都会带吃的玩的给她……

想到这些，阿离的心就狠狠地疼起来。都怪自己太自私，舅舅都已经封炉告老，准备颐养天年了，可是她却非要舅舅再铸出一匹铜天马，才累得他呕血而亡。舅舅，您扔下阿离一个人走了，在这孤独的人世间我要怎么才能活下去？哪里还会有我的容身之地？阿离红肿着双眼，纤弱的脊背更显单薄。在惨惨昏灯里，她的心如同一叶失去方向的扁舟，不知道哪里才是可以停靠的港湾。

停灵三日，第四日谭一马下葬。死者入土为安，可是活着的人却纷繁不止。阿离这三日不眠不休为舅舅守灵，撑到现在已经是极限，从墓地回来，她拖着疲累的双腿刚刚进到谭府，就有人告诉她，家主让她去前厅堂上有事。

来传话的是表妹谭春，阿离大舅的庶女。谭春比阿离小一岁，已经定了亲即将出嫁，但因为谭一马的丧事，谭府这一年都不能操办婚喜事。祖礼就是这样，谭春的出嫁便要隔上一年。这本是对亲人离世后的一种怀念和尊重，虽然谭春面上不敢说什么，可是在心里已经有了不忿之情了。现在看到阿离，就全都照着阿离发泄了。

谭春斜睨着阿离，看她还是一身的素缟，语气并不友善道：阿离表姐，家主叫你去前厅，你就穿成这样子去吗？

阿离知道这个表妹从小就不喜欢自己，原来她可以委曲求全，不管表姊妹们如何挖苦刁难，都能默默承受。但最疼爱自己的舅舅刚刚安葬，她此刻正心情郁结，哪有耐心去应付其他？便淡淡地反问：那我要穿成什么样子去见家主？大红还是大绿？

谭春可没想到阿离会以这样的态度跟她说话，噎了一下，顿时涨红了脸道：你……你……我要告诉家主去！说着跺脚转身跑了。

阿离阴郁的心情更阴郁了。她仰脸看着头顶上的一方天空，极力憋回即将决堤的眼泪。良久，才收拾好心情往前厅走去。

谭家的家主就是阿离的大舅，大家族的长房都有绝对的话语权和决策权。阿离进到前厅，厅堂里已经坐着十几位谭家的长辈，还有成年能主事的表兄弟们。阿离恭恭敬敬地向谭家家主行礼，也一一拜过了其他几位舅舅和表兄弟。

然后，便垂头默默立在下首。

阿离啊！谭家家主清了清嗓子，干咳两声道：老七已经葬了，你现在有什么想法吗？

阿离觉得大舅舅这话特别刺心，什么叫葬了？在他们心里，一个人的离世就是轻飘飘的“葬了”两个字吗？还问自己的想法，这是要发落她了吧？也好，现在舅舅走了，她本就如飘萍的命运还能再坏到哪里去呢？阿离嘴角扯出一丝淡淡的苦笑：大舅舅，我没有什么想法，一切听从您的安排。

阿离，叫家主！旁边一个威严的声音颇为不满道。

阿离侧目看去，是大表哥，谭家家主的长子，也是以后谭家的继任家主人选。此人年纪不大，却最爱装腔作势，把继承人的架子端得比他爹还足，经常鼻孔朝天、颐指气使。阿离扫了一眼大表哥，稍显倔强道：家主是谭家的主事，阿离并不姓谭，我想叫大舅舅应该更适合一些。

哼！阿离，你这是什么态度？大表哥觉得自己受到了挑衅，指着阿离极尽刻薄道：简直毫无教养！你一个孤女，是我们谭家给了你一口饭吃才长到如今，却不遵谭家的家训了？

阿离看着盛怒的大表哥，心里暗暗不屑道：原来他这么些年一点儿都没有长进，还是那个一碰就炸的炮仗呢！阿离想着小时候的大表哥，永远是一副气鼓鼓的神情，反而心情轻松起来，微微笑道：大表兄说的这话阿离可承受不起。关于教养，我自小跟着表姊妹们一起上的家学，难道是教习先生把坏的教了阿离，好教养都教给了其他人吗？

你……大表哥气结。厅堂里隐隐有嗤笑声响起。

好了！都消停下吧！谭家家主将茶碗重重按在案上，摆手制止，不耐烦听这些小辈间的斗嘴，更不愿意看着自己精心教导的接班人在众人前失态。谭家现在虽然是他主事，但其他几房也不是没有非议。没想到阿离伶牙俐齿，几句话就激得自己儿子当场出丑。他环视了厅里众人一圈，才把目光盯在阿离身上，干咳两声道：阿离，如果我没有记错，你今年已经十七岁了吧？春儿比你还小一岁，眼看就要出嫁了却赶上老七这事。你也不小了，大舅舅做主给你配一门好亲事如何？

一个年轻姑娘，当着这么多人说亲事，还要问她本人如何。阿离错愕，羞愤让她苍白的脸颊显出一片红晕，她咬了咬唇，忍住眼眶的酸涩问道：大舅舅，这就是所谓的教养吗？当着一屋子的人来问一个女孩儿对自己亲事的想法？况且您也说了，我舅舅刚刚……阿离说着流下泪来，哽咽道：自来亲事就是父母之命、媒妁之言，若我的父母健在，若我舅舅还在，断不能看着阿离受这等屈辱。

谭家众人被阿离质问，想一想也是，哪有这样直不愣登说话的？女孩儿家脸皮薄，即使是说亲事，也该请了后院主母，妇人家和颜悦色慢慢儿去问才是！

谭家家主见阿离一哭也没有了办法，又看众人脸色不善，似乎都在等着看他的笑话。此时自知理亏，也顾不得阿离刚才的无礼责问，便和缓声音对阿离道：老七走得急，也没有交代你的亲事，大舅舅也只是关心关心。长辈过问一下，怎么倒成了屈辱？

听谭家家主说得冠冕堂皇，阿离忍住悲声又问：不知道大舅舅要怎么关心？怎么过问？

这个吗……谭家家主看阿离的态度好像有些松动，料想她一介孤女只能仰仗谭家，便故意吊了下胃口，才道：你看你大表兄，老成持重又仪表堂堂，你与他又是自小相熟，我想把你……

大舅舅！阿离厉声打断谭家家主，大声道：大表兄早已有妻有妾，你这是要将阿离置于何地？

阿离，我可以休妻的！大表哥急急说道。看阿离瞪着他，又悻悻地住了嘴。

终于，有人看不下去了，冷哼一声道：老大，吃相也忒难看了点儿吧？

阿离抬眼看去，是谭家的老三。

谭家家主瞪着谭老三，怒道：老三，你这是什么意思？

什么意思？谭老三慢悠悠喝了口茶：你这么急着把这丫头强塞进长房，别以为我们不知道你打的什么算盘！

是啊！是啊！其他几个人附和，都盯着谭家家主看他接下来怎么说。

谭家家主变了脸色，气咻咻地说：你们这是胡乱揣测！

是吗？谭老三阴恻恻笑道：老大，你敢说自己不是为了老七留下来的东西？

阿离听到此处总算明白了，他们这是在打着舅舅那些宝贝疙瘩的主意。谭一马是闻名遐迩的铸造大师，亲手制作并珍藏了不少贵重的物件儿。那些东西是不是价值连城不好说，但曾经有很多达官显贵用高昂的出价来求取，都被谭一马婉言谢绝了。阿离想起舅舅有一次跟她说起的玩笑话，说要把他的东西都留给阿离当嫁妆。阿离当时还恼嗔舅舅的情景，清晰地在脑海里回放。难怪！难怪大舅舅要把自己给了大表兄，原来是为了她手里保管着的那些东西。舅舅的丧礼刚刚结束，她的孝服都还没来得及换下，他们就急不可耐的要来谋取财物，如此吃相委实难看极了！

厅里吵成了一团乱，阿离冷眼看着谭家各房的闹剧，只觉得格外讽刺。她从小就对这个大家庭没有抱过任何期望，现在已经没有了小时候的抱怨，只剩下深深的失望。阿离摇头正要转身出去，眼尖的大表哥却看到了她，大声喊道：阿离，你不准走！

谭家众人停下争吵，齐齐向阿离看来。

阿离丫头，老七留下的东西在哪里？你今天必须给我们一个交代！谭家家主又拿出了主事人的气势。

谭家其他人也盯着阿离，一个个虎视眈眈、别有用心。

阿离眉眼疏淡，目光从这些人脸上一一掠过，淡然道：我舅舅的东西，你们就该去问他要，却怎么来问我？

谁不知道七叔就疼你一个人，他的东西肯定给了你！大表哥急躁地叫道：要是我们知道东西在哪里，还用来问你……

住口！谭家家主喝住了儿子。其他人也侧目而视，对这么愚蠢的人将来继任家主产生了严重的质疑和讥诮。谭家家主忍住气，用尽量柔和的腔调，甚至还从向来不苟言笑的脸上扯出一丝笑道：阿离，你七舅舅走得突然，当时身边只有你在，他可有交代过什么遗言吗？

阿离想起舅舅的离世，愧悔而悲伤，再看一看眼前这些人贪婪而凉薄的嘴脸，她满面哀戚摇头道：没有。我舅舅什么都没有说就……

不可能！这次轮到谭老三沉不住气了：阿离丫头，你莫要在我们面前耍乌龙。老七当日受金繁马庄邀请过去时，可就带了你一个人。三年多来他都不曾回家，现在猝然死在外面，那些东西却一件都不见踪影。你敢说你一点儿都不知道？

阿离坚定地摇头：三舅舅，我真的不知道。

谭家众人七嘴八舌起来：阿离，你可不要太贪心了！

老七的东西都是值钱玩意儿，你想一个人吞了不成？

一个孤女，要不是谭家可怜你，还能安然活到现在？

……

阿离听着这些话，眉头紧紧地皱在一起，细碎的牙齿咬着下唇，再也忍不住泪水潸然道：我不知道就是不知道！我舅舅尸骨未寒，你们就这样迫不及待要强夺他的东西，根本就不念一点点亲情！

谭家家主看阿离始终不肯说出东西的所在，也失去了耐心，阴寒着脸道：我看你是打算和我们整个谭府为敌了？那就别怪当舅舅的心狠！来人，把她关进柴房里去，不说出东西的藏处不许给她饭吃。

对！就这么办。看她说不说！谭家其他人皆赞同家主谭老大的说法。

阿离惊愕地看着谭家一室人，甩开来抓她的大表哥，怒道：你们敢！我不是奴隶，你们不能私自囚禁我！

哼！我们家是我爹说了算！大表哥说着就扭起阿离的胳膊要往门外带。

“我看谁敢！”一声大喝，厅堂门口进来了一个人，阳光为他的身形照射出颀长的影子。这个人直直地向着阿离走来。

孟起，怎么是你？阿离轻呼，颤抖的声音里有了七分雀跃，更有两分委屈。

是我！马超淡淡一笑：我来接你。阿离一下子扑进了马超的怀抱，泪流满面：孟起，我以为你不理我了呢！马超拉起阿离的手，就朝着门外走去。

大表哥一声令下：来人！给我把这两个人抓起来！

门外一下子进来了十几个拿着长枪、握着刀矛的谭家家丁，堵住了马超的去路。马超一个扫堂腿，扫到了十几个家丁，拉着阿离踩着家丁们身边的空地大踏步走了出去……

谭家老大吃惊之余，大声道：快快快！千万不能让他们跑掉！大家见谭家家主发话了，都一窝蜂追了出来：站住！站住！站住……

马超带着阿离走出谭府大门，门外有他的一队军士护着辆马车，两个婢女看见阿离和马超出来，走上前行礼。马超让婢女扶着阿离上车，转身对着追出来又不敢上前的谭家人冷冷道：从今日起，阿离再不与你谭府有任何关系，若以后再生事端先来问过我马超愿不愿意！

谭家老大一听“马超”这个名号，吓了一跳：你是西凉军副帅马超将军？马超点点头：对！错了包换！

谭老大马上对身后的大家说：还不快来恭送马将军？大家一看这阵势，早就吓得腿肚子转筋了，一个个马上恭恭敬敬地排列在了谭老大两边……

谭老大带着阖府众人给马超行礼。随后谭老大说：先前我们不知道马将军的身份，看将军进堂要带走阿离，我们都出言不逊……请马将军原谅则个！

阿离的大表哥见父亲谭老大这样，突然跳了出来：既然是马将军，就得留下个说法。我七叔价值连城的宝贝在阿离的手里，马将军什么时候交还给我们呀？马超闻言转过身迎了上来：你说什么？谭老大知道马超的厉害，拉了一下谭家未来的家主：你胡说什么呀？

谁都没有想到，阿离的大表哥会吃了熊心豹子胆：马将军，我七叔临死之前，一定把藏宝的地点告诉了阿离，她只要把藏宝地点告诉我们，那你就带她走。

马超狠狠地抽了大表哥一个嘴巴：小子，这一个巴掌是我替你七叔打的！你七叔已经走了，你居然还敢说什么“临死之前”，一点点礼数都没有！对方的一边脸马上就肿起来了……大表哥见马超出手如此凶猛，吓得再不敢吭声了。马超又反抽了大表哥一个嘴巴：这是我替阿离打的！你完全是说白倒黑，你七叔弥留之际，我就在跟前，你七叔根本就没有来得及说话就走了！

谭老大马上按住大儿子跪在了马超面前：还不赶紧给马将军认错？你要找死吗？谭老大马上给马超作揖：马将军，逆子确实不懂礼数，就请将军看在我外甥女阿离的面子上，饶了他吧。

谭家老少当然知道马超的威名和厉害了……同时他们还知道，而今马腾奉诏去打仗，少将军马超已经以副将的身份接任了西凉军，正是少年健勇之士。他们谁也想不到，阿离这个孤儿居然跟马超相熟到了此种程度，还亲热地称呼马将军为“孟起”。于是他们的心里就打起了小九九，如果阿离成了马超夫人，那他们岂不就成了马超将军的亲戚了？现在又见未来的家主血流满面，都觉着非常解气。尤其是谭家老三，更觉着心情舒畅。于是，他带着谭家人纷纷过来跪在了马超的面前。

谭家老三拱手对马超说：马将军，既然你把阿离接走了，以后我们就是亲戚。所以，我们谭家请马将军你大人大量，不要和小孩子一般见识。还有，请马将军问问阿离，还有什么要带的，我这就给她拿去。

马超见谭老三这样说，就转身看着阿离柔声道：阿离，还有什么东西要带走吗？

阿离静静地看着跪在马超面前的谭府众人，摇了摇头：没有了，孟起，我们走吧！说完她轻轻地放下了车帘。舅舅不在了，这个大宅子里已经没有值得她留恋的东西了。

马超没有给谭家人打招呼，翻身上马，一骑当先地带着阿离离开了谭府。

转眼之间，阿离到马家已经一个月了。在短短的一个月时间里，阿离的温婉贤淑很快赢得了都护府里丫鬟仆人们的喜爱，更赢得了刚刚回营的马腾这个大家长的肯定。马超接了阿离来府里的事，起先马腾在外面打仗并不知道，现在他通过夫人已然知道了这件事。你把人家的姑娘接进自己家来住，这是怎么回事？提出问题后，马腾又觉得这不像是儿子的性格，马超并不是一个轻浮的人。

经过询问，马腾才知道马超在金繁马庄时，受到过阿离的照顾，她舅舅谭一马就是为了给马超铸造铜天马才丢的命。谭一马临终之前还将阿离托付给马超照顾……

知道了事情的原委和阿离的身世后，马腾非常同情阿离。自馨儿去世后，难得马超还能重打精神照顾另外一个女孩子，马腾觉得这是一件好事，应该鼓励。等见过阿离后，马腾更是喜欢上了这个知书达理的女孩子，便默许府上众人接纳阿离，并称呼她为阿离姑娘。

一开始，马超还担心阿离在府里住不惯，后来见她和府里的人处得很好，也就放心了。闲暇时，两个人也常常在一起聊天、下棋。

府里的人见少将军对这个阿离姑娘虽然没有过分亲昵的举止，但却是客客气气，看着也是十分和谐，遂对阿离更加尊敬。渐渐地连称呼也变了，由刚入府的“阿离姑娘”，改称为现在的“小姐”了。

少将军？小姐？阿离每次听到这个称呼，也只不过一笑了之，并不多想。

她知道马超心里还有放不下的人和事，但她也不会因此伤神。世间事，人间情，哪一样都无法预见。能这样长伴左右，已经足够。

三、女生外向

这一天，马腾又一次接到天子诏令，要他去扶风一带剿灭黄巾余孽并追回铜天马。马腾用了一天时间调兵遣将，翌日就要率军出发。夜间，马腾唤了马超前来书房说话。父子二人自相认以来，因为种种事由也是聚少离多，现在父亲又要去征战，马超颇为不舍。

父亲！马超看着心事重重的马腾，想到又要暂别有点感伤，更多的则是担心：您是担心铜天马追不回来吗？没事，要是追不回来，我们可以再……马超想把另一匹铜天马的事告诉父亲。虽然自己很舍不得，虽然还搭上了谭一马的性命，可是看着父亲烦忧，他想忍痛割爱。

马腾叹气打断马超，摇头苦笑道：铜天马能否追回倒不打紧。

马超不解：那父亲为何愁眉不展？

唉！马腾长叹一声：孟起，朝廷乱象渐生，短短半年就更换了两位皇帝，且都是稚龄即位。上一位与你同年，只坐了四个月龙椅就被废黜。现在的新皇更小，只有九岁，还是贪玩胡闹的年龄。天子弱小无势，朝内外戚与宦官争权，朝外有黄巾为祸，天下大乱啊！这才是为父真正担心的地方啊！

这一年，先皇驾崩，弘农王临朝仅四个月被废，陈留王即位新帝……这都是震动朝野的大事，马超岂能不知。眼下看父亲为此忧心，也不知道该怎么为他解开愁烦，只能跟着默默无语。半晌，马超忽地站起来，握了握拳道：父亲不必烦闷，不如让儿子也随同您去出征。朝内的事咱们够不到，但清剿乱贼也是为社稷出力啊！

马腾抬头盯着马超的脸孔，儿子年轻的面容上满是坚毅。曾几何时，自己也是如此的踌躇满志、热血慷慨啊！马腾舒展了眉宇，走到近前拍着马超的肩膀，笑道：超儿，你能这样，为父很是欣慰。你说得对，做好眼前的事比什么都重要。但是，你还是按先前定好的计划镇守西凉府，为父自己率军去就好了。

可是，儿子想去见识真正的战场！马超双眼里充满着希冀的光芒。

马腾摆手：不可！为父已经派人去金城联络韩遂将军，这次务必将流窜于河西至长安一带的乱贼一网打尽。此去，战事时日必然冗长，而我西凉府还有匪患未除。马腾见马超听得认真，语重心长道：留你在这里，也是多重考虑。为父这一走带走西凉军的大半兵马，难保有人不会趁机作恶，那耿鄙伟康啸聚龙首山十余年，贼心不死，不得不防。还有你的少年军，河西道上的商旅全靠你们维护，这也是把你留下来的理由。

父亲说的都是实情，马超再不纠结随父出征的事，点头应道：儿子明白了，父亲不必忧心。我一定会把西凉府守好，等父亲凯旋。

好！马腾相信儿子的本事，这两年亲眼看着他成长，马腾对马超充满了信心。但还是忍不住谆谆告诫：孟起啊！为父对你寄予厚望，知道你做事沉稳，但留守西凉责任重大，遇事千万慎重再慎重，仔细再仔细。不可自恃少将军的身份骄矜，要多向军中老将请教，及时向太守大人禀知军务。

马超一一答应，看父亲张了张嘴，似乎还有话要说，便问道：父亲可是还有事叮嘱儿子？

马腾欲言又止，最终什么都没有说，看时辰已是深夜便让马超回房休息。马超告退出门，带着一点疑惑自去安歇。马腾翻来覆去，就是睡不着。其实，马超并不知道他父亲还有一层顾虑没有告诉他。那就是马腾留下他，是为自己和西凉军坚守大后方留的一条退路。皇室争权名存实亡，权奸挟天子以令诸侯，今日不知明日事，倘若天下异动，他可以随时退守凉州。

唉！马腾辗转反侧，长长地叹了一口气。

与此同时，龙首山的匪巢里却是一片欢腾……

耿鄙伟康知道了马腾要离开西凉府出征的消息后，欣喜若狂。他立即吩咐，大摆酒宴。

席间，耿鄙伟康几次拊掌大笑：真是老天有眼！马腾一走，我们拿下西凉府易如反掌！众匪徒齐声欢呼：龙王爷高见！龙王爷高见！

在欢呼的土匪头目中，只有三虎当中的西北虎举着酒杯忐忑：龙王，虽说马腾离开了西凉府，但听说他的儿子马超已经接替他掌管了西凉军，还有那帮子少年军。无论是马超还是少年军，都不好对付呀！

耿鄙伟康听了后，脸上显出了不悦之色：我龙首山几万大军难道都是草包吗？他一个毛头小子能翻出什么大浪？以前是我们大意，才吃了大亏。这一次，定要将他的脑袋取来！

西北虎见耿鄙伟康不高兴，也不敢再多说，只赔笑道：龙王说的是。只不过他现在手里有西凉军，我们还是小心些为好！

其余两虎因为东北虎的死，对马超十分忌惮，便也跟着附和西北虎的说法：对呀龙王爷，我们还是小心为妙！小心为妙呀！

耿鄙伟康喝了一口酒，想了想说：马腾出征必然带走西凉军精锐，留下来的难道不是老弱病残？既然如此，那就派人严密监视马超的一举一动。倘若那小子有什么异动，立刻来报！

三虎连忙称是，立即吩咐了下去。

这一夜，大小土匪头目尽情欢乐，不少土匪喝得东倒西歪，半夜了都不肯散去……

耿玉蓉自从上次回来后，就再没有出过龙首山，心情一直很糟糕，好像看什么都不顺眼。土匪小喽啰一不小心就会成为她的出气筒，轻者破口大骂，重者脚踢拳打。所以，喽啰们见着她都会远远地躲开……

现在，她躺在床上听到外面嘈杂不休，顿觉火气冲天，抓起枕头扔到了案几上，砸得茶壶茶杯碎了一地。丫鬟小楠听到动静，赶紧跑了进来：小姐，你怎么了？是不是又睡不着了？

耿玉蓉十分烦躁：外面吵成这样，让我怎么睡呀？

小楠一边打扫地上的碎片，一边说：小姐，你再忍忍吧！龙王今天非常高兴，可能酒宴很晚才能散。

耿玉蓉没好气地说：他能不高兴吗？今天抢这里，明天抢那里。今晚是不是又和那三只假老虎商量着要去哪里再抢了？

小楠连忙丢下手里的东西，走到耿玉蓉床前：小姐，你可别这样说了！要是让哪个姨娘听到，又要到龙王跟前告状了。

耿玉蓉鼻子里“哼”了一声：告就告！最好是把我给杀了。反正也不会有人喜欢我这个土匪窝里的大小姐！

小楠急道：小姐，你怎么又胡说？龙王其实还是很疼你的。上次我们偷偷跑出去那么久，龙王都没舍得罚你！

耿玉蓉神色哀伤，把头埋在膝盖上：他再疼我有什么用？他终究是土匪头子，我也改变不了土匪窝里的大小姐身份……

小姐！小楠又急急地叫了一声：你别再说这些话了，龙王知道了又要训斥你了！

小楠见耿玉蓉半晌不说话，又劝道：小姐，你还在想着那个马超吗？他那么对你，你就不生气吗？你别再想着那个可恶的马超了。

耿玉蓉吸了吸鼻子：我有什么资格生他的气？他没杀我这个土匪窝里的大小姐就不错了。

小楠扶着耿玉蓉躺好，接着又说：土匪的女儿怎么了？过些天龙王打下凉州城当上了西凉府的太守，那你就是官家小姐了，看他马超还敢不敢嫌弃你！

耿玉蓉听到这里，“噌”地一下坐了起来：你说什么？我爹爹要去攻打凉州城？

小楠被耿玉蓉吓了一跳，声音有些结巴：我，我也是刚才在外面听别人说的。他们，他们说那个马腾走了，龙王决定起兵下山攻打凉州城。

耿玉蓉坐不住了，慌忙下床穿起了衣服。

小楠拉住了耿玉蓉：小姐，这么晚了你要去哪里呀？

耿玉蓉急切地说：我要去问个清楚。如果是真的，我让他放下念头，这凉州城打不得！小楠吃惊地问：小姐，这凉州城为什么不能打呀？

龙首山有那么多兵马，要是打起来，马超会被他打死的！耿玉蓉说着便穿好了衣服，抬脚就要出门。

小楠急忙拉住她：小姐，你不能去！要是让龙王知道你喜欢马超，他会罚你的！再说了，马超又不是真的小马倌，他可是有兵有马的少将军，龙王能那么轻易杀了他吗？

耿玉蓉充耳不闻，推开小楠：你不懂，本来我爹爹和马超家里就有仇，再让他们打起来，以后我们就更难相处了。

小楠跺脚叫道：我的小姐啊！你这是什么打算？难道还真想嫁到凉州城，给马超当媳妇儿去吗？

耿玉蓉望着小楠呆住了……半晌蹙眉道：恐怕人家根本就不会要一个土匪出身的女子吧？哎呀，我不管！总之我一定要阻止爹爹攻打凉州城。

小楠拦不住，只好跌跌撞撞地跟着耿玉蓉跑出了房门。

耿鄙伟康喝了不少酒，在贴身随从的搀扶下摇摇晃晃地走出了龙王堂。刚走进后宅，就看见耿玉蓉急匆匆地朝他跑来。耿鄙伟康只好站在了：这丫头怎么还没有睡呢？耿玉蓉跑到跟前，扶住了耿鄙伟康的胳膊：爹爹，你真的要起兵攻打凉州城吗？

耿鄙伟康醉醺醺地揉了揉眼睛：玉蓉，别闹了。爹喝醉了，要回去休息了！

耿玉蓉索性抓紧耿鄙伟康胳膊，使劲摇晃：爹爹，你快醒醒酒！你不能攻打凉州城！

耿鄙伟康本来醉得也不深，听到耿玉容的话，一下子清醒了几分，甩开耿玉蓉的手，怒道：住口！你知道你在说什么吗？不在闺房里学些女孩子家该学的东西，半夜里跑出来胡言乱语，成何体统？

耿玉蓉从小被耿鄙伟康娇惯，此时自然不会怕他，挡在走廊中间耍起了脾气：我没有胡言乱语！反正我不许你攻打凉州城。

耿鄙伟康气得不轻，指着耿玉蓉呵斥：放肆！这种事情是你一个小姑娘家能指手画脚的吗？还不快回房里去！

小楠赶紧跑上来拉住了耿玉蓉：小姐，别说了。快回去吧！

耿玉蓉一把推开小楠，冲着耿鄙伟康嚷道：你要是伤了马超，我就不认你这个爹了！

马超？你说什么？你再说一遍！耿鄙伟康听到这里越发生气，满脸怒气地盯着耿玉蓉。

耿玉蓉见情急之下说漏了嘴，连忙捂住嘴巴直摇头。

这可把一旁的小楠吓坏了。她一边拉扯耿玉蓉，一边向耿鄙伟康赔笑：龙王，小姐她说胡话呢！你别生气，我这就送她回房睡觉！

站住！耿鄙伟康这时候酒全醒了，阴沉着脸喝道：把话说清楚，到底怎么回事？

耿玉蓉心一狠，再次推开小楠站在耿鄙伟康面前：爹爹，你不能跟西凉军打仗，不能跟马超打仗！

耿鄙伟康脸色越发难看：你为什么不让我攻打凉州城？我为什么不能和马超打仗？你认识马超？

耿玉蓉还没开口，小楠却抢着回答：不认识！小姐她不认识马超！

滚开！小楠被耿鄙伟康狠厉的眼神吓得一身冷汗，磨蹭着退到了一边。

耿玉蓉仍然一脸的倔强，但口气到底软了下来：你不用管我认不认识马超，反正你不能攻打凉州城！

耿鄙伟康冷哼一声：小丫头，你爹我想要干什么，还没有人能阻止！马超是怎么回事？你老老实实地给我说清楚！

耿玉蓉也跟着“哼”了一声转过头去，不再理会耿鄙伟康。她知道耿鄙伟康一向宠她，只要她不说，她的龙王爹爹也不会对她怎么样。

耿鄙伟康确实拿耿玉蓉没有办法，但他却打发人把跟着耿玉蓉溜出山的那两个随从绑了来。一顿鞭打后，两个随从哭爹喊娘、皮开肉绽，把耿玉蓉如何认识马超，如何纠缠马超的事统统说了出来。

已经回到房间的耿玉蓉听到消息，来到了龙首山的悔改室，气得猛踹那两个随从：两个废物！一顿鞭子就把本小姐出卖了！

混账！耿鄙伟康拍着案子一声怒喝：给老子滚出去！

耿玉蓉虽然骄纵，但见耿鄙伟康大发雷霆，也不敢再放肆，只好嘟囔着收回了脚。

耿鄙伟康恼怒至极，走到耿玉蓉跟前骂道：混账东西！你知道马腾父子和老子有多大仇吗？你纵然再任性妄为，也不该和马超纠缠不清。你可以喜欢任何人，就是不能喜欢马超！如果你再跟马超纠缠不清，你就不是我耿鄙伟康的女儿！

耿玉蓉依然嘴硬道：我就是喜欢马超！我就要下山找他！

耿鄙伟康气得把茶杯往地上一摔：你这个混账！你再敢下山找他，我就打断你的腿！我就不认你这个女儿！

耿玉蓉也红了眼眶，梗着脖子嚷道：谁稀罕做土匪的女儿？要不是因为你，马超也不会嫌弃我！我问你，你为什么要当土匪？

“啪！”重重的一记耳光落在了耿玉蓉脸上。

耿玉蓉趔趄着坐倒在地上，脸上火辣辣地疼。她捂着脸哭出声来：打吧！你干脆打死我好了！反正我就是个没人疼、没人教的混账东西！

耿鄙伟康气极之下打了爱女，本就有些后悔，又听她说出这些话，心里越发不是滋味，便连连跺脚叹气：玉蓉，你实在太让我失望了！爹爹一向最疼你，你居然这样忤逆爹爹！

耿鄙伟康说完叫进来两个守卫：把大小姐带到她的房中关起来！没有我的允许，任何人不得放她出来！

小楠跑过来哭着求情，却被耿鄙伟康一脚踢翻在地。

两个守卫把耿玉蓉拉到房中关了起来。任凭耿玉蓉如何踢打房门，都没有人敢放她出来。

三天后，小楠悄悄溜进厨房偷来了一只烤鸡和一坛酒。

看守耿玉蓉的两个土匪看着烤鸡直流口水：小楠，你还真有心！大小姐一定喜欢吃烤鸡！

小楠眼珠子滴溜溜地转，笑着说：两位大哥辛苦了！这是我专门给你们准备的。

其中一个土匪立即警觉：小楠，你不会是想贿赂我们吧？龙王的命令谁敢违抗，要是放走了大小姐，我们都得吃不了兜着走！

小楠嘻嘻一笑：我哪敢哪！你们就放心吃吧，我只在门外和小姐说几句话。再说了，你们两个人不还在这里看着吗？

两个土匪犹豫了半天，最终还是禁不住烤鸡美酒的诱惑，答应了小楠在门外和耿玉蓉说几句话。两个人抱着烤鸡美酒到一旁自顾自地吃喝起来！

耿玉蓉听见小楠的声音，赶紧来到了门口，隔着门缝看见了小楠：小楠，你怎么来了？你伤得严重吗？我爹踢你的那一脚可不轻啊！

小楠急忙说：小姐，我没事。你放心吧！倒是你，你都三天没有吃东西了！小楠说完就从口袋里掏出了三个鸡蛋顺着门缝递了进去：小姐，快吃吧。

耿玉蓉确实饿得没了力气，本打算用绝食来要挟她爹，可耿鄙伟康是铁了心要断了她对马超的念头，所以处罚她不让她吃饭的时限也是三天。

耿玉蓉一边吃着鸡蛋一边沮丧地说：小楠，看来我爹是不会放我出去了。他要是真的起兵攻打凉州城，我和马超就真的成了永远的敌人了……

小楠忍不住心疼：小姐，你真傻！就算龙王不攻打凉州城，马超他也不会喜欢你的。

耿玉蓉黯然道：我知道他不会喜欢我，可我就是忘不了他。要我看着他和我爹开战，还不如让我死了算了！

小楠看她这样伤神，实在不忍。虽然耿玉蓉跋扈任性，脾气暴躁，可对她却是很好的。自己很小的时候就被土匪抢上山，一直跟着耿玉蓉，和她一起长大。

想到这里，小楠压低声音说：小姐，晚饭的时候我再来。我想办法救你出来！

耿玉蓉一听，顿时来了精神：真的？你有办法？

小楠悄声说道：你放心，我会有办法的！

耿玉蓉高兴极了，满眼期待地看着小楠。

……

晚饭时分，守卫耿玉蓉的两个守卫见小楠又送来了肉食，一点也没犹豫，接过来，就到一旁吃了起来。

小楠又顺着门缝给耿玉蓉送进去三个鸡蛋，然后对着门缝压低声音：小姐，你准备好了吗？

耿玉蓉使劲点点头：嗯，准备好了！你想到什么办法了？

小楠神秘地一笑，转身望了一眼在一旁大吃二喝的两个守卫：小姐别着急，再等一会儿！

耿玉蓉不解，只得耐着性子等。

过了一会儿，只见两个守卫吃饱喝足后，靠着墙根慢慢倒下，昏昏沉沉地睡了过去。

小楠上前踢了几脚，两个守卫一点反应都没有。

小楠立刻从他们身上找到钥匙，打开了房门。

耿玉蓉大喜，拿起一个包裹出了房门。她拉着小楠的手说：小楠，我跑了以后我爹肯定会打你的。我们一起走！

小楠把一包吃食交到了耿玉蓉手里：不行，两个人目标太大不容易跑。小姐，你放心去找马超吧，龙王不会把我怎么样的，最多就是打我几下出出气罢了！

耿玉蓉眼睛里泛起泪花，抱了抱小楠后，偷偷溜出了龙首宫。

路上巡逻的土匪们明知耿鄙伟康有令，但也不敢阻拦耿玉蓉。等到他们把大小姐逃跑的消息报给耿鄙伟康的时候，耿玉蓉早就骑马冲出了龙首山的“一线天”。

耿鄙伟康得到消息后大怒，只能拿两个守卫和小楠出气，把三个人狠狠地打了一顿。

四、误会重重

马腾离开西凉府后，把西凉军交给马超，由老将军田金泉辅助。

虽然军中事务有田金泉老将军操心，但马超依然感到压力颇大。每日忙忙碌碌，奔波于军营和府衙之间。阿离默默地尽心照顾，并帮着马超打理府中杂事，使得马超轻松不少。

清早，马超正在院中习武，有守卫来报：少将军，以前那个姑娘又来了，称有万分火急的事要见你。

马超眉头一皱，吩咐守卫：不见。以后她若是再来，直接打发走就是，不用向我通报！

守卫得令后，推推搡搡撵走了满脸疲惫的耿玉蓉。

耿玉蓉连夜逃出龙首山，现在已是又累又饿。再被守卫这么一推搡，忍不住怨愤：真是好心当成了驴肝肺！活该让我爹爹踏平西凉府！

嘴上虽这样说，可终究还是放不下对马超的痴情，胡乱地在街上转悠了半天后，找了一处离都护府很近的客栈，把自己安顿下来。

耿玉蓉在暗处一直注意着都护府，几次看见马超从外面回来，但门口的守卫根本不让她靠近都护府。耿玉蓉非常生气，也非常着急，不知道她爹哪天就会带兵杀进凉州城，可马超连一点防备也没有，到时候肯定会吃亏。她怎么才能把这个消息告诉马超呢？

就在她万分焦灼的时候，却发现了一件令她更为生气伤心的事。马超的府里竟然还住着一个姑娘，模样儿端庄温婉，比那个馨儿还要好看。每天都会在府门口迎送马超，马超对她也十分的温和、客气。

耿玉蓉感觉心口像扎了一把刀子，疼得异常尖锐。他对别的女孩子都那么好，那么温柔，为什么连见自己一面的机会都不给？哪怕是冷言冷语也好，最起码我可以在跟前看看他，可以把爹爹要攻打凉州城的消息告诉他！他就真的这样讨厌我吗……

明明生气难过，却依然做不到决然离开。

耿玉蓉强迫自己冷静下来，无论如何都要把这个消息告诉马超，可有什么办法才能接近他呢？正想着，忽然看见住在马超府里的那个姑娘独自一人出了都护府。耿玉蓉心思一动，转身跑进客栈，弄了一身破烂的衣服穿在身上，把自己打扮成了乞丐模样。

耿玉蓉在街上很快就找到了阿离。她一直悄悄尾随，就在阿离从一家绸布店里出来时，耿玉蓉假装晕倒在了阿离的跟前。

阿离看见一个衣衫褴褛的姑娘晕倒，连忙上前搀扶：这位姑娘，你没事吧？

耿玉蓉呻吟道：哎哟，我好难受啊！

阿离小心地将她扶起来：姑娘，你哪里不舒服？是不是生病了？

耿玉蓉装得十分虚弱：我没事，就是几天没吃东西了，浑身没劲。

阿离听了后，见跟前有个卖包子的，便赶紧把她扶到了包子店里，买了一笼包子。

耿玉蓉吃了两个包子，说话也有了力气：这位姐姐，谢谢你了！

阿离笑着摇摇头：不用客气。你快吃吧，吃饱了我送你回家去！

耿玉蓉听到这话，眼泪汪汪地说：姐姐，我没有家，我是个孤儿，只能到处流浪！

阿离心地善良，并未怀疑耿玉蓉。又见她是一个小姑娘，虽然衣衫褴褛但面容清秀，心里越发的怜惜。她想了想说：小妹妹，你一个人流浪街头太危险了，要不你跟我走吧？

耿玉蓉一听，喜笑颜开：真的吗？姐姐真是个大好人！

阿离笑着拉起耿玉蓉的手：嗯，我也是个孤儿。我叫阿离，以后你就跟着我吧！

耿玉蓉表现得很感动，高高兴兴地跟着阿离进了都护府。

都护府的守卫见是阿离带来的人，便没有仔细查问，再加上耿玉蓉披头散发，浑身破破烂烂的，根本就没有认出她就是三天两头来府门口纠缠少将军的耿玉蓉。

耿玉蓉打量着都护府里的景致，故意说道：阿离姐姐，原来你是个官家小姐！你家里可真阔气！

阿离稍微一愣，微笑着没有说话。

阿离把耿玉蓉带到自己的房间里，看着梳洗打扮后的耿玉蓉，赞叹道：妹妹真是个美人呢！哦，对了！我还不知道你的名字呢！

耿玉蓉犹豫了一下，笑道：我叫小蓉！

阿离点点头：小蓉，你就留在我房里吧！

耿玉蓉自然是十分乐意，跟着阿离或许很快就能见到马超了！

二人正在说笑间，就听见有脚步声朝着阿离的房间走来。阿离笑容更加柔美，转身迎到门口：孟起，你来了！今日怎么没有去军营？

孟起？耿玉蓉禁不住心头一跳，难道他们已经都这么熟了吗？

今日不去军营，我想带你去骊轩城给我外公贺寿。我还……看到阿离房中的耿玉蓉时，马超止住了话语，脸上隐去了笑意。

阿离见他话未说完，一边倒茶，一边笑着追问：你还什么？怎么不说了？

抬起头来，却看见马超冷漠地盯着小蓉。阿离有些纳闷，正要开口询问，却听马超冷冷地说：耿玉蓉，是谁让你进来的？

阿离惊讶地望了望耿玉蓉，连忙问：孟起，你们认识？她叫小蓉，是我看她无家可归挺可怜的，才把她带到府里来的。我是想……

无家可归？马超打断了阿离的话，冷笑道：她怎么会无家可归？龙王耿鄙伟康的家不小呢，整个龙首山都是他们家的！

阿离大惊：耿鄙伟康？她是耿鄙伟康的……

耿玉蓉脸色难看，咬了咬嘴唇说：是，我是耿鄙伟康的女儿。我叫耿玉蓉！

阿离看看马超阴沉的脸，又看看耿玉蓉委屈巴巴的样子，一时竟不知道该说些什么。

马超面色不善道：你装可怜骗了阿离，混进我家来又要做什么？

耿玉蓉梗着脖子：我承认骗了阿离，可是我要不装可怜连你的面都见不到。我找你有要紧事……

你能有什么要紧事？马超截断耿玉蓉，语带嘲讽道：是又在哪里做了坏事被人追杀？还是你的土匪老爹又要娶小妾了？

马超你混蛋！耿玉蓉哪里受得了马超的冷嘲热讽，指着马超怒骂。

马超更怒，俊脸阴得能滴出水来，他暗沉沉地道：耿玉蓉，你再说一句试试！

耿玉蓉被马超镇住，咬着唇不敢回嘴，只是涨红着脸，眼眶里有泪花盈盈。

阿离是何等的聪慧，她此刻已经看出了他们之间的端倪。这个耿玉蓉应该是喜欢孟起的！便上前拉住马超，把他按坐下来，又去劝解耿玉蓉。

片刻的沉默后，马超冷淡地开口：耿玉蓉，这里不是你该来的地方。请你出去！我以前说过，他日再见，你我就是敌人！

马超说完后，拂袖而去。

耿玉蓉依然咬着嘴唇，眼泪却不自觉地流了下来。

阿离一时语塞，是该劝她别伤心，还是该立即赶她走？

耿玉蓉忽然哽咽着趴到了案上：我是土匪的女儿，我知道你们都看不起我，厌恶我！可……可我也不想这样！

阿离怔了怔，轻声问耿玉蓉：你假装成孤女跟我进都护府，真的只是为了见他一面吗？

耿玉蓉慢慢抬起头，泪流满面：我偷着跑出来就是想见他，我没有恶意！也不会害他！我还有重要的事想跟他说。

阿离微笑：那能不能让我知道是什么要紧事？或者我可以代你跟他说。

不，不用了。耿玉蓉想都没想就一口回绝：其实。其实也没什么事。她低头回避着阿离的眼神，心里暗忖，若是说与阿离让她转告，自己还能再见到马超吗？他可能就会更快赶走自己了。

阿离再没有说话，看情形耿玉蓉也不像是真有事要找孟起，应该就是小姑娘家找借口想赖在他身边吧？阿离这样想着，静静地看着耿玉蓉哭了一阵后，轻声叹了口气，转身出了房门。

马超正在都护府签批各地报上来的文牍，阿离突然走了进来。马超交代道：阿离你收拾一下，我们去骊靬城。今日是我外公的六十大寿！

阿离望着马超：可那个耿玉蓉……

马超生气地打断了阿离的话：让她走。她是耿鄙伟康的女儿，我们马家和他们家是死对头！

阿离淡淡地说：孟起，我看耿玉蓉的年纪比你还要小一些。做不做土匪的女儿，也不是她自己能选择的，耿鄙伟康自是作恶多端，可我看耿玉蓉对你并没有恶意。她对你的心思，你难道一点也感觉不出来吗？

马超没想到阿离会说这些话，便接上道：她对我有什么心思我不知道，也不想知道。你只要知道我的心思就好，我和她之间，永远不会发生什么！

这下又轮到阿离愣神了，这是在向她解释？还是在向她表明心迹？

看到阿离的神色，马超这才后知后觉，自己怎么说出了这样的话？

一阵子，两个人都默默不语。过了半晌，阿离又缓缓说道：耿玉蓉说她只是想见你，没有恶意，还是偷着跑出来的。我看她哭得伤心，不像是在说谎，要不让她待两天再走？

见马超没有回答，阿离接着又说：人生一世，难免会遇到这样或那样的纠葛。无论好事、坏事，都会如流水一般静静地过去。任何时候，宽容都要比计较更能使人受益。耿鄙伟康干的那些恶事，我们也不能怪在他女儿身上。等我们从骊靬城回来，打发她走就是了！

马超早就知道阿离聪慧豁达，但如今这番话还是令他感到非常意外，连男子都未必能有她这样的胸襟！

马超犹豫了一会儿，看向阿离：好吧，就让她暂时留下吧！

阿离轻轻一笑：孟起，要不我带着她吧，她说有要紧的事情，我担心她真有事呢！……谢谢孟起。好的，我这就去收拾一下，别误了你外公的寿诞。

耿玉蓉听说马超不但同意她暂时留下，而且还要带她去骊靬，非常高兴。当然了，这高兴中更多的则是失落和嫉妒。马超本是那样地厌恶她，却依然肯听阿离的劝说，让她留下。这个阿离在他心里的位置一定很重要吧……

马超看着耿玉蓉和阿离一起上了马车，忽然冷着脸问耿玉蓉：你不是跟守卫说有要紧事才来找我的吗？你的要紧事是什么？

耿玉蓉的内心正在被妒火煎烤着，看到马超的冷脸越发生气，眉毛一挑：跟你无关！

马超鼻子里冷哼一声，转过头再不理会。

一路上，耿玉蓉有几次都想把耿鄙伟康决定攻打凉州城的事告诉马超，可马超连正眼都不曾瞧她一下。每每看到他对阿离照顾有加、有说有笑，耿玉蓉的心里就有说不出的生气和难受。两个人都耍小孩子脾气，一个不让一个，耿玉蓉愣是把这十万火急的大事压在了心底。

五、拜寿

耿鄙伟康手下的第一谋士东北虎为抢劫官仓死于骊靬后，他重新招募了一名军师。此人姓苟，叫苟兴，是正宗土匪出身。多年前便在河西道上为匪，在一伙小土匪当中充当军师出谋划策，专做劫击往来客商、抢掠不义之财的勾当。随着少年军的清剿，小股散匪渐渐没有了活路，这帮子人做惯了不劳而获的抢掠营生，已经不事生产，做不来安分守己的良家子弟。如果做一个名副其实的土匪，就必须有对付官军的本事。比如龙首山，占据着地势险要，就能存在下去。所以，苟兴一直想着如何能和龙首山拉上关系。这一天，苟兴所在的土匪团伙被龙首匪兵击败，苟兴趁机投靠耿鄙上了龙首山。

耿鄙见苟兴有几分智谋，便将他提为军师予以重用。至此，他在龙首山有了一席之地。

苟军师上了龙首山，为耿鄙出了一个釜底抽薪的主意，就是派人拿下金繁，将金繁马庄给西凉军繁育的凉州大马，秘密送进龙首山。之后，围绕拿下金繁及其金繁马庄的一系列计划在荀军师的指挥下顺利展开。惶惶不可终日的丧家之犬董尔权改名董梧田后，被耿鄙伟康派到了金繁马庄。董梧田在王青山的帮助下，很快在金繁马庄立住了脚。紧接着，巧妙地通过金繁的妻子娄叶给金繁下毒，毒死了金繁。董梧田达到目的后，摇身一变变成了金繁马庄的新庄主。

董梧田用卑鄙手段拿下金繁马庄后的一年时间里，金繁马庄的凉州大马已经培育出了好几千匹，经由董尔权的手连续送进了龙首山。令耿鄙伟康惋惜的是，由于董尔权贪心不足蛇吞象，再加上做的坏事太多了。所以，劣迹很快败露，不但拱手把金繁马庄还给了金繁的妻子娄叶，而且还搭上了卿卿性命。

想到此，耿鄙由不得不气恼，要不是董尔权那厮贪得无厌，去当什么狗屁御马监史，能那么快暴露吗？坏了爷的大事不说，还把自己也作死了，真是小家子奴才出身！如果再等上我耿鄙一阵子，待我踏平凉州城，当上西凉府太守，还少了你董尔权的一席之地不成？

荀军师也深有同感，他精心制定的计谋毁在董尔权手里，就为那董梧田贪图小皇帝给他的一个不入流的官位。简直死有余辜！荀军师不但赞同耿鄙的说法，而且又献上了奸计：龙王放心！既然凉州大马秘密转运不成，咱们就去明抢。

明抢？耿鄙不解，皱眉问：怎么个明抢法？

荀军师捻着山羊胡，奸笑道：龙王你想，如今马腾远征，西凉府正是空虚之时。即便有个马超在，纵使再英勇善战，那也不过是一个十几岁的小崽子，还能强过他老子去？

耿鄙点头：这倒也是。

荀军师继续道：龙王有所不知吧？再过几日便是骊靬县令胡川的六十整寿，听说胡家准备大办。到时候马超能不去为他外祖祝寿？况且第二日就是中秋，大节下的，人们只顾享乐，正好方便我们行事。

哈哈！军师言之有理！耿鄙大笑：那这事就全权交由军师筹划，看到时候怎么去抢了金繁马庄，再杀到凉州城下找张鼎算账。

其实，我已经有了一个计划。苟军师道：龙王只需要依计而行，保管你一举马踏西凉府，杀了那张太守，夺了那太守位！

哦？军师说来听听！耿鄙有些迫不及待。

苟军师便将他的计划细细地说给了耿鄙伟康……

骊轩人自来长寿，过百岁之龄的老人在骊轩县并不稀奇，尤其以胡家为最。前一阵刚刚过完父亲的八十大寿，现在又到了胡川的六十花甲之数。胡川本人本不想操办，但老人和胡夫人十分坚持。胡川明白老父亲和夫人的心思，这些年夫人始终对当初阿诺的冤死耿耿于怀，那不时发作的癫狂之症便由此而来。现今既然已经知道外孙还活着，老父亲和胡夫人心心念念想着要见一见马超。可由于种种原因，这马超就是不愿意到胡家来。胡川见夫人絮絮叨叨个没完，就拿定主意在自己六十岁寿宴上请马超前来，让老父亲和夫人与马超见面。

想到马超时，胡川就想起每一次见面，那孩子看自己犹如陌生人的眼神，拒人于千里之外的冷淡。这是摆明了不想跟他这个外公亲近啊！

是啊！这么多年，马超明知外公家就在眼前，可他硬是没有前来相认。如今他们父子团聚，却对自己这个当外公的视而不见，连句简单的问候和只言片语都没有，恐怕是存了老死不相往来的意思吧？于是，胡川把自己的顾虑告诉了胡夫人。

胡夫人却不以为意，摇头道：不会的！超儿不会不认我们。小时候他就异常懂事，我还记得他刚会说话时叫我的样子，软软的小声音别提多可爱了……胡夫人说着拉住胡川的袖子，半带哀求道：老爷，你就让我见一见超儿吧！我的阿诺已经不在了，让超儿回来吧！

夫人，不是我不让超儿回来，是他自己不肯来认咱们啊！胡川无奈地摇头道。

我不信！胡夫人激动地说，隐隐有了癫狂发作的迹象：你的寿宴超儿一定会来，他会来的……

好好好！夫人莫急！胡川赶紧安抚夫人：我这就派人去凉州城请他好吗？

胡夫人这才平息了自己的情绪，让身体慢慢稳定下来。胡川只得去修书，请马超来参加自己的六十寿宴。

胡夫人天天盼着能早一些见着马超，果然天不负人啊！终于在她的翘首期盼中，胡川的六十寿辰到了。不仅如此，马超也如约来了。当坐在堂上的胡夫人，听闻下人来报说少将军到了门口，她再也坐不住了，径直走到厅堂门口等候。

马超走进胡府大门，身后跟着阿离和耿玉蓉。这座府邸给了他幼年的短暂记忆。那些记忆里，他还是个“三不会”娃娃，而娘亲背负着嘲讽和白眼悉心照顾着自己……

阿离看马超驻足不前陷入沉思，轻轻唤了一声：孟起，你怎么了？

马超回神，让胡府家仆引路，继续往正堂走。穿过偌大的庭院，家仆却将马超等人引进了后院，马超不悦皱眉道：胡县令待客之道真是罕见，为何不在前厅摆宴？

家仆躬身答道：少将军容禀，寿宴的确设在前厅，但我家老夫人非常思念外孙，所以斗胆先请少将军移驾，来见一见我家夫人。

是外祖母？马超暗忖。脑海中便记起了胡夫人的面容，毕竟血浓于水，马超即使对胡家颇有怨怪，但到底抵挡不住亲情的召唤，心底里有那么一块地方微微柔软起来。

超儿？胡夫人迎出门来，望着英姿勃勃的少年将军，不敢确定。

马超看着眼前满头银丝、老态龙钟的老夫人，不敢相信这就是自己的外祖母。她看起来像是七老八十的样子，明明才六十不到，却怎么会一副风烛残年、摇摇欲坠的样子？

超儿！超儿……但胡夫人确定眼前的少年将军就是外孙子马超时，激动地连声叫着马超的名字，眼里滚下泪来。

马超鼻头酸楚，几步上前跪倒在胡夫人脚下：外祖母，超儿来看你了。

胡夫人老泪纵横，将马超的头搂进怀里，哭道：孩子，你受苦了！外祖母对不起你，对不起你娘啊！说罢痛哭失声，引得闻讯而来的胡川和几个胡家人都红了眼圈。阿离更是同病相怜，两行泪水涔涔而下。就连耿玉蓉都悄悄抹起了眼角。

良久，胡夫人止住了悲声，众人簇拥着进屋里说话。马超重新拜过外祖母，胡夫人拉起马超细细端详。轻颤的手指拂过马超俊朗的眉眼，老迈的脸上渐渐露出笑容：超儿，外祖母很高兴，你长大了。

马超拉住胡夫人的手，点头微笑道：外祖母，超儿是长大了。可是祖母您？

祖母老了。胡夫人不以为意，感慨道：超儿都成翩翩美男子了，快要娶媳妇了，祖母能不老吗？

祖母……马超难得红了脸，难为情地摸了摸鼻头。

众人终于被胡夫人调侃马超的话逗得笑了起来，这笑声冲散了刚刚的压抑……于是，各个都争相上前与马超搭话。胡夫人一一把家人介绍给马超认识，其中有他的舅舅和舅母们，马超俱都以礼相见；还有表兄弟、表姐妹们，年龄相当的，马超便大大方方，拱手为礼……

胡川默默地站在后边，看着家人和马超相认，想起自己唯一的女儿阿诺，他不知道该欣慰还是该伤感，只觉得心里五味杂陈。思绪便飘回到十多年前的那个深夜，那个让自己愧悔多年的夜晚，因为一时的大意和迂腐，没有救回他的阿诺……

超儿拜见外祖父！马超发现了胡川，马上过来见礼，打断了胡川的思绪。胡川盯着眼前向他叩拜的马超，不敢相信道：超儿，你……你是在叫我吗？

马超再次拜道：孙儿马超拜见外祖父，祝外祖父长乐无极！

胡川看得清楚、听得明白，马超的确是叫他的。外祖父！这一声称呼是多么不容易啊！这其中的味道只有胡川自己知道。往常，马超是只肯叫他胡县令的。胡川激动得扶起了马超。他深知，马超这是从心底里接受了胡家，接受了他这个外公。他终于可以放下怨恨，愿意消除芥蒂来认亲了。

超儿，你能来，外祖父……外祖父高兴啊！胡川有点语无伦次。胡夫人看着他们祖孙俩终于解开了十几年的心结，也是非常高兴，只乐得泪流满面……

马超刚刚把胡川请到屋子的上首坐下，老太太就笑着把马超拉过去说话，并且还催促胡川快去前厅招待客人。这时候，正好有家仆来请，说前厅来了许多客人，要寿星公出去招呼，胡川准备带马超去前厅见客，但胡夫人不肯放马超早早离开，要留他在后院说话，胡川看夫人高兴，便笑着答应后，自往前院去了。

胡夫人让其他人也散去，独留下马超和阿离及耿玉蓉说话。阿离温婉内秀，静静地听胡夫人讲马超小时候的事，不时轻轻地笑。而耿玉蓉则活泼得多，都是一惊一乍的连带插科打诨，倒把胡夫人惹得欢笑不断。马超看外祖母开怀，对耿玉蓉也稍稍有了一些好感。他刚刚才知道，外祖母为了他和娘亲的离去而一夜白头，十几年来还一直受着癫狂顽疾的折磨。听到这里，马超些微自责，过去只怪胡家弃他与娘亲不顾，却不知外祖母对自己牵挂未变。早知如此，应该早来拜访才是。

十几年来，外祖母因为女儿阿诺和外孙子马超积郁成疾，难得今日能在耿玉蓉逗趣下舒心大笑，马超对耿玉蓉投去了感激的一瞥。耿玉蓉只顾着和胡夫人说话，并没有看见马超的神色，而阿离却将这一切尽收眼底，他能对耿玉蓉改变态度，未尝不是一件好事。阿离这样想着，嘴角露出了浅浅的笑意，她一直都知道，孟起其实是一个相当重情重义的人。

胡川的六十大寿，过得异常圆满。马超素来听闻外祖家以长寿著称，等他亲自拜见过曾祖、老祖等长辈后，才彻底叹服。堂中须发皆白的几位老人家都快年过百岁了，依然精神矍铄、谈笑风生。只是那位曾给自己取名的曾祖，却在梁三阁火焚娘亲当晚急怒攻心而仙逝了，自己已经无缘得见，也是一件憾事。

马超如今已是除他父亲马腾之外，西凉府少有的健勇之士，且年纪轻轻的就能独当一面。在这之前，马超以少年军统领的身份，带领少年军荡平了河西走廊不少匪患，为西凉府的百姓做了很多有益的事情。胡家族人因为有这样一个有着一半胡姓血统的出色子弟而自豪，对当年那起冤案更是唏嘘不已。马超此时反而平和了很多，仇人已被他亲手了结，自己也与父亲相认，现在又认了外祖一家。看着这满堂的欢笑和其乐融融，马超想：这应该就是人们所说的亲情了吧？

时间真是一个奇妙的东西，它可以将人心里的冰寒逐渐消融！

六、太守之死

胡川寿辰翌日，恰巧是中秋节。胡夫人舍不得让马超走，极力挽留他再住一日。马超担心军中事务，但实在不忍心让外祖母失望，只好留了下来，答应外祖母在胡府过一个中秋节。

又是一年中秋，马超想起去年的今日，正是他和师父去东大滩的日子。在那里，他初遇馨儿，大破九曲黄河灯阵，然后抱得美人归。那个时候，他是多么的意气风发呀，为找到心灵的栖息地而满足。可是，馨儿最终还是离他而去了。不是暂离，而是永远地走了……

如今，他的心灵没有了栖息地，感觉又过上了流浪汉的日子……为了改变这种状况，他只有拼命训练军队，拼命处理文牍……只有到他忙碌的时候，心灵才有了一点点归属感。可是，一旦闲下来的时候，那一身红衣的美丽女孩子就出现了。在他情窦初开的年纪，馨儿就像一粒种子深深根植在马超的心尖上。虽然她已经逝去，却在他的生命中留下了深深的印迹……

想到馨儿，马超提出一个人到街上走走、看看。胡家人，包括阿离和耿玉蓉都提出要陪同他去，都被马超婉言谢绝了。阿离知道，马超一定是去寻找他心中的馨儿了，所以，她拉住了胡家人和耿玉蓉。马超见阿离如此善解人意，非常欣慰。

马超在胡家人和阿离、耿玉蓉的注目下，独自一个人离开胡府，来到了骊靬城街上。他信步游走，不知不觉竟走到了一家店铺门前。抬头一看，是“九尾狐皮毛”店。现在刚到中秋，店里生意清淡，只有两三个伙计倚在门口和柜台上，懒洋洋地说着什么……

看到“九尾狐皮毛”店，马超就想到了与馨儿在一起的情景，也想到了剑兰夫人。馨儿认了她当姐姐，当时还承诺，等他们成亲的时候，要请剑兰夫人喝喜酒呢。这一切，仿佛就发生在昨天……想到馨儿，马超不由得黯然神伤，心头涌上一股物是人非的悲凉。

望着九尾狐皮毛店里的皮毛，马超眼里浮现出了那一天的情景：

……

马超这才想起年前有客商被龙首山匈奴军挟制，少年军星夜驰援，从匈奴军手里解救过一批货物，那里面多数是皮毛。如今看来，想必剑兰夫人的货物也在其中吧?

剑兰夫人见马超了悟的神情，知道他已经明白了其中原委，便向马超点了点头。马超看剑兰夫人已然认出自己，却没有点破他的身份，真是一个通透明白的人，也对其生出好感来。他爽快笑道：既然如此，那便恭敬不如从命了……多谢夫人，我们成亲时还请夫人大驾光临呢!

那是自然！剑兰夫人拉起馨儿的手亲热地拍了拍，笑道：好干散的人儿！继而话锋一转又道：还是乖乖巧巧的小姑娘惹人疼，比那舞刀弄枪凶巴巴的野丫头不知要强到哪里去!

剑兰夫人显然是在说，耿玉蓉不招人待见了。

耿玉蓉即使再刁蛮，也不过是十来岁的女孩儿家，被剑兰夫人这一顿夹枪带棒的贬损，加上众人的嘲笑，便再也忍受不住，一双眼睛里涌起泪来，跺脚就往店外跑去。两个仆从、一个丫鬟赶忙收拾了东西也追了出去。随着耿玉蓉的离去，一场纷争终于平息了，店里又恢复了正常的交易和买卖。

剑兰夫人将马超和馨儿请进内堂喝茶，这才重新向马超行礼致谢。馨儿一头雾水，剑兰夫人便将年前之事细细向她说起。

……

这情景，仿佛就发生在昨天……马超本来想问问店里的伙计，现在的剑兰夫人何在。但转念一想，就是见了剑兰夫人又该说些什么呢？难道要告诉她，馨儿已经到另一个世界去了？要是剑兰夫人问：你一个大男人家，怎么就保护不了自己的女人呢？我应该怎么回答？想到这里，马超摇摇头，这是一个自己不愿意回答的问题……算了，还是不见剑兰夫人了吧……

望着店里的皮毛，马超抹了一把泪水，毅然决然地离开了九尾狐皮毛店……

回到胡府，远远地就听到阿离和耿玉蓉在陪伴着胡夫人说话，欢声笑语不断。马超到门口迟疑了一下，最终还是没有进去。他转过身来，找家仆要了一匹马，家仆看马超脸色不善，也不敢多问，看着他骑马去了。

马超出了骊靬城，策马往东大滩方向奔去。

中秋节的凉州城是一个歌舞升平的世界，偌大的府城沉浸在一片欢乐、祥和之中。凉州人素来喜爱热闹，每逢节庆必要来一番锣鼓喧天，方才觉得彰显了对节日的庆贺之意。尤其是八月中秋这样一个团圆日，在凉州就显得更加重要了。因此民间自发组织了各种草台班子，平日闲暇时排演好，专为这一天一展身手，而且还要与其他班子比个排场、争个高下。

太守张鼎执政西凉府以来，每年都要在这一天举办盛大的节会。张鼎这样做，一来是体现风调雨顺、五谷丰登之意，二来是以此给百姓们带来愉悦，也为节日增添喜气。于是，这节庆活动就成了西凉府的常态……每逢这一天，张鼎还要抽空亲临现场捧个场，与民同乐，歌颂天下太平。

这几年中原大乱，而西凉府百姓安居乐业还算太平，固然是因为西凉兵强马壮，但与太守的治理有方也息息相关，百姓们对张鼎的建树更是有口皆碑。一年来，秘密化解传国玉玺的危机，前不久又处置了阴险毒辣的董尔权，了结了西凉府这一起陈年旧案。还有，虽然马腾将军被朝廷调去了，但是，少将军马超年轻有为，比马腾将军更值得期待……所有这一切，都让张太守的心情格外舒畅……

为了这一天，张太守一声令下，就让全凉州城的娱乐班子都乐起来吧！

于是，吴瞎仙徒弟刘瞎子带的凉州贤孝班子，已经试好了三弦，还有配乐的锣鼓；东门的李棍棍带的高跷队，已经扭扭捏捏走起了高跷步；北门的金趣娘带来了《西凉乐》舞蹈队，十几个西凉歌姬花枝招展，彩衣款摆；南门的狮王王殿水带来了舞狮队，那狮子舞得让人眼花缭乱；东关的社火队也来了，攻鼓子打得气壮山河、声震云天；还有西门的黄太野带来的长龙队，那龙摇头摆尾，天上地下舞得行云流水，令人目不暇接……

凉州城的百姓们纷纷拥出家门，一家人扶老携幼追着各种戏班子看热闹。商人们更是看准时机，把自家独有的特色食物和充满异域风情的小玩意儿拿出来叫卖。愁也是一天、苦也是一天，不如高高兴兴地过好每一天，把每一天都过得像节日一样异彩纷呈。这就是凉州百姓对过日子的理解，颇有今朝有酒今朝醉的洒脱和随性。

正所谓福祸相依、乐极生悲，西凉府还沉浸在欢乐的海洋中的时候，一场巨大的灾难，就像海上骤起的狂啸，正在朝着府城凉州迅疾逼近……

这天早上，在龙首山的“龙王”耿鄙伟康，已经采用了苟军师之计，除了留下少量的土匪军守护龙首山老巢和一线天外，大部队已经集结在了一线天附近的松林之中。

按照事先的谋划，他今天晚上除了抢夺金繁马庄的凉州大马外，还要用西凉府培育的凉州大马踏平西凉府。但是，在出发之前，耿鄙伟康把战略战术做了一个小小的调整。为了对付凉州城里留守的西凉骑兵，耿鄙伟康决定带一万骑兵偷袭金繁马庄，抢夺凉州大马成功后，再对凉州城实施包围。于是，耿鄙伟康带着骑兵在夜色和松林的掩护下，赶到了金繁马庄附近，然后等午夜到来时，突然围住了金繁马庄。

马庄现在由张鼎派去辅助娄叶的一队西凉军丁守卫，但毕竟人数有限，几十个势单力薄的军丁加上马庄里的护卫和杂役人等，满打满算不过百人的护卫力量，怎么能是耿鄙的对手？

耿鄙伟康怕走漏消息，竟然下令屠庄，不能在金繁马庄留下一个活口……

为了避免娄叶受到更大的伤害，破庄之前，派驻金繁马庄的西凉府兵丁头目齐志建议娄叶马上带着孩子转移。娄叶点点头后，带着孩子和庄里妇孺，通过马庄庄主卧室的地下室，悄悄地躲进了先前董梧田用来幽禁她的那个秘密院落，这才没有遭到耿鄙伟康的毒手。而庄里其他人等一百多人，均惨遭耿鄙土匪军的杀害。

就这样，耿鄙伟康的骑兵就像在自己家里一样，轻轻松松地换上了已经训练好的数千匹凉州大马。做完这一切后，耿鄙伟康才带着大部队朝凉州城扑去……

此时，子时已过，城里逐渐安静下来。喧闹了一天的人们，带着满足和疲累，在节日的余味中沉沉睡去。突然，战马奔腾、战鼓擂动，喊杀声四起。从梦中惊醒的凉州百姓，睡眼惺忪地发着呆，不知道出现了什么事情。凉州已经很久没有过战事了，以致让人都淡忘了战争的本来面目。随着锣鼓声入耳，传信的士兵满街奔走呼号：土匪攻城了！土匪攻城了！大家穿衣备战啦！

土匪攻城？什么样的土匪竟敢来围攻西凉府城？城里的百姓瞬间清醒，是龙首山土匪，一般的土匪是不敢攻打凉州城的。整个西凉府地区，也只有龙首山的土匪才敢和西凉军叫板。

顿时，全城人心惶惶，不少人大着胆子开门到街上打听战况，以便决定是否举家出城避祸。

张鼎今天也去了府外的街上，入夜才回到府里，此时刚刚看完公文，正准备睡觉时，值班校尉急慌慌敲门禀报，说土匪攻城了。张鼎急忙取了佩剑，随校尉出门扑进了黑沉沉的夜里。这时候，城外攻城的喊声震耳欲聋。张鼎心说不好，该不是耿鄙伟康带着土匪军来了吧？如果是这样，还真有些麻烦。马腾将军带着西凉军主力出征，马超又去骊靬县为外祖父祝寿去了……

张鼎一边想着一边快步登上了城门，从城楼垛口看出去，城外火把通明，连成一片。放眼望去，城下密密麻麻的都是土匪军，这耿鄙伟康果然是倾巢出动、来势汹汹啊！通过旌旗上斗大的“耿”字张鼎知道，这支土匪军由耿鄙伟康亲自指挥。城头守军见张鼎太守来了，都向太守行注目礼。张鼎点点头，认真地检查了城墙上准备好的弓箭、巨石、火油等物。城墙守军统领即刻向张太守表态：请太守放心，土匪军胆敢强攻我城池，我们就从城头严厉掷击，定叫他有来无回！张鼎太守点点头，望了一眼自发前来往城墙上运送武器的老百姓，鼓励大家：也请大家放心，第一我们凉州城里有好几万百姓，正在支援我们！同时，在骊靬县公干的马超将军得到消息后，一定会带着少年军前来增援我们！

实际上，耿鄙伟康已经派人控制了凉州城四周的烽火台，所以，凉州城里专门向骊靬县报警的烽火根本就传递不出去……

张鼎登上的是南城门楼，东西南北四门，这里最接近太守府。想必龙首山土匪军同样清楚，若从南城门攻入，便能以最短距离攻进西凉府的最高权力中枢太守府。因此，南城门的守卫也是最强的。

两军对峙的间隙，耿鄙仰头看着城头上旌旗猎猎，西凉军个个武器在手、盔甲鲜明，一旦攻城，将会面临一场殊死的搏斗！于是，他转头问身侧的苟军师：军师确定要从南门进攻？

苟军师点头：龙王放心！你只需亲自坐镇这里强攻南城门即可，张鼎看到龙王的旌旗，和我们强攻南门的架势，必然会误认为我们的大军全都集结在此。所以他会把西凉军的主力调来南门守卫。等他们的东门、北门兵力薄弱时，我们再同时进攻东门、北门。现在的西凉军兵力有限，定架不住我们三面同时进攻，到时候他张鼎一定是疲于奔命，应接不暇。然后我们再集中精力，攻取北门。这叫声东击西，一举成功。

耿鄙也是武将出身，对苟军师这招声东击西的计策赞不绝口，便传令下去，丑时先进攻南门，半个时辰后同时进攻东门、北门。

张鼎立在城头，与西凉军留守将领田金泉部署防御。田金泉是军中老将，谨慎沉稳，此刻正临危不乱地跟太守分析敌情。他看一眼城下的匪兵，不无忧虑道：大人，耿鄙多年来不肯出山，这次倾巢而动，定是瞅准了马将军远征，我军兵力锐减而乘虚而入。这恐怕是一场硬仗啊！

张鼎拧眉道：金泉将军说的是。耿鄙对西凉府虎视眈眈十多年，这次是有备而来。兵来将挡，水来土掩，我们殊死一战，耿鄙伟康未必就能得逞。

田金泉点点头说：大人，夜深露重，您还是先回太守府坐镇，末将誓死守卫府城，也会时刻派人把军情随时传递到府中……

金泉将军！张鼎打断了田金泉的话：将士们在城头浴血抗争，我一府太守岂能贪生怕死？

可是大人，您……田金泉还要再劝。

张鼎答非所问：田将军，你派人动员老百姓到西门集结，一旦破城，你要负责掩护老百姓去莲花山避难。莲花山有天赐寺，到那里不会饿着肚子。田金泉点点头：太守大人，我明白了。但是……张太守问：但是什么？田金泉回答说：太守大人还是……

张鼎一摆手，有了些微愠怒：田将军莫要再说，快去执行命令吧！

田金泉不敢再劝，掉头向其他将领交代部署防卫策略去了。张鼎花白的胡须被夜风吹乱，有亲卫轻轻地给他披上一件风氅。张鼎惊觉，问身后的亲卫：马超和少年军有消息了吗？

亲卫答道：还没有。这烽火点燃已经有一阵子了，可下游的烽火台就是不点火，不知道是什么意思。张鼎一字一顿地说：这还用问吗？一定是土匪军控制住了烽火台。亲卫点点头回答说：我们已经去了几拨人了，都是一去不回。

张鼎又问：传信兵派出去了吗？

大人，我们的人根本就出不去。亲卫面露无奈道：即使出去了也闯不过土匪军的阵营，所以……

好，我知道了。张鼎摆手让亲卫下去，自己盯着城下的耿鄙军。

这时候，城下传来了土匪军的叫骂：

“张鼎老儿速速出城受死！”

“西凉太守张鼎是一个地地道道的缩头乌龟！”

“张鼎老儿快快投降，以免一城百姓无辜受牵连！”

……

丑时到，南门开始进攻。一时间人喊马嘶、杀声震天。

耿鄙亲自指挥龙首军的两万主力兵马，在南门强攻登城。这两万人马正是当初招降的匈奴兵，因为原首领汤阎死于马超之手，现在这支仅剩两万余的兵马由元努带领。

耿鄙在城下督战，看着久攻不下的城门不由怒火中烧。只见自己的兵士攀着云梯即将登上城头，却被西凉军扔下的巨石砸落，或者火油兜头而下瞬间变成火人，还有中箭滚落者……顺着城墙看过去，城墙下已经堆满了土匪军的尸体……耿鄙即刻下令，东门、北门提前进攻，分散南门西凉军的兵力。

这时候，元努匆匆跑来，满身的污迹，大声道：龙王，我们的军士伤亡太大了，这样攻城，纯粹是白白送死啊！龙王，下令撤兵吧！

是啊，这样的伤亡他也心痛。但耿鄙看了眼苟军师，见他摇头，便硬起心肠道：元努，军令不可违！继续攻城。

元努面容哀戚，恳求道：龙王，求你顾念弟兄们的死活！

耿鄙不屑道：元努，你这是妇人之仁。如果你们还想脱离龙首山，就给我执行命令！只要攻下西凉府城，我不但放你们回去，而且还要支持你自立匈奴王！

好！元努捏紧拳头，瞪眼盯着耿鄙道：龙王你记住自己的承诺，我元努不想当什么匈奴王，只要到时候你帮我们重建家园，有一块属于我们的草原就好。

耿鄙点头，拍着胸脯保证：放心好了，我说到做到。快去攻城吧！

元努转身而去，将耿鄙的承诺在匈奴兵中宣布出来。匈奴兵一听，都激动万分，只要攻下西凉府，他们就能回到日思夜想的草原上去。匈奴军见有了希望，便纷纷重新打起精神，悍不畏死地往城门冲去。

看着匈奴兵如潮水一样，一拨接一拨前赴后继，耿鄙由不得动容，心情复杂地对苟军师道：军师，这样的折损我也心疼呀！

苟军师却不为所动，微笑道：龙王，有舍才有得。若没有这样的折损，我们怎么牵制西凉军主力？算算时辰，其他两位虎将应该快要有好消息传来了。

耿鄙转念一想，不是常说“非我族类其心必异”吗？反正这些匈奴人向来不服自己的辖制，若不是走投无路，恐怕早都反出去了。想通了，就觉得拿匈奴人当炮灰，他不应该心疼。想到这里，耿鄙笑着问荀军师：其他两门可有消息传来？

荀军师往身后一指，笑道：看，好消息到了。

耿鄙看去，一个传令兵驰马奔来，近前跳下马单膝跪地：启禀龙王，北门已破！

耿鄙欣喜欲狂：西北虎人呢？

传令兵回禀：西北虎将军正带人往南门杀来。

哈哈哈！耿鄙大笑：好一个声东击西！好一个笨蛋张鼎！好极了，这下子里应外合，看他张鼎怎么应对。

荀军师捻着山羊胡微笑不语。这一切都在他的算计之中。

又一次击退攻城的匪兵，西凉军得以稍稍喘口气。张鼎看了看城头即将告罄的火油、石块等物，皱眉吩咐亲卫：去找往东门运送石块的田老伯带的百姓志愿队，让他调派人手往南门再运一些石块和火油。

是。亲卫正要去传令，却见一匹快马急急赶来。

大人，大人……来的是田金泉的副手梁成。梁副将下马，跌跌撞撞跑到张鼎跟前，扑通跪倒在地，痛心疾首道：大人，北门失守。

张鼎一惊，急声问道：田金泉将军呢？我不是告诉他了吗，他们不攻北门、东门，就一定会打那里的主意的！

梁副将回道：太守大人，果然不出您的所料，北门的确有他们埋伏的重兵。现在，田将军兵分两路，一路还在北城阻击土匪军，一路已经去西门掩护百姓撤退了。他派末将前来报信，让我转告大人，北门的土匪兵马上就要打到南门来了。耿鄙伟康如果前后夹击，攻取南门……

张鼎听闻，转身往城下看去，好像听到了土匪军中耿鄙伟康狰狞的狂笑。也就在这个时候，又有军士前来禀报：太守大人，东门业已失守……张鼎听闻，一个趔趄几欲栽倒，他确确实实是中了耿鄙伟康的奸计了啊！

梁副将上前搀住太守：大人，土匪兵马上就到南门来了，您快带着亲卫们撤离南门吧！

张鼎一把甩开梁副将，坚定地说：不，我不能撤离！我若离开，必将影响军心士气。况且土匪嗜杀，我如果撤了百姓们怎么办？张鼎太守抹了一把悲愤的泪水后对梁副将说：梁副将听令！

梁副将马上抱拳：梁成遵令！

张鼎下令：土匪猖獗，毫无人性，为免百姓们受到屠戮，我命令你即刻带兵引导百姓去西城门，要不惜一切代价拿下西门，和田将军护送百姓撤离。

梁副将大声道：遵命！继而又担忧道：那大人您呢？

张鼎沉下脸喝道：事态紧急，你快去遵令行事。我张鼎誓与凉州城共存亡！

梁副将还待要说，张鼎“唰”一下将手中的剑直指于他，疾言厉色道：梁成，若百姓有一人伤亡，我必斩你！还不快去！

梁副将盯着太守的刚毅面容，眼睛里有泪光浮现，抱拳回道：大人放心，梁成定会护得百姓们安全撤离！说罢转身而去。

张鼎见梁成去了，便下城墙骑马到了城门下：开城门！

张鼎见南城门开了，一声呐喊，率领骑马冲出城去，砍开了一条血路，直接到了耿鄙伟康面前，吓得耿鄙伟康转身就逃，被张鼎叫住了：耿鄙伟康，我张鼎不杀你，你站住！老夫有话要说！

耿鄙伟康转身一看，果然见张鼎没有杀他的意思，再加上元努已经带着不少土匪站在了他的身边，便理直气壮了：怎么？张太守这是自知不敌，来投降于我吗？

张鼎面沉如水，冷冷道：耿鄙伟康，当年你外公董天伦谋逆不成，今天你又卷土重来，董家一家子都是反贼。你小小的耿鄙伟康，想让本太守投降，那你先来问过我手中的大刀吧！看它愿不愿意？

耿鄙伟康一下子就被张鼎激怒了，外公一家和自己的父母死得凄惨，一百多口人皆被斩首于凉州北门雀儿架，这都是拜张鼎老匹夫所赐。此时这个老匹夫竟敢旧话重提，这简直就是找死。

张鼎老匹夫，死到临头，你还敢如此猖狂。我告诉你，今夜就是你的死期！耿鄙转头命令元努：元努，快替本龙王去取了张鼎老匹夫的首级来！

元努带的两万匈奴兵，攻城不利已死伤七八成，看着城墙下那些横七竖八的尸体，他早已急红了眼。此时听耿鄙下令，跨马便冲向阵前，二话不说提刀就照着张鼎砍去。

张鼎端起大刀抵挡，与元努战在一处。张鼎虽是武将出身，但奈何已多年不曾出战，马上功夫难免懈怠。而匈奴人天生粗犷，甫一交手，元努的弯刀砍在张鼎大刀背上，震得张鼎双臂酸麻，大刀几乎脱手。张鼎自忖：若拼蛮力自己显然不是元努的对手，不如智取。计议已定，便虚晃一招引开元努的攻势，自己拖刀佯装败走。

元努也已探清了张鼎的虚实，知道他不是自己的对手，看张鼎要逃便拍马紧追，嘴里还大喊道：张鼎休走，你还我弟兄们的命来！

张鼎耳听元努追来，回头看去，见元努健马飞快，他的马头已经够到自己战马的尾巴了，便扯了扯马缰绳，暗暗减下速度，一手蓄势攥紧了刀柄。

元努追上张鼎，得意地大叫：张鼎，看你往哪里逃？你的马能跑过我的凉州大马吗？说着搂头一刀就砍向了张鼎。

张鼎仰面贴住马背，避过元努的弯刀，元努的战马的确快，擦着张鼎身边驰过。就在这一刻，张鼎暗喜，提起大刀用尽全力，反手向疾驰而过的元努腰间横劈而去。

电光石火间，二马相错。众人再去看时，张鼎依然端坐马上，而元努却被张鼎斩于马下，登时毙命。姜还是老的辣啊！浑身蛮力的匈奴勇士，终也抵不过老当益壮的张太守，最后彻底葬身在他乡。和许多思乡情切的匈奴兵一样，他再也回不了梦里的大草原。

此刻，天已拂晓，耿鄙看了一眼紧闭的南城门，恼怒地骂元努是蠢货，是笨蛋！同时，现在的耿鄙伟康也失去了耐心，天亮前若拿不下凉州城，就怕迟则生变。可是，早就知道攻破了北门和东门，按照军师的计策，现在东北西路人马应该正朝南门杀来，等三军会合，凉州城便是自己的了。可是，怎么到现在了，南城门还在西凉军的手里？

想到这里，耿鄙一边命人去东门催战，一边命令匈奴兵冲锋，扑向了张鼎和张鼎身边的西凉军士。结果，张鼎身边的西凉军越来越多，竟然与耿鄙伟康的土匪军形成了对峙。

张鼎与元努一战，其实已经耗尽了气力。虽然斩杀了元努，但自己也全身虚脱，此刻只是硬撑着以振军心。是呀，自己毕竟年近古稀，不比当年了。亲卫们看着心中的父母官张鼎，激动的心情无以言表。要不是掩护城里的百姓撤退，张太守早就应该到安全的地方了。然而，他们的太守大人在关键时刻，不但想着城里的百姓，而且还亲手斩杀了匈奴的将领……大家这样想着，紧紧地护住了张太守，后者仰望着莲花山，暗暗在心中祈祷：愿佛祖保佑我凉州的百姓平平安安……

耿鄙伟康眼看着南城门迟迟不能攻破，气急败坏地大声呵斥荀军师。正在这时，从城头上传来了声声大喊。耿鄙伟康朝着城头看去，青色的幡旗摇动，却是龙首山特有的“龙王行雨旗”。耿鄙见状，精神立振，转身指着张鼎大笑：张鼎老贼，你的老巢都被我的人马端了，你还不乖乖前来受死！

张鼎看着城门楼上的土匪旌旗，大骇。紧接着，城门大开，浩浩荡荡冲出来一队人马，打头的正是耿鄙手下四虎之一的西北虎。土匪军叫嚣着冲出城来，将张鼎和西凉军堵在城外，与耿鄙形成前后夹击之势。张鼎太守和西凉军腹背受敌、进退维谷。

耿鄙勒马上前，轻蔑地看着张鼎：张鼎，你当年杀了我外公家人一百余口，我的爹娘亦在其内。我们的账也该到算一算的时候了吧？

张鼎怒目而视，义正词严道：耿鄙伟康，你休得废话。谋逆反贼死有余辜，恨只恨当时没有将你这余孽一起杀了。

哈哈哈！耿鄙狂妄笑道：张鼎匹夫，你死到临头了还逞什么正道英雄？今日，我马踏西凉府，定要将你一家悉数杀个干净，然后再屠城三日，让那些愚民知道，他们是受你张太守的牵连。

张鼎向亲卫看去，以眼神询问。亲卫走近张鼎，在太守耳朵边低声说：田金泉将军已经按照您的命令，护送着城中大部分百姓出西门朝着莲花山去了。张鼎闻言，欣慰地捋了捋雪白的胡须，哈哈大笑起来……

耿鄙伟康问西北虎：怎么回事？西北虎嗫嚅了半晌，终于鼓足勇气回道：启禀龙王，我们攻打西门的兵力有限，所以西门外的弟兄们早就让田金泉拿下了。现在，城里的大部分百姓已经被田金泉护送着逃往莲花山去了。我得到消息去追，却遭遇了梁成的埋伏……所以，我们才……

你们这些饭桶！耿鄙大怒：就一个田金泉怎么能够把手无寸铁的老百姓带走？这究竟是怎么回事？

西北虎硬着头皮道：老百姓的后边是田金泉率领的西凉军，莲花山又有马超的少年军，所以……

耿鄙气愤地说：难怪我们等了你们这么久，原来是西凉军拼死抵抗，给老百姓打开了逃生之门。

张鼎从耿鄙伟康和西北虎的对话中进一步知道，凉州城里的百姓门现在基本上安全了，心里的一块大石头终于落了地。于是，他朗然一笑道：多行不义必自毙！耿鄙，只要我西凉百姓没事，本太守就是立马死于此地，也无愧于天地了！

耿鄙铁青着脸，发一声喊，下令全军围攻。西凉军人人都清楚，耿鄙穷凶极恶，今日落在他手里必然难逃一死，不如殊死一战，还能死得更体面些……

于是，他们便奋起反抗，直杀得昏天黑地……有的军士已经被砍掉了腿，但还是死死地扼着匪兵的脖子不肯撒手；有的已经战死，嘴里还咬着匪兵的一只耳朵……耿鄙的土匪军哪里看到过西凉军这种不要命的打法，所以，他们一个个都惊呆了。

这一队西凉军饶是再英勇，毕竟寡不敌众。最终，张太守身边的西凉军全军覆没，无一幸存。

激战结束，耿鄙命人搜寻张鼎的尸身。匪兵在战场中央一处尸体堆积比较密集的地方，找到了已死的张鼎。他身中数刀，暗红色的血染红了长到胸口的白须，已经看不到原本的白色了，但一双眼睛却瞪得比铜铃还大。

哼！还死不瞑目呢！耿鄙见状冷笑道。实话实说，耿鄙伟康对张鼎的死似乎并不解恨。于是，他下令将其剁成肉泥。苟军师急忙出言阻止：龙王且慢！

耿鄙怒道：军师要为这老贼求情？

苟军师笑道：非也非也！龙王且听我一言。张鼎已死，但马腾父子却在城外。如今咱们据守凉州，马腾短时间赶不回来，所以，我们得马上处理了马超。不然的话，后患无穷哪！

哦！如何处理？耿鄙饶有兴趣问道：军师可有良策？

苟军师阴毒地笑道：天明之后马超无论如何会得报，西凉府城凉州已被我们拿下。而他现在手上没有多少人马，不会急着前来送死。龙王只需把张鼎的尸首往城头一挂，那小子难道还能任由他们的太守暴尸而不理不睬？到时候，我们来个守株待兔……

嗯，我明白了。到时候，我们在城外设伏，让马超插翅难逃？耿鄙伟康朝着苟军师竖起了大拇指。

苟军师顺势阿谀：龙王英明！

耿鄙吩咐人照着苟军师的计策去安排，自己骑着高头大马直奔城内太守府。

现在，天已大亮，城内一片狼藉。耿鄙站在太守府巍峨的大门前，双手缓缓拂过朱红门扇上的金色铜纽。这是他们祖孙三代的梦想，外公没有实现，最终却让自己踏平了这府城，今后，这西凉府就该是我耿鄙伟康的天下了！想到这里，耿鄙得意地大笑，然后推开了太守府的大门。

七、我不是奸细

阳光有些刺眼，耿玉蓉独自在骊轩城的街市上转悠，不觉想起了初遇马超时的情景。

当日马超身边有娇憨可爱的馨儿，如今又有端庄温婉的阿离，可无论换成谁，马超对她们都是那样的照顾体贴。唯独对她熟视无睹，哪怕是冷言冷语，马超都不愿意与她多说一句。来骊轩城的这两日，胡家的人因为不知道她的身份，对她倒还客气，但马超那种发自心底的冷淡，让耿玉蓉内心感到了一阵阵的刺痛。

当耿玉蓉再次走到胡府门外时，禁不住苦笑了，这里的人要是知道她是土匪头子耿鄙伟康的女儿，不知道会是什么反应？算了，自己已经心灰意冷，今日无论如何都要将她爹准备攻打凉州城的计划告诉马超。从此以后，不见也好！她想，等把这件事情跟马超说清楚后，就找一处谁也不认识的地方终老一生。

然而，事情并不如她所愿。

耿玉蓉回到胡府时，发现很多人脚步匆匆、惊慌失措。就在她纳闷之时，阿离找到了她，并把她拉进了房间里。

看着阿离质疑的神色，耿玉蓉刚想开口询问，头顶却忽然压下来一片暗沉的阴影，有一块白色的衣袂缓缓进入了她的视线。

耿玉蓉心中升起不祥的预感。她忐忑不安地转过头，果然见到马超正一脸寒霜地站在自己身后。

耿玉蓉不由得往后退了两步。马超一把抓住她的胳膊，深邃的眼睛里满是凌厉之色：奸细！你是耿鄙伟康派到我身边的奸细！

虽然马超对她从来都十分冷淡，但这样阴沉可怕的表情却很少见，耿玉蓉心里大惊，拼命摇头：不是的，我不是奸细！我只是……

后面的话还未说出来，胳膊已经被甩开，耿玉蓉一个趔趄坐在了地上。

马超怒极：马上滚！我不会杀你，回去告诉耿鄙伟康，想当西凉府的太守，也得来问问我马超同不同意！

不用多问，耿玉蓉已经知道发生了什么事。她本以为还有时间向马超说出这件事，可万万没想到她爹的动作会这么快。看来一切都晚了，没有一点点补救的可能了。

她望着马超愤怒离去的背影，悔恨交加，终于呜呜咽咽地哭出声来：我不是奸细，阿离，你要相信我！我不是奸细！

阿离脸上有哀痛之色：你爹攻破凉州城，张太守已经被他杀死了……

耿玉蓉绝望地呆在当场，她和马超已然成了真正的仇敌，他再也不会原谅自己了。

阿离心中也是十分矛盾。她相信耿玉蓉不是奸细，但要怎么解释这个巧合？孟起前脚离开军中，后脚龙首山土匪就去攻打凉州城，再想一想那天耿玉蓉利用她进入都护府……难道马超的怀疑是真的？

阿离叹口气道：你爹耿鄙伟康占领了西凉府后，自封太守，不但杀了不少老百姓，而且还扬言要踏平骊靬城，亲自砍下马超的头。此时已经在来骊靬城的路上了。

耿玉蓉听着阿离说出这些话，内心近乎崩溃。要是她早一点告诉马超，事情就不会变成这样，最起码凉州城不会被攻破，凉州城的老百姓和张鼎太守就不会被自己那个杀人如麻的爹爹杀死！

想到这里，她泣不成声；想想自己任性的后果，她伤心欲绝。她哭着一遍一遍地重复：阿离，我不是故意的，我不是故意的……

耿玉蓉哭了半天，表情变得哀伤又复杂。她似乎是在对阿离说，又似乎是在对自己说，声音彷徨无措：我会阻止我爹攻打骊靬城，我不会让他伤害马超。

阿离慢慢地扶起耿玉蓉：趁别人还不知道你的真实身份，你快离开这里吧！

耿玉蓉抹去了眼泪，坚定地走了出去。阿离叫过胡府管家安顿：你看着把她送出去，不能让任何人伤害她！管家点点头出去了……

耿玉蓉在胡府门外呆立了一会儿，朝着骊靬城外狂奔而去。

土匪一夜之间踏平了西凉府，太守张鼎战死城下。消息一经传来，整个骊靬城内人人自危，惊惶万状……

八、神奇的鱼鳞阵

原本如铜墙铁壁般的西凉府城凉州，一夜之间被耿鄙伟康的土匪军攻破，西凉军损失惨重。唯独进攻西门的土匪军被西凉军彻底、干净地消灭了。

凉州西门由西凉少年军的一部守卫，在土匪的攻势下，就要顶不住了。就在这个时候，田金泉老将军赶来。他出谋划策，诱土匪军进入了瓮城，然后用火油、石块等武器消灭了大部，剩下的土匪全部屈膝投降。

之后，田金泉将军护卫老百姓出城，副将梁成断后。不仅如此，老将军还故技重演，在西门外埋下了硫黄、火油等助燃剂，又把随后追来的土匪军烧了个半死，剩下的见梁成带着西凉军视死如归，只好退回到了凉州城。而从西门撤出来的老百姓则在田金泉、梁成的护卫下一路向西南，顺利地到了莲花山……

等身受重伤的田金泉、梁成把老百姓交给少年军，急忙赶回凉州城的时候，太守张鼎的尸体已经被耿鄙伟康挂在了南门城楼上。众将士悲愤至极，纷纷请命，誓死要将张太守的尸体抢回来。老将军田金泉不顾梁成和众将士阻拦，要亲自去抢回张太守的尸体，被梁成等人拦住了。梁成告诉田金泉：老将军，我们以目前所剩的兵力，想要攻上城头抢夺太守大人的尸体，无疑是飞蛾扑火。再说了，这应该是耿鄙伟康的阴谋，我们不能上当受骗。

田金泉最终被梁成说服了。他提出，不攻城可以，但不能不祭奠一下张太守。梁成只好找来了纸钱等物，然后陪着老将军在凉州城南门外的安全处，含泪向着城楼上张太守的尸体方向烧纸、祭奠，磕头跪拜后，就要撤离时，田金泉突然昏厥过去了。梁成打开田金泉的血衣才知道，老将军的身上到处都是伤口……

梁成和几个将士轮流换班，把田金泉背到山里安置好后，才整理兵马，准备奔骊靬城向少将军马超复命。

马超看到浑身血迹的梁成和西凉军后，紧紧地攥住了拳头。

梁成红着眼睛对马超一抱拳：属下无能，还请少将军治罪！

马超立即上前相扶：梁将军快快请起！你带领将士们拼死保护城中百姓撤离，何罪之有？

梁成不禁流下了热泪：如果不是田金泉老将军奉太守之命而来，保护百姓的使命我可能很难完成。现在，老将军已经被我安置在了莲花山疗伤。少将军，还有，属下最惭愧的是没有保护好太守大人，就连他的尸首也未能抢回来。

说到张太守，马超亦是眼眶泛红。他咬牙说道：梁将军，张太守不会白死，西凉军的将士们也不会白死，我一定会为他们报仇雪恨！

虽然张鼎战死，西凉府城凉州失守，但将士们的士气并没有因此减弱。因为西凉军的少帅马超还在，将士们坚信，马超一定会带着他们夺回失去的家园，为死去的张太守和将士们报仇！

话虽如此，马超还是暗地里狠狠扇了自己两个耳光。一夜流连东大滩馨儿的坟前，自己只顾醉生梦死，却没有及时赶回军中坐镇。太守大人战死是他的责任，这让他心痛难当。他揪着自己的头发自言自语：应该战死的是我马超啊！该死的马超，你还有什么脸面活着？

这时候，阿离匆匆赶来了，她抓住了马超的手：孟起，知道自己的责任固然难得，但眼下还不是追究罪责的时候……孟起，你看着我的眼睛，我给你说……好！孟起，你听我说，即使你在军中又能如何？耿鄙蓄谋已久，他早就做好了攻占凉州城的准备，只是看准了这个时机罢了。你现在与其痛苦自责，不如早做部署，把凉州城夺回来，为太守大人和死去的将士们报仇雪恨！

马超攥住了阿离的手，痛苦依然不能释怀，但勉强打起精神，郑重地点头道：我一定会亲手杀了耿鄙，夺回凉州城。阿离见马超的回答有点勉强，就甩开马超的手，故意生气道：孟起，你如果不能振作起来，你就不配当这西凉军的主帅！你如果不能从自责中走出来，你不但对不起你父亲马将军，而且你还对不起欣赏你、栽培你的张太守和一空大师！

马超听到这里，一下子惊醒了：阿离，你说得对！现在要紧的不是自责，而是如何调兵遣将夺回凉州城！

看着马超改变了心态，阿离这才放心了。她偷偷地转过身，悄悄地抹去了满脸的泪水……

回到军中后，马超一边安排军队休整，一边筹划下一步的战略部署。

就在马超和外公胡川商量如何对付耿鄙伟康的时候，探马来报：耿鄙伟康带着土匪军已经距离骊靬城很近了。

土匪来势凶猛，县令胡川和其他大小官员本是忐忑惊慌，但看到马超临危不乱，镇定自若地调兵遣将时，便也渐渐安下心来。现在，他们的主要任务是调集骊靬护卫军，协助马超迎敌。

一空大师收到马超的飞鸽传书后，也立即派风竹带领莲花山数百名武僧和守卫天赐寺的少年军赶到骊靬城，帮助守卫骊靬县。风竹给马超交代完一切后，把师父的一封信交到了马超手里。

马超看到一空大师的信后，心里又多了几分把握。正如师父所说，龙首山的土匪一日不除，西凉府的百姓就一日不得安宁。而土匪此次倾巢出动，只有鱼鳞阵法才能将其一举剿除。

与此同时，耿玉蓉却是心急如焚，本打算出城去阻拦她爹，可马超已下令关闭城门。耿玉蓉眼看出不了骊靬城，只好失魂落魄地又回到了胡府。

阿离见耿玉蓉回来，非常意外：你怎么又回来了？这种时候你不该再来这里。

耿玉蓉一脸迷茫，早已经没有了往日的飞扬跋扈。她紧紧抓住阿离的手臂：阿离姐姐，你说我该怎么办？马超没有丝毫准备，他是打不过我爹爹的。万一我爹伤了他，那可如何是好？

她对马超竟这般痴情！真是造化弄人，她爹偏偏是耿鄙伟康。

阿离禁不住有些心软，轻声安慰道：你放心，他福星高照，绝不会有事的。

耿玉蓉瞪大了眼睛：怎么会没事？我爹带了那么多兵马来！不行，我得告诉马超，他不能和我爹爹开战！

说完，耿玉蓉不顾阿离的劝阻转身跑出了胡府。

马超看见耿玉蓉闯进了县衙，脸色瞬间冰冷：出去！我说过我不会杀你，但你不要再来挑战我的耐心。

耿玉蓉怔在原地，泪眼蒙眬地望着马超：你不要跟我爹爹开战，他有几万兵马。我，我怕你打不过他。

马超忍不住冷笑：不要跟你爹开战？难道要我打开城门欢迎他？欢迎他

带着他的土匪军进城屠杀百姓？耿玉蓉，你可真是你爹的好女儿！当完了奸细，又来当说客！

耿玉蓉心神大震，眼泪顺着脸颊流下来：我不是奸细。我跑出来找你，就是想来告诉你我爹要攻打凉州城的计划。可是……可是我一直没有机会说出来。

马超眼神沉了沉，不论她说的是真是假，事情都已经无可挽回了。西凉府城凉州失守，张太守被杀，军士们死伤无数，这些都是不争的事实。

到了这个时候，马超并不想和她再多说什么。他拿起长枪，一脸冷淡地扔下耿玉蓉转身离开了。耿玉蓉见马超决绝的样子，泣不成声。

耿鄙伟康攻下西凉府城凉州后，自以为骊靬城也是囊中之物，所以行军速度有些缓慢。不仅如此，沿途还抢劫了几个村庄。土匪们个个得意忘形，竟不知马超已经摆好了鱼鳞阵在等着他们。

翌日午时，耿鄙伟康带着兵马来到了骊靬城下，只见城门紧闭，城墙上只有一队军士守卫，看上去怡然自得，并没有要打仗的样子。

耿鄙伟康稍稍一愣后，哈哈大笑起来：看来马超那个毛头小子是怕了本龙王了！看这样子，这是要拱手献城啊！

众土匪听了，立即附和着哄笑起来。

三虎之中的西南虎冲到前面，对着城墙上的守卫大喊：吠！快去告知马超和胡川，要想活命就乖乖打开城门迎接我家龙王！——不！迎接新任西凉太守耿大人！若是胆敢不从，张鼎就是他们的下场！

西南虎喊完，还骑着马耀武扬威地在城墙下走了一圈。土匪兵跟着扬起手中的武器，大喊道：打开城门，迎接耿太守！打开城门，迎接耿太守！

耿鄙伟康十分得意，刚要仰天再笑时，却听见“啊呀”一声大叫。却见刚才冲到前面的西南虎跌下马来，胸口插着一支利箭。

耿鄙伟康大惊，立刻提起马缰往后退。身后的土匪们也是一阵骚乱，队形顿时有些混乱。

西南虎被兵士拖了回来，但已经气绝身亡。还未开战就先死了一员大将，耿鄙伟康又惊又怒，冲着军队大喝了两声，这才止住了骚乱。耿鄙伟康举起令旗，就要下令攻城时，不料城门却缓缓打开了，紧接着就有大队的兵马拥出了城门。

大队兵马出城后，立即摆成了一个阵形。主将马超位于阵形中，主要的兵力在中央集结，分作若干鱼鳞状的小方阵，按梯次配置，前端微凸，形成进攻之势。

耿鄙伟康看到眼前的情形，惊得目瞪口呆。骊靬城内怎么会突然冒出这么多兵马？难不成是天兵天将下凡了？而且这样的阵形也是见所未见、闻所未闻！转念一想，不管他是什么阵，凭我手中的几万大军，马超也是插翅难飞！

想到此处，耿鄙伟康催马上前，大笑三声：马超，就凭你这个乳臭未干的小子，摆出这些哄人的小把戏也想和本太守抗衡？

马超怒喝道：耿鄙伟康，你是谁的太守？今日小爷我不但不认你这个抢来的太守，而且我就让你尝尝小爷这小把戏的厉害！这就叫血债血偿，我要为张太守和西凉军的英魂报仇！

耿鄙伟康一脸不屑：马超，你年纪不大口气倒是不小。本太守倒要看看你有多大的能耐！

马超不愿与他废话，冷冷地盯着耿鄙伟康，举起了手中的令旗。

耿鄙伟康看似气焰嚣张，但看着马超摆下的诡异阵形，心里还是不免有些忌惮，他立刻叫来军师苟兴：苟军师，你可知道马超这小子摆的是什么阵？

苟兴设计攻下西凉府后，自恃谋略过人，一副不以为意的样子：太守大人放心，不管他摆的是什么阵，咱们这几万大军还会怕他不成？

耿鄙伟康还是惴惴不安：我看这阵法颇为诡异，以前从来没有见过啊！军师，你可有破解之法？

苟兴根本不知道世上还有鱼鳞阵法，哪里会有什么破阵之法？心中盘算的无非就是以多胜少，凭着人马众多硬攻。但为了显示他的谋略高深，便故作玄虚地说：太守大人不必过虑！我心中早有破解之法。

耿鄙伟康信以为真，马上将令旗交给苟兴，下令让东南虎和西北虎听从荀军师的调度。

马超看东南虎受荀兴调遣朝着阵中冲来，不由得冷笑，立即挥动手中令旗。位于阵前端的八个鱼鳞小方阵迅速向前移动，抢在敌兵前面主动进攻。两队人马立即厮杀在了一起，顷刻间，血肉横飞、尸体遍野……

仔细一看，阵中的场面混乱不堪。但是，乱的却是耿鄙伟康的土匪军，而西凉军始终如鱼鳞一般保持着弧形，把土匪军圈在了其中。大队的土匪军被八个鱼鳞方阵分成了八股，完全没有了以多胜少的优势，没过多久便被马家军打得七零八落、死伤惨重。东南虎在慌乱中，已被副将梁成拦腰一刀砍下了马。

耿鄙伟康见状大惊：荀军师，怎么会这样?

荀兴也露出惊慌之色，不停地提起袖头擦汗。

眼见近乎一半的人马折进鱼鳞阵，耿鄙伟康再也坐不住了，狠狠地将荀军师的坐骑抽了一鞭，然后催马来到了鱼鳞阵前，打算亲自带兵冲杀。

就在这时，他突然看见有个熟悉的身影从骊靬城内冲出，闯进了鱼鳞阵里朝他奔来。

耿鄙伟康急忙勒住马缰仔细一看，惊呆在了马背上。能让他在千军万马之中一眼认出的，除了她的宝贝女儿耿玉蓉，还能有谁?

马超看到耿玉蓉突然间闯进了鱼鳞阵，以为又是跑来劝拦自己的，心里非常恼怒。然而，耿玉蓉骑马冲到他的跟前，一句话也没有说，只是眼神复杂地看着他。没等马超开口，耿玉蓉便掉转马头奔向了对面的耿鄙伟康。

在这一瞬间，马超想要拦住她，可最终还是提了提马缰，没有迈出这一步。他并不理解，耿玉蓉那复杂的眼神里有对他的爱恋、不舍，还有悔恨。

九、耿鄙伟康与鱼鳞阵

耿鄙伟康看着耿玉蓉在乱军之中穿行，又惊又怒，他早该想到这个死丫头逃跑后会来找马超。不过，终究是自己亲生的女儿，她并没有出卖她爹。如果她把龙首山马踏西凉府的计划透露给马超的话，他耿鄙伟康说什么也不会顺利地拿下西凉府城凉州城。如此看来，确实是血浓于水啊！所以，这丫头现在回头还不算晚。想到这里，耿鄙伟康已经不再生女儿的气了，他赶忙迎了上去。

耿玉蓉奋力冲出两边厮杀在一起的人马，硝烟伴随着鲜血的味道，刺激着她的鼻腔，令她一阵阵作呕。但是，她只能咬牙忍着，一心只想阻止她爹继续杀人。此时此刻，除去她跋扈蛮横的外表，她也只是个柔弱的小姑娘。她并不想看着这么多人死去，更不想看见她心爱的人受到一丁点的伤害。

来到耿鄙伟康跟前，耿玉蓉顾不得身上几处伤口，忍痛跳下马，跪在了耿鄙伟康的马下：爹爹，别再打了！赶快退兵吧！

耿鄙伟康本来打算下马扶她，听到这句话后愣住了，转而大怒：住口！我以为你已经知道自己错了，没想到你居然提出叫我退兵！

耿玉蓉往前跪走了两步：我为什么要知错？我又没错！爹爹，错的人是你，要悔改的人也是你呀！

混账！是谁教你这样说的？耿鄙伟康大声怒斥，他简直不敢相信自己的耳朵，他的女儿怎么可以说出这样的话来？

耿玉蓉不理会她爹的怒斥，继续说道：爹爹，你已经攻下了西凉府城，杀了那么人，为什么还不肯罢手？女儿求你了，退兵吧！不要再继续作恶了。女儿不想看到爹爹受伤，也不想马超受到伤害！

耿鄙伟康听到这里，愈加愤怒。从小被他捧在手心里的女儿，怎么可以为了一个死敌来忤逆他呢？

耿玉蓉见耿鄙伟康不说话，以为是被她说动了，神色间露出了欢喜，不料耿鄙伟康猛的一马鞭下来，狠狠地打在了她身上：你这个忤逆，我白白疼了你这么多年，你竟然为了一个马超这样说你爹！你难道不知道我们与马超家有深仇大恨吗？啊？……玉蓉，你太让爹爹失望了！

耿玉蓉捂着脸跌倒在了地上，嘴角流出了一丝血迹，脸上却依然决绝：爹爹，女儿求你退兵！你若是还要再打，就先杀了我吧！

耿鄙伟康气得连连跺脚，但毕竟是疼爱多年的孩子，几次扬起手来都没有舍得再打下去。无奈之下，只得叫来了两名士兵，下令把耿玉蓉抓了起来。

耿鄙伟康抬头望向战场，就这片刻工夫，马超的兵马在盾牌和长枪的掩护下，渐渐逼近。先前冲上去的自己的人马没有了主将的指挥，节节败退，已经没有还手之力了。

马超虽然听不见耿玉蓉父女的对话，但耿玉蓉的决绝和耿鄙伟康的暴怒却是尽收眼底。马超不由得迟疑，难道是他错怪了耿玉蓉？或许耿玉蓉真的和她爹不一样……

然而，耿鄙伟康并没有给他太多时间揣测，很快又点了一万兵马交由西北虎统领，现已叫嚣着冲进了阵内。敌兵人数众多，鱼鳞阵变幻精妙，两边对峙良久，双方的兵力都损减严重。

马超见状，再次挥动令旗。正在厮杀的几个鱼鳞方阵突然间往两边撤开。阵中央立即形成了两个新的鱼鳞方阵，前面的兵士们举起盾牌，竖起长枪。后边的弓弩手摆开架势，开弓、架弩，只等敌人进入射程，便要开射。

耿鄙伟康并不知道一人高的盾牌后面是什么，见对方稍有后撤，立即下令又一队人马拥了上去。就在他手忙脚乱调兵时，耿玉蓉挣脱束缚，打倒了两名士兵，再一次骑马冲了上去。

敌人马上就要进入射程了，马超全神贯注地盯着敌兵的举动，准备随时下令射击。可就在这个时候，耿玉蓉突然间骑着快马，如同风驰电掣一般来到了阵前。她掉转马头面朝耿鄙伟康的土匪军，伸开双臂歇斯底里地大叫：都给我停下！都给我停下！谁要是再往前一步，我就杀了谁！

马超惊骇，这个耿玉蓉是疯了吗？这时候挡在两军之间分明就是送死！

千军万马之中，耿玉蓉的身影显得那么渺小，那么突兀。那红色的衣裙，那娇小的身体，这千军万马的阵前，就像是红色的烈焰，也像极了天上的仙女。火焰让阵前双方的将士们惊讶；仙女让两军阵前的男子汉们异常兴奋。紧接着，两军阵前的将士们高呼起来：

“美女！美女！”

“美女！美女！”

……

将士们的高呼声惊天动地；将士们的斗志也降到了最低限……

就是这样一个渺小的身躯，硬是挡住了耿鄙伟康数以万计的兵马。这样的场面，这样的结果，堪称军事奇迹，足以载入军事史册！

别说是将士们了，就连西北虎和土匪军的其他大小头目，都不由自主地停止了进攻。西北虎和土匪军的大小头目更多的是不敢惹耿玉蓉，因为她是耿鄙伟康的女儿。没有耿鄙伟康的命令，谁敢伤她？何况耿玉蓉向来跋扈无礼，若是真被这个疯丫头误伤了，也太不值当了。

西北虎虽然恼怒，却也不敢表现得过于放肆，这毕竟是耿鄙伟康的亲生女儿呀！于是他高声喊道：大小姐，两军交战可不是闹着玩的！你快些让开，要是伤到了你，我们也不好向太守大人交代！

耿玉蓉此刻就像是变了个人似的，狠厉中带着霸气，指着西北虎说：要么带着你的人马往后撤，要么你就先来杀了本小姐！

西北虎气得张口结舌，但也无可奈何，而土匪军早被鱼鳞阵法打怕了，现在面前又是一位绝色的妙龄女子，他们自然不会急着去送死了。于是乎，大家都停在原地看着西洋景。

马超惊讶得像头顶炸了个响雷，耿玉蓉突如其来的举动让他，让他所有的部下都感到难以置信。此时，他不由得放松了紧紧握着令旗的手。

一时之间，两边的军队竟然就这样看着耿玉蓉的表演。呵呵，这“美女劝战”的戏太过精彩啦！

马超催马上前，皱着眉说：耿玉蓉，你快离开这里，这里不是你任性妄为的地方！

耿玉蓉回头看着马超，眉宇之间依然带着不可磨灭的骄傲，目光坚定而锐利：马超，我不是奸细！我没有出卖过你，也没有出卖过任何人！我这次来找你，没有别的，就是喜欢你！所以，只要我在，我就不会让我爹伤害你！

在两军阵前，耿玉蓉竟然说出了这样的话！一瞬间，空气好像凝固了。这种场合，她居然还说喜欢呀爱呀什么的，真的是太不可思议了！马超摇摇头，定了定神，声音清冷：你这样做简直就是愚不可及！你什么也改变不了，我和你爹永远都是水火不容的敌人！

听到这话，耿玉蓉顿时喉头打结，说不出话来。片刻后，她又勉强扯出了一抹微笑：我死了无所谓，只要你能安然无恙！

马超见她这样，心里不是个滋味，但责备的话却再也没有说出来。

就这样僵持了一阵子，就连耿鄙伟康也愣在了那里。但耿鄙伟康突然意识到了什么时，他怒不可遏地赶过来。他把大刀指向马超：马超，你这个无耻之徒！你居然诓骗我女儿，利用她来挟制于我。

马超怒火中烧，冷眼盯着耿鄙伟康：耿鄙小子，休要废话！有本事你就放马过来！说着便端起了手里的长枪，耿鄙伟康亦提起了手中的大刀。

耿玉蓉大惊，连忙勒马拦在了他们二人中间，厉声喊道：爹爹，你要杀他就先杀了我吧！

耿鄙伟康气得眼睛里冒火，咬牙喝道：混账东西，你还不快给老子滚开！若是坏了我的大事，我连你一块儿杀！

耿玉蓉勒转马头，冲着耿鄙伟康两眼一闭，昂首挺胸抬起了头：那好，你就砍了我吧！

耿鄙伟康眼睛通红，愤怒的脸扭曲成了暴怒的狮子脸，喊出的声音都变调了：耿玉蓉，你马上离开！要不然，就别怪老子不客气！

耿玉蓉慢慢睁开了漂亮的双眼，拍着自己的胸脯：爹，你来吧！你在凉州城里杀了多少人，恐怕连你自己都说不清楚了吧？这还不算，你居然还把爱民如子的张太守都杀了，由此可见，你什么样的事情做不出来？既然杀了那么多人，你再杀我一个耿玉蓉又有何难？

耿鄙伟康真的气急了，他二话不说，狠下心来用刀背将耿玉蓉拍下了马。尽管只用了两三成力道，但耿玉蓉还是感到痛彻心扉，再加上伤心惊惧，喉头一甜，竟吐出一口血来……

马超见状，震惊不已，他没想到耿鄙伟康真的会对自己的女儿下手。土匪军更是惊得张大了嘴巴，这耿鄙太守还真是心狠啊！

看到耿玉蓉趴在地上吐血，马超再也没办法视而不见了，他毫不犹豫地跳下马，扶起了耿玉蓉：耿玉蓉，你何苦这样啊？你坚持一下，我让人先带你回城疗伤！

耿玉蓉的心里此刻却感到万分激动，眼泪夺眶而出，原来马超还是在意她的。她擦了一下嘴角的血，流着泪笑道：马超，我没事！我以为你不会在意我的死活呢……

马超看着耿玉蓉又伤心又高兴的样子，竟不知道该说些什么。但是他分明听到了双方阵营里的窃窃私语，于是他慌忙避开了她的目光，将她抱起来放到了自己的马背上，然后飞跃上了马背。

耿玉蓉在马超怀里轻轻闭上了眼睛。耿玉蓉，有了这一刻，你还有什么可抱怨的？即便是为他丢了性命，也该知足了……

耿鄙伟康看着马超把耿玉蓉抱上了马，还看到自己的女儿居然紧紧地贴在马超的身上，只觉得心中怒火“噌噌”往上蹿。他咬牙切齿地举起了手里的大刀：马超，你去死吧！

马超回头见耿鄙伟康疯了似的朝他砍来了一刀，急忙往后退了两步，马上提起了手中的枪。以他的身手，就算是赤手空拳，耿鄙伟康也断然伤不到他。但是，马背上的耿玉蓉却大惊失色，惶恐至极。

耿鄙伟康的大刀冲着马超砍下来的一瞬间，耿玉蓉突然从马背上跃了起来，拦住了耿鄙伟康的大刀。马超心头大震，想要把她推开，可是已经来不及了，迎面而来的大刀已经深深地砍进了她的身体。耿玉蓉瞪大眼睛望着耿鄙伟康，身体缓缓向后倒去……

耿鄙伟康见大刀砍在了耿玉蓉的身上，浑身一哆嗦便慢慢地松开了刀柄。突然又像惊醒了一般，大叫着再次握住刀柄，把刀抽了回来。随着大刀的抽离，刀口处的鲜血喷涌而出，耿玉蓉大叫了一声，昏死了过去……

原本紧张激烈的战场气氛，忽然间显得低沉、压抑起来，两边都是一片唏嘘之声。

耿鄙伟康见耿玉蓉的身体上鲜血直流，脑子里顿时一片空白。不自觉地提起马缰，往后退出老远，嘴里一直喊着：玉蓉，爹不是故意的，爹不是故意的……

耿鄙伟康虽然心狠手辣、作恶多端，但亲手把刀砍进自己女儿的身体，仍旧让他心神大乱。这时，身后的兵马也变得骚动不安起来。

马超慌忙抱起耿玉蓉，一只手死死按住刀口，喷涌而出的血变成一股股细流，从他指间狂溢。马超看着耿玉蓉紧闭的双眼，心里乱成了一团：耿玉蓉，我不许你死！你快点睁开眼睛，我不许你死！

或许是听到了马超的呼喊，抑或是爱的力量，耿玉蓉慢慢地睁开了眼睛，没有了戾气的脸庞显得越发娇艳，只是异常苍白。耿玉蓉仔细地望着马超，眼神平静得没有一丝波澜：马超，我不是奸细……我没有……没有想过要害你……

马超听她说出这句话，心口仿佛压了巨石一般沉重，口气也变得轻柔起来：耿玉蓉，我明白，我相信你！你不要说话，我会想办法救你！

耿玉蓉平静的神色微微露出喜色，挣扎着缓缓抬起了手。手指快要触及到马超的脸颊时，最终还是没有摸上去，垂下手后，神色随之黯然：我知道……知道你不喜欢我……可我……我不后悔……

马超此刻竟有些不敢直视耿玉蓉的脸，眼睛随即转向了她的伤口，他看到她身体里的血依然不断地往外流着……

马超心口越来越重，忍住眼里的酸涩又望向耿玉蓉。耿玉蓉也在这时微笑着闭上了眼睛，任他怎么喊、怎么骂，再也没有睁开眼睛……

明明知道马超不喜欢她，她却还是义无反顾地想要护他，到死都没有一句怨言……

马超在心痛不已的同时，悔恨交加，要是自己宽容大度一点，对她不是那么排斥，不是那么拒之千里的决绝，或许耿玉蓉就不会死。那日馨儿的死令他痛不欲生，而现在耿玉蓉的死也同样让他特别难过。在之后的日子里他始终耿耿于怀。

耿鄙伟康知道女儿已经走了，痛苦地跌下了马背。他此刻的心情已经接近癫狂。他杀了自己的女儿，可他还是愤恨马超和世间所有的人。耿鄙伟康双眼血红，脸上青筋暴起，提起刀步行着、嘶吼着向马超疯扑过来。

马超静静地抱着耿玉蓉，听见耿鄙伟康扑上来了，他却连头都没有抬。

这里所有的罪恶与杀戮都是这个十恶不赦之人造成的，现在也该是他偿还的时候了。想到此处，马超拾起腿边的长枪，扬手一掷。长枪闪着银光，如流星一般飞向了耿鄙伟康。“扑哧”一声响，耿鄙伟康还未来得及举起大刀，飞来的长枪已经穿透了他的胸膛。他怒目圆睁盯着马超，缓缓前倾着朝马超和西凉军跪下了。那长枪做了一个支点，最终没有让耿鄙伟康彻底倒下……直到死亡的这一刻，马超依然没有看到他有丝毫的悔意。

耿鄙伟康一死，匪兵立刻乱成了一锅粥。除了西北虎和几个头目依旧抵抗外，士兵们几乎全部放下了武器，跪地投降。西北虎见大势已去，带着军师苟兴和几个小头目准备趁乱逃跑，却被西凉军的副将梁成拦住。惊慌失措的西北虎越打越㞞，十几个回合后就被梁成一枪挑下马背，当场气绝。军师苟兴不会武艺，慌乱中掉下马后，竟然被马活活踏死。

马超找了一处僻静之地，将耿玉蓉的尸首暂时放好，等待安葬。这时候，将士们已经开始打扫战场了，等清点完俘兵后，马超才看见耿鄙伟康的尸体早已被将士们剁成了肉泥……

祸害西凉府十几年的恶魔，落得今日下场也是他咎由自取。但看到躺在地上的耿玉蓉，马超还是感到内心异常悔恨……

耿玉蓉不是死在她父亲的刀下，而是死在他马超的手里啊！马超望着面前黑压压的俘虏，无可奈何地摇了摇头……

一场浩劫，死伤无数。无论是张鼎还是耿玉蓉，都让马超的心里沉甸甸的，久久不能平静。

十、雷台埋骨

太守张鼎的尸身在凉州城头悬挂暴晒了几日，已经惨不忍睹。马超看着面目全非的张鼎入殓进棺，难过地攥紧了拳头，心里滴血自责：若不是自己流连东大滩一夜未归，贻误战机，张太守也许就不会死，凉州城的百姓也不会黧夜逃亡。

满目疮痍的西凉府城凉州，昔日的繁华已经不再。

虽然马超已经派人贴出了告示，躲进莲花山的百姓也在陆续归来，可是要多久才能重回昔日的繁盛？要多久才能让百姓安居乐业？

父亲临走把西凉府的安危交到了自己手上，是对他寄予了多么高的信任和期望啊！可是就因为自己的一时大意，张太守独立拒敌南城下，为掩护百姓撤离不肯后退半步，最后力尽战死！除了张太守，还有那壮烈捐躯的几千将士……

马超跪在张鼎灵前，不吃不喝不说话，任谁来劝都不肯离开。重伤的田金泉也来了，是让人用担架抬着来的。

少将军！田金泉气息奄奄，说出来的话还有气无力、断断续续：太守大人走了，我们……都很痛心！可是……可是西凉府，需要一个新的主心骨。少将军……那……就是你。田金泉短短几句话，已经累得满头大汗，但他不顾旁边其他人的劝说，缓了一口气，坚持说道：少将军……为了西凉府……为了凉州城百姓的安定，请你爱惜自己！

田将军！众人惊呼，田金泉再次昏死了过去。

马超急忙奔到田金泉身边，抓住田金泉的手大声疾呼：田将军！田将军！

田金泉身边人告诉马超，田金泉乃是精力损耗过度，陷入昏迷了。马超这才放心，让人抬着田金泉去救治。

阿离一直陪在马超身边，看他终于肯说话，不再是木木的神情，心里暗暗松了一口气。阿离趁机拉着马超，微笑道：孟起，你能陪我去个地方吗？

马超刚想张口拒绝，阿离纤纤手指传递来的温暖便堵上了他的嘴。阿离依然笑道：不要急着拒绝我好吗？你跟我走，如果那个地方你不喜欢，我陪你绝食三天，如何？

马超愕然，这是什么赌注？便顺着阿离跟她走。阿离没有要马车，也没有骑马，而是陪着马超慢慢走。两个人一起走过凉州的大街小巷，从城南走到城北。耿鄙刚刚洗劫过的城池，到处可见破碎的瓦砾，看着断壁残垣里的百姓们正在重建家园，虽然他们心疼自己的家被破坏，但脸上还是充满了希望。

一位满头白发的老人家，坐在四面墙都倒塌了的院子里，自己腿脚不便，但指挥着儿孙们清理宅院：那个案子不能扔，换一条腿还能用。正说着，见家里人提着烂了半边的瓦罐出去，又急忙喊道：拿回来，拿回来。罐子烂得不多，不能盛菜还可以给孩子当夜壶嘛……

马超看得出神，嘴角边微微有了笑意。

阿离看到自己的目的正在实现，露出了会心的一笑。之后她又拉着马超往城外走。落日下的城北，军士们正在清理激战后的狼藉。当日战况惨烈，土匪军就是先从这里破城门而入……马超看到，随处堆积的石块，有的还浸染着斑斑血迹。阿离拉起马超的手，抚上城门，厚重的城墙触手冰凉，墙砖上斑驳的划痕，既有刀砍斧劈的新痕，也有风雨侵蚀的印迹。阿离带着马超，慢慢拂过这些纵横，顺着城墙边走边轻轻诵道：天地之道，博也，厚也，高也，明也，悠也，久也。今夫天，斯昭昭之多，及其无穷也，日月星辰系焉……

马超一愣，也跟着阿离喃喃诵读：……今夫地，一撮土之多，及其广厚，载华岳而不重，振河海而不泄，万物载焉。今夫山，一卷石之多，及其广大，草木生之，禽兽居之，宝藏兴焉……

阿离停步微笑着望定马超：孟起，你读过《中庸》，大道理自有先贤圣人去讲。我是个小女子，说不来那许多的道理，但却明白一件事。人生无常，当岁月悄然流逝，我们都老了，那个时候回首往事，想起一路走来的步履，能够记得住的人和事又有多少？就像这城墙上的痕迹，千百年后，能留下来的永远是历经了风雨之后还经久不灭的。世间万物如是，我们人也一样。

马超默然不语，阿离又继续道：所以，我们不能总是沉湎在过往的哀痛里。生活要继续，人始终是要往前走的，天地法则就是这样。你说是不是？

马超满脸的冰寒随着阿离的话语，逐渐碎裂直至融化。他点头道：是！

阿离握住马超的手，拉他坐下来，遥望天边的云霞：你看，多美的光景啊！世间如此美好，你不想做点什么吗？

马超沉默半晌，才闷闷道：我想吃饭！

哈！阿离忍不住笑出声来：那就去吃饭吧！我可不想真的跟着你绝食三天呢！

马超被阿离笑得尴尬起来，兀自起身，也不理她便向城里走去。走了几步，发觉阿离没有追上来，回头道：还走不走啊？不走我走了！

阿离轻笑，真是一个别扭的人。知道马超放下了心里沉重的包袱，阿离也起身随着马超回府。自从她认识马超以来，看到最多的就是他的黯然，阿离想：有没有人告诉过孟起，他笑起来更好看，他的笑容纯净得像个孩子。

马超岂能不明白阿离所说的道理，只是自责太深，不论张太守还是耿玉蓉，他们的死让马超难以释怀。可是，此时悔恨又能改变什么？也许阿离说的对，逝者已逝，而他还有许多值得守护的人，还有许多未做完的事。那些普通百姓需要他，西凉府需要他，父亲远征，他还要守卫大后方……想到这里，马超的心头沉重无比。

忽然发觉，每次难受的时候，好像都是阿离在身边开导。他感觉，自己越来越依赖阿离了呢！这时候，他的心里便多添了一些惊慌。

张鼎的墓地选在府城凉州城北的雷台。几百名工匠日夜不停工，终于赶在下葬这日将太守的陵墓修好。不仅如此，马超已经打发人快马加鞭去报丧，发给朝廷的讣告也还在路上。马超作为西凉府目前最高的行政长官，一切都需要他来主持，太守大人的陵墓自然也得由他去验看。

几日暴尸，张鼎的尸身遭受了严重的破坏和凌虐，必须尽快入土。马超听取一些老人的建议，只能先择选墓地作为太守的临时陵墓，待朝廷下诏看是否重新安葬。虽然是临时修建，但自愿前来帮忙的工匠们，都是感激太守大人的恩义，因为爱戴和崇敬而来真心做工的。朴实的百姓们，只是想用他们自己的方式来报答太守的舍命为民之情。

太守的陵墓暂时选在城北的雷台，这里风光秀丽、绿树成荫，高高的雷台相传乃是前朝大司马霍骠姚征战河西时用过的点将台。张鼎早年间立有军功，被封度辽将军，如今在雷台安葬武将出身的张太守再恰当不过，谁都没有异议。

墓室主体由砖石夯建，分为墓道、墓门、甬道、前、中、后室等部分，通长十二丈；前室还有左右耳室……马超不懂这些，耳边听着工匠解说，眼前却浮现出张太守生前的许多画面来。父亲总说他幼年失怙，少年之时便来投奔张太守，正因为有张太守如父亲般的关怀和提携，才有了后来的西凉马腾；太守文治武功，平盗寇、减徭役、安民心，使西凉府避免了一次次战祸；鏖战凉州城头，古稀之龄斩杀匈奴悍将；敌兵围攻，慷慨赴死……想到这些，马超也不得不为他折服！马超在天赐寺长大，而西凉府坊间还在述说着张太守和马神庙的事迹。马超相信，这样的张太守必将流传千古！

一府长官并不轻松，光就张太守的丧事一事，他都得亲力亲为去过问，包括祭文、丧仪、规制……马超觉得简直繁杂又琐碎，但他还是一丝不苟地去做。

张太守出殡这日，全城百姓自发前来送行。出城的官道两旁，挤满了凉州城以及从其他县赶来的人们。

张鼎的棺木由十六个军士抬着缓缓行来，人群里有低低的啜泣声，随着送葬队伍经过，渐渐变成了痛哭失声。太守大人归来吧！不知谁哭喊道。百姓们纷纷跟着哭起来：太守大人归来吧！太守大人归来吧……声声哀戚，伴着漫天的冥纸和落叶随风飘散……

悲痛又繁累，几日下来，马超憔悴了很多，下巴和上唇处长出了青青的胡楂。马超自己并不觉得，但阿离却眼神复杂地抿了抿嘴，轻轻一笑。过去她一直把马超当个大孩子，虽然有时候也会心里泛起涟漪，但没有认真去想过。现在，和马超经历了许多的事，看着他从颓废、悲痛、矛盾的青涩少年，到战场上的驰骋勇武、统御三军。马超逐渐成长，成了顶天立地的男子汉，拥有了独掌西凉府的能力和睥睨四合的英雄气概。阿离终于发现，她的心在不知不觉中已深深沦陷。

皇帝年幼只顾贪玩，权阉们争权夺利，西凉太守的死在朝堂上那些人眼里，只不过如同大海里投进了一粒石子，激不起多大微澜。送进京的奏报在御案上搁置了好久，才被翻起。彼时，离张太守逝去已经三个多月。宫人禀报了太后，何太后无势不敢批复，让找太师商议。董太师因为董尔权的原因，对张鼎的印象不好，但看奏报和讣告已是几个月前的事了，现在再来下诏厚葬恐怕为时已晚。只好草草拟了一份诏令，追谥了张鼎一个“西凉张大将军”的虚衔，命西凉府择吉地厚葬。就因为董太师把“大将军”误写成了“张大将军”，所以，后人就称张鼎太守为“张大将军”或者是“张将军”。这是后话。

诏令到西凉府时，临近年下。马超握着盖有“受命于天，既寿永昌”的诏令，狠狠掷在地上，正巧摔在端茶进来的阿离脚下。阿离放下茶盘，捡起地上的绢帛，匆匆扫了一眼便知道马超发怒的原因了。一府太守，怎么说也是封疆大吏，况且是为抗击土匪军，掩护百姓安全撤离而战死的，朝廷不但没有褒奖，还如此轻描淡写地一笔带过，一个有名无实的“西凉张大将军”衔就算做了交代？难怪马超气愤。

阿离把绢帛放在案上，递了茶碗给马超，轻声道：先别忙着生气了，太守大人一生为民请命、克己奉公。相信他所做的一切，也并不是为了身后虚名。

马超余怒未消，寒着脸道：即使不提那些虚名，张太守百日之祭都过了许久，才收到这狗屁不是的诏令。不拨银两，还择吉地厚葬？说得轻巧！阿离颔首：是啊！入土即为安，的确不能改葬了。好在当日选了雷台做太守大人的墓地，吴军师不是也说那是个吉穴吗？

马超和缓了脸色，无奈叹气道：这要如何告慰太守大人的在天之灵呢？朝廷如此行事，想来都令人心寒！

阿离给马超续了茶水，看着马超道：吴军师上次回来就说过，朝廷已经不是以前的朝廷了。动荡乱世，太守大人不会怪我们的。

马超默默无语。张太守死后，马超派人给父亲传信，当时西凉军正在扶风一带与乱军交战。马腾听闻太守战死，一口心头血呕出便栽倒在地，及至醒转召了传信兵来问详情方才知道，耿鄙伟康趁他征战在外，西凉府兵力空虚之际，竟然夺了金繁马庄的良马来攻取凉州城，太守张鼎为了掩护百姓出西门逃离，力敌一昼夜，最终战死南城外。

马腾悲愤不已，起身就要回西凉去找耿鄙报仇。传令兵急忙跪禀，又把马超大摆鱼鳞阵，耿鄙伟康死于阵中的事仔细说给了马腾，这才让马腾稍稍有所安慰。先前还对儿子擅离职守逗留骊靬的事生气呢，一听马超在绝对劣势之下，还能运筹帷幄、扭转乾坤，把耿鄙伟康斩于阵中，马腾欣慰地笑了。超儿终于真正成了自己的左膀右臂，作为父亲，他与有荣焉。只是痛惜太守的离去，但又实在抽不开身回去祭拜，便在营地里设了香案遥祭，面向西凉府方向叩头。不仅如此，还下令全军戴孝三日。

之后，马腾托付吴瞎仙回西凉府，让懂风水的他为太守择吉穴安葬。吴瞎仙不敢耽搁，日夜兼程回到西凉府。可此时的太守早已经下葬了。待到墓前一看，连连大赞，直说雷台乃是大吉宝穴，张太守葬于此地暗合乾坤。既然如此，便再不必折腾了，众人这才安心。

因此，朝廷那一纸诏令，有还不如没有！马超恼怒道：早知如此，还不如下葬伊始就为张太守竖碑，何苦等了几个月，等来这轻飘飘的几个破字！

阿离嗔笑道：又孩子气了！破字也是朝廷的诏命啊！

马超失笑，不好意思道：好吧！那就按“张大将军”的谥号，给太守大人制碑吧！

阿离点头后，即刻唤了人来吩咐找工匠赶制。

十一、谭一马的宝藏

朔风呼啸，一场大雪铺天盖地下了两个昼夜。这场雪给人们造成了很多的不便，以致于不少百姓还遭灾了。灾害发生后，马超不但拨款救灾，还顶着寒风出门，到城中各处勘察灾情，调拨军士帮助百姓们渡过难关。经过几天的努力，百姓们总算安定了下来。城中百姓都在悄悄议论，少将军大有已故张太守之风。

这一日马超终于得闲，在府里翻看公文。阿离亲手煮了茶送到书房，看着马超吃茶，氤氲的热气缭绕在他俊朗的眉眼间，看上去更加英俊潇洒。阿离望着马超，沉迷其中。马超意识到后，抬头向她看来，阿离急忙收敛情绪，若有所思道：孟起，有件事我一直没有告诉你。

什么事？马超盯着阿离的眼睛。

阿离咬了咬唇，似乎下了很大的决心：我舅舅留下来一批东西，当时谭家苦苦相逼我都坚称不知道。其实，我知道那些东西，是舅舅藏起来了。现在，我想把它们交给你。

哦？马超惊讶，想起当日去谭府接阿离，的确听到谭家要把阿离关起来，就是要什么东西。便问道：是什么呢？很贵重吗？为何要交给我？

阿离轻笑：你看你，一下子问了这么多问题。阿离的笑，倒让马超难为情了：好好好，我不问了。阿离接着一本正经说：是我舅舅半辈子攒下来的各种铸件，应该算贵重吧？因为我亲眼见过，有人拿很多金银来买，舅舅都不肯卖出去。他对我说，那是他一辈子积攒下来的宝贝，要留给……留给后世子孙呢。倘若将来能有更大的用处，也应该用在正途，而不该沾染铜臭之气。

阿离娓娓道来，只是中间稍稍改了谭一马的一句原话。谭一马当时是说，他的东西要留给阿离当嫁妆。阿离不好意思把这话说给马超。

马超听了阿离的这番话，才知道谭一马的确留了东西给阿离，便问道：那些东西既然是谭师傅留给你的，就好好收藏着，那也是他留给你的念想。再说，听起来还都是挺值钱的东西，当初谭家要你都没给，怎么现在却要拿出来给我？

阿离脸色微变道：谭家要，是因为他们贪图钱财，想把我舅舅的东西拿去卖了，然后瓜分了去挥霍。这不是舅舅的初衷，我自然不可能给他们。而你……

阿离直视马超道：我知道，你是不会贪那些的。再者，我一个弱女子，在这乱世里孤独飘零，也不敢想能不能把舅舅的心血保护好。不如交给你，用在正途上吧。

马超不笨，即使阿离没有明说，他也明白了。如果他所料不错，这应该是谭一马留给阿离的嫁妆吧？现在阿离要交给自己来保管，就是把她的终身也一并交付给自己的意思了。马超微微迟疑，不敢应承阿离。经过这段日子的相处，阿离陪着他走过风风雨雨，犹如姐姐般无微不至地照顾，甚至有时候他能从阿离身上感受到一种母性的温暖。就是这样，阿离已经润物细无声地融入了马超的生活。她美丽温婉，知书达理，所有人都暗示过，她就是最适合自己的那个人。可是……马超始终走不出馨儿给他的心牢。

阿离一直都知道马超的心结，此时看着马超紧紧拧起的眉头，心里有些酸涩。但是，她很快调整好了自己的情绪，抿起唇一笑，若无其事道：孟起，不如我带你去看看那些东西吧！看马超犹豫，她索性牵起马超的手，俨然像一个长姐一般，笑着催促道：快走呀，还愣着做什么？

马超起身，任由阿离拉着他出门了。家里的仆婢看着他们两人牵手出去，都露出了会心的微笑……

阿离与马超并辔而行，路上的积雪没过马蹄，还没有融化掉。越往前走马超越疑惑，这不是去莲花山的路吗？不是说要去看谭一马留下来的东西吗，阿离怎么带着他往天赐寺走呢？马超不解地看向阿离，以眼神询问。阿离微笑不语，问得急了，便打马一个人跑到前面去了。马超无奈，只得跟着阿离继续前行，看她在弄什么玄虚。

自从父亲走后，军中事务繁忙，马超已经好长时间没有回过天赐寺了。正好今天借机回寺里看看，不知道师父他老人家好不好？不知道师兄他们如何？马超忽然就有了种归心似箭的感觉。

阿离没有带着马超走大道，而是通过山中只有一人能走的小道走的。小道很窄，被上山人踩去了积雪。到了坐骑不能行走的路段，两人把马拴在了一户农家，让其照顾。之后两个人沿着小路拾级而上，徒步往半山腰的天赐寺走去。

山门外有几个和尚在扫雪，见有人上来，都停了手看过来。

好容易爬上山，“天赐寺”三个大字已经在望，阿离走得累了，微微出了层薄汗，风氅领口镶着的一圈狐锋衬托着她莹润的俏脸，有红扑扑的神采。台阶有点滑，马超伸手去拉阿离，一回首就见阿离仰脸微笑着，双眸潋滟。马超突然便失神了，似曾相识的情景，让他又想起馨儿曾经也是这样，火红色衣裙白色狐锋里娇俏的笑脸，蹦蹦跳跳着飞进他的怀抱……

孟起？孟起！惊呼声打断了马超的旖旎情思。

风竹师兄！马超抬头一看见是师兄风竹，高兴地快步迎上去：师兄你还好吗？

我很好啊！风竹咧嘴笑，然后又狐疑道：孟起你怎么来了？你那么忙，是不是有事要见师父？

马超不知道要怎么告诉风竹，是阿离带他来的。便含糊道：师父他老人家好不好？

风竹笑道：师父好不好，你去见了他不就知道了。咦？这是？

阿离已经走到了近前，微笑着给风竹施了一礼。风竹看了看马超，又看阿离，手指在他们两个人身上逡巡，颇有些震惊地问：你……你们……你们两个？

马超一把攥住风竹的手，打个哈哈道：师兄，还不快带我们去见师父？你是想要让山风把我们吹多久啊？

风竹被马超强拉着往寺里走，还不忘回头对阿离道：那个，那个女施主……姑娘，请你跟我们进来。

师兄，快走吧！马超半拖着风竹走在前面。

阿离轻笑，跟着他们二人进了天赐寺。

一空大师慈眉善目，对着阿离点头道：阿离姑娘，你来了？

大师！阿离施礼道：叨扰你清修了。

马超愣愣地呆住了，师父怎么好像和阿离十分相熟的样子？

一空大师淡笑：阿离姑娘看来是已经想好了，对吗？

阿离点头：大师，我想好了。所以带了孟起来，就是要把东西交给他。

好吧！一空大师饶有兴味道：当日谭施主托付于我时，就有交代过，他寄放在我这里的东西，将来全由阿离处置。阿离姑娘能否告诉老衲，为何要把那些宝贝交给孟起？

阿离瞥了一眼马超，微红了脸，但还是坚定地看着一空大师道：大师，我相信他能把那些宝贝疙瘩用在正途上。

一空大师了悟，看着依然懵懂的马超轻笑道：孟起，你可听明白了？

马超答非所问，疑惑道：师父，您和阿离早就认识吗？

一空大师起身，也不回答马超的问话，微微叹口气道：傻徒儿！跟我来吧。说着关上禅门，走到里间将墙壁上的机关按下，密道显现。一空大师抬步迈进，阿离紧随其后。马超对这里并不陌生，也跟着走了进去。

谭一马留下的东西竟然都是他铸造的各种车、马和人像。而且为数不少，此刻整齐地摆放在密室空地上，在烛火映照下，庄严肃穆，犹如列队出行的仪仗。马超绕着铜车马阵转了一圈，每一个角度看去都有不同的发现，人像栩栩如生，铜马张口嘶鸣的动态，都让谭一马的一双巧手表现得淋漓尽致。真是件件精美啊！

可惜，似乎少了一点什么？马超极力思索着，突然灵光一现，他想起了自己的铜天马。这个车马阵怎么看都像是一个整体，就像大将军探亲出行的阵列，有车马、有仪仗、有侍女、有夫人，而缺少的正是一个领军者。

马超自顾自观赏着。阿离看着这些熟悉的物件，一件件都凝聚了舅舅的心血，抚摸它们就能想起舅舅醉心铸造的样子，不由得红了眼眶。

这些东西是谭一马近十年来铸成的，代表着他一生最高的铸造技艺，他看得比自己的命还重要。当初受金繁邀请去马庄的时候，谭一马把这些东西送来了天赐寺，请求一空大师代为保管。因为他深知谭家人的秉性，自己长久离府出外，难保他们不会趁机谋取。

一空大师把事情的经过缓缓说出来，马超这才知道，师父与谭一马的确认识，阿离也来过几次天赐寺，只是他们两个每一回来寺里，都恰好与马超错过了。

师父，您老人家太能遮掩了，我两次进密室，怎么就没发现这些宝贝呢？您连徒儿都瞒！马超在一空大师面前恢复了他的少年情状，故作委屈的抱怨惹得阿离差点笑起来。

一空大师无奈道：受人之托，忠人之事。谭施主与为师相交于早年间，他的重托，自然要守口如瓶。再说了密室又不只有一间，你没见过也属平常啊！

马超听一空大师说得有理，点头应是，只是觉得太出乎意料了。谁能想到谭一马会把他的宝贝疙瘩藏在天赐寺呢？

一空大师把目光转向阿离：今日我就把东西都交给阿离姑娘了，你可要清点清点，看是否少了什么？

大师言重了！阿离急忙道：我舅舅把这些交给大师保管，可见他对您有多信任。阿离还要代舅舅感激大师您的护宝之情呢，小辈怎敢有所质疑！

一空大师微笑道：那好，它们一共是九十八件，一件不少。阿离姑娘都带走吧，也算是老衲完成了故友的嘱托。阿弥陀佛！

阿离向一空大师施了一礼，转头看着马超，郑重道：孟起，我本打算把它们给你，但现在我改变主意了，给这些东西寻了个好去处，你可要帮我送去哟！

马超不解其意，但依然点头道：你说吧，是送往哪里？

阿离又看着一空大师道：大师，我舅舅曾说，这些东西但凡有点价值就要用在正途上。我想着，对于普通人来说，它们不过是摆件，并无实用。而在贪婪者看来，可以把这些宝贝疙瘩卖给豪门，赚上大钱便于挥霍。所有这些，都不是舅舅愿意看到的。所以，我觉得把它们拿去给张太守做了随葬吧。张太守一身正气，为守护西凉府的百姓们壮烈捐躯。用它们随葬太守大人，我以为这应该就是正途，也是最稳妥的处理方式。大师，不知道阿离说的有没有道理？

一空大师听得动容，想不到阿离一个年纪轻轻的小女子，竟然如此豪气干云，不由赞道：阿离姑娘说的对！张太守爱马，又是武将出身，将这些车马随侍于他倒也符合身份。继而又叹道：唉！可惜谭施主后继无人，他的绝顶手艺恐怕便就此失传了！

说起谭一马的死，阿离自是不胜唏嘘，但她既然已经下定决心，便再不做改变。她看向马超道：孟起，你同意吗？如果同意就吩咐人来吧，把它们运到府城去。

马超也被阿离一番话打动，满脸愧色道：好，我命人来办。不仅如此，我还要把谭师傅送我的铜天马也拿出来给这个车马队当头马吧！

孟起？阿离惊疑：你想把铜天马也……

对！马超打断阿离：刚刚听了你的一席话，令我惭愧。你都能把这么多的宝贝拿出去用在正途上，我怎么就不舍得铜天马呢？况且，那也是谭师傅呕心沥血铸就的。当时我是为了一己之私，现在想来难免偏执。你看……马超指向地上摆放的车马阵道：刚刚我就在想，它们缺一个领军者，铜天马可还当得？

阿离眼睛一亮，惊喜道：对啊！如果让铜天马领头，那可就太完美了！

一空大师看一对小儿女颇有默契的样子，微微点头，欣然笑道：孟起那匹铜天马为师也有耳闻，据说皇家还在追查下落，既然不能公之于众，放在暗处也是蒙尘，我看你们的决定都是正确的，让这些宝贝随了张太守去也好！

马超此时早已释然，想起当初的情形，倒像是胡闹了一场似的，脸上便有些羞赧。挠了挠头才道：师父，徒儿手里的不是原来那匹，是谭师傅又铸成的另一件。

哦？一空大师疑惑道：这其中还有事由吗？为师倒还不知。

马超悄悄瞥了一眼阿离，见阿离面色突变，便止住话头道：师父，密室里有点闷，咱们出去后徒儿再禀报您详情吧！

一空大师看马超和阿离的神色，看来的确有些他所不知道的内情，便顺势道：也好，这就出去吧！说着先掌了灯在前面带路。

阿离蹲下来，细细地抚摸着面前一件人像，对着虚空里喃喃道：舅舅，您说阿离做得对吗？阿离想您了！说话间潸然泪下。

马超默默陪在阿离身边，不知道怎么劝解，张了张嘴，最终却什么也没说。

半晌，阿离才止住哭泣起身。马超为阿离照着路，无意间的对视，阿离被泪水濯洗过的眼珠，有亮晶晶的潋滟碎芒。马超避开阿离的视线，借故掌灯，提醒她看路，两个人一路再无话。

从密室出来就是一空大师的禅房，外面正是阳光灿然的午间，虽是冬天，但禅房里暖阳和煦。一空大师唤了门口的弟子进来，吩咐他带阿离去厢房用饭，留了马超在自己禅房。

阿离对着一空大师施礼后告退，马超明白师父是要问刚才那件事，便一五一十将前后两匹铜天马的事都告诉了一空大师。

前段时间因为许多事务缠身，马超一直没有机会跟师父像从前那样长谈了。一空大师年事已高，也不像以前那样常下山走动了，师徒二人便少了许多像以前那样无话不谈的时间。马超把这一年来的种种遭遇都倾倒出来，心里瞬间轻松了很多。

一空大师静静地听马超说完，才知谭一马竟为了重铸铜天马，呕血而亡，临终前把阿离托付给了孟起。佛门清修几十年，一空大师早已看淡俗世，但也更看透了人心。一空大师一听自然理解了谭一马托付的深意，但是看来孟起还是有些迷茫了，便有心点化于他。微笑道：这都是缘分使然啊！先有谭一马托付为师，后再有他托付你，孟起，这是你我师徒合该与阿离甥舅有摆脱不了的缘分啊。

马超闷闷道：师父，这难道就是您常说的宿命？

一空大师颔首：这么理解也未尝不可！既然有缘就要珍惜。孟起，这两日是否就是馨儿的祭日了？

马超一下子变了脸色，落寞道：师父也记得？

一空大师若有所思，然后道：你去一趟东大滩吧，和阿离一起去。去祭拜祭拜馨儿。

师父？马超十分惊讶：为何要与阿离一起去？

一空大师闭目道：当然是自有深意！为师有些疲倦了，孟起你去吧。

马超看师父脸上稍有疲累，虽有疑问也不敢再问，便告退出来，替师父掩上了房门。

一空大师在禅房内重新睁开眼睛，嘴角含笑，心里默默道：阿离丫头，老衲也只能帮你到这里了，一切皆靠缘分吧！

回到府里后，马超选了个好日子，命人重开张太守的墓穴，将九十八件铜车马，连同自己手中的铜天马，一起随葬于太守墓穴中，俨然一副太守出行的仪仗队列。然后依朝廷诏令制碑铭记，上书：“张大将军之墓”，并令人时时洒扫祭拜。

将军墓已定，西凉府百姓难忘张鼎的相护大恩，也经常有人去雷台祭奠一番。

直到马腾隔年返回西凉，听马超述说起当时的情形，对马超料理的太守后事颇为满意，但听到马超说九十九件车马仪仗时，猛然震惊道：孟起，你违制了！

马超不解，就听马腾道：九九之数，历来只有天子可用。即便天子，也仅仅敢称九五至尊。你却把九十九件器物随葬张太守，不是违制是什么？这罪名与谋反等同啊！

马超蒙了，以前似乎也听说过这九九之数的说法，可是听过也便丢到脑后去了，哪知道无意之中竟然在这里犯了忌讳。这事若传出去可大可小，难保有人去挑拨是非，端看朝堂上那位怎么想了。

马腾看儿子懊恼，和缓了声音问道：九十九这事还有谁知道？

马超稍作思考道：我师父，还有阿离，再就是田金泉将军了。其他人只知有这么回事，却不知道具体多少数。

马腾这才放下心来，叹口气道：当下正是多事之秋，既是只有这几个人知道倒也不妨事，他们都是信得过的。此事，便就此打住，再也不要提了。

马超已然深知利害，连忙答应，此后再也没提过有关铜天马的一星半点踪迹。

马超出门，想了想转身去找阿离。自从遵师命与阿离一起去给馨儿上过坟之后，马超便有了一种奇妙的感觉。连他自己都发觉，横亘在他和阿离之间的那条无形鸿沟正在慢慢消失……

十二、东大滩人的小日子

一年一度的又一个中秋节到了，大地上除了沉甸甸的秋禾作物外，到处是收获的景象。

这一天，东大滩寨前广场上，一些小商小贩已经早早地摆上了节日的小百货、小吃食等。在广场一边的小吃店里，来了几个来自骊靬的小伙子，其中有一个长相和西凉马超特别像的小伙子，除了个头与马超不一样高外，人们极有可能联想到，这绝对是马超的弟弟。他们几个点了一大盘羊肉垫卷子，还点了凉州行面和三炮台。

点好吃食后，骊靬人甲（罗马人后裔）说：我们既然来东大滩了，在吃饭以前，能不能把各自的心里话说出来?

骊靬人乙点点头说：我这次来东大滩的目的只有一个，那就是找一个漂亮的汉族姑娘结婚。汉家女儿不但漂亮，而且贤惠。

骊靬人丙接上说：我的心愿是希望东大滩寨兵首领励仙元的女儿励桃花能看上我。

骊靬人甲笑着说：我希望我能像我们的少年英雄马超一样，使东大滩最漂亮的女孩子看上我……

在大家的笑声中，羊肉垫卷子上来了……

骊靬人甲问：大家知道羊肉垫卷子的来历吗?

大家摇摇头说：不知道。

骊靬人甲告诉大家：羊肉垫卷子是我们骊靬人的发明。我们的少年英雄马超在犒劳马腾将军的队伍时，在草原上猎杀了三百只黄羊。结果，半夜被匈奴兵藏在山里的残渣余孽闻到了腥，这帮该死的家伙，连夜下山盗走了二百多只黄羊。我们的英雄马超知道这件事情后，没有着急上火，而是想办法用几百斤面粉做成卷子，盖在了一百只羊的肉上面。这本来是权宜之计，可是这顿羊肉却得到了马腾将军和将士们的高度赞扬。马腾将军说：这是我从军以来吃的最香的一顿羊肉！为什么羊肉垫卷子如此好吃?原因是下面的羊肉熟了，把肉汤里的香味都渗进了面卷子里，所以，面卷子比羊肉还要好吃。从此以后，我们骊靬的羊肉垫卷子就一下子出名了……

与此同时，西大滩寨主蓝脱拉着几大车鹿茸、熊胆、豹皮、狐狸皮、老虎皮等贵重物资和肉类也来到了东大滩……

在东大滩寨前广场的南墙根，东大滩的男女老少正在晒着太阳聊天……

老人们见西大滩来人了，便一个个站起来和蓝脱寨主打招呼。蓝脱寨主停车下马，向老人们拱手：父老乡亲们好！大家都七嘴八舌跟蓝脱寨主说着话。

老人甲因为前几年和西大滩打仗，死了唯一的儿子。虽说这些年东、西大滩因为马超化解了干戈，可心里总是还有些不舒服。于是，他冷冷地问：蓝脱寨主，往年这个时候，你可是骑着我们的凉州大马、带着你的寨兵来和我们打仗的。怎么？现在来看亲戚来啦？

蓝脱寨主摇摇头说：老人家，那是你们的铁匠作祟，所以才引起了我们东西大滩之间的矛盾。我们应该感谢你们！所以今年，我代表我们西大滩的父老乡亲来看你们来了！

老人乙接上说：是少年军的统领马超弄清楚了事情的真相，要不然我们两家这时候打得正紧呢！

老人丙也是在往年东、西大滩的械斗中成了孤寡老人，所以心里对西大滩充满了仇恨。因此，他说出来的话也特别难听：蓝脱小子，我看你这是黄鼠狼给鸡拜年，没有安好心吧！

蓝脱寨主望着老人丙：老人家，你怎么啦，为什么这话这么难听呀？

老人丙气愤地说：是你们不分青红皂白，来侵犯我们，让我们东大滩的不少人家没有了后代。我，就是其中之一！我没有儿孙绕膝，我活不下去啦！我要和你拼命！蓝脱，拿命来！老人丙说着举起拐杖朝着蓝脱的头上就砸：我打死你！我打死你！

老人乙和大家马上拉住了老人丙：老迪，你想干什么？人家蓝寨主现在是客人，不是仇人！你不能这样！

老人丙还是气愤难平：我的儿子是你杀死的！我的孙子也是你杀死的！蓝脱，你是我们全家人的仇人！我要是不杀了你，我这条老命还有活着的必要吗？

老人甲接上说：蓝脱寨主，你还是回去吧！我们东大滩人不希望看到你！

蓝脱寨主摇摇头说：我既然来了，就不能回去！

老人乙拦住了老人丙：老迪，你不能这样。你还记得央钦寨主是怎么说的吗？

老人丙见有人拦他，越发地气大了：不行。我要是不杀了蓝脱，我誓不为人！

正说着，央钦过来了：老迪，你的儿子、孙子是没有了！可是，我的儿子还有我的女儿馨儿都走了。我如花似玉的馨儿还不是死在东、西大滩的械斗中，而是死于赵青宽之手。老迪，我问你，这赵青宽是西大滩人还是东大滩人？要我说，事情的起因在我们东大滩，我们应该去给人家西大滩人赔礼道歉才对。可人家西大滩人不但没有记恨我们，而且还来看我们。好狗还不咬上门客呢！你这是干什么？

东大滩寨主央钦的一席话，不但让老人丙住了口，而且也让蓝脱十分感动。蓝脱上来抱住央钦说：央钦呀央钦，自从你们弄清楚我们东、西大滩为草原械斗的事情真相后，我们的边界线不但安稳了几年，而且我们双方也不再敌对了，开始走亲串邻了，开始通婚了……

央钦微笑着点点头说：是啊是啊！现在我们东、西大滩已经是亲戚了！蓝脱看着胡须花白的央钦说：是呀，我这不是来看你来了吗！

央钦见几位老人都平静下来了，就问老迪：老迪，你现在还有气吗？你想想看，难道人家西大滩前些年没有死过人吗？他们照样死人！可是，他们的胸怀比我们东大滩的草原还大！所以，首先是他们西大滩的羌族儿女先找我们汉家的儿女，当然了，现在的情况更不一样了。我们汉家的儿女也开始找人家羌族的儿女了。这是多好的事情啊？再说了，老迪，你想想看，如果我们这样做，对得起我们的少年英雄马超吗？啊？他为了我们东、西大滩的友好，付出了多少啊？我提议！我们东、西大滩在草原的分界线上为我们的少年英雄马超塑个像怎么样？

蓝脱高兴地点头：央寨主，我同意！我们西大滩举双手同意！说到这个，央钦，我告诉你，我们西大滩，有不少人家都塑着我们少年英雄马超的塑像呢！大家把他当马神爷来敬呢！央钦听了对老迪说：老迪，听到了吧？人家西大滩把我们的少年英雄还当神仙敬呢！你说说，你今天做的这事，应该不应该？

老迪点点头说：寨主大人，你数落得对！数落得对呀！

蓝脱寨主见状，马上过来向老迪作揖：老人家，对不起了！

老迪这时候也不好意思了：蓝脱寨主，你大人不记小人过，不要见怪……

央钦见状，对老迪说：走，老迪，到我家里去，我们一块儿给蓝脱寨主好好地敬一杯我们的凉州美酒！

在央钦家里，蓝脱寨主首先给央钦寨主的千金央馨儿，还有几年前在东、西大滩械斗中死去的大儿子央五祖上了三炷香，然后又对着墙中央画框里的、马超作了一揖：我们的少年英雄呀！我代表我们西大滩人谢谢你！如果没有你，我们东、西大滩的羌汉两家就没有今天的和睦相处呀！

央钦接上说：是的，蓝寨主，少年英雄马超是我们羌汉两家的少年英雄，我们要好好地相处！只有这样，我们才能对得住我们的少年英雄马超，才能对得起我的宝贝女儿馨儿……

央钦说到这里，已经泪湿了眼眶：老迪，你也来拜拜我们的少年英雄吧！要不是我们的小英雄马超的话，我们的这把老骨头不知道现在还在哪里呢！

老迪过来先跪拜了马超，然后又跪拜了馨儿，其虔诚程度不容置疑。蓝脱望着央钦，两个寨主慢慢地点了点头……

老迪拜完马超后，又给蓝脱敬酒：蓝脱寨主，愿我们东、西大滩和睦相处，世代友好！央钦也端着酒杯来了：来蓝脱寨主，为我们东、西大滩的世代友好，干杯！

干杯！

干杯！

干杯！

……

第六卷

将军归来

一、西风破

西凉军驻地槐里，也曾是无数名人将相驻守并受封的地方。驻地周围绿树环绕、鸟语蛩鸣，不远处一条小河水声潺潺，昼夜东流。如此幽静之地，却蓦地传出悠远的箫声来。箫曲如泣如诉，隐隐地透出一丝消沉的意味。

一位气质高雅、面容恬柔的女子静静站立，似在专心聆听乐音。那箫音低沉，呜呜咽咽……女子轻轻叹口气，侧耳辨清了洞箫声响起的位置，缓步走了过去。

果然，在河边的一棵大树下，熟悉的身影孑然伫立，一管白玉箫横在他的嘴边，乐音正出自那里。他似乎是感觉到了有人靠近，稍坐停顿后，继续吹奏。

关山云阻万里客。孝义难取舍。铁马冰河，沙场还醉卧。

怀藏心莲一朵。对或错，笑谈功过。百世终归，西风都望破。

女子和着箫曲的旋律，轻吐慢吟，将一首即兴而为的律曲《清商怨·西风破》诵读出来。这词曲契合绝美，相得益彰。就连站在稍远一些的随侍婢女都暗暗叫好，尽管她们不懂音律，但却听得莫名激昂。

一曲奏完，男子缓缓转身，眼睛里盛有温情，俊朗的脸孔坚毅的下巴，薄唇微微一笑道：早知夫人有才，却不知道还是一位词家呢！一首即兴之作也能令我茅塞顿开。

女子展颜，哂笑道：能让夫君夸这一句，想来妾身的确是有两分才气了！

男子故意板起脸来道：啊呀，你什么时候这么不谦虚了？

女子“扑哧”笑出了声：夫君不知班婕妤的典故吗？

好呀！早知如此，当初我就不救你了，让谭家把你送给皇帝去！男子佯怒。

只怕现在后悔，为时已晚！小女子已经是将军的夫人了！女子眉目含情笑道。

哈哈！二人相视而笑。冲散了刚才曲调中带出的忧郁……

此时已是建安十五年。并肩走来的正是偏将军马超和夫人杨氏阿离。马超边走边问：父亲的来信你可看过了？

嗯。阿离点头：就是看过了那封密信，我才料想你可能在这里。

马超满含忧虑道：父亲那样说，可见朝中局势已经不容乐观了。

阿离停住脚步，侧首问：那你想好怎么做了吗？

忠孝节义摆在面前，我没办法选择。阿离，我有些迷茫。马超拧眉道。

阿离望着马超的眼睛，柔柔道：我明白！所以，我刚刚送了你那首律曲。

马超细细回味，阿离所作的曲子竟然道破了他此刻的心境，并且还劝他积极应对。

关山云阻万里客。孝义难取舍。铁马冰河，沙场还醉卧。

怀藏心莲一朵。对或错，笑谈功过。百世终归，西风都望破。

马超摇摇头自言自语：这份胸襟，我还真是自愧不如呢！

马超沉思一瞬，忽然眼睛里神采飞扬。他揽住阿离的肩膀道：我想到了，咱们把刚才那首曲子叫《西风破》怎么样？

好！阿离轻笑道：管他是非对错，遵从初心行事，无愧天地之间，其他的百年之后就留给后人评说吧！她的字字句句里都是勉励。

马超释然，牵起阿离的手登车回城。

马车刚行到府门口，一大一小两个孩童便从里面跑出来迎接，一边跑一边喊着：爹爹，娘亲！

马超和阿离听到孩子的声音，不由露出了笑容。

马超蹲下一手抱起小的孩子，一手抚摸着大的孩子的头，一脸慈爱：爹爹和娘亲出去，你们两个是不是又淘气了？

大的孩子个头细高，比较瘦，却长得眉清目秀，说起话来声音非常响亮：爹爹，孩儿不敢淘气！孩儿一直在练习爹爹教的拳法。

马超眼睛里满是赞许，笑着说：好！过两日爹爹再教你一套新的拳法！

阿离掏出手帕擦了擦孩子额头的汗珠，对马超嗔笑道：秋儿才十岁，你就恨不得把所有的武艺都传授给他！

娘亲，你不是说虎父无犬子吗？爹爹是大英雄，秋儿也要像爹爹一样，做个顶天立地的大英雄！十岁的马秋声音稚嫩，眼睛里却透着刚毅。

马超高兴地说：好好好，这才是我马超的好儿子！

这时，小儿子马跃挣脱着从马超怀里溜下来，嘟着嘴说：爹爹，跃儿也是你的好儿子，跃儿也要当大英雄！我不但要打拳，还要骑马射箭！

七岁的马跃胖乎乎的脸上，长着一对调皮的大眼睛，眼帘忽闪忽闪的，两颗黑宝石般的大眼珠只要一转，鬼点子就来了。

马超忍不住哈哈大笑，一手拉着一个孩子，边往里走边说：秋儿和跃儿都是爹的好儿子，长大了都要做顶天立地的大英雄！

只有和孩子们在一起，马超才会开怀大笑，暂时忘掉所有的烦恼和不快。

阿离看着他们父子三人欢声笑颜，嘴角始终上扬。眉眼顾盼间、浅浅微笑里，幸福，真的是一种无比美好的感觉！

马超和阿离陪着两个孩子嬉戏了一阵才回到书房。太阳的余光从窗户射进来，被镂空的窗棂筛成了斑驳的淡黄和灰黑的光点，落在马超的前额。

拿出父亲的信函又看了几遍，马超捏起了眉心。阿离沏了一杯茶端上来，轻声问：夫君，可是想好了应对之策？

马超闻言，抬起头望向阿离：谈何容易啊！阿离，虽然我们那一首《西风破》令我释然不少，但终究放心不下父亲，还有其他兄弟亲眷。

阿离将茶递到他手上：没有其他法子可以护得他们周全吗？

马超沉思片刻，缓缓开口：不管怎样，我一定要想办法接回父亲和两个弟弟！

阿离点点头说：只要夫君决定了，那你就去做吧。

来人！马超随即叫来了门外的随从：立刻去军营传话，让庞德、马岱两位将军来府上见我！

随从答应后，一溜烟跑去了军营。

阿离为他沏满茶杯，正要转身离开，马超一伸手拉住了她：阿离，谢谢你！有你在我身边，我很知足！

阿离微笑着抚上马超的手背：孟起，我们是夫妻！无论发生什么事，我都会与你一起承担！我相信你！

马超不由得握紧阿离的手：我不会让你和孩子们失望的……

房间里渐渐昏暗，马超放下看了无数次的信函，点燃案上的蜡烛。万家灯火，明暗不一，不知父亲此时在做些什么。是不是正在翘首企盼，等着我的回信？

门外的脚步声打断了他的思绪，庞德和马岱在门外叫了声“少主”后，推门而入。

两个人正欲行礼，马超上前拦住：两位不必多礼！我叫你们来，是有要事商议。

庞德和马岱不禁互相看向对方，心里纳闷。

大哥，不知是什么要事？马岱坐下后，首先问道。

马超拿起案上的密信递给马岱：这是父亲的亲笔密函，你们看看！

伯父的密函？马岱连忙打开信函，靠近案上的烛火仔细看起来。

清君侧？马岱看完信函惊叫出声：伯父的意思是……

我来看看！马岱话未说完，庞德站起来将他手里的信接了过去。

马超没有说话，静静地看着他们二人。

庞德看完信后，没有像马岱那样惊呼，只是眉头不由得皱在了一起。

片刻后，马超才问道：父亲信中所说之事，你们有什么看法？

庞德看着马超，神情凝重：少主，老将军待人处事向来非常谨慎。如今说出这些话，看来朝中局势已是十分紧张！

马超点头道：正是，现下曹操把持朝政，皇上无法当家做主。文武大臣十之八九攀附于他，曹操的野心显而易见，所以父亲才要我随时准备起兵压制曹操。“清君侧”就是让我们马上起兵去对抗曹贼，并且灭了他。

马岱听到这里有些着急上火：大哥，既然是这样，我们应该想办法尽早把伯父和家人接来凉州。曹操在朝中的势力现已达到了顶峰，伯父留在那里实在是危险！

马超走到马岱跟前，扶住他的肩膀：像父亲这样忠于汉室朝廷的大臣，曹操又怎会轻易放过？父亲虽身在许都，可是与邺城才有多远？这就是曹操的奸诈之处，这些老臣必然要放在眼皮子底下软禁起来才能令他安心。我要将他们接来凉州，难于上青天啊！

这可如何是好？毕竟是骨肉亲情，马岱想到伯父马腾的处境，忍不住急躁起来。

少主，那你打算怎么办？庞德有些迟疑地问道。

马超转身盯着案几上的烛火，异常沉重道：这便是我的为难之处！身为汉室官员，若是不起兵，任由奸人颠覆朝廷，是为不忠。何况父亲对朝廷忠心耿耿，誓死不肯依附曹操。要我违背父命，将来又有何颜面再见父亲？可一旦起兵，曹操必然不会放过父亲和我那两个弟弟。马家还有三百多口人在曹贼监视之下呢，这叫我如何能够狠下心来？

话至此处，房中气氛瞬间沉寂，三个人都没有再说话。

过了许久，庞德打破了沉默：少主，为今之计，是要想办法把老将军一家接回凉州。不论我们起不起兵，老将军都不能再待在许都了。以曹操的狡诈手段，他一定会拿老将军来挟制我们的。

马超冲着庞德点头：确实如此！父亲在许都孤立无援，稍有不慎就会落入曹操的毒手。

大哥，让我去许都吧！你在这里做好准备接应，我想办法看能不能接出伯父。只要伯父离开许都，我们起兵就没有后顾之忧了！马岱急切地说道。

马岱的这番话让马超和庞德都眼前一亮，马超想了想说：如果能想办法接出曹贼软禁之下的父亲一家，再起兵反曹，这个办法倒是可行。只是曹操监视提防父亲多年，要是没有万全之策，反而会弄巧成拙，连累几百口人。

且不说如今关西分裂割据为大小十部，若要起兵，十部连横是必须的，想来也是颇有不易。只就接出马腾及其一家人，谈何容易啊。

三个人商议了大半夜，决定先由马岱秘密去一趟许都，摸清那里的情形，必要的时候，瞅准机会救出马腾及其家人。

送走庞德和马岱，马超又独自在书房坐了半晌。

皇帝慵懦、奸臣当道，致使多少像父亲一样英雄落魄的良臣寒心啊！起兵与否，已不单单是忠孝节义的取舍了。

二、马腾的处境

许都，因为天子继洛阳和长安之后迁居在此，眼下暂为新的京都。这里虽然不如洛阳繁盛，也没有长安雄浑，但对追随天子一路受尽苦楚的众臣来说，已经是暂时能想到的最好的安全之地了。

马腾的卫尉府就建在许都偏西处，宅院宏阔，倒比他在三辅时的宅院更为豪奢。马腾深知，有这般待遇皆因当年他曾有功于曹孟德。建安七年，袁绍死后，其子袁尚为保基业来找马腾，意欲共同对抗曹军。马腾丝毫不做犹豫便拒绝了袁尚，除了天子正统，他不会联合任何势力去做那些无谓的事情。这个世道已经颠倒混乱、民不聊生了，何苦还要一再兴兵争斗？马腾不顾义兄韩金城劝阻，将袁尚交给朝廷处置，并派遣马超带领一万兵马，去帮助司隶校尉钟繇击败了叛将郭援。

马腾想到此处不由心生安慰：孟起现在让他越来越满意了，那场战役就是他手下的猛将庞德亲手斩杀了郭援，才平定了河东，也震慑了一直蠢蠢欲动的南单于。此役之后，马腾和韩遂二人被同时封为征南、征西将军，但就为这事，韩遂与他生了嫌隙，而后日渐疏远。

曾经一度，马腾也曾质疑自己是否做错了，但很快他就发现，并非自己错了，也并非义兄韩金城哪里有错，而是他们两个根本就有本质上的不同。马腾作为官宦世家，势必要效忠汉室；而韩遂则不然，他想的是独霸河东……从此，二人越走越远，这都令马腾十分沮丧。

真正迫使他们举兵相向的，是马腾发现韩遂的野心不止于此，他居然打起了整个凉州的主意。彼时的格局，将天下分为十三州，凉州下辖十四郡，军权正掌握在韩遂和自己手里。而韩遂竟然想称霸凉州，这是马腾万万不愿意看到的。他去劝说韩遂，遭到了韩遂的痛骂，并与他当场割袍断义，马腾无奈回到了槐里的驻地。

不久韩遂受人挑拨，趁马腾不在，派人到他家里抓了马腾的继夫人和未成年的孩子作为人质，逼迫马腾交出兵权。此时，马腾已知韩遂的用心，便不肯妥协。韩遂一怒之下，命人杀了马腾妻儿。昔日并肩作战的好兄弟从此反目，成了杀妻灭子的仇敌。之后连年厮杀一发不可收拾。直到天子定都许城，拜迎驾有功的曹操为丞相后，曹丞相出面调停，双方才稍有收敛。后来，马腾接受张既的劝说入朝担任了卫尉一职。

如今，自己已经年老体迈，加上半生戎马，身上留下了许多暗疾，一遇阴雨天气就浑身疼痛。想来，的确不再适宜带兵上阵了，有孟起继承西凉军，他放心！而自己解甲入朝做了卫尉，也算圆满。马腾闭目坐在书案前，这些年的种种经历在脑海里回放。他叹口气睁开眼睛，只是要个天下安定而已，为何就这么难？而自己最近这是怎么了？似乎经常会陷在对过去的回忆里。

马腾枯坐了半日，有些口渴，高声唤门外的仆婢煮茶，却见一人宽袍大袖笑呵呵地走了进来，对他一揖道：寿成近日可好啊？

马腾忙起身迎上前，回礼一揖道：哎呀，德容造访，有失远迎。恕罪恕罪！

二人一番谦让，方才各自落座。

来人正是张既，领凉州刺史兼京兆尹。张既当年曾劝说马腾助曹军大破南单于，后来又劝他进朝，二人私交甚好。

寿成今日气色不如从前，可是身体不妥？张既看着马腾，见他眼底暗青，衬托的一头花白发色更显灰败，不由担心地问道。

马腾为张既斟茶，淡笑道：无甚大碍，不过年轻时落下的旧疾，都是老毛病了。德容兼领京兆尹日理万机，今日来，可是有要紧事？

张既喝了一口茶水，正色道：让寿成说对了，我这里正是无事不登三宝殿呢。

哦？马腾亦正色：德容不妨直言。

张既稍稍沉思，倾身对马腾道：我深知寿成的公子孟起骁勇且素有威名，可有想过令他也入京？

马腾顿时警惕，脸上变色道：德容这是什么意思？是朝中谁说什么了吗？

张既赶忙摆手：非也，非也！寿成想多了，这只不过是我听了一些关于令公子的传闻，所以前来絮叨絮叨。

马腾心内更加疑虑，但脸上故作轻松，笑道：那我就放心了。不知可是说我的好还是不好的传闻呢？

张既亦笑道：自然都是好的。外界尽传马孟起自小神勇，西凉军精兵良马，所向披靡啊！

马腾一直以马超为傲，脸上顿感光彩，虽然心内也很欣慰，但谦虚地笑道：德容谬赞了。

张既拱手：寿成，有这样的贵子，不如让他也来京城吧！眼下曹丞相正是用人之际，对外尚且唯才是举，何况是你寿成兄的公子？孟起的大名，丞相也是久闻不得见呀！

马腾听出了张既的话外之音：德容今日是受丞相委派来的吧？

张既见马腾识破了他的来意，索性点头道：寿成，丞相之意正是如此。

马腾心里难免恼怒，曹丞相挟天子以令诸侯，已经让很多朝臣颇为不满了，且他喜怒不定，对别人多有疑忌，马腾对他一向敬而远之。而曹操提防马腾也不是一日两日了。马腾虽为九卿之一的卫尉，但并无权势。多年前有献传国玉玺之功，皇室对马腾颇为敬重，曹操也能对他以礼相待。但是，让马腾坐冷板凳那是注定了的，除非他肯让马超入京，并让西凉军并入曹营。可那是马腾给自己留的后路，也是他的倚仗。更何况现在他已下决心让儿子带兵前来“清君侧”呢！如果说过去留着西凉军是为了给自己留条后路的话，那现在他想的就是如何为朝廷出力、如何想办法灭曹贼的问题了！在这种情况下，他怎么可以轻易地把儿子和西凉军交给曹贼呢？

曹操之心，马腾早在其挟天子以令诸侯的初期就看出来了。现在，曹操派张既来相劝，无非是想彻底把马腾的虎牙拔掉罢了。如此看来，曹贼的险恶用心已更加明晰，所以他怎么可以自己身陷囹圄不说，还要把儿子和西凉军也搭进来呢？

哼！马腾想到这里，冷笑了一声，对张既的话语里也失了温度：德容尽可回复曹丞相，犬子微贱不敢称大才，就只适合在偏远的西凉之地小打小闹。

张既继续耐心劝道：丞相求贤若渴，寿成不要耽误公子的前程才好。

马腾起身，冷着脸对张既道：德容自去回了丞相吧，我身有不适就不送你了。

张既知道马腾这是给他下逐客令了，只能起身叹口气，拱手道：那我便就此告辞了，改日再来叨扰。顿了顿又道：寿成，我之建议还望你三思而行！说罢转身离去。

马腾看张既走出去，自己慢慢踱到门口。天阴沉沉的，快要下雨了，他浑身的筋骨都在隐隐作痛。马腾望着天际凝眉暗道：孟起，你可收到为父的信简了吗？怎么还听不到你抗击曹贼的消息啊？但愿你不要让为父失望。

大雨说来就来，雨珠噼噼啪啪打得院里一株花树随风飘摇。这时候，回廊上匆匆走来一青年，近前马腾才看到是他的次子马休。

马休长身玉立，三十岁不到的年纪，乃是马腾继室夫人所生。马休正是意气风发的年轻人，难得又温和持重，见马腾迎门立着，便走上前来搀扶道：父亲，您每每雨天就会旧疾复发，怎么还敢在风口立着，快进房里坐。

马腾就着马休的胳膊走回房中，看次子又贴心地给他拿来薄毯盖上双腿，并吩咐人去煮了热茶来。马腾喝着热茶眉头稍展，抬眼对马休道：今日因何这般早就下值回来了？

马休淡笑道：儿子每日都是这个时辰回来，父亲许是记错了。

马腾失笑，不无感慨道：是啊！为父老了。

马休忙道：父亲还不及花甲，何谈老字？

马腾轻叹：为父心累便老得快。

马休默然看着马腾的面容，五十多岁的父亲已经华发斑驳，满脸尽是沧桑和忧郁。这样的父亲让他瞬间感到心酸。就在几年前，父亲还是跃马扬鞭、威风凛凛的大将军，自从入朝后，他就像被拔了牙的老虎，一下子没有了威风……

马休也叹了口气，轻声道：父亲，您终日忧烦对身体并无益处，依儿子之见，不如放开心怀，凡事不必太过思虑才好。

马腾知道儿子也是一片好意劝他保重身体，但时局又哪里能容得他不去忧虑。自己现在虽然名列九卿，却只是个虚职，两个儿子虽也在许都有了官职，但昔日驰骋疆场的将军，如今屈居奉车都尉，大好青年每日只在皇上身边伺候车驾，与车夫无异，令他痛惜非常。可是，又有什么办法？他们父子之所以在朝廷举步维艰，就是他们不肯依附曹氏而得到的冷遇。曹操不信任他，又不肯放他离去，便把他们留在京中变相羁押，以达到牵制马超及其西凉军的目的。

马腾望着儿子脸有愧色道：为父悔不该当初令你兄弟二人也随我来此，白白地蹉跎光阴。倒是你大哥，远在西凉还自在无惧。

马休心内也有不平，但还是含笑劝慰道：父亲莫说这话，当日入朝也是情势所逼，儿子与三弟从不敢怨怪。如今一家人聚在一起，下值后看看书，教导孩子们习武练剑也没有什么不好。

一提到孙子们，马腾脸上有了笑容：是啊，一转眼为父都子孙满堂了。而且个个都是好孩子，是我马家的血脉传承和希望。尤其休儿你的长子，七八岁就能驰马射猎了，颇似孟起少年时的神勇呢！

马休看父亲终于高兴，也随即笑道：是啊，等他再大些，儿子就准备送他去大哥军中磨炼磨炼。咱们家武将世家，不能失了根本。

马腾赞同道：正该如此！曹氏束我于斗室之间，还能把我马家的儿郎都困在这里不成？

马休看着马腾重燃斗志的神情，微微红了眼眶，这才是他所敬慕的父亲啊！

三、东吴来使

马岱受马超重托，起身往许都去见马腾。此去路途遥远，也非三两日能到，马超即使忧急悬心，但也无奈，只能静等消息。

倘若真要起兵，与曹操对战有几分胜算？马超不敢托大。西凉兵骁勇，胜在战马精良。但曹军盘踞中原富庶之地，拥兵数十万，双方兵马数量悬殊。

起事容易，而要面对接踵而来的曹军又该如何迎战？依曹操的性子，必然怒火中烧而后大军压境……这还不是最重要的，兵来将挡水来土掩，他曹贼来了，我自有对付他的办法。而最重要的是父亲及其家人在曹贼的手里……每每想到这里，马超不胜烦恼。但愿马岱不辱使命，能够想办法把父亲及其家人解救出来。但是，谈何容易啊？

不管怎么说，父亲让他“清君侧”的命令不能不执行。要和曹贼对抗，还得想点办法才对呢！只要在短期内让曹贼知道我西凉军的厉害。也就是说，只要把曹贼打疼了，父亲在朝中才能平平安安。只要父亲在，救父亲就有机会。想到这里，马超下定了对抗曹操的决心。

为今之计，势必要联合其他势力一同对抗曹军了。马超想到此，第一个冲出脑海的人就是韩遂。韩遂早年间与父亲结为异姓兄弟，两家也曾兵合一处，战李傕、攻袁尚、荡平胡虏，纵横天下。在很长一段时间里共同啸傲凉州。况韩遂麾下兵多将广，远胜于西凉军。这也是当年父亲与他决裂时，他敢有恃无恐杀了自己继母和其中一个异母兄弟的原因。乱世求生，手中有大量兵马，就是横行无忌的最大倚仗。想一想自己的西凉军才区区几万人，马超皱眉暗忖：无论如何都得和韩遂商谈一次，得到他的支持，对抗曹操就有了六七分的把握。别看曹操大军号称百万，与他对阵，也不是没有胜算。

当务之急是如何说服韩遂，让其加入，组成联军，然后共同抗曹。

马超以前也见过韩遂几次，此人刚愎自用，处理问题一向以心情好坏而定，又与父亲交恶日久，要想拿下他，恐怕就要费一番心思了。如果自己亲自去一趟，与韩遂当面谈一谈，此事一定会成功的。为了反抗曹操的暴政，也为了马家几百人的身家性命，少不得勉力逢迎，放下身段，得到韩遂的理解和支持。

马超主意已定，命人去军中传令庞德来议事。西凉军中，唯以马岱和庞德有勇有谋，马超对他们二人也最为倚重。

少顷，门外有亲兵禀报称有客来访。庞德若来，会直报名号，倒不知来的是哪位了。马超命亲兵先去伺候茶水，自己随后往前厅去会客。

及至见面，来人急忙上前向马超深深一揖，神情间谦恭有礼。马超看此人风尘仆仆，好似从远路而来，但十分面生，他却是不认得的。不免好奇道：不知足下如何称呼？来此有何贵干？

来人再次拱手，笑呵呵道：人言马孟起乃当世俊杰，诸葛子瑜慕名而来，实为一睹君之风采，冒昧了。

马超一愣，天下姓氏诸多，而诸葛此姓并不多见，更有琅琊人诸葛孔明，于赤壁大破曹操而天下闻名。眼前此人自称也姓诸葛，莫非是？马超想到来人是谁了，便眼睛一亮，还礼道：足下可是卧龙先生之兄诸葛瑾先生吗？

诸葛瑾含笑，挑眉道：看来我那弟弟是占尽风头了，天下人只知孔明，却无人识得子瑜啊！

马超从这简单的话语里已然听出，诸葛瑾为人豁达随性。平素里对他的事迹也略有耳闻，又知道他是在吴地孙权麾下效力，便赶忙请诸葛瑾落座，笑道：先生远道而来，是孟起怠慢了。

诸葛瑾乃是有备而来，对马超知之甚详，此时听马超这样说，便摆手道：孟起不必客套，子瑜贸然来凉州，是存了特意结交之心的。咱们不要先生、将军的虚礼，不如论个长幼，以兄弟相称如何？

马超心下了然，想必诸葛瑾此来是有重要事务相商的。便也顺势接道：子瑜兄所言甚是。

诸葛瑾哈哈一笑，赞道：孟起真乃痛快人也！

马超拱手，似笑非笑道：孟起本就一直来直去的武夫，子瑜兄却还不道明来意？

诸葛瑾瞪眼：孟起若是武夫，可不羞煞了天下儒将们？

马超耐着性子与诸葛瑾周旋，看对方只顾左右而言他，说了半天却迟迟不肯说出本意，慢慢便失了言语试探的心思，呵呵一笑再不搭话。料想诸葛瑾千里来访，必然不是他所谓的慕名而来，事出反常必有妖！但愿诸葛瑾此来是友非敌。

诸葛瑾看马超露出兴致乏乏的神情，干咳两声收起玩笑，郑重道：孟起，实不相瞒，为兄此番乃是受我主和大都督之命，来与你商议一件大事的。

这才是重点！马超暗笑，脸上不动声色道：哦？吴地与西凉相隔何止千里，不知能与我议到什么大事呢？

诸葛瑾眼神往堂上一扫，马超明白这是让他屏退左右的意思，便挥手让伺候的仆婢退出去。诸葛瑾这才起身，隆重地向马超重新施礼道：我家主公特命子瑜前来联络孟起，是为联手抗击曹操，商讨拿下两川的大计。

马超早已料得两三分，但听到这话还是不免惊疑，原想东吴使者不过是远交近攻的交好方式，没想到竟然直接要联手攻打曹操。虽然此时自己也有反曹的决心，但要主动出击到底不敢轻率。诸葛瑾在东吴任职，听他说这话一时也真假难辨。

俗话说防人之心不可无，倒不妨试他一试，看他究竟所为何来？便故作恼怒道：诸葛瑾，你到底是谁派来的奸细？想要造曹丞相的反，简直胆大妄为！我这便绑了你送去邺城，看丞相如何发落于你。

诸葛瑾盯着马超的脸呆了片刻，然后哈哈大笑：孟起啊孟起，倘若今日来的不是子瑜，你这番做派倒还真能把人给唬住了。

马超见诸葛瑾不以为意，提高声音道：我对丞相忠心可鉴！

诸葛瑾笑得前仰后合，半晌才收住笑，半带揶揄道：我不相信孟起连令尊卫尉大人的处境都不理会？

马超倏然变色，死死盯住诸葛瑾，压低声音道：家父的处境如何你怎么知道？

我怎会不知！或者说天下人怎会不知！诸葛瑾顿时满脸正气道：别忘了，许都也有出身吴地、一心效忠汉室的臣子。

到了此刻，马超方才真正相信，诸葛瑾并非曹操打发来探他虚实的奸细。既然打消了疑虑，马超便彻底敞开了心扉，起身认认真真地给诸葛瑾作揖，真诚地说：孟起草木皆兵了，子瑜兄恕罪！

诸葛瑾握住马超的一双铁拳，也诚恳道：子瑜来时，大都督让我转告孟起，曹操奸诈，已有不臣之心，且拥兵百万，迟早会吃掉东吴和凉州，不如先下手为强!

马超点头：大都督果然看得透彻，却不知要孟起怎么配合?

诸葛瑾从怀中拿出一卷绢帛交给了马超。

马超细细看过，低头沉思半晌方才道：承蒙大都督看得起，愿意和西凉军连横。但此事还需从长计议……马超犹豫着皱了眉头。

诸葛瑾正要继续劝说，门外却有脚步声传来，一个浑厚的嗓音远远来报：末将庞德听候少主差遣!

马超就要应声，诸葛瑾拉住他的袖子，示意手中的绢帛。马超恍然，看诸葛瑾小心翼翼的样子，便将其藏于怀中，然后才对着门口道：令明进来吧!说着有点失笑，暗道：诸葛瑾还真是个谨慎的人，岂不知庞德却是我最信赖的左膀右臂!

庞德推门进来，看马超与一文士打扮的人在房内，也不理旁人，直直对马超一抱拳：少主召末将前来，是有要事吧?

马超笑道：令明快过来。这位是吴地来的诸葛先生。

庞德一愣，想必也是被这一声“诸葛先生”惊住了，但转念一想，吴地的诸葛先生，那就不是闻名天下的那位卧龙先生了。武夫出身说的正就是庞德这样的人，他并不曾听过诸葛瑾，即使听过也远没有对诸葛亮的那种忌惮，便随意拱手道：见过诸葛先生。

诸葛瑾也看出了庞德对他的轻视，但他向来谦和随性，笑呵呵地回礼道：庞将军勇猛过人，久仰了。

庞德傲慢地轻哼一声算作应答，诸葛瑾见有旁人在，也不好与马超继续谈论刚才的话题，便向马超请辞。马超对诸葛瑾不骄不躁的待人接物颇有好感，当下命人为诸葛瑾安排住所。诸葛瑾也不做作，跟着马超的亲卫下去，出门后轻轻摇头自语道：唉!徒劳矣!

诸葛瑾出去后，马超将怀中的绢帛掏出来递给庞德看。庞德看完惊愕地望着马超：少主，这是周瑜的手书?

马超点头：正是!令明怎么看?

庞德心情复杂，稍微组织了一下才开口道：依末将看，周瑜所说这事挺悬。

哦？马超笑着看庞德：令明如此没有信心？

庞德笃定地点头：周瑜说要与少主共取两川，以我西凉军的精良，刘璋昏聩倒不足为惧，但张鲁却是劲敌……

说得好！马超截断庞德道：令明的想法与我想到一处去了。且不论刘璋和张鲁如何，倘若事成，我们还有多余精力绕远去两川驻守吗？便宜的还不是他东吴，他打的是近水楼台先得月的好主意啊。

庞德连连点头，喜道：少主明白就好，可别上了东吴的当。

马超颔首：上当还不至于。我要告诉东吴，我们已经下定了对抗曹操大军的决心。庞德问：少主的意思是，让东吴在那边打，我们在这边打，让曹贼防不胜防？

马超点点头说：那是再好不过的事情了，就怕东吴不干呀！马超说完又问他军中操练的事，庞德一一作答。马超听得甚为满意，嘱咐庞德加紧操练，便说起准备去金城见韩遂的打算。庞德也明白，眼下局势若没有盟友联手，一旦起事就是孤立无援，而相比刚刚看到的东吴来信，选择韩遂才是比较切合实际的办法。但是，韩遂肯和马超言归于好吗？他不敢设想。

马超却很坚决，哪怕韩遂再记仇，他也必须啃下这块硬骨头。为了父亲、为了大局，哪怕受些韩遂的屈辱都认了，他得赶紧着手安排亲自去见韩遂。庞德也觉得少主此去必然不会太顺，但情势所迫也是无奈之举。

大丈夫能屈能伸吧！马超苦笑着对庞德说，其实也是说给自己。

第二日一大早，亲卫匆匆来找马超，禀报说诸葛瑾留书不辞而别了，也不知道他是何时离开的。马超接过亲卫递上来的书简，看过后随手丢在案上。诸葛瑾怕是没有看出我对抗曹操的决心，又怕自己对他不利故而趁夜偷偷走了吧！他把我马孟起看得也忒阴毒了吧？

想到此，马超不由摇头失笑，命亲卫自去做事，并下令凡昨日见过诸葛瑾来访的人，都不许将这事说出去，否则立刻处死。非常时期，容不得有任何把柄落在曹操手里，还是谨慎为上。

四、称病辞官

俗语说，怕什么偏就来什么，这话在马超这里便得到了印证。才送走东吴来使，曹操就派人登门了。来人带着朝廷诏书，宣令让马超去徐州出任刺史，并特意说了是曹丞相的举荐。马超心里冷笑：说什么丞相举荐，朝廷诏书还不是他曹操一手写就。

不论心里怎么想，马超脸上还是做出一副受宠若惊的样子，对来人说了一大通感激丞相提携之类的话，还差人奉上金银，哄得那人眉开眼笑去了驿馆安歇，并好吃好喝地伺候着。

真是多事之秋啊！马超握紧手中的诏令，烦恼地去了后院。

阿离正在教三个孩子习字，不时从旁指点。最小的一个是庶夫人种氏所出，名唤马承，才两岁过一些，还是想哭就哭的小小稚童。但是观三个孩子的长相，却是马承的相貌与马超最为相像，跟马超小时候简直一模一样，都是碧蓝的眼珠，白皙的皮肤。因着这孩子的容貌，让马超每每看到便想起自己的幼年，想起惨死的母亲……于是，对马承的疼惜便不同于阿离所出的两个儿子。

见马超进来，孩子们都停下笔，欢笑着围上来。马超捞起马承让他坐在自己膝头，抬手抹去他小脸上的一点墨渍，顺势捏了捏马承肉肉的脸蛋，逗得孩子“咯咯”直笑。

知夫莫若妻。阿离从马超清浅的笑容里，看到了他藏在眼底的忧郁，转头接过婢女端来的水壶，近前为马超沏茶。马超逗着三个孩子玩闹了一会儿，庶夫人种氏翩然进来了。

种氏名雅，嫁给马超做庶夫人已将近四年，是平阳之战时在汾河边被马超救下来的。种家是平阳官宦之家，种雅父亲在河东太守郭援处司职。那一战，郭援军大败，种雅一家死于战乱，只她孤身一人逃到了汾水河边，准备渡河往并州投靠亲属。但种雅又惊又怕在渡口病倒了，恰遇率军追击残敌的西凉军，因而被马超所救，无家可归的种雅便留在了马超身边。

马超初遇种雅时十分震撼，她的长相竟然和馨儿有九成相像！或许是苍天怜悯，把馨儿重新送回了自己的身边……因为这个缘由，马超毫不犹豫将种雅带回了家。当时马超已经与阿离成亲，且次子跃儿都已呱呱坠地。

阿离见一向对男女之事比较淡薄的马超带了位姑娘回来，而且从他眼神当中看出来，那是他看自己时从来没有过的神采。对此，阿离有无限的落寞。成婚几载，她一直试图淡化馨儿在马超心里的印象，本以为她已经做到了，马超慢慢开始不在午夜梦回时呼唤馨儿的名字了。可是，这个叫种雅的姑娘，很多时候却能令马超对着她失神。阿离感觉到了危急的同时，不动声色地冷眼旁观。她总觉得种雅也没有什么特别出众处，却不知道马超看她的神态为何就和看自己不同呢。

种雅在马超的将军府安心住下来，一住就是三年。眼看着二十出头了，她自己并不提及终身，马超更是提都不提。有好几次，阿离故意提起，马超都避而不谈。直到有一次，风竹师兄来看马超一家子，见到种雅时猛然叫出了馨儿的名字，阿离才明白了，这恐怕是马超把种雅带回来的原因。原来，他竟是将她当作了馨儿的替身。这时候，阿离释然了，或许种雅和马超之间已经达成了某种默契吧？与其每晚听着马超在梦里念着馨儿，倒不如成全了他的相思之情。有了阿离的支持，种雅如愿以偿，嫁给马超做了他的庶夫人，次年生下了马承。

如今阿离和种雅相处融洽，三个孩子也很亲密，这是大家都乐意看到的。

种雅走上前，对着马超和阿离盈盈一拜后，目光望向阿离：夫人辛苦了！承儿这孩子就喜欢和哥哥们在一处。

阿离轻轻一笑：妹妹，都是一家人，何必客气。

种雅便不再客套，转而坐在马超跟前，笑靥如花：将军这几日很忙吗？承儿每天晚上都吵着要去找你呢！

马超逗弄着膝上的孩子，答非所问：夫人文才极好，你平日里多带承儿来她这里，让三个孩子一起写字读书！

马超说完，神情温润地望向了阿离。阿离没有说话，对着马超莞尔一笑。

种雅稍稍一顿，笑道：是，夫人才华横溢，承儿跟着夫人肯定会学得很好。

阿离坐在一旁轻笑不语，种雅的小心思她自然清楚。

种雅接着又说：妾身还未向将军道贺，恭喜将军升任徐州刺史！

马超皱了皱眉头，抬起头看着种雅。种氏娇艳俏丽，温柔多情，一颦一笑与馨儿是那般神似。或许是时间过去太久，记忆恍惚了，同样一双好看的眸子，马超却总是感觉不到她眼里如馨儿那样的明净和清澈。

种雅再要说话，却被孩子拉扯着裙摆催促：娘亲过来，娘亲过来！

种雅只好打住话头，牵着儿子的手去了书案跟前。看着马承胡乱描画的几笔，都让她无比高兴，便不住地亲吻儿子的小脸。

夫人，陪我出去走走吧！马超淡淡地说。

阿离并不意外，“嗯”了一声，起身跟在马超身后走出了院子。

种雅回过头来，看着他们的背影。这个温婉安静的女人，从来不争不抢，却让马超对她一如既往地敬重、爱护。马超再怎么宠爱自己、疼爱承儿，都不曾疏远阿离。有时候，她甚至感觉到马超是那样地依赖阿离。而马超的心思，怕是再没有哪个人能比阿离看得清楚。这样的情形，种雅是嫉妒的！

走出院子，阿离才问：夫君，可是在为朝廷的诏书而烦恼？

朝廷的诏书？那只不过是曹操一人的私心罢了！马超停住脚步，嗤笑着说道。

阿离神色显出担忧：建安七年，这个曹丞相就曾借皇帝诏，封你做徐州刺史。当年还好推脱，这一次恐怕不好再推了！

确实不好推托！但我无论如何都不能进京受职，曹操这一计明升暗降，目的就是要瓦解我西凉军的势力！马超挺着脊背，气愤地说道。

阿离聪慧睿智，其中的缘由自然知晓。

徐州刺史，实际是曹操想架空马超兵权的一个由头。将马超调离凉州，既能缓解关中局势，又能让马超处在他的眼皮底下。曹操如今拥兵百万，将邺城作为自己的大本营，就算马超带着全部的西凉军去了徐州，西凉军在他的势力范围之内也不会对他造成威胁。

阿离站在马超的身后，看着他挺得笔直的脊梁，不禁一阵心疼。一身正气铿锵如他，又怎甘心受制于曹操？

马超继续说道：父亲当日将我留在凉州，并且把西凉军交到我手上，我手里的西凉军既是他的后路，也是他的倚仗。如今父亲在许都被软禁，倘若我再失了兵力，我马家老小只能任由他曹操宰割了。

可是，你若是拒绝受职，只怕曹操会更加忌惮！除非……除非能有一个两全其美的法子，既可以辞了这个官职，又能让他们不起疑心！阿离走到马超前面，盯着马超的眼睛说道。

马超一怔：两全其美的法子？你可是有了什么办法？

阿离抿嘴一笑：夫君先别着急，容我再好好斟酌一下！

马超虽然疑惑，但看阿离神色轻松，心里不由得安定下来。这么多年，阿离曾无数次协助他渡过难关，走出阴郁。他对这个聪慧温婉的妻子，不光是敬爱，更多的是信赖！

翌日，将军府突然传出马超生病、卧床不起的消息。数十位郎中齐集会诊，都说病况险恶非常，竟有束手无策的意思。

战乱的时代，驻军将领突染重病，卧床不起，这可是天大的事情。这二十余年来，若不是马超坐镇三辅，凉州的半壁疆土恐怕早就被关中群雄瓜分了，老百姓也不会有现在这样安稳的日子。如今马超病情凶恶，人人皆忧。

消息很快传到了驿馆，曹操派来传达诏令的亲信在震惊之余还是有些怀疑。这个马超莫不是猜出了丞相的用意，想要故意装病推辞？真是不识抬举！于是，便打算亲自去看看马超，一探究竟。

曹操的人刚出驿馆，马超就得到了消息。阿离将事先准备好的汤药端给了马超：夫君，又要让你受苦了！

哪里的话？夫人这一计实在高明！说完，接过汤药一饮而尽。

片刻工夫，马超便满脸通红，昏昏沉沉地倒在了床上。

曹操的人赶来时，只见马超府里乱糟糟的，好多郎中聚在前厅商量如何给马超用药。看到这情形，来人暗自揣测，难道马超是真的得了重病？

来到马超房里，阿离搀扶着马超晃晃悠悠地下了床。还没说话，便觉眼前一黑，晕了过去。阿离和伺候的仆人顿时乱成一团，哭喊声不断。

来人被吓了一跳，怎么病成这样了？好像不是装病。

几个郎中进来折腾了半晌，马超才缓过一口气来，说话显得非常吃力：大人，我……我怕是……怕是要让曹丞相……失望了……

说完，又昏了过去。郎中们又是一阵抢救。

来人走近床前，看马超脸色难看，虚弱异常。心想，完了！这个马超看来是病入膏肓了。

阿离哭哭啼啼地把来人送到门口：大人，我家将军病成这样，还能出任徐州刺史吗？

阿离说着掏出一包金子递到来人手中：大人，劳烦你在丞相面前替我家将军美言几句，看能不能把徐州刺史的位子给我家将军留着？等他病好了再进京受职！

那人接了金子，嘴里应承着，心里却在讥讽：留个屁！能不能活下来还不一定呢！真是枉费了丞相的一番安排，早知马超不久于人世，何必辛苦自己跑这一趟。不过，掂了掂手里的布包，这油水倒还算丰厚。来人满意离去。

接连几天，曹操的人每天都来马超府里探望，可马超的病丝毫不见好转，一直那样昏昏沉沉地躺着。那人心里还是不放心，私底下找来几个郎中询问，几个郎中都说马超病得厉害，而且还不好医治。无奈之下，只得动身返回许都向曹操复命。

曹操的人一走，阿离立刻让马超服下了提神醒脑的汤药。不到半日，马超便精神抖擞，像往常那样生龙活虎了。庞德看着马超恢复得这样快，连连咋舌：少主，还以为你要缓上几日才能恢复如常，没想到这么快就恢复得像以前那样了！

马超笑着望向阿离：夫人真是女中诸葛啊！

阿离嗔怪道：哪有这么夸人的，拿人家诸葛先生来调侃闺中妇人，传出去还不让人笑话！再说了，人家诸葛亮乃当世少见的谋士，赤壁之战后已被天下人奉若神明呢！

阿离一番话说得马超和庞德哈哈大笑！

仆人端上饭菜，把一碗细糯的粥放到马超面前，阿离道：先吃点东西吧！虽说是装病昏睡，但对身体还是有所损伤的，仍然需要好好调理一段时间。好在你是习武之人，身体原本强健，若是换成普通人，连日服用这种汤药，没病也能折腾出病来！

夫人，少主这些天喝的是什么汤药？对身体的伤害很大吗？庞德听到这里，不禁担忧。

阿离这才把马超装病所服用的汤药告诉了庞德。原来是用了一种花，这种花叫木菊花。木菊花是一种野生植物，其花瓣味道香甜，人或动物一闻其味道就会昏昏沉沉。如果摘一个花瓣尝尝，不久便会晕倒在地，一连昏睡好几天，看起来还很虚弱，好在催眠后人可以自然苏醒。阿离就是用木菊花的花瓣熬成了汤，每日让马超服用少量。马超就这样昏昏沉沉睡了好几日，那么多郎中竟没有一个人察觉，都以为他是得了什么怪病。

庞德十分惊讶：这世上居然还有这样的东西！夫人真是见识广博啊！

马超赞许地望着阿离：这次能够瞒天过海，真是多亏了夫人的妙计！

什么妙计？要不是迫于无奈，我又怎会让将军受这样的罪？虽然解决了麻烦，但阿离却很是心疼马超。

马超哈哈一笑：不管怎么说，这件令人头疼的事总算是解决了！

五、单骑上金城

终于糊弄走了曹操的使者，马超长出了一口气，顿感轻松，看着身边连日来伺候着的阿离等人失笑不已。想必曹操暂时不会再来了吧？因为此时的曹操，主要精力都用在了修建铜雀台上。

据邺城传回的消息称，曹操半夜里见到一束金光由地而起，早上命人到那块地方挖掘，竟然挖出来了一只铜雀。曹操的谋士荀攸进言，说昔日舜帝的母亲梦见玉雀入怀，后来就生下了舜。而今丞相得了铜雀，实为吉祥之兆也。

曹操听后大喜，下诏征了民夫工匠，决意要建一座铜雀台，以彰显自己平定四海的功勋，地址就选在了漳水河畔。

马超知道这一切后，不齿道：竟然跟上古舜帝相提并论，可见曹贼不臣之心已经昭然若揭!

曹操两次封马超为徐州刺史，不过是因为忌惮西凉军，想瓦解西凉军而已。这一次马超虽说以病重为借口拒绝了封令，但曹操岂能善罢甘休？还是尽快按照父亲的安排对抗曹贼，这才是自己最好的选择。要想达到目的，应该马上去见韩遂，商议联合对抗曹贼事宜。

马超计议已定，招来庞德命他安排好军中事务，自己准备单骑去金城。韩遂几年前就与老将军决裂，庞德不敢让马超一个人去冒险，但劝不住马超，又请来阿离进行劝说。马超知道他们之所以不放心自己，是对韩遂的品行不抱希望，怕他伺机加害于他。对此马超胸有成竹，给庞德和阿离分析形势。曹操坐拥中原，手下更有百万雄兵，随时有向关中进攻的苗头，相信韩遂不会看不出来。那他势必要联络其他势力以为同盟，而自己与韩遂同镇西凉便是他最好的选择。只是，韩遂器量狭小，对马超一顿折辱是免不了的。但为了大局着想，无论如何他也得去这一趟，而一个人去则更显得真诚些，韩遂才不至于过分抵触，也刚好满足了韩遂的虚荣心，让他比较容易接受自己的提议。

庞德和阿离听后，再也没有不赞同的理由，只好在无限担忧中目送马超孤身去金城。

韩遂六十余岁的年纪，但依然虎背熊腰，说话声若洪钟，丝毫不见老迈，倒比小他很多的马腾要精神许多。马超暗想：巧者劳而智者忧，无能者无所求！若自己的父亲，也如韩遂这样随性，或许能够多一些自在。但是父亲天性执着，一生忠于汉室，为此常常忧虑烦闷，这样的人注定了要为这天下鞠躬尽瘁。而要做这乱世里的忠良，又何其艰难!

来者何人？因何事要见本将军啊？韩遂坐在高高的厅堂上首瞪着马超说道。

马超抱拳朗声道：一别经年，伯父更见雄姿勃发了。小侄孟起特来拜见。

韩遂焉能不识这就是西凉军统帅马超，也是他曾看重的年轻豪杰，但是自从与马腾交恶，他们两家那可是相看两相厌，已经好几年没有往来了。现在马腾最得意的儿子来见他，却不知道要做什么。便装作恍然的样子道：哦，原来是马超小娃娃来了。

马超看韩遂如此做派，不由好笑，便顺势展开笑脸接道：正是小子来访，伯父一向可好？

韩遂倚老卖老，故意以长辈称呼把马超贬低，叫三十多岁的马超为小娃娃。若在平时，这是对人最大的不尊重，就仿佛在说“乳臭未干的小子”一样。马超深知韩遂的秉性，顺着他的话，自己放低身段也自谦为“小子”，果然让韩遂大为开心。

哈哈！一向都好，一向都好。你不在槐里好好待着，跑到我这地盘上来干什么？看得出来韩遂是真心而笑。

这是一个还算不错的开始，比预料的要顺利很多，韩遂似乎并没有十分排斥他的到来。马超心里已有几分把握，更为殷勤道：伯父与孟起比邻而居，虽然忙于琐事多年不曾相见，但孟起时时挂念伯父，梦里都常忆起曾经与伯父您切磋剑术、把酒言欢的情景。说着满脸虔诚地看向韩遂：在孟起心里，伯父比父亲倒更为亲近呢！

韩遂盯着马超的脸，半晌没有说话，只呆呆地陷入沉思。

马超不露痕迹地一丝浅笑。他摸准了韩遂的脾气，知道韩遂是一个吃软不吃硬的人，现在自己这般伏低做小，正是吃准了他还顾念旧情的心理。马超的想法一点都没错，那时候韩遂与马腾刚刚结为异姓兄弟，韩遂年长为兄。两家相处胜似一家，马超早早成名，带领他的少年军跟随在马腾身边，军中大小事都有参与。韩遂爱惜马超少年英武，一有闲暇便约马超较量骑射，对行军打仗方面的事多有教导，但凡有点好东西，必定也少不了马超的份儿。韩遂无子，羡慕马腾有这样出色的儿子，还曾向马腾提出把马超过继给他的建议。马腾性子刻板，自然一口回绝，韩遂觉得没有面子拂袖而去。后来，又想把自己的女儿嫁给马超，让马超做他的女婿，马超那时已经与阿离确定了婚事。再加上有阿离在前，韩遂的女儿不过普通姿容，与阿离一比相形见绌，这门亲事也没有做成，令韩遂对此十分有意见。

曾经的疼爱那是实实在在的，即使韩遂与马腾决裂，却并不影响他对马超的情义。此刻听马超提起，勾动了韩遂心底的亲情，那些美好的记忆在他的脑海里纷至沓来，让他暂时把后来两家的不愉快抛到了脑后。韩遂抬眼看着马超，和颜悦色道：孟起啊，难得你还记得伯父的好。

马超赶忙回道：伯父的好，孟起终生不敢忘。马超话锋一转，诚恳地说：只是孟起十分惭愧，没有什么好的方法能回报伯父之万一。

韩遂起身，走到马超跟前，笑着感慨：有你这句话，伯父心平了许多，你比你那死板的爹强多了。

马超亦笑道：伯父说笑了，您当年跟我爹义结金兰，不也是喜欢他的死板直性子吗！伯父乃大丈夫不拘小节，我爹板正而谨小慎微，这才叫相得益彰呀！

韩遂哈哈大笑，连最后一点不平之气也消于无形，握住马超的手拉他去上首落座，并大声吩咐奴仆准备筵席。他要好好款待马超。

马超此时已有五成把握，韩遂比起年轻时性子柔软了很多，毕竟他已经是年届古稀的岁数了。岁月不饶人啊！而人都一样，到一定的年龄就开始缅怀过去，对旧人旧事的感情慢慢浓烈起来，当然也更容易心软。看到韩遂鬓角的白发，马超也有些微喟叹：英雄迟暮，再强悍的人也终归有衰老的一天啊！

韩遂问起马腾的近况，马超毫无保留，将马腾被曹操变相软禁在许都的事说与韩遂听。韩遂闻听，勃然大怒，大骂曹操欺人太甚。他这个人就是这样的性格，自己可以和马腾打打杀杀，甚至闹得最凶的时候，他还抓了马腾的家眷杀了泄愤，但却不容许别人欺侮马腾。大概世人如这般的不在少数，就像自家的孩子不听话了，自己动手打骂那是应该的，但旁人却不可以说他的不好一样。

马超深知这是韩遂典型的护短心理，看来他还对父亲存有情谊。也是，韩遂比马腾大十余岁，既然兄弟相称，自然以长兄自居。原以为马腾升任卫尉是高就，自己还曾不忿过，但此时听马超说来，竟是被曹操那厮算计了，由不得怒从心底起。大骂道：曹操实在目中无人，也不看看马寿成是谁的兄弟？这王八蛋，竟敢欺负到老子的头上来了！

马超也为韩遂的别扭性格深深叹服，都不知道该怎么定义韩遂的为人了。愣了片刻才道：伯父对我父亲的维护之情，令孟起感激不尽。说着起身向韩遂深深一拜。

韩遂扶起马超，义愤填膺道：孟起，伯父知道你是有求于我，打断骨头连着筋，抛开过去不提，你把如何救你父亲的想法仔细说来，咱们叔侄好好研究一番。

马超暗暗咋舌，难怪说人老成精，想必韩遂打从自己一进门就都明白啊！当下便将联军对抗曹操的想法和盘托出。

韩遂尚有犹豫，做起了思虑状。

马超心想，不给他下点猛药看来还不足以打动韩遂。便痛心疾首道：曹操建造铜雀台，野心昭昭，有一统天下之意，我们只能抱团凝聚，方有一线生机。伯父雄踞西凉三十年，乃是我等公推的人主，难道甘愿屈膝去向曹操称臣吗？

让韩遂称臣？这怎么可能？那岂不是步当年马腾解甲入朝的后尘？韩遂听完这话拍案而起，当即便下定了决心，二话不说就答应了与西凉军联手商议，对抗曹贼的大计。马超想不到韩遂如此爽快，倒有些吃惊，但又看韩遂那极端护短的行事风格，还是稍稍松了一口气。韩遂点头，事已成了一半，再说服他帐下诸将，则大功告成矣。

韩遂摆宴，诸将哪敢说个不字，二十多个将官齐刷刷来到了韩府。这中间就有韩遂的女婿阎行。韩家军一向以阎行为首，在金城，阎行作为韩遂军的第一武将，又是亲近之人，别人都将他当作韩遂的接班人来看，自然颇为尊崇。

阎行与马超也算旧识，几年前两家尚好时，二人还曾一同出战，所到之处所向披靡，为当时的韩马联军里少有的佼佼者。阎行娶了韩遂的千金为妻后，深得韩遂信任，在军中威望不减韩遂本人，所以，便有了上位者盛气凌人的架子。

众人互相见礼后落座，韩遂三言两语说明了马超此来的意思。其他人从韩遂脸上已经看出了他有意与马超联手的端倪，都面面相觑不敢轻易开口。堂上一片寂静，阎行却将手中的杯盏重重搁在案上，并且眼神不善地盯着对面的马超，冷哼一声道：马超，你来鼓动我岳父起兵到底是何居心？

众人侧目而视，一大半与阎行有同样的质疑，都对马超的到来比较抵触。马超早知此行不会太顺利，在他看来韩遂答应得太快本就出乎意料，而阎行此时的态度才是正常的反应。马超不慌不忙，举杯向阎行遥敬，含笑道：彦明难道忘了，我们曾经也是一家人？即便不论其他，我来拜见韩伯父，叙叙旧能有什么居心？

阎行嗤笑一声道：一家人？马超你没弄错吧。我记得你老子马腾已经与我岳父割袍断义了。

彦明兄此话差矣！马超笑得云淡风轻：韩伯父与我父亲兄弟情深，即使以前有点不愉快，打断骨头还连着筋呢！

放屁！阎行怒而摔杯，指着马超骂道：这话也就你这无耻小人能说得出来。我岳父岂能再与你们重归于好？

马超但笑不语，用看白痴的眼神看着阎行。

阎行还要再骂，却见韩遂掷下来一只大碗，连带着汤汁食物泼洒在阎行面前。阎行抬头看去，韩遂铁青着脸正在瞪他，不由惊愕道：岳父这是怎么了？

你给我住口！韩遂恶狠狠地盯着阎行道：打断骨头还连着筋，这话怎么就成无耻小人说的了？这句话还就是老子说的！

阎行对着韩遂没办法辩解，眼梢处又瞥见马超一副看好戏的神情，瞬间明白这是上了马超的当了。忙对韩遂道：岳父息怒。您年纪大了，再不适合轻易动气。说完又将目光转到马超身上，咬牙道：马超，你这厮当真阴险！

马超不理阎行，起身对着韩遂一拜，一脸无辜道：伯父消消气，相信彦明不是故意的，他决然不敢忤逆伯父。想必是觉得伯父年纪大了就该颐养天年。

不如接下来的事我和他谈，就让彦明兄全权做主吧！

韩遂平生最恨别人越权，再加上自己年迈，虽然表面上不肯服老，但身体状况的确一年不如一年了，因此，尤其忌讳别人以他的年龄来说事。此时马超有意引导，他马上意识到，这几年阎行在军中的威望隐隐有盖过他的趋势，顿时惊怒，望着阎行道：孟起一日是我的侄儿，便终生是我的侄儿，你这么容不下他做什么？你想干什么？我韩遂还活着呢，你就敢当着我的面呵斥于他？

一连串的质问，让阎行无言以对。突然很后悔自己的沉不住气，明知岳父是顺毛驴的脾气，他完全可以等无人时私下里跟他陈述自己的疑虑，却还是不由自主地被马超牵着鼻子走，触怒了岳父。阎行一边跟韩遂认错，一边暗暗对马超生了歹意。韩遂见阎行低头认错，又念及他是自己最得意的女婿，也消了火气，又训斥了几句便在众人劝说下坐了下来。

阎行当众被韩遂斥责，懊丧地回到原位坐下。对面马超含笑向他看来，他狠狠地瞪回去，却见马超咧嘴一笑，阎行气恼地别过脸去，整场酒宴再也不肯开口搭理马超。因为这场小闹剧，接下来韩遂与诸将商议，要与马超的西凉军联合抗曹。韩遂口口声声与众将商议，实际上是韩遂说了算的一言堂，加上阎行被韩遂斥责的先例，再没有人敢站出来反对。韩遂非常满意众将的姿态，他也异常享受这种一呼百应的感觉。三碗酒下肚，席上便扬言要杀到邺城去，直取曹操人头，为自己的好兄弟马腾出气。众人听得胆战心惊，但不敢吭声。

这趟金城之行出奇的顺利。马超得到韩遂的承诺后，对救出父亲抗击曹操之事安心不少，翌日便辞了韩遂回去。韩遂带人将马超送出金城外很远方才以酒作别。叔侄二人都明白，这乃是歃血为盟的意思。马超饮完酒，对韩遂三拜之后跨马离去。

当行出很远，看到阎行在前方道路中间横刀而立的时候，马超摇头苦笑。刚刚还在疑惑，为什么作为韩遂军第一猛将的阎行今日没见照面，原来是在这里等着他呢！马超勒马停在离阎行两丈外的地方，在马上抱拳道：彦明兄是在等我？

阎行自从筵席上被韩遂斥责，一直憋着一口气想要对付马超。今天听他要走，便在马超必经的道上候着。其实，他对马超的恨意由来已久。当年军中只知有马超，无人识得他阎行，已经令他十分不服气。后来韩遂选女婿也是先看中马超，马超不肯娶韩小姐才轮到自己。二人同年成婚，当时他还暗地里讥笑马超，笑他娶了个无权无势的孤女杨阿离，而自己却娶到了韩小姐，一跃成了韩遂的女婿。可是等成亲之后，他带着炫耀去跟马超显摆时，却瞧见了美若天仙的阿离，再看看自己的枕边人，跟阿离一比简直是惨不忍睹。阎行从此就恨上了马超，凭什么马超不要的要让他来捡？所有这一切，阎行想想就觉得憋屈。

而阎行的心思马超又哪里知道，恐怕就连他的岳父韩遂也未必知道吧！阎行来堵马超，自然是来者不善，就见他横眉冷对，用长枪指着马超道：看来你很得意啊！那就让我来给你再添点儿更有意思的。说着就要动手。

马超不想和阎行交恶，刚才谈妥了联军的事，若和阎行发生了龃龉，势必会影响到将来的合作。便赶忙摆手道：彦明兄少安毋躁！有什么误会咱们可以慢慢谈，何必动刀动枪。

阎行怒道：马超，你少来这套。我已经受你挑拨见罪于岳父，你此来别有用心，想拉着我们得罪曹操，毁了我韩家军，没门！

马超笑道：彦明兄说没门？那韩伯父却答应了，这恐怕由不得你吧？

阎行冷笑，恶毒道：岳父的命令我自然遵守，但若你死了，也就不存在联军的事了。

哦？马超不以为意，问道：彦明兄有把握杀了我？

那要打过才知道！阎行说着便拍马冲过来，挺枪往马超面门刺来。

马超避过阎行的攻击，摇头苦笑，看来不与阎行打一场，将他打得心服口服，阎行是不会轻易善罢甘休的。想到此，便也抽出自己的银枪，和阎行战在一处。阎行在韩遂军中号称第一，毕竟也有真功夫在身，又兼他对马超的愤恨，自然招招夺命、出手狠辣。马超一来不想得罪韩遂军中的人，二来与阎行曾有并肩作战的情分，处处忍让于他，一时间倒难分胜负。

岂知阎行看马超出招，是保留了实力不肯与他全力厮杀，就觉得这是马超看不起他。于是，更加气愤，红了眼要杀马超，竟然丝毫不顾自己的破绽，双手持枪就向马超咽喉狠刺过去。

马超眼看阎行的枪尖刺来，思忖着，自己不论挑阎行的哪个破绽，都能将他一枪毙命。但阎行不是敌人，他不愿伤及阎行的性命，便从背后抽出短刀，瞅准时机砍向阎行的枪杆。刀枪相接，阎行的枪尖应声而落，只剩下一截断柄攥在手里。马超将刀插回背后，抱拳向呆愣的阎行道：彦明兄承让了，改日孟起命人送上十杆银枪赔罪。

阎行初时愤怒，此时被马超砍断兵器，更加羞愤，但他也深知自己并不是马超的对手。此刻看马超因毁了他的兵器而赔礼，对他卸下了防备……这时候，他突然趁马超不备，将手中的断枪向马超直刺过去。

马超眼角扫到阎行的攻势，连忙偏头去避，堪堪躲过了断枪。但木柄断口处锋锐不亚于铁器，马超的脖子还是被阎行划破，虽没伤及要害，却也鲜血直流，瞬间便染红了马超银白色的衣领及肩头。马超又疼又怒，但脑袋十分清醒，他握着银枪的手紧了又松，此时杀阎行简直易如反掌，但杀了这厮后，联军之事也便作罢了。考虑到此，马超忍着疼任由鲜血继续流，不予理会，盯着阎行道：彦明兄，再大的不忿也该心平了吧？

阎行脸上像开了染坊，神色变了几变，方才泄气道：你若恼怒尽可杀我，我阎行必不会眨一下眼睛。

马超呵呵一笑，真诚道：我若存心杀你，还和你说这么多做什么？彦明兄，孟起是诚心前来，还请以大局为重。

阎行盯着马超的脸，半晌终于点头道：好！我相信你一回。

马超轻笑：兄弟之间正该如此。

阎行此时才面显愧色，要下马来看马超的伤口，马超阻止了他，抱拳道：皮肉伤无甚大碍。眼看天色不早了，我还得加紧赶路，军中不可一日无帅啊！彦明兄也请回吧，来日方长，以后有的是机会再见。

阎行只好抱拳回礼，拨马让开道路。

马超含笑一点头，骑马飞驰而去，留下了一脸赧然的阎行。

六、十部联军

联军之事已定，马超安然回到槐里。这时候，去许都探听消息、伺机救父亲离开许都的马岱还没有消息。

在马岱那边还没有确切消息传来时，及早做好防备无疑是正确的。这叫有备无患。

自上次金城之行后，马超又秘密前往其他几个小部落，并得到了大家的支持。几个月的奔波辗转，终于在次年正月达成共识。在商议抗击曹操大计的联军联席会议上，一致推选韩遂为联军大都督。此时，十部联军共有十多万兵马待命，随时开拔，和曹贼大军开战。

有了这股力量，马超对救回父亲信心倍增。曹操这几年四处用兵，孙刘联军牵制了他大部分的兵力，所以在凉州十部联军面前，曹操想要动马腾也得掂量一下。马超的原意是，集结西部兵力，与孙刘之势，给曹操造成一个三面夹攻的形势，以此来迫使曹操妥协。于私是为马腾谋取一个生存契机，于公是给皇上争取稍微宽松的喘息环境。现在万事俱备，只欠一个起事的借口而已。

瞌睡遇枕头，恰逢其时！说的就正是如今的形势。刚入三月，曹操下令征讨张鲁，派司隶校尉钟繇和大将夏侯渊率领三万兵马进攻汉中。二将兵出河东，想借道凉州而攻取张鲁。曹军中打发人来与马超商议借路的事，马超一听暗喜不已，正愁找不到借口呢，这机会便来了。当下答复曹军来使，称自己一个人还做不了主，需要与大家尤其是韩遂将军商议一下，再行回复。来使乃一鲁莽之人，看马超推托就满心不喜，顺口道：将军势大，难道还怕老迈的韩文约不成？若是我，早攻取凉州以西统一河西了！马超不想与此人多费口舌，命人将他送出驻地，自己急忙去见韩遂。

韩遂被推举为十方都督，全因马超一力促成。因此，对马超十分亲厚。

听了马超转述曹军使者的话，恼怒至极，便决然不肯答应让曹军从凉州取道。而马超想得更加深远，曹操攻取张鲁并非只有借道凉州一条路，从司隶出兵应该更直接，但他却一定要从自己的地盘上过，莫非是曹操使的假道灭虢之计？倘若让曹军顺利通过凉州，打下张鲁之后乘胜回击，而另一面曹操再调派一支兵马合围凉州，那关西诸郡危矣！

由此马超对韩遂及大家说：曹操分明是要吞并凉州，其居心不言而喻。

众将听马超分析得有理，都惊出了一身冷汗。细想之下，这果然就与假道灭虢如出一辙，如今曹操竟然这样不把关中诸将放在眼里？是可忍孰不可忍！为了保住自身，十部将难得齐心协力，毅然决定起兵反曹。由马超带领西凉军作为先锋，韩遂带大军押后，即日开拔，准备拒钟繇和夏侯渊于渭水以南。

马超率西凉军骑兵先行抵达渭水岸边下寨，与钟繇隔河对峙，只等大军到来，就可以渡河直取曹军。钟繇与马超相识，是早年在平阳之战中曾得马超相助，当时他的外甥郭援作乱，还是马超手下大将庞德斩下其头颅。钟繇因为亲眼见识过西凉军的厉害，一听马超率军在对岸，后面更有十余万兵马不日赶到，他不敢妄动，便命人去向曹操禀报。

马超扎营之后，见钟繇没有渡河的迹象，自己也安然驻守北岸。表面上不动声色，但私底下吩咐兵士征召船只等，做好积极应战的准备。对于军中其他将领，派兵士每日在河边叫骂挑衅的行为，马超一笑置之，由得他们去闹。

钟繇手下虽有夏侯渊等猛将，但曹军在赤壁之战时遭受重创，下意识里对水战心存畏惧。又兼丞相有令，命他们只需坚守、不可出战，只能每日里听着对面的马超军叫骂而下饭。随着对峙的时日越长，韩遂大军已经全数抵达。看着对岸浩浩荡荡的关西联军，钟繇摇头兴叹，能有什么办法呢？自己带兵还不到马超联军的二成，除了时刻防备联军进攻，只能苦等丞相派兵增援。

而此时的曹军大部分还分散在东南线战场，没有来得及集结。马超熟谙兵法，向韩遂提议，应该趁曹操大军还没有到来之前，先攻过渭水拿下长安，却遭到了阎行等部分将领的反对。阎行自从上次受韩遂责备，在马超回程的路上又伺机行凶伤了马超，而后被韩遂知道，韩遂怒骂于他，说他心胸狭窄不是君子所为，进而削弱了阎行的大部分权力。这之后，联军举兵起事，阎行只有很少一部分兵力，因此对马超更加愤恨，在许多事情上都与马超拧着干。马超也对阎行有了防备，派人在暗中一直关注阎行的动向。

其实，十部联军抗曹，韩遂的能力并不足以登顶成为都督。但是韩遂雄踞凉州几十年，有比较大的威望，并且与朝廷一干老臣也有来往，选他当都督能获得更多舆论上的支持。念及此，马超虽然觉得他的提议遭到了反对而失去作战先机，但也无可奈何。

就这样，一拖再拖，直到七月曹操亲率大军前来，联军还是没有一个稳操胜券的好策略。

眼看曹军集结，马超焦急如焚。联军虽号称十万，不过一盘散沙，依然各自为政，互相不服气。而曹操却是精锐之师，手下更有诸多谋士和虎将。

马超站在渭水边，盯着对面曹营里的灯火葳蕤，心思百转，想到了一个良策。以静制动，对！就是这个办法。曹操远来，辎重必然不可能多带，那就会强渡渭水，到关中来补充粮草。只要我军在北岸据敌，坚持二十天，曹军没有粮草自然会退兵。到那个时候，再迅速渡河追击，曹操必败。马超衡量好了双方优势，待到天亮就急忙去见韩遂，把自己的想法告知于他。

韩遂打着呵欠，睡眼惺忪地听完马超的话，颇不以为然。就着亲卫兵卒端来的铜盆洗脸，等他慢条斯理地收拾停当，才拉着马超坐下道：贤侄啊，我知道你念父心切，伯父的心与你是一样的。但你刚刚所说的计策，在我听来却未必是什么良策。

马超急于分辩，韩遂不由分说摆手制止马超，继续道：殊不知半渡击之才是上策。你从军也不是一日两日了，应该熟读过兵法吧？怎会在此地提出这么冒进的建议呢？

马超素知韩遂刚愎自用，没想到现在连基本的形势都不分析，就一口否决了自己的提议。马超顿感忧急，单膝跪倒在地，对韩遂道：大都督，伯父，就请你听一次孟起的话吧！

韩遂看马超竟然以这种态度对他，觉得马超是在变相逼迫，便瞬间拉下脸冷道：既然我是都督，就该听我的。你这是不遵帅令、不敬上官！

马超见韩遂翻脸，不好再进言，垂下头改口认错道：伯父息怒，孟起不敢。

韩遂也不理马超，冷着脸出去了。马超呆立半晌，叹口气慢慢踱出帅帐往自己营中而去。而就在他没有注意到的角落，一个人邪异地盯着离去的马超。此人不是别人，竟是阎行。

曹操在渭河屯兵已有七八日，部将都不明白他为何按兵不动。正如马超所料，军中粮草不足，如今只够支撑三四日。刚开始众将都以为丞相一来，大战就会爆发，但已经过了这么多天，丞相还是一点着急的样子都没有，他们不由得狐疑再三。

钟繇已在渭河驻扎了四个月，早就想渡河与关西军一决胜负，但丞相严命他坚壁不得出战。而今终于等来大军，粮草即将告罄却依然不见行动，钟繇急了，便去向曹操请战。

曹操正在埋头看书简，听完钟繇的请命，大笑不止。钟繇不明白丞相这笑从何而来，便听曹操道：看到关西联军一部一部地到来，我十分高兴。关中道路长远，如果他们各自依据地势防守，就算出兵攻打，没有一二年也平定不了。现今他们全部来此集结，人数虽多，但互相都不归服，联军中又没有好的统领，一举便可以消灭他们，比起他们各自防守，现在消灭他们可就容易多了。

钟繇听了恍然大悟，也笑着大赞：丞相真乃是奇智！

自此，曹操命军中整备操练两日，做出要与联军大战的架势，却在暗地里密令大将徐晃和朱灵率领四千骑兵北上，到蒲阪津渡河，在河西设营。

七、兵败渭水

马超对曹操的亲征一直不敢掉以轻心，派人时时留意曹军的动向。这日得到消息说曹军一支兵马北上，他稍作思索便洞察了曹操的意图，曹操是打算派兵向北过河，然后绕到联军后面，与曹操大军形成合围之势。清楚了曹军的战术，马超去找韩遂。

韩遂正在大帐里和诸将商议布防，看这两天的架势，曹操随时就要发动进攻了，众人议论争吵不断，各有各的想法，一时间难以统一。马超看得直皱眉，这样的军心，如何对抗曹军精锐？

韩遂被众将吵得头疼，看马超进来，便大声吆喝他过去议事。联军中除了韩遂，就马超威名在外，其他将领也很给马超面子，停住了争论想听一听马超的意见。马超便将刚得到的消息，和自己的分析结果说给众人听。一石激起千层浪！帅帐里重新陷入一片争论。

马超也不由得头疼起来，实在忍不住大喝一声镇住了诸人，方才说道：众位将军，且听我一言。曹军向北渡河，肯定是想绕到我们后面形成合围之势，我们可以派人在渭水北面沿河把守，我敢肯定不出十天，河东面的曹军就会粮草用尽，便不战自溃了。

众将听了马超的策略都觉得有理，纷纷附和。但阎行却跳出来反对，不阴不阳道：说得轻巧！你别说自己不知道渭河有多长，我军沿河把守需要多少兵将？况且，曹军与我们对峙了四个月也没见有粮草匮乏的迹象，你就敢断定不出十日？曹操之所以按兵不动，无非是因为惧怕我军兵力，以他的两三万之数如何敢与我十多万兵马的联军交战？而今，你想把兵力分散开，将士们都去守河了，曹操进攻怎么应对？

阎行一连串的质疑引起一部分将领的赞同。其实诸将都知道自己的兵马几斤几两，而曹军精良，又有曹操亲自坐镇，心里还是露了怯的。之所以不同意马超的策略，就是想着抱团作战，以己方人多为底气，去对阵曹军。

韩遂显然也觉得女婿说得有理，不赞成马超的意见，并对马超颇有微词：孟起啊，如果我没有记错，前些天你就跟我说过你的妙计了吧？当时我就说过不可行，怎么今日又拿出来说呢？曹操大军在此，我们就该把主要精力用在这里，不要再去琢磨那些无关紧要的事情了。你说曹军要合围，这是扰乱军心的猜测之言。

马超愕然无语，曹操奸诈，而且精于用兵，手下还有那许多谋士，而联军在他眼里，恐怕都被称之为乌合之众了吧？可叹这些人竟然没有一个人看出曹操的用意。或者有看出来的，但都在心里打着自己的主意，为了一己之私谁都不肯出全力啊！想到这里，马超突然就心冷了，靠这些人去做大事，简直是一场天大的笑话。要想成大事，人心不齐，终是徒劳！面对眼前的这些不学无术、自私自利之辈，马超不再做任何辩解，默默地走出营帐。凡事还得靠自己，他心里已经有了一个新的策略。

翌日，韩遂帐中飞进一纸急报，徐晃顺利渡河已经占领河西多地。一夜之间，战势急转直下。曹军抄了联军的大后方，且正在向联军包抄而来，想阻断联军的后撤之路。韩遂闻言大惊，召来诸将亦是面面相觑，这才后悔没有听马超的意见。现在后方空虚，曹军长驱直入，已经对他们构成了莫大的威胁，便有胆小的将领萌生了退兵的想法。

马超急急赶来，一看诸将脸色就清楚了他们各自的心思。但事已至此，这些人都是不撞南墙不回头，希望他们能吃一堑长一智吧！便向韩遂提议，派人去与曹操讲和，为大军回撤后争取主动而后消灭曹军争取时间。

经此一事，韩遂再也不敢托大，只好听从马超的建议，派使者过河向曹操投去议和书。曹操很快回信，大骂韩遂及诸将不义，不肯答应。此时联军浩浩人势，却没有一人敢站出来说个打字。韩遂又派人去见曹操，要以目前曹军已经占领的河西诸地作为赔偿而和谈。曹操驳斥韩遂，继续不答应。面对这样的态势，联军内人心浮动，韩遂已然有些掌控不了局势的感觉。

时至八月，曹操看联军人心溃散，便突然率军由潼关北渡。大军已尽数移至北岸与徐晃会合，只有曹操本人和许褚等百多人留在南岸负责断后。联军眼睁睁看着曹军北渡，都不敢进攻。

马超几次劝韩遂和众将，趁着曹军渡河之际追杀上去，联军十万，压都能把曹军压死。只要曹操一死，后方之围自然可解。韩遂刚有动心，但又遇到阎行危言耸听，联军内一大半人跟随阎行声讨马超，都赖他当初怂恿了反曹之事，才令曹操不肯答应讲和。马超看一次次战机贻误，还招来众人的误解，痛心疾首地奔出大帐，自己带领西凉军去追击曹操。

曹操见大军已安然渡河，才慢悠悠地起身准备乘船。正在这时，马超率领西凉军赶到。一声令下，乱箭如雨射向曹操的船只。曹操手下有一员大将叫许褚的，慌忙将曹操扶上船，见船夫已被流矢所杀，便顺手拾起一具马鞍当盾牌，替曹操挡箭，一手持篙拼命撑船，自己身上却多处受伤。就这样驶出四五里，马超依然带人追赶，利箭射得更急。眼看许褚已经力竭，船只逐渐慢了下来，马超大喜，命军士们继续射击。

胜利在望，马超脸上露出了笑容。曹操不论或杀或擒，都对自己和联军有莫大的意义。但是突然军中大乱，兵士们停止了射杀。马超回头一看，差点气晕过去。不知从哪里拥出了大批牛羊，足有千多之数。而他的兵士都扔掉手中的兵器，纷纷跑去抓牛羊。马超大声呵斥，但收效甚微，牛羊的奔跑声和叫声，以及军丁们的吆喝声盖过了他的命令……

马超站在岸边，望河兴叹。这时候，曹操的船只已经去远，马超的努力和智谋败给了一群畜生……对此，一种沉重的无力感从马超心中油然弥生。

其实也能理解，联军驻扎渭水半年之久，粮草再充足也支撑不了十万人的消耗。军中早已勒紧裤腰带在节省粮食了，眼下见到这大批牛羊，将士们都红了眼，这可是实实在在的粮食啊！

而战场上突然出现牛羊群，并不是偶然。马超了然，这些牛羊应该是曹军的，曹操渡河有了粮草补充，便将这些牛羊留在南岸。一定是曹操还没来得及撤走的亲信，看情势危急便急中生智，把牛羊放了出来，以干扰自己继续追杀曹操。不得不说，这是一个绝妙的好主意，出乎所有人的意料。

一时间牛羊尽归西凉军，众将才后知后觉做了不务正业的事，都战战兢兢不敢说话。有兵丁来报，抓住了放出牛羊的人，并押解到马超跟前。马超寒着脸看去，此人非常普通，但却挺胸昂首一副凛然道：要杀要剐悉听尊便，我丁斐甘愿。

马超摆摆手，命人把丁斐放了。众将不解，这样毁了大计的人怎么能便宜了他去？看马超一脸寒气，便解开绑绳放了丁斐。马超收兵回营，才对手下众将道：那丁斐乃是渭南县令，难得一介书生，却有为主尽忠的气节，又有临危不乱的机智，杀了可惜。众将无言，深悔自己的行为不当。

曹操成功渡河，在北岸扎营，已是十月中。北岸无城可据，为了防备擅长野战的关西军攻打，更有谋士出主意，趁突然间天寒地冻的优势，可以担沙泼水而筑城。曹操依计而行，果然一夜间筑成了一座冰城。马超与韩遂赶到后，大吃一惊，想不到曹军竟有这等智谋，更令关西军慑服曹军。眼下后路被截，前方又有曹操亲自指挥作战，联军除了马超和成宜、李堪几位将领外，其余人都从心底里屈服了曹操。包括韩遂都对战事不抱希望，没有和马超商议，就打发人第三次向曹操请和。

曹操帐下谋士贾诩让曹操假意答应韩遂，并提出当面进行议和。韩遂不知是计，欣然前往，在阵前与曹操相谈甚欢。曹操因与韩遂是同乡，便东拉西扯谈起了家乡种种，又说起二人年少时的趣事，韩遂哈哈大笑。马超等诸将事先接受曹操要求，只在远处观望，却听不见韩遂与曹操所说的内容。等会面结束，问韩遂商谈如何，韩遂支支吾吾说不出什么来。以他的脾气，自然不好意思说是跟曹操叙旧，压根儿没谈军事，便含糊其词：曹操什么都没有说。

马超皱眉怀疑，他们在远处分明看见，韩遂和曹操语笑嫣嫣，最后还一起拊掌大笑。为什么韩遂却说什么话都没有说呢？联想近日军中人心涣散，韩遂对曹军的处处让步，马超与主战的几位将领相视无言，但互相读懂了各自眼底的疑虑。

次日，马超正在营里研究如何破解曹军的冰城时，马岱走了进来。马岱出师未捷，只因曹操防守很严，没有办法把马腾及其家人救出来，只带来了马超父亲马腾的书信。马腾已经知道十部联军反曹的事，称赞马超不负所望，让他全力以赴攻打奸臣曹操，不用顾虑自己的生死，最后又叮嘱他对韩遂不可全信……

一封书信，看得马超酸楚不已……父亲一片苦心，连自身的安危都不顾了，他还有什么理由不去坚持？但是，父亲说韩遂不可信，这引起了马超的思索。这之前，马超只觉得韩遂刚愎，却从不曾怀疑其他。现在来看，韩遂的确有很多反常，单就昨日与曹操的会面，回来后闪烁其词，就让他更添怀疑。

正想着，马岱走了进来，还神秘兮兮地回身往帐外看了看，确定安全后才从怀中拿出一幅绢帛。马超狐疑地接过去，展开一看，惊怒非常。这是韩遂写给曹操的回信，大意是说昨日会面十分高兴，因念及幼时情谊，虽然举兵相抗，全因信了小人的挑拨，故而处处保留，就是不想与昔日好友兵戎相见。现下已经想好，遵从丞相的意思，自己会见机行事，必将……信写到这里再也看不清字迹，涂涂抹抹的，一塌糊涂。虽然如此，从字里行间已经能够断定，韩遂昨日与曹操达成了什么协议。种种迹象显示，韩遂昨日的含糊其词隐瞒了不为人知的内情，而从这封涂抹过的书信则可以猜出来，韩遂想拿什么作为交换而取得曹操的信任。

马超兄弟二人参详半晌，得出的结论让他们骇异失色。但此事非同小可。为谨慎起见，马超问马岱这信从何处得来。马岱才说出，乃是今早偶遇阎行，自阎行袖中无意之中遗落下来，被他捡的。事情到了这步，一切都能说得通了，一定是韩遂和自己的女婿密谋投靠曹操，阎行把韩遂写给曹操的书信草件带去销毁，却不小心被马岱拾得。

此时危急，马超赶紧命马岱去找李堪和成宜两位将军前来商议对策。二将不一会儿赶到，看到马超递来的东西，也惊呆了，随后怒骂韩遂不义。马超安抚住他们，尽快拿出一个应对之策才是当务之急。四人合计良久，现在已经是箭在弦上，只有趁韩遂还没有公然投靠曹操之前，其他将领也还蒙在鼓里之际，发动突袭，一举攻取曹军。倘若得胜，再来肃清联军里的韩遂等人。在这之前，万不可自相残杀，让曹操白白捡了便宜去。

是夜，马超派出一队兵士，假扮成曹军偷袭营地，惊得联军鸡飞狗跳，急忙应对，而他和李堪等则大肆造势曹军来了的凶残。生死时刻，激起了人保命的本性，联军奋起直杀到曹军营盘前。

本以为曹军没有防备，没想到直到近前，曹军早已摆好阵势，竟有些守株待兔的意味。马超心头极快地掠过一丝不安，似乎遗漏了什么细节。但刀兵相接，也没有时间分神再想，便拍马与曹军战在一处。料想以联军十万，再不济也不至于落败。但风云突变，联军中有人突然倒戈相向，帮助曹军打起自己人来，为首大将赫然却是阎行。

联军顿时大乱，分不清谁是敌人谁是自己人。而曹操一声令下，曹军冲入联军阵中，他们却不管不顾，见联军就砍。整个战场，乱成了一锅粥……任凭马超等人奋力厮杀，也阻不住联军的溃败。更为懊恼的是，阎行振臂一呼，竟有大半人马随他站到了曹军一边。

此时，壁垒分明。阎行的倒戈让曹军战力飙升，马超等人已不是对手。再战片刻，耳边传来一声悲鸣，李堪被曹操大将许褚挑下了马。马超悲痛不已，想赶上去将李堪的尸首夺回来，但敌军如潮水般围上来，马超左冲右突杀敌无数，却始终冲不到那边。忽然又有一声喊，成宜战死。马超一枪戳穿近前的一名曹军兵丁，往喊声处看去。只见乌泱泱的一大片兵马拥来，却是曹军和阎行策反的联军，想将他合围起来。马超顾不得再去抢夺尸首，快速观察了一下战场形势，大声命令西凉军和没有反的联军，让他们向西突围。自己则一马当先，往曹军兵力比较薄弱的西面冲去，他要为联军杀出一道突围的缺口。

一夜激战，天明时终于突出重围。联军或死或降损失无数，留下来的只有马超带领的西凉军，仗着马匹精良几乎全身而退。再有就是韩遂带出来的联军残部两万余人。这一战，十万联军仅剩三成，韩遂大放悲声，痛骂阎行背主。马超这才明白，并非韩遂背弃联军，乃是外有曹操离间，内有阎行通敌，这才造成了联军大败。曹操步步为营，那封信根本不是韩遂所写，是阎行受命曹操，伪造了岳父的笔迹，然后故意丢在马岱面前，引诱马超上当。这是多么阴毒的离间计啊！让人恨得咬牙切齿。

马超狠狠给了自己一拳。倘若稍微细心一些，怎么会上了曹操的当。

韩遂遭此次变故，一身狼狈，仿佛一夜之间老了十岁，平时的矍铄荡然无存，佝偻着身子，寒风吹得他花白须发乱飞，看起来落魄又可怜。阎行的背叛是对他最大的打击，被最信任的人出卖，韩遂瞬间从大将军，变成了一个孤独的老人，一个普通的老年人。

马超命马岱整军，自己向韩遂走过去。

伯父！马超“扑通”一声跪在韩遂面前道：我对不起你。

韩遂长叹一声，伸手扶起马超，打量着他因厮杀染满了污血而看不出本来颜色的狮王甲，满面悲痛道：不怪你！是我自己瞎了眼，受那畜生蒙蔽，一次次错失良机，终致兵败。

马超扶着韩遂的胳膊，这个时候说什么都是多余，只能徒增韩遂的悔意，便转开话题问道：伯父接下来有什么打算？

韩遂咬牙道：我恨不得此刻就去找那畜生拼命，然后斩下他的头颅祭奠死去的将士。可是，我这败军之将还有何面目面对父老啊！

马超已经打定主意回凉州。那里是他们父子经营了几十年的地方，如今既和曹操撕破了脸，就没有什么可怕的了，只待回去之后重整兵马继续反抗曹操。想到这里，马超便向韩遂道：伯父不如随我去凉州吧。

韩遂摇头：伯父老了，这次就是教训，再也不敢拖累于你。我自有去处，你还正是大好年华，当在战场上策马驰骋。你去吧！

马超见劝不动韩遂，也不勉强，便下令西凉军出发，回凉州再图后计。走出好远回首再看，韩遂还伫立在一方大石上，寒风肆虐，吹得他摇摇欲坠。马超不禁红了眼圈，在马上遥遥一拜：伯父保重！说完扬长而去。岂不知，这是他与韩遂的最后一次拜别。此后不久，韩遂被部将杀死，首级献给了曹操。至此，联军除西凉军外，最后一部也彻底投靠了曹操。后来才知道，这都是阎行受曹贼派遣，暗中到韩遂军中，策反韩遂部将成功后的结果。

八、灭族之仇

春寒料峭，一大队人马从大路的远处威风凛凛行来。长枪簪缨、盔甲鲜亮、战马健壮……通过旗帜上斗大的马字才知道，这是马超带领的西凉军到了。

马超当先带队，目光坚定地看着前方，再走半日就是冀城了，凉州刺史治所便设在那里。这一路被曹操大将夏侯渊追击，马超指挥西凉军打了几个漂亮的伏击战，令夏侯渊不敢再追得太紧。但被人追着屁股打的滋味毕竟不好受，时刻枕戈而卧紧绷着神经，马超也颇头疼。好在河间突发兵变，曹操急调夏侯渊去镇压，这才让西凉军得以摆脱被追赶的窘态。

现在的形势，韩遂不回凉州，彻底放弃了他原来盘踞的金城以西大片疆域。而曹军将主要兵力用来防守南方战线，剩余部队到处游击，已经没有多余兵马再向西用兵。此时正是趁机收复凉州的大好机会，马超综合利弊，决定征战冀城、拿下凉州。

凉州刺史韦元将，乃谋士荀彧向曹操举荐，从刺史府主簿升任了刺史，替曹操镇守凉州。马超对韦刺史并不陌生，也算旧识，其人颇有文采，甚至被人称赞素有仁德，但对排兵打仗一窍不通。所以，马超就是看准了这一点，第一个要拿下他。等攻取了冀城，再网罗凉州其余残存势力抵抗曹操。

经渭水一战，马超领略了曹操的军事才能，再也不敢有轻视之心。他深深地认识到，想要拥有与强悍的曹军相等的战力，仅凭他的西凉军还远远不够，应该继续寻找有意抵抗曹操的有志之士，结成同盟抱团作战，才能有一线生机。关西联军败给曹操，让他更看到了自身的缺陷，匹夫之勇只适合小范围的私斗，而要成大事，必须加强全军的操练。他和他的西凉军，原来只打过些小胜仗，难免都心存骄矜。这一次经过真正的战场搏杀，所有人都心有戚戚，但是，马超相信他们会很快成长起来，成为战场上的王者之师。

冀城向来是人杰地灵、英才辈出的地方，也是兵家必争之地。曹操将凉州刺史府设在冀城，也是看中了这里重要的地理位置。但是，他将一介文弱书生丢在各军阀势力的夹缝之中，周围都是弓马娴熟虎视眈眈的强敌，貌似就有些羊入虎口的残忍了。马超兵临城下，韦刺史惊恐万状，摆在他面前的有两个选择，要么开城门投降，要么向曹丞相求援。文人往往多气节，既然身为曹氏属臣，再不肯轻易投入他人门下，便打发凉州别驾阎温突围出去向曹军求援。

转眼之间，马超已经围城月余，但韦元将始终坚守城门，西凉军数次强攻，都因为没有得力的攀登工具，而对超宽的护城河和坚固高大的冀城无可奈何。马超没有料到会是这样的结果，本以为冀城之于西凉军乃是囊中取物，却遭遇了韦刺史和冀城守军以及百姓的拼死抵抗，甚至不惜冒寒冷饥饿的代价，也不肯投降。围城之战拼的是消耗，谁能坚持耗到最后谁就是胜利者。马超一路行军并没有过多的粮草，军士们这些天去城外山上打猎，几乎把山里能打到的猎物都填进了自己的肚子。

所以在冀城外，马超正在为粮草发愁。冀城内的情形同样严峻，因为支援曹军征战，官仓本就空空如也，一城的百姓家中余粮都消耗光了，仍然迟迟不见丞相来救，都灰败着脸满腹怨言。韦刺史一日日看着碗里由干饭变成粥，再从粥到几乎找不到米粒的清汤，他也从满怀希望跌到了绝望的谷底。是不是自己一开始的做法就是错误的？他质疑自己，同时质疑曹操，说好的援兵呢？

又是一天过去，马超站在帐外盯着对面的冀城城头陷入了思索。这两天他有个新的想法，冀城久攻不下，无非是仗着城池坚固之利，而自己又不愿意牺牲军力拼死去夺的缘故。西凉军再也经不起损兵折将的折腾了，每看到一个受伤的军士，都让他十分心疼。但是，冀城又非拿下不可，有些伤亡在所难免。这样一来马超发现自己进入了一个矛盾的怪圈。所以，他准备借别人的力量来攻克冀城，离他最近并同样抗曹的张鲁就是他打算结盟的对象。

日前，马超与众将商议向张鲁借兵，并派马岱携带自己写的书信去汉中见张鲁。在信中马超言辞恳切地分析了当前形势，陈述了结盟共同抵抗曹操的必要性。张鲁但凡有点思想，都会选择连横的，马超自信，他有把握能说服张鲁。

算算时日伯山也该回来了吧？马超自言自语。

这时候，就听背后“腾腾”跑过来的脚步声，马超不用回头都知道是庞德来了，只有他那铁塔一般的身躯能走出这么大的动静。

少主……庞德欲言又止。

马超回身，看着一脸为难的庞德疑惑道：怎么了？吞吞吐吐的，这可不是令明的作风。

庞德表情复杂，似乎鼓足了很大的勇气才道：侯爷……侯爷他被曹贼给害了！

什么？马超惊得几欲晕倒。庞德嘴里的侯爷难道是被封为槐里侯的父亲？马超一把揪住庞德的衣领，低吼道：你说的是哪个侯爷？

庞德明白马超的心情，他是心存侥幸，下意识里不肯相信“侯爷”所指的就是马腾。可是，能让自己称呼侯爷的又有何人？庞德默默地盯着马超的眼睛，然后热泪滚滚而下。

这还有什么不明白的？庞德幼年就追随父亲，以他们不是父子胜似父子的关系，能让庞德落泪的除了自己的父亲还能有谁呢？马超一把推开庞德，只觉得天旋地转。半晌，等冷风吹干热泪眼睛里酸痛难当的时候，马超强忍住哽咽，紧咬的齿缝间蹦出了几个字：什么时候？

庞德擦干眼泪道：探马消息来报，说在年关。

马超听得恨意滔滔，年节杀人只有曹操能做得出来。他定了定心神，怒瞪着庞德又问：你还没告诉我家里其他人呢！

庞德终于忍不住，铁塔一样的身子“扑通”跪倒在地，悲声道：三百余口无一幸免！

马超顿感天旋地转，瞬间大脑中一片空白，就像被焦雷劈过一样……其实这一切早该想到了，在他奉父命联合韩遂反曹时就想到了。只不过当时是他太过自信，以为有了韩遂的帮助，他是有能力打垮曹操的。谁能料到，韩遂会误听误信、坐失良机，最后还被离间计弄得一败涂地……

如今，攻打冀城失利，又听到了一家老小三百余口被曹操杀害的消息，马超真的承受不住了……

庞德一把扶住了摇摇欲坠即将倒下去的马超，担心地喊道：少主、少主？

马超“哇”的一声吐出了一口鲜血，而后仰面栽倒在地。

少主……少主……庞德大叫着扶住了马超。

马超早已失去知觉，昏死了过去。

马岱不负所托，成功地借到了汉中的兵马。张鲁派他的大将杨昂前来相助。汉中军已从马岱处得知冀城困境，来时便带好了攻城的云梯等物。冀城军民被西凉军围困，又迟迟不见曹军救援，早就泄了气。而西凉军却等来了外援，士气大振……城内军民得到消息后，一片惶惶然。云梯架上城头，还未等下令攻城，便见城门大开，刺史韦元将率众投降了。

马超苍白着脸，盯住眼前依然桀骜的韦刺史，怒目而视：你还有什么话说？

韦元将昂首挺胸道：马将军不顾百姓的死活，暴力攻我冀城，本官不得已才投降。本官并非是降于你的暴虐，而是不忍心我冀城百姓无端死于你手下。

马超冷笑道：好一通道貌岸然的辩解，既然不忍心百姓受苦，为何刚开始要做出一副宁死不屈的样子来？你是曹贼的亲信，焉知冀城百姓就甘愿跟你一起赴死？

韦元将被马超一顿抢白，涨红着脸道：冀城百姓自然是愿意的，曹丞相不会不顾我们。

愚不可及！我看你是活得不耐烦了！马超冷斥。一听曹操的名字，他的心就在滴血，看眼前的韦元将便格外刺心，连脾气都突然暴烈起来。

可是，韦刺史却不怕死地梗着脖子道：为了丞相大业，我死而无憾！

马超烦躁得厉害，满门惨遭曹操杀害，他还在无限悲痛中，而韦氏却还叫嚣着效忠曹操。马超瞬间怒从心头起，恶向胆边生，狠狠盯着韦元将道：那我就成全了你对曹贼的一片忠心！说着给身边的马岱掷去一柄短刀。

马岱搬兵回来也知道了许都的消息。他的悲痛不亚于马超，自小在马腾膝下长大，那也是自己最亲的人啊！何况还是满门遭屠，曹贼简直灭绝人性。马岱接过短刀，明白马超的意思，命人押了韦元将出去。他要拿这给曹贼卖命的狗官人头，为马家英灵献祭。不远的将来，他还要杀到邺城，亲手宰了曹操报仇雪恨。

西凉军在冀城稍作休整后，马超便忍痛带兵迅速出击周边其他郡县，拿下了冀城以南大部分地方。因为马超的威名，所到之处，几乎没有遇到什么抵抗。

天下人尽皆知，曹操处死了马腾一家，都是心有戚戚然。即便马腾有罪，杀了有罪之人就够了，何苦要将人家全族杀光？毕竟老弱妇孺无辜啊！天下人都同情马家，尤为凉州更甚。马腾起于西凉，后来屯军三辅时，对百姓们多有照拂，受凉州百姓爱戴。听闻马腾被曹操夷灭全族，凉州军民人人愤慨，大骂曹操没有人性。有些地方还为马腾鸣不平，编了歌谣到处传唱，一边歌颂马腾的功绩，一边谴责曹操的无德。

因此，马腾和全族人的鲜血，为马超收复凉州增添了莫大的助力。西凉军所到之处，军民人等都是夹道欢迎。显然曹操的暴虐，已经引起公愤。

凉州的形势，曹操在邺城已然得到消息。原本是想杀了马腾以震慑马超，让他不敢再起异心，却不料引得天下舆论都偏向了马超，倒帮他更轻松地拿下了凉州。曹操有点懊恼，心里暗暗对当时一怒之下杀了马腾的决定有点后悔，感觉得不偿失。可是，转念一想，马腾的儿子马超实在让他气愤。当日若非许褚拼死护主，又有丁斐拿牛羊诱走西凉军，他真不敢想象是什么后果。而且，据说在关西联军与他对阵渭水时，马超还向韩遂提出沿河驻军的策略，幸好韩遂昏庸，加上他早已策反了阎行，不然，仅凭马超那一计就足够让曹军死无葬身之地了。

曹操忽然意识到，马超本人武艺及他的统军才干当真了得，倘若能为自己所用，那简直有不输吕布之勇啊！可惜！当时没有想到这一层，只顾着杀马腾泄愤，却忽略了马超。现在，他与马超有这般血海深仇，永远没有再言和的机会了。曹操叹口气，深悔自己错失了一员良将，也招来了一支仇恨他的敌军。

众谋士见丞相愁眉不展，便上前相问。曹操将自己的遗憾，和对西凉军再次集结的担心说了出来，谋士们便给曹操出了一计。既然事情已经无可挽回，仇怨难消，便干脆一不做二不休，不如趁马超在河西征战，去他的老巢袭杀马家留在槐里的其余族人，斩草除根才能永绝后患。曹操听得有理，所谓马家族人，在许都和邺城的几乎被他捕杀殆尽，留在三辅的不过就是马超一家了。当下便命人去唤了熟悉凉州的降将阎行来，让他去槐里，伺机袭杀马超妻儿，如果能顺便策反马超的部将那就更好了。

阎行投靠曹操不久，正是需要在新主子跟前建功获宠的时候，便二话不说领命去了槐里。的确，他对那里很熟悉。人还没有动身，心里就有了一个恶毒的主意。对此，阎行十分有信心，一定能圆满完成曹丞相交给他的任务，以实际行动报答曹丞相对他的信任和期望。

九、祸不单行

马超势如破竹，收复了凉州大部分地方。但渭水一战，关西军各部精锐尽皆折损，除去战死的、投靠了曹操的，留守的基本都是老弱残兵。马超对眼下扩充的兵力很不满意，况且冀城不如三辅富足，便打算将兵马全部移至槐里。那里是他们父子经营了多年的大本营，西凉军屯守槐里，一旦时机成熟，进可以过潼关直击曹操，退可以据守三辅休养生息，是不可多得的驻军之地。

西凉军中兵将都非常信服马超，稍作商议便赞同整军东进。就连杨昂也觉得马超说得不错，西凉军东进才有发展的空间。这些事马超早就想到了，想要杀曹操报仇，就不应该窝在西凉弹丸之地，关中才是他们首先要进取的地方。

通过几个月亲密无间的合作，杨昂对马超十分敬服，他们已经处成了最好的兄弟。战场上生死相依、并肩作战的情义，是血与火锻造出来的感情，这其中不单单是信任，还有意气相投、惺惺相惜的吸引力。杨昂舍不得与马超分离，将马超送出几十里地还不肯回汉中。马超好言相劝，对杨昂这个小兄弟也十分喜爱，但毕竟各有归属，他们不得不暂作告别，相约再见时把酒畅怀。之后二人各自领兵分路而行。

离开家里已经三年多了，现在就要到家了，西凉军归心似箭，马超更甚。如今全族被曹操杀害，只有自己和马岱兄弟俩了，而想起家里活泼可爱的三个儿子，还有阿离和种雅，马超从来没有觉得他们比现在更亲近。从此以后，他们一家就是马家血脉的延续，要替死去的亲人们好好活下去。

想到这里，马超的眼圈不禁红了。马岱打马赶上来，看见了马超的眼睛，也惹得自己有些伤心，半天才迟疑道：大哥，槐里还有大半日路程了。

马超收敛情绪点点头，看时已近午，便下令马岱带人前去探路，其它人原地休息，埋锅造饭。见马岱领命去了，马超遥望着前方，心头竟然有些近乡情怯的感慨。这三年来辗转奔波，历经万千艰辛，终于可以一家团聚了，原该衣锦还乡才是，而他却铩羽而归，想来便有些惭愧。孩子们一直都拿他当英雄来崇敬，不知道他们看到吃了败仗的父亲会不会失望呢？而阿离她们想必也已经听说了许都的惨剧，又该流了多少眼泪？

马超伸手摸了摸自己胡子拉碴的脸，暗想：阿离和种雅会不会嫌弃自己这一身的沧桑？他在许多个睡不着的夜里，都会想着她们，想着那个温暖而充满欢笑的家。她们有没有像他一样也念着自己呢？

少主吃饭了。亲卫打断了马超的思绪。马超答应一声，惊觉到自己的失态，竟然稍稍有些羞赧。自己这是太过儿女情长了吧？还没到家门口就有这许多的旖旎情思。但是，话虽如此，他还是和因为要回家而兴高采烈的士兵们一样，狼吞虎咽吃完了饭，带着满满的希冀跨马赶路。天黑就能到家了，西凉军笑逐颜开。

阿离和种雅坐在房里，一边做针线活一边看着马承习字。马秋和马跃已经是半大的少年，不耐烦整天读书，结伴去府外骑马了，只有马承乖乖坐在案前。种雅含笑看了眼马承，这孩子越大越与他父亲相像了，真的是眉目如画、玉雪可爱呀。

阿离抬头看到了种雅的神情，也看了眼马承。她也喜欢这孩子，便笑道：妹妹下一胎若能生个女儿就好了，男孩子都长得这么俊美，生个女孩儿就是国色天香了。

种雅红了脸低低笑道：夫人莫要取笑我了，将军三年未归，我却要怎么生个女儿出来？

阿离笑着瞪了眼种雅道：不害臊！这话也随便说得。

种雅红了脸，但还是笑着说：就咱们姐妹俩，又没有外人……

娘亲，你要生个小妹妹跟我玩吗？马承突然插话。

阿离笑着看种雅，种雅红着脸愣住了，继而捂嘴哧哧笑了起来。阿离明白，家里人没有不惦记马超的，她也一样，几乎每晚都能梦见马超。不过，前几日已经有信传来，大军即将归来。算算时日，就这一两天也该到了。

孟起，苦了你了！阿离心里默默说着，却一不留神把针扎进了手指。指尖迅疾凝出一颗殷红的血珠，阿离默默将血迹抹去，心头涌上了不安。

二人正说笑间，突然门外喧哗声大作。阿离起身拉开门，一把亮晃晃的尖刀便当胸抵上来，逼得她一步一步退回房里。种雅惊恐地看着持刀人，竟是西凉军的校尉梁宽，却不知为何要行凶拿刀相逼。种雅把马承护在身后，吓得面无人色。

梁校尉，你这是做什么？阿离虽然也害怕，但还是尽量平静地质问梁宽。

梁宽好像也有些于心不忍，他不敢看阿离的眼睛，稍微将手中的刀抽回一些道：夫人，请你们不要出这间房门。

阿离察言观色，觉得略有安心，又问道：好！我们不出去。但是你能不能告诉我，这是为什么？

夫人不要问了。梁宽偏过头道：卑职也是奉命行事。

你奉的是谁的命？阿离这个时候已经完全平静下来，拿出将军夫人的气势，冷脸斥责道：西凉军主帅是谁你不知道吗？如今他就要回来了，你难道偷偷背叛了他？说，谁是你的新主子？

梁宽被阿离喝问得无言以对，嗫嚅着说：是，是赵副将。

赵衢？他想干什么？阿离怒瞪着梁宽。

梁宽被阿离的气势镇住，再说他也不是真心想反叛，便老实交代道：他已经暗中投了曹军，还捉住了两位公子，说要是将军归来，就将你们推到城头逼将军自戕。

阿离一听又惊又怒，极力忍住失控的情绪，咬牙又问：赵衢一人并不能成事。梁校尉你不要有所隐瞒，告诉我，军中现在情形如何？

梁宽索性扔了刀，单膝跪倒在地道：夫人，赵衢听从了叛将阎行的诡计，在军中散布谣言说将军兵败落魄，曹军重金悬赏要将军的人头。如果谁能带将军家小的人头去投靠曹军，马上就能升官发财。所以……所以……

就没有人不肯投靠阎行吗？阿离不甘心问道。

夫人，现在这边的军队尽归阎行调度。梁宽惭愧低头。

阿离颓然坐倒，但想起两个孩儿还在阎行和赵衢手上，眼前还有遇事软弱、乱了方寸的种雅母子，她还不能倒下。许都马氏全族惨死，孟起不能再受打击了。阿离强撑着打起精神，看了看只顾抹泪的种雅，和幼小不谙世事的马承，她一咬牙捡起地上的短刀架上自己的脖子，向还跪着的梁宽道：梁校尉，你能不能答应我一件事？

梁宽愕然看着阿离，想劝她放下刀，但看到阿离的一脸决绝，不由点头道：夫人您说。

我不为难你，甘愿受缚让你交差。但你答应我，必须想办法救他们两个出去。不然，我立即自刎，如果我死了，阎行想逼迫将军就无从谈起。而你也不好向他交代吧？

阿离现在求助无门，只能将希望寄托在梁宽身上，盼他还有点良知。

果然，梁宽没有让阿离失望，他慢慢起身，看着阿离点头道：夫人，我可以放走二夫人和三公子，但他们出城后的生死，我人微力薄可不能保证。

这就已经很好了，阿离此时已经绝望，她知道两个孩儿被阎行抓住，包括自己，都不可能轻易脱身。为了不拖累马超，她在拾起刀以死相逼的时候，就已经下定了决心，做好了赴死的准备。她能为马超做的，除了不拖累他，就是尽力保住马家的一点血脉。阿离盯着梁宽道：好！你现在就让他们走。

梁宽看夫人一脸的决绝，也不由得动容，便快步出去看了看院中，然后关上门对种雅道：二夫人，趁现在没人，你带好公子，我把你从后窗放下去。

种雅此时方才从惊惧中回过神，扑到阿离跟前哭道：夫人，你怎么办？

阿离后退一步不让种雅近身，眼含热泪又狠心道：种雅，你听着，无论如何将承儿安全送到将军身边。不然，我做鬼都要来找你。

种雅呆呆地看着阿离，哭道：夫人，我带着承儿我们孤儿寡母怎么办啊？你和我们一起走吧！

院外隐隐有说话声传来，梁宽变了脸色，催着种雅快点走。阿离惨淡地轻笑着看向马承，尽量不要吓到他，柔声道：承儿乖，快带你娘亲离开。男子汉不许哭知道吗?

马承似懂非懂地点头，拽起种雅的手。阿离用眼神示意梁宽，见他将脚步踉跄的种雅和马承拉到窗下，用帘幔当绳索快速把他们放到了窗外。阿离见种雅母子走了，脸上露出了安心的微笑，之后自言自语道：孟起，我能为你做的只有这些了。

赵衢的背叛马超能忍受，阎行的嚣张马超也能理解。但是，看着被绑在城头的妻儿，马超愤怒难当。兴冲冲地回到阔别三年的故地，一家团聚就在眼前，没想到却遭遇背叛，至亲的妻儿成了敌人逼他自杀的筹码，马超欲哭无泪。即使自己真的愿意双手自献头颅给阎行，那小人也不会放过阿离和孩子们的，阎行的卑劣他早已见识过。

马超，我数十个数，你若还不肯自裁，我就先杀你一个儿子。每数十个数，就杀一人，直到你乖乖就范。我这就开始数了，你自己想好了。阎行说着便开始大声数数。

孟起，你不要管我们，不要相信这无耻小人！阿离在城头大喊。

马超心里翻江倒海般的难受，这些年阿离跟着他，一路风风雨雨走到现在，还为他生下两个孩儿。现在要他眼睁睁地看着他们受尽胁迫，近在咫尺却无能为力，自己还算什么丈夫，算什么父亲？他宁可自己去死。马超猛然抽出宝剑就往自己脖颈间割去。

孟起不可以啊！阿离眼尖看到了马超的动作。

爹爹……爹爹……两个孩子大声疾呼。

马岱一把夺下剑，抱住了马超：大哥，你傻呀！你怎可中了阎行的奸计?

哈哈！马超，十个数到了。阎行在城头狂笑：看来你是舍不得自己的命了，那可就要别人的命来换了。说着扬手下令，刽子手一剑从马跃的后背刺入，利剑穿透了少年单薄的身躯。马跃抽搐了两下，便睁着惊恐的大眼睛垂头不动了。

跃儿！阿离撕心裂肺地大喊，可是她再也听不到儿子亲亲热热的答应了。阿离顿时泪如雨下，哭得悲痛万分。

马超目眦欲裂，一把推开马岱，指着城头大骂道：阎行，你堂堂七尺男儿，竟做些虐杀妇孺的小人行径。今日，我与你不共戴天！

阎行丝毫不为所动，大笑两声道：我又要数数了，这次你希望我杀谁呢？

马超悲愤地看着城头上的其他人，都是他曾经的部将兵卒，他指着他们骂道：你们都是我西凉军，却要跟着这灭绝人伦的卑鄙之徒来反我。反就反了，你们尽管去投靠别人，有种战场上见长短，却还要拿我的家小做人质！你们欺压妇孺，算什么军人？

是啊，杀妇孺太没天理了！城墙上的军人被马超骂得无地自容，便窃窃私语起来。阎行给赵衢使眼色，赵衢喝令闭嘴，兵士们不再言语，但对阎行和赵衢则侧目而视。

阎行虽然策反了赵衢等人，但毕竟这里是马超的地盘，他也怕夜长梦多，便恶狠狠地拽住阿离，推到城头上向马超喊道：你这是冥顽不灵，那就别怪我心狠手辣。十个数，做个了断。说着又开始计数。

阿离泪眼蒙眬，痴痴地看着城下的马超，用尽全力喊道：孟起，替我们母子报仇！转头又对身边的马秋道：秋儿你怕不怕？

马秋已经是十三岁的少年，他坚定地摇头：娘，儿子不怕。说完对着城下也大声喊道：爹爹，我下辈子还做您的儿子。替我报仇！

阎行看这母子二人悍不畏死，恼怒地下令行刑。手起刀落，阿离和马秋也死于城头。

马超悲愤地仰天大叫一声：啊！老天爷呀，你为何如此不公啊！轻易不流泪的铁汉，此刻却跪在城墙下号啕大哭。

马岱、庞德等大将也纷纷洒泪。但他们也知道，敌人嚣张，以马超的心境和处境，眼下更不适合攻城打仗。于是便下令后撤。马超要反驳时，马、庞二人架起马超，随着大军撤离。

真正是祸不单行！马超一年内接连失去亲人，杀父灭族之仇尚未报，妻儿又被杀害。纵然是钢铁之躯的人，也经不住这般打击。回到营里马超病倒了，而且病得很严重，满嘴起了燎泡，高烧七日不退，连军医都束手无策。

马岱担心之余就是愤怒，他把怒火都撒到军医身上，揪住老军医的衣领就要动手。庞德急忙拉住，问军医到底什么情况。军医胆战心惊地说，除非将军自己有强大的意志，不然恐怕回天乏力了。

马岱一听痛哭失声，扑到马超身边哭喊：大哥，你醒醒啊！你不可以放弃，咱们还有大仇没有报，咱们还要杀到邺城去取曹操的头来祭奠我马家众亲人。大哥……

我还没死！马超有气无力道。

大哥！马岱惊喜：你活过来了？

马超睁开眼睛，悲痛让他失去了神采，但还是硬撑着坚定地道：对。我活了！伯山，我们还要报仇！

马岱握住马超的手，又落下泪来。看得庞德也喉头哽咽。

马超赤红着双眼咬牙：活着……就有希望！

十、都讲祭酒

三辅因为被卖身给曹操的阎行占领，马超和西凉军东进无望，只能另谋出路。

眼下的三辅归曹操治下所有，但曹军连年征战，军中消耗巨大，繁重的苛捐杂税令百姓民怨沸腾。因此，三辅地区的不少百姓也不满曹军统辖，纷纷举家逃往别处。

汉中地处汉水河谷，沃野千里，是天下繁华富庶之地。而汉中郡守张鲁继承五斗米道的教义，遵行行善积德的道诫，在汉中甚有威望。所以，汉中无疑就是百姓们争相投奔的地方。张鲁收留并安置了三辅逃难来的百姓数万家之多，令他们居有定所、食有所保。一时间天下归心，汉中人口剧增至几十万。之后有更多的人加入了五斗米道，成为张鲁的信徒。

张鲁其人，乃留侯张良十一世孙，功勋世家。祖父及父亲创立了五斗米道，到张鲁手上时，将道门不断壮大，而他本人在汉中也是深得民心。自董卓之乱后，曹操把持朝政有一统天下之心，连番对吴地用兵而无暇顾及汉中。为了安抚张鲁，曹操封张鲁为镇民中郎将，领汉宁太守一职。张鲁自号“师君”，奉行教义、广纳门徒，对内宽惠而对外强悍，同时还得到了巴夷首领杜濩等人的支持，在汉中二十余年，建立了牢固的政教合一的政权，近邻汉中的益州牧刘璋对他也颇为忌惮。

马超少年称健，有勇冠三军的武艺，据说还有天上神兽狻猊下凡的传言。张鲁虽然没有见过马超，但对他向来有好感，所以才会在马超攻打冀城的时候借兵给他。现在，又听说了马超的处境，便打发人去迎他至汉中。如此乱世，若能多招揽一员猛将到麾下，对汉中百姓的安定和自己传承道派都是好事。张鲁对持反对意见的部将如是说。

至于马超愿不愿意来，张鲁胸有成竹。通过这段时间的特意关注，张鲁总结出，以马超疾恶如仇、重情重义的性子，他不可能放着家族仇恨而不顾。他一定会想办法报仇，马超与曹操已经是不死不休的冤家对头。那么孤立无援的马超，势必要寻求强大的依附作为助力，才能实现他向曹操复仇的愿望。于是，张鲁命人做好了迎接马超的准备，只等马超率军来投靠。

马超在三辅不仅仅是失利，而且还为此失去了可依赖、可为他出谋划策的妻子阿离，还有两个可爱的儿子。为了报仇雪恨，就绝不会后退撤回西凉。痛定思痛后认为，自己的西凉军区区万余人，之于曹操的百万大军，想要报仇谈何容易。马超想起东吴诸葛瑾曾秘密来访的情景，那个时候他觉得与吴军联手不现实，如今看来依然不可能。以前是因为自己有大量兵马，还有占据三辅要地的优势，而现在优势不再的西凉军还有跟别人讨价还价的资本吗？况且吴地遥远，气候暑湿，也不适合生长于西北的凉州将士。所以，联吴之事不提也罢。

纵观天下形势，能与曹操相抗的除了东吴孙权外，再就是诸葛孔明效劳的刘备军了。刘吴联军大败曹操于赤壁，而后称雄荆州，况刘备乃为中山靖王之后，不仅与当今天子同族，而且还是皇上的叔父，世人都唤他“刘皇叔”。

马家一门皆因效忠汉室反抗曹操而被屠戮，倘若自己去投他，想必九泉之下的父亲也不会说什么吧？

但是，荆州路遥，中间还隔着益州和司隶，那是曹操控制的地方。以西凉军鼎盛时期的兵力，倒也无惧，尽可放手一拼，而现在……面对现实，马超只能无言哀叹。到底该何去何从？

锦上添花易，雪中送炭难！面对杨昂的到来，马超便有了别样的感觉。正当自己进退不得、亟须援助的时候，杨昂带来了张鲁的书信。信中言辞恳切，希望马超带着他的西凉军到汉中安身。更为打动马超的是，张鲁说可以借兵给他，让他伺机讨伐曹操。这让马超十分动心，汉中夹于益州和司隶之间，与荆州毗邻而居，刚好迎合了自己心底的想法。又有庞德从旁说到民间流传张鲁的五斗米道事迹，言下之意对其颇为推崇，马超便答应杨昂去汉中依附张鲁。

马超思忖，不论张鲁出于什么居心而亲近自己，哪怕是利用也罢，他都必须去汉中。就只为他说可以借兵讨伐曹操一句话，马超就可以义无反顾。

看到马超如愿投于自己麾下，张鲁摆出盛大的仪仗，亲自出城迎接马超和西凉军。有一瞬间，马超是感动的。能得张鲁如此看重，那就意味着自己还有东山再起的资本。

如果这就能感动马超，那张鲁为马超准备的三重大礼其余两项，就更令马超无所适从了。张鲁教徒多得不知凡几，在汉中，百姓们遵从的并不是朝廷法度，而是道派内的教义教条。汉中不设长吏，以祭酒管理地方政务。所谓祭酒，就是五斗米道内所设的长官，有大小祭酒之分，根据不同的等级各领部众人数不等。而张鲁给马超的第二重大礼，就是封他为都讲祭酒，这是汉中仅次于张鲁一人的高位。更有第三重礼，张鲁打算把其女张琪瑛嫁给马超续弦。

不得不说，张鲁的热情让马超十分感动。自己从孤苦无依，现在兵败之后，妻儿被杀，种雅母子又不知去向……在接连遭遇失去亲人的打击后，对亲情的渴望远非其他人可比。张鲁这样做，桩桩件件都掐中了马超的命脉，让马超无法抗拒啊！

都讲祭酒一职，马超痛痛快快应下了，但成为张鲁的女婿，马超不想贸然答应。一来，自己刚刚失去阿离和孩子；二来，当日阎行当着他的面杀害阿离母子三人，却并没有见种雅和马承，马超心底里还有期望，等安定下来就派人去寻找他们，或者种雅和承儿逃出魔掌还活着也不一定，马超势必要找回他们；三来，张鲁给他的优厚条件，让马超起了提防之心，马超担心温情会逐渐让人丧失斗志，莫非张鲁是想用这样的方式打消自己的复仇之意吗？大仇在前，夷族之恨，怎么可以耽于美人的温存而放弃呢？尽管那张琪瑛小姐的确有倾城倾国之姿，而眼眸之中也更流露出有意于马超的神采，但马超依然不敢回应。

其实，张鲁与益州牧刘璋交恶已久。刘璋不但曾杀了张鲁的母亲和胞弟，而且还有吞并汉中的野心。张鲁的兵将大多是道派里对他死心塌地崇拜的教徒，所以打起仗来悍不畏死。几次交锋后，刘璋惊恐地发现，自己不但没有讨到半点便宜，而且益州军中还有一部分人信奉张鲁的道教而畏首畏尾，不愿意对张鲁军死追猛打。这种局面令刘璋寝食难安，同时更加剧了他想除掉张鲁的想法，所以连年对汉中用兵，但又不能取胜。多年以来的征战，双方死伤的将士不计其数，两家成了你死我活的敌对关系。

马超的到来，对张鲁真可谓如虎添翼。西凉军的铁骑纵横无敌，马超本人又骁勇善战，对阵益州军，张鲁顿感百倍的安心。事实也正是如此，马超来汉中之后，恰遇刘璋挑衅，便请缨出战。张鲁也有试一试马超的意思，当下就准了马超的请命，令他带着自己的部众去平刘璋。

素来只闻西凉军威名，从不曾亲眼见过他们啸傲战场，汉中军其实对马超不服之人大有人在，对于马超初来乍到，就能登上都讲祭酒的高位颇多质疑。此时，听他要去讨伐刘璋，汉中军以谋士阎圃为首的反对者也有看马超吃败仗出丑的心思。

马超自然清楚这些人的嘴脸，只带着五千西凉铁骑向益州开拔。西凉军体格远胜于汉川之兵将，又有天下最为精良的战马助力，加上马超的调度有方，甫一交锋便打得益州军丢盔弃甲、哭爹喊娘。这一战大胜而归，全数歼灭益州军两万余人。张鲁大喜，对西凉军一再犒赏。存心看笑话的人则暗地里失望透顶。

从此，马超的威名迅速在汉中、益州传扬开来。西凉军所到之处，刘璋的益州兵马近乎望风而逃，根本不敢正面与之交锋。而汉中诸将对马超由初时的不服气，变成了忌惮和顾虑。看着张鲁越发依赖和信任马超，阎圃怂恿几个有头脸的祭酒向张鲁进言，声称师君太过相信马超，会纵容西凉军夺取汉中取而代之。张鲁初时不信，架不住进谗言的人太多，慢慢对马超的态度有了明显的变化。马超初来时，张鲁对其亲如兄弟，现在两人之间则像是中间隔了一道墙似的。此时，马超入汉中已经一年有余了。

十一、唯小人与女子难养也

马超的威名在汉中无人不知，也为种雅的寻亲指明了方向。种雅在当日阿离以死相逼的情形下，被梁宽放生后，带着马承逃出槐里，混迹在流民之中由子午谷逃往汉中，在汉中安定了下来。

一路上受尽苦楚的种雅，不敢说出自己的身份，只说是关西出逃的平民。别人见他母子二人单薄，便多加照拂，这才安然到达汉中。这时候，种雅听说了阿离和两位公子尽皆死在城头的惨景，暗暗垂泪。同时也想起了阿离对他们母子的照顾和宽厚，更加感念阿离。于是，她抽空到无人处向关西遥遥祭拜。

到现在，种雅才知道活着有多么幸运，对阿离才算是打心底里敬服，只可惜，已经天人永隔了。而她现在所有的心思，就是护着马承长大，然后找到马超，也不至于枉费阿离用自己母子三人的性命换回自己和马承的逃生。

现在，既然知道夫君也来到了汉中，种雅就不愁找不到他。夫君，很快我们就可以团聚了。种雅流着泪自言自语道。

这一日，阎圃无事闲逛，无意之中行至马超府邸所在的街面。看着不远处宏伟的马宅，阎圃心中再次燃起妒火。

以前，在汉中诸将当中，他阎圃也是有些头脸的人物，在张鲁跟前也是说得上话的。可自从马超来了以后，不但登上了都讲祭酒的高位，还几次让他在张鲁和众人面前丢尽颜面，下不来台。哼！只要有我阎圃在，就不会让你马超在汉中占尽上风。

想到此处，阎圃脸上显出诡色。就在他掉转马头，打算再去别处时，却被人群中的一个左右顾盼的小妇人吸引住了。这小妇人虽然衣衫寒酸，但模样生得极美！破巾烂衫依然遮不住她的娇俏容貌。他府里妻妾成群，竟没有一个能及得上这小妇人。阎圃霎时忘了方才的不快，跳下马拦住了小妇人：小娘子，这样着急忙慌的，可是找不着回家的路了？要不要我帮你呀？

正在四处张望的种雅被突然出现的阎圃吓了一跳，慌忙将身边的马承揽住，颤声说道：你是什么人？我不认识你！

绝美的容颜加上几分凄楚的神情，阎圃只觉得眼前这个女子愈加惹他怜爱。忍不住又往前走了两步：小娘子莫怕！我不是坏人！

不是坏人？光看他这副垂涎欲滴的样子，种雅就知道他不怀好意。这样的人，这样的事，在逃亡的路上实在见得太多了！种雅从刚开始的害怕怯懦，逐渐变得坚强勇敢。此刻，面对阎圃的纠缠，她慢慢稳下心来，一边盯着阎圃，一边用眼角的余光打量着四周。不远处有一座大宅院，门口还有当兵的守卫，肯定是什么大官的府邸。跑到那里这个人也许就不敢再追了。种雅心里盘算着，悄悄拉紧了马承的手。

阎圃越看越觉得这个小妇人十分可人，打定了主意要将她带回府中：小娘子……

承儿，快跑！未等阎圃说完，种雅拉起马承朝着大宅院狂奔。

哟嗬！没想到这个美人儿跑得倒是很快啊！去，给我追回来！阎圃看着种雅和马承跑开，笑着吩咐随从追了上去。

种雅拉着马承奋力跑到大宅院门口，阎圃的随从也追到了跟前。三四个随从不由分说地扯开种雅母子，把马承推倒在地。种雅大惊，朝着门口的守卫大喊：救命！救命！求几位军爷救救我们母子！

府邸门口的守卫看到这样的情形，不禁有些犹豫。初到汉中，马超就曾叮嘱过全军，这里不比凉州，在别人的地盘上做事，千万不能鲁莽。一看这几个人的装扮，就知道他们是哪个达官显贵的随从。倘若贸然出手阻拦，难保不会给将军带来麻烦。

种雅见几个守卫犹豫着不肯出手相救，心下凄然。难道我们母子今日就要在此落难？马承挣扎着从地上爬起来，哭喊着扑上去撕扯那几个随从：你们这些坏蛋，放开我娘亲！放开我娘亲！

毕竟只是个七岁的孩子，没几下又被那些人推倒在地。脸上、胳膊上都蹭破了皮，并且还有血迹渗出来。

几个守卫看到这里，再也忍不住了。青天白日，这也太欺负人了！冲上去便和阎圃的几个随从厮打在一起。种雅这才得以脱身，抱着受伤的马承泪如雨下。因为有所顾忌，几个西凉军守卫不敢下重手，从而使得双方僵持了半天，引来很多路人围观。

这时，马超在里面也听到了嘈杂声。他心里有些不安，便起身出来查看。如今汉中的局势已经不像他初来之时，有很多人都在张鲁跟前进谗言，任何的疏忽大意都有可能让他陷入僵局。

马超走出府门，看见守卫和几个人厮打，连忙喝了一声：都给我住手！

守卫见是马超，随即停住手退了回来。阎圃的随从虽然嚣张，但对马超还是很忌惮，嘴上嘀咕着，却也不敢再动手。

蜷缩在地上哭泣的种雅听到这一声呼喝，只觉得脑子里“嗡”的一声。这是马超的声音，是我夫君的声音！

马超呵斥着守卫：到底发生了什么事，值得你们几个动手？我说过的话你们都当成耳边风了吗？

守卫们这才将事情的原委告诉马超，阎圃的几个随从还在吵吵嚷嚷地辩驳。马超不语，只冷眼看着那几个随从。

承儿，那是你爹爹！我们找到你爹爹了！

马承也看到了马超，便大喊了一声：爹爹！

虽然人群嘈杂，但这个细小的声音还是钻进了马超的耳朵。承儿？这个声音是那么的熟悉！

马超猛地转过头。透过人群的缝隙，映入眼帘的便是种雅泪如泉涌的面颊，还有小马承满含怯意的碧蓝眼睛。

马超发疯似的拨开人群，扑过去把种雅母子揽进怀里：小雅，承儿，你们……

马超喉头哽咽，说不出话来，只把他们紧紧地拥在了怀里。

种雅泣不成声，心中的酸楚和委屈如洪水决堤般喷涌。马承再一次喊了一声“爹爹”后，趴在马超肩头号啕大哭。整整五年的分离，几次死里逃生。这一刻，无论是马超还是种雅，都有一种恍如隔世的感觉……

众人都被眼前的景象所震惊，一时间议论声四起。阎圃的那几个随从更是惊骇，这个小妇人怎么会是马超的女人？

都是一群废物！半天了，连一个小妇人都追不回来！这时，阎圃骂骂咧咧地来了。

几个随从赶紧迎了上去，正要解释，阎圃又张嘴骂道：你们几个没用的东西！人呢？我的美人呢？

我马超的夫人，几时成了你阎圃的美人？

马超拥着种雅母子起身，冰冷的声音仿佛要刺透阎圃的骨髓。

阎圃不自觉地一哆嗦，光这声音就好像能杀死人。看到马超异常冰冷的神色时，阎圃竟有些结巴起来：马……马将军这话？

我马超的夫人，几时成了你阎圃的人？马超重复着刚才的问话。

阎圃原本就是个小人，常在暗地里使些卑鄙手段迫害中伤马超，但更多的则是忌惮。此时见马超这般模样，尽管心里疑惑，却愣是嗫嚅着不敢再多说。

正在这时，马岱闻讯走出。看到马超身边的种雅母子后，马岱惊叫：二夫人！这是……承儿？

阎圃恍然大悟，这个小妇人竟然是马超的如夫人！真是倒霉，没吃到羊肉反惹一身骚。阎圃随即赔起了笑脸，连连拱手：马将军，这是个误会，误会、都是误会!

不等马超发话，阎圃便带着随从一溜烟跑了。

马超虽然愤怒，为了顾全大局也只好作罢。

劫后重逢，有喜也有悲。种雅哽咽着说了一句“夫人牺牲自己和两位公子的性命才保全了我们母子”时，剩下的就是无尽的泪水。知道了阿离舍身护住马家唯一的血脉，又想到当日她和两个儿子惨死在城头的情景，马超悲从心头起，忍不住抱着马承潸然泪下。全族被杀，亲眼看着妻儿惨死，沙场失意，种种打击和挫折令他在见到种雅和马承的这一刻，内心坚固的城墙仿佛崩塌了一般。

此情此景，手下众将都跟着马超红了眼圈。

马超和妻儿重逢，一时之间成了汉中百姓谈论的热点。再加上阎圃的故意渲染，消息很快便传到了张鲁的耳中。

尽管有很多人进谗言，但张鲁还是对马超的能力颇为赏识，何况女儿张琪瑛也有意于马超。至于马超那个庶妻，小门小户家的女子，又怎能和他张家的女儿比肩？经过一番思量，张鲁决定把马超请到府里，正式把这桩婚事定下来。

张鲁忽然间的热络让马超有些疑惑。最近半年，张鲁听信谗言，对他的热情已不似初来之时。为何今日又这般热络?

随着张琪瑛的盛装出席，马超终于明白了张鲁的用意。

张鲁把话说明后，让张琪瑛为马超敬上了一杯酒。

张琪瑛打扮得光彩照人、高贵典雅，举着酒杯对着马超眉目传情：将军，请饮酒!

马超面上不动声色，心里却早已百转千回。且不说张鲁的笼络有几分真心，血海深仇未报，父亲、弟弟和妻儿死不瞑目，他不能也不想续娶。

张鲁见马超不接酒杯，心中不悦，对着女儿使了个眼色。

张琪瑛本就心高气傲，虽然喜欢马超，但此时也有些愠怒，抬高了声音：将军，请饮酒!

马超起身，仍旧没有接张琪瑛手里的酒，却是对着张鲁一抱拳：承蒙师君厚爱，马超不胜感激！然灭族之仇未报，马超现在没有任何颜面成婚。师君的知遇之恩，我马超永生不忘！必会倾尽全力拥戴师君，保卫汉中。

然而，任凭马超如何放低姿态，婉言谢绝，终究还是令张鲁恼怒非常，当即拂袖而去。

张琪瑛脸色更难看，将酒杯摔在地上，厉声质问马超：马超，你竟然这样不识抬举！我们张家乃名门世家，我爹爹又如此赏识于你，我张琪瑛不嫌弃你也就罢了，你有什么资格这样对我？

事已至此，马超也不想再多说，只淡淡说道：我自是配不上你，张小姐另择佳婿吧。

张琪瑛冷笑道：那是自然！你以为本小姐还会非你不嫁吗？

说完，愤然离开。

面对这样的情形，马超不禁喟然。张鲁父女的嘴脸很好地诠释了“翻脸无情”四个字！

接下来马超的境况可想而知，各种排挤和冷落日益增加。

一个月之后，为了报复马超，也为了表现自己追求者甚众，比你马超职位高，比你马超优秀的大有人在。张琪瑛和曹操之子曹宇定亲了。此消息在汉中传得沸沸扬扬，人尽皆知。不仅如此，张鲁准备大摆宴席，汉中之内但凡有些名望的人都收到了请柬，唯独马超除外。

其实早在两年前，曹操就几次派人向张鲁提亲，想要两家结亲。曹操的用意张鲁当然清楚，所以便一再推诿。后来因马超的到来，张鲁更是没有了与曹家联姻的意思。张琪瑛对马超也是一见倾心，父女二人本以为这桩婚事是板上钉钉的事，没曾想却被马超一口拒绝。

自从马超投靠张鲁，曹操就一直密切关注着汉中的动向。当他得知马超拒绝张琪瑛后，立即派人又来说媒。

张鲁正在为此耿耿于怀，加上张琪瑛太过高傲，更何况还有阎圃等人的撺掇，父女二人一气之下便答应了曹家的亲事。

局势突变，马超已知汉中不是久居之地。于是，马超在暗暗关注张鲁的同时，心中也在做着其他的打算。

十二、师出有名

内外交困，这个词之于眼下的马超再贴切不过。随着张琪瑛傲然转身答应曹宇的求亲，马超在汉中的位置一落千丈。张鲁听信杨松等人的谗言开始防备马超，甚至把马超当成眼中钉、肉中刺。群臣看人下菜碟，自然也对马超唯恐避之不及。

这日，张鲁在府中设宴，为其女和曹宇的定亲大宴八方，门下贺客络绎不绝。马超麾下大将庞德和马岱同列一席，直到宴开二人都没有看见马超，心里便有些疑惑。马岱悄悄向邻座的杨昂打听，才知道张鲁本来就没有邀请马超。二人顿时翻脸，当着群僚的面推翻案几扬长而去。此事被杨松看在眼里，连忙跑去张鲁跟前搬弄口舌。张鲁大怒，扬言要杀了庞德和马岱。

杨松世代生长于汉中，是本地土生土长的豪强，杨家根深叶茂，张鲁在治理汉中以及推行五斗米道的大事上都仰仗杨家，对杨松向来言听计从。因为种种事件的叠加，张鲁此时对马超的厌恶已经达到了随时爆发的边缘。但是，以他手下的力量，诸将合起来也不是马超的对手，张鲁便再次听从杨松的建议，要将马超都讲祭酒统辖下的汉中军撤回来。

张鲁的命令传到马超府里时，马超正在花厅里和庞德、马岱喝酒，并且听他二人义愤填膺地述说今日之事。原来二人从张鲁宴上负气离开，便相携着来找马超，此时还都在气头上，正愤愤不平呢！庞德也不用酒盏，抓起坛子仰头猛灌了几口，大骂道：汉中没一个好东西！当日用到少主时，卑躬屈膝请少主回来，要把女儿许配少主为妻，让我等去为他卖命攻打益州。现在刘璋被少主吓破了胆，他张鲁就开始反悔了，女儿要嫁给曹家去。这样反复无常、出尔反尔的小人，还敢觍颜称什么天师……

令明，休得胡言！马超赶忙出声阻拦，虎着脸道：不知道祸从口出吗？再说，那张家小姐我何时说过要娶她为妻？我志不在此，咱们自然便管不着人家要嫁与谁去，你莫要再胡言乱语。

庞德悻悻地坐下来，嘴里还直呼：气死我了！气死我了！

马岱比较沉得住气，听马超说得有理，心里稍微气平了一些，但不无怨责道：大哥，令明兄说的其实也有道理。即使你拒绝了张小姐的亲事，但他们开宴却不请你参加，这也太欺负人了。你去了又不抢人，他们怕什么啊？

马岱一通牢骚，倒惹得马超和庞德哈哈大笑起来。

伯山你呀！马超脸上笑着，心里却暗道：何必去抢，只要自己点头，张琪瑛就是自己的了。可是，这一年来，他又怎么能看不出，张鲁醉心修道，军中都是他的教徒。汉中从上到下的属僚都是抱着小富即安的态度，自己想要借汉中兵去复仇，恐怕希望渺茫。张琪瑛固然美貌，对他也是一片真情，但要让他从此卸下肩上的责任，沉湎在温柔乡里，他马超做不到。

张鲁令使的突然出现，和他脸上莫名的神色，让马超三人一惊。看来这位传令使已然将他们刚才的谈话都听了去，这才露出这副笑比哭还难看的神情。来人将让马超交出兵权的话传到，扭头就跑出去了，仿佛马超等人是蛇蝎似的。府上仆役匆匆跑来，刚刚他去了趟茅房，居然耽误了通报，让来访的人自己寻到花厅来了，他战战兢兢。

马超摆手让仆役下去，现在哪有空理会一个门房的失职，还不知道张鲁那里听到是什么样的震怒呢？三人面面相觑，庞德懊恼地一拳砸到案上，石质的案面当即便裂开了一道缝隙。他咬牙道：少主，现在是非常时期，张鲁本就见隙于你，这次恐怕会借题发挥，你把我交出去吧！

都坐下！马超按着庞德的肩膀，才苦笑道：张鲁防我又不是一天两天了，现在他与曹操成了儿女亲家，汉中早已没有我们的容身之地了。把你交出去？岂知他们不是想要我的人头呢？

那怎么办？马岱急道。

马超这时候反而轻松起来，端起酒碗缓缓呷了一口，浅笑道：还记得张鲁曾答应给咱们借兵一事吗？这次或许正好是个机会呢！

庞德和马岱眼前一亮，随即又暗淡了神情道：张鲁刚刚才传令让少主交出兵权，还怎么借兵啊？

倘若我们去为他打下葭萌关呢？马超笑问。

庞德不解：这跟打葭萌关有什么关系？张鲁什么时候想过攻城略地了？

马超将碗搁在案上：张鲁不想，但曹操想就可以。

呀！我明白了。马岱叫道：张鲁跟曹操成了亲家，迟早会投靠过去，汉中地势独特、物阜民丰，是多少人想得到的肥肉啊！而他自己的汉中军什么德行他能不知道？反正也保不住，还不如找个大靠山呢！

哈哈！庞德也笑起来：说得对。投诚之前，再拿个功劳给曹操，他们两下里皆大欢喜，我们也有机会重掌军权了。

马超点头微笑，看二将在那里合计，自己心底里却是另一重的计议：他们哪里知道，自己最初就是抱着靠近刘备的计划来这里的，庞德说重掌军权未免幼稚，等张鲁正式投靠了曹操，还能容得下自己吗？要趁这个机会与刘备军接上线，才算完成了第一步，而此时的刘备正驻守在葭萌关。所以，攻打葭萌关，才能与刘备军近距离接触，到时候相机而动，反出汉中便天高海阔了。

与此同时，在杨松的府上正有客来访。来人奉上金珠一斛，喜得爱财如命的杨某人抓耳挠腮，再看了看递上的书信时，便连连点头，拍着胸脯答应一定将丞相交代的事办妥。来人鄙夷地扯了扯嘴角，又叮嘱了几句便告辞而去，没有人认得他是曹操的暗使。而在此之前，杨松也收下了诸葛亮派人送来的金银……

张鲁听令使回报，说马超与庞德在府上大骂师君无德，令张鲁勃然大怒，当下就命人去传马超前来对质。

不一时马超带着庞德、马岱来到张鲁处，看汉中诸臣闻讯都赶来分列两旁，颇有些问审的意思。马超不慌不忙上前向张鲁见礼：师君传唤在下，不知可有什么示下？

张鲁盯着马超，看他一副气定神闲的样子，心里先有三分气蓄着，拿出自己一贯的笑面道：孟起来我汉中不觉已年余，我可曾苛待于你？

马超摇头：师君待我如父如君，并不曾苛待。说着抬头看了一眼张鲁的脸色，见他又要开口，马超先发制人接着道：因此，孟起常念及师君高义，每每都感到无以为报。今日却刚好想到一个能够报答师君的主意，这才特意来禀报师君。正好诸位都在，不如一起参详参详，若觉得可行也算我投效师君以来，为汉中军民尽的一点绵薄之力。

马超四两拨千斤，轻轻松松地将张鲁和存心跟他过不去的一干人等都堵了回去，顺便把话题引到别处。看马超说得煞有介事，张鲁不由问道：哦？什么主意你且说来听听。

马超拱手道：我想去攻下葭萌关，为小姐即将举行的大婚献上一份陪嫁。

什么……

别说是张鲁了，马超的话让所有的人都大吃一惊，犹如在滚油里滴进了一颗水珠，汉中群臣即刻交头接耳、议论纷纷起来。张鲁修持无为之道，虽胸无大志，但也由不得激动不已……

曹操自从张鲁答应女儿嫁给曹家后，明里暗里打发了好几拨人前来，要他挟汉中几十万百姓归顺，他已有此意。曹操势大，放眼天下唯有归顺于他，才能保住自己的道派教众。况且曹操答应，只要他移居邺城，曹操还可以帮助他在邺城推行五斗米道。多么诱人的条件啊！只不过阎圃进言，现在就答应曹操为时过早，曹操不费一兵一卒得到汉中，还以为是我们怕了曹军，必然轻看于师君，不如再等一个合适的时机，有功劳于曹操时再归顺，定能让曹操高看一眼。张鲁身边谋士中，得他信任的唯有阎圃、杨松二人，张鲁听阎圃说得有理，便对曹操来使一再闪烁其词，不肯明确答复。

此时听马超说出攻取葭萌关以为张琪瑛的陪嫁，张鲁立即喜上眉梢。葭萌关现下在曹操死对头刘备手中，那里是入蜀的门户，若得葭萌关奉于曹操，想必就是阎圃所说的大功劳了。于是，他转头向阎圃看去，见阎圃点头，明白自己与他想的不谋而合，便咳了两声止住满堂的喧哗，方才对马超道：攻取葭萌关谈何容易，可有必胜的把握吗？

马超含笑反问：师君，我来汉中一年有余，征战多少都记不得数了，您可曾见我败过？如若不信，我自请立下军令状，兵败甘愿受罚。

是啊！马超和他的西凉军确实是精兵强将，自他来汉中，打得刘璋闻风丧胆，还博得了氐羌诸部的归附。这些战绩汉中诸臣看得明明白白。现在他要去攻打葭萌关，想必是有十分把握的，不然也不至于当着这么多人的面立下军令状。

张鲁及其部众再不疑有他，当堂拜马超为平南将军，让他即日出征葭萌关。马超领命，笑着应承诸人，心下却暗怒：事情竟然如此顺利，看来自己的猜测果然没错，张鲁确有降曹之心了。

一时间当堂拍板，张鲁竟将召来马超问罪的事忘了个一干二净，或者说他并没有忘记，只是相对于挟功投曹心切的张鲁而言，那些龃龉暂时可以不计吧！看着马超退去，张鲁嘴角含笑心情大好。转头却看见杨松忧心忡忡的样子，便疑惑发问。杨松故作忧愁道：师君难道忘了，今日召马超来的初衷是让他卸掉兵权？而师君却忽然改了主意。我是担心，真的放心让马超带兵吗？放虎归山后患无穷啊！

张鲁本就是耳根子比较软的人，向来是听谁说都觉得有理，何况是他最为信任的谋士杨松说出来，就不由得犹豫起来。为难道：已经都当堂答允了马超，还能怎么办呢？

杨松等的就是这个时机，忙上前悄悄献计道：师君一言既出自然不能反悔，但咱们给他多少兵马可没有准数儿。再有，马超手下猛将庞德，平日里多有对师君不敬的言语，若让此人时时跟随马超，恐有伺机挑拨之嫌。不如，这次征战葭萌关就别让庞德随军了，把他放在郡城也是对马超的牵制。

张鲁稍一沉思，便同意杨松的计策。庞德是马超的左膀右臂，马超做事总不会不顾及自己的老部下，这样他也能放心一些，不怕马超做出什么悖逆自己的事来。

阎圃在侧一听甚觉妥当，脑海里又浮现出种雅姣好的容貌来，便也走上前道：既然如此，那就一不做二不休，把马超在郡城的家眷也看管起来，谨防他带大军而生异心。

张鲁十分赞成二人的计议，便命他们等马超出征，然后立即着手实施。

汉中军祭旗开拔这天是个好天气，但是马超的心头却阴云密布。张鲁以郡城无人守卫为借口，不但扣下了一半的兵马，还留庞德戍卫。马超气愤难当，这分明是张鲁防备他的又一计，而如此行事已经不是一次两次了，张鲁向来出尔反尔。但是转念一想，此次名为征讨，实际自己心里是要探一探刘备的虚实，成功与否并无把握，庞德留下来也有益处，至少自己还有退路。马超已经养成了凡事留一手的性子，便忍住质问，向张鲁辞行，带大军出发往葭萌关而去。

马超并不知道，他此去之后，阎圃控制了种雅母子为人质，而庞德却被杨松出卖给了曹操。原来，当日张琪瑛答应了曹宇的求亲，曹操便命曹宇趁机收买杨松，想将庞德招揽到曹军中去。一来是为削弱马超的实力，二来曹操喜爱庞德的勇猛。杨松此人爱财，可以为金银不择手段，便屡次向张鲁进谗言离间他对马超的信任。事实证明，有钱能使鬼推磨。对此，张鲁对杨松深信不疑，慢慢对马超疏远，直到疑心重重。

十三、葭萌关下

马超抵达葭萌关，派人向关内刘备守军投去战书，声称不日就要攻打，要刘备军准备好精良兵将再来应战。军中大部是西凉军，对马超的军令都是不问缘由遵照执行，但汉中军便有人质疑。行军打仗贵在一鼓作气，哪有攻城还等人家大批兵马到来再开战的？但慑于马超威名，只敢在暗里窃窃私语，同时写信向郡城报告。

汉中军的所作所为自然逃不开马超的眼线，马超置之不理，依然在等刘备军宣布开战。粮草自有张鲁如数派来，他一点都不着急。

入夏，烈日炎炎。将士们在太阳底下操练，都光着膀子挥汗如雨。马超斜倚在一棵大树下，盯着葭萌关高高的关城，他默默计算时日，如果不出所料今日刘备援军应该就能抵达了。想到就要和传闻中的诸葛卧龙交锋，马超非常期待。他突然浑身燥热，忍不住心里的热血激昂。世人都言诸葛亮神机妙算，他倒想看看盛名之下到底是否名副其实。这世间，能让自己心服口服的人还不曾遇见呢！

这一日傍晚，紧闭的葭萌关城门豁然大开，战马嘶鸣鼓声隆隆。刘备军援兵已到，摆开了阵势应战。马超得报，连忙整顿兵马赶到关前，对面阵中当先一将虬髯圆眼、膀大腰粗，一看就是孔武有力的领军大将。马超在脑海里把刘备军中比较出名的将领筛选一遍，很快便判断出对方的身份，此人除了那猛张飞还是哪个？遂拍马上前，提枪一指道：来者何人？西凉马超在此，速速前来决一雌雄。

马超休得猖狂，我乃燕人张翼德是也。听说你口出狂言，想攻取葭萌关给张鲁的女儿当陪嫁？来来来，你先问问我手中的丈八蛇矛，看答应不答应。

马超心下了然，张飞与刘备结义，乃是他手下最为忠诚的猛将之一，今日张飞带兵或许刘备就在军中也未可知。且让我试一试这赫赫有名的猛张飞武艺的优劣。想到此，马超拍马就冲到阵前，大喊道：谁胜谁负，只有打过才知道，张翼德看枪。说着挺枪就刺。

张飞哈哈连笑两声，捞起丈八蛇矛与马超厮杀起来。

两边战鼓擂动，伴随着兵器相交的刺耳声音，很快两人便交战了百十个回合。马超暗暗为张飞叫好：难怪人人都说猛字，张飞真是天生神力，竟然与自己不相伯仲。昔日雄踞西凉，后来虽然兵败到处失利，盖因西凉军势单力薄，但马超自己的武艺并没有退步，而张飞还是他遇到的第一个能够和自己打个上百回合还不见落败的战将。

眼见天色渐暗，二人杀得兴起，谁都对彼此有了钦佩，怎奈战马已经呼呼喘气提出了抗议。张飞一个错身避过马超的银枪，高声道：马超，不如换过战马再来分个高低！

马超欣然接受，笑道：也好！今日不争输赢不罢休！

张飞大笑叫好，策马往关里驰去。马超也引兵暂退，自去更换马匹，张飞勇猛非凉州大马为坐骑不能匹敌。马超命人去牵来自己最得意的良驹“乌骓”，这是出自金繁马庄最优良的马匹，也是真正的一匹汗血宝马，乌骓马跟着他驰骋疆场立下了不少战功。平时马超都不舍得乌骓辛苦，好草好料地伺候着。但今天遇到张飞那等强悍的对手，恐怕不用乌骓轻易赢不得呢！

于是，马超亲手梳理，打点好鞍辔，便跨上马背又到关前叫阵，却迟迟不见张飞出来。正疑惑间，刘备军开城从中飞奔出若干战骑，看盔甲装束，显然都是刘备军中的将领，却不知道比起张飞来如何。

诸将一字儿排开，把马超围在了中间。看这架势知道是想用围攻的战术来胜他了。马超自然无惧人多，想当初收复凉州诸地时，他曾一人对战杨氏七兄弟，最终对方七人全部被马超挑于马下。此时葭萌关下以一敌五，马超又有何惧？他甚至连对方的姓名都懒得问，二话不说便冲上前去，直接向其中一人发难。

对方来将一看马超问也不问就动手，有些出乎意料，都纷纷抄起兵器还击。马超使出平生所学，一杆银枪前挑后刺无懈可击，更有乌骓马跳跃间完美配合，五将越战越骇异，合五人之力竟不是马超的对手，几十余回合后渐渐处于下风，各人只顾防守，丝毫没有反击的力量。

马超逼退五将，呵呵笑道：五位将军已然不是我的对手，再战也是徒劳。且请回去，让张翼德来与我交战吧！

五将互相交换了眼神，无奈发现正如马超所说，他们不是马超的对手，便齐齐掉转马头往关内撤回。马超此时依然不知，刚刚败于他手的五将是刘备军中仅次于关张的大将黄忠、张苞等人。而此刻刘备正在葭萌关上，而诸葛亮却在别处督军，并不在此地。

五人回到关内，急忙来向刘备复命。其实，刘备在城头上已经看到了张飞和五将大战马超的情形，此时不由感叹：人言锦马超，素来只闻其名未见其人，如今看来真正名不虚传，马超确实是一员虎将啊！

堂下张飞听了却不服气，此刻换过了战马，又见五将都战不下马超，便负气将头盔一扔道：我就不信他马超连番搏杀一点都不累，我这便出去与他重新打过。说着不顾刘备和众将劝阻，翻身跨马又往关前会马超去了。

刘备大急道：马超武艺高强，若能为我所用，何愁汉中不平！莫要让翼德伤了他，我得亲自上阵前看看去。遂领着众将来到关外掠阵。

此时已然天黑，马超命兵士点起火把照亮，张飞也同时让己方兵卒效仿马超。不一时，四周火把数百亮如白昼，二人拍马上前开始第二轮交锋。

马超纵然悍勇，到底前面与张飞一战有所耗费，后来又一人独挑五将，精力更为折损。与张飞战了几十个回合，便在心里合计：对方用车轮战来消耗自己的战力，自己也有意应战，却是为了借此展示自身的实力。如今刘备军众人都看到了他的精湛武艺，就再没必要凭蛮力去拼了，不如换个打法出其不意赢了张飞，也好早早收兵。

想到此，马超故意卖一个破绽，张飞长矛刺来，马超并不格开攻势，仗着狮王甲的刀枪不入，挺身受了张飞一击，继而佯装害怕，拨马向后急撤。张飞并不知道这是马超的佯败之计，拍马直追赶上。

马超回头看张飞追了上来，悄悄从腰侧取出铁锤提在手里，并轻轻一拽马缰。乌骓马与马超已经十分默契，见主人有令，悄然减下速度。马超等张飞与自己齐头并进时，猛然掷出铁锤直取张飞面门。

张飞正在得意追上了马超，不想还没等自己出手，却见一物携着风雷之声向他袭来，也顾不得看是什么兵器，只能下意识地一弯腰，身子紧贴马背低头避开。耳边风雷呼啸而过，马超的铁锤擦着张飞后脑勺掠过，虽然躲过了铁锤，却惊出一身汗来。

马超看一击不中，便收回铁锤。他本意也不是为了杀张飞，手下自然是留了情的，张飞这才能全身而退。不然，凭他这只重达几十斤的铁锤，又在对方丝毫没有防备的情况下，当真有挨着即死碰着就亡的威力。

张飞策马回转，盯着马超手中尚未收起来的铁锤，看得他后背冷汗淋淋而下，这才知是中了马超的计策。所谓兵不厌诈，张飞对马超的有勇有谋赞叹不已，心里有了惺惺相惜的佩服。但是，刘备与诸将就在前面，他不能轻易认输，打起精神一手持长矛又杀了过来。

马超举枪来挡，二人继续厮杀。别人看不出来，但交战的二人却都感觉到了，双方此时都已经是强弩之末，而且互相都有所保留，显然不想给对方造成伤害。马超不得不承认，自己是一个比较容易感动的人，他对张飞也同样有了惺惺相惜的感情。

刘备在阵前观战，火把照耀下看得分明，刚刚翼德差点在马超手里吃了大亏，把他也惊得不轻。此时看二人又开始厮杀，他已经确定张飞不是马超的对手，生怕张飞有个闪失，赶紧命人鸣金收兵。张飞听到了军令，架住马超刺来的银枪道：我家哥哥鸣金收兵了，我不得不从，改日再战如何？

马超挑眉笑道：既然如此，只好停手。不过，将军回去记得代孟起向玄德公问个好就是。

张飞一愣，看马超真心微笑，便也大笑回道：好！翼德自然带到。后会有期！说完匆匆抱拳一礼，回自家阵里去了。

马超含笑抱拳，目送张飞走远，也下令收兵回营。自己该做的都做了，只需等刘备的决定了。这一夜，他睡得格外香甜，梦中是自己十八岁时，策马扬鞭奔驰在草原上的美好景象，温柔的清风拂过他意气风发的面庞，还有一个美丽的女子遥遥向他露出灿烂的笑颜……

十四、无奈的抉择

人生不如意者十之八九。就在马超满心踌躇为西凉军谋一个好出路的时候，远在汉中郡城的庞德却遭遇了人生最大的抉择。

曹操的授意加上杨松的推波助澜，终于因为庞德的出言不逊，张鲁一怒之下要斩杀庞德。只不过是不能随马超出战而心情压抑，在张鲁的官邸喝酒有点多的庞德说了几句不满的话，触怒了张鲁，他被判了死刑。

而一心想为马超分担事务的种雅，无奈之下求到了阎圃门下。阎圃早就垂涎种雅的美色，早前偶然见过那一次后便对其念念不忘，如今种雅有事相求，他怎能放过这一亲芳泽的大好机会。但种雅抵死不从，壮着胆子严词拒绝阎圃后，她惊慌失措地跑回了家中。

阎圃眯着眼睛玩味着奸笑着，他料定了种雅会有再次主动送上门来自荐枕席的时候。想到这里，阎圃兴奋异常，他要为她制造一个自投罗网、送货上门自我牺牲的机会。

翌日，庞德就要被推上刑场，他家里的妻儿老小又来找种雅哭闹。庞德是马超的大将，他的生死关乎马超和西凉军的兴衰，种雅不能见死不救。饱尝过生离死别滋味的她，怎么忍心让庞德老迈的父母和幼小的孩子长跪在她面前哀求。于是她毅然决然选择了去找阎圃。

看着第二次来求助的种雅，阎圃眼放异彩。无助惶惑令种雅看起来分外楚楚可怜。她就像一只受了惊吓的梅花鹿，湿漉漉的大眼睛里弥漫着一层蒙蒙的水汽，让阎圃没有办法不答应她的请求。

庞德不用死了，从去刑场的半路上被放回。生死线上绕了一圈的庞德一家团聚，而种雅却再也回不到自己的家了。庞德知道自己能活命，原来竟是庶夫人用自己的美色换来的时，这令战场上杀人不眨眼的威猛汉子，瞬间陷入到了无地自容的悲伤里。

少主走时，千叮咛万嘱咐让他代为照顾好庶夫人和公子，而他却因自己贪杯管不住嘴，惹下这等大祸。试问，你一个堂堂大将军，居然连少主的夫人都保护不了。出了这样的事，你还有何脸面面对少主马超？还有何面目活在世上？

细问之下庞德才知道，是有人来教唆他的家人去找庶夫人哭闹的，那人说只有如此才能保住庞德一条命……

事到如今，还有什么看不明白的？这分明就是一个专门针对他的连环计，还连带了少主的庶夫人。此等行事，可谓恶毒至极！背后之人打的是让他与马超之间直接翻脸的主意……夺妻之耻有几个男人能受得住？因为自己的过失，让别人算计了庶夫人，这是给少主活活打脸啊！自己和少主以后还能一起共事吗？恐怕每次看见他这张糙脸，少主都会记起这奇耻大辱，两个人再也维持不了那种亲密无间的战友之情了吧？

而这一切的主谋便是张鲁手下第一谋士阎圃，甚至张鲁本人也直接或间接的参与了这场阴谋。庞德提了剑想往阎圃府上去诛灭奸人，然后再去葭萌关寻找马超。即使少主砍了他的头，他也无怨无悔，都怪自己太蠢才会上了汉中人的当。谁都没有想到，整个事件中最大的受益者曹操，却在远处的邺城捻须而笑。小人杨松抱着盆满钵溢的金银，更是得意忘形。

最终庞德没能杀得了阎圃，他甚至什么都做不了。就在他不顾家人的阻拦和哭求，出门往阎圃处去的时候，他的家里鸡飞狗跳，全家老小被破门而入的兵丁捆绑押解到了城门口。

阎圃气定神闲地睨了一眼庞德，对着满身杀气的庞德笑道：难怪有人告密说庞将军谋反，看来是确有其事了。想杀阎某？不妨给你一个忠告，把家小安顿好了再来会更稳妥一点。

家小？这一席话就如晴天霹雳，把庞德雷了个外焦里嫩。阎圃既然这样说，想必家里一定是发生了什么他所不知道的事。可是，他刚刚才从家里奔出来，前后不过两炷香的工夫。

阎圃，你对我家里人做了什么？庞德怒吼。

阎圃呵呵笑出了声，不无嘲讽道：庞将军自去城门口看看不就知道了！

庞德狠狠盯着阎圃，想从他脸上看出一些欺诈的痕迹来，他不相信阎圃：你这厮向来狡诈，莫非是想诓我去城门？我的家小因何会在那里？

庞将军，阎某乃是一介文人，你想寻衅随时都可以。但是你的一家老小此刻却真的已被押在城门口，将军还是以大局为重吧！阎圃颇有耐心地说。

庞德斟酌再三，阎圃的确不像是在扯谎，挟持家人这种事，张鲁做出来也不稀奇，便扔下阎圃急忙向城门口飞奔。

这时候，曹宇坐在奢华的车辇里，与张琪瑛对弈。烈日下的城门口，只有他们所在的地方有一排树木，车辇停在树荫下，任风吹过轻薄的纱幔，二人恣意沉浸在诗情画意里。如果不远处没有那一群人的号哭，这简直是一幅完美无缺的精美图画！

张琪瑛皱眉看向烈日下暴晒的人群，那是庞德的家眷。年老的庞德母亲庞夫人满头银丝颤巍巍已经站立不住了，而几个妇人和孩子却在号哭着……

张琪瑛转头向车外道：去给那老婆子一张席子，别受不住晒死了。

仆役答应着去了。曹宇看着张琪瑛姣好的容貌笑道：你还是那么善良。

张琪瑛不耐烦地哼了一声，瞪眼道：我善良？那就不会任由你胡作非为，帮着你在我父亲眼皮底下算计别人了。

哈哈！曹宇笑道：那还不是为了咱们家的大业嘛！很快你父亲就会迁往邺城了，咱们一家人说什么两家话？

庞德有那么重要吗？我看着就一个武夫而已。张琪瑛柔和了语气道。她已经默认自己是曹家的一员了。

庞德并不重要，重要的是他能离开马超。曹宇重重落下一子，悠然算计道：离间也罢、胁迫也罢，只要能让庞德归顺，马超就相当于被砍去了臂膀，看他还能蹦跶多久？

你也太狠了！张琪瑛变了脸色。

怎么？曹宇挑眉不悦道：你是在心疼他？别忘了你现在是我的人，给我把那些不干不净的心思都收起来。狠怎么了？这叫顺者昌逆者亡！

你……张琪瑛气得红了脸，怒目而视。继而又强忍住失控的情绪，掉头不看曹宇。她突然间开始厌恶对面的人了，想起马超儒雅倜傥的气度，他的风华岂是曹宇这种故作风雅的纨绔可以比拟的。只是，自己的倾心却换不来马超的感情，而她一怒之下的决定，从没有此刻这般让她懊悔。

曹宇觉察到自己的话语似乎伤害到了张琪瑛，但他又不肯拉下脸来哄张琪瑛开心。凭什么啊？自己到现在还满心泛酸水呢！她与马超那一段，虽然没有什么实质的内容，马超也坚辞不肯接受张琪瑛，但他就是耿耿于怀。所以，这才想方设法要把马超这根眼中钉拔掉。为达到目的，才要从他身边的人下手。让他曹宇不痛快的人，他都不会放过。

庞德风风火火赶到了城门口，入目就是他的亲人在炎炎烈日下暴晒的场景。老母亲看到庞德竟然一激动昏厥了过去……其他人哭哭啼啼眼巴巴盼他来救。庞德怒不可遏，冲到看守的兵丁跟前拳打脚踢，咆哮道：谁让你们虐待老弱妇孺的？啊？爷扒了他的皮！

兵丁们对付不了盛怒之下的庞德，他就像一只疯狂的野牛冲进人群。曹宇看得直皱眉，吩咐人把车辇抬到城门口，懒洋洋地交代了侍卫几句。不一时，侍卫架着一个七八岁的孩子过来，站定后高声喊道：庞德，你儿子在这里，他的命你还顾不顾？

庞德是出了名的孝子，打散了看守后，正在着急他母亲的好歹，猛听这边叫喊，转头去看。他的幼子被几个军丁斧钺加身，利刃在阳光下反射着耀眼的锋芒，孩子已经因为太过害怕，吓得愣愣地呆着不敢动，只用含泪的双眼盯着自己的父亲。庞德满头的汗水一滴滴流过脸庞，滴进眼睛里蜇得他双目赤红。

身后醒转的庞老妇人也看见了几步外的情景：我的孙儿啊！老夫人凄厉地哭喊着，那是她最疼爱的孙子……

庞将军！曹宇坐在车里笑得浮夸：外人传言说将军是一个好儿子、好父亲，曹某不信。今日不妨让我看一看你到底是不是名副其实吧？

曹宇！庞德看清了，原来竟是这卑鄙小人在作祟。他满面激愤道：你想怎么样？尽管照着我来就是，为什么要挟持我的家小？

哈哈！曹宇笑道：想要打动将军，不用些非常的手段，怕将军不肯轻易就范呢！

你到底想要干什么？庞德说的每一个字，都是从紧咬的牙缝里蹦出来的，他在极力忍着自己的怒气。

曹宇慢悠悠道：我所要的不过就是庞将军的归顺罢了！怎么样，很简单吧？

你休想！庞德捏紧了拳头：庞德岂是那等朝秦暮楚的小人，我誓死追随少主。

是吗？曹宇不屑一顾道：将军可以宁死不屈，但你的家人呢？你也忍心看他们跟你一起去死？马超已经家破人亡，你也要效仿他断子绝孙不成？我看你这简直是愚不可及！

曹宇说话间一直在盯着庞德，看他似乎稍有犹豫，便肯定了自己的判断。庞德不是马超，他将亲情看得重于气节。曹宇继续游说道：庞将军，人活一世草木一秋，百年回首的时候，能留下些什么呢？无非就是家人子嗣，那是我们血脉的延续。奉劝将军三思而行，不要因为自己一时的冲动，而做出遗恨终生的事呀！

曹宇这一番话说得入情入理，连张琪瑛都对他有些刮目相看了。曹宇看出了庞德的挣扎，他一点都不着急，给庞德留出足够的时间权衡利弊。收服庞德，他胸有成竹。转头看见张琪瑛的神色，曹宇得意道：不要太崇拜我哟！一个莽汉而已，收他还不容易！

张琪瑛重新端出傲慢的架子，不以为意道：刚说的那番话似乎有一些歪理。却不知是谁教你的？

曹宇也不生气，颇为自豪道：自然是我父亲曹丞相的教导了！

张琪瑛轻哼一声，心里暗道：难怪！果然还是改不了绣花枕头的本质！

城门口的鏖战，最终以庞德的屈服而收场。

庞德独自跪在城门口，朝着葭萌关的方向沉默不语。夜晚暑热退去，有了稍稍的凉意。经过一天的折腾，他发丝凌乱，铁塔般的身子微微有些佝偻。有风吹过，发丝胡乱飞舞遮住了他的满面泪痕。曹宇说得对，他庞德终究学不来少主的大义凛然，更做不到任由家人被挟持而自己岿然不动。在亲情和大义之间，他选择了前者。因为亲眼见过少主在失去亲人之后，那种孤苦和悲痛，看得他们都凄然落泪。同样的事放在自己面前，他才深有体会，那样惨绝人寰的事，他庞德不想尝试，也不敢尝试。如果这注定了就是他的命，他就信命了！他不想去抗争了。

少主，我对不起你！庞德喑哑着嗓子自语。

快！关城门。不要让他跑了！突然城门口闹哄哄的一片喧哗，打断了庞德的心绪。抬眼看去，却见一个人骑着马被一队守城的军丁阻截在城门那边。火把照得分明，庞德认识，骑马的人竟然是马超府上的亲卫。那亲卫满身的血迹，死死护着怀里的一名孩童，庞德仔细一看，那孩子赫然便是马超仅存的公子马承。

庞德一瞬间怒火填膺，断定是有人想要谋害马承，至于是谁都不重要，不外乎就是曹宇、张鲁和阎圃之流。庞德拔腿就往灯火处跑去，憋了一天的怒火，他必须要发泄出来，那些守军就是他出气的对象。

亲卫护着马承，胯下的马儿被守军拦截，正惊慌地嘶鸣着。马的失控令马上的主仆俩摇摇欲坠。此刻又有一队人马追了上来，领兵的是张鲁手下将领杨柏，与杨松同出一门。刚刚得了消息说马超叛出汉中了，张鲁命他来捉拿马超的家眷，可是被马超的人给带着马承跑了，杨柏这才一路派兵追击，终于将人堵在了城门口。

亲卫极力控制住马匹，对着不怀好意的杨柏怒骂道：卑鄙小人，快放我们出城。

哈哈！我为什么要放你们？马超反叛我主，你们就是叛贼余孽。来呀，给我拿下，反抗者格杀勿论！杨柏一声令下，就有兵卒蜂拥而上。

我看谁敢？一声大喝，如同平地惊雷。庞德一把夺过就近兵卒的兵器，手起刀落间砍翻了几名军士。

庞叔叔！马承高兴地大叫，继而又略显委屈地垂了眼睑。

庞德看着和少主相貌神似的马承，心里像打翻了五味瓶，柔声问道：公子，你还好吗？

马承点头，刚要说话，就被杨柏打断了：庞德，你敢违令？师君有令抓马超的家眷治罪，你……

我呸！庞德大怒。他现在最不想听到的话就是拿家眷治罪。他今天已经受够了，提刀指着杨柏道：男子汉大丈夫，生当在战场上抛洒热血，动辄迁怒家人简直就是小人行径。都给我滚，不然老子杀了你们！

杨柏惧怕庞德，知道自己不是庞德的对手，便命手下兵士上前围攻。庞德叮嘱亲卫照顾好公子，挥刀就与兵士缠斗起来。庞德是战将，实打实的功夫，自然不是杨柏手下一般兵士可挡，片刻间将一干人等杀得东倒西歪。杨柏见势不好打马就要往城里逃，转身却见阎圃乘着马车到了，他赶紧上前见礼寻求庇护。却不知自己一个武将都奈何不得庞德，作为谋士的阎圃又怎么去做挡箭牌呢？

庞德也看到了阎圃，车帘掀起，里面还有少主的庶夫人种氏。或者她现在不能称之为庶夫人了，叫阎夫人更适合一些吧？庞德虽然感激种氏救他，但下意识里对她有些鄙夷。大丈夫死则死矣，却要一介女流相救；救则救矣，却用那么不堪的行为做交换。庞德不知道该怎么对待种雅，只盯着马车默不作声。

种雅下车，看见了狼狈的马承，顿时流下眼泪。颤声道：承儿！承儿你怎么样？

娘亲？马承欢喜喊道：你到哪里去了？承儿已经好几天没见你了。说着就要挣扎着往种雅跟前去。

庞德一把勒住马缰，不让马承去种雅跟前。他盯着种雅道：夫人，你连你自己的儿子也不放过吗？

种雅急忙摇头，泪珠纷纷道：不不不，我是来接承儿回家的。

回家？回哪个家？庞德忍不住有些气愤，冷笑道：你都已经是阎圃的女人了，难道要让公子认贼作父吗？

庞叔叔？七岁的马承并不懵懂，从庞德的话中瞬间明白了事情的大概。他骑在马背上直直望向种雅，脸上是难以置信和质疑，大声道：娘亲，你告诉我，庞叔叔说的是不是真的？看种雅欲言又止，又看了眼她旁边的阎圃，马承用手指着种雅，带着哭腔道：你，你们……娘亲，难怪你几日不曾回家，难怪你乘着别人家的马车，你不要我和父亲，不要我们的家了吗？

承儿，不是那样的。种雅慌忙摇头：承儿，你跟娘回去吧，咱们娘俩不分开。

我不！马承哭出声来：我不会跟你回去的。庞叔叔说的对，我的父亲是大将军西凉马超，我不会认贼作父的。娘亲，你过来，跟承儿一起走，咱们去找父亲吧！

种雅失声痛哭，往前走了两步，向马承伸手做怀抱状：承儿，娘亲也舍不得你，你快回来。

庞德一步跨到种雅面前，“扑通”跪倒，恨声道：夫人，少主只有公子这一条血脉。我求求你，就不要为难公子了。我会送他出城，让他去找少主，你还是过你自己想要的日子去吧！

种雅抬头看着庞德，这些话就如同尖刀剜心。她也恨恨地道：庞将军，我如今这番光景，是为了救你呀！你怎么能说出这样诛心的话来？

夫人！庞德厉声打断种雅：我庞德知恩图报，感激你的舍身相救。可是，我并不赞成你的做法。今天，我定要送公子离开，免得他遭了奸人的祸害。说实话，我对你不放心，对你身边的人不放心。说着瞪了一眼前方的阎圃，又道：你的选择我无权干涉，至于你的救命之恩，庞德无以为报，只好自剜一目给你。

庞叔叔！马承大叫：不要啊！

可是，谁也料不到，庞德说到做到，话音未落便执起手中的刀，毫不犹豫刺入自己的左眼。顷刻间，鲜血迸溅流了满脸，惊得对面的种雅尖厉地大叫起来。她的脸上、身上也溅上了庞德的数滴热血。

阎圃连忙上前，将种雅搂进自己的怀里，并轻声安慰于她。

庞德忍着剧痛，任血流过脸颊，咬牙道：夫人，我只求你放过公子，让他出城。

马承跳下马来看庞德的伤势，庞德伸开手臂挡住马承，尽量柔声道：公子，不要看！庞叔叔怕吓着你。你快上马离开此地，去葭萌关找你父亲。

庞叔叔！马承哭着问道：他们说我父亲是叛贼？

一派胡言！庞德头也不回，疼痛已经令他稍稍有些眩晕。他极力忍住，大声道：公子你记住，没有谁比西凉马超更忠君爱国！亲卫快带公子走！这一声庞德几乎是吼出来的。

马承惊得后退两步，亲卫二话不说抱起马承放在马背上，自己也骑上去，一扯马缰就要奔出去。

承儿！种雅从阎圃怀里猛然抬头：你不要离开娘！

马承回头看了一眼种雅，大颗的泪珠滴在自己的胸前。他紧紧握住马鞍，对身后的亲卫说：走吧！

亲卫依言双脚一夹马腹，骏马载着一大一小二人冲出了城门。

承儿……种雅哭倒在了阎圃怀里……

呵呵！庞德撑着身子站起来，回头看马承已经融入墨黑的夜色里，他总算放心了。此刻，他的面目极其恐怖，剜坏的一目和满脸血痕，让他看起来像一个恶魔。但是，他的心里却是平静的。少主，庞德跟着你出生入死，情同兄弟。今日就算是彻底了断了，你多保重！庞德默默在心里说。

自己的选择冷暖自知，是对是错还有什么辩白的意义！庞德拄刀立在夜风里，独目望着虚空道。

种雅听得浑身一颤，继而放声大哭……鬼魅的夜枭从树梢飞过，叫声让人毛骨悚然并深深厌恶……

十五、马超入蜀

张鲁率众归顺曹操，自己则举家迁往邺城，汉中已成了曹操的地盘。

马超在葭萌关得到消息的时候，并不感到意外。张鲁降曹之心久矣，早在年初时他就公然说过，宁为曹氏膝下奴，不做刘氏座上宾。听说曹操去接手汉中时，有人进言给张鲁，让他将仓库里的宝物全部焚毁。张鲁却说：我本就想要归顺丞相，只是以前曹公并不知晓，宝物应该也一并留给他才显得我诚心归附。因此，曹操封了张鲁做阆中侯，一门俱有封赏。

人各有志。马超除了对张鲁更添一层失望外，暂时把汉中的事放下了。让他痛心的是庞德，听跑来的马承和亲卫说，庞德为救马承剜目还给种雅。马超由不得动容，庞德不单单是部将，很多时候他都将他当成兄弟。而现在，他虽然迫于无奈被曹操招降，但还肯为自己保住血脉。庞德的厚谊，他该怎么去偿还？

至于种雅，马超不愿意去想。从认识到结成夫妻，将近十年，他都没有认认真真地了解过她。或许自己不是一个好的丈夫，这些年种雅也跟着他颠沛流离，担惊受怕地过日子，让她受了不少委屈。以前总觉得看着她就像看见了馨儿，可是种雅毕竟与馨儿不同，馨儿能为他去死，种雅却不行，更别提阿离了。阿离为了不拖累自己，慷慨赴死，那种大义世间少有。

馨儿死后，马超消沉了许久许久；阿离死后，马超大病一场，差点挺不过来；而对于种雅的选择，马超只是无奈的一叹。

马超如今正视自己的内心，他才发现对于种雅，他从来没有真正爱过。也好，就让种雅按照她喜欢的方式去生活吧！

逆境总能逼得人学会成长。不谙世事的马承，似乎突然就长大了，他默默立在父亲的身旁，眼睛里是一派淡然。他说什么也不能理解娘亲，她怎么可以离开父亲和自己，去追随那个坏人呢？

马承感觉自己一下子长大了，从小看着娘亲小心翼翼地做人做事，即使喜欢父亲都喜欢得那么卑微。他知道的，娘亲这些年来并不开心。对此马承不怨任何人，每一个人总要为自己的选择有所牺牲，但是决定了就该好好面对。以前他跟着两位哥哥读书的时候，听夫人讲过这句话，那个时候他一点都不明白是什么意思，现在他知道了。既然如此，那就希望每一个人都过好吧！

张鲁既已降曹，汉中便没有了马超的容身之地，为今之计，摆在他面前的似乎就只有归附刘备这一条路了。好在早有预料，葭萌关之行，马超已经成功地与刘备军正面接触，阵前与张飞挑灯夜战，让刘玄德亲眼看见了他的实力，以刘备求贤若渴的心理，马超断定他会延揽自己。而目前自己的处境想必刘备也知道了，既然双方都有意，马超只需要等待，等刘备来请。对此，马超十分笃定，也志在必得。

葭萌关内刘备正在看一封书信，乃是军师诸葛孔明给他的回信。前几日见识了马超的勇武，刘备爱惜他的人才，一心想要将他招至麾下。但马超素有大名，说起出身，马超乃是名门之后，与他不遑多让。这样的人难免傲气，恐怕他不肯真心归附，刘备只好向诸葛亮请教招降之计。但接到诸葛亮的书信后，刘备彻底放心了，大呼军师真是神机妙算也。

刘备此时才知道，原来诸葛亮在很早以前就做好了招抚马超的准备。益州与荆州毗邻而居，刘璋更与刘备是同宗。但刘璋却对刘备万千提防，生怕他来夺自己的地盘，而不惜与其他势力联手来防范刘备。一心想要匡扶汉室的刘备，自然不是刘璋那等鼠目寸光，若要抵制曹操的专政，益州非取不可。所以，当马超在汉中将刘璋打得望风而逃时，诸葛亮就开始关注这位声震西凉的名将。为了挖张鲁的墙脚，诸葛亮安排人去贿赂杨松，让杨松在张鲁跟前进谗言说马超有谋反之心。张鲁果然中计，慢慢疏远了马超，现在更是把马超直接推到了刘备的怀抱里。

诸葛亮信中告诉刘备，马超有不减吕布之勇，却一心效忠汉室，与曹操有不可调和的矛盾，让主公尽管敞开胸怀接纳就是。更令刘备想不到的是，马超军中有诸葛亮派去的卧底，只要联系此人向马超传递信息，孟起归附之事便水到渠成了。

刘备大喜，即刻派人去联络潜伏在马超军中的人。一问之下方知，潜伏者李晖却是投靠自己不久的建宁李德昂之胞弟，刘备再次感叹孔明乃当世神人。

相比起当初张鲁迎接马超，刘备的迎接简单多了。葭萌关前军兵列队，刘备率一众将领笑着向马超看来，等马超近前下马，刘备当先深施一礼道：孟起来归，玄德恭候多时了。话语里是说不尽的谦逊。

这倒让马超颇为吃惊，世人都言刘玄德为人礼让、贤德有序，今日一见果然所言不虚。马超急忙赶上两步，单膝跪地抱拳道：马超拜见主公，末将愿随主公光复正统，重兴我汉家江山。

拜见主公！马超身后，西凉军众将士齐齐呐喊，看得刘备和张飞等人欣慰而笑。

刘备欣喜地扶起马超，打量着他气宇轩昂、剑眉朗目的面容，再看马超一身明胄亮甲、精神抖擞的样子，高兴地道：孟起锦马超之名果然并非浪得虚名，忠君报国之大义更令玄德感动。而今，能得孟起助力，重振汉室的大愿必不远矣！

马超听得也是热血沸腾，对着刘备再拜，他已经从心底里深深地认可了刘备，誓要追随他去平定天下。众将对马超的归顺也欣慰之至。马超与他们一一见过，提及那日挑灯夜战，张飞与马超相视哈哈大笑，相约改日再重新比试，二人从此结为好友。

而其他与马超战过的黄忠等人，对马超也是真心佩服，合五人之力都打不过的猛将，难怪主公和军师要费尽心思去延揽呢！

马超来归，皆大欢喜。刘备命人置酒相贺，席上觥筹交错好不热闹。

第二日，马超起早参与刘备军中议事，所议却是如何攻取益州。刘备攻打益州已经一年有余，平南大军逐地推进已经到达益州蜀郡城下，可是刘璋坚壁清野，攻城将士几番强攻，都因为郡城高而坚固，让人无可奈何，只能用老办法围城了。但是，围城这种战术耗时耗力，时日一长还容易挫伤军士的士气。

军师四处筹集督运粮草，以供平南大军所需，然终究不是长久之计，须得速战速决为好。刘备忧心忡忡道。

众将都沉默了，谁都知道益州是天下三大州之一，夺取益州再加上刘备现在手中所占据的荆州，那刘备军就三分天下有其一了，这对匡扶汉室有着举足轻重的意义。可是，正因为益州如此重要，又岂是那么好拿下来的？听说刘璋为了保住地盘，不顾曾与张鲁是世仇，已经向汉中求援过好几次了。可惜张鲁一心修道，哪里还会顾得上理会别人的死活，把汉中拱手让给曹操后，他倒跑到邺城享清福去了。汉中弹丸之地不足为虑，等拿下益州再慢慢收复，可益州久攻不下，却是刘备面临的头等大事。

马超看刘备一筹不展有些惊讶，在他看来益州并不可怕啊！据说在汉中一年多来，刘璋听见西凉军和马超的名字，都会半夜惊醒。已之败将彼之顽敌，刘备军居然打不下一个刘璋？马超正疑惑间，忽然灵光一闪，刘备为了延揽自己那么早就开始布局，不会不知道他和刘璋的强弱。昨日马超才归顺，今天就提及益州之战，莫非是刘备故意说给他听的？应该是了，想来刚刚归顺就令他出征，刘备也不好意思张口呢！马超暗笑，刘玄德未免太过迂腐了，自己既然都归附了，必然会全心全力追随于他，何苦要这样遮遮掩掩、藏着掖着的？

主公，孟起愿往一试！马超上前抱拳向刘备请战。

刘备愁颜顿开，笑道：孟起若去，益州困局自然迎刃而解呀！

马超正色回道：益州就当孟起的投诚之礼。为主公、为汉室大业孟起责无旁贷。

好好好！刘备拊掌赞道：这才是马孟起可贵、可敬之处！众将听令，拜马超为平南将军，即刻领兵前往蜀郡，翼德为副将共同协理军权。

诸将齐齐领命，自去整备。张飞与马超一起去点兵马，他还是比较喜欢和马超搭档的，笑呵呵地道：咱们去打蜀郡孟起你有几成把握？

十成！马超淡笑肯定道。

哈哈！攻下蜀郡，说明你马孟起胜过我张翼德，那哥哥我跟着你可就是占便宜了！张飞朗声笑道，他对马超的能力一点也不怀疑。

马超看到张飞毫无芥蒂的样子，心底里对张飞也敬重有加，笑回道：好呀！等拿下益州咱们兄弟再煮酒论输赢。

好！张飞大笑。

二人领各自麾下将士出发，直奔蜀郡。

蜀郡是益州的郡城，刘璋继父亲刘焉担任益州牧治于此，但他比起其父则相去甚远。刘璋为人懦弱多疑，早年因疑忌张鲁，杀了张鲁的母亲和胞弟致使张鲁反出益州割据汉中，从此与张鲁成为仇敌，两家连年征伐不休。此前又与刘备交恶，刘备取代刘表成为荆州牧后，向南攻取益州，已经是兵临城下、被围城一年有余了。更别提现在汉中归了曹操后，虎视眈眈也有觊觎益州的意思。现在的刘璋真正是内外交困、愁困孤城啊！所以，刘璋整日里长吁短叹。

不过，现在城内还有精兵三万，储存的粮食丰裕，完全可以支撑一年，蜀郡官吏百姓都不愿意轻易开城投降，城中上下竟然空前凝聚起一致对外的抗击声势。对此，刘璋颇为欣慰，没想到向来对自己有所非议的官民们，能够在这样的时刻还紧咬牙关跟着他顽抗外敌。

其实，刘璋虽然没有治国大才，缺乏威信和谋略，又任性妄为，但他性情柔弱宽容，对治下百姓官员都是宽和以待。所以，巴蜀之地对刘璋的统治还是比较接受的。现在刘备来袭，军民自然不满，便自发组织抵抗，令刘备军数次攻打都无功而返。

马超和张飞来到蜀郡，看到的就是这样一幅景象：刘备军垂头丧气、望城兴叹，而益州军在城头则精神百倍、有恃无恐。马超看益州军的得意就知道，围城对蜀郡官吏百姓来说根本就构不成威胁，想必城里粮草用度极为充足，他们才会丝毫没有危机感。而城头弓弩齐备，兵士来回巡逻，兵力显然也不弱。也难怪刘璋要坚守，换作谁都不会投降的，对方远来攻城，粮草哪能长久支持，耗也能把你给耗垮了。

这是一根硬骨头呢！强攻、围城都不奏效，便只能智取了。马超盯着高大的城头皱眉沉思。

张飞已经与先前抵达的赵云会合到一起，而赵云正是此次攻打蜀郡的率军主将。张飞拉着赵云来见马超。常山赵子龙也是名震天下的人物，马超早就听过赵云的事迹，对他可谓神交久矣。此时一见，看赵云跟自己年纪相仿，长相也是清秀白净，便笑着道：长坂坡扬威，一身是胆的赵子龙原来是面若冠玉的翩翩公子呢！

赵云一愣，继而哈哈大笑，抱拳道：西凉锦马超不也是姿颜俊逸、风神凛冽的儒雅之人，满门忠烈更是可歌可泣，让人钦佩。

张飞在马超和赵云两个人的脸上来回逡巡，笑道：你们俩就不要互相谦虚了，以我看来，你们两位都是风采照人的美男子，羡煞老哥哥啦！

一番话说得三人哈哈大笑，彼此间竟是一见如故。

赵云忙将马超和张飞让进帅帐，坐定后对马超说起蜀郡久攻不下的事来。马超把刚刚自己在城下的想法告诉二将，想要拿下刘璋强攻无用，应该攻心为上，出其不意地智取。

智取？如何智取法？二将不解。马超笑着让张飞和赵云附耳过来，把自己的策略详细讲出来。张飞、赵云听了连连摇头，蜀郡城墙高，怕马将军力大也枉然啊。马超自豪地说，刚才我目测过了，应该没问题，请二位将军尽管放心。张、赵二人这才连连点头，喜笑颜开。计议已定，三个人分头行动。

是夜，暑热减退。赵云和张飞亲率兵将，依计在蜀郡正门发起进攻，益州军连忙组织应敌，一时间双方喊杀声冲天。而北城墙下，一人身穿全黑夜行衣，拿出飞爪用力抛向城头，黑衣人拽着绳子试了试，飞爪已经稳稳地钩住了墙砖。只见他抓住绳子一纵身，双脚蹬住墙体，像一只猫一样“唰唰唰”轻盈地攀上了城头，俨然就是传说中的飞檐走壁。此等武艺天下少有，刘备军中除西凉马超外再不可能有第二个人了。

马超悄悄攀上城头，小心翼翼地伸头看了看墙上的布防。非常时期，城下有敌军包围随时会有交战，守城的军士，应该是十步一岗、五步一哨，严加戒备。而此时却不然，正门处刘备军夤夜来攻，光听声音就知道战况激烈，这些站岗的益州军非常关心正门的战事，三三两两聚在一处，朝着刘备军攻击的方向，翘首观望。

出现这样的情况也不奇怪。因为蜀郡城墙比起其他城池要高出许多，没有人能够攀到城墙上来，别说是守城军士了，就是刘璋和他的大将们也不会想到，这个世界能有人靠着飞爪爬上蜀郡的城墙。故此，只有马超这样力大无比的人才能把飞爪扔到蜀郡的城墙上去。城墙上的军士也知道这样的情况，故不会担心有人攀爬到城墙上来，这给马超创造了得天独厚的条件。

这时候，蜀郡城墙上的兵士全然放松了警惕。马超看得暗喜，声东击西素来有用，只要用对地点果然屡试不爽。等守军发现有人攀上城头，已然悔之晚矣。马超之于普通士兵就如同猛虎之于羊群，片刻间一大片兵士被马超放翻在地，而且基本上都是连喊都没有来得及喊出声，就被马超一击毙命。

正门处，赵云看了看时间，一炷香已经燃尽。与马超约定的时间一到，便下令收兵，然后每过一个时辰再次发动进攻，剩下的交给马超去做。因此，按照计划，赵云和张飞把兵将分作六班，每班轮流佯攻蜀郡正门，不需要舍生忘死，做得逼真就好，而间隔为一个时辰。此时，第一轮佯攻结束，正如马超交代的，将士们在城下全力呐喊，营造出攻城的气势，为了逼真把火油都用上了，远远看去火光冲天。赵云担忧地望着城头，对张飞道：三哥，你说马孟起的计策能行吗？

放心吧！张飞拍着赵云的肩道：军师都说西凉马超有吕布之勇，大战在即他怎能儿戏？

赵云半信半疑地皱着眉头，内心里还是有些不信，自己围攻蜀郡一个多月了都没有半点进展，原军师凤雏先生也死于此处，马超一来就能瓦解益州军？除非他有神助！但眼下情形只能死马当作活马医，就让那锦马超去试一试，能拿下城池自然是好，拿不下再做其他打算。反正“军中无儿戏”，赵云只得做好配合，掩护马超的行动。但愿有奇迹出现吧！

马超放倒城头守军，绕过防守严密的城门，在僻静处依然利用飞爪下到城内。等到城墙上的军士知道有人闯上城墙后，已经找不到马超的踪迹了。所以，他们望着死去的兵士莫名其妙，不知道是怎么回事……

入夜时分，城内戒严，街上不见一个人影，除了城楼上的火光外，夜里的蜀郡城异常安静。

马超从没来过此地，也无暇欣赏这座蜀地第一郡的建筑。他顺着街道往内城急行。刘璋的府邸在哪里他虽没有去过，但一方诸侯建府必然在城中最为鼎盛繁华处，惯例如此应该错不了。马超辨明方向后，很快便找到了地方，借着夜色的掩护轻轻一纵跃上墙头，悄然潜了进去。

刘璋的府邸在郡城中心偏右的方位，州牧府不同于城内其他建筑，雕梁画栋、亭台楼阁，看上去极为奢华。飞檐斗拱，曲径长廊，更不同于普通官员之家。州牧府里此刻正是灯火通明、笙歌夜宴，处处可见衣香鬓影。白日的暑热已被夜风吹散，空气中飘散着酒肉的香味……

马超顺着丝竹传来的方向循声潜过去，竟然走了好久都没有找到正地儿，不由得暗暗咋舌。刘璋和他爹刘焉不知填进去了多少金银和人力，才建成如同迷宫般豪奢的大宅院。眼下犹如困兽般的刘璋居然还有闲心享受，当真是穷奢极欲呢！

“咔啦”一声轻响，马超赶紧放缓了脚步，矮身掩进旁边一座亭子里，就见两个护卫突兀地出现在他刚刚不小心踩断树枝的地方。幸好他反应快，不然已经暴露了。两个护卫擎着灯笼转悠查看，没有发现任何异动，便放下心来。个头较高的护卫道：什么都没有，害得我们一场虚惊。

矮个的却还不放心，又仔细看过一遍才道：我刚刚明明听见有动静的。

高个的接上说：能有什么事？我们蜀郡的城墙高出去那么多，别说是人了，就是一只蚊子也飞不进来。你瞎紧张什么？

矮个的点点头说：话虽如此，但我们还是谨慎一些。

谨慎个屁！高个的啐道：你我倒尽职尽责，没见里面莺歌燕舞吗？吃肉喝酒又没咱们的份儿，还要求老子们像狗一样的警觉。

嘘！矮个上前去捂嘴，被高个的嫌恶地拨开，带了怒意道：怕什么？都被人家圈在笼子里插翅难飞了，还有心唱唱跳跳，辛苦的还不是我们，担惊受怕的还不是老百姓！

哥哥，你就少说两句吧！矮个无奈道：能有什么办法呢？总还没有破城，最后如何也不好说。

等城破你我就人头落地了！要我说，还不如出去投了刘玄德，好歹那还是有作为的一个人物。不像这位，只知道吃喝玩乐……

高个的一席话竟然引起了藏身亭里的马超的共鸣。刘璋比起刘备来，可不是纨绔至极了吗？看来外面所传并非空穴来风，刘璋果然御下无能，不得人心。

两个护卫正在为能不能私自议论上官争得面红耳赤，冷不防被跳出来的马超吓了一跳，一看装束显然是从外面摸进来的。能无声无息进到守卫森严的州牧府里，也是有大本事的人，二人不敢掉以轻心，急忙抽刀在手盯住了马超。

马超颇为欣赏高个的护卫，觉得他还有些见识，便有拉拢之心，笑着抱拳道：二位大哥辛苦了，不要动辄刀兵相见嘛，咱们可以交个朋友。见二人只管盯着他不说话，马超又道：不瞒二位说，我家主公现在已经到城下了，先派我来探一探城中百姓的疾苦。打仗是军人的事，何苦害得百姓们也跟着遭罪呢！

你是刘玄德派来的？高个护卫发问。

马超含笑：正是。在下西凉人氏，姓马名超字孟起。

马超？二人惊疑莫名。你就是打得他们抱头鼠窜的马超！就是名动天下的马孟起？

马超笑盈盈地看着惊呆的二人从容地点了点头。

马将军！拜见马将军！高个的护卫扔掉兵器，竟然向马超行礼参拜，看身旁的矮个没反应，又拉过来一起拜见马超：将军，我叫高成，这是我弟弟高兴，我们兄弟久仰您的大名了，有心投奔却苦于无人引荐。您……您收下我们吧！高成激动得有些结巴，这是他仰慕已久的人啊！稍稍定了下神又道：让我们跟着将军去战场上浴血杀敌，强如在这官宅后院替人当看门卒子。

马超上前扶起二人，见他们言辞恳切不似作伪，又有满怀的抱负，便正色道：好！既然你们有心投靠，我马超就把二位当兄弟。眼下就有一件事交给你们去做，可有异议吗？

高成正色回道：将军有事尽管吩咐。

马超便将要亲自去见刘璋的事告诉了高家兄弟，让他们给自己指明路线方向，然后让他二人去联络不满刘璋的其他人，等自己擒了刘璋，一起去打开城门迎接大军进城。高成和高兴兴奋地领命去了，马超按他们给的路线往里走，有些庆幸与高家兄弟的巧遇。若没有他二人，在这曲里拐弯的大宅找到刘璋还真要费一番工夫呢！而他的时间已经不多，天亮前若还拿不下蜀郡，他西凉马超的威名就要大打折扣了。马超收了高家兄弟，有他二人做内应，迫使刘璋开城投降就更有信心了。

不想当将军的士兵不是好士兵！高家兄弟尤其高成，因与马超这次无意的邂逅，也成就了他建功立业的梦想。在以后的数次战役里，高成奋勇当先斩获军功无数，一步步当上了将军。马超离世后，他一直追随马岱和马承，成为西凉铁骑里不可多得的勇士。这是后话。

刘璋斜倚在一名美人身上看歌舞，旁边更有两三位衣着轻纱的妙龄女子伺候，有人捏腿、有人端杯、有人打扇，众美环绕看起来真是香艳至极的享受。可是，有谁知道他内心的烦闷？自他老子率先谏表先帝成为益州牧后，他就过着锦绣堆里打滚的生活，从来不知道民间的疾苦是何物。但是随着刘焉去世，他被推上益州牧的高位，那帮子幕僚属臣非要逼着他以父亲为榜样，想着怎么称霸一方。向来没有大志向的自己，想的是安安稳稳过日子，每天开开心心的，谁把谁的小日子过好不行吗？做什么要打来打去的呢？这就是最真实的刘璋。所以，不论曹操还是族兄刘备对益州的垂涎，都让他非常想不通。而刘备居然要来抢他的地盘，厌烦征战的刘璋并不怕丢掉益州牧，怕的是没有了这个位子，他还能过上现在这样自在逍遥、锦衣玉食的生活吗？

管他呢！好日子过一天少一天，且先享乐吧！眼前的歌舞升平让刘璋暂时把烦恼丢在了脑后，只有美人美酒才能让人忘忧啊！刘璋“滋溜”喝掉美人递到唇边的酒，顺手在美人脸上拧了一把，逗得那女子娇媚地笑了起来。刘璋咂摸着滋味也放声大笑，与身边的其他美人狎戏玩闹。这般情景正好落在闯门而入的马超眼里，看得他无语摇头，如此纨绔子弟据守三大州之一的益州，怎能保得住这千里沃土？即使他们不来取，也有其他人觊觎，益州必须由真正的一方诸侯来镇守，才能保持现有的富庶。而比起刘璋，同为刘氏子孙的刘备胸怀天下，自然不能和他同日而语。

侯爷真是好享受啊！马超边往里走边朗声道。

歌舞暂停，舞姬们看着进来的马超面面相觑，这人是谁这么大胆子，敢扰了侯爷的兴致？她们担忧地等着接受刘璋的雷霆怒火。

刘璋见乐师停了演奏，从美人怀中抬头看来。却见是一个身材颀长的男子打断了他的歌舞，虽然长相不俗，但相当陌生。刘璋脑海里过了一遍，确定自己并不认识此人，想来应该是门下招揽的幕僚吧？他的门下食客有百人之多，除了几个特别优秀的，他哪能记得住那么许多面孔。便怒道：大胆狂徒，不经传召私闯进来是什么道理？来呀，把他给我拉下去，罚去厨下烧火一个月。

马超听刘璋这样的处罚，竟然可怜起刘璋来了。民间都说此人宽和，看来确实如此。愤怒之下的处罚不是打杀，而是罚去厨房烧火，在刘璋自己而言或许已经是够狠的方式了吧？可是，这人吃人的乱世之中，作为一名封疆大吏，无原则的宽容便不合时宜了，难怪他统御不了众臣，这样的性子谁还把他放在眼里呢？

侯爷，深夜叨扰坏了你的兴致，马超多有得罪了！马超草草抱拳做了个大致的形式，微笑道。

马超？谁引荐你……刘璋的漫不经心突然就顿住了，他一把推开身旁的美人，圆瞪着两眼一脸的不可置信：什么？你是马超？西凉马超？

正是！马超慢慢往前踱了两步，端起刘璋案上的酒壶嗅了嗅，赞道：侯爷这里的酒不错！

刘璋用手撑地后挪，脸上已经面无人色，惨白着嗫嚅道：你……你是怎么进来的？来人！来人！有刺客……喊到后面声音都变了调，成了惊慌失措的嘶嚎，可见他对马超有多么的惧怕。

马超看刘璋这副嘴脸，心下疑惑，即便以前跟益州军交战数回，自己都是大胜而归，也不至于让刘璋怕自己怕到这份儿上啊！其实马超不知内情，益州军每次都被马超打得大败，为了推诿责任，将领们在刘璋跟前把马超说得神乎其神。甚至有人传言，马超和他的西凉军在战场上是杀人如麻，抹了对手的脖子就着喝人血，是生啖其肉的魔鬼。刘璋长于深宅，哪里见过那样的凶神恶煞，便在潜意识里惧怕马超，把他当作鬼怪般畏惧。

侯爷别叫了！你的侍卫都让我给打晕了，这才能进到你这里来啊！马超淡然地坐在刘璋面前的案上说。

你……你撒谎！刘璋怕得更甚，结巴道：你是不是……是不是把他们给吃了？他下意识地去看马超的嘴。马超刚刚就着酒壶喝了口酒，嘴角有些酒渍，刘璋因先入为主，竟然看那一点水渍却是鲜红的血液，不由浑身筛糠惊叫：你不要吃我！不要吃我！

马超不明就里，看着刘璋对自己的恐惧，想来或许是他贪生怕死，又喝得醉意朦胧的酒后乱语吧？便想着故意吓一吓他，顺着刘璋的话龇牙一笑道：我吃人也是看心情的，倘若生气了却是不敢保证要不要吃了你呢！侯爷细皮嫩肉的，吃起来应该不至于太塞牙。

刘璋吓得几乎昏倒，声泪俱下道：你说吧，要怎么样才能不吃我？我……我一定照办。

马超一听，正色道：我要你下令开城投降！

啊！刘璋呆住了。即使他再庸懦此时也明白了，马超是刘备打发来的。真不明白刘备怎么敢容留这样可怕的人在身边？

侯爷不愿意？马超故意锉牙问道。

我……我……刘璋犹豫不决。

侯爷？马超逼到了跟前。

我愿意！我愿意！刘璋急忙喊道：可是，开城之后，你能不能保证不杀城里的百姓？还有，我不想死，你不能杀我。

马超点头：好！我保证。侯爷若率众开城投降，马超必保你依然荣华富贵。再说，我家主公与你是亲族，他素来仁厚不会为难于你的，但前提是侯爷主动归顺。

刘璋早就不耐烦喊打喊杀的生活了，也深知以自己的能力必然保不住益州，如今益州三分之一的土地已被刘备夺取，这郡城里他只不过在苟延残喘。马超说得对，刘玄德与自己毕竟同气连枝，他又假仁假义，为博天下的好名声应该不会杀了自己。想罢，他盯着马超的眼睛道：我答应你，你也记得自己的保证。

马超郑重地点头，暗笑刘璋的婆婆妈妈。正是这一番保证，刘备取代刘璋成为益州牧后，没有将刘璋赶尽杀绝。不仅如此，还把他的财物尽数奉还，只取其州牧职衔，让他继续保留侯爵之位安享富贵，直到寿终正寝。

天刚蒙蒙亮，蜀郡城门便缓缓打开了，刘璋率领官吏属僚宣布投降。一夜的守卫，益州军疲乏不堪，只想扔掉兵器、脱掉沉重的盔甲好好睡一个囫囵觉。看州牧开城投降，兵士们竟然暗地里露出如释重负的表情。他们累了，不想打了。

刘备得到了马超派人送去的书信后，一夜疾驰也已赶到了蜀郡城下。听张飞与赵云的禀报，对马超信誓旦旦今早就能打开城门的豪言壮语，颇有些不以为然，想必是马超立功心切，说了大话吧？眼看天已亮了，一夜过去并不见城内有任何异动，刘备摇头苦笑，孟起难道是不靠谱的人吗！

正想着，却听厚重的城门“吱呀呀”从内打开，马超当先走来，在城门口单膝跪地大声道：恭请主公入主蜀郡！马超的身后刘璋也跪下来，喏喏道：季玉率众来降，玄德兄请。

刘备疾步上前，搀起马超，又去扶刘璋，掩饰不住内心的喜悦，笑道：季玉快快请起，咱们一家人不说两家话。

哼！人群中不合时宜地发出一声冷哼：既是一家人，却来夺我们的城池，未免也太道貌岸然了些！

众人看去却是刘璋军中的大将张任，他正对着刘备怒目而视。刘备知道张任，他在益州军中颇有才能，且以忠勇著称。张任本就不赞成刘璋投降，但他的忠义不允许他反抗主子，只能遵从刘璋。此时终于忍不住把满腹的怨气当众说了出来，他已经做好了赴死的准备。正在别人愕然之际，张任从袖中抽出一把短刀擎在手里，马超一步跨前将刘备护在自己身后。却见张任并不是要袭击刘备，而是把短刀直直扎进了他自己的胸膛。众人惊骇，刘璋平素倚重张任，心痛地叫道：老将军！

张任嘴角流血，却坚决地望着刘璋道：老臣追随侯爷半生，没有为你做出过卓著的功勋，但老臣……老臣绝不事二主。说完仰面跌倒在地，有人上前去看，已经气绝身亡了。

刘璋哭道：老将军何苦执着！我父子在益州二十多年，没有给百姓施加恩德，却打仗打了许多年，好多人都死在了荒郊野外，都是因为我的缘故，让我怎么能够安心！今天，我把这一方土地让给有能力的人去守护又有何妨？刘璋哭得动情，一众降臣也黯然落泪。

刘备上前安慰刘璋，看着张任的尸体叹气。这样的忠臣宁肯自戕都不愿投效自己，让刘备十分怅惘。于是，他下令厚葬张任。

半晌，刘璋才止住了哭声，重新奉请刘备入城。城门口的一出殉节戏码再不被提及，众人欢欢喜喜地进了城。

自此，刘备正式入主巴蜀，自领益州牧，与东吴孙权、挟天子以令诸侯的曹操形成了三足鼎立、分而治之的天下大势。马超因劝降了刘璋，兵不血刃拿下蜀郡而名声大噪，几年之后又带西凉兵北攻汉中，把汉中从曹操手中夺回，使刘备完全取得了对西蜀的统御。同年，为了能在身份与名望上与已经晋封魏王的曹操相抗衡，公侯出身的马超带头上表给献帝，谏议封刘备为汉中王。

刘备称霸西蜀后，拜马超为左将军、假节，乃是当时蜀军中最高的荣宠。盖因马超在归附刘备前，是与刘备、曹操、孙权并列的一方诸侯，曾经与曹操公开交战，威震大西北，在西北以及关中有很高的威望。所以，刘备对马超，在心里还是有点顾忌的，生怕日后对他不利。

十六、魂归故里

马超入蜀，在蜀汉的建立上居功至伟。这是刘备的幸运，却是马超的不幸。

曾经做过西凉府太守和并州牧的马超，在身份地位上与同时期的豫州牧刘备不相上下，甚至马超的出身、军功和威望要高出刘备一筹，故令刘备对马超颇为忌惮。

平定益州刘备晋为汉中王之后，更是防备马超，虽然马超以忠烈著名，但民间也有马超背父一说。传言马超为了自己的私利不顾父亲的死活，私自起兵惹得曹操震怒，致使马家全族被曹操夷灭。再联想马超近年来的军功：与韩遂联军时，打得曹操丢盔弃甲，差点死于渭水；依附张鲁后，汉中失；张飞和赵云何等的军功，久攻益州不下，马超去了一天，就智取益州让刘璋开城门来降……

这样的人物，这样的军功，再加上马超曾经和自己平起平坐，均为州牧，如果造起反来，哪里还有他刘备兴汉灭曹的大业？

刘备一方面赞叹马超的才能，一方面担心马超功高震主，唯恐他反戈。这让马超特别郁闷，别说是杀曹操替父和家族报仇了，就连正面与曹军对抗的机会都不给他。不仅如此，刘备还开始慢慢地疏远他。刘备宁可给马超高官厚禄让他在后方享福，都不愿意让马超在前方统兵作战。

马超初时不以为意，并不知道刘备的心思，等时间一长也渐渐明白了其中缘由。但是，大仇未报，曹操还在邺城逍遥，他要为马家几百口人报仇的心愿根本就没有机会实现，让他解甲归田、颐养天年，还不如杀了他呢！

这一日，马超去找刘备请命，让刘备准许自己带兵北伐。这时候，刘备得到曹操重病的消息，正在为此暗喜，看马超来了，他亲切地招呼：孟起快快进来。

马超恭敬地行礼：拜见主公，看主公满面春风，今日可有喜事？

刘备将案上的书简递给马超，笑道：孟起来看，咱们的大仇人曹孟德不久于人世了，可不是喜事一桩嘛？

马超听得大惊，曹操要死了？可是，他不应该是死于自己刀下吗？马超竟然有些怅然若失。这些年来，他每时每刻都在想着报仇，以报仇为己任。国仇家恨支撑着他，让他一步步走到今天，梦里都想着有朝一日能手刃曹操。可是，曹操居然要死了……

主公，请主公允准孟起北伐吧！马超双膝跪倒，对刘备急切道：曹贼与我的血仇比海还深，与主公更是，年前关将军新逝，虽说是遭难于东吴吕蒙，但与曹操脱不了干系，关将军的人头被孙权献给曹贼邀功，主公怎么能忍得下这口气？

刘备一听悲从中来，不由落下泪来，关羽的死是他无法释怀的。眼下，他已经在制订为关羽复仇的计划了。在这个关键时刻，马超却要求北伐。如果不是担心马超反戈，这又何尝不是一件好事呢？

想到这里，刘备默默不语。他一边掉泪一边在心里权衡利弊，曹操将死，可暂时把伐曹放在一旁，而孙权杀了他最亲近的兄弟和大将，是可忍孰不可忍？这让他肝火大盛。再者，曹军势大，不若伐吴更有把握。所以，刘备的计划就是借关羽之死出兵东吴，而不是北上中原去攻打快要死了的曹操。所以，刘备自然不能答应马超北伐的请求。

马超看刘备不语，跪行两步上前道：主公，曹贼重病正是时机，趁他们军心有所动摇，咱们以勤王之师北上，必有诸多忠于汉室的官军来投。主公机不可失呀！

刘备抬眼看马超，颇为犹豫道：孟起所说也有道理，只是北伐毕竟不同寻常，咱们还需从长计议。如今，军师在外未归，等几日他回来再议吧！

马超还待再劝，刘备不耐烦推托道：孟起自去吧！此事我会放在心上的。

马超无奈，只好慢慢从地上起身。忽然惊觉，仅此一个微小的事件都能看得出刘备待他与当初的不同，以前的刘备没让马超行过如此大礼，即使跪禀也必然急忙令其起身，或者亲自来相扶。不知何时，刘备与自己隔阂渐生，眼下竟是越走越远了。或许，他从来都没有对自己卸下过心防吧？马超告退出来，仰天长叹一声，连他自己都未必留意到，最近叹气的频率是与日俱增了。

又过了几日，诸葛亮还是没有回来，但是一条爆炸性讯息却传得天下尽知。曹操病逝了！时至正月，南方春意初现，而北方还是冰天雪地。曹操的死，有人哀恸有人忧、有人称快有人笑。对于马超来说，不单单是喜与怒的问题。他心情复杂至极，陷入了极度的迷茫当中。

过去几年，马超以诛杀曹操为目标，辗转在西北和西南各地，背负着血海深仇，也背负着天下人的不解和谩骂，只为继承了父亲的志愿，要还天下一个朗朗乾坤。可是，时至今日，他似乎与当年的初衷有些背离。国仇家恨价值几何？三方割据自立为王，已经国不像国；全族夷灭满门不幸，家不成家。他的满腹仇怨无处可诉，曹操几乎成了马超的梦魇。前几日原还想着，即使曹操病重将死，他也要去亲眼见证曹操的死亡，亲手了断那个噩梦。可是，刘备一再搪塞推诿，后来他甚至都见不到刘备，门口的侍卫会拦住他，然后告诉他主公没空……

都说君子报仇十年不晚。可是整整十年，马超大仇未报，而仇人却寿终正寝。曹操那样的恶贼最应该死无葬身之地才是，这是什么天理哪？马超痛苦地大吼，满肚子都是烈酒却麻醉不了自己。他把自己关在房里借酒浇愁，这急坏了马承。马承没有办法只好派人去请马岱回来。马岱此时还在汉中，一接到书信便日夜兼程赶到蜀郡。

这个世间再没有比马岱更了解马超的人了。大哥幼年受过的苦没有人知道，世人都说锦马超如何勇武，可谁去关心过繁华背后的伤痕累累？大哥那一身的伤只疼在体外，心里的伤却日日都在滴血。

大哥！大哥，你开开门！马岱拍打着房门喊道：我们都很担心你，大哥！

房门紧闭，只有里面酒坛子碎裂的声音。

叔父，父亲把府中所有的酒都搬到他自己房里了，今天是第三天，他……马承十分担心。少年的脸上更多的是忧愁。

难怪一进府门就闻到了冲天的酒气，他这是喝了多少酒啊？没有这么作践身子的。马岱越发急促地敲门，半天不见动静，马岱干脆一撩衣摆跪在房门口，大声道：大哥，你若诚心不顾惜自己的身子，我和承儿就陪着你，这么湿冷的地，你忍心让承儿长跪不起？伯山打仗受伤，已经失去传承子嗣的根本。马家可就只有承儿一条血脉了，你忍心让马家从此绝后吗？马岱说着拉了马承也跪下来，自己却忍不住心酸，哽咽着再说不下去了。

良久，房门缓缓打开，浓烈的酒气扑面而来。马超一脸憔悴地立在房门口，看着门外的马岱和未成年的马承。他苍白的脸上流下了热泪，恨声道：曹贼已死，我要如何向父亲和阿离、秋儿、跃儿，还有惨死的全族人交代啊？伯山，大哥好恨啊！

马岱哭着上前抱住马超的腿，抬头说道：大哥，放下吧！你实在太苦了。伯父、嫂子、族人，他们不会怪你的。曹操死了，那是老天爷看不下去把他收走了，咱们更要好好活着，怎能为了恶贼伤害自己呢？

我该何去何从？伯山，大哥突然就像一个盲人，方向在哪里？马超空洞的眼神没有聚焦地望着前方……

马岱痛心之余只剩喟叹，他自然知道大哥的不得志。本以为投了明主，可以甩开膀子干一番大业，可是因为刘备的忌惮，宁肯吃败仗都不给马超实权，让他的一身本事没有施展的地方。猛虎本该啸傲山林，猛将就应驰骋沙场。马岱觉得自己的大哥，就像困在笼子里的老虎，空有满腔抱负，却报效无门，这样的遭遇怎不令人忧郁？

兄弟俩正在无限悲凉中，一阵悠远的箫声忽然响起。马超浑身轻颤，多么熟悉的曲调啊！是阿离填了词的那曲《清商怨·西风破》。箫声呜咽，听来并不熟练，却奇异地穿破耳膜，直达马超大脑深处。记忆里还是那个黄昏，晚霞映染的天际炫美温馨，绿水潺潺、鸟语花香，丽人款款行来吐字如兰：

关山云阻万里客。孝义难取舍。铁马冰河，沙场还醉卧。

怀藏心莲一朵。对或错，笑谈功过。百世终归，西风都望破。

马超倏然惊醒，眼神清明地向箫声传来处看去。只见马承正握着玉箫在唇边吹奏，少年双目微眯，极力在模仿自己的父亲。马超不知道承儿是什么时候学会了这首曲子，而且吹得像模像样。一曲奏罢，马承站在院中向父亲看来，神态像极了少年时的马超……

承儿！马超凄然笑着对马承道：承儿，谢谢你！

马承忽闪着大眼睛，扯起嘴角笑得开心，却是满脸的热泪……

“怀藏心莲一朵。”今时今日，还有什么看不透的？他弯腰扶起仍然跪在他脚下的马岱，淡然道：伯山，大哥想好了，我要回凉州。

好！马岱欣喜道：大哥，那里才是我们的家。

大哥想自己回去，你还留在军中。马超此时格外清醒，他把马岱拉进房中道：主公防的是我，所以我要离去，他必然允准。而你不一样，现在我军大将接连遭遇不测，正是用人之际，你留下来继续效力，保住我们好不容易打下来的疆土。相信主公不会亏待于你。

可是，大哥你要一个人走，伯山心里感觉好不孤单啊。马岱舍不得马超一个人远走西凉。

伯山，你要替大哥完成心愿，匡扶正道。马超的态度很坚定。

马岱点头答应，心里还是有些闷闷不乐。

马超背着手站在窗前，遥想道：西凉此时应该还是大雪封路的光景吧？算来他已经很久没有看见过皑皑白雪的高山，也很久没有在一望无垠的草原上策马飞驰了。他闭上眼回想过去，然后轻叹：真的想家了……

而随着曹丕逼迫献帝禅位，自己夺取大宝登基为皇帝，汉室皇权彻底旁落。作为皇叔汉中王的刘备痛哭流涕后，接受诸臣谏议，于建安二十六年以刘氏正统为名登基，改年号为章武元年，正式成立了蜀汉政权。

一年来，马超多次向刘备请辞回凉州。但是，凉州大部还在曹魏手里，所以刘备没有允准。现在刘备初登大宝，胸怀也一下子大了许多，不但同意马超带兵收复凉州，而且还册封马超为骠骑大将军、嫠乡侯，领凉州牧，假节。册封这日正值春暖花开，刘备将诏书和印信亲手递到马超手里，并对他语重心长道：朕没有什么大德，却得以继承皇帝之位，继嗣汉家的江山。曹操父子篡取大宝，与你我更与这天下有世代难消的仇恨，朕也是痛心疾首、恨入骨髓的。现今，四海之内无不怨愤曹氏，渴望回到大汉江山的正道上。孟起你在北方的信义、威望和勇武，令羌氐各部及其匈奴残部倾慕。所以，朕把凉州交给你，希望你一如既往忠于汉室，统管凉州万里疆域，早日收复曹魏霸占的凉州各地，救社稷于危难、解百姓于倒悬。那将是朕的福泽，也是大汉的福泽，更是百姓的福泽啊！

马超含着泪，看着刘备鬓间的白发，在这一刻释然了。或许每一个身居高位者都有自己的顾忌吧？如果这一切都是为了天下的安定，他还有什么怨怪的理由呢？于是，在马超恭恭敬敬地三拜后，君臣对视，刘备看见马超眼底的清明和安然，微笑着扶起马超，一如初见时那样亲切。

马超重新披上狮王甲，跨马扬鞭带着西凉军直抵槐里。当年，他与阿离在这里组建了小家庭，生下了两个聪明可爱的儿子。每天他去忙军务，阿离在家教导、抚育孩子……这里有一个叫家的地方，那种家的温暖、家的快乐，还有家给他带来的幸福，都被曹军破坏殆尽。忆起阿离和孩子们惨死城头，马超喉间一甜就如当日那般，猛地吐出一口血来。

陈阿虎见状，急切道：侯爷？

马超摆摆手说了声“没事”，用丝绢擦去了嘴角的血迹，然后下令攻城。

槐里自阎行用计挑拨兵士反叛，杀了马超的妻儿后，夏侯渊驻守过一段时日。之后，曹操抽调夏侯渊去征战，把槐里全权交由阎行统辖。那个时候，马超吃了败仗回槐里，被阎行逼得差点自刎。现在，马超带的是精兵良将，也没有人能使他心神大乱。既然无后顾之忧，西凉军就能放手一搏。但是，城内的兵士大多还是马超的旧部，对当年之事都十分懊悔，听闻马超来了，群起而攻之拿下阎行，并打开城门跪地迎接马超。竟然不费一兵一卒，就收复了曾让他败北的槐里，马超不知该喜还是该恼。

阎行卑鄙无耻、罪行昭彰，渭水之战时暗中投靠曹操，离间关西联军致使联军大败，之后又派人卧底韩遂身边，杀了自己的岳父。与马超便不用说了，杀妻灭子的血仇，岂能不报？所以，他的下场自然是可想而知的，马超判他五马分尸。这样的人，杀他都嫌脏了手！

继槐里收复后，凉州各地部将纷纷归降。半年时间，马超带着他的西凉铁骑横扫西北，彻底肃清了曹魏势力，重新打通了河西商道，被西域诸地称之为神威天将军。

刘备在蜀中接待西域诸国使者，听使者讲西凉马超打通河西走廊通道、保护客商的事迹后，颇为自豪地对诸葛亮等众臣说：孟起实乃我汉室的忠勇之士啊！到底不负朕之重托和信任。我得西凉马超，乃汉室之幸、天下之幸啊！

众臣附和，对马超也是赞誉有加。只马岱在下面腹诽刘备：既知今日，何必当初呢？其实，他不知道，现在的马超与刘备已经冰释前嫌了。

公元221年，蜀汉章武元年冬，马超回到了阔别二十多年的武威郡，也就是曾经的西凉府，西去百里外就是他的出生地骊靬。

现在，他终于看到了巍巍祁连山尖的皑皑白雪。它披着千年不化的冰雪，像一位巨人般静静俯卧在西北大地。它是那么晶莹圣洁，又是那么气势恢宏，于天地之间亘古屹立。

回家了！马超心情激荡，有一瞬甚至热泪盈眶。历经岁月城池依旧未变，沧桑的只是他们这些游子的容颜。身边的陈阿虎跳下马背奔到城下，他的步履急切到竟然有些踉跄。兵士们也一个个把脸贴在城墙上，就像贴着母亲的怀抱。半生戎马饱经风霜，曾经的热血少年归来却已年近半百，他们都不再年轻了。还有许多没能回来的伙伴，已经带着那一份乡愁永远埋骨他乡。

将军百战死，壮士十年归。

此时此刻，马超望着城头上空湛蓝的天穹出神，他和他的将士们多么希望天下再无战事，从此海晏河清，百姓都过上富足安定的日子啊！

西凉军回来啦！大将军回来了！知道马超回来了，凉州城内拥出了一大群人，他们呼喊着迎了上来。有人来接兄弟，有人来寻儿子，白发苍苍的老人抚着儿子的面孔喜极而泣……

欢迎大将军归来！武威郡的官吏跪地迎接马超。

马超上前一一相扶，虽然都是陌生的面孔，没来由的就是觉得万分亲切。整军入城，早有人收拾好了自己的旧居，门头换了新的匾额，将军府三个大字龙飞凤舞。院子里布局基本没变，还是他离开时的样子。此情此景，马超不由得想起了当年当少将军时的情景。

二十多年后的凉州，真的是物是人非啊！可见，岁月是最残忍的东西，带走的永远是人生中最美好的岁月。但是，不管怎么说，现在总算回来了。

安顿好军政事务后，马超到骊靬县给母亲阿诺上坟。

骊靬，一个承载了父母两情相悦和自己出生的奇妙地方。这里有他短暂的童年记忆，却在三岁那年戛然而止；这里留下过他青葱岁月里最美的诗意，却在十六岁那年化作泡影……马超细心地用手拔除母亲坟头的蒿草，像年少时一样，在母亲的坟前絮絮低语。他告诉母亲，您的儿子回来了。

给母亲上过坟后，他来到了骊靬县城。到了胡府门口，发现大门紧锁着。邻居告诉他，外祖父和外祖母早已离世。现在胡家新的掌事人是马超一个表兄弟，听名字马超并不认识，在胡府外站了片刻，便默默离开。

九尾狐店的生意依旧兴隆，剑兰夫人听闻故人来访，急匆匆出来迎接，她早就听说了马超回来的消息。和暖的阳光透过窗棂照进茶盏，光影浮动里，热气袅袅氤氲了剑兰夫人风华不再的面庞。她含笑看着马超，半晌只说了一句：回来就好！马超淡笑着点点头，喝完一杯茶便起身告辞。剑兰夫人将马超送到门口，看着远去的背影再也装不下去，泪水夺眶而出……当年那个意气风发的少年，终究已成过往，曾经携手来拜访她的眷侣，只剩了他形单影只……

河西走廊的春天姗姗来迟，马超徜徉在野花点缀着的草原上。

不知怎么的，最近他的身体大不如前，总是不停地咳嗽，吃了药也不见效。

于是，他干脆再不理会。草原上策马与战场上的驰骋有根本的区别，他尽兴地骑了一天马，现在略感疲倦了，便拣了向阳的草坡躺下去，没想到这一眯眼竟然睡着了。

马超现在身份显赫，随身都有亲卫跟随伺候，看大将军睡得香，他们不敢打扰，只上前悄悄给他盖上一方毯子，便退开在远处待命。

梦里还是年少轻狂，马超恣意地在草原上奔跑，熟悉的场景里竟是东大滩的中秋盛会，红裙少女在篝火旁翩翩起舞，那是馨儿。似乎很久不曾相见了，馨儿嘟起嘴问他：孟起，你去哪里了？为什么好久都不来看我？你是不是喜欢上别的姑娘了？说着双眼含满泪水，在火光里泫然欲滴。

我回来了，馨儿，咱们回家吧！马超伸手去拉，却见馨儿退了几步，指着他的身后道：你都娶了亲了，还哄我！你看，你夫人都来找你了。

马超回头看去，阿离正笑盈盈地走来，婉约依旧。孟起，咱们一起把馨儿妹妹接回家吧！阿离温柔地笑道。

我不要去！他还欠了人家耿玉蓉的情债呢！馨儿一脸的不开心。

我不喜欢她的，我不喜欢耿玉蓉。马超急忙澄清。

却见阿离走到馨儿跟前，俯身在馨儿耳边说了什么，馨儿便展颜笑道：真的吗？他说梦话还说起我的名字？

阿离含笑点头，向马超投来意味深长的一瞥，拉起馨儿的手便往篝火深处走去。

马超急急去追，明明人就在不远处，却怎么也够不着，不由急声喊：你们去哪里？等等我！

阿离回头笑着道：孟起，我们等你回家！说完忽然没有了踪影。马超拼命跑，再也找不到她们的影子，却听耳边有人在喊：侯爷？侯爷醒醒。

马超睁开眼睛，阳光明媚，原来竟是南柯一梦。看到身上盖着的毯子，才发觉出了一身的汗。亲卫看马超醒来，把水囊双手捧给马超：侯爷喝点水吧！听您在梦里说话，想必口渴了。

马超接过水囊，仰头喝了一口，因为咽得急了些，猛烈咳嗽起来。亲卫连忙上前替他拍背，半晌才止住了咳嗽，突然觉得喉头有异，便呕出一口血来。瞬间天旋地转，马超软软跌倒在了草地上。

将军府药香弥漫，马超的呕血之症吓坏了阖府家人。马承每日在床头侍疾，想不到一向猛虎般的父亲，病起来竟如此凶险。他看着父亲苍白的面庞，眼睛里蓄满了泪水。

马超睁眼就见儿子红红的眼圈，慈爱地伸手去抚马承的头顶。马承矮下身子方便父亲够得着，忍住自己的哽咽道：父亲，您怎么样？真是吓坏儿子了！

马超收回手撑着想坐起来，马承急忙搀扶，并在父亲背后塞了一只软枕。

承儿，你坐下来。马超拍了拍床边。

马承依言在父亲床边坐下，清澈的双目盯着父亲。

承儿是大小伙子了！马超轻笑：父亲像你这么大的时候，已经是少年军首领了。

是吗父亲？那您给儿子讲一讲您少年时候的事吧！马承一脸期待，难得父亲有空闲跟自己聊天。

马超忽然就觉得自己这个父亲有多失职，儿子都长这么大了，父子之间还从来没有认认真真地交谈过。当即便打起精神，把自己小时候在天赐寺学艺，后来带领少年军剿匪，建功后加入西凉军的事，一件件都说给马承听。

马承听来父亲的少年时代已经波澜壮阔了，的确比自己强许多许多，便仰慕地看着马超道：父亲，儿子听得热血沸腾了，您快点好起来，把您的绝世武艺和兵法韬略都教给我吧！儿子也要像您一样，成为大将军。

好啊！承儿有志气，等父亲好一些了，就把所有本事都教给你。马超笑着看面前的儿子，又想起阿离为他生育的马秋和马跃，如果他们还在，恐怕已经娶妻生子了吧？看来自己已经老了，时常怀念以前的人和事。怀念是病，一经罹患便无药可医，马超开始想起一空大师，想起风竹，想起很多幼年的经历，迫切地想去天赐寺看看。他回来至今还没有去过莲花山，本想等从草原回来就去的，可是却一病不起。

马超命人准备去天赐寺的车驾，他自感身体不便骑马，只能坐车去。马承担心，见劝阻不了便想要跟去莲花山照顾。马超不要任何人相随，只带了一名车夫，就往天赐寺而去。

师父，您会不会怪孟起来迟了，没有第一时间来看您？马超气喘吁吁地站在天赐寺门外自语。天赐寺还是老样子，香烟缭绕、梵音渺渺，门口的大柳树越发粗壮挺拔了。风竹退尽青涩，一派得道高僧的庄重沉稳。他看着马超脸上虽淡然，但到底掩饰不住眼底的欢喜。

孟起，你回来了。风竹早已知道马超回来了。

师兄，孟起终于回来了。马超声音里有欣喜，也有酸涩。一空大师多年前就已圆寂了，当时他正在渭水边抵挡曹操，没有人告诉过他，因为一空大师叮嘱弟子们不许去搅扰孟起，他是领军大将不能受情绪影响而贻误军情。等战后得到消息，已经很久了，而他又正在为自己的父亲被满门杀害而痛心疾首……

马超跪在大殿的佛像前，双手合十虔诚祝祷：佛祖保佑，让师父往生净土。师父，不肖弟子孟起来迟了，您老人家养育教导之恩，孟起来生再报！

风竹在一旁悄悄擦去了眼角的泪水，一空大师圆寂前，每日都向东眺望，他知道那是师父在想念孟起。

风竹已经继承一空大师衣钵，成为天赐寺新的住持。他在自己的禅房里接待马超，师兄弟二人相顾无言，想起一空大师都是黯然神伤。半晌，马超问风竹：师兄，你说人真的有来世吗？

风竹略一沉思，慨然道：生即是死，死即是生。众生都在修来世，却不知今生已然无缘，要来世有何用？活在当下，就做当下之事，俯仰无愧于心，聚散总有因缘，不枉费今生的时光，又何必执着来世如何呢？

马超豁然开朗，从没觉得自小受人欺侮的风竹师兄，有一天能有这样的修为，他的一席话令他醍醐灌顶。是啊！世人都在拿来世为今生的不平开脱，似乎觉得来世便能无忧无虑。可是，人活于世又怎能没有烦忧和遗憾？错过了便是错过了，纠结于心不过是苦了自己，修来世也只是麻痹自己，希望少一些愧疚而已。那今生来生又有什么区别？回顾自己半生，无愧于心是做到了，至于其他的或许就是缘分际遇使然吧！是该放下了。

马超从天赐寺回到府里，顿觉百病俱消，把一切的人事纷乱都抛诸脑后，专心做起了凉州牧。他去张太守墓前祭奠了张鼎太守，之后就到百姓中间寻贫问苦，减免赋税徭役，亲自下田开垦因连年征战荒芜的耕地；带着百姓们兴修水利，把祁连山的雪水引到农田里，这年得到充足灌溉的粮食获得空前的大丰收……

临近年关时节，武威郡的百姓兴致勃勃地收拾起家伙什儿，多年不曾闹腾的各种民间歌舞杂耍齐齐上阵，准备隆重地庆贺丰收年。在马超的治下，武威郡和凉州各县乡村都群起效仿，把小日子过得红红火火又充满希望。这样的年下，不好好热闹一下，又怎么能体现出百姓们发自内心的欢欣鼓舞呢！马超乐意看那些记忆中的欢腾场面，便任由他们折腾。

冬月二十三这日，正当百姓们铆足了劲要大显身手的时候，马超再次呕血病倒了。这回不比上次，马超自倒下便昏迷不醒。府中名医会集，都一致摇头哀叹，一句回天无力击碎了马承所有的希望。他捂嘴痛哭，看着床上躺着的父亲，他多希望像年初一样，父亲能突然睁开眼，笑着来抚摸一下自己的头啊……

马岱得到消息，已经在赶回武威郡的路上。他隐隐有种不好的预感。

冬月二十八日，风竹来探望马超。昏迷了六天的马超居然清醒了，马承又哭又笑地攥住父亲的手：父亲，我就知道您不会有事的，您还是醒过来了！

马超含笑摸了摸马承的头顶，令少年激动得一脸红光，就如同此刻马超脸上的光华一般。风竹坐在床边，看着马超父子，他心里重重地疼了一下。马承年幼不知，风竹却看出来，这是马超弥留之际的回光返照。

承儿，你去给父亲熬碗鸡汤来。马超瞥了一眼风竹，又叮嘱道：须得是承儿亲手熬的才好喝。

马承高兴地答应，噔噔噔跑了出去。

马超这才看着风竹淡笑道：师兄，最后能见到你，孟起便少一个遗憾了。

师弟……风竹自恃修为已经不俗，却在马超面前哽住了喉头。

师兄，孟起有一事相托。我这一生都在外奔波，以后不想再到处漂泊了。我想把自己的身后事托付给师兄你，最好像佛门那样，一把火烧尽万事都随风而逝，也不枉费师父从小将我养在佛门的恩情。马超盯着风竹，脸上难免怅惘。

师弟，既然都看透生死了，怎么又执着起一副肉体来？风竹强忍内心的悲痛，挤出一丝比哭还难看的笑容道：你现在是封疆大吏，你的身后事恐怕由不得我们做主。

师兄说的是。既然如此，那便不必……不必强求了。马超脸色瞬间暗淡，气若游丝道：师兄，我累了，想好好睡一觉。

好！师弟你睡吧！师兄在旁边守着你。风竹的眼泪流进了自己嘴里，又苦又咸。他就像小时候那样，默默守在马超身旁，看着他入睡……

马承亲手熬的鸡汤，随着玉碗的触地碎裂而洒在地上，散发出浓郁的香味。这一碗饱含孺慕之情的汤，马超再也尝不到了，因为他已经永久地闭上了眼睛，离开了人世……

父亲！马承的哭喊撕心裂肺：您为什么要骗我去熬汤，为什么不让儿子守在身边？父亲，您不要丢下我……

这番哭喊令闻者无不落泪……

凉州牧马超逝世，举城哀恸，百姓们的号哭声震凉州四野……

马岱终究还是来迟了一步，当他跃马飞驰进武威郡城，看到的是满眼的白色，家家户户门上都挂起了孝幡。还有谁能令全城着孝？马岱一下子栽倒在马下：大哥！兄弟来迟了……

马岱放声号啕，七尺男儿哭得像个孩子，引得凉州百姓皆放悲声。

停灵七日，风竹率领天赐寺众僧人日夜不停诵经。而马岱和马承身着重孝服丧，还要应对无数来祭拜马超的吊唁者，叔侄二人哭得哑了嗓子，却再也唤不回生命中那个最亲近的人。

风竹告诉马岱，马超曾有意安排身后事，但考虑到他的身份，恐怕得等蜀中圣上的诏令。马岱愤然道：我大哥为刘备打下益州，才有蜀汉基业的立足之地，可是他们是怎么对我大哥的？现在人都走了，还得受别人摆布不成？我偏要遵从大哥的意思，就让他长眠在凉州又怎么了？说着又忍不住热泪滚滚。

风竹也红了眼圈。也罢，既然孟起遗愿不想离开西凉，就让他永远留在这里吧！便和马岱叔侄商量把马超葬在雷台，他的威望武功足以埋骨于武威郡最尊崇的雷台。让他与张鼎太守做个伴吧！

东、西大滩的牧民，因为马超少年时的功劳，现在早已亲如一家。虽然老寨主都已离世，却由年轻一代的头领带着阖族人前来为马超送行。武威郡的街道人头攒动，哭祭的百姓从南城门排到了北城外。冥纸铺天盖地，和着漫天大雪，落满人们的头和双肩，可没有人去理会寒冷，他们都想为大将军送最后一程。

兵士们抬着棺木缓缓行来，却被百姓们接过去，一双手接一双手，马超的棺木从人们头顶，像接力传递一样，稳稳移送到墓地。当最后一把土扬起，一代骄子马超魂归故土，安眠于西凉武威郡。万千百姓跪地叩头相别，这一场面惊呆了前来传旨的赵云。他一面为马超的逝世悲痛，一面为如此宏大的送葬阵势所惊叹：马孟起忠烈，才能为百姓所爱戴啊！

刘备旨意是要将马超的灵柩运回蜀中安葬。马超为他取得蜀郡，并第一个带头上书请封他为汉中王，这些义举刘备都记得。听闻马超病逝，刘备痛惜非常，落泪道：失去马孟起，和失去云长、翼德一样，都令朕有切肤之痛啊！便打发赵云到西凉把马超运回来，想把马超葬于国之重地的蜀郡（后来的成都）。

但是赵云还是来晚了一步，马超已经在武威郡下葬，便只好随同马岱回蜀地复命。刘备看到空手而归的赵云也无奈，命人在蜀郡西为马超建了衣冠冢，并亲手题写碑铭以示褒奖。三辅的官吏军民效仿刘备，在关中为马超也建了一座衣冠冢，并时常祭奠。

马承望着父亲的墓碑，吹起了父亲留给他的那支箫，吹起了那曲《清商怨·西风破》。令马承没有想到的是，竟然有女声跟着也唱起了《清商怨·西风破》：

关山云阻万里客。孝义难取舍。铁马冰河，沙场还醉卧。

怀藏心莲一朵。对或错，笑谈功过。百世终归，西风都望破。

马承一边吹着，一边朝着歌声传来的地方看去，竟然没有看到歌者……

一曲《西风破》盖棺定论，道尽了马超一生的大义……

马超的悲欢离合、马超的不得志、马超的取舍，还有马超的功过是非，都随着西风而逝……

百世之后，终有流传。

图书在版编目（CIP）数据

西凉马超／陈玉福著．-- 北京：作家出版社，2018.7

ISBN 978-7-5212-0153-6

Ⅰ．①西… Ⅱ．①陈… Ⅲ．①长篇小说－中国－当代 Ⅳ．① I247.5

中国版本图书馆 CIP 数据核字（2018）第 176186 号

西凉马超

作　　者：陈玉福
责任编辑：罗静文　张　平
装帧设计：意匠文化·丁奔亮
出版发行：作家出版社
社　　址：北京农展馆南里 10 号　**邮　　编：**100125
电话传真：86-10-65930756（出版发行部）
86-10-65004079（总编室）
86-10-65015116（邮购部）
E-mail:zuojia@zuojia.net.cn
http://www.haozuojia.com（作家在线）
印　　刷：三河市北燕印装有限公司
成品尺寸：170×240
字　　数：510 千
印　　张：36.5
印　　数：001－30000
版　　次：2018 年 9 月第 1 版
印　　次：2018 年 9 月第 1 次印刷
ISBN　978-7-5212-0153-6
定　　价：58.00 元